MAXI

Título original: *Die Insel der roten Mangroven*
Traducción: Susana Andrés
1.ª edición: octubre, 2014

© Verlagsgruppe Lübbe GmbH & Co. KG, Köln, 2012
© Ediciones B, S. A., 2014
  para el sello B de Bolsillo
  Consell de Cent, 425-427 - 08009 Barcelona (España)
  www.edicionesb.com

Printed in Spain
ISBN: 978-84-9872-997-9
DL B 16197-2014

Impreso por LIBERDÚPLEX, S.L.U.
Ctra. BV 2249 Km 7,4 Polígono Torrentfondo
08791 - Sant Llorenç d'Hortons (Barcelona)

Las olas del destino

Sarah Lark

MAXI

Agradecimientos

Como siempre, deseo expresar mi agradecimiento a todos los que han colaborado en la creación de este libro. Debo mencionar a mi editora Melanie Blank-Schröder y a mi correctora de texto Margit von Cossart. Mi agente Bastian Schlück sigue haciendo milagros, y Christian Stüwe vende nuevos derechos prácticamente cada día... Doy las gracias en general a todos los empleados de la editorial Bastei Lübbe y a los de la agencia Tomas Schlück, que han colaborado en la confección de este libro y contribuyen a que llegue a las librerías. Y puesto que en esta ocasión ya sé con antelación que *Las olas del destino* también se publicará en otros países, en especial en España, quiero dar las gracias, asimismo, a todos aquellos que han favorecido el enorme éxito de Sarah Lark en España, mi país de adopción. Conocer en las ferias del libro y otros actos a mis lectores y a muchos de los libreros que acaban poniendo al alcance de la gente mis libros me alegra en grado sumo, y no deja de emocionarme el cariño que me ofrecen.

Last, but not least, quiero expresar mi gratitud a mis amigos Johannes y Anna Puzcas. Sin su ayuda con los caballos y la casa mi vida cotidiana habría sido mucho más difícil de organizar, y yo no podría retirarme tan asiduamente a mi despacho para imaginar nuevas historias.

SARAH LARK

UN FUTURO MEJOR

Jamaica - Cascarilla Gardens
Islas Caimán - Gran Caimán

Finales del verano de 1753

1

—¡Creo que no deberíamos apoyar algo así!

Era un soleado día de verano y lady Lucille Hornby-Warrington miraba contrariada el paisaje desde su carruaje abierto, aunque no había mucho que ver: los polvorientos caminos entre las plantaciones de los Hollister y los Fortnam estaban flanqueados por campos de caña de azúcar. Los tallos alcanzaban alturas de hasta seis metros y las carreteras semejaban pasillos recién trazados en el exuberante verdor. Era inevitable que la dama se aburriese. Por el contrario, su esposo, lord Warrington, evaluaba con gran interés la altura y el grosor de las plantas. A fin de cuentas, la plantación, que él administraba para el tío de su esposa, debía su fortuna justamente a la caña de azúcar y ese año todo indicaba que la cosecha iba a ser buena. Así pues, Warrington estaba de mucho mejor humor que su cónyuge.

—No lo dirás en serio —respondió a su mujer pacientemente y con algo de ironía—. ¿Dejar de acudir a una fiesta de los Fortnam solo porque el motivo no te parece bien? ¿Acaso debo recordarte que Nora y Doug tienen la mejor cocinera de los alrededores, la sala de baile más bonita y que siempre contratan a los mejores músicos? Y la muchacha también es encantadora.

—¡La muchacha es mestiza! —replicó la esposa con expresión avinagrada—. Una mulata. Debería estar en un barrio

sclavos. A una mulata no se la cría como «primogénita de
la» ni se celebra a bombo y platillo su «mayoría de edad».
Doug Fortnam se comporta como si se mereciera un
por criar a esa bastarda.

rington sonrió. En realidad, quien era conocido por
engendrar bastardos con esclavas negras era lord Hollister, el
tío de Lucille. Pero Lucille y su tía siempre hacían la vista
gorda, si bien docenas de primos y primas de la primera seguían viviendo en la plantación Hollister. También el cochero, Jimmy, presentaba cierto parecido con el hacendado,
quien, unos años atrás, se había retirado a su residencia en la
ciudad de Kingston. Había dejado la plantación en manos del
esposo de Lucille después de adoptarla a ella, que procedía de
una familia de empleados londinenses sin recursos, los Horn-
by. Lord Hollister y su esposa no tenían descendencia.
Doug y Nora Fortnam, por el contrario, tenían, además de la
muchacha que se presentaba ese día en sociedad, a dos hijos
más jóvenes.

—Pero, en realidad, ¿no es hija ilegítima de Nora? —preguntó lord Warrington.

Todavía no acababa de entender del todo los vínculos de
parentesco que había en Cascarilla Gardens, la plantación vecina, pese a que ya llevaba viviendo ahí con Lucille cinco
años. De todos modos, los Fortnam no cultivaban una relación muy estrecha con sus vecinos. Eran amables y siempre
los invitaban a sus fiestas, pero no intentaban establecer lazos
de amistad. Los demás hacendados, a su vez, mantenían cier-
tas distancias con los propietarios de Cascarilla Gardens.
Doug y Nora Fortnam trataban de forma muy peculiar a sus
trabajadores negros. Si bien tenían esclavos, como era corriente en Jamaica, no solían contratar a vigilantes blancos,
daban más vacaciones de lo normal a su personal y apostaban
por una especie de sistema de autogestión entre los trabajadores bajo la dirección de un capataz negro.

Al principio, los vecinos se habían temido una catástrofe
inminente. Al fin y al cabo, se daba por hecho que los negros

eran perezosos e incluso agresivos si no se los mantenía bajo un severo control. Pero Cascarilla Gardens prosperaba con el peculiar estilo con que su propietario la administraba. De hecho, la plantación incluso formaba parte de las más ricas de Jamaica y, a esas alturas, ya eran muchos los hacendados que envidiaban a Doug Fortnam. ¡Aunque solo fuera por lo que se ahorraba en vigilantes! Pese a ello, a ninguno se le hubiese ocurrido adoptar su modelo de gestión en su propia plantación.

Lady Warrington resopló.

—¡Todavía peor! —exclamó. A diferencia de su marido, se acordaba muy bien de todos los pormenores—. De acuerdo, miss Nora no tuvo la culpa, la raptaron y... bueno, uno de aquellos tipos abusó de ella. ¡Justo por eso! ¿A quién... a quién le gustaría tener a su lado el fruto de tal desgracia?

Warrington se encogió de hombros. También a él le resultaba extraño que Doug Fortnam no solo se hubiera casado con Nora, después de que esta por fin se hubiese liberado tras años de cautiverio en un poblacho de la resistencia de esclavos huidos, sino que también hubiese adoptado a su hija, engendrada por uno de los insurgentes. A la chica en sí la encontraba encantadora, era probable que ya de niña fuera una preciosidad. Doug no había sido capaz de separar a madre e hija. Ese hombre era demasiado sentimental, en eso estaban de acuerdo, desde hacía años, todos los habitantes de los alrededores de Kingston. En algún momento se arrepentiría de haber tomado esa actitud tan indulgente con los esclavos...

El carruaje pasaba en ese momento por uno de los últimos campos cultivados de la plantación Hollister, donde un grupo de esclavos estaba plantando nuevas cañas. Warrington observó con satisfacción que los hombres apenas levantaban la vista. A fin de cuentas, esa gente no tenía por qué quedarse boquiabierta mirando su carruaje, su obligación era trabajar. Dirigió un gesto de aprobación al vigilante. El fornido escocés, a lomos de un caballo, llevaba preparados el fusil y el látigo, pero no los usaba permanentemente. Debía de ser competente, pues por lo visto bastaba con su sola presencia para intimidar a los negros. ¡Y estaba claro que no permitía esos cánticos entre los esclavos! Algunos vigilantes aseguraban obtener un mayor rendimiento si los hombres movían los machetes al compás de una canción. También en Cascarilla Gardens se oía cantar. A Warrington eso no le gustaba, prefería el silencio, con lo que parloteaba su mujer ya tenía suficiente. En ese momento, no obstante, lady Warrington callaba con expresión indignada. Al parecer seguía indecisa sobre si asistir a la fiesta, vacilando entre el desdén y la curiosidad.

Pero el silencio se quebró. En cuanto el cochero de los Warrington cruzó el lindero y se introdujo en Cascarilla Gardens, a un lado del camino resonaron cascos de caballo y una risa cristalina. El cochero Jimmy detuvo en seco el carruaje y lady Lucille lo regañó porque estuvo a punto de caerse del asiento.

Warrington se lo tomó con calma. Sin un frenazo brusco, el cochero no habría podido evitar el choque con los dos jinetes cuyas monturas habían salido inesperadamente al camino, delante del carruaje. Un grácil caballo blanco montado por una joven en silla de amazona, adelantaba en ese momento a un bayo mucho más grande. El joven que lo azuzaba para que acelerase el paso gritó una rápida disculpa a los Warrington. El caballo blanco ya había desaparecido entre las hileras de caña.

Warrington resopló.

—El joven Keensley —farfulló.

—Y la hija bastarda de los Fortnam —añadió Lucille, sarcástica—. ¡Escandaloso! Lo que digo... ¡no deberíamos apoyar algo así!

Su marido hizo un gesto de impotencia.

—A pesar de todo disfrutaremos de la velada —contestó apaciguador—. ¡Sigue, Jimmy! Después de este susto, necesito un trago de licor de caña. O de ponche de ron.

El ponche de la cocinera de los Fortnam era legendario, a

Warrington se le hacía la boca agua solo de pensar en él. Y daba gusto ver a la hija de los Fortnam, aunque solo hubiese pasado al galope por su lado. Sin duda, resultaría más estimulante verla más tarde bailando. Warrington se preguntó si, en caso de que él la invitara a bailar un minué, tal gesto se consideraría paternal o simplemente absurdo.

—¿No se lo he dicho? *Alegría* es más rápida que su bayo, aunque descienda de caballos de carrera. Pero *Alegría* tiene sangre oriental, es nieta de un Darley Arabian...

Deirdre Fortnam empezó a explayarse con su acompañante en cuanto pusieron al paso a los caballos después de haber traspasado la línea de meta, es decir, donde los caminos de la plantación entroncaban con el acceso pavimentado a Cascarilla Gardens. La pequeña yegua blanca había ganado con ventaja la improvisada carrera.

Quentin Keensley, el muchacho alto y pelirrojo que la acompañaba, hizo una ligera mueca. Le costaba encajar la derrota.

—Seguro que también cuenta que no lleve mucho peso encima —contraatacó—. Pues usted, miss Fortnam, es ligera como una pluma. La más delicada pluma del colibrí más precioso que jamás haya existido en nuestra isla...

El joven Keensley se estiró la «mosca», la perilla que marcaba la moda, y dirigió una sonrisa a la joven. Era evidente que se manejaba mejor con el lenguaje refinado que con la equitación; en realidad, los caballos no le interesaban en absoluto. Lo único que le atraía era Deirdre Fortnam.

Quentin había viajado mucho. Su familia le había proporcionado una educación inglesa tradicional y le había regalado un viaje por Europa antes de su regreso a Jamaica. Sin embargo, en ningún lugar había visto a una muchacha más hermosa que la hija de sus vecinos. Aunque solo fuera por esa piel: crema de leche con una pizca de café, suave y sedosa. Quentin se moría por acariciarla. Y ese extraño cabello negro, ni liso ni ondulado, ni realmente crespo. Era mucho más fino que cualquier cabello negro y caía en una cascada de ricitos diminutos por su espalda. ¡Y qué ojos! Parecían esmeraldas protegidas por unas pestañas desconcertantemente largas y de un negro intenso. ¡Y encima echaban chispas! Como en ese momento, mientras Deirdre lo miraba.

—¡Eh, ni que yo fuera un jarrón encima del caballo! —protestó—. ¡A *Alegría* hay que saber montarla! Si le apetece, puede probarlo, pero le advierto que si no sabe montar de verdad no conseguirá detenerla antes de llegar a Kingston.

La joven acarició el cuello de su yegua, que parecía tranquila y dócil. Keensley estaba seguro de que la joven exageraba. De hecho, nunca hubiese creído capaz a ese caballito de ser tan endiabladamente veloz como había demostrado.

—¡Me inclino ante su arte de montar al igual que ante su belleza! —declaró con una sonrisa de disculpa y bajando la cabeza.

También le habría gustado sacarse el sombrero, pero ya al principio de esa desaforada carrera había perdido el tricornio. Tendría que enviar a un esclavo a recuperar tan preciado complemento.

Deirdre dirigía en ese momento el caballo hacia la casa de sus padres, un recargado edificio de estilo colonial que de niña le parecía un castillo. Tenía torrecillas, miradores y balcones, y estaba pintado de azul y amarillo, los colores favoritos de su madre, y decorado con unas primorosas tallas en madera. En Cascarilla Gardens se formaba a carpinteros y talladores. Ahí los esclavos tenían más hijos que en otras plantaciones: Doug Fortnam aceptaba parejas entre sus trabajadores y, en sentido estricto, no vendía a ningún esclavo. Quien nacía en Cascarilla Gardens tenía allí su morada prácticamente para siempre. Era una buena opción, como lo demostraba el hecho de que muy pocas veces se escapaba alguien. Sin embargo, había que encontrar ocupaciones para todos los jóvenes negros.

Deirdre y Quentin recorrieron al trote la valla del jardín

de los Fortnam, que rodeaba un espacioso terreno ya engalanado para la fiesta. Las salas de recepción de Cascarilla Gardens daban a los jardines y cuando hacía buen tiempo se dejaban abiertas las amplias puertas del salón de baile y los invitados podían sentarse fuera o tomar el aire entre los árboles y parterres de flores. Nora Fortnam era una gran aficionada a la flora jamaicana y hacía gala de cultivar todos los tipos de orquídeas en su jardín, mimaba sus arbustos *accaria* y toleraba también la ubicua presencia de las cascarillas, que llegaban a alcanzar hasta diez metros de altura y daban su nombre a la propiedad. Un enorme mahoe o majagua azul dominaba el jardín y ofrecía sombra en verano. En ese momento unos farolillos colgaban de sus ramas.

—¿A que ha quedado precioso? —dijo Deirdre, señalando los adornos—. Ayer decoré el jardín con las sirvientas y mis hermanos. ¿Ve el farolillo rojo que está ahí arriba? ¡Es mío, lo hice yo!

—Muy... bonito... —comentó Keensley contenido—. Pero no debería estropearse las manos con trabajos domésticos... —En la familia de Quentin una dama habría supervisado cómo los esclavos decoraban el jardín. Y desde luego no se habría puesto a confeccionar farolillos.

Deirdre suspiró.

—Y también debería llevar guantes para montar a caballo —admitió, mirándose con expresión culpable los dedos, que casi no cesaban de tirar levemente de las riendas para mantener alerta a la yegua—. Pero siempre me olvido de ponérmelos. Pero da igual. «El trabajo no envilece», dice siempre mi padre...

En su juventud, Doug Fortnam se había pagado él mismo un viaje por Europa trabajando en el campo y la mina. Al final incluso se había enrolado como marinero para costearse el viaje de regreso a Jamaica.

Deirdre espoleó su caballo para llegar antes al establo. Al ver el jardín adornado había caído en la cuenta de que hacía tiempo que debería estar arreglándose y cambiándose de ropa para la velada. Al fin y al cabo se trataba de su fiesta... Cumplía dieciocho años y los Fortnam lo celebraban por todo lo alto.

En el establo todo el mundo estaba preparado para recibir a los invitados. Kwadwo, el anciano caballerizo, aguardaba los carruajes delante de la entrada para saludar a los invitados y ocuparse de los caballos. Con este fin, había insistido en vestir la librea tradicional en el servicio de las casas nobles, azul claro con rebordes amarillos en el cuello y las mangas. Y una peluca empolvada de blanco. Deirdre se sonrió para sus adentros, pero a Kwadwo parecía agradarle ese atuendo. Se aproximaba dignamente a los carruajes y abría la portezuela a las damas con un ademán elegante. A continuación hacía una reverencia a la manera de un lacayo en la corte del Rey Sol. Alguien debía de habérselo enseñado y Kwadwo le había encontrado el gusto, aunque sus actuales señores no prestaban importancia a tales formalidades.

Salvo en esas circunstancias, su comportamiento no era en absoluto servil. Al contrario, como *busha*, nombre que recibía en Jamaica el jefe negro de una plantación, representaba los intereses de los esclavos subordinados a él. Doug Fortnam lo consideraba el mediador entre el barrio de los esclavos y la casa señorial. Por otra parte, Kwadwo ocupaba el cargo de *obeah*, el guía espiritual de los negros de la hacienda, algo que se mantenía en secreto. Los blancos no veían con buenos ojos el culto obeah, que solía estar prohibido en las plantaciones. Por las noches, los esclavos acudían a las ceremonias a hurtadillas. Doug y Nora Fortnam nunca habrían admitido ante sus vecinos que permitían que sus trabajadores acudieran a reuniones obeah; pero de hecho, ambos hacían la vista gorda cuando alguna vez desaparecía un pollo para ser sacrificado a los dioses...

Cuando Deirdre y su acompañante detuvieron los caballos delante del establo, Kwadwo salió a su encuentro. No obstante, se ahorró la formal bienvenida con la hija de la casa. Tras echar un vistazo a la posición del sol y a la acalorada Deirdre, una mueca de disgusto asomó en su rostro ancho y arrugado.

—Por todos los cielos, missis Dede, ¿qué haces... qué hace usted aquí todavía? Ya hace rato que debería estar en casa. ¡Su madre se enfadará! ¡Mira que salir a pasear sola con un señor! ¿Es así como se comporta una dama? Me huelo que has sacado el caballo del establo a escondidas, yo no te habría dejado marchar sin la compañía de un mozo...

Deirdre rio.

—¡Pues habría dejado atrás a ese pobre mozo! —observó la joven.

Kwadwo alzó teatralmente los ojos redondos y oscuros al cielo.

—Y seguro que también has ganado al señor Keensley, ¿o no? Viendo cómo llevas el pelo...

Deirdre se había sujetado los rizos antes de salir a montar y los había escondido convenientemente debajo del sombrero. Pero con la audaz galopada se le habían soltado todos. La muchacha se disponía a replicar, cuando Quentin se interpuso con su caballo entre el criado y la yegua. El joven tenía tendencia a sulfurarse. Ya el hecho de que el sirviente no le hubiera dedicado una reverencia le había indignado y ahora, encima, se mostraba sarcástico aludiendo a su derrota en la carrera.

—¿Así hablas a tu señora, negro? —espetó a Kwadwo—. Me ha parecido oír una inconveniencia.

La fusta del joven cortó el aire, pero el anciano caballerizo detuvo el golpe con su mano grande y callosa.

—¡Así, no, señorito! —le advirtió sin perder la calma—. No soy un esclavo, soy un hombre libre. Y solo al *backra* tengo que rendir cuentas de lo que digo y nadie...

Kwadwo se interrumpió. Fuera o no fuese libre, no le convenía regañar al muchacho. No obstante, Keensley se lo había ganado sin duda, pues no era digno de un caballero salir de paseo con una muchacha sin dama de compañía. Deirdre era a veces algo irreflexiva, pero Quentin Keensley no debería haberse aprovechado de ello.

El muchacho paseó la mirada furibunda y desvalida entre el anciano negro y la horrorizada Deirdre.

—¿Cómo habla este? —preguntó confuso el joven a la muchacha—. Parece... parece un inglés correcto.

La mayoría de los esclavos llegados de África hablaban de forma muy elemental la lengua de sus amos, o al menos fingían no saber expresarse con fluidez. Menos en Cascarilla Gardens, y Nora Fortnam animaba a los jóvenes negros a que hablasen correctamente. Kwadwo, que había llegado a Jamaica siendo muy joven, no había tardado en aprender el idioma. Como era habitual, había ocultado sus conocimientos ante sus antiguos patrones, y aún en la actualidad hablaba un inglés básico con los invitados; pero se había olvidado de hacerlo en presencia de Quentin.

—Kwadwo lleva cincuenta años aquí —contestó Deirdre, mirando con ceño a su galán, que se percató de lo enojada que estaba la joven—. Es normal que hable inglés, ¿no cree? Pero ¡usted sí debería avergonzarse de intentar azotar a un anciano! Me refiero a que... claro que tampoco debe pegarse a los jóvenes... Bueno, a ningún esclavo. Aunque Kwadwo no es un esclavo, mi padre ya hace tiempo que le dio la libertad. Kwadwo es nuestro busha. ¡Forma parte de la familia! —Se ruborizó ligeramente—. Yo lo veo como si fuera mi abuelo... —Y sonrió al anciano obeah con expresión de complicidad.

El rostro de Kwadwo relució.

—Vamos, vamos, missis, para eso soy demasiado negro... —replicó de buen humor, aunque sabía que los abuelos paternos de Deirdre no habían sido menos oscuros de piel que él mismo.

Pero Deirdre se parecía mucho a su madre y los Fortnam no iban pregonando sus orígenes. Se la consideraba la hija de Nora y Doug, y si se chismorreaba algo distinto era en susu-

—

rros. Quien en su día no se había enterado de la historia, solía dudar de la veracidad de tales chismorreos.

—¡Tienes toda la razón, Kwadwo! —exclamó Deirdre riendo—. ¿Te ha lastimado?

Señaló la mano del viejo y desmontó, haciendo caso omiso, a propósito, de la ayuda que Quentin se ofreció a prestarle.

El caballerizo agitó la cabeza, balanceando vivamente los largos tirabuzones de la peluca.

—Qué va, missis. Tengo las manos insensibles de tantos callos... como pronto tú... como pronto usted las tendrá si no se pone de una vez guantes para cabalgar.

Kwadwo probablemente habría proseguido con su sermón si no hubiese asomado por la entrada el carruaje de los Warrington. El caballerizo llamó a unos mozos de cuadra que condujeron a *Alegría* y el bayo de Keensley al establo, mientras él mismo se ocupaba de los recién llegados.

—¡Señora Warrington, backra lord Warrington! —Kwadwo ejecutó su famosa reverencia—. ¡Bienvenidos a Cascarilla Gardens! ¿Tener un buen viaje? ¿No mucho calor en carruaje sin toldo? Jimmy, vago, ¿no pensar tu missis arruinar la piel con sol...?

Deirdre sonrió cuando vio que Quentin fruncía el ceño. Kwadwo volvía a interpretar su papel, pero el joven caballero no parecía encontrarlo gracioso. En fin, ¡menuda pieza era ese Quentin Keensley! Deirdre sacudió la cabeza al pensar en lo tonta que había sido. ¿Cómo se le había ocurrido salir con él? No le dedicó ni una mirada más cuando la escoltó hasta la entrada principal de la casa. Había esperado contar con un acompañante de miras amplias e inteligente, ya que el joven había viajado por Europa. Sin embargo, había demostrado ser meramente un mediocre y vanidoso barón del azúcar: siempre recurriendo al látigo ante un esclavo indefenso. Siempre dispuesto a considerar idiota a toda la gente de piel negra.

¡Y encima tampoco sabía montar decentemente!

2

Nora Fortnam se encontraba en el vestíbulo, lista para dar la bienvenida a los invitados. Cuando Deirdre por fin apareció, se sintió tan aliviada como disgustada. En consonancia, su hija dio la impresión de sentirse culpable. Si no la hubiese acompañado Keensley posiblemente habría optado por la puerta de la cocina para introducirse en la casa deprisa y sin ser vista, pero eso era inviable en compañía de un galán: hasta su indómita hija todavía se ceñía, por fortuna, a las reglas básicas de la etiqueta. Si bien el joven no tenía un aspecto muy presentable en ese momento. Nora observó que el sirviente que recibía a los invitados lanzaba una mirada reprobadora al traje de Quentin. Sin duda la indumentaria de gala del joven había sufrido un poco durante la cabalgada. La chaqueta azul claro de brocado y el calzón a juego presentaban una pátina ligeramente rojiza del polvo del camino. Además, no llevaba el tricornio, una pieza obligada según la moda del momento. Presentarse sin el sombrero bajo el brazo en los actos de sociedad formales no era propio de un caballero, y Keensley se mostraba abochornado como cabía esperar. En cuanto al hecho de que no llevara el cabello empolvado como se acostumbraba, a los Fortnam les daba igual, a fin de cuentas el señor de la casa solía negarse a seguir esa moda.

—Dede, ¿dónde te habías metido? —reprendió Nora a su hija—. ¡Ya deberías estar arreglada y saludando conmigo a los invitados! ¿No recuerdas que la persona homenajeada eres tú? Uff. ¡Más vale que no pregunte dónde has estado! —El traje de montar de la joven y el cabello suelto hacían superflua tal pregunta.

Respecto al acompañante de su hija, Nora lo habría compadecido si no hubiese estado tan furiosa a causa del retraso. Era probable que hubiese intentado flirtear con Deirdre, pero Nora no iba a preocuparse por ello. Hasta el momento, su hija daba calabazas a todos sus galanes. Le interesaban más las carreras a caballo que intercambiar caricias a escondidas.

—Y usted, señor Keensley, será mejor que vaya a arreglarse un poco.

Nora buscó a un sirviente que pudiese ayudar a Quentin con su indumentaria y envió a dos niños negros en busca del tricornio del invitado. Deirdre les explicó el recorrido que había hecho con Keensley, y parecía de nuevo divertida; sin duda había pasado un buen rato.

Nora suspiró. También ella de joven había sido traviesa y todavía disfrutaba con las carreras. Pero a la edad de Deirdre había guardado más las formas... El recuerdo de sus propias escapadas casi la hizo sonreír, pero se contuvo. De todos modos, Deirdre era una mimada sin remedio; así que no iba a ser además comprensiva con ella.

—¡Date prisa, Deirdre, te necesitamos! —exhortó a la joven con severidad—. Ya hablaremos más tarde de tu comportamiento... ¡No puedes hacer mutis por el foro con el señor Keensley y quedarte tan tranquila!

Deirdre se disculpó con una sonrisa.

—No te pongas así, mamá. —Y la besó en la mejilla, para dar un respingo a continuación y frotarse el polvo de los labios—. Haré acto de presencia cuando ya estén todos aquí, bajaré... hum... descenderé flotando por las escaleras y todos me mirarán fascinados.

Se enderezó y dio unos pasitos con afectación, como si se desplazara sobre tacones altos y llevara corsé.

Nora se esforzó por no sonreír sin conseguirlo del todo.

—¡Anda, corre de una vez a la habitación! —dijo condescendiente—. Las chicas te están esperando para arreglarte. Diles que se den prisa. No hemos organizado esta fiesta para pasar el rato, Deirdre. Se trata de tu presentación en sociedad y sería deseable que te comportaras adecuadamente...

Nora, por su parte, ya llevaba tiempo impecablemente vestida y presentaba un aspecto imponente. Pese a que ya tenía más de cuarenta años y había dado a luz a tres niños, seguía delgada. Ese día, además, se había ceñido el corsé más de lo habitual. En realidad detestaba los corsés y solía evitarlos en sus tareas cotidianas. Nora tenía nociones de medicina y hacía las veces de médico de blancos y negros en su plantación y, con frecuencia, también en las vecinas. Así que para realizar tales menesteres prefería los vestidos ligeros y cómodos de algodón. Aun así, para la fiesta de cumpleaños de su primogénita se había puesto un elegante vestido de seda verde oscuro con cenefas doradas, y se había peinado primorosamente con un recogido, empolvado el cabello y maquillado según los dictados de la moda. Esperaba que también su marido hiciera concesiones en ese aspecto, aunque no abrigaba grandes esperanzas. El hacendado y brillante abogado encontraba sumamente divertido dejar algo pasmados a sus vecinos saltándose las convenciones. Doug Fortnam prefería los pantalones de montar a los calzones, tenía solo una peluca, que utilizaba en el tribunal, y se negaba a empolvarse de blanco su abundante cabello rubio.

«La experiencia demuestra —solía decir con deje pedagógico— que el pelo del ser humano acaba encaneciendo si este vive lo suficiente. Tengo la intención de esperar a que esto ocurra. Y también la palidez mortal aparece en algún momento por sí misma. No pienso anticiparme a los hechos embadurnándome la cara de blanco.»

Nora compartía su opinión, pero consideraba que ese día era más importante causar buena impresión que defender sus convicciones sobre la moda. Esa fiesta era crucial para Deirdre, aunque la propia muchacha no se percatara y Doug solo un poco. Pero ella, Nora, era una sagaz observadora y no se le había escapado que Deirdre corría el peligro de que la buena sociedad de Jamaica la marginara. En el transcurso del último año se habían celebrado bailes y recepciones, tanto en Kingston como en las plantaciones adyacentes, durante los cuales las jóvenes habían sido introducidas en sociedad. Esta costumbre provenía de Inglaterra, donde las jóvenes de la nobleza, al cumplir los dieciocho años, eran presentadas al rey. A partir de entonces se convertían en muchachas casaderas y los jóvenes apropiados podían optar a pedir su mano. En las colonias habían ajustado tal práctica a sus propias y específicas circunstancias: quien tenía una hija en edad de merecer ofrecía un baile al que también invitaba a sus conocidos, con hijos e hijas. De este modo coincidían y se conocían los jóvenes que vivían en plantaciones distantes entre sí. Todo ello era, por supuesto, un preámbulo para el matrimonio.

Así pues, Nora llevaba un año esperando que llegaran las correspondientes invitaciones para su hija, pero eso no ocurría. Los representantes de la buena sociedad de Kingston no se lo decían a los Fortnam directamente y con toda certeza lo habrían desmentido si se les hubiese preguntado, pero excluían a Deirdre a causa de sus orígenes dudosos. Ya cuando era niña solían «olvidarse» de invitarla, pero con los bailes de presentación se hizo evidente que la evitaban. Era obvio que Deirdre Fortnam no era persona grata.

Así que, tras constatarlo durante un tiempo, Nora había decidido pasar a la acción. El decimoctavo cumpleaños de Deirdre daría lugar a uno de los bailes más espléndidos que se hubieran organizado en la región de Kingston y Spanish Town. Y ninguno de los que acudiera a Cascarilla Gardens podría negarse a incluir a Deirdre en la lista de invitados de sus propias celebraciones.

Sin embargo, Doug señalaba que bastaba con que los invitados no acudiesen a la recepción para que pudieran seguir ignorando a Deirdre. Pero Nora no abrigaba tales temores. Cascarilla Gardens era demasiado grande y demasiado respetada, y Doug era demasiado conocido como abogado y experto en derecho internacional como para que alguien se arriesgara a ofenderlos. Los invitados acudirían y era de esperar que se convencerían de lo hermosa y educada que era Deirdre Fortnam. Si es que la señorita se dignaba dejarse ver... y si no se permitía más salidas con los jóvenes vecinos sin carabina.

Deirdre subió corriendo al primer piso y se alegró de no cruzarse con nadie de camino a la sala de baile. Ya hacía tiempo que las habitaciones de invitados estaban ocupadas, las primeras visitas procedentes de Kingston y las Blue Mountains habían llegado en el transcurso de la mañana. A los Fortnam les parecía normal, pues las distancias que separaban a los habitantes de la región eran demasiado grandes para realizar visitas cortas; además, si la casa estaba bien administrada, que estuviera llena no suponía un trabajo adicional para los anfitriones. En ninguna plantación faltaba personal, y los empleados de Cascarilla Gardens estaban especialmente bien instruidos. Al menos los más jóvenes habían nacido en la plantación y no habían tardado en ponerse bajo la severa tutela de la cocinera Adwea, a quienes todos llamaban cariñosamente Mama Adwe. Junto con Nora, hija de un comerciante y bien aleccionada para desenvolverse en cualquier asunto social, y la primera doncella Carrie, Adwea formaba a cocineras, doncellas y sirvientas estupendas que se ponían a disposición de la familia y sus huéspedes.

En ese momento, tres muchachas negras, que ya la esperaban inquietas, saludaron a Deirdre.

—¡Missis, dese prisa!

Amali, la mayor de las muchachas, corrió para ayudarla a quitarse el traje de montar. Genet, la segunda, ya tenía lista una jofaina con agua caliente y una esponja para que Deirdre se frotara y refrescara. Deirdre notó complacida que el agua olía a rosas y lavanda, las muchachas debían de haber vertido unas gotas de esencia de esas flores. Se lavó a toda prisa, mientras Amali y Genet le preparaban la ropa interior de seda, medias y el inevitable corsé.

La mayoría de las damas de la buena sociedad nunca habían cogido una esponja. Casi todas dejaban que, en lo concerniente a la limpieza y cuidado del cuerpo, fueran las doncellas negras quienes se encargaran. Nora, sin embargo, había enseñado a Deirdre para que se valiera por sí misma. Encontraba lamentable confiar al servicio hasta los secretos más íntimos del cuerpo y había legado a su hija ese sentido del pudor. La joven no tenía una doncella personal, aunque le encantaba que a veces la tratasen como a una princesa.

Kinah, la tercera muchacha, una buena peluquera, insistió en soltarle el cabello y cepillarlo antes de que la vistieran.

—Está sucio, missis, y si se cae la arenilla roja sobre el vestido blanco...

Deirdre rio por lo bajo al recordar las galas polvorientas de Quentin Keensley y contó a las muchachas que el joven había perdido la carrera. Las tres rieron complacidas, sobre todo Amali, que tenía la misma edad de Deirdre y era más una amiga que una sirvienta.

—Pero si se comporta así con los jóvenes caballeros —señaló la muchacha—, nunca encontrará marido, missis. Nos lo leyó una vez en voz alta: una joven debe ser discreta, dulce y cordial. ¡En sus libros no se habla de carreras de caballo!

Deirdre tenía varios libros procedentes de Inglaterra en los que se enseñaba el comportamiento de una damisela en sociedad. Nora pedía ese tipo de libros por guardar las convenciones, llevada por su mala conciencia. Era consciente de que dejaba que su hija y también sus hijos más pequeños crecieran con más libertad de lo habitual. Los hijos de los Fortnam jugaban en la cocina con los hijos de los esclavos, en el jardín y también en el barrio de los esclavos. Sabían nadar y cabalgar, paseaban por la playa, el bosque y los campos de caña de azúcar. Hasta los quince años, Deirdre no había empezado a llevar zapatos de forma más o menos regular.

Su profesor privado, Ian McCloud, un escocés de temperamento dulce, tampoco era partidario de una educación severa. En lo referente a la autoridad, había demostrado su incapacidad para imponerla cuando al principio Doug lo había contratado como vigilante de los esclavos. No obstante, los Fortnam se habían beneficiado de ello. De hecho, bajo la dirección de Kwadwo, los negros se autogestionaban estupendamente. Cuando Doug tuvo que someterse a pesar suyo a la presión de los vecinos, que consideraban que una cuadrilla de esclavos sin vigilante era un peligro público, contrató a McCloud para que trabajase en la propiedad. Los primeros años en la plantación este pasó leyendo o soñando bajo una palmera la mayor parte del tiempo, mientras su esposa Priscilla, que afirmaba ser médium, conjuraba espíritus. Solo con los niños Fortnam encontró mister Ian, como lo llamaban los negros, su auténtica vocación. Ofreció a Deirdre y sus hermanos una educación general. Doug no envió a sus hijos a una escuela en Inglaterra, tenía unos recuerdos traumáticos del tiempo que él mismo había pasado en el internado. Si Thomas y Robert deseaban estudiar más tarde, siempre podrían ir a la metrópoli.

—En los libros se habla de equitación —explicaba en ese momento Deirdre, mientras Kinah se ocupaba de su cabello—. Pero ¡solo dicen tonterías! El caballero debe ocuparse de que la dama tenga a su disposición el caballo más dócil y lento... ¡En Inglaterra parece que monten exclusivamente por placer y no para llegar a un sitio!

Nora le había hablado a su hija de los paseos a caballo por St. James Park y de las cacerías en Escocia. A la joven sin duda le habría hecho ilusión salir de cacería a caballo. Pero Nora le había prohibido que participara en actividades similares. En los alrededores de Kingston no se cazaban animales, sino a jóvenes negros que se divertían escapándose de los jinetes. Los niños tal vez lo encontraran divertido, pero Nora lo consideraba denigrante. Y Doug siempre recordaba las cazas de esclavos en que su padre participaba. Perseguían con perros y caballos a negros huidos para imponerles después unos castigos en extremo despiadados por intentar fugarse. Las divertidas «cacerías» servían, además, para entrenar a los animales a hostigar a futuros fugitivos.

—En cualquier caso, ¡no pienso casarme con un hombre con quien tenga que fingir que soy una mema pusilánime que ni siquiera sabe montar! —declaró Deirdre—. Mi esposo tendrá que aceptarme tal como soy.

Amali rio en silencio. Conocía la historia de Deirdre, en los barrios de esclavos se sabían muchos más detalles sobre el rapto de Nora Fortnam y sus relaciones con el padre biológico de Deirdre, Akwasi, que entre la buena sociedad de la región de Kingston. Deirdre ya podía darse por satisfecha si gozaba de la oportunidad de elegir entre los hijos de los backras blancos. Podría haber acabado en un barrio de esclavos trabajando de sirvienta. Ante la ley, la hija de un esclavo huido era negra, y hasta hacía pocos años los hacendados no tenían ni siquiera permiso para conceder salvoconductos a su personal. Eso había cambiado con el paso del tiempo. Kwadwo y Adwea eran libres, y también el padre adoptivo de Deirdre disponía de un documento firmado por el gobernador que confirmaba que la joven era una negra libre. Eso le daba seguridad, pero no la hacía necesariamente más interesante para jóvenes como Quentin Keensley.

Amali indicó a su joven señora que se levantase y empezó a ceñirle el corsé. Era fácil, Deirdre era muy delgada y de hecho no habría precisado de ayuda. Sin embargo, la cintura de avispa que se conseguía con el corsé estaba de moda. Deirdre gimió cuando Amali tiró enérgicamente de los cordones.

A continuación, las muchachas la ayudaron a ponerse un miriñaque y un ligero vestido blanco inmaculado que cubría una mantilla con lazos en verde claro. Aun sin peinar, Deirdre estaba arrebatadora.

Amali sonrió a su amiga y señora. Por fortuna era bonita, decía Mama Adwe. Los hombres no tendrían en cuenta los orígenes de Deirdre cuando la viesen. Y sus familias no osarían ofender a Doug Fortnam, de Cascarilla Gardens, rechazando a su hija adoptiva. Eso al menos era lo que esperaban los Fortnam y sus sirvientes. No había nadie en Cascarilla Gardens que le desease ningún mal a Deirdre.

—Bueno, ¡para el maquillaje ya no tenemos tiempo, de verdad!

Peinar los rebeldes rizos de Deirdre en una trenza suelta y adornarla con flores de azahar había llevado lo suyo. Deirdre hizo un gesto de rechazo cuando Genet fue a buscar los tarros con el maquillaje.

—Pero missis Nora dijo...

Genet vacilaba e intentó protestar, aunque no con toda franqueza. A la muchacha negra le parecía absurdo empolvar el rostro ya de por sí claro de los blancos. Y más aún cuando no embellecería para nada a Deirdre. No había maquillaje en el mundo que pudiera hacerla más hermosa de lo que era. Tenía una tez tersa y limpia, y su color natural conjugaba mucho mejor con su vestido de fiesta que una palidez artificial.

—¡Bah, mamá no lo dice en serio! —aseguró Deirdre, poniéndose en pie—. ¡Lo habéis hecho de maravilla! —elogió a las muchachas—. Bajad y decidle al maestro de ceremonias que voy, ¿de acuerdo? Y a mamá, claro. ¡Será una entrada espectacular!

Con los elegantes zapatos de seda de tacón alto, se movía con tanta gracia como había mostrado antes delante de su madre. Llevar toda la noche ese calzado sería terrible... pero Deirdre sabía que no podía eludir esa obligación. Se le escapó una risita al pensar lo que sucedería si apareciera descalza en su fiesta de presentación.

La joven siguió a las muchachas con su vestido de gala por el pasillo y luego, mientras las tres bajaban presurosas, permaneció un momento inmóvil junto a la trabajada balaustrada para contemplar la sala desde ahí arriba.

—Deirdre, ¡qué guapa estás! —resonó la voz de Doug a sus espaldas—. ¡Hoy me recuerdas mucho a tu madre! Todavía me acuerdo de la primera vez que la vi, era la fiesta de Navidad. Bajaba por la escalera y estaba tan hermosa... Me enamoré de ella al instante. ¡Y esta noche harás que todos los chicos que están ahí abajo pierdan la cabeza por ti! ¡Ten cuidado de que no se peleen para ganarse tu favor!

Y sonrió con aire travieso a su hija adoptiva. También él iba a reunirse con los invitados, pero se detuvo un momento para contemplar a Deirdre. El rostro algo anguloso del hombre ya se hallaba recorrido por pequeñas arrugas que el sol y el viento habían labrado en su siempre bronceada piel. De todos modos, seguía mostrando la expresión jovial y atrevida que había enamorado a Nora tantos años antes.

—¡También tú tienes muy buen aspecto! —dijo Deirdre devolviéndole el cumplido—. ¡Y perfectamente empolvado! Me temo que no te habría reconocido entre la gente.

Doug se rio. De hecho había cedido a la petición de Nora y se había puesto calzones, medias de seda, chorrera de encaje y chaqueta de brocado. Los altos zapatos de hebilla eran lo que más le fastidiaba. Doug encontraba cursi y tontorrón su traje, y no tenía claro por qué había de llevar en su propia casa un tricornio bajo el brazo. Pero se había decidido a seguir la moda por una vez, empolvado su abundante cabello rubio y recogido con un pasador en la nuca.

—Entonces quédate conmigo hasta que te hayas acostumbrado a mi aspecto —replicó, haciendo un guiño y ofreciendo el brazo a Deirdre—. ¿Me permite, princesa?

La muchacha sonreía cuando descendió cogida del brazo de Doug hacia la sala de baile. El maestro de ceremonias contratado para la ocasión se encontraba al pie de la escalinata listo para anunciar la llegada de ambos.

—*Mesdames* y *messieurs*... su anfitrión, Douglas Fortnam, y nuestra homenajeada, la encantadora miss Deirdre...

Los jóvenes presentes se quedaron sin respiración al ver a la muchacha. Seguro que ninguno de ellos permitiría que sus padres «olvidasen» invitar a esa belleza a la próxima fiesta que celebraran.

Listo. Bonnie volvió a pasear la mirada por las dos habitaciones de la casa de su señor que acababa de limpiar. Pese a sus esfuerzos, todavía ofrecían un aspecto deslucido. Y eso que Bonnie ponía auténtico empeño. Le habría gustado que la casa de la pequeña localidad portuaria tuviera un aire más hogareño. Pero a Skip Dayton, su backra, le bastaba con un mobiliario compuesto por una cama, una mesa y un par de sillas rústicas. Al menos no había que preocuparse por mantener limpias cortinas, manteles o sábanas.

Bonnie soñaba con unas sábanas limpias y perfumadas. Odiaba la cama sucia del backra. Pero ahora prefería no pensar en ello, todavía era temprano. Hasta que el amo volviera a llamarla pasarían muchas horas. Y tal vez ese día la dejara en paz... Bonnie habría rezado para que así fuera, si no hubiese dejado de pedir ayuda a los dioses mucho tiempo atrás. Ya no malgastaba energía en esfuerzos inútiles, visto que ninguna de sus oraciones había sido escuchada.

Necesitaba urgentemente un descanso. La última noche había sido dura. Lanzó un gemido mientras se levantaba. Había fregado el suelo de rodillas, de otro modo no había quien pudiese con los restos del tabaco de mascar que el backra solía escupir sin la menor consideración. Así visto, quizás era mejor que no hubiese alfombras... aunque Bonnie habría caído en una superficie más blanda si a él se le ocurría castigarla, como la pasada noche, tirándola al suelo. O cuando la poseía ahí mismo... También en esas ocasiones tenía después todo el cuerpo dolorido. Los gruesos tablones de madera eran duros como piedras y, para más inri, se le clavaban astillas en la espalda. A veces tan profundamente que tardaban días en salir.

Bonnie buscó apoyo en la mesa de la cocina, pues al levantarse se le había nublado la vista. Habría preferido retirarse un par de horas al cobertizo detrás de la tienda del backra, donde solía dormir. Si se acostaba, el dolor tal vez cesaría. Pero el cobertizo no era un refugio acogedor. Desprendía un terrible hedor a los restos de la carnicería que el backra solía dejar en agua, y precisamente esa mañana había vuelto a tirar pellejos y vísceras delante de la casa. A Dayton no le molestaba el olor de los pellejos cuando se secaban ni los restos de la carnicería cuando se pudrían. Ni los berridos de las ovejas, cabras y bueyes que hasta la matanza mantenía en corrales mugrientos, ni los millones de moscas que todo aquello atraía. Y tampoco había nadie que se quejara, pues la carnicería se hallaba en el extremo más alejado de la población, y justo detrás empezaba la playa de arena virgen de Gran Caimán. Únicamente Bonnie sufría. Cuando reunía fuerzas, cubría los restos con arena antes de irse a dormir.

Ese día no habría podido descansar sin que nadie la molestara, pues el patrón había llegado borracho a casa por la noche. Pasaba con frecuencia, pero en esa ocasión, de vuelta de los garitos que había junto al puerto, había pasado por la tienda de Máanu y armado jaleo. Esos altercados por sorpresa constituían lo que Skip Dayton entendía por «petición de mano», y solo conseguía enervar a Máanu, la propietaria del colmado de la localidad. Lo había recibido tal como se merecía, vaciándole un orinal encima y, además, su hijo Jefe estaba presente. El corazón de Bonnie siempre palpitaba más deprisa cuando pensaba en Jefe. Era tan alto, tan fuerte, tan seguro de sí mismo... y protegía a su madre. Bonnie también deseaba tener a alguien que la protegiera, la noche pasada lo habría necesitado imperiosamente.

Después del desaire de Máanu, el backra Skip se había «calentado», como él mismo decía, y, como siempre, solo había tenido a mano a Bonnie para satisfacer sus antojos. La joven esclava también había tenido que sufrir el castigo que, según él, Máanu merecía por su terquedad. Pocas veces la había golpeado con tanta inquina. Bonnie tenía la sensación de que le dolían todos los huesos y músculos, pero, claro está, no podía dejar de trabajar sin arriesgarse a recibir una nueva paliza. Así que había madrugado como siempre, había dado de comer a los animales y limpiado la casa, y ahora tenía que salir a comprar.

Una vez fuera, se animó un poco. Le gustaba ir a la tienda de Máanu, charlaba con ella y tenía la ilusión de que en algún momento Jefe pasaría por ahí. El joven trabajaba de mozo de los recados en el puerto y lo contrataban para tareas temporales. No ganaba mucho dinero ni era una ocupación a jornada completa, pero para negros libres casi no se encontraba trabajo en las islas Caimán. Estaban llenas de esclavos que trabajaban gratis. Las plantaciones pertenecían a los blancos, al igual que la mayoría de las miserables tiendas que había en la población que rodeaba el pequeño puerto. En ellas nadie hacía nada, y el backra Skip se ocupaba por sí solo de la carnicería, en lugar de instruir a un negro. Probablemente temía dar a un esclavo un cuchillo bien afilado para desollar y destripar animales. ¡Y seguro que no se equivocaba! Si tratase a un hombre como trataba a Bonnie... A veces la esclava disfrutaba imaginándose que se defendía con el cuchillo de carnicero... Las fantasías de Bonnie solían ser violentas. No le importaría vadear por sangre si esta fuera la de su backra...

La muchacha se llamó al orden. Tales ensoñaciones no le convenían a nadie. Era mejor que repasara la lista de la compra, no fuera a ser que se olvidara de alguno de los encargos que el backra le había hecho por la mañana.

Bonnie se alejó de la pequeña y destartalada cabaña de madera junto a la carnicería, donde Skip Dayton pesaba en ese momento un trozo de lomo de cerdo para la esposa del capitán del puerto. La señora Benton realizaba personalmente sus compras, probablemente porque estaba sola y se aburría. Había solo unas pocas señoras respetables en el lugar. Las mujeres de la zona portuaria de Gran Caimán eran esclavas o putas, con frecuencia las dos cosas a la vez. Los dos burdeles donde las tripulaciones de los barcos iban a divertirse ofrecían casi exclusivamente mujeres negras y mulatas. Una blanca y su hija, que no se sabía cómo habían acabado allí, administraban una taberna y tampoco tenían nada de mojigatas. Desde luego no eran amistades adecuadas para la formal señora Benton.

Sí, y luego también estaba Máanu, o mejor dicho, «miss Máanu». Esa negra de mediana edad, todavía hermosa y bien educada, insistía en el tratamiento de respeto y se lo merecía, pues no trabajaba para ningún backra. ¡Miss Máanu era libre! Al principio Bonnie no se lo había creído. Había pensado que Jefe fanfarroneaba cuando lo había conocido, después de que el amo la hubiese comprado. Bonnie tenía entonces doce años y, como le había dicho su anterior señor, no era de ninguna utilidad en una plantación. Era pequeña y estaba medio desnutrida. En los campos de caña de azúcar no le sacarían ningún rendimiento y carecía de educación y modales para trabajar en el servicio doméstico. De todos modos, Bonnie se preguntaba por qué la habían llevado junto con su madre a las islas Caimán y no se habían limitado a dejarla en la plantación jamaicana donde había nacido. Pero tal vez el último backra de Jamaica ya se había cansado de la madre y quería librarse de ella y su cría. Tilly, la madre de Bonnie, había robado, había intentado seducir al vigilante, incluso se había lesionado para no tener que trabajar y, en algún momento, se había lanzado con su machete sobre la cocinera del barrio de los esclavos porque se sentía maltratada. El backra la había enviado entonces con otros esclavos que habían cometido crímenes a Gran Caimán, donde no cesaba de jactarse de cuánto había luchado por la libertad.

Bonnie no se lo creía. Ya no se acordaba con exactitud de

las plantaciones de Jamaica —era entonces muy joven—, pero sí de cómo su madre Tilly se había comportado en las islas Caimán. Tilly no era valiente y tampoco la impulsaban las ansias de libertad. En opinión de Bonnie, simplemente estaba loca. Constantemente estaba buscando pelea —cuando no estaba colgada del cuello de algún blanco o negro— y era incapaz de realizar ningún trabajo sin estar renegando o replicando. Nunca se había ocupado de su hija, la pequeña había permanecido acurrucada y asustada en la cabaña, llena de piojos y medio muerta de hambre, hasta que un vigilante la había descubierto y había informado al backra, quien la había llevado al mercado de la localidad. Probablemente la habría ofrecido antes a un burdel, pero Skip Dayton se había dado cuenta de que necesitaba una criada y Bonnie era muy barata. Así que aprovechó la oportunidad, y parecía estar satisfecho.

En cualquier caso, la muchacha hacía cuanto podía por cuidar de la casa, no quería ser como su madre. Al menos la comida no era mala en casa de Dayton. Bueno, tenía que cocinarla ella misma, y para aprender había necesitado un poco de tiempo y muchos golpes. Pero había carne en abundancia y el backra no protestaba por que ella cultivase verduras como había visto hacer a miss Máanu. Jefe la había ayudado a plantar los bancales. El chico tenía entonces trece o catorce años y le había contado que era libre. Tanto él como su madre, ambos eran libres. Se ocupaban de sí mismos. Máanu no solo se encargaba de la tienda, sino que ¡era su propietaria! Bonnie no salía de su asombro.

Mientras volvía a reflexionar acerca de lo que uno debía de sentir siendo libre, la chica recorrió la calle polvorienta. Allí las casas eran similares a las de su amo: de madera, con o sin porche, algunas adornadas con un par de tallas de madera, otras eran simples cobertizos. En un principio todas habían estado pintadas, pero el sol pronto desteñía los colores y solo unos pocos propietarios de bares y burdeles, pequeños negocios o talleres, se tomaban la molestia de dar periódicamente una nueva capa de pintura.

Gran Caimán no era exactamente la perla del Caribe, aunque las playas eran preciosas, de arena blanca como la nieve e infinitamente largas, y el mar resplandecía al sol con miles de matices verdes y azules. Abundaba en pescado y el agua era cálida, Bonnie se acordaba de haber ido a pescar con Jefe un día de Navidad, el único día libre de los esclavos, al menos en las plantaciones. A Skip Dayton se le había ocurrido un único año que su esclava también merecía ese día libre. Había sido estupendo. Se habían metido en el agua y había ensartado peces con una especie de lanza. Jefe también había cogido una de esas tortugas gigantes que habían dado a las islas su anterior nombre de Tortuga.

Pero Bonnie no quiso que la matara. Siempre le daban pena las tortugas que los marineros y la gente del puerto amontonaba en las oscuras bodegas de los barcos. Era fácil mantenerlas vivas durante un tiempo y servían como carne fresca para los marinos. La captura y venta de esos animales constituía una de las fuentes de ingreso más importantes de los pescadores de las islas Caimán. Sin embargo, a Bonnie siempre la asaltaba el pensamiento de cómo se sentirían los animales, en cajas oscuras, sin espacio donde moverse ni comida. Días y semanas durante los cuales solo aguardaban la muerte.

La muchacha se estremeció y apartó la cabeza al pasar por delante de un burdel. Por mucho que le gustara recordar aquel día en la playa, en realidad odiaba las islas Caimán. Si ella hubiese sido Máanu, no se habría instalado ahí. Cierto día había preguntado a Jefe cómo era que una negra libre que tenía todo el mundo para ella precisamente había ido a caer en aquel hoyo de las colonias.

—Por mi padre —había contestado Jefe, y Bonnie todavía recordaba el orgullo que había en su mirada.

El muchacho solía explayarse sobre su padre Akwasi. Un cimarrón orgulloso, un hombre que había luchado realmente por la libertad, una persona de confianza de la gran Reina Nanny, que en Jamaica había fundado y defendido toda una ciudad de negros libres en las Blue Mountains.

—Vivieron allí como en África, como los ashanti, un pueblo de grandes guerreros. Pero ¡mi padre descollaba por encima de todos! Tenía tierras y dos o tres mujeres que las trabajaban para él. En África un hombre tiene varias mujeres, ¿sabes?, ¡cuantas más, más orgulloso puede estar! Y Akwasi era muy respetado. Acaudillaba a los cimarrones cuando asaltaban plantaciones y liberó a un montón de esclavos... Era el mejor guerrero de la Abuela Nanny.

Los ojos de Jefe brillaban cuando hablaba de la maravillosa vida de Akwasi en las Blue Mountains. Y Bonnie casi creía escuchar el sonido de los tambores mientras las mujeres bailaban por la noche para él, y el del cuerno que convocaba a los cimarrones para la lucha cuando un ejército de ingleses o un destacamento de hacendados intentaba conquistar el inexpugnable poblado junto al río Stony.

El padre de Jefe siempre lo había defendido con éxito, hasta que la legendaria reina de los cimarrones había firmado la paz con los blancos, algo con lo que Akwasi no estaba de acuerdo. Según Jefe, había abandonado Nanny Town, como llamaban los esclavos libres a su poblado en la montaña, y había proseguido la lucha en solitario. Lo habían capturado durante el heroico intento de asesinar al gobernador de Jamaica.

Bonnie no daba del todo crédito a eso, porque solo por intentar matar al gobernador de Jamaica no se contentaban con desterrarte de las islas Caimán, sino que te colgaban en el acto. Quizás algún backra rico lo había evitado, aunque Jefe no se sentía agradecido por ello. Al parecer, también su padre había odiado a un hombre de cuyo nombre Jefe no se acordaba.

La muchacha se preguntaba cómo era posible que Jefe tuviese algo más que vagos recuerdos de su padre. Máanu había seguido a Akwasi a las islas Caimán, algo que también había propiciado un bienhechor blanco. Pero su influencia no había llegado hasta la plantación donde habían destinado a Akwasi como esclavo. En cualquier caso, el propietario no había estado de acuerdo en acoger a Máanu. Ni se planteaba tener una negra libre en los alojamientos de los esclavos, eso sembraría discordia. Y el amor de ella no llegaba hasta el punto de volver a someterse a sí misma y a su hijo a la esclavitud para poder vivir con su marido en la plantación. Así pues, durante años solo había visto a Akwasi el día de Navidad y sabido poco de él. De todos modos, el pequeño Jefe había vivido para esos días, para todo lo que su padre le contaba sobre Nanny Town, la libertad, África y... ¡la fuga! Por lo visto, el progenitor de Jefe no pensaba en otra cosa y urdía planes continuos. También lo intentó en dos ocasiones, pero siempre lo habían apresado, lo que sorprendía y encolerizaba a Jefe.

Bonnie escuchaba lo que su amigo le contaba sobre los desdichados contratiempos que habían frustrado la fuga sin hacer comentarios al respecto; no quería molestar al muchacho. En general, sin embargo, sospechaba que el padre del chico estaba tan loco como su propia madre Tilly. En Gran Caimán no había Blue Mountains, la isla era pequeña y había sido explorada hasta el más ínfimo rincón. Allí no se ocultaba ningún cimarrón. Los esclavos escapados eran devueltos a sus plantaciones, ni siquiera se tomaba nadie la molestia de castigarlos con especial severidad. A veces ocurría que los mataban de un tiro si se rebelaban para no ser devueltos.

Y eso era lo que había sucedido con Akwasi cuando Jefe tenía diez años. Desde entonces, su heroico padre solo vivía en sus recuerdos. Máanu se había quedado en Gran Caimán; ¿qué otra cosa podía haber hecho? Nadie habría comprado a una negra su negocio por un precio decente. Y marcharse sin recursos la habría abocado de nuevo a la esclavitud.

Bonnie no creía que a miss Máanu le gustase realmente estar en esa localidad portuaria, pero tenía tan pocas oportunidades de huir de ahí como una esclava.

La muchacha llegó a la tienda de Máanu y se sintió mejor en cuanto vio el acogedor toldo blanco que daba sombra al porche pintado. Siempre se ponía contenta una vez que dejaba atrás sin que la incordiasen todos los bares y burdeles en torno al puerto. La tienda de Máanu tenía algo de hogareño... Le encantaba el olor de las especias y la visión de las frutas y verduras frescas que Máanu exponía ordenadamente en los estantes del porche. Recordaba a un puesto de mercado, seguramente quería abrir el apetito de los transeúntes. El resto de los artículos estaban apilados en el interior de la tienda —sobre todo comestibles, pero en especial frutos y legumbres secas y carbón que guardaba en barriles, harina y azúcar, y naturalmente grandes cantidades de galletas o pan marino para los barcos—. Máanu y Jefe no podían vivir de las ventas a la poca gente de la localidad, así que vendían la mayoría de sus artículos a los maestres de provisiones de los barcos que fondeaban allí para reabastecerse.

Bonnie subió con esfuerzo los escalones de la galería y sintió que su corazón se aceleraba al oír las voces de Máanu y Jefe en el interior. ¡Había tenido suerte, él estaba ahí! Sin embargo, la conversación entre madre e hijo no parecía muy relajada. Al contrario, se diría que estaban peleándose.

—¡Jefe, tienes casi dieciocho años!

Máanu intentaba conservar la calma pero se notaba su enfado. La negra liberta hablaba un inglés perfecto. Al principio a Bonnie también eso le había resultado increíble, pero en los últimos años había tenido una relación tan frecuente con Máanu y Jefe que a esas alturas incluso ella podía expresarse correctamente cuando quería.

—¡No puedes desperdiciar tu vida vagando por el puerto y esperando que alguien te dé un par de monedas por cargar un barco!

—¿Y qué otra cosa voy a hacer? —repuso Jefe, provocador.

Para verlos mejor, Bonnie se acercó más a la puerta de la tienda, provista de una cortina contra las moscas hecha de tiras de colores. Jefe estaba sentado sobre un saco de judías secas, con sus musculosas piernas enfundadas en los pantalones anchos de lino relajadamente elevadas, como repanchingado en un sofá. Era extraordinariamente fuerte, los músculos que asomaban bajo la camisa blanca podrían haber pertenecido a un luchador. Llevaba el pelo corto y tenía una tez muy negra. Había heredado los pómulos altos de su madre, pero no los ojos sesgados. Los del chico eran más bien redondos y separados bajo unas cejas pronunciadas. Su boca era ancha, y cuando reía resultaba irresistible. Pero pocas veces reía.

Máanu hizo un gesto de hastío. Era evidente que renunciaba a seguir discutiendo con su hijo.

—¡Y yo qué sé, Jefe! ¡Invéntate tú mismo algo! ¡Sal a navegar o...!

El muchacho suspiró.

—¿En un buque mercante, mamá? —preguntó burlón—. ¿Tal vez uno de esos que traen esclavos de África?

La madre del chico alzó las manos, un gesto de impotencia que ella transformó fingiendo que tenía que arreglarse el turbante rojo brillante bajo el que escondía su cabello. Iba vestida según la costumbre de la isla: falda roja ancha y una sencilla blusa de lino junto al llamativo, pero práctico, tocado.

—Alguno habrá que no transporte esclavos. O pregunta a algún trabajador si puedes echar una mano, a lo mejor en una plantación...

—¿Quieres que me ponga a cortar caña de azúcar? —Jefe se levantó de un brinco—. ¡Yo no trabajo para ningún backra! —Escupió la palabra con que se refería a los propietarios blancos—. Yo no dejo que me azoten ni me humillen, yo...

—Tú eres libre y nadie te va a azotar con un látigo —replicó Máanu—. Pero hasta los jóvenes blancos tienen que aceptar que un maestro le dé un sopapo a un aprendiz de vez en cuando, como hizo el herrero en aquella ocasión.

Bonnie recordó que el aprendizaje de Jefe como herrero, dos años antes, había fracasado por un motivo así. Frazer Watts, el herrero, era uno de los pocos habitantes nobles y accesibles de la localidad. Él mismo era mulato y no había puesto objeciones a tomar como aprendiz al joven negro. Sin embargo, no se había entendido con Jefe. El hijo de Máanu odiaba que le dieran órdenes. Un guerrero ashanti, así se lo hizo saber al señor Watts, no necesitaba someterse. Watts le había propinado un bofetón y se había visto de repente frente a un joven iracundo que lo amenazaba con unas tenazas candentes. Poco después, Watts había explicado a Máanu que no quería tener como aprendiz a ningún guerrero ashanti. Jefe tenía que comportarse o marcharse. El muchacho no volvió a la herrería después de aquello.

—¡Ahora no vuelvas a empezar con eso! —suspiró Jefe—. ¡Yo tampoco voy a herrar a los jamelgos de los backras blancos! Cada vez que oigo al viejo Watts diciendo: «¡Faltaría más, señor Fulano! ¡Por supuesto, señor Zutano! ¡Encantado, señor Mengano!»... ¡me entran ganas de vomitar!

—¡Ser amable no significa tener que humillarse! —replicó su madre, pero entonces dirigió la vista a la entrada y vio a Bonnie mirando entre las tiras de la cortina. Sus rasgos severos se transformaron en una sonrisa. Siempre era afectuosa y dulce con la joven esclava—. ¡Hola, Bonnie, pasa! No te asustes porque esté riñendo a Jefe, ¡se lo merece! —Miró a su hijo, que contestó con un gesto aburrido—. ¡Oh, qué aspecto tienes, Bonnie! —Miró horrorizada el rostro magullado de la joven y por sus movimientos imaginó lo sucedido—. ¿Ha vuelto a pegarte ese tipo?

Bonnie se mordió el labio. Máanu siempre amenazaba con denunciar al backra Skip a las autoridades. Estaba prohibido maltratar a un esclavo sin razón. Pero tales denuncias nunca tenían consecuencias prácticas y para Bonnie la situación todavía empeoraría más.

—Resbalé —afirmó la joven—. Por la escalera.

Máanu arqueó las cejas.

—Bonnie, la casa de tu backra no tiene escalera —señaló, pero no insistió—. Ahora siéntate, voy a prepararte algo que comer. Estás tan delgada, hija mía...

Se internó en su vivienda, que estaba en la parte posterior de la tienda. Ahí casi siempre había un sabroso cocido sobre el hornillo y su aroma se mezclaba con los olores ya de por sí embriagadores de los artículos en venta. Bonnie la siguió con la mirada. Su delgadez, sin embargo, no se debía a falta de alimentación —Bonnie siempre había estado flaca sin importar cuánto comiese—, y con sus dieciséis años todavía crecería un poco más. Pero esa mañana no había tenido fuerzas para desayunar algo más que un seco mendrugo de pan. Además le encantaba la comida que preparaba Máanu. Ahí no había ningún puchero sin imaginación, ninguna carne chamuscada, como la que cocinaba Bonnie, y tampoco el proverbial bacalao que comían la mayoría de los pobres isleños. Máanu cocinaba con especias y legumbres. Todas sus recetas procedían de África. La Abuela Nanny, la legendaria reina de los cimarrones, se las había legado.

También en esta ocasión, la madre de Jefe apareció con un exótico y especiado plato de papilla de lentejas con pan ácimo. Bonnie hincó el diente con hambre.

Al parecer, aquello también despertó el apetito de Jefe, pues se levantó, fue a la cocina y volvió con una ración para él. Por el camino lanzó una mirada a las heridas de Bonnie.

—¡Desgraciado! —siseó.

Bonnie se sintió extrañamente consolada.

Mientras ella comía, Máanu fue reuniendo las compras. Skip Dayton necesitaba especias, sobre todo sal para adobar. Vendía carne en adobo a los barcos que atracaban. También precisaba pan y algunas verduras, así como dos botellas de ron.

—Estas no tendría que vendérselas —siseó Máanu—. Cuando se emborracha vuelve a abalanzarse sobre ti.

La muchacha se encogió de hombros.

—Se emborracha de todos modos —respondió resignada—. Si lo hace en casa suele quedarse tranquilo. ¿Puedo mirarme en su espejo, miss Máanu?

El que Máanu se hubiera asustado por el aspecto que ofrecía le había dado que pensar. De repente, Bonnie sintió algo parecido a vergüenza frente a Jefe. Le desagradaba mostrarle un rostro magullado y feo.

Tampoco es que fuera precisamente bonita cuando no tenía un ojo hinchado o un labio partido. Enseguida volvió a tomar conciencia de ello cuando siguió a Máanu hasta su dormitorio, limpio y provisto de un mobiliario sencillo. Allí colgaba un espejo grande que no solo reflejaba las heridas, sino también un rostro demasiado huesudo y seco, de labios finos, dientes demasiado grandes y cabello crespo. Bonnie encontraba su nariz demasiado hinchada y la frente demasiado estrecha. No tenía nada de princesa o guerrera ashanti, nada de las orgullosas mujeres negras de las que Máanu hablaba de vez en cuando; también la madre de Jefe conservaba recuerdos de Nanny Town. «No soy más que una chica negra. No es extraño que Jefe nunca me mire como con ganas de besarme.» Bonnie se mordió el labio. Tampoco ella pretendía, por supuesto, que él la mirase con deseo. Probablemente le habría resultado repugnante descubrir en sus ojos la misma expresión lasciva que veía en los del backra. Pero alguna expresión... que el rostro se le iluminara al verla, eso sí le habría gustado.

Jefe se estaba llevando el último bocado de su pan ácimo a la boca cuando la joven negra volvió a la tienda. Todavía con la comida en la boca, cogió el cesto con las compras de la chica.

—Le llevo las cosas a casa —anunció a su madre—. No está bien que vaya sola por el puerto. Han llegado dos barcos nuevos de Inglaterra. Los marineros llevan semanas sin ver a una mujer...

Bonnie le sonrió agradecida.

Máanu movió la cabeza dando su aprobación.

—Pero ¡luego vuelve aquí inmediatamente! —le ordenó—. ¡Y no hagas tonterías!

La joven esclava se preguntó si esas últimas palabras tendrían algo que ver con su amo y por unos segundos se abandonó a la fantasía de que Jefe pidiera cuentas a Dayton y lo matara, o al menos le diera un buen escarmiento. Y de hecho, el joven le guiñó el ojo cuando salieron juntos a la calle.

—¡Los tiraría a todos al mar! —dijo, mirando a unos blancos sentados en una taberna cercana tomando aguardiente de caña mientras los esclavos amontonaban sacos—. ¿A veces no te entran ganas de... de vengarte de todo lo que hacen?

Bonnie asintió. Lo deseaba con toda su alma, aunque sus sueños de venganza en realidad se limitaban a su amo. Bueno, quizá también a unos vigilantes de la plantación de su madre que de pequeña la habían tratado con desprecio. Pero en cuanto a esto, los «amigos» negros de Tilly no se habían comportado mucho mejor con ella. En especial, su madre... En la lista de ajustes pendientes, Tilly estaba muy por encima de la mayoría de los blancos.

Jefe sonrió irónico.

—¡Vamos! —dijo con tono de complicidad, girando en la esquina del garito—. A ver con quién podemos meternos...

Frente a ellos vieron la casa del capitán del puerto. Estaba vacía, el señor Benton se encontraba en el trabajo y su esposa haciendo las compras. Sin embargo, en el quicio de la ventana de la cocina había un pastel enfriándose. Jefe le dio un manotazo al pasar. El pastel cayó en el jardín y el molde se rompió. Los pequeños cerdos negros que criaban muchos habitantes de la isla darían cuenta del contenido. Corrían libremente por las calles y se alimentaban de las basuras que la gente arrojaba fuera de las casas. Sus gruñidos y sus ruidos al masticar, además del olor de sus excrementos, no hacían de la población un lugar especialmente agradable.

—Oh, qué pena, este mediodía el tratante de esclavos, el señor Benton, no tendrá comida... —susurró irónico Jefe.

La joven miró alrededor asustada. No quería que la pillaran haciendo una travesura. Pero la calle estaba desierta, salvo por dos caballos atados detrás de uno de los dos burdeles, dos edificios más allá. Uno de ellos era un imponente caballo negro que llevaba una silla preciosa, con adornos de plata.

—Mira allí, nuestro señor Lewis... —Jefe miró un momento alrededor y cortó con su cuchillo las riendas que sujetaban el caballo. La silla no podía ser más suntuosa.

El caballo negro, que hasta el momento no había hecho ningún intento de soltarse, agradeció la inesperada libertad y paseó tranquilamente por la calle. No iría muy lejos, pero se notaba que estaba buscando un lugar apropiado donde revolcarse. A la silla eso no le haría ningún bien.

El primer impulso de Bonnie fue echar a correr y escapar de allí. Esa diablura podía costarles cara... Pero Jefe siguió riéndose como si a él nada fuese a sucederle.

—El señor Lewis verá que las riendas están cortadas —advirtió temerosa la esclava. Lewis era el propietario de uno de los burdeles y con su carácter colérico seguro que no se jugaba.

El chico se encogió de hombros.

—Sospechará de Bromsley —contestó. El otro burdel era de Bromsley—. Lo mismo se pelean, así habremos matado dos pájaros de un tiro...

Bonnie continuó recorriendo las calles con el chico, pero no se sentía nada segura. Tampoco le hizo ninguna gracia que Jefe abriera la puerta de un gallinero y luego soltase a un perro que enseguida salió a perseguir a las gallinas. El chucho pertenecía a un mulato que sin duda tendría problemas si el animal despedazaba a las aves de su vecino blanco. Pero Jefe no hacía diferencias, parecía albergar odio hacia todos.

—Todos son unos idiotas y unos hipócritas —mascullaba cuando pasaron por la herrería y, aprovechando la ausencia del señor Watts, arrojó al fuego de la fragua un par de clavos de herradura y unos hierros ya forjados.

Bonnie se alegró de dejar la población a sus espaldas y entrar en la calle de la carnicería.

Jefe le sonrió.

—¿Mejor? —preguntó—. Les hemos dado una lección, ¿verdad?

Para no disgustarlo, la joven asintió angustiada, aunque no se sentía nada aliviada. Las tropelías de Jefe le resultaban infantiles y bobas. Ella consideraba que vengarse, vengarse de verdad de quien lo merecía, era otra cosa.

4

Cuando Deirdre, enfundada en su vestido de fiesta, se mezcló con los invitados en la bien iluminada sala de baile, estos se arracimaron en torno a ella para felicitarla. La mayoría eran hombres, por supuesto, pero entre los jóvenes también las muchachas buscaban su proximidad... aunque fuera con el fin de exhibirse a sí mismas. De todos modos, no había mucho tiempo para establecer contactos. La velada se iniciaba con un banquete y Nora invitó a los presentes a pasar al comedor contiguo. Adwea ya llevaba media hora refunfuñando que el asado se iba a enfriar y los soufflés se desinflarían si la comida no empezaba pronto. Nora sonrió al pensar en lo que la anciana cocinera le diría a Deirdre si eso sucedía. Naturalmente, los invitados no se percataron de nada. El arte culinario de Adwea compensaba el retraso de la homenajeada. Como siempre, todo lo que procedía de la cocina era delicioso.

La mayoría de las mujeres, sin embargo, apenas podían apreciar los sabrosos manjares. Los corsés comprimían sin piedad los estómagos, que solo admitían diminutas porciones de alimento, con independencia del hambre que se tuviera. Nora se preguntaba cómo algunas damas —sobre todo lady Warrington, cuyo esposo parecía comerse con los ojos a Deirdre— conseguían tener esas formas redondeadas a pesar de todo. Pero miss Lucille siempre había tendido a una cierta corpulencia.

Deirdre, sentada en el centro de la mesa, se concentraba en

mantener una conversación animada con el comensal más cercano, un secretario del gobernador. Si bien sabía que era una persona importante, no tenía nada en común con el anciano caballero. Doug había invitado al gobernador, aunque no creía que fuera a asistir. Seguramente Edward Trelawny, antecesor del almirante Charles Knowles, ya había puesto al corriente a este último de las relaciones de parentesco en la familia Fortnam. Sin duda apreciaba los servicios que Doug había prestado a Jamaica —en especial su importante papel en la pacificación de los insurrectos negros libres, los llamados cimarrones—, pero el gobernador no llegaría tan lejos como para celebrar la presentación en sociedad de una hija bastarda. Pese a todo, había enviado a lord Bowden, un representante de alto rango, al que Deirdre, siguiendo instrucciones, estaba deslumbrando en ese momento. La hija de lord Bowden celebraría su presentación en sociedad al mes siguiente y Nora esperaba que respondieran al presente convite, invitando a su vez a Deirdre.

El banquete finalizó cuando Adwea y sus ayudantes aparecieron con un espectacular pastel de cumpleaños con dieciocho velitas. Deirdre tuvo que levantarse y rodear la mesa para apagarlas de un soplo. Luego troceó el pastel. Los invitados aplaudieron encantados.

Nora dirigió un gesto de aprobación a su hija. No cabía duda de que todos los jóvenes asistentes habían contemplado a la muchacha y era probable que la mitad de ellos ya se hubiera enamorado de ella. En el baile todos se pelearían por Deirdre.

Mientras los músicos afinaban los instrumentos —hasta el momento solo habían acompañado a los comensales con una suave música de fondo—, los sirvientes abrieron las puertas del jardín, donde ya habían encendido los farolillos. El bastidor de las mimosas, cascarillas y mahoes iluminados de colores era fantástico y los invitados reaccionaron con expresiones de admiración antes de dirigirse hacia el exterior. Era de esperar que al anochecer soplara allí una brisa fresca.

Al principio del baile, se ofrecieron en la pista unos minués previamente ensayados. Para deleite de todos los presentes, los hijos pequeños de Doug y Nora, Thomas de catorce años y Robert de doce, ejecutaron con su hermosa hermana unos complicados pasos de danza. A continuación salieron otras parejas de hermanos. La mayoría de las plantaciones estaban demasiado alejadas de la ciudad más próxima para que los niños de distintas familias acudieran juntos a clases de danza u otras artes y disciplinas. Solo los jóvenes que vivían en Kingston o Spanish Town iban a escuelas que ofrecían clases de música y baile, donde los maestros podían formar parejas de muchachos y muchachas sin relación de parentesco, algo sobre lo cual, naturalmente, la gente empezaba a cotillear. ¿Habrían forzado esos emparejamientos los padres? ¿Se avecinaba este o aquel compromiso?

A continuación, el maestro de ceremonias anunció el inicio del baile abierto, esperado con ansiedad por los jóvenes. Los mayores tomaron asiento a las mesas dispuestas en la sala y el jardín. Los empleados sirvieron café y chocolate a las damas y ponche de ron a los caballeros. Muchos invitados varones ya hacía rato que se habían retirado con sus cigarros a la sala de caballeros de Doug. Preferían hablar de negocios y política antes que ver bailar a los jóvenes o urdir planes de casamiento para luego desestimarlos. Esto solía ser una tarea de las damas coloniales, a falta de otras actividades.

Los hijos de los esclavos, situados tras los asientos, abanicaban a los invitados con hojas de palma. Ese año hacía un terrible calor en Jamaica y muchos hacendados procedentes de Inglaterra nunca acababan de acostumbrarse al bochorno y la elevada humedad. En especial las mujeres, con sus corsés, sobrellevaban muy mal ese clima.

Lady Warrington —que continuaba de mal humor y además se sentía incómodamente llena después del banquete— seguía con desgana y un poco de envidia las evoluciones de los bailarines. De joven nunca la sacaban a bailar. Siempre preferían a las chicas flexibles y ágiles. Los caballeros de su época nunca se habían peleado tanto por ella como lo hacían los jóvenes de ahora por Deirdre Fortnam. Miss Lucille abrigaba incluso la sospecha de que a su esposo, cuando pidió su mano, le interesaba más la plantación de los Hollister que su propia persona. Y tampoco tenían hijos...

—¡Cuidado! —increpó a la negrita que acababa de rozarla por descuido con el abanico de palma. La menuda niña mostró una expresión asustada, al borde de los pucheros—. ¡Vas a arruinarme el peinado! ¿Y bien? ¿Es que no piensas disculparte al menos?

Otra niña dejó el abanico y corrió a ayudar a la negrita.

—¡Claro que lo siente, missis! —explicó en el inglés fluido que distinguía a los esclavos de Cascarilla.

A lady Warrington, así como la mayoría de los demás colonos, esto la sacaba de quicio. Que los negros hablasen como sus amos no era voluntad divina.

—Rehema todavía es muy pequeña, ni siquiera tendría que estar trabajando, pero ella se ha empeñado.

Rehema... ¡Vaya nombre! ¿Acaso no podían los Fortnam llamar a sus esclavos Janey o Lizzie como todo el mundo? Aquella negrita debía de tener, en efecto, cuatro o cinco años. La otra niña, que le hizo una sumisa reverencia, debía de andar por los siete u ocho. Lady Warrington podría haber dejado el asunto tal como estaba, pero esa noche todo la molestaba.

—¿Qué significa eso de que «se ha empeñado»? —preguntó impaciente a la niña mayor—. ¿Qué importa que se empeñe o no? Estos negros impertinentes y mimados de aquí...

La niña volvió a hacer una reverencia, confundida.

—¿Puedo hacer algo más por usted, missis? —ofreció con amabilidad. Una frase que seguramente habría oído a los sirvientes mayores.

—¡Sí, sí que puedes! —respondió la mujer, desabrida, aunque a pesar suyo ya más tranquila, y señaló la taza de café medio vacía—. El café se ha enfriado. Y además es muy fuerte, ya tengo ardor de estómago. ¡Ve a buscarme un poco de agua caliente de la cocina!

La niña resplandeció y por tercera vez se inclinó diligentemente.

—¡Será un placer, missis! Enseguida vuelvo. ¡No la haré esperar mucho! —Y dejó la hoja de palma en la hierba y echó a correr.

Nora, que se acercaba para reunirse con las señoras, detuvo a la pequeña sonriendo.

—¿Qué prisa tienes, Nafia? ¿Adónde vas?

La niña la miró con la cara seria, pero los ojos brillantes.

—¡A hacer un recado importante para missis... lady... Warrington! —respondió con orgullo—. Tengo que ir deprisa porque le arde... le arde...

Nora sonrió.

—Tiene ardor de estómago, Nafia... Adwea tiene unas hierbas que le irán bien. ¡Ve corriendo y tráelas!

—¡Enseguida, miss Nora! —Nafia ya se había puesto de nuevo en camino.

Nora se sentó, todavía sonriente, con las mujeres.

—Vaya, qué importante se siente —comentó con simpatía al tiempo que miraba a la agitada niña—. A esa edad no las hacemos colaborar en trabajos propiamente dichos. Pero, naturalmente, piensan que ya son «grandes». ¡Rehema, no me des con la palma en el pelo! Solo tienes que abanicar. ¡Mira, así!

Para sorpresa de lady Warrington, Nora cogió el abanico de la niña y le enseñó cómo moverlo. La pequeña Rehema rio al sentir una ráfaga de aire. Luego reprodujo aplicadamente el movimiento correcto, mientras Nora conversaba con la dama. Las relaciones entre Cascarilla Gardens y la plantación Hollister se habían tensado desde que, años atrás, Doug le hubiese cedido una doncella negra a la tía de lady Lucille. Lord Hollister había intentado poco después abusar de la muchacha, pero la joven Alima se había defendido: había herido gravemente al caballero con una plancha caliente; la familia todavía reprochaba a Doug que, en lugar de entregar a la doncella, la hubiese ayudado a huir a las Blue Mountains. En la actualidad, los Hollister vivían en Kingston todo el año y Doug mantenía una relajada relación de vecinos con lord Warrington. La esposa de este, sin embargo, no miraba precisamente a Nora con buenos ojos, pues años atrás se había hecho ilusiones de casarse con Doug Fortnam.

En ese momento regresaba Nafia. La niña negra había corrido a la cocina a través del jardín para atajar. Pero no había encontrado a Mama Adwe, sino a una de las asistentes de la cocina más jóvenes que, por fortuna, sabía dónde se guardaba la infusión para el ardor de estómago. A fin de cuentas se trataba de una dolencia que solían padecer las embarazadas de todos los colores y, sobre todo, las damas blancas a quienes les apretaba demasiado el corsé, en especial después de comer. Adwea tenía su medicina siempre lista para los invitados.

La joven cocinera había puesto un chorrito en una elegante copa de jerez y había indicado a Nafia que tuviera cuidado con ella. Además había llenado una pequeña jarra de porcelana con agua hirviendo. La niña llevaba ambas en equilibrio sobre una bandeja, poniendo atención y tan deprisa como le era posible. Sin embargo, concentrada como estaba en la copa y la jarra, tropezó cuando quiso aproximarse a lady Warrington con la elegancia de una cualificada camarera.

Nora intentó coger a Nafia o al menos los recipientes, pero era demasiado tarde. La pequeña dio un traspiés, la copa de jerez se rompió y el agua, muy caliente, se derramó sobre el escote de Nafia y salpicó el brazo de lady Warrington.

La dama se puso a chillar como una condenada. Nafia necesitó un segundo de pánico mudo para ser consciente del dolor, y entonces también ella soltó agudos chillidos. La atención de los presentes se dirigió a la mesa del jardín.

Deirdre, que acababa de dejar la pista con uno de los caballeros y entraba en el jardín para refrescarse, vio a Nafia en el suelo y corrió hacia ella. La niña era la hermana pequeña de Amali y la favorita de Deirdre y Amali. Las dos la habían llevado con ellas de un lado a otro cuando era un bebé y jugado con ella como si fuera una muñeca. Deirdre se acuclilló sin prestar atención a su vestido blanco y apoyó a la niña en su brazo.

—¿Qué ha pasado, Nafi? ¡Ay, válgame el cielo, se ha quemado! ¿Cómo ha podido ocurrir? ¡Un paño húmedo! ¡Rápido! ¿A quién se le ocurre enviar a buscar agua caliente a una cría tan pequeña?

Lo mismo quería saber Nora, quien rápidamente cogió una servilleta de la mesa y la empapó con agua fría de un cántaro para tendérsela a su hija. Luego se volvió como era debido hacia lady Warrington.

—¡Lo ha hecho adrede! —chillaba la mujer—. ¡Sus negros conspiran contra nosotros! No me extrañaría que...

Nora no veía ninguna rojez. Habría preferido ocuparse de Nafia, quien sin duda sufría quemaduras más graves. Pero mientras intentaba calmar a la señora, un joven se abrió paso entre la multitud de mirones.

—Permítame echar un vistazo. Soy médico.

Deirdre, quien aplicaba desconsolada el trapo húmedo sobre el escote de la llorosa Nafia, en el que se iban formando ampollas, alzó la vista sorprendida. Y vio un rostro oval de expresión preocupada, alrededor del cual revoloteaban unos bucles oscuros que se habían desprendido de un sencillo peinado. El cabello largo del hombre no estaba empolvado, simplemente lo había cepillado hacia atrás y, sin hacer una trenza, se lo había recogido en una redecilla de tafetán. Ni rastro de vanidad, constató Deirdre. Para acudir a un baile, la mayoría de caballeros se engalanaba más. Concentrado como estaba en Nafia, sobre la frente del joven se dibujaron unas arruguitas. Entornaba unos ojos serios, así que Deirdre no distinguió su color a la tenue luz de los farolillos. Pero tenía unas pobladas cejas oscuras, nariz recta y labios carnosos. Era un hombre apuesto cuya voz grave y tranquila, ahora que hablaba con Nafia, resultaba enigmática. Hablaba el inglés con fluidez, consideró la joven, pero tenía un suave y extraño acento.

—¿Puedes dejar de gritar, pequeña? ¿Cómo te llamas?

El sonoro llanto de la niña se convirtió en un sollozo.

—Nafia —dijo—. ¡Me escuece mucho! ¡Y la copa se ha roto... y...!

—Qué nombre tan bonito, Nafia —señaló el médico y dejó al descubierto las quemaduras de la niña desabrochando con habilidad el vestidito empapado—. ¿De dónde viene? Nunca lo había oído...

—De África —respondió Nafia más tranquila—. Mi mamá viene de África y me ha llamado como a su madre. —Hizo un puchero.

El médico pareció sorprenderse de la respuesta y levantó un momento la vista, buscando la mirada de Nora o algún otro blanco de Cascarilla Gardens. Eran pocos los hacendados que permitían a sus esclavos poner a sus hijos los nombres que ellos querían y aún menos africanos, que a la mayoría de los blancos les parecían impronunciables. En general, los hijos de esclavos recibían nombres ingleses sencillos, como Toby o Mandy.

Deirdre, en cuyo brazo seguía apoyándose Nafia, asintió confirmando la respuesta y Victor Dufresne vio por primera vez sus fascinantes ojos verdes. Necesitó un par de segundos para apartar la vista de ellos. Luego carraspeó y se dirigió a su paciente.

—Un nombre muy bonito, pequeña, para una niña muy bonita y valiente que ya ha dejado de llorar. Sé que escuece mucho, pero la quemadura no es grave. Te pondremos una esencia refrescante y enseguida mejorará. En un par de días se habrá curado y no quedará ninguna cicatriz.

El médico levantó la vista hacia Deirdre para darle unas indicaciones más, pero Nora intervino.

—Doctor, ¿podría por favor echar también un vistazo aquí? —preguntó, señalando la mano de lady Warrington—.

Por lo visto sufre un dolor tremendo, pero yo no alcanzo a ver nada...

—¡Y el médico atiende primero a una cría negra en lugar de preocuparse por la dama! Es increíble...

Nora no vio de cuál de los invitados que la rodeaban procedía ese comentario, pero tampoco quería saberlo. Al médico eso no parecía interesarle. A su pesar, alejó la mirada del bello rostro y los rizos negros de Deirdre, observó la mano de lady Warrington y sacudió la cabeza.

—No hay nada. Quizás una pequeña rojez apenas perceptible con esta luz. Es sobre todo el susto... señora...

—¡Lady! —lo corrigió altiva lady Lucille. En cuanto el médico le dedicó su atención, dejó de chillar.

—Lady Lucille Warrington —la presentó Nora con resignación.

—Debería pedir para lady Warrington —el joven se inclinó cortésmente antes de seguir hablando— un vaso de ponche. Se tranquilizará en cuanto la quemazón interna haga desaparecer la externa...

Nora reprimió una sonrisa. Luego se volvió hacia los invitados y los miembros del personal que, preocupados, se habían reunido detrás de los blancos y miraban asustados a la niña herida.

—Ya lo han oído, damas y caballeros, un pequeño incidente pero nada grave. Maddie, Kesha... ya habéis oído al doctor. Que Adwea mande traer una jarra de su maravilloso ponche de ron. ¡Pruébenlo todas, señoras! Nuestra cocinera prepara el ponche con zumo de fruta y azúcar, es muy refrescante y no demasiado fuerte...

Acto seguido dejó que consolaran a lady Warrington aquellos que se apiñaban alrededor. Deirdre y el joven doctor ayudaron a Nafia a ponerse en pie.

Nora hizo un gesto al médico.

—Sígame, doctor... bueno, si me permite un momento. Tenemos en la cocina un bien abastecido botiquín para urgencias. Si desea aplicar un apósito a la niña...

La misma Nora podría haberlo hecho, pero le gustaba escuchar la opinión de un profesional sobre unos síntomas dados. Sus propios conocimientos de medicina procedían de un médico que había ejercido hacía más de veinte años en los barrios bajos de Londres y de curanderas jamaicanas y africanas.

El médico asintió.

—Encantado. Si me permite, voy a presentarme: Victor Dufresne. Lamentablemente no soy lord, aunque debo de ser el único en tan ilustre reunión...

Nora rio.

—Nosotros también hemos renunciado a comprarnos un título de nobleza —explicó sin grandes ceremonias—. Mi nombre es Nora Fortnam... ya lo sabe, por supuesto. Sea quien sea quien le haya traído aquí, debe de haberle dicho el nombre de sus anfitriones. Y esta es mi hija Deirdre... Deirdre, ¿cómo es que miras al doctor Dufresne así? ¿No quieres ir a bailar? Deben de echarte de menos...

La muchacha negó con la cabeza con tanta vehemencia, que unas flores se desprendieron de su trenza.

—No, yo... voy con vosotros... Seguro que... que en algo podré ayudar.

Nora disimuló la sorpresa que le causó el ofrecimiento de Deirdre. En general, su hija no se interesaba por la medicina, lo que Nora lamentaba. Pero ese día su preocupación por Nafia tal vez explicara su interés. Y, por lo visto, también el doctor Dufresne había atraído su atención.

El joven médico, a su vez, parecía encantado de que Deirdre les acompañara. La siguió cuando escogió el sendero que cruzaba el jardín hasta la cocina y descubrió entonces unas manchas en el vestido blanco de la muchacha.

—Se ha manchado su precioso vestido al arrodillarse en la hierba, miss Deirdre —señaló con su suave voz—, pero ha consolado a la niña.

Revolvió cariñoso el cabello crespo de Nafia, que seguía sollozando por lo bajo y empeoraba el desastre con el vestido de Deirdre agarrándose a él.

Deirdre bajó la vista con el ceño fruncido.

—Oh —suspiró—. Qué tontería. Manchas de hierba. Es posible que no haya modo de quitarlas... —sonrió—, pero tal vez pueda teñirse toda la falda de verde, ¿verdad, mamá?

Nora se encogió de hombros.

—Ya veremos —respondió—. Tengo que mirarlo a la luz del día. Suelta la falda, Nafia, tampoco tienes que utilizarla como pañuelo. —Rebuscó solícita en su propia falda y sacó un pañuelo que le tendió a la niña—. Aquí tienes; suénate y compórtate como un niña mayor. ¿Qué va a pensar si no el doctor de ti? ¿Le has dado ya las gracias? Muchas gracias también por su ayuda con lady Warrington, doctor Dufresne...

Nora cambió de tema. Si aquel doctor vivía en algún lugar de las colonias, encontraría extraño que Deirdre hablara con cierto conocimiento sobre lavar y teñir la ropa. La mayoría de las mujeres dejaban que las sirvientas negras se ocuparan de su vestuario y se mostraban más disgustadas que comprensivas si no conseguían quitar una mancha. Nora ponía interés en que Deirdre no se comportara como una niña mimada, pero el joven doctor no tenía que llevarse la impresión de que su hija era especial.

—Usted... usted no tiene su consultorio en Kingston, ¿no es así? —preguntaba en ese momento Deirdre. No era una pregunta razonable. Si una nueva consulta médica se hubiera establecido en la ciudad, los Fortnam se habrían enterado. La chica se corrigió de inmediato—: ¿De dónde es usted?

El doctor sonrió y Nora se percató de las arruguitas que se le marcaban alrededor de los labios. Un chico serio al que también le gustaba reír. Desde luego, francamente simpático.

—Ahora mismo justo de Europa —respondió con sencillez, mientras entraban en las dependencias de la cocina.

La cocina de Cascarilla Gardens era abierta y aireada como el resto de la casa. Tenía un acceso directo al huerto donde Nora cultivaba plantas medicinales y a un pequeño arroyo del que las cocineras se abastecían de agua. Dufresne observó con satisfacción que todo estaba limpio y ordenado. Las chicas de la cocina ya estaban lavando la vajilla y restregando los cazos. Nora las saludó cordialmente, elogió a la cocinera por la fantástica comida y luego se dirigió a un pequeño armario del que extrajo un par de remedios, útiles sobre todo en casos de accidentes de poca gravedad. El doctor Dufresne comprobó de forma somera los vendajes, ungüentos y lociones.

—Estos últimos años he estado estudiando en París y Londres —siguió contando, al tiempo que escogía dos preparados—. Aquí está, yo optaría por esto. Caléndulas y aloe vera son apropiadas para el tratamiento de quemaduras, salvo que se hayan elaborado con una base de manteca de cerdo...

—¿Qué opina del aloe fresco? —preguntó Nora, aunque a Deirdre le interesaba más la información relativa a la carrera y origen de su invitado. Pero Nora era curandera por vocación. Señaló una de las plantas grandes y carnosas que crecían en el huerto—. Cojo unas hojas, las pelo y las machaco y con eso hago un apósito.

Dufresne asintió.

—También puede utilizar queso fresco, si tiene. Pero ese apósito de aloe vera parece interesante. En Londres no aplicábamos nada así... —Salió de la cocina, cogió una hoja, regresó y la examinó.

Nora sonrió.

—Tal vez fuera porque allí no crece esta planta —señaló burlona—. Nosotros la utilizamos mucho. También como crema para la piel y para el aseo...

—La crema para la piel de mi madre embellece —intervino Deirdre con una sonrisa pícara.

El doctor la miró y pareció perderse de nuevo en su visión.

—Si su belleza se debe a ello —respondió—, esta planta es un regalo del cielo...

Deirdre enrojeció, dejando pasmada a Nora. Los piropos nunca turbaban a su hija.

—¿Y qué le trae a las colonias, doctor Dufresne? —siguió

indagando Nora, mientras preparaba hábilmente la cataplasma—. ¿Nostalgia de países lejanos?

Dufresne sacudió la cabeza.

—Más bien la morriña —respondió—. Soy de Saint-Domingue, la parte francesa de La Española. Ya sabe, la isla que está a unos trescientos kilómetros al noreste de aquí...

—Claro.

Nora no había viajado demasiado, pero conocía todo el Caribe a través de los mapas. Ya había soñado con las colonias mucho antes de pensar en casarse en Jamaica. Años atrás había planeado emigrar con Simon Greenborough, su primer amor, un auténtico lord a diferencia de todos los Warrington, Hollister y Keensley; aunque por desgracia un noble venido a menos. Simon había muerto antes de poder cumplir los sueños que ambos compartían. Al pensar en Simon, Nora cayó en la cuenta de que el joven doctor Dufresne se lo recordaba vagamente. También Simon era reservado, amable y modesto, algo que encontraba positivo, asimismo, en aquel médico. Su vestimenta era elegante pero sencilla, no cursi como la de la mayoría de los presentes en el baile.

—¡Así que su lengua materna es el francés! —señaló Deirdre. De ahí el extraño deje del inglés—. ¡Tiene que hablar francés conmigo! Mi madre me lo ha enseñado y miss Priscilla también lo habla... en cualquier caso, conocía a un espíritu que...

Deirdre se interrumpió cuando el doctor se la quedó mirando perplejo. Se mordió el labio. ¿Por qué no conseguía hablar de forma civilizada con ese hombre?

—Miss Priscilla es la esposa de nuestro profesor privado y, según ella misma afirma, es médium —acudió Nora al rescate—. Se comunica con espíritus de distintas nacionalidades y tiempo atrás ofreció a mi hija la posibilidad de mejorar su francés conversando con una tal Catherine Monvoisin... —Puso los ojos en blanco.

—¿La Voisin? —El médico mencionó sonriente el nombre de la famosa envenenadora que había desempeñado un importante papel en la corte de Luis XIV—. ¿Precisamente con esa bruja?

—Comprenderá que no le di importancia. —Nora sonrió y recurrió al francés—. *Voilà, docteur!*

Y le tendió una gasa en la que había extendido una pasta de hojas de aloe vera desmenuzadas y observó cómo él la aplicaba con destreza a las quemaduras de la pequeña Nafia. La niña, ya confortada, mordisqueaba una generosa ración de pastel de cumpleaños que Adwea le había dado. Ya no gemía, la herida no era tan grave como Deirdre había creído en un primer momento.

Después de que el doctor Dufresne hubiese colocado la cataplasma, la niña volvió a preocuparse por la vajilla rota.

—No lo he hecho adrede, ¡aunque la lady lo diga! —aseguró a Nora.

Esta asintió y le acarició el cabello.

—¡Claro que no! —terció Deirdre—. ¡Esa lady es tonta y...! —Se interrumpió asustada, temiendo que su madre la reprendiera; el doctor reprimió una risa.

—Se puede expresar más amablemente —observó el joven—. Pero...

—Exacto. —Nora suspiró—. Esa Lucille Warrington... ¡Vigila tu vocabulario, Deirdre! No se habla así de los vecinos, incluso si... —Se enredó y observó para su disgusto que el doctor se estaba riendo tanto de la madre como de la hija. Menuda impresión iba a llevarse de ellas, incluso si estaba claro que compartía sus pareceres acerca de lady Warrington—. Además, ¡ya es hora de que vuelvas con tus invitados! ¡Seguro que te echan de menos!

—Pongámonos en marcha todos —intervino pacificador el joven—. ¿Necesitas algo más, Nafia? ¿O ya estás bien?

La niña asintió con gravedad y Deirdre dirigió una sonrisa a ella y al médico. ¡Qué amable al interesarse otra vez por su estado! Caminó a su lado cuando abandonaron la cocina.

—¿Así que está haciendo aquí escala en su viaje a Santo

Domingo? —intentó reanudar la conversación camino de la fiesta, esta vez despacio, con prudencia y en francés.

Dufresne aceptó de buena gana el cambio de idioma.

—*Oui, mademoiselle*, me ha invitado lord Bowden, un conocido de mi padre. Pero yo no soy de Santo Domingo, sino de Saint-Domingue, lo que puede inducir a error. Colón descubrió la isla y la ocupó para los españoles, pero también había un par de colonos franceses.

—O sea, un nido de piratas en Île de la Tortue —señaló Nora. Dufresne y Deirdre le lanzaron la misma mirada de reproche.

—En cualquier caso, la parte occidental pasó al gobierno francés en 1665 —siguió el médico—. Allí se cultiva tabaco, café y caña de azúcar, un negocio floreciente. Saint-Domingue puede vanagloriarse de ser la más rica de las colonias francesas. Mi familia es propietaria de una de las plantaciones más grandes. Yo, personalmente, no tengo las cualidades necesarias para dirigir una plantación, la medicina me atraía más. Por fortuna, tengo dos hermanos mayores y no se produjo ningún drama. Al contrario, creo que mi familia se alegró de mi marcha.

Deirdre sonrió, pero Nora reflexionó. Por el modo en que Victor Dufresne acababa de tratar a la negrita y la naturalidad con que se había ocupado de ella antes que de la histérica lady Warrington... Ese joven no tenía problemas con el cultivo de la caña de azúcar o del tabaco, su «problema» era que carecía de las cualidades para ser un negrero.

—Y ahora regresa a casa —comentó de pasada, examinando el vestido de Deirdre.

Los tres se hallaban de nuevo en el decorado jardín y pronto se verían rodeados por los invitados. Era de esperar que las manchas no llamaran la atención de nadie cuando Deirdre estuviera bailando.

Victor Dufresne asintió.

—Así es. No tengo el propósito de vivir en la plantación, sino de abrir un consultorio en Cap-Français. Es una ciudad portuaria situada en un lugar muy bonito y extremadamente próspera, el centro comercial de Saint-Domingue. Hay una sede del gobierno y una clase social refinada. Últimamente recibe el apelativo de «París de las Antillas». Aun así, cuando uno ve el barrio del puerto... En fin, también París posee sus rincones oscuros. Como sea, seguro que tendré muchos pacientes, pobres y ricos...

Deirdre contemplaba al médico con los ojos como platos.

—¿El París de las Antillas? —inquirió—. Tiene que contármelo todo. Venga, nos sentaremos en el jardín. ¿Quiere un ponche de ron? Nuestra cocinera lo prepara con...

—Deirdre, tal vez deberías ir a bailar —interrumpió Nora, al tiempo que lanzaba una mirada a su marido.

Esperaba que al menos Doug hubiese conversado con los invitados mientras ella se ocupaba de Nafia y Deirdre trataba de coquetear con ese joven médico. No tenía nada en contra de que su hija charlara con Dufresne, el chico le caía muy bien, pero en un par de días se marcharía a La Española y no volvería a ver a Deirdre. Era mejor que la muchacha aprovechara la fiesta para atraer el interés de candidatos al matrimonio más accesibles. Tenía que exhibirse, y cuando bailaba daba gusto verla.

La joven lanzó una mirada aburrida a la pista de baile. Por lo visto, ninguno de los numerosos caballeros la había impresionado lo suficiente para hacerla volver allí.

—*Mademoiselle* Deirdre, no soy un bailarín muy diestro... más bien algo patoso. Pero si me concediera el honor de bailar conmigo... —dijo Victor en ese momento.

Deirdre resplandeció cuando se deslizó por la sala de baile de su brazo. Daba igual lo que su madre esperase de ella, esa noche no tenía ojos para ningún otro hombre.

5

—¿He sido víctima de un espejismo o acabo de ver pasar trotando por delante de mí, a lomos de *Attica*, a nuestro doctor Dufresne?

Doug Fortnam había llegado de Kingston y entraba en ese momento en las dependencias de su esposa, que se encontraban en una torrecilla por encima del segundo piso de Cascarilla Gardens. A Nora le encantaba ver el mar desde las ventanas. Desde una de las habitaciones tenía incluso una vista de la playa, donde empezaba de forma abrupta la selva que pocos decenios atrás había estado ocupada en parte por la plantación. El juego de colores que ofrecía la selva verde, la arena de un blanco níveo y el azul del mar no dejaba de cautivar a Nora, que ya de joven había soñado en Inglaterra con esas playas.

También ahora estaba junto a la ventana contemplando el paisaje, lo que no era propio de ella en un día soleado. Cuando no llovía, Nora siempre encontraba algo que hacer fuera. Aunque entonces se ponía vestidos de algodón sencillos y no aquel vestido de seda de tarde estampado con flores de colores y con miriñaque. Naturalmente, Doug no se había equivocado cuando había reconocido a Victor Dufresne: su esposa y su hija tenían visita.

—Y eso no es todo —respondió Nora, sin volverse hacia él ni saludarlo con un beso como era su costumbre—. Ven aquí y compruébalo por ti mismo.

Doug enseguida distinguió qué había de tan absorbente en el paisaje. Sobre la playa galopaban las yeguas *Alegría* y *Attica*, esta última era el caballo favorito de Nora. Ahora la montaba Victor, *monsieur* Victor, como Deirdre le había llamado formalmente cuando pidió a Nora que le prestase la montura. Sin embargo, la madre notó que ya hacía tiempo que en sus pensamientos había suprimido tal tratamiento.

Por lo visto, Deirdre y su galán estaban echando una carrera, lo que a los padres de la muchacha no les sorprendía. Esta aprovechaba cualquier oportunidad para mostrar su habilidad como amazona y la velocidad de *Alegría*. Lo inesperado era, únicamente, que la negra *Attica* iba por delante de Deirdre y su yegua blanca.

Doug rio.

—Así pues, el doctor Dufresne ha superado el último obstáculo para pedir la mano de nuestra revoltosa hija —observó—. No cabe duda de que sabe montar a caballo.

La yegua *Attica*, con sus largas patas, era más veloz que la pequeña *Alegría*, pero era recatada. Si el jinete no la manejaba con determinación, prefería quedarse en el segundo o tercer puesto en lugar de adelantar a otro caballo. Sin embargo, Victor Dufresne había conseguido estimularla. Deirdre quedaría hechizada por su talento en cuanto se recuperase de la derrota...

—Ese joven tiene muchas virtudes —observó Nora, aunque sin entusiasmo—. Es afable, inteligente, buen médico y de aspecto agradable. No es extraño que Deirdre se haya enamorado...

La noche del baile de presentación, Deirdre no había vuelto a apartarse de Victor Dufresne y, ya que pernoctaba en Cascarilla Gardens, como la mayoría de los invitados que venían de lejos, a la mañana siguiente le había mostrado la plantación. Durante el paseo el joven había vuelto a hablar con Nora, la había acompañado a la *visite* matutina en el barrio de los esclavos y hablado con ella acerca del tratamiento de los enfermos. El efecto que había causado con ello había sido impresionante. Victor permaneció allí incluso cuando ya hacía tiempo que lord Bowden se había marchado y entretuvo a Deirdre y Nora poniéndoles al corriente de las últimas noticias de Londres y París. Al final se despidió solemnemente, pero en los días que siguieron, para sorpresa de todos, no hubo ningún barco que zarpara rumbo a La Española. Así que algunas damas de Kingston pidieron su opinión al joven médico, quien al parecer se vio obligado, dado el estado de las señoras, a ocuparse de su tratamiento y no abandonarlas. Así pues, Victor no se fue y una semana más tarde se mostró contentísimo cuando Deirdre apareció con sus padres en Kingston. Doug tenía asuntos que resolver allí de forma periódica y las damas tenían la intención de ir de tiendas. Victor Dufresne se alegró de poder acompañar a Deirdre y su doncella negra a dar un paseo por el barrio comercial mientras Nora tomaba el té con unas amigas. Y ahora, el fin de semana, se había presentado en Cascarilla Gardens con medicamentos que Nora desconocía y una caja de refinados bombones de chocolate para Deirdre. Nora se preguntaba para cuál de sus parientes femeninas la habría traído de Europa. De todos modos, no habría precisado de ningún obsequio para hacer dichosa a Deirdre. En cuanto Victor se aproximaba, los ojos de la muchacha resplandecían. Ese día habían ido a dar un paseo a caballo, durante el cual Victor Dufresne no había pretendido aprovecharse como el joven Keensley. Por supuesto, los dos iban acompañados de un mozo de cuadra, al menos al principio, pues al llegar a la playa habían dejado atrás al joven y su mulo.

Nora echó otro vistazo a la playa. Los jinetes habían puesto las monturas al paso y charlaban animadamente. Suspiró.

—¿Qué sucede, cariño? —Doug la rodeó protectoramente con el brazo—. Por un lado pones por las nubes al doctor Dufresne, pero por el otro... ¿Hay algo que se oponga a que le haga un poco la corte a Deirdre?

Ella se frotó la frente y consiguió apartar la vista de la pareja.

—Si se queda en «un poco...» —murmuró—. Sin embargo, Victor Dufresne es un joven muy formal. Es muy posible que dentro de poco pida la mano de nuestra hija.

Doug sonrió.

—También yo lo he pensado. ¿Tan mal estaría? Como bien dices, es formal, sabe lo que quiere, tiene una profesión con la que puede mantener a su esposa...

Nora arqueó las cejas.

—Y aún más, los Dufresne son propietarios de media La Española.

Doug se retiró de la ventana y se dirigió a la habitación contigua, que hacía las veces de vestidor para ambos. Empezó a cambiarse la chaqueta de seda formal y la camisa con chorreras que había llevado en Kingston por un traje de montar más cómodo.

—Ahora entiendo tu pequeña escapada a Kingston —le dijo a Nora desde allí—. Y yo que me preguntaba por qué de repente, tres días después del baile, tenías que ir a tomar el té con lady Bowden y esas matronas de Kingston. Cuando por lo general no te entusiasma su compañía. Pero claro, esas señoras lo sabían casi todo sobre la familia Dufresne en La Española.

Besó a Nora en la mejilla cuando regresó a su lado.

Ella sonrió: la había pillado in fraganti.

—Bueno, quería saber...

Doug rio.

—No solo tú. Yo también me he informado. Es cierto que los Dufresne son muy ricos. Lo que no significa que vayan a mantener a su benjamín eternamente. Por lo visto, le financian el consultorio en Cap-Français, pero nada más. De acuerdo, también le darán una residencia en la ciudad, tiene que guardar las apariencias si ya ha elegido esposa. Pero ¡nada comparable a Cascarilla Gardens! Nuestra mimada hija no tendrá ninguna doncella que solo esté allí para cepillarle el pelo.

—¡Eso puede provocar una catástrofe! Cuando pienso en

cómo lleva ahora el pelo... —ironizó Nora, aunque todavía algo abatida—. Bueno, bromas aparte, incluso si le escatiman algo de dinero, la familia Dufresne no permitirá que su hijo se muera de hambre si el consultorio no rinde lo suficiente. Eso no me preocupa.

—Entonces, ¿qué? Los comerciantes dicen que Cap-Français es una ciudad bonita. Y hasta ahora solo hay un médico allí instalado. El consultorio seguro que funcionará estupendamente.

—¡Es solo que está muy lejos! —soltó Nora por fin—. No quiero ni pensar en que Deirdre se case y se vaya a la costa noroeste. ¡Así que menos a La Española! Más de trescientos kilómetros por mar...

Doug la tomó del brazo.

—Pues tú te casaste y te marchaste a Jamaica sin parpadear... —Sonrió—. La Española está a tiro de piedra. Dos días en barco. Podemos ir a verla cada año... Y eso tiene también sus ventajas... —La última frase tuvo un deje vacilante que bastó para alarmar a Nora. Reaccionaba de forma muy susceptible a todo lo relacionado con Deirdre.

—¿Te parece deseable enviar lejos a nuestra hija? —inquirió con dureza.

Doug sacudió la cabeza y puso los ojos en blanco.

—¡Tonterías, cariño! Ya sabes que es la niña de mis ojos, no podría querer a ninguna hija más que a ella y la añoraré tanto como tú. Pero es... Ven, vamos a dar un paseo mientras hablamos. Hace un tiempo precioso y ya he pasado estos últimos días detrás de suficientes oficinas y escritorios.

Doug no era por naturaleza aficionado a los despachos, prefería dirigir la plantación a asesorar a sus clientes en Kingston. Había estudiado derecho solo porque su padre se lo había ordenado, y ni siquiera se había licenciado. Posiblemente nunca hubiese ejercido de abogado si cuando volvió de Inglaterra Elias Fortnam no lo hubiese excluido de todos los asuntos relacionados con la gestión de la propiedad. El joven se había visto obligado a buscarse otra ocupación, y se había ganado tal respeto como experto en derecho marítimo y mercantil internacional que no podía abandonar. Al menos no sin ofender a gente influyente. Y eso no era aconsejable cuando se tenía una hija como Deirdre...

Mientras ambos bajaban la escalera y salían al exterior meditó sobre cómo comunicar a Nora con delicadeza sus reflexiones. Como siempre, el jardín le pareció paradisíaco. Al amanecer había llovido y las orquídeas abrían sus pétalos al sol. Las hojas del campeche tenían un brillo amarillo claro en esa época del año, y los arbustos de cascarilla y *accaria* se superaban mutuamente con el esplendor de sus racimos de flores blancas.

—Mira, Nora —empezó Doug mientras ella arrancaba una orquídea y la agitaba entre los dedos—. Tú misma dices que la sociedad jamaicana tiene tendencia a excluir a Deirdre...

—Vaya —se burló Nora—. Hasta ahora siempre lo has negado...

Doug apretó los labios.

—Lo he negado porque sabía que no supondría ningún problema grave. Mientras la protejamos y el gobernador también lo haga, no le pasará nada malo. Tanto forzándolo con el baile como si no, tarde o temprano habría aparecido un partido adecuado para Deirdre. Todos los jóvenes caen rendidos a sus pies en cuanto la ven, y los padres no se arriesgarían a provocar un escándalo.

—¿Y entonces? —preguntó Nora, sorprendida—. ¿Por qué prefieres que se case en otro lugar?

—Porque su historia se sabe —se le escapó a Doug—. La hemos educado como si fuera hija nuestra, pero ante la ley de Jamaica no es más que una esclava liberta. Si ahora se casa con un blanco y él quiere en algún momento desembarazarse de ella...

—Pero ¿por qué iba a querer alguien desembarazarse de ella, por qué? —Nora se frotó las sienes.

—Por qué, por qué... ¡Hay miles de causas posibles! —exclamó Doug acalorado, y empezó a enumerarlas—. Porque su forma de ser independiente no se ajuste a la de él una vez haya pasado el enamoramiento inicial. Porque después de unos años se enamore de otra más joven. Porque pierda todo su dinero en el juego y piense en casarse con una rica heredera. Porque Deirdre no le dé hijos... o peor aún, porque sus hijos nazcan negros...

—¡Deirdre tiene la piel clara, casi como una blanca! —protestó Nora.

Doug alzó los ojos al cielo.

—No tiene por qué pasarles lo mismo a sus hijos. Mira, Nora, nunca te lo he dicho para no inquietarte. Pero tengo casos así en todas las colonias. Yo...

—¿Casos así? —repitió Nora con los ojos soltando chispas—. ¿Qué... qué tipo de casos? ¿Es que el asunto de Deirdre, mi rapto, solo fue un «caso» para ti?

Doug la agarró por los brazos y la atrajo hacia sí.

—Por Dios, Nora, no seas tan susceptible y no manipules mis palabras. Con «casos» me refiero a las historias de mulatos, o más bien de mulatas, que se han desenvuelto como blancas en sociedad. De forma abierta o fingiendo. Con o sin salvoconducto. ¡Y algunas historias son realmente dramáticas! Una mujer de Barbados, por ejemplo, hija de un hacendado y la doncella de la esposa. También la esclava era de piel muy clara. La niña fue «engendrada» en toda regla porque la esposa no tenía hijos. La missis fingió un embarazo mientras la sirvienta tuvo a la niña. Al parecer la muchacha era una belleza, mimada y querida, muy educada. Acabó casándose con el propietario de una gran plantación... y al cabo de un año dio a luz a un niño con el aspecto de un negro de pura cepa. Esas cosas suceden... A veces las similitudes se saltan una generación. ¡Por todos los cielos, lo has visto con los caballos, Nora! Mira a *Alegría* y *Attica*. Son hermanas. Pero una parece un purasangre inglés y es negra y la otra se asemeja a su padre árabe y es menuda y blanca. Si mañana la cubre un semental, Nora, ¡puede dar a luz un potro negro de patas largas!

Nora se mordió el labio.

—¿Qué... qué pasó con la chica? —preguntó en voz baja.

Doug suspiró.

—El hombre sospechó que había tenido relaciones con uno de sus esclavos negros, con lo que el asunto no habría pasado de ahí, pero la mujer estaba, cómo no, tan aterrorizada como su marido. Lo negó todo indignada... ni ella misma sabía nada de sus orígenes. Al final el padre confesó y hubo un gran escándalo... Naturalmente, se anuló el matrimonio, pero el estado de irritación era tal que se llegó hasta el punto de discutir acerca de a quién pertenecían las dos esclavas, es decir, la mujer y la hija. ¡El padre acabó comprando su hija y su nieta al marido y padre! Las dejó a las dos libres y envió a la joven a Europa. Y la niña negra crece con su abuela carnal...

Nora suspiró.

—Podría haber sido peor... —murmuró.

Doug resopló.

—¿Quieres oír algo peor? Había una mujer en Luisiana, también mulata, muy guapa y de piel bastante clara, esclava en la plantación de su padre natural. Huyó, robó los papeles de una blanca y vivió hábilmente de esa mentira. Se casó luego con un hombre acaudalado, vivió como blanca hasta que el matrimonio se cruzó por azar en el camino del padre de la chica. Este enseguida lo descubrió todo y quiso recuperar a su esclava... La joven se suicidó. O, en América también, la hija de un viudo que creció sobreprotegida. Un adversario de su esposo descubrió a su madre negra, que era cantante en un bar. La mujer acabó en un burdel. —Doug inspiró hondo—. Y Deirdre... Nora, en el momento en que su esposo rompa su salvoconducto, ¡será una negra como cualquier otra! De acuerdo, nadie se atreverá mientras nosotros vivamos y yo tenga influencia. Pero ¡no viviremos eternamente! Y para conservar mi influencia tengo que estar continuamente haciendo concesiones: un favor aquí, otro favor allá, al gobernador, a la unión de propietarios de plantaciones... No pongas esa cara, Nora, ¡no me molesta hacerlo! Quiero a Deirdre, cuántas veces tengo que decirlo. Pero ¡aquí no está segura, Nora! ¡No tan segura como desearíamos!

Nora destrozó la orquídea entre los dedos.

—¿Y lo estaría en La Española? —preguntó en voz baja—. ¿Allí no se divulgaría su... historia? ¿Se la ocultarías a Victor?

Doug sacudió la cabeza.

—Saint-Domingue es francés —respondió.

Nora soltó un sonoro resoplido.

—¿Y? ¿Es que los franceses no tienen esclavos? ¿O los tratan mejor? Nunca he oído nada al respecto...

—Tampoco es eso —respondió Doug apaciguador—. Claro que tienen esclavos. Y en ciertos aspectos los tratan peor que aquí. Pero...

—¿Pero? —preguntó Nora, mirando expectante a su marido.

—Los franceses son papistas, como tal vez ya sepas...

Nora rio.

—El reverendo no tenía nada más urgente que hacer esta mañana después de la misa que recordármelo. Pero ¿qué tiene eso que ver con el hecho de tener esclavos?

Doug alzó los hombros.

—Bueno, los papistas adoptan otra postura respecto a la... hum... inmortalidad del alma de sus esclavos. Suena casi extraño. Aquí tenemos el eterno problema de que a los esclavos se les predica constantemente el cristianismo, pero los sacerdotes escurren el bulto a la hora de bautizarlos. Y no hay matrimonios cristianos...

—Claro que no. Porque los backras tendrían que cumplir la máxima «lo que Dios ha unido que no lo separe el hombre».

Doug hizo una mueca.

—Cierto, no podrían seguir comprando parejas negras por separado como si tal cosa. Pero los papistas lo ven de otro modo. Ponen su religión por encima de todo. El Code Noir, una compilación de normas que determinan el trato que se dispensa a los esclavos, procede de la época de Luis XIV. Todos los esclavos tienen que estar bautizados y casarse por la Iglesia cuando el propietario está de acuerdo. El matrimonio es sagrado, hombre y mujer son inseparables, tampoco se puede vender a sus hijos mientras no hayan alcanzado la pubertad. Y ahora viene lo mejor, Nora: la ley permite matrimonios entre blancos y negros. Y en el momento en que un blanco se casa con una negra, ella adquiere la libertad y sus hijos también. Los hijos de blancas con negros son de por sí libres. Nora ya no necesitaría su salvoconducto. En Saint-Domingue sería ante la ley una ciudadana libre como cualquiera, aunque puede darse el caso, naturalmente, de que se divulgue su historia. No contárselo a Victor sería, por supuesto, imperdonable, previendo que cabe la posibilidad de que sus hijos con Deirdre sean de piel oscura.

—Y eso que él mismo no es completamente blanco... —caviló Nora, recordando una vez más a su amor de juventud, Simon—. Es posible que tengas razón, Doug... ¿Qué vamos a hacer mañana con el baile de los Keensley?

La estrategia de Nora para que Deirdre obtuviese reconocimiento social ya había dado sus frutos. La misma noche de la presentación de la muchacha, una lady Keensley algo antipática les había invitado a asistir a un «baile de finales de verano» que iba a celebrarse el siguiente fin de semana. La invitación había llegado muy tarde: era evidente que los Keensley habían pensado volver a excluir a Deirdre de ese acontecimiento social.

Doug se encogió de hombros.

—Nos llevaremos al doctor Dufresne, claro, eso seguramente complacerá a lord y lady Keensley, aunque no al cursi de su hijo.

Era obvio que Quentin Keensley había insistido en invitar a la chica de sus sueños. También ese joven mostraba un creciente interés evidente por Cascarilla Gardens. Se había presentado tres veces en la plantación después del baile de

Deirdre, y siempre por motivos insustanciales, decidido a agarrarse a un vaso de ponche mientras no viera a Deirdre. Aunque ella lo evitaba de forma manifiesta. Solo había intercambiado un par de palabras con él cuando no había podido evitarlo. A Nora le correspondía ocuparse del chico, lo que la sacaba de quicio.

Lord y lady Keensley no aprobaban que Quentin cortejase a la bonita pero «inconveniente» hija de los vecinos. Doug sabía que ya habían puesto los ojos en una joven de Kingston apropiada para él. Seguro que se alegraban de que Deirdre llegara al baile que ofrecían en su casa acompañada de un galán.

Nora rio.

—También visto de este modo, Victor Dufresne es un regalo caído del cielo —observó—. Pero mira, ya vienen...

Señaló la entrada de la cocina del jardín, cuya puerta Victor sostenía abierta para Deirdre en ese momento. El cabello de la muchacha se había alborotado tras la cabalgada. Los rizos le caían sueltos por la espalda y había perdido el sombrero. Tenía las mejillas enrojecidas a causa del sol y el viento y sus ojos resplandecían compitiendo con los de su acompañante. También el rostro del joven había perdido la leve palidez causada por las largas horas que había pasado estudiando en París y Londres. Tenía la piel tostada por el sol y el cabello tan despeinado como el de Deirdre. Unos mechones oscuros revoloteaban alrededor de su cara, imposibles de atrapar con la redecilla que siempre llevaba. Ese hombre no perdía el tiempo arreglándose el pelo y tampoco parecía disponer de un criado personal.

—¡Papá! —Deirdre corrió al encuentro de Doug, a quien no había visto en tres días, y lo abrazó con ímpetu—. ¡Qué bien que ya hayas vuelto y que Victor aún esté aquí! Quería ir hoy a Kingston, pero... ¿se queda usted, Victor? ¿Hasta mañana? ¿O quizá mejor hasta el domingo? Así podría ir con nosotros al baile de los Keensley el sábado. Por favor, ¡o me aburriré como una ostra allí sola! —Miraba radiante al joven y luego, traviesa, a su padre—. Así podremos practicar el francés más tiempo. *Papa, il faut certainement que tu fasses encore des exercices!*

Doug fingió amenazar con el dedo a su hija adoptiva.

—Cuidadito con lo que dices, *mademoiselle*. Seguro que yo no necesito clases suplementarias. Si *monsieur* Dufresne y yo nos ponemos a hablar como es debido, te garantizo que no entenderías ni una palabra. —Doug también representaba a clientes del área lingüística francesa y sin duda había practicado más que Nora, que no había hablado francés en veinte años, y que Deirdre, cuyos conocimientos se limitaban a los adquiridos con los libros de texto. No obstante, parecía estar haciendo grandes progresos, pues la joven había pronunciado con fluidez la última frase—. Pero por supuesto está usted invitado a cenar con nosotros, doctor Dufresne —añadió Doug—. Sin que importe el idioma que utilicemos en la mesa. Estaré encantado de conversar con usted.

—Acepto de buen grado, monsieur Fortnam —contestó educadamente Victor—. De todos modos... antes tendré que refrescarme un poco.

Se miró la ropa con una sonrisa de disculpa. Sin embargo, Nora pensó que su traje no había sufrido ni la mitad de lo que había padecido recientemente el del joven Keensley. Aunque Dufresne tampoco llevaba ningún traje de fiesta, sino unos prácticos pantalones de montar y unas botas recias. Ante Doug Fortnam, eso le daba puntos.

—Lo mismo tendrá que hacer mi hija —observó Nora con fingida severidad—. ¡Se diría que te ha arrollado un huracán, Deirdre Fortnam!

La muchacha rio feliz.

—¡También me siento un poco así! —susurró a su madre cuando vio que Victor estaba hablando con su padre y no podía oírla—. ¡Mamá, Victor es maravilloso! ¡Tan inteligente, tan atento! ¡Y tan guapo! ¿No encuentras que parece... que parece un auténtico lord?

Nora apretó los labios. Era como si el amable espíritu de

Simon Greenborough hubiera vuelto a reunirse con ellos. En esta ocasión para liberar a su hija y hacerla feliz.

—Y ¡todavía no sabes lo mejor! —prosiguió complacida Deirdre, cogiéndose del brazo de su madre—. Ha montado a *Attica* y nos ha ganado a *Alegría* y a mí. ¡También sabe montar!

6

Después del infantil acto de «venganza» contra los habitantes blancos del puerto de Gran Caimán, Bonnie intentó
mantener cierta distancia con Jefe, pero le resultaba difícil renunciar a su compañía. Al poco tiempo añoraba su voz profunda, incluso la risa sardónica con que solía responder a los
frecuentes reproches y críticas de Máanu. Echaba de menos,
sobre todo, su forma de ser despreocupada. Jefe no parecía
tener miedo de nada, mientras que Bonnie se asustaba de casi
todo. Su backra podía percibir un deje de reticencia en una
pregunta inofensiva o en el trato cotidiano de su esclava y
castigarla sin piedad al instante. Tal vez Máanu tenía razón y
simplemente le divertía golpear a Bonnie.

Pese a ello, Dayton la estaba dejando últimamente bastante tranquila. La joven se preguntaba si tal vez debía atribuirlo
a que Máanu hubiese intervenido a su favor o, quizás, a que la
señora Benton se hubiese quejado. La esposa del capitán del
puerto había estado observando a Bonnie y seguro que se había dado cuenta de sus cardenales y cicatrices. Además, tenía
más autoridad que Máanu. Nadie que quisiera hacer negocios
en esa localidad desatendía al señor Benton, y si este le había
dicho un par de cosas a Dayton, eso habría contribuido a que
se moderase.

Fuera como fuese, Bonnie se sentía agradecida a la esposa
del capitán del puerto, aunque si quería compartir las opinio-

nes de Jefe, tendría que odiar también a los Benton. Para él era causa suficiente el hecho de que ellos fuesen blancos y él negro, pero la menuda esclava no podía creerse que todos los blancos fuesen tan rematadamente malos y perversos como el joven afirmaba. El señor Benton, por ejemplo, era, por todo lo que Bonnie percibía, un hombre honrado que incluso trataba a los esclavos casi con cordialidad, y su mujer tenía una única doncella negra. Se llamaba Bridget y llevaba un bonito uniforme, y era tan estirada que ni siquiera hablaba con Máanu, así que ni pensar en que lo hiciera con alguien como Bonnie. Seguro que a Bridget nunca le gritaban ni pegaban. Y seguro que tampoco se mataba trabajando en el cuidado de la casa.

Fuera quien fuese a quien tuviera que agradecérselo, Bonnie disfrutaba esos días de un poco más de sosiego. Las hinchazones del rostro estaban remitiendo y junto a sus obligaciones encontraba tiempo para pasarse por la tienda de Máanu y dedicarse a una tarea severamente prohibida: ¡Máanu le estaba enseñando a leer! La misma Máanu había aprendido de pequeña con el hijo de su backra; Bonnie desconocía en qué condiciones precisas, pues la negra liberta nunca hablaba de ese tema. Sin embargo, había dado mucha importancia a que su hijo Jefe estudiase e incluso había pagado al borrachuzo del doctor, que se ocupaba más mal que bien de la atención médica de los blancos de Gran Caimán, para que le diera clase. El chico estaba sediento de saber, y si uno daba crédito a lo que contaba, su padre Akwasi había sido una especie de erudito. Pero ella ya era consciente: si había que hacer caso de todo lo que el joven contaba sobre su padre, Akwasi había estado por encima del resto de la humanidad en todos los asuntos. El que aun así no hubiese llegado a rey del mundo, Jefe lo atribuía al color de su piel, y por eso estaba enfadado con el género humano.

En cualquier caso, gracias a que sabía leer y escribir, Jefe había encontrado una especie de trabajo temporal. El propietario de los dos barcos ingleses que estaban amarrados en el puerto daba importancia a que la contabilidad estuviese bien llevada y exigía del maestre de provisiones unas listas exactas de los suministros que se cargaban a bordo. Este último no sabía escribir, lamentablemente, y apenas contar, así que el señor Benton le había recomendado a Jefe para que lo ayudase. La admiración de Bonnie hacia su amigo por la tarea que estaba realizando era ilimitada: estar ahí sentado y contar los barriles y sacos que metían en las bodegas del barco de tres palos en lugar de cargarlos con un calor de muerte debía de ser como estar en el cielo.

Jefe le guiñó el ojo cuando pasó por su lado camino de la casa de Máanu. A Bonnie le habría gustado responder al saludo, pero se contuvo. En ningún caso debía contarle nadie a su backra que había hablado con un hombre en el muelle, y el señor Benton tampoco tenía que pensar que ella distraía a Jefe de su trabajo. Así pues, pasó corriendo, apartó la vista de los burdeles y bares como era habitual y llegó a la tienda de Máanu, donde la encontró hablando con un extraño forastero.

A primera vista, el mulato, alto de estatura, parecía un comerciante rico; pero eso era imposible. Los comerciantes siempre eran blancos y pocas veces hacían ellos mismos sus compras en una tienda como la de Máanu. Pero fuera quien fuese, ese cliente llevaba calzones y medias, una camisa con chorreras y un chaleco bordado. En sus zapatos de tacón alto relucían unas hebillas de plata. Al entrar, se había sacado el tricornio, lo que redujo un poco el glamur de su aspecto general. Llevaba desgreñado y sin cuidar el cabello oscuro y liso.

Bonnie esperó amedrentada como siempre junto a la puerta de la tienda a que el hombre se despidiera, aunque sus negociaciones con Máanu ya parecían a punto de concluir. La propietaria lo estaba acompañando hacia la salida.

—Con discreción, por supuesto —respondió la negra a una última pregunta que Bonnie no escuchó—. Enviaré a mi hijo, como es habitual. Tenga el bote preparado...

El hombre se despidió con una exagerada reverencia a la que Máanu respondió con la misma sonrisa torcida que solía exhibir su hijo. Alguna sospecha debía de suscitarle aquel cliente. Bonnie se acurrucó en las sombras del porche para que no la vieran, pero el hombre se percató de su presencia, le sonrió y le guiñó un ojo. Saludó con la mano antes de bajar por las escaleras.

—¿Quién era? —preguntó Bonnie cuando Máanu la invitó a entrar.

La negra se encogió de hombros.

—Un cliente de paso. De uno de los barcos...

Bonnie no preguntó más, pero luego tampoco consiguió concentrarse en las letras que Máanu le escribía con tiza sobre una de las tablillas donde solía apuntar los precios. Hasta ese día, Máanu nunca le había mentido, la pequeña habría considerado a la altiva liberta casi incapaz de decir algo que no fuera verdad. Sin embargo, aquel hombre tan elegantemente vestido no era un cliente corriente. Y no había llegado en uno de los barcos cuya carga Jefe estaba supervisando.

La muchacha sintió una extraña curiosidad. Hacía tiempo que había aprendido a no preocuparse por los asuntos de los demás, le bastaba con sus propias preocupaciones, pero ahora se trataba de Máanu y Jefe... «Enviaré a mi hijo, como es habitual...» ¡No cabía duda de que tenía algo que ver con Jefe!

Bonnie caviló si preguntar al muchacho camino de vuelta a la carnicería, pero los barcos se estaban equipando para zarpar y no tenía esperanzas de encontrarlo. Aun así, descubrió a su amigo en uno de los pringosos bares del puerto... ¡en compañía del mulato que había visto en la tienda de Máanu! En ese momento, el hombre depositaba delante del chico un vaso de ron, obviamente invitándolo a beber. Jefe tosió tras tomar el primer trago del fuerte licor y empezó a hablar. Bonnie no oyó nada de la conversación, solo vio que Jefe era quien más hablaba. El otro escuchaba.

Eso le pareció extraño. Si quería preparar la cena y dar de comer a los animales antes de que el backra cerrase la carnicería tenía que marcharse de inmediato. ¡No quería darle ningún motivo para que volviera a pegarle!

Pese a todo, Bonnie no se olvidó del asunto del forastero y cuando al día siguiente tuvo que llevar al puerto la carne en salazón, no dudó en buscar a Jefe. Lo encontró detrás de la tienda de su madre y, qué extraño, trabajando aplicadamente. Estaba reuniendo una entrega importante de pan marino para los barcos, pescado en salazón y legumbres secas.

—¿Es para un barco? —preguntó desconcertada cuando el chico colocó también un tonel de carbón sobre la carretilla en que Máanu solía transportar las mercancías—. No hay ninguno en el puerto.

Jefe se sobresaltó, como si lo hubiera pillado in fraganti; al parecer no la había visto llegar. Luego le dirigió una sonrisa pícara, como si se alegrase por alguna razón.

—Aquí no —susurró.

Bonnie frunció las cejas.

—¿Dónde, entonces? ¿Hay otro puerto más en Gran Caimán?

Le parecía posible, aunque ella solo conocía el barrio de los esclavos de una plantación. Si había un segundo puerto, tenía que estar muy lejos. Demasiado para entregar un encargo con la carretilla.

Jefe se echó a reír.

—Bonnie —dijo—, hay cosas que no te cuento. Si me juras no decírselo a mi madre, te lo enseñaré. Me matará si se entera de que se lo he dicho a alguien...

La joven asintió sin comprender. Ese asunto debía de estar relacionado con el hombre que había visto hablando con el chico el día anterior, no podía ser algo tan misterioso. A fin de cuentas, el individuo había caminado con toda naturalidad por el lugar y había bebido en el bar del puerto. Nadie se lo había quedado mirando. O sí. Bonnie reflexionó. ¿No era chocante? ¿No tendría que llamar la atención que un mulato vestido con tanta elegancia se pasease por ese sitio? Pero la gente no le había prestado atención.

—¿Y bien? ¿Me lo juras? —la apremió Jefe.

Ella volvió a asentir. El muchacho daba la impresión de tomarse como un juego ese asunto... o como una aventura.

—Pero tiene que ser después de que el sol se haya puesto, cuando salga la luna —precisó Jefe—. Pasaré por casa de Dayton. ¿Podrás escaparte?

Bonnie alzó los hombros. De todos modos, dormía fuera, en su cobertizo, así que no tenía que salir a escondidas de la casa. Siempre que esa noche el backra no le exigiera nada. De lo contrario sí se retrasaría. Ella no solía tener ánimos para ir a pasear a la luz de la luna, pero era incapaz de explicarle todo eso a Jefe...

—Lo intentaré —prometió. No convenía que él conociera detalles de cómo vivía ella—. Te oiré cuando pases.

Jefe sonrió burlón.

—¡No me oirás! ¡Nadie me oye! —se jactó.

Bonnie puso los ojos en blanco. Un juego, una aventura, tal como había imaginado. Esperaba que valiera la pena.

Sin embargo, Bonnie tuvo un insólito golpe de suerte. Dayton recibió un encargo más grande: precisamente Máanu le pidió dos toneles de carne en salazón y quiso aprovechar la oportunidad para saldar las últimas cuentas que aún tenía pendientes. Así pues, Skip Dayton se dirigió al puerto, de muy buen humor y seguido por Bonnie, que empujaba la carretilla con los toneles. Pesaba y hacía tiempo que no había engrasado las ruedas.

La joven estaba empapada en sudor cuando llegaron a la tienda de Máanu. Esta le lanzó una mirada compasiva, pero no dijo nada. Tampoco regateó cuando Dayton le presentó la factura, sino que pagó sus deudas. Por lo visto había cobrado una gran suma de dinero hacía poco, pues Máanu no solía tener mucho dinero en la caja.

Fuera como fuese, Dayton se marchó satisfecho y reaccionó de forma inesperadamente afable cuando una pelandusca se dirigió a él. Era Mandy, una criolla que trabajaba por cuenta propia. O para su madre blanca, que llevaba uno de los tugurios portuarios. Alguien debía de protegerla, pues en caso contrario ya haría tiempo que alguno de los propietarios de los dos burdeles le habría puesto la mano encima. En ese entorno y para ser prostituta, Mandy era extraordinariamente bonita, su cabello rubio ya era de por sí un reclamo para los clientes.

—Cómo lo ves, Dayton, ¿me invitas a beber algo? —preguntó con la voz ronca. Bonnie, que se arrastraba detrás del amo, no la miró—. No está pasando gran cosa por aquí. Si tienes ganas... te haré un precio especial para esta noche.

La menuda esclava apenas si daba crédito cuando el backra empezó a negociar un precio. Por lo general solía excitarse con las putas del puerto para desquitarse luego en casa con Bonnie. A esta le sorprendía a veces el poder de imaginación del hombre. Según cómo, no dejaba de ser un mérito imaginar a la voluptuosa Mandy, con su melena rubia, en el lugar de la huesuda Bonnie, con su cabello crespo.

Pero esa noche, Dayton parecía dispuesto a darse un gusto especial. Tras un breve regateo envió a casa a Bonnie con la carretilla y se fue del bracete con Mandy. La prostituta parecía satisfecha mientras lo conducía hacia el tugurio de su madre. Bonnie no la entendía. Skip Dayton, regordete, muy fuerte pero tirando a bajo, que nunca se lavaba la sangre de la carnicería, que masticaba tabaco sin parar y a quien la boca le apestaba a caries y ron, debería haberla repelido más que atraído. Bonnie nunca había conseguido sonreírle o dirigirle palabras cariñosas.

Aliviada de tener la noche libre, empujó la carreta en dirección a la carnicería. No, Bonnie nunca podría seducir a hombres, adularlos y fingir admiración por ellos. El encuentro con Mandy reforzaba esa idea y la privaba de cualquier esperanza de poder abandonar alguna vez su vida con Dayton. A menudo había jugado con la idea de colarse de polizón en algún barco y marcharse de Gran Caimán. Lo conseguiría, seguro que los estibadores negros del puerto no la traicionarían. Y tampoco se moriría de hambre si se ocultaba en la bodega cargada de provisiones. Pero ¿qué pasaría cuando el barco atracara? Era muy probable que la descubrieran, que le exigieran que pagara el pasaje y la vendieran al burdel más cercano. E incluso si conseguía escapar sin ser vista, solo le quedaría el trabajo de prostituta.

Bonnie se estremeció. No, para eso mejor se quedaba con Dayton. Al menos no le pedía que sonriese. Al contrario, parecía excitarlo que ella sintiera repugnancia. Le gustaba forzarla.

Pero ahora tenía vía libre para emprender su aventura con Jefe, incluso tiempo suficiente para darse un chapuzón en el mar. Bonnie se zambullía en el agua refrescante y disfrutaba chapoteando. No sabía nadar, aunque Jefe siempre se ofrecía a enseñarle. Pero es que no se atrevía a desnudarse delante de él, no quería que viese lo delgada que estaba y, sobre todo, las cicatrices que el maltrato de Dayton dejaba en su cuerpo. Bonnie no quería reconocerlo, pero le gustaba estar bonita en presencia del muchacho.

Tras retozar entre las olas, se sintió limpia y fresca y volvió a ponerse de mala gana su único y sudado vestido azul. Dayton lo había comprado en una tienducha de ropa usada después de que su viejo vestido casi se le desintegrara de tanto usarlo. Le habría gustado tener una falda roja y una blusa como las que Máanu y la mayoría de las criollas llevaban. Seguro que así habría parecido mayor, mientras que aquel vestido le daba un aire infantil. Pero para Dayton esas prendas eran demasiado caras.

Bonnie se acuclilló en su cobertizo y se quedó contemplando el mar mientras esperaba a Jefe. Pero la belleza de la playa blanca en que nacía el verde intenso de la selva no la conmovía. Cuando Bonnie pensaba en el mar, lo concebía como un muro que rodeaba su prisión y que saltaría gustosa en cuanto se presentara la menor oportunidad. Como tantas otras veces, esa noche soñó de nuevo con escapar de Gran Caimán, pero sin lograr imaginarse la vida en otro lugar. Pese a ello, Jefe siempre formaba parte de sus fantasías. A veces se imaginaba llevando la casa y cocinando para él, tal como lo hacía ahora para el backra. El joven no mataría animales delante de la puerta de su casa y con toda certeza no la pegaría, antes bien... bueno, le daría de vez en cuando algún beso. Dulcemente, a lo mejor en la mejilla... Los sueños de Bonnie eran así de ingenuos.

Por supuesto, Jefe no consiguió pasar junto a Bonnie sin hacer ruido, pero sí la sorprendió con su comitiva: un burrito que arrastraba una carretilla cargada hasta los topes. El animal pertenecía a un viejo mulato que cultivaba un campo al otro extremo de la localidad y abastecía la tienda de Máanu con sus verduras. Bonnie observó lo que había en la carretilla y distinguió los barriles de pescado en salazón que antes con tanto esfuerzo había llevado al puerto.

—¿No podrías haberlos recogido aquí mismo? —preguntó disgustada—. ¡Me ha costado mucho cargar con ellos!

Jefe sacudió la cabeza.

—¡No! ¡Claro que no! —contestó, haciéndose el interesante—. Tu backra se habría olido dónde los entregamos. Y eso no debe saberlo nadie, ya te lo he dicho. Has jurado...

—Sí —respondió Bonnie, esforzándose por no parecer enfadada. ¿Podía Jefe creerse realmente que pasaba desapercibido recorriendo media isla con un burro y una carretilla? ¿Y que Dayton no había sospechado nada cuando Máanu había saldado de repente sus cuentas? Su curiosidad iba aumentando. ¿En qué andarían metidos Máanu y Jefe que medio Gran Caimán ignoraba a sabiendas?

7

Bonnie siguió a Jefe y el burro con la carretilla, primero un poco por la playa y luego por el manglar. Ignoraba que hubiese caminos entre la espesura de helechos y palmas, pero Jefe encontró una pequeña vereda lo suficiente ancha para la carretilla. El burrito, de todos modos, tenía que hacer un gran esfuerzo porque el camino no era liso, sino que estaba sembrado de raíces y lleno de barro después de las lluvias tropicales casi diarias. La playa y los accesos se secaban rápido al aire libre, en cuanto asomaba el sol, pero entre el denso follaje de la selva no entraba la luz. Sin la linterna que Jefe llevaba encendida, los dos aventureros se habrían extraviado o no habrían encontrado el camino.

—¿Adónde vamos? —preguntó Bonnie tras una hora caminando entre la vegetación. Era inquietante, la chica se sobresaltaba cada vez que un ave nocturna chillaba u otro animal se internaba entre el follaje alarmado al ver la luz—. ¿Y cuánto nos queda todavía?

—Enseguida llegamos, no tengas miedo —la tranquilizó Jefe—. También se llega por la playa, pero habríamos tardado mucho más. El barco está anclado en la siguiente cala, ¿comprendes?

—¿El barco? ¿Qué barco? Tú...

—¡Bonnie! ¿De qué barco te crees que hablamos? —Jefe se llevó las manos a la cabeza—. A ver, tienes que tener claro que nos dirigimos hacia un barco. ¿O es que te has creído que estamos abasteciendo a los espíritus del bosque?

Bonnie torció el gesto. No le gustaba que Jefe la tratase como si fuese tonta. Por supuesto pensaba en un barco, la simple elección de la mercancía ya lo indicaba, pero ignoraba por qué un capitán no iba al puerto sino a una bahía recóndita para cargar provisiones.

—Está claro que porque son piratas —explicó Jefe cuando se aclaró la espesura. La vereda terminaba en una costa escarpada.

—¿Piratas? —repitió Bonnie, perpleja—. Pero... pero ¡si ya no hay! ¿Es que no han colgado a Barbanegra y los demás? Pensaba... pensaba que ya no quedaban.

—Algunos quedan.

Jefe tiró del fatigado burrito por una senda pendiente abajo y llegó a una cala. Bonnie distinguió entonces un buque de tres palos anclado. El barco había penetrado tanto en la bahía que no podía verse desde mar abierto.

—¡Ahí... ahí está! ¡Es verdad!

Bonnie seguía sin dar crédito. Iluminado por la luna había un velero no demasiado grande pero airoso. La tripulación, al menos una parte de ella, había descendido a la playa, donde se veían botes de remos y ardía una hoguera. Los piratas no parecían temer que los descubriesen. Era probable que utilizasen ese escondite con frecuencia.

—¡Claro que está ahí! —confirmó Jefe—. Siempre está ahí. Hace una eternidad que abastecemos al capitán. Echa las anclas aquí una o dos veces al año. Y también habría.... —soltó una especie de bufido antes de acabar la frase— se habría llevado a mi padre. Mi madre le había hablado a mi padre del *Mermaid* y del capitán. Y él quería fugarse una vez más. Pero entonces esos cerdos le pegaron un tiro... —Se pasó la mano por los ojos—. Sea como sea... el capitán Seegall lo habría esperado. Es un buen tío.

Bonnie apenas podía creerse que Jefe estuviera hablando del patrón de un barco. Ninguno de los capitanes que ella había conocido en Gran Caimán habría siquiera pensado en ayudar a escapar a un esclavo.

—¿Es... negro? —preguntó.

Jefe sacudió la cabeza.

—¿El capitán Seegall? No. Pero eso da igual en un barco pirata. Cualquiera puede convertirse en capitán. No les importa que seas negro o blanco. Solo tus capacidades de liderazgo y de abordar otro barco. Y el capitán Seegall... dicen que navegó con Barbanegra.

Bonnie bajó la vista hacia la playa. No distinguía demasiado a la luz de la hoguera, pero daba la impresión de que, en efecto, los hombres eran de razas distintas. Muchos al menos mulatos.

—¿Y sabes qué? —añadió Jefe y su voz todavía triste pareció animarse de repente—. Esta vez no dejaré que zarpen y se marchen. ¡Esta vez me voy con ellos!

Bonnie se estremeció.

—¿Que... que te vas con ellos? —repitió—. ¿Quieres... quieres hacerte pirata?

Jefe asintió orgulloso.

—¡Eso mismo! Estoy harto de hacer trabajos sucios para los bribones blancos del puerto. Harto de bajar la cabeza cada vez que pasa un backra. ¡Quiero ser libre! ¡Un guerrero como mi padre!

Bonnie recordó que, de hecho, Jefe nunca hacía trabajos sucios ni bajaba la cabeza ante nadie. Lo único que se le ocurría era que él quería marcharse. Jefe quería irse, quería dejarla sola... Hizo una mueca abatida.

—¿Y te llevarán con ellos, así sin más? —preguntó en voz baja.

—Bueno, «así sin más» no. Debo entregarles algo... —Miró con orgullo hacia sus futuros compañeros.

—¿La mercancía? —se sorprendió Bonnie, mirando la carretilla del burro—. Pero si han pagado por ella.

¿De dónde si no habría sacado Máanu el dinero que había dado a Dayton? Y seguramente no estaba de acuerdo en que

Jefe se hiciera a la mar con los bucaneros. Era poco probable que le diera una especie de dote.

—¡La mercancía no, tontaina! —Jefe sacudió paciente la cabeza—. La pagan siempre, es cuestión de honor, el capitán Seegall no tima a nadie. Pero en estos círculos no se paga con dinero. Se paga con conocimientos. Sánchez, ese estaba muy interesado en los veleros que zarparon ayer llenos hasta los topes rumbo a Inglaterra. Los piratas todavía están cargando provisiones y luego se pondrán en marcha, tras ellos, mañana por la noche. Tienen una presa como es debido... —Acentuó la palabra «presa»: el primer vocablo del tesoro léxico de los piratas.

A Bonnie le quedaron claras varias cosas. Sánchez era el mulato que vestía con elegancia y que había estado con Jefe en la taberna. El hijo de Máanu le había hablado de los barcos que zarpaban. Algo en Bonnie protestó contra el hecho de que hubiese traicionado fríamente a sus capitanes y tripulaciones. Pero, por otra parte, no era ningún secreto que los barcos habían cargado caña de azúcar en Barbados, después de haber descargado esclavos llegados de África. Si ahora la misma tripulación acababa en algún mercado de esclavos y su cargamento en manos de los corsarios, ¡lo tenían bien merecido!

Entretanto, Bonnie y Jefe ya habían recorrido más de la mitad del camino de la costa. Los piratas ya debían de haber visto la carretilla y el burro. Los pensamientos se agolpaban en la cabeza de Bonnie e iba formándose la idea más audaz que jamás se le había ocurrido, aunque necesitaría algo de tiempo para desarrollarla. Se detuvo con determinación.

—No voy contigo, Jefe. Me escondo aquí y veo desde lejos cómo descargas.

Jefe la miró casi ofendido.

—¿En serio? Pero yo creía... creía que te gustaría conocer a esos hombres. ¡Hay un par que son realmente auténticos! El cocinero solo tiene una pierna. Dice que la perdió frente a la costa de Charleston. Habían ahorcado a los demás corsarios y él escapó por los pelos...

Bonnie lo interrumpió.

—Jefe, soy una chica —dijo enfadada—. Y una chica decente no se alegra de conocer a hombres que probablemente no hayan visto a una mujer en tres meses.

El muchacho sonrió.

—Ven, Bonnie, estos son hombres respetables... —objetó, defendiendo a sus nuevos amigos.

—¡Son piratas, Jefe! —Bonnie tuvo que esforzarse por bajar la voz. Vacilaba entre la preocupación, la risa y la tensión. Esa idea...—. Si los calificaras de respetables, es probable que se ofendieran...

Jefe sonrió burlón.

—Vaaaaale, no respetables en «ese» sentido —replicó—. Sino... hum... en el de honrados. Y estás conmigo, a ti no te harían nada.

Bonnie lo dudaba. Pero en realidad tenía menos miedo de que la violaran que de enseñarles la cara antes de tiempo...

El rostro de Jefe se ensombreció de repente.

—O... ¿los detestas? ¿Por eso no quieres hablar con ellos? ¿Los juzgas por lo que hacen?

Bonnie se preguntó cómo aquel amigo durante más de cuatro años podía conocerla tan poco.

—No —musitó—. ¡Los envidio!

Y dio media vuelta para internarse en la selva, a un lado del camino. La vegetación era abundante en todas partes. Al abrigo de la noche, podría acercarse algo más a la cala si quería correr ese riesgo. Pero primero tenía que seguir elaborando su idea. Aquella idea monstruosa...

Jefe condujo al burrito hacia la cala y los piratas lo saludaron como a un viejo amigo. Enseguida empezaron a trasladar la mercancía de la carretilla a los botes fondeados en la playa. Todos trabajaban con rapidez y diligencia, lo que a Bonnie le sorprendió un poco. En el puerto, cuando alguien encendía una hoguera enseguida empezaba a circular la botella de ron y el aguardiente. Sin embargo, los hombres del capitán Seegall no parecían estar borrachos. Solo cuando estuvo todo guardado en los botes, conversó un poco el capitán con Jefe, o al menos Bonnie supuso que ese hombre alto e imponente era Seegall. A diferencia del resto de los hombres, que llevaban camisas de cuadros y pantalones de lino hasta el tobillo, iba vestido con pantalones hasta la rodilla, camisa con chorreras y levita. Sin embargo, la poderosa barba, que seguramente no iba a la zaga de la de su idolatrado Barbanegra, enturbiaba la imagen del serio comerciante o hacendado. Tampoco llevaba zapatos ni medias de seda: iba descalzo, como sus hombres.

Estos mostraban poco respeto ante Seegall. Al menos no parecían tenerle el miedo que los tripulantes de los mercantes sentían hacia sus capitanes y oficiales, a quienes más bien trataban de evitar. Bonnie había oído decir que en las compañías navieras los encargados de reclutar a los hombres los emborrachaban para forzarlos a enrolarse. Pero las tripulaciones de los barcos piratas sin duda llegaban allí por propia voluntad. Y además tenían que «pagar», como Jefe...

Así pues, tener que alistarse en un barco pirata era la única dificultad insoslayable del audaz plan de Bonnie. Tenía que enterarse de más cosas. Cuando Jefe regresó, ambos se sentaron en la carretilla y dejaron que el burrito tirara de ella. Entonces Bonnie lanzó a su amigo una andanada de preguntas.

Jefe reflexionó.

—La mayoría de los hombres de Seegall son desertores —señaló—. O amotinados. Gente que no aguantaba en barcos mercantes o en buques de guerra. Según Sánchez, convivir con militares es horrible. Los oficiales no son mejores que los backras de las plantaciones. A veces los piratas también se llevan prisioneros. Si abordan un barco en el que hay un médico o un carpintero...

Bonnie corrigió su hipótesis acerca de la decisión voluntaria de enrolarse.

—Pero a estos también les gusta —aseguró Jefe—. Todos se quedan porque quieren.

—¿Siempre hay que... que aportar algo cuando uno quiere alistarse en un barco pirata? —preguntó Bonnie.

Jefe se encogió de hombros.

—Bueno... —murmuró—. Ellos... ellos quieren saber si uno va en serio... Por ejemplo, alguien como yo...

Bonnie reflexionó acerca de si el capitán pirata le pondría dificultades a Jefe. Eso no la sorprendería, ya que pondría en peligro la larga y al parecer buena relación comercial con Máanu. Seegall debía de saber que la propietaria de la tienda tenía para el chico planes muy distintos de una carrera como bucanero. Seguro que montaría en cólera cuando comprobara que Jefe se había escapado con los piratas, y a saber si estaría dispuesta a volver a abastecerles de víveres la próxima vez.

Sin embargo, otro chico... uno sin familia y sin amigos... Bonnie llegó a la conclusión de que la «dote» tampoco sería tan elevada.

—¿Cómo es que te interesas por los piratas? —preguntó Jefe cuando la playa del pueblo ya no quedaba tan lejos—. No... no irás a chivarte a mi madre, ¿verdad? Nadie más que tú sabe que quiero irme. No hay nadie que se lo imagine. Después puedes contárselo, claro. A lo mejor le escribo una carta y te la dejo para que se la des...

Bonnie sacudió la cabeza.

—No voy a traicionarte —dijo—. Desde luego que no. Pero será imposible que entregue una carta en tu nombre. Porque yo voy contigo, Jefe. Y no intentes que desista. Ya sabes que hace tiempo que quiero irme de aquí. Y esta es mi única posibilidad. Me cortaré el pelo, me pondré pantalones y nadie se dará cuenta de que soy una chica. —Decidida, miró a su amigo a los ojos—. ¡Voy a ser pirata!

8

Como era previsible, Victor Dufresne se dejó convencer de quedarse hasta el domingo en Cascarilla Gardens y acompañar a Deirdre y sus padres al baile de los Keensley.

Sus ojos se iluminaron cuando vio a Deirdre en su vestido de fiesta: una creación rosa viejo adornada de encajes azul oscuro. Las doncellas habían trenzado en sus cabellos unas camelias que florecían en el jardín de Nora y cuyo color combinaba con el del vestido; el aroma que emanaban envolvía a Deirdre como el perfume más cautivador. Victor, naturalmente, solo había llevado ropa sencilla para pasar el fin de semana, lo que Doug tomó como pretexto para eludir la imposición de empolvarse y llevar peluca. Dijo que no permitiría que Victor fuera el único hombre sin afeites ni chaleco de brocado. Deirdre encontró sus pantalones de montar, las botas y la chaqueta marrón mucho mejores y, sobre todo, más viriles, que la chaqueta de seda rosa con ribetes amarillos que Quentin Keensley llevaba esa noche. El joven saludó a los invitados en el umbral del salón de baile, junto con sus padres, y puso una mueca de desagrado cuando Doug presentó a Victor formalmente como huésped de su familia.

Lady Keensley, por el contrario, sonrió benevolente. Sin duda recordaba el baile de Victor con Deirdre en la fiesta de esta.

—¡Ya nos conocemos! —señaló con voz meliflua—. El

joven médico de Saint-Domingue... ¡Sea bienvenido, *monsieur*!

Nora percibió que el cerebro de la anfitriona estaba trabajando a pleno rendimiento. Que alguien apareciese sin invitación previa exigía tomar decisiones rápidas acerca de la distribución de los comensales en la mesa, y había de actuar de forma correcta y resolutiva. ¿Se trataba de un mero «amigo de la familia»? Entonces el muchacho precisaba de una compañera de mesa de edad similar, a la que también pudiese sacar a bailar. ¿O se trataba tal vez de un prometedor postulante de la joven Deirdre? En ese caso, lady Keensley estaría encantada de situarlo junto a su pretendida. Nora habría apostado a que el sitio contiguo al de su hija ya estaba solicitado por Quentin...

La observadora mirada de lady Keensley siguió a Victor, pero el joven médico no le facilitó indicio ninguno. Cortés y ceremonioso condujo a Nora a la sala, mientras Doug le ofrecía el brazo a su hija.

Nora contempló cómo la mirada calculadora de la anfitriona se paseaba por las damiselas apropiadas para sentarse junto a Victor, y se percató de que eso no le pasaba inadvertido a Deirdre. En el expresivo rostro de su hija ya habían aparecido los celos. Nora decidió intervenir para evitar posibles problemas.

—El doctor Dufresne y yo tenemos intereses en común —señaló con una amable sonrisa a la anfitriona—. Soy muy aficionada a la medicina, ¿sabe? Pero, lamentablemente, no hemos tenido tiempo suficiente para intercambiar impresiones. Quizá sería apropiado que nos colocara juntos a la mesa...

Lady Keensley asintió aliviada. Eso podía solucionarse en un pispás. Nora suspiró tranquila cuando Deirdre recuperó la sonrisa, aunque Quentin enseguida se acercó y se puso a hablarle. Pese a todo, sospechó que esa velada no se vería exenta de ardides.

Y en efecto, la atmósfera apacible no se prolongó demasiado. Tal como era de esperar, Quentin Keensley condujo a Deirdre a la mesa observado con desdén por una hermosa rubia que lady Keensley había colocado al otro lado de su hijo. Era probable que la joven se hubiese imaginado que la velada transcurriría de otro modo. Keensley descubrió, a todas luces disgustado, que Nora y Victor se sentaban justo enfrente uno del otro. No era un arreglo muy hábil por parte de lady Keensley, pero al planificar la distribución de los invitados en la mesa, la dama no había podido imaginar que Victor acudiría. Era probable que hubiese querido colocar a Nora y Doug delante de Quentin y Deirdre para que a su hijo no se le ocurriera hacer ninguna tontería. Si a esas alturas había llegado a sus oídos algún comentario sobre el paseo a caballo de Deirdre y Quentin sin dama de compañía, debía de pensar que la hija de los Fortnam era bastante atrevida...

Sin embargo, Deirdre apenas hacía caso de su compañero de mesa, solo tenía ojos para Victor. A los intentos de Quentin por entablar conversación, ella respondía con monosílabos o con el silencio, por lo que, lógicamente, el muchacho no tardó en enfadarse. Por su parte, Victor hacía gala de un comportamiento impecable. Era evidente que se esforzaba por no responder con exceso de ardor a las miradas de Deirdre, sino que se concentraba en Nora. La conversación entre ambos enseguida creció en interés, y Nora disfrutó con su compañero de mesa mucho más en esa comida que en otras fiestas.

Después del banquete los invitados se trasladaron a la sala de baile y Victor se volvió con una sonrisa amable hacia Nora.

—¿Desea bailar, señora Fortnam? O...

Intentaba que no se le notara, pero Nora observó que lanzaba una mirada fugaz a Deirdre y que estaba atento a los movimientos de Quentin, quien se disponía a conducir a la joven a la pomposa sala de baile contigua al salón.

Nora se abanicaba. Los salones de los Keensley no estaban pensados para el clima jamaicano y a esas horas de la noche el calor era pegajoso. Además, las ventanas seguramente no podían abrirse...

—Gracias, *monsieur* Victor —rechazó la invitación con amabilidad—, pero después de esta comida maravillosa y abundante necesito hacer una pausa. También debería liberar a mi esposo de lady Warrington. Adjudicársela como compañera de mesa no ha sido una idea especialmente brillante... —Tal vez la distribución había servido para que los Fortnam se abstuvieran de asistir a futuras fiestas en casa de los Keensley, aunque naturalmente Nora no lo mencionó—. Ocúpese un poco de Deirdre. No parece divertirse demasiado con su acompañante.

Señaló a su hija, que disimulaba en ese momento un bostezo. No era precisamente un comportamiento digno de una dama, y Nora se avergonzó un poco de ella. Victor, por el contrario, rio aliviado.

—¿De verdad? —preguntó, fingiendo indiferencia—. Y yo que pensaba... Bueno, con unos vecinos tan directos... —Apretó los labios—. Además, el joven lord Keensley está pendiente de miss Deirdre...

Nora suspiró. Ya en la época en que estaba con Simon solía pensar que no había que exagerar la cortesía y la discreción.

—Bien, ¡entonces espabile usted también! —animó al médico sin cortapisas—. No tenemos mucho en común con los Keensley, y Deirdre no está comprometida con nadie.

Observó sonriente cómo el joven, tras disculparse, se apresuraba hacia Deirdre y Quentin. Justo entonces empezaron a interpretar un minué y la joven se colocó radiante junto a él en la hilera de parejas. Quentin condujo a la muchacha rubia a la pista. Por lo visto, todo transcurría según los deseos de lord y lady Keensley.

Pero Quentin Keensley era demasiado temperamental para arrojar la toalla a la primera. Por mucho que Deirdre le diera a entender que no disfrutaba de sus favores, ese joven mimado no estaba dispuesto a renunciar a sus aspiraciones.

Durante las horas que siguieron estuvo bailando con una joven tras otra, y en cuanto pasaba junto a Deirdre se ponía a reír y tontear con sus parejas. Esta ni se percató de lo popular que era su anfitrión. Si no estaba bailando con Victor, estaban charlando animadamente. Bebía a sorbitos el champán y escuchaba con atención lo que le contaba su galán.

Quentin ardía de indignación cada vez que veía la sonrisa extasiada de Deirdre. Bebía el ponche con avidez, de pura frustración, y al final ya tenía ganas de pelea. Se interpuso con brusquedad entre Deirdre y Victor cuando se dirigían de nuevo a la pista.

—¡Ya está bien, miss Fortnam! —declaró—. Hace horas que le he pedido un baile. ¡Ahora es el momento!

Deirdre frunció el ceño.

—No recuerdo haberle prometido nada —replicó—. Y ya he concedido este baile a *monsieur* Dufresne.

Quentin se volvió hacia Victor y lo miró iracundo.

—¡Con este ya ha bailado suficiente! —soltó indignado—. ¿Qué manera de comportarse es esta? Plantarse en mi casa como si nada y... y arrebatar los bailes a la mejor chica y...

Victor arqueó las cejas con fingida sorpresa.

—¿Siente usted que le estoy arrebatando algo, miss Fortnam? —preguntó con calma.

Deirdre soltó una risita, alegre a causa del champán.

—A decir verdad, no, *monsieur* Victor. Al contrario... me siento más bien agasajada... —Le guiñó el ojo e hizo una reverencia.

—Ya lo ha oído —señaló Victor—. Y ahora déjenos por favor salir a bailar. Ya ve, nos están esperando.

Victor y Deirdre iban a participar en una danza de pasos complicados que había anunciado el maestro de ceremonias y cuyo desarrollo debían aprender previamente. Mientras Quentin bloqueara la pista de baile nadie podía empezar, y, por supuesto, ya hacía rato que los tres habían atraído la atención de las otras parejas, el maestro de ceremonias y los músicos.

—Después, naturalmente, dispondrá usted de vía libre para invitar a miss Deirdre —añadió con cortesía Victor.

Iba a coger la mano de la muchacha y alejarse, pero Quentin lo agarró del hombro y tiró con brusquedad.

—¡Y un cuerno! —siseó—. Bailaré ahora con ella... Y tú... tú te esfumas.

Victor se zafó de su presa y distinguió en los ojos de Quentin un brillo peligroso. Hasta entonces había considerado el asunto desde un enfoque cómico. Seguro que el chico había bebido demasiado y tenía ganas de provocar. Parecía como si quisiera lanzarse a una pelea en toda regla. Victor evaluó al joven brevemente y concluyó que lo tumbaría con facilidad. Quentin no era ni más alto ni más fuerte que Victor, y además no estaba sobrio. Sin embargo, todo en el joven médico se resistía a darse de puñetazos con un muchacho como un par de granujas. Y a saber en qué acabaría todo. Quentin no era el único con quien Deirdre se había negado a bailar.

Victor lanzó una mirada a la joven, que observaba fascinada la disputa. ¿Le gustaría que él se peleara por ella? Pero no, se encontraban entre caballeros, había que arreglar las cosas de otro modo.

Victor se pasó la mano por la solapa que Quentin acababa de tocar y aparentó quitarle el polvo.

—Tranquilícese... milord. —Subrayó el título de forma tan sarcástica que algunos invitados se echaron a reír—. Seguro que llegaremos a un acuerdo en este asunto. La única persona que ha de manifestarse al respecto es miss Deirdre. Tal vez tenga que recurrir a su... hum... compasión. Si es que no hay ninguna otra señorita que quiera bailar con usted, milord... Comprendo que se disguste, pero es posible que la causa radique en su propio comportamiento. Pero lo dicho: si miss Deirdre mostrara clemencia para con usted y estuviese dispuesta a dar unos pasos en su compañía por la pista, por mi parte no habría objeción... —Victor dirigió una sonrisa a Deirdre, quien al principio reaccionó ante las palabras del joven con una mueca de disgusto y luego con una sonrisa burlona. Sin perder la calma, el médico prosiguió—: Desde luego no tengo motivo para incomodarme, miss Deirdre, si desea mostrarse complaciente con este joven. En lo que a mí respecta, le pediré formalmente el último baile de esta noche... Desearía dormir con el recuerdo de su perfume y el suave contacto de su mano... —El joven doctor le dirigió una mirada tierna—. Pero, como ya he dicho, es usted quien decide...

Victor levantó ligeramente la mano abierta. Un gesto que podía interpretarse como ofrecimiento o renuncia. Deirdre tanto podía coger la mano tendida y aceptar la invitación al baile, como inclinarse ligeramente hacia Quentin. Pero, en todo caso, el joven provocador haría el ridículo si optaba por agredir a Victor.

Mientras, se oían más risas procedentes de las parejas que estaban alrededor. Los presentes miraban divertidos y sin disimulo a Quentin, quien se encontraba de pie frente a Victor con los puños cerrados pero desvalido.

Deirdre pensó un instante. No quería bailar con el hijo de los anfitriones, pero veía que era la mejor solución. Una parte de ella admiraba a Victor por su elegante maniobra para apaciguar los ánimos sin quedar en mal lugar. Otra parte, sin embargo, habría querido verlo defenderse con los puños. Sonrió comedida y decidió dirigirse a Quentin.

—Bien, entonces vayamos a... —dijo con frialdad.

Sin embargo, Quentin Keensley se retiró, quizá consciente de que todavía perdería más si se ponía a bailar con Deirdre, o tal vez porque sus padres, al igual que los Fortnam, se estaban aproximando a la pista de baile.

—Pues... pues ya no me apetece bailar contigo, una... una... ¡bastarda negra! —siseó antes de darse media vuelta. No pronunció las palabras lo suficientemente alto como para que Victor ni nadie las oyera, pues en caso contrario Doug o el médico lo habrían desafiado. Pero Deirdre se estremeció. Quentin le lanzó otra mirada de odio y le dio la espalda.

Paralizada por el horror y la vergüenza, ella se quedó mirándolo. En ese momento, el maestro de ceremonias revivió.

Percibiendo que podía salvar la situación, lo hizo con el encanto de un hombre experimentado así como con una sonrisa franca. Una muchacha tan hermosa y ese chico la había violentado... Desde luego, un comportamiento imperdonable.

—*Mademoiselle!* —Francés como la mayoría de los de su gremio, el maestro le dedicó una profunda reverencia a la pálida Deirdre—. ¿Me concede el honor? ¡Sería para mí maravilloso bailar con una joven tan bella como usted!

Deirdre le tendió la mano como en trance y lo siguió alterada a la cabeza de los bailarines. Se sentía muy herida... pero entonces comenzó la música. El maestro la miró animosamente y le mostró los primeros pasos, una figura difícil de verdad. Deirdre tenía que concentrarse para hacerlo bien y se olvidó de Quentin y su horrible conducta. Al final, disfrutó del honor de encabezar el baile. Alzó la cabeza, sonrió y dejó que el francés la guiara elegantemente durante el minué. De vez en cuando dirigía una sonrisa a Victor, que la contemplaba con admiración, y otra de desdén a Quentin, que se había reunido con sus padres.

Nora estaba henchida de orgullo de ver a su preciosa hija en cabeza de los bailarines. ¡La *enfant terrible* de los hacendados bailaba con el porte de una reina en la fiesta de los Keensley!

Doug, por el contrario, se mostraba escéptico. No sabía con exactitud qué había pasado antes, pero de una cosa estaba seguro: ese día Deirdre y Victor se habían enemistado de verdad con Quentin Keensley. Y todavía podría haber sido peor: Doug imaginaba lo que el hijo de los vecinos le había soltado a su hija. Los ánimos se habían calmado, pero Doug veía muy oscuro el modo en que iba a desarrollarse en adelante la relación con esos vecinos. Pues si bien los Keensley estaban de acuerdo en que Quentin renunciara a pedir la mano de Deirdre, no les habría gustado que humillaran a su hijo en público. El comedimiento de Victor, por el contrario, había sido de una destreza admirable. Ni el mismo Doug habría sido capaz de dominarse tan perfectamente a su edad. Era probable que hubiese derribado al joven Keensley con un par de puñetazos.

Miró a Deirdre, que estaba bailando, y luego a Nora, y suspiró al percatarse de cómo le brillaban los ojos. Seguro que estaba convencida de que su preciosa hija podía elegir entre todos los jóvenes reunidos allí. Para él, por el contrario, el futuro de Deirdre acababa de decidirse: tras ese incidente le cerrarían todas las puertas en Jamaica. Los Keensley eran rivales poderosos. Podían avivar los rumores sobre la joven cuando les apeteciera. E incluso sin su intervención, al día siguiente, la mitad de Jamaica estaría chismorreando sobre la hija de los Fortnam. No, Doug estaba resuelto y se apresuraría a dejárselo claro también a Nora. Si Victor quería casarse con Deirdre y no le escandalizaba su origen, ellos no pondrían objeciones.

9

Tras pasar también el domingo con Victor en Cascarilla
Gardens, Deirdre se deslizaba por la casa y el jardín como en
trance.

—Es posible que ya la haya besado —aventuró Doug.

Nora lo dudaba. Si había algo que no le gustaba en Victor
era su exagerada corrección. Victor Dufresne pediría la mano
de una joven antes de besarla. Cualquier otra opción traicionaría su idea de lo que debía ser un caballero.

Por otra parte, también Nora opinaba que la petición se
produciría de un momento a otro, de modo que Doug no se
sorprendió cuando el joven apareció el martes mismo en su
despacho de Kingston para hablar formalmente con él. Doug
comprobó divertido que se había esforzado por mejorar su
aspecto. El joven llevaba el cabello trenzado y empolvado y,
vaya, no se le había soltado ningún mechón, lo que le confería
una distinguida apariencia. Llevaba calzones de un blanco inmaculado, medias de seda y zapatos de hebilla, además de una
chaqueta de color avellana con unos faldones cosidos al talle
y unos ribetes de un amarillo dorado. La máxima concesión a
la moda sin duda que ese joven médico, más bien reservado,
podía asumir. Naturalmente, no faltaba el inevitable tricornio. Con el sombrero en la mano, Dufresne ejecutó una inclinación perfecta que habría honrado a cualquier cortesano.

Fortnam sonrió, lo invitó a entrar y le ofreció asiento. La

oficina de Kingston era muy distinta del salón de Cascarilla Gardens, en el que predominaban las maderas autóctonas y las elaboradas tallas típicas del Caribe. El despacho estaba amueblado según la moda francesa, a la que se ceñían las butacas sumamente trabajadas con patas arqueadas con elegancia y la labor de *petit point*, así como mesitas y aparadores cubiertos de pan de oro. Ese estilo parecía agradar tan poco a Victor Dufresne como a Nora y Doug, pero tal vez fue solo el nerviosismo lo que le llevó a sentarse amedrentado en el borde de la butaca para las visitas.

Doug esperaba. En uno de los armarios guardaba una botella de un ron excelente que utilizaría para relajar un poco el ambiente, pero primero quería que el muchacho expresara sus deseos. Dufresne no se anduvo por las ramas sino que, con voz grave y firme, solicitó permiso para cortejar formalmente a la hija de los Fortnam.

—Siento un profundo afecto por miss Deirdre y me atrevo a suponer que tampoco ella me encuentra... antipático...

Victor carraspeó, por lo visto casi se había confundido. Doug pensaba divertido en si Deirdre tendría conocimiento de esa visita y si estaría tan nerviosa como su galán.

—Claro que miss Deirdre todavía es muy joven y en general yo no tendría nada que oponer a un largo noviazgo —prosiguió el doctor—. Por el contrario, me haría muy feliz asistirla y pretenderla... darle la oportunidad de conocerme mejor...

—¿Saber algo más de usted que el hecho de ser un excelente jinete? —Doug sonrió para facilitarle las cosas—. Eso ya nos lo ha contado. Y desde luego que está entusiasmada con usted, doctor Dufresne...

En las mejillas bronceadas de Victor afloró un ligero rubor. Quizás en ese momento lamentó no haberse maquillado el rostro.

—Yo... bueno... yo en absoluto he intimado demasiado con Deirdre. Pero ella... ella es sencillamente irresistible. A caballo es...

—Sé que mi hija es irresistible —lo interrumpió Doug—. Y ya he obtenido información sobre usted, doctor Dufresne. Sé que ha prolongado su estancia aquí en Jamaica pese a sus planes iniciales de volver a La Española... A fin de cuentas, quiere abrir allí una consulta, ¿no?

Dufresne asintió aliviado.

—No solo eso, señor Fortnam —aclaró—. Aquí ya tendría pacientes que me garantizarían unos ingresos. Pero mi padre tiene la generosa intención de mandar construir para mí una residencia en la ciudad de Cap-Français. —Victor jugueteó con su tricornio. No parecía realmente contento con el regalo de su familia—. Y si no estoy allí para intervenir en el proyecto, entonces... entonces no habrá consulta, sino que... que parecerá la casa señorial de una plantación... —Se interrumpió. Seguro que su probable futuro suegro no aprobaría que criticara a sus padres.

Pero Doug hizo un gesto de comprensión. Pensó en la mansión de Cascarilla Gardens antes del incendio: una imponente casa de piedra de dos plantas con techos abuhardillados y columnas hecha construir por su padre. A la mayoría de los hacendados les encantaba ese tipo de arquitectura, al menos a los ingleses. Los franceses se inspiraban más en Versalles, pero ni un estilo ni otro resultaban convenientes para la residencia urbana de un médico, que debía preocuparse por inspirar confianza antes que respeto. En cualquier caso, Doug comprendía muy bien que Victor quisiera diseñar él mismo su futuro domicilio.

—Debe pues regresar lo antes posible a Saint-Domingue para supervisar las obras. Y antes le gustaría pedir la mano a Deirdre, ¿correcto? —señaló Doug, yendo al grano—. Lo entiendo, doctor Dufresne... —Se levantó, se dirigió al armario donde guardaba el ron y puso dos vasos sobre la mesa—. Y yo creo —prosiguió mientras los llenaba— que nos pondremos de acuerdo sobre la fecha de la ceremonia y el viaje de Deirdre a La Española...

Victor soltó un sonoro suspiro. Luego asintió solícito.

—Había pensado en regresar primero solo y dejarlo todo listo para cuando llegara Deirdre —explicó animoso—. Tiene que encontrarse con un hogar ya acondicionado y acogedor. A su gusto, claro. Yo no tendría inconveniente en comprar en Jamaica los muebles y las telas... o encargarlas a Londres o París. Como quiera Deirdre. Yo...

Doug lo interrumpió con un gesto.

—Descuide, en cuanto al período de noviazgo y a lo concerniente a muebles y accesorios, ajuar y otras fruslerías, nos pondremos de acuerdo. Para eso lo mejor es que se dirija a la misma Deirdre y a mi esposa. Pero he de hablarle de un asunto mucho más importante antes de que se comprometa seriamente con mi hija. —Bebió un trago—. Debe saber que... Deirdre no es mi hija biológica... —A Doug le resultó difícil la confesión, por lo que se quedó perplejo cuando Victor asintió tranquilamente—. ¿Lo... lo sabía? —preguntó desconcertado—. ¿Conoce... conoce la historia?

Victor se frotó las sienes.

—Solo a grandes rasgos, señor Fortnam, pero las damas de la alta sociedad de Kingston ardían en deseos de contarme todos los detalles desde que me vieron con Deirdre en el baile que usted ofreció. Por supuesto, me he mantenido al margen de todo ello, pero los orígenes de Deirdre... No se moleste conmigo, pero soy un buen observador y... y nunca he visto a un niño de cabello oscuro cuyos padres sean los dos rubios. También sus encantadores hijos son rubios e idénticos a usted. En cambio, Deirdre se parece, salvo en el color de cabello y en la tez más oscura, solo a su respetable esposa. Cabe suponer pues que... que los rumores responden a la verdad.

Doug vació la copa de un trago.

—¿Qué le han contado? —preguntó.

Victor se encogió de hombros.

—No he prestado atención, señor Fortnam. Se lo digo de verdad, esos rumores me resultan repugnantes. Hablaban de un rapto y de una... una relación de muchos años con... con un negro.

Doug suspiró y volvió a servirse. Solo tras beber otro trago reunió fuerzas para sumergirse en su pasado y el de Nora. Describió detalladamente a Dufresne su amistad de infancia con el esclavo Akwasi y su abrupto final cuando el padre de Doug descubrió que este le había enseñado a leer y escribir a su amigo. Entonces había enviado a su hijo a estudiar a Inglaterra y degradado a Akwasi enviándole a trabajar en los campos de cultivo. El joven negro había tenido que realizar trabajos humillantes, y sus constantes actos de rebelión lo habían llevado a sufrir unos castigos espantosos. Akwai solo recibió ayuda cuando Nora contrajo matrimonio con Elias Fortnam y empezó a ocuparse de los esclavos poco después de su llegada a Jamaica, y entonces el negro se enamoró de la joven esposa del backra.

—Se trataba por supuesto de un amor sin futuro y que no fue correspondido, todo lo contrario de lo que sucedió conmigo... —explicó Doug al médico, que escuchaba con atención—. Cuando regresé a Jamaica también yo me enamoré de la que entonces era mi madrastra. El matrimonio con mi padre era una catástrofe. Por esa época, Akwasi solo sentía odio por mí. Me recriminaba que lo hubieran enviado a los campos, pero yo no podía hacer nada. Y cuando además descubrió lo que estaba surgiendo entre Nora y yo... Bien, al final huyó y se unió a los cimarrones, ya sabe, los negros libertos y esclavos huidos a las Blue Mountains. Con el tiempo las relaciones con ellos se pacificaron, pero antes eran frecuentes los saqueos en las plantaciones aisladas. Cascarilla Gardens también fue víctima de uno. Los cimarrones mataron a mi padre y Akwasi secuestró a Nora para tomarla como esposa. Yo la di por muerta. Cuando unos años después oí decir que en Nanny Town tenían a una blanca como «esclava», me puse en camino de inmediato y... bueno, conseguí liberarla. Pero entonces ya tenía a Deirdre, y era una niña encantadora. Para mí fue una alegría criarla como mi propia hija, gracias al amable apoyo del gobernador, quien me ayudó facilitándome salvoconductos y documentos de adopción.

Doug pensó por un instante si tenía que informarle también del segundo niño al que Nora cuidaba entonces, el hijo de Akwasi y la esclava Máanu, pero supuso que el destino de Akwasi, Jefe y Máanu probablemente no interesaría a su yerno.

—Bien, ahora ya está al corriente de todo —finalizó—. Deirdre es la hija de un esclavo. ¿Todavía desea casarse con mi hija?

Victor Dufresne sonrió.

—No puedo concebir mayor alegría que la de hacer feliz a Deirdre —contestó con calma—. Para mí no es la hija de un esclavo, sino miembro de pleno derecho de una familia que merece todo mi respeto: los Fortnam de Cascarilla Gardens.

Victor le propuso matrimonio a Deirdre en la playa de Cascarilla Gardens que para Nora era el símbolo de su amor por Jamaica. Había ido a pasear a caballo con la joven y cuando llegaron junto al mar, se bajó de la montura y ayudó a Deirdre a hacer lo mismo.

—Demos un pequeño paseo a pie, Deirdre —propuso con dulzura—. Yo... quisiera hablar con usted y tenerla más cerca de mí de lo que permite ir a lomos de un caballo.

Aquellas palabras introductorias divirtieron a Deirdre, que asintió ilusionada y bajó la cabeza virtuosamente para escucharlo con atención. El joven médico habló con cautela del afecto que había sentido por ella desde el primer momento y de lo mucho que admiraba su belleza y encanto.

—Y he tomado la decisión... —concluyó—, bueno, sé que le parecerá precipitado y quizás inoportuno, pero... pero... yo quisiera pedirle...

Deirdre se volvió hacia él y le sonrió complaciente.

—Victor —dijo—, si no acaba, no llegará nunca a besarme. Y la playa no es tan larga como para pasar horas paseando por la orilla...

El joven se frotó las sienes.

—Disculpe mi vacilación. Yo... en caso de que rechace...

—Se mordió el labio.

Deirdre parpadeó con aire juvenil y lo miró con picardía.

—¿Y si le prometo de antemano que al menos estudiaré con... hum... benevolencia su solicitud?

Victor sonrió.

—Me está usted tomando el pelo —señaló, y sacó con seriedad una rosa de su casaca—. Aquí está. Un poco arrugada pero sabía que valoraría el hecho de que le presentara mi solicitud durante un paseo a caballo...

Deirdre ya iba a replicar de nuevo, pero en esta ocasión Victor prosiguió con determinación.

—Miss Fortnam, Deirdre... en los últimos días me he enamorado de usted. No hay nada que desee más en este mundo que pasar toda mi vida a su lado, velando por usted y haciéndolo todo por usted...

Deirdre lo miró con los ojos radiantes y tomó la rosa que él sostenía. Le habría dicho que sí de inmediato y lo habría besado, pero su parte indómita disfrutaba haciéndole esperar un poco.

—¿Todo? —lo interrumpió un tanto enfadada—. ¡Hace poco no se peleó usted por mí, *monsieur* Victor!

Deirdre nunca lo habría admitido y tan solo era una gota de amargura diminuta dentro del entusiasmo que sentía hacia Victor, pero, de todos modos, sí le había dado un poco de rabia que el joven hubiera escogido la solución diplomática en la fiesta de los Keensley. Se justificaba pensando que Quentin no habría llegado a insultarla si Victor le hubiese desafiado. Naturalmente, era consciente de que ello habría comportado también un desagradable intercambio de palabras. Tal vez Quentin la habría humillado en voz alta y de modo que todos lo hubiesen comprendido, lo que habría sido mucho peor. Pensándolo bien, las consecuencias habrían podido ser nefastas si Victor no se hubiese comportado con absoluta corrección. No obstante, le hacía gracia burlarse un poco de él...

Sin embargo, Deirdre se arrepintió de haber dicho esas palabras en cuanto vio la expresión desolada del joven.

—¿Me considera usted un cobarde, miss Deirdre? —preguntó con un hilillo de voz—. Yo... yo se lo pregunto porque no es la primera vez que lo oigo decir. Mi familia sostiene que soy muy blando... Mi actitud frente a la esclavitud, mi deseo de ayudar a los hombres... Es cierto, no me gusta andar pegándome con la gente. La violencia es, en mi opinión, la peor solución para cualquier problema imaginable. Pero tampoco soy un gallina. Intento hacer solo lo que considero justo.

Deirdre sonrió, se puso de puntillas y le dio un beso en los labios.

—Entonces hazlo ahora también —susurró—. ¡Y no hables tanto!

Se estrechó contra él cuando el joven la abrazó y disfrutó de su beso, que nada tenía de pusilánime. Victor no era un joven sin experiencia, y ahora que estaba seguro de que Deirdre correspondía a su amor, jugueteó diestramente con la lengua en la boca de la joven y deslizó sus dedos por aquel cuerpo delicioso... Deirdre se derritió y deseó poder abandonarse al deseo.

—¿Te casarás entonces conmigo? —preguntó Victor cuando se rehicieron—. ¿Quieres ser mi esposa?

Deirdre asintió decidida.

—¡Lo deseé desde el primer momento! —reconoció—. Y no tienes que pegarte con nadie por mí. —Sonriente, le guiñó un ojo—. ¡Yo misma sé cuidar de mí! Y además... —Jugueteó con las riendas de *Alegría*, que no había soltado mientras se besaban. Por el contrario, la rosa yacía pisoteada a sus pies—. Además tengo un caballo rápido...

Victor sonrió, cautivado por su picardía y su seguridad.

—Entonces tendré que atarte corto, antes de que salgas huyendo al galope —bromeó, y a continuación sacó una cajita del bolsillo y la abrió.

Una sencilla alianza de oro con un diamante relució al sol y Deirdre descifró complacida las finas letras grabadas: «V. y

D. para siempre.» Se le saltaron lágrimas de emoción cuando Victor le puso el anillo.

—Siempre lo llevaré —prometió—. Y mientras lo lleve seré tu...

También Nora casi se echó a llorar cuando Deirdre le contó más tarde, llena de emoción, las horas que habían pasado en la playa, esa playa con la que Nora ya había soñado siendo una joven y en la que Doug Fortnam la había visto por vez primera. No sabía por qué, pero la idea de los amantes junto al mar le apaciguaba su temor de que iba a perder a su hija cuando esta se marchara con su esposo a otra isla. Admiró el anillo modesto pero espléndido, y pensó en el que durante años le había recordado a su primer amor, Simon. Nunca se había ajustado al fino dedo de Nora, mientras que Victor, al elegir el anillo para Deirdre, había demostrado poseer un excelente sentido de las proporciones. Encajaba perfectamente y parecía hecho para ella. Deirdre no se cansaba de mirarlo. Corrió por toda la casa y no descansó hasta que el último criado y la más joven de las cocineras lo hubieron admirado. Al final, bailó en su habitación y abrazó a Amali, que esperaba para ayudarla a cambiarse. Los Fortnam querían celebrar el compromiso con una cena en familia.

—Deirdre Dufresne... ¿Puedes creértelo, Amali? La señora Deirdre Dufresne...

La joven escuchaba el sonido de su futuro apellido, lo repetía una y otra vez y saboreaba el beso que Victor le había dado en la playa. Su primer beso. Amali sonrió cuando la muchacha le describió con detalle lo que había sentido.

—No lo he admitido, pero tenía un poco de miedo. Pero era tan suave, tan tierno... ¿te imaginas que me ha acariciado la boca con la lengua? Y yo... yo también lo he hecho... era... natural... como dos piezas que encajan perfectamente, como una llave que se inserta perfectamente en la cerradura. También algo muy especial, algo maravilloso... —Deirdre resplandecía al recordar las caricias de Victor y ante la alegría anticipada de las que llegarían.

Amali hizo un gesto de aprobación. También ella estaba enamorada, aunque no expresaba sus sentimientos como su joven señora. Pero sabía a qué se refería Deirdre e incluso más. El novio de Amali no era tan recatado como Victor, ya hacía tiempo que la doncella no era virgen.

—Deirdre y Victor Dufresne... —canturreó la enamorada—. Suena bien, ¿verdad, Amali? Encaja. Todo encaja. ¡Nuestra vida será maravillosa!

10

—Pero ¡no admiten mujeres a bordo, Bonnie! ¡Y no puedes disfrazarte de chico! ¡Lo que quieres hacer es una locura! Imagínate, si se dan cuenta. —Jefe había detenido de golpe al burrito, ansioso por llegar al establo, cuando Bonnie le había confiado sus intenciones—. Te... te...

—Es probable que me echen por la borda —señaló Bonnie imperturbable—. Pero primero tendrán que descubrirme, y no lo harán. No si me comporto como un chico...

—¡Anda ya! No puedes comportarte como un chico, eres...

Bonnie se encogió de hombros.

—Llevo años observando a mi backra maldecir y beber. Lo puedo imitar, no te preocupes. En cuanto al trabajo... no va a ser más difícil izar un par de velas que ir enterrando desechos de la carnicería en la arena, arrastrando sacos de sal para las conservas y fregando el suelo...

—¡Tendrías que pelearte! —exclamó Jefe—. ¡Y matar...!

Bonnie apretó los labios.

—¡Lo que tú puedas hacer, Jefe, también podré hacerlo yo! —replicó—. Puede que hasta mejor, espera a ver. ¿O es que ya has matado a alguien?

Jefe rio inseguro.

—Claro que no. Pero ¡tú tampoco! No puedo imaginarte blandiendo un sable.

—Te llevarás una sorpresa —respondió Bonnie, segura de sí—. ¡Ya veremos quién se cobra su primera presa! ¿Mañana a la misma hora? ¿Me recoges? A lo mejor tendrás que esperarme, el backra...

Jefe resopló.

—Otra vez me sales con esas. Mucha palabrería, pero cuando llega el momento, vuelves a encogerte delante del backra. ¿Tú, corsaria? ¡No me lo creo!

Bonnie no respondió. Se despidió con la mano y bajó de la carretilla. En la casa no había luces encendidas: o bien Dayton no había vuelto o estaba durmiendo la mona. Bonnie fue a su cobertizo y se envolvió contenta en la raída manta, lo que al menos le ofrecía algo de calidez.

Estaba tranquila, ya no tenía miedo. Ese capitán Seegall era un enviado del cielo, o tal vez del infierno. En esta vida, ella nunca volvería a doblegarse ante el backra. Solo un día más. Y luego jamás.

Al día siguiente Dayton tenía resaca y estaba de mal humor, probablemente arrepentido del dinero que la noche anterior había malgastado con Mandy. Como siempre, descargó su cólera en Bonnie. La regañó, le dio órdenes y le hizo limpiar la carnicería mientras él sacrificaba animales. Los chillidos de las bestias llegaban hasta la tienda y Bonnie casi se ahogaba en el odio que la inundaba. Temblaba de nervios, pero hasta el momento todo transcurría según lo previsto. Esa noche Dayton no saldría, pero tampoco permanecería sobrio. Destapó la primera botella de ron cuando Bonnie vació el último cubo de fregar.

—¿Todavía no has preparado la comida?

Bonnie suspiró. Había esperado que no le pegara, pero, al parecer, iniciaría su nueva vida con los ojos morados y las costillas doloridas. Pero bien, eso tal vez daría credibilidad a su personaje. Una pelea de taberna...

—Enseguida, backra... tener que limpiar tienda... por favor, no pegar pobre Bonnie. —Sabía que no conseguiría nada con sus súplicas, pero insistía porque a él le gustaba. De todos modos, era la última vez. Después de esa noche tampoco tendría que hablar como una esclava.

A continuación arrojó dos pedazos de carne fresca en la sartén. Contuvo las ganas de vomitar al pensar en los chillidos de los animales. Naturalmente, la carne no estuvo en su punto lo bastante deprisa, y luego se quemó mientras Dayton se ocupaba de imponer su «castigo» a Bonnie. Aun así, devoró los filetes y Bonnie esperó que lo retuviera todo. No le convenía para realizar sus planes que el backra vomitase el ron que había bebido. Más de la cuarta parte de la botella ya estaba vacía. Pero Dayton tenía un estómago fuerte y ahora también estaba de mejor humor.

—Ven, Bonnie, vamos a ver quién es mejor, ¡la puta o tú! —dijo con tono juguetón, una vez que hubo acabado de comer—. He aprendido una cosa nueva con Mandy... Esa sí que es lista... se lo ha pasado bien conmigo. Pero luego me ha pedido dinero y se lo he dado, maldita sea.

Bonnie se quitó el vestido sin decir nada. Sentía compasión por Mandy, quien después de pasar la noche con Dayton probablemente no tendría mejor aspecto que ella misma. Esperaba que al menos él no la hubiera engañado con el dinero. No obstante... todo el dinero que Mandy no se había quedado, pronto le pertenecería a ella.

La cita con Jefe la inquietaba, ya hacía rato que había salido la luna cuando Dayton se acabó la última gota de la botella y empezó a roncar en su asquerosa cama. Tenía que darse prisa. Inspeccionó brevemente los cuchillos de cocina, pero no estaban lo bastante afilados para lo que tenía intención de hacer. Tenía que suceder deprisa. Ahora, cuando iba en serio, Bonnie no tenía ganas de ver sufrir al backra. Como una pequeña y oscura sombra salió hacia la carnicería, todavía desnuda, y cogió el cuchillo. Brillaba a la luz de la luna. Bonnie se estremeció, pero no dudó. Decidida, se acercó a la cama del backra y alzó la hoja. Había visto miles de veces cómo lo hacía él. Se acordaba de cuánto había llorado la primera vez que Dayton se lo había enseñado. Cómo los berridos de la cabra enmudecieron de repente cuando... Bonnie colocó el cuchillo y con un rápido movimiento le cortó la garganta a Skip Dayton. Saltó hacia atrás cuando la sangre la salpicó y se asustó al ver que el backra abría los ojos. Emitió un sonido ahogado y agitó los brazos.

Bonnie resistió la mirada del moribundo. Debería experimentar una sensación de triunfo o tal vez de culpa, pero esperó tranquilamente que el reconocimiento, el horror y luego la cólera se apagaran en los ojos de Dayton.

—Se acabó, backra —dijo con serenidad—. Y ahora también morirá «Bonnie».

Limpió el cuchillo por encima —se lo llevaría, al igual que las armas del backra— y buscó una tijera. Tan deprisa como pudo, se cortó la media melena. Luego corrió a la playa y se metió en el agua para limpiarse del cuerpo del backra: su sudor, su esperma y su sangre. Le habría gustado bañarse para limpiarse del todo, pero no se atrevió. La marea era fuerte y eran altas las olas. No quería arriesgarse a caer y tal vez ahogarse.

Finalmente, Bonnie cogió las cosas que ya había preparado antes. La ropa de diario de Dayton no se diferenciaba demasiado de la de marineros y piratas. Una camisa ancha y un pantalón de algodón sujeto a la cintura con cuerda. No había tallas distintas, pero las perneras eran demasiado largas para Bonnie. Las cortó rápidamente con la tijera que había utilizado para cortarse el pelo. ¡Listo! Lástima que no hubiera espejo en casa de Dayton, le habría gustado comprobar qué aspecto tenía. Pensó que no se había olvidado de nada. Ahora solo faltaba el dinero, el cuchillo y las armas.

Se estremeció cuando pasó junto a la cama, a esas alturas empapada con la sangre de Dayton. Superó un asomo de miedo de que el backra pudiera despertarse, darse cuenta de que le había robado y castigarla por ello. Pero Dayton nunca más despertaría. Bonnie empezó a sentirse contenta. Y en el cántaro en que el patrón solía guardar el dinero encontró, en efecto, una pequeña fortuna, al menos para Bonnie. Aunque el capitán Seegall probablemente se riera de la cantidad. Si de verdad requería una «dote», Bonnie solo podía ofrecerle ese dinero. Los piratas tenían que llevársela sí o sí; de lo contrario, la colgarían. En el mejor de los casos. Era probable que a los habitantes de Gran Caimán se les ocurriesen formas más crueles de matar a una negra que había asesinado a su backra.

Se guardó el dinero y preparó la pistola de Dayton, la escopeta de caza y el cuchillo de la carnicería. Encontró un cinturón y una funda en la que metió el cuchillo con que había matado a su torturador. Era demasiado grande, debía de dar la impresión de llevar una especie de espada, pero ella presentía que iba a darle suerte. A continuación lo metió todo en una bolsa y añadió un pan, algo de pescado seco y un par de frutas que había comprado en la tienda de Máanu. Si los piratas no se la llevaban, podría quizá sobrevivir con eso un par de días en la selva.

Ya había pasado la medianoche y, naturalmente, Jefe no la había esperado. Quizá creyese que Bonnie se lo había pensado mejor. ¿Cuándo había dicho que el barco zarparía? Bonnie corrió a lo largo de la playa, con la esperanza de encontrar el sendero que se introducía en la selva. Había cogido una antorcha, pues no había encontrado una linterna, y no podía correr demasiado rápido si no quería apagar la llama. Cuando por fin dio con el sendero en lo alto, respiró aliviada. El barco todavía estaba en la bahía. Pero los piratas ya estaban apagando la hoguera de la playa.

Bonnie descendió corriendo y alcanzó a los hombres cuando estaban metiendo el último bote en el mar.

—¡Esperad! ¡Esperad! —gritó jadeando—. ¡Yo también quiero ir con vosotros!

Los hombres, que estaban ocupados con el bote, sacaron asustados las armas. Bonnie vio dos pistolas apuntándola, pero entonces oyó la voz de Jefe.

—¡No disparéis! No disparéis... es... es... Bon... Un amigo mío —rectificó sobre la marcha.

Bonnie se detuvo sin resuello. No podía pronunciar palabra.

—¿A este le has hablado de nosotros? —se enfadó uno de los hombres. Bonnie reconoció a Sánchez, el mulato de la tienda de Máanu—. ¡Empiezas bien!

—Yo no... bueno, solo la... lo... —intentó disculparse Jefe.

Bonnie hizo acopio de valor.

—¡Yo lo vi con la mercancía! —afirmó con voz grave—. Y me imaginé para quién era. Y ahora estoy aquí. Por favor... por favor... ¡tenéis que llevarme con vosotros!

El pirata levantó la linterna que había alumbrado a los hombres mientras trabajaban y la acercó al rostro de Bonnie.

—¿Tenemos? —preguntó sonriendo—. ¿A un pardillo como tú? Vale más que vuelvas con tu mamá, pequeño. Y que te lave la cara.

El pirata pasó el dedo por la mejilla de Bonnie y lo acercó a la luz de la linterna. De repente se puso serio.

—¿Sangre? —preguntó—. ¿Te has hecho daño?

Bonnie se obligó a mirar al hombre a los ojos.

—No es mi sangre —respondió con firmeza, y con el rabillo del ojo se percató de que Jefe miraba boquiabierto el cuchillo de la carnicería que llevaba al cinturón.

Bonnie agarró el saco y lo vació delante de los piratas.

—Puedo seros útil —declaró.

Sánchez arrojó un breve vistazo a las armas, mientras uno de los otros silbaba entre los dientes con admiración. La pistola era un modelo nuevo, española, hacía poco que la habían llevado desde Barbados.

—¿De quién es la sangre? —preguntó con severidad Sánchez.

—Ya... ya se lo contaré al capitán. —Bonnie se acobardó. Si confesaba ahora que había matado a su backra... No había ninguna garantía de que los piratas aprobaran algo así—. Cuando... cuando esté a bordo.

La expresión de Sánchez se endureció.

—Yo soy el intendente del *Mermaid* —dijo—. Soy yo quien decide quién sube a bordo. ¿De quién es la sangre?

—Es de... su backra, imagino —intervino Jefe—. Lo ha tratado muy mal. ¡Ya lo veis!

Bonnie había bajado la cabeza, pero Jefe la cogió por la barbilla y mostró a Sánchez el rostro magullado. A causa de los últimos golpes de Dayton, volvía a tener medio hinchado el ojo derecho.

—Vaya, un negrito rebelde —observó Sánchez al tiempo que le daba un repaso de la cabeza a los pies—. No duda en coger el cuchillo, ¿eh? —Resopló y se volvió hacia los dos hombres que quedaban en la playa—. ¿Creéis que nos lo tenemos que llevar?

Bonnie estaba con los ánimos por los suelos. Por lo visto, acabaría en un cadalso de Gran Caimán. ¿Por qué había sido tan tonta? Habría podido decir que la sangre era de sus propias heridas, aunque no tenía ninguna que sangrara en la cara. Pero luego miró el rostro sonriente de uno de los hombres que estaban detrás de Sánchez.

—Quizá nos sea de utilidad —dijo el hombre, un blanco, y sonrió burlón.

—¡Podría llegar a convertirse en un buen pirata! —añadió el otro, un mulato como Sánchez. Y se acercó a Bonnie y le dio unas palmaditas en la espalda—. ¡Al menos cuando críe músculo! Pero ya te cebará nuestro cocinero...

El rostro de Bonnie resplandeció, igual que el de Jefe. Tal vez no había querido que Bonnie lo siguiera, pero ahora se alegraba y casi se sentía un poco orgulloso de una amiga que había matado a un blanco.

Sánchez también sonrió.

—Bien, ¡démonos prisa, demonios! Recoged lo que el negrito ha traído y larguémonos. O ya no atraparemos los cargueros que su amigo nos ha servido en bandeja de plata. ¡Ven, chico, no te quedes como un pasmado!

Empujó a Bonnie, que miró el bote fascinada.

No logró creerse el giro de los acontecimientos cuando se

vio sentada junto a Jefe en el bote que Sánchez y los otros piratas alejaban de la tierra a fuertes golpes de remo rumbo al *Mermaid*.

El capitán esperaba a los últimos hombres en el puente.

—¿Qué os ha entretenido tanto ahí? —preguntó mientras se retorcía la barba—. Pensábamos que os queríais quedar en esta hospitalaria isla. —Los hombres rieron detrás de él.

Sánchez sacudió la cabeza.

—No tenemos ningún interés, capitán. Las putas son feas y los negros respondones.

Le guiñó un ojo a Bonnie, quien en ese momento subía desde el bote hacia la borda seguida por Jefe. El chico había subido primero para tenderle la mano, pero ella lo miró enfadada. Nada de galanterías. La tripulación de los barcos piratas, había insistido él la noche anterior, consideraba que llevar mujeres a bordo traía mala suerte.

—¿Dos? —preguntó el capitán mirando a Bonnie malhumorado—. ¿Es que aquí todos quieren abandonar a sus mamás negras? —La mirada que lanzó a Jefe tampoco fue muy amable—. Ya tenía suficiente haciendo de niñera de uno.

Sánchez se encogió de hombros.

—Ha sido inevitable —dijo—. Uno no pudo cerrar el pico y el otro aprovechó la oportunidad para cortarle el gaznate a su backra. Demasiado prometedor para abandonarlo. —Empujó a Bonnie delante del capitán.

—Yo también he traído algo —dijo ella en voz baja—. Armas y... y dinero... —Palpó con los dedos las monedas de los bolsillos—. Si me lleva, yo...

Seegall sacudió la cabeza.

—Quédatelas, pequeño. Te las has ganado a pulso. Está bien, chicos...

Lanzó una breve mirada a la cubierta. Un par de hombres trepaban por las jarcias y el maestre de velas impartía órdenes a gritos. Sánchez también daba instrucciones. El capitán consideró que aquí no lo necesitaban.

—Me llevo a los dos abajo y les hago firmar el código

—anunció a Sánchez—. ¡Ya sabes cuál es nuestro rumbo! ¡Zarpemos! —Rio y los hombres sonrieron.

Bonnie y Jefe siguieron a Seegall. El capitán ocupaba un camarote diminuto al lado del alojamiento de la tripulación. Contenía una cama y una estantería llena de documentos, sobre todo cartas náuticas. Cogió unos papeles encuadernados en piel. Precedió a Bonnie y Jefe hacia la estancia donde se servía el rancho. Alrededor de una mesa había unas cuantas sillas. La muchacha se percató de que estaba todo tan sucio como en la casa de su backra. Ahí seguro que nadie se ocupaba de mantener el orden y la limpieza, y le habría encantado introducir algún cambio. No obstante, eso no sería aconsejable. Si quería vivir como hombre entre hombres tenía que aceptar sus rarezas.

El capitán limpió la mesa con la manga antes de colocar encima la carpeta de piel.

—Nuestro código de conducta —explicó, abriéndola—. Aquí tenéis por escrito las reglas que rigen en este barco. Supongo que no sabéis leer.

—Yo un poco —murmuró Bonnie—. Pero Jefe lee bien.

Señaló a su amigo, que no pareció muy contento con la revelación. Tal vez considerase que en un barco pirata se pedían otras habilidades más contundentes.

El capitán levantó la vista.

—¿De verdad, chico? Bien, entonces quizá nos seas de utilidad. Pero tardarías mucho en leerte esto ahora. Os diré simplemente lo que debéis saber.

Aquello tranquilizó a los chicos. La escritura casi era ilegible, la tinta era de mala calidad y ya en las dos primeras frases distinguió faltas de ortografía.

—Si queréis navegar en el *Mermaid*, tenéis que obedecer las órdenes del capitán, el intendente y el contramaestre. El último porque lo sabe todo, los primeros porque los habéis elegido. Si no os conviene lo que el señor Sánchez y yo ordenamos, tendréis que buscaros aliados para destituirnos. Mientras eso no ocurra, no hay réplica que valga, ¿entendido?

Jefe y Bonnie asintieron.

—Por lo demás, las normas son sencillas: a bordo no se fuma, no se juega y nada de mujeres, licores ni peleas. Si tenéis diferencias de opiniones con otros hombres, decídselo al señor Sánchez y él decidirá. Por lo general, es el intendente quien castiga a los que infringen las reglas. Pero en asuntos de vida o muerte, toda la tripulación interviene. También en ese caso se vota. —Pasó la mirada por los dos novatos, que lo escuchaban con atención, para confirmar que lo habían comprendido todo—. Cuando capturamos un barco, el botín se distribuye de forma justa —añadió—. Una parte para cada hombre; una y tres cuartos para mí, una y media para el señor Sánchez, una y un cuarto para el carpintero, el primer artillero y el contramaestre. En caso de recibir heridas graves durante un abordaje ajustamos los pagos, es decir, cuando alguien pierde un brazo o una pierna o un ojo. Las cantidades exactas están aquí, pero no os las muestro, no os quiero asustar. ¿Lo habéis entendido todo? ¿Alguna objeción? —Sonrió burlón cuando ambos asintieron con vehemencia—. Entonces jurad sobre estas dos pistolas... —Depositó ceremoniosamente sobre la mesa dos armas adornadas con incrustaciones en plata—. Por cierto, ¿cómo os llamáis? —preguntó mirando a Jefe, quien ya había levantado la diestra con el índice y el corazón extendidos para jurar.

—Jefe... Jeffrey, señor... —contestó el joven dándoselas de importante. En realidad estaba orgulloso de su nombre africano, pero el salvoconducto, que en ese momento se sacó del bolsillo, estaba a nombre de «Jeffrey»—. No soy un esclavo, señor.

El capitán resopló.

—Aquí no hay esclavos —observó—. Puedes guardarte eso. Pero no puedes llamarte Jeffrey, aquí solo hay una persona con este nombre, y es Jeffrey Seegall. —Se dio un golpe en el pecho—. Así pues, ¿cómo hemos de llamarte?

Jefe contrajo los labios. Bonnie se sorprendió de que no protestara, el capitán le intimidaba.

—No lo sé, capitán —respondió—. Elija usted un nombre. Un... un nombre de pirata... algo como «Barbanegra».

Seegall lanzó una sonora carcajada.

—¡Primero tiene que crecerte la barba! Ese nombre te viene demasiado grande.

Jefe lo desafió.

—Al hijo de un guerrero no hay nada que le vaya demasiado grande —objetó.

Seegall volvió a soltar una carcajada.

—Y también tienes mucha labia. ¿Qué ha dicho antes Sánchez de un negro bocazas? En fin, está bien, buscaremos un gran nombre para un negro grandote: el César Negro.

El rostro de Jefe se iluminó.

—César era teniente del *Queen Anne's Revange*, ¿verdad?

Seegall asintió con aire casi afligido.

—Del barco del capitán Barbanegra —confirmó—. Trabajé a sus órdenes, chico. Un gigante increíblemente fuerte, pero también inteligente. Siempre iba descalzo. —Volvió a sonreír—. Así pues, Pequeño César Negro... ¿firmas con tu nuevo nombre en el código?

Jefe posó con gravedad la diestra sobre las pistolas en señal de juramento y con una enérgica firma certificó que obedecería las leyes del *Mermaid*.

—¿Y tú? —preguntó el capitán a Bonnie—. ¿También te llamas Jeffrey?

Bonnie sacudió la cabeza.

—No, yo soy... —Iba a decir Billie, pero pensó que no sabía escribir ese nombre. Necesitaba otro—. ¡Lo juro! —dijo Bonnie con voz firme y luego escribió con esmero «Bobbie» en el documento.

Nunca más volvería a ser una esclava. Su vida sería maravillosa.

UN AMOR MÁS GRANDE

Mar Caribe
Jamaica - Cascarilla Gardens
Saint-Domingue - Cap-Français, Nouveau
Brissac

Finales del verano de 1753 - Otoño de 1755

1

Dos días después de enrolarse en el *Mermaid*, Bobbie y el Pequeño César Negro tuvieron su bautismo de fuego.

El veloz barco pirata, cuyo timonel demostró ser un maestro, alcanzó un galeón inglés en mar abierto y fue Bonnie la primera que divisó sus velas.

—¿Ves algo, pequeño?

Sánchez, que había nombrado grumete al miembro más joven de la tripulación y le había confiado todos los deberes de la cubierta, se quedó pasmado. Por primera vez y con el corazón desbocado, Bonnie había trepado a la cofa y enseguida había informado de su descubrimiento.

—Dime, yo solo veo sol y mar. Uno se refleja en el otro, y hasta me duelen los ojos. ¿Cómo puedes estar viendo unas velas? ¿Estás seguro?

—¡Seguro del todo! —gritó Bonnie desde lo alto. Siempre había confiado en sus ojos—. Son dos barcos grandes, cada uno de tres velas. ¿Bajo?

Sánchez sacudió la cabeza.

—No, quédate ahí. Puedes poner la bandera. ¿César? —gritó entonces a Jefe, que estaba fregando la cubierta. El joven no se alegraba de la tarea que le habían encomendado, menos aún viendo a Bonnie subiéndose en las jarcias y, encima, desempeñando en ese momento un papel destacado—. ¿Los barcos eran ingleses? ¿Estás seguro?

—¡Claro que sí! —replicó Jefe—. El patrón me timó en perfecto inglés y me pagó la mitad del sueldo por llevar las cuentas. Me extrañaría que fuese español...

—¡Ya lo has oído, Bobbie! —gritó Sánchez—. La bandera inglesa. En la cofa hay una cesta...

Bonnie no sabía exactamente qué se esperaba que hiciera, pero enseguida encontró la cesta y dentro, para su sorpresa, las banderas pulcramente dobladas de muchas naciones. Buscó la inglesa y de inmediato acudieron en su ayuda. Uno de los piratas más jóvenes había escalado ágilmente detrás de ella y le enseñó el mástil en que tenía que ser izada la bandera.

—Vamos... ¿vamos a navegar con una bandera falsa? —preguntó vacilante Bonnie.

El joven rio.

—Con distintas banderas. ¡Piensa, cabeza de chorlito! Cuando nos acercamos a otro barco, lo primero que mira la tripulación es nuestro pabellón. Y si llevamos el mismo que ellos no se preocuparán. Nos dejarán acercarnos confiados y cuando estén a tiro y tengamos los cañones cargados... ¡pondremos este!

Sacó otra bandera del cesto: el pabellón pirata de la calavera.

Bonnie se quedó atónita al principio, pero luego dejó que le enseñaran cómo enarbolarlo conforme a las reglas. Al parecer también esa sería en el futuro una de sus tareas. Por suerte, siempre que no se tuviera vértigo, no era difícil. Pero Bonnie no tenía problemas con las alturas. Pensándoselo bien, siempre se había tenido por miedosa, pero en realidad nunca se había asustado de nada... excepto de su backra.

Cuando la bandera ya ondeaba orgullosa al viento, Bonnie no supo qué más hacer. ¿Tenía que quedarse en la cofa o bajar de nuevo antes de que hubiera que cambiar la bandera? Para eso último era posible que ni se tuviera que subir. El joven marinero había colgado la pirata por encima de la inglesa y de la primera colgaba un cabo hasta la cubierta. Era posible que bastase con dar un tirón para que la calavera dominase sobre la otra bandera.

Bonnie decidió dejar la cofa y participar en las agitadas actividades que se estaban desarrollando en la cubierta. Todo allí estaba en movimiento sin que por ello reinase el caos o la confusión. Los hombres parecían excitados pero disciplinados. Conocían perfectamente todos los pasos a dar.

Sánchez, el intendente, supervisaba el armamento de los piratas que formaban en fila delante de él. Naturalmente, todos llevaban siempre un cuchillo u otra arma en el cinturón, pero Sánchez distribuyó para la ocasión mosquetes, hachas, dagas y alfanjes. Algunos llevaban sables; a Jefe, tras el cual se colocó Bonnie, le dieron una especie de machete. La muchacha escuchó cómo el joven protestaba que un arma tan sencilla no era digna de un guerrero. Esperaba al menos una espada, y aún mejor un arma de fuego. Pero Sánchez no le hizo caso.

—¿Has aprendido esgrima de sable, César? —preguntó lacónico—. No, no has aprendido. Así que lo único que harías con un sable sería ir manoteando por aquí. Y la cubierta de un barco no es sitio para ir dando mandobles sin ton ni son, en especial cuando hay cincuenta personas luchando. Y tampoco necesitamos a un bribón que en su vida ha disparado un mosquete. Así que coge el cuchillo y cierra el pico.

Sánchez cogió la siguiente arma y vio a Bonnie en la fila. Sacudió la cabeza.

—No, tú no, pequeño. A ti no te envío allí, todavía estás demasiado flaco. Ocúpate de algo aquí... —Señaló con un gesto vago la cubierta.

Bonnie se sintió decepcionada. Fue a quejarse, pero Sánchez no se lo permitió.

—Yo soy el que decide quién combate y quién no —declaró con el mismo tono lacónico y cortante—. ¡Y no empieces ahora con que eres un valiente! Creemos que es cierto que has acabado con tu backra, pero no ha sido en una lucha cuerpo a cuerpo, ¿o sí?

Bonnie se esforzó en vano por no ruborizarse.

Sánchez rio.

—Bobbie, pequeño, a mí me es igual cómo hayas matado a ese cabrón. Pero si te enfrentas con tu cuchillito a un hombre que pesa tres veces más que tú y ha peleado diez veces más, no tardaremos en quedarnos sin tu ojo de lince. ¡Aprovecha lo que tienes, Bobbie, haz lo que puedas! A partir de mañana pasarás cada día un par de horas en la cofa haciendo de vigía y buscando barcos mercantes, pero hoy ocúpate de mantenerte con vida. ¿Entendido?

Bonnie asintió intimidada y salió en busca de alguna ocupación con la que ser útil en el *Mermaid*. En eso estaba cuando tropezó con el maestro artillero, que iba a empezar a cargar y preparar los cañones. Era inglés, como ella ya sabía, y los hombres lo llamaban Twinkle. Cuando Bonnie se acercó a él, el hombre le sonrió irónico.

—¡Hola, novato! ¿Quieres ayudar? ¡Entonces enséñame lo bueno que eres tirando de la cuerda!

El *Mermaid* solo disponía de cañones ligeros, quince de 12 libras en cada lado. Eran pocos comparados con los que llevaban los grandes buques de guerra, muchos de los cuales tenían hasta setenta. También los buques mercantes, para su propia seguridad, estaban mucho mejor artillados; solían transportar los cañones hasta la cubierta baja y disparar desde troneras en los costados del buque. Pese a ello, para los piratas era más importante la facilidad de maniobra de sus barcos que su fortaleza. Tenían que ser rápidos y de fácil manejo, lo que conllevaba un calado más reducido. Se tacañeaba con cualquier peso superfluo que pudiese instalarse en cubierta y, en especial, debajo de ella, y los cañones pesaban toneladas. Para manejar los cañones corrientes de 41 y 32 libras se necesitaba una docena de hombres, muchos más de los que podía disponer la tripulación del capitán Seegall. Los hombres tenían que volver a colocar en su sitio los cañones que disparaban y se desplazaban a causa del retroceso. Para cañones más pequeños, como los que había en aquel barco pirata, bastaba con Bonnie y dos hombres.

—¡Y ahora vamos a cargar esto! —exclamó Twinkle, un hombrecillo orondo y campechano. Parecía halagarle el interés del joven novato—. Primero la pólvora... La guardamos ahí. —Señaló una especie de cobertizo en la cubierta—. La razón de que no esté permitido fumar a bordo es para que no caiga una chispa en el lugar equivocado y saltemos todos por los aires. Ahora hay que rellenar. —Y mostró a su aprendiz un utensilio de hilaza o de un material similar—. Y por último la bala... Veamos. —Estudió los diferentes proyectiles con la mirada.

Entretanto, Bonnie miraba hacia los buques mercantes. A esas alturas, las banderas inglesas eran reconocibles a simple vista. Bonnie suspiró aliviada. Lo habían hecho todo bien. Y también la estrategia parecía demostrar su eficacia. Los veleros no parecían prepararse para huir del *Mermaid*, sino que se diría que lo estaban esperando tranquilamente.

Bonnie temblaba de emoción. ¿Dispararían ya los piratas? Miró la mecha que Twinkle colocaba.

—Podríamos —respondió el artillero cuando se lo preguntó—. Pero no serviría de nada. A esta distancia es difícil hacer blanco, sobre todo si hay que ser preciso. No, pequeño, no, mejor esperamos tranquilamente y dejamos que Biddy y Gabby hagan su trabajo. Fíjate en ellos, ¡te troncharás de risa!

En efecto, Bonnie se quedó extrañada cuando la mayoría de los piratas desalojaron la cubierta. Solo un par de «marineros» de aspecto inofensivo se pusieron a trabajar con las jarcias mientras aparecían dos señores elegantemente vestidos, pelucas en la cabeza y el tricornio en la mano. ¡Unas «damas» con miriñaque se cogían de sus brazos! Los piratas así disfrazados se contoneaban con afectación sobre la cubierta y balanceaban sus sombrillas de sol. Uno de ellos se acercó a Twinkle, que se escondía detrás de sus cañones, se inclinó por la borda y estudió el armamento del enemigo.

—Treinta cañones de dieciocho libras en la segunda cubierta. Pero seguro que ahora mismo duermen la siesta...

Dicho esto, la dama se volvió hacia su galán y empezó a

coquetear aparatosamente. Twinkle y los demás artilleros se echaron a reír.

—Pero... pero ¿esto qué es? —preguntó Bonnie. Esa representación previa al ataque la desconcertaba.

Twinkle sonrió con ironía.

—Son nuestros pasajeros —explicó al novato—. Un camuflaje todavía mejor que el de la bandera. Si esos ingleses creen que llevamos mujeres y lechuguinos a bordo, no recelarán de nada. ¿Y a que es mona nuestra damita?

Esa farsa más bien inquietaba a Bonnie. ¿Qué ocurriría si a alguien se le ocurría que también el grumete podía disfrazarse de damisela? ¿Bastaba con colaborar y rogar que también a ella la encontraran «mona» y no sospechosamente femenina? Entonces recordó que era negra. Perfecto. Nadie la tomaría por una dama.

Los dos piratas disfrazados saludaron melifluos a los mercantes y rieron cuando los marineros de las otras embarcaciones les devolvieron el saludo.

Los barcos se fueron aproximando hasta unos treinta metros. Bonnie distinguió los nombres en los cascos: *Pride of the Sea* y *Morning Star*. Eran los barcos que habían zarpado de Gran Caimán. Sus últimas dudas se disiparon.

En ese momento, el capitán decidió acabar con la comedia. En el mástil más alto del *Mermaid* la bandera pirata negra se desplegó encima de la rojiblanca inglesa.

Gabby y Biddy se desprendieron al instante de sus miriñaques, bajo los cuales aparecieron dagas y espadas. Lo mismo sucedió bajo las casacas de brocado de los «caballeros». El capitán Seegall, que era uno de ellos, alzó su sable.

—¡Soy el capitán Jeffrey Seegall! —gritó a los sorprendidos hombres del *Pride of the Sea*, que se habían quedado con la mirada fija en las damas de la cubierta del *Mermaid*—. ¡Entregad el barco y la carga! ¡Si os rendís pacíficamente no os pasará nada!

—¡Solo que nos apresaréis! —se mofó un marinero del *Pride of the Sea* que se había recuperado antes que el resto.

El *Morning Star*, que navegaba algo más alejado del barco pirata, cambió de rumbo en el acto. Por lo visto, la tripulación esperaba huir mientras los piratas abordaban a su gemelo.

El capitán Seegall miró a Twinkle.

—¡Detenlo! —ordenó lacónico.

El maestre artillero se levantó.

—¡Cañones a babor, apunten al casco! Pero no demasiado bajo, para que no se nos hunda —advirtió a sus hombres—. Los puestos de mando centrales a babor; las palanquetas contra la arboladura. Y nosotros, pequeño —dijo volviéndose hacia Bonnie—, les daremos gomina por detrás, así los chicos lo tendrán más fácil.

Señaló sonriente al *Pride of the Sea*, al que el *Mermaid* se había aproximado para el abordaje. Y luego cargó una mezcla de plomo, trozos de hierro y clavos en el tubo de los cañones. Todavía no estaba listo cuando retumbaron los disparos de los otros artilleros. Los cañones situados en la popa disparaban al *Morning Star*, que huía, después de que los hombres los hubiesen cargado con pesadas semibalas unidas con cadenas y barras, proyectiles que semejaban huesos de perro. Esa munición no agujereaba la cubierta del barco, sino que servía para desgarrar las velas, romper los mástiles y conseguir que el barco no lograse maniobrar.

El capitán Seegall esperaba una reacción, pero la tripulación del *Pride of the Sea* era víctima de una especie de parálisis causada por el espanto. Sin embargo, al poco se desató un jaleo de mil demonios. En los oídos de Bonnie retumbaban los impactos, el ruido de las ruedas de hierro cuando los cañones se desplazaban por la cubierta a causa del retroceso y los gritos de los hombres que rápidamente los devolvían a su posición inicial. Unos ayudantes, que corrían con cubos de agua hasta los cañones para limpiarlos entre disparo y disparo y enfriarlos, gritaban triunfales cuando habían acertado el blanco o enfadados cuando el tiro fallaba. Las balas no habían tocado el casco del barco que se alejaba, pero los otros proyectiles, las palanquetas, habían causado importantes daños en el aparejo. Los mástiles estaban tocados, las velas caían desgarradas sobre la cubierta, y con ellas los hombres que habían estado encaramados a ellas. Heridos y moribundos se arrastraban en la ensangrentada cubierta gritando y gimiendo. Los piratas, que se habían reunido para saltar al abordaje, se daban valor con gritos de combate. Jefe brincaba movido por la emoción y parecía impaciente por que empezase el combate.

Bonnie contemplaba la escena, sorprendida de lo poco que la afectaba. Ahí delante morían hombres y sus nuevos amigos pronto entrarían en combate, y eso la impresionaba menos que la imagen de los animales que su backra mataba. Al menos eso fue así hasta que vio a Jefe. El corazón se le encogió al pensar que su amigo corría el riesgo de que lo atravesara el sable de un inglés.

La muchacha paseó la mirada por los hombres armados y por las instalaciones de la cubierta del barco enemigo. Le habría gustado disparar los cañones y dar en el blanco sin ponerse ella misma en peligro. ¿Habría más adelante alguna posibilidad de evitar la lucha cuerpo a cuerpo?

—También ellos tienen una construcción en la cubierta —anunció a Twinkle—. Una santabárbara como la nuestra. Si pudiéramos alcanzarla...

El maestre artillero se enderezó alarmado.

—¿Dónde, pequeño? ¿Dónde la has visto? Pensaba que la tendrían bajo cubierta... ¡Pero tienes razón! Maldita sea... en el centro del barco, nunca me lo habría imaginado. ¡Demos gracias a Dios por haberte concedido tan buena vista, Bobbie, chico! De lo contrario no habríamos podido...

—¡Si la acertamos, no tendremos que luchar! —exclamó Bonnie llena de emoción—. Ya habremos ganado, ya...

Bonnie contempló decepcionada que el artillero dirigía sus cañones hacia la otra dirección, lejos del polvorín del enemigo.

—Entonces habremos ganado el combate pero perdido a nuestra presa, pequeño —aclaró—. ¿Qué crees tú que quedará del barco si toda esa pólvora salta por los aires? ¿Y del bonito algodón que han cargado? Hay que pensárselo bien. En un combate naval te concederían una condecoración por un blanco así. Pero aquí no queremos que el barco se hunda, Bobbie, queremos su carga. Y perder cuantos menos hombres mejor. Así que miremos a ver si podemos despejar aquel punto antes del abordaje... ¡Sepárate de mi bebé, pequeño!

Bonnie, que se había colocado detrás del cañón, se retiró. Twinkle encendió la mecha y disparó. De cerca, la detonación era aún más ensordecedora. Una granizada de hierro, plomo, clavos y cascotes cayó sobre los ingleses que había en la cubierta. Bonnie los vio caer al suelo o precipitarse por la borda. La sangre saltaba a borbotones, oía gritos y gemidos, y sobre todo ese caos se imponía la fuerte voz de mando del capitán Seegall.

—¡Hombres! ¡Listos para el abordaje!

Sánchez, el intendente, fue el primero en subir a bordo del barco inglés. Esa era la costumbre, y el alto y nervudo mulato no tenía nada de cobarde. Enseguida se puso a luchar con un oficial que manejaba con gran habilidad la espada, un arma que constituía una excepción. La mayoría de los marineros esgrimían armas cortas, y muchos piratas también llevaban hachas. Bonnie, que observaba con el corazón en un puño cómo combatía Jefe, comprendió por qué esas armas eran más apropiadas para la lucha cuerpo a cuerpo en una cubierta repleta de gente: era simplemente cuestión de espacio. La cubierta estaba llena de docenas de parejas de combatientes. Cuando uno se disponía a asestar un golpe o clavar un cuchillo solía encontrarse delante del arma de otro. Por añadidura, tras la lluvia de balas, la cubierta estaba resbaladiza a causa de la sangre de los heridos y muertos que yacían por todas partes. Los combatientes corrían continuamente el riesgo de tropezar con ellos.

Por esta razón los piratas tenían como estrategia no librar largas peleas con un único rival. Intentaban matar al enemigo directamente con cuchilladas y golpes rápidos. Les cortaban la cabeza y las extremidades, y la visión se hacía por momentos más espantosa. Bonnie observaba con una extraña mezcla de horror y orgullo cómo Jefe se abría camino entre los ingleses. Los derribaba del mismo modo que su padre había cortado antes las cañas de azúcar. Y parecía gustarle. Bonnie creyó distinguir una sonrisa burlona en su rostro...

—¿Qué pasa, Bobbie, estás soñando despierto? —Twinkle la arrancó de sus pensamientos—. ¡Ve a buscar agua! ¡Limpiaremos a esta dama para volver a cargarla!

Señaló el cañón. Bonnie se estremeció y corrió a cumplir la orden. Se percató asustada de que el *Mermaid* se estaba alejando del barco en que los hombres luchaban de forma tan encarnizada.

—¿Qué estamos haciendo? —preguntó asustada a Twinkle cuando le dejó un cubo de agua al lado—. ¿No... no estaremos huyendo? Nuestros hombres...

—¡No hables y ayuda con los cañones! —la interrumpió el artillero, que ya no estaba tan campechano, sino bastante inquieto.

El combate parecía entrar en una nueva fase. Bonnie agarró la cuerda con que se volvía a poner en posición el cañón, mientras Twinkle metía un paño mojado para limpiar el tubo. Supuso que los demás artilleros volvían a disparar, pero comprobó horrorizada que no solo oía sus propias descargas: el *Pride of the Sea* estaba utilizando sus cañones, y eran mucho más ruidosos y pesados que los del *Mermaid*.

—Están... están contestando... —se le escapó a Bonnie, lo que arrancó a Twinkle una risa burlona.

—Pues claro, ¿qué creías? —preguntó—. ¿Que solo cargan los cañones para divertirse? Pero no temas, nuestro timonel es bueno. No alcanzarán al viejo *Mermaid* tan fácilmente.

Bonnie observaba que cada vez caían más balas en el agua alrededor del barco pirata. Twinkle y los demás se esforzaban por apuntar a las armas del inglés, tarea harto complicada en un barco en marcha y balanceándose.

—¡Al costado, chicos! —gritó Twinkle a sus hombres—. ¡Y no demasiado abajo! ¡Que no se hunda!

Bonnie ya veía a Jefe sumergiéndose con el barco entre las olas, pero se olvidó de todo cuando Twinkle encendió la mecha y los dos siguieron sin respirar el recorrido de la bala. ¡Y dio en el blanco! El pesado proyectil percutió justo en una de las troneras del *Pride of the Sea* desde las que se estaban disparando a mansalva. De las entrañas del barco surgió humo.

Twinkle soltó un grito alborozado y agitó los brazos en el aire, y Bonnie lo imitó. ¡No cabía en sí de alegría, como si ella misma hubiese efectuado el disparo! ¡Nunca se había sentido tan bien y tan fuerte!

Entretanto, también el resto de artilleros del *Mermaid* demostraba su destreza. No todos eran unos virtuosos como Twinkle, pero se produjeron unos cuantos impactos en el casco del *Pride of the Sea* y luego... de repente cesó el fuego.

—Mira, nuestros hombres —dijo Twinkle satisfecho, secándose el sudor de la frente y mirando a uno que agitaba las manos desde una tronera del *Pride of the Sea*—. Se han colado bajo la cubierta y han abatido a sus artilleros. Acabaremos pronto.

En efecto, el *Mermaid* volvía a aproximarse al barco asaltado y también al dañado *Morning Star*.

—¡¿Os rendís o queréis seguir jugando?! —gritó el capitán Seegall a los indecisos hombres del segundo barco.

La tripulación inglesa tenía una panorámica estupenda del baño de sangre producido en la cubierta de su gemelo. No se notaba que hubiese muchas ganas de pelea, en especial cuando los piratas maniobraron y abordaron el *Pride of the Sea*. Las jarcias de este casi no se habían dañado, lo que también era una prueba de la habilidad de Twinkle y sus hombres. Ni los mástiles estaban rotos ni el polvorín había explotado, y tampoco se había perforado el barco por debajo de la línea de flotación.

Sin embargo, cuando Sánchez saltó a la cubierta del *Morning Star*, un par de tripulantes ingleses se interpusieron en su camino. De nuevo lo desafió un individuo bien vestido con una espada, tal vez el capitán. Y en esta ocasión ambos encontraron más espacio para enfrentarse. Del resto de la tripulación, solo una parte se decidió a combatir. No todos los piratas subieron al segundo barco, muchos todavía estaban ocupados en el *Pride of the Sea* apagando incendios.

Pero Jefe no parecía satisfecho. Bonnie lo vio saltar al *Morning Star* y meterse de inmediato en una pelea. También el capitán Seegall pasó a la otra nave y se enfrentó a un oficial, pero mientras que él consiguió reducirlo, Sánchez se las veía con un auténtico maestro de esgrima. Aguijoneado por los hombres de su tripulación, que se amontonaban vacilantes junto a los botes salvavidas, cada vez atacaba con más violencia al intendente pirata. Bonnie y Twinkle advirtieron desde lejos sus intenciones: por poco que los ingleses se animaran a luchar, si el oficial les ponía al corsario al alcance de la mano, alguno le clavaría una espada o un cuchillo.

Bonnie y los artilleros le lanzaron gritos de advertencia, pero Sánchez, en medio del ardor del combate y con el infernal estrépito que producían las armas, los gritos de dolor y las maldiciones, no oía nada.

Pero ¿habría escuchado Jefe los gritos de Bonnie? Nunca lo sabría, aunque vio que su amigo arrojaba a su contrincante como si fuera un muñeco de paja a un rincón de la cubierta y luego corría en ayuda de Sánchez. No se detuvo en sutilezas ni en la nobleza en la lucha: Jefe esgrimió su machete con fuerza y decapitó al espadachín con un violento golpe asestado por la espalda. El mulato contempló perplejo cómo el inglés se detenía en medio de un movimiento y se desplomaba al suelo. El intendente casi había bajado su espada cuando Jefe le gritó:

—¡A tu espalda!

Demasiado tarde: Sánchez no podía volverse con suficiente rapidez para evitar la cuchillada que le asestaba un marinero. Pero Jefe reaccionó con la velocidad del rayo: se abalanzó sobre el intendente y lo derribó. Sánchez cayó desconcertado, pero Jefe logró conservar el equilibrio. Se recuperó y de un solo golpe acabó con el inglés. El intendente volvió a levantarse y junto con Jefe se enfrentaron al resto de hombres. Estos los evitaban. Algunos se lanzaban amedrentados al suelo, otros saltaban por la borda. Sin duda ya no se defenderían. Por toda la cubierta del *Morning Star* los combates disminuían, y en el *Pride of the Sea* ya reinaba la calma.

Bonnie vio que Sánchez palmeaba la espalda de Jefe antes de volverse hacia sus hombres. El capitán y el intendente hicieron balance. Entre los piratas había dos heridos leves y uno grave, pero ningún muerto. El capitán señaló este dato con satisfacción, tras lo cual se dispuso a impartir instrucciones. Se maniató a los cautivos, pero a unos pocos los dejaron sueltos bajo palabra de honor. A fin de cuentas, los corsarios no tenían la intención de realizar todo el trabajo sin ayuda. Los «oficiales» del *Mermaid* se pusieron de acuerdo en el reparto de las mercancías del *Morning Star* y del *Pride of the Sea*. Un reducido grupo de piratas y marineros conduciría el *Pride of the Sea* tras el *Mermaid* hacia Santo Domingo, a una cala escondida que conocía Seegall. La colonia española estaba en decadencia y muchos comerciantes no se tomaban las cuestiones legales muy en serio. Les comprarían a los corsarios el algodón y también pagarían un precio aceptable por el barco. Además, cuando se trataba de un barco inglés no les ocasionaba ningún remordimiento. En las colonias inglesas también se vendían los botines obtenidos en los ataques realizados contra barcos españoles.

Al anochecer la mercancía ya se había repartido y, para pasar el rato, Twinkle sugirió disparar al maltrecho *Morning Star* y hundirlo. Bonnie se volvió a poner a su lado. Observó cómo utilizaba la cuña de puntería para girar el cañón y cambiar así el ángulo de inclinación. Ahora que tenía tiempo suficiente deseaba apuntar con suma precisión. Incluso en medio del combate había logrado una puntería asombrosa.

—¿A lo mejor... a lo mejor un poco más abajo? —aventuró Bonnie tímidamente cuando Twinkle ya había cargado la bala. Estaba empezando a comprender cómo funcionaba ese asunto.

El hombre la miró inquisitivo e hizo una mueca.

—Por todos los diablos, chico, ¿pretendes enseñarme cómo tengo que ajustar a mi bebé? —preguntó con tono severo.

Bonnie se acobardó.

—No, no... claro que no... Solo que...

—¡Solo que así daríamos en el blanco sin duda alguna! —exclamó Twinkle con una amplia sonrisa—. ¡Tienes talento, pequeño! Y además esa vista de águila... Sí, ya lo había oído decir, Sánchez estaba fascinado contigo. Entonces, ¿te gustaría ser artillero?

Bonnie miró incrédulo al hombre. ¿Tan fácil era? ¿Estaba alguien dispuesto a compartir sus conocimientos con ella? Como artillero podría participar en las batallas aunque fuera una cría menuda y debilucha...

Tuvo que carraspear antes de contestar.

—Si me enseñas cómo funciona... Yo... yo lo haré lo mejor que pueda.

Bonnie no cabía en sí de orgullo cuando Twinkle volvió a sonreír y dio un sorbo al vasito de ron que el capitán Seegall había repartido entre todos, pese a que estaba prohibido beber alcohol en el barco.

—En Santo Domingo lo celebraremos en serio —había prometido—. Pero ¡qué diablos! ¡Dos barcos en un solo día se merece un trago! Y un brindis... Por estos niños, a quienes debemos nuestra presa. Ven aquí, Pequeño César, ¡deja que brindemos por ti!

Alzó su vaso.

Jefe dio orgulloso un paso al frente, pero entonces intervino Sánchez:

—¿Qué he oído? ¿Pequeño César, un niño? ¡Capitán, este hombre me ha salvado el culo! ¡De pequeño ya no tiene nada!

También Sánchez alzó su vaso.

—¡Por el nuevo Gran César Negro! —exclamó, palmeando la espalda de Jefe—. Hoy has hecho honor a tu predecesor. ¡Y estoy seguro de que nos darás más satisfacciones!

2

A Deirdre Fortnam se le hizo largo el tiempo que su prometido permaneció solo en Cap-Français. Sin embargo, tenía suficientes tareas en que ocuparse. Reunió su ajuar, proceso durante el cual tuvo discusiones con Nora. Su madre opinaba que la esposa de un médico debía mostrarse más modesta que la hija de un gran hacendado.

—No más vestidos de fiesta con miriñaque, Dede, y basta también de trajes de montar. En la ciudad necesitarás vestidos de tarde prácticos y de colores cálidos. ¡Y sombreros ya tienes suficientes!

Deirdre se adaptaba. De todos modos, le costaba asimilar que estaba a punto de empezar a pasar los días tomando el té con las esposas de otros notables de la ciudad y charlando de los precios del azúcar, en lugar de montar a caballo, bañarse desnuda con las chicas negras en el estanque o nadar a escondidas en el mar. Por supuesto, se llevaría a su caballo a Saint-Domingue, seguro que también allí había playas preciosas, aunque ninguna de ellas pertenecería a su propia plantación. No se sentiría tan segura ni se pasearía tan despreocupadamente con su yegua como en Jamaica. Así pues, aprovechaba el tiempo que todavía le quedaba en Cascarilla Gardens para realizar largas excursiones, no sin antes obtener la aprobación con reservas de su madre.

—Deirdre, hemos invitado especialmente a miss Hollander para que perfeccione tu francés. A partir de ahora hablarás esta lengua todo el tiempo, y debes perfeccionarla. Así que quédate aquí y haz la clase de conversación.

Deirdre hizo un mohín al pensar en la clase con miss Hollander. No era que no quisiera aprender francés. Al contrario, estaba deseando mejorar el idioma de Victor y se sintió orgullosa cuando logró escribirle la primera carta en francés. Pero con su profesora no tenía nada en común, se adormilaba en las clases de conversación. Miss Hollander era una señora de cincuenta años, flaca y de expresión amarga, procedente de una noble familia inglesa venida a menos. Había disfrutado de una muy cuidada educación, pero era la tercera hija de sus padres. Una vez que sus hermanas se hubieron marchado de casa, ya no quedó nada más para su dote. De ahí que hubiese tenido que buscar trabajo de institutriz y la hubiese contratado como profesora privada uno de los hacendados y nuevos ricos de Jamaica que se compraban títulos nobiliarios en Inglaterra.

Lamentablemente, su puesto en una gran plantación junto a Spanish Town no duró mucho. Se rumoreaba que había mantenido una relación con el hijo mayor del hacendado, relación que los padres cortaron de inmediato. Los nuevos nobles ingleses no eran menos arrogantes que los viejos, y el heredero ni consideraba la idea de casarse con la profesora de su hermana. Miss Hollander perdió su empleo y con eso terminó la relativamente placentera vida en una gran casa con servicio y otros lujos. Como no podía pagarse el pasaje de vuelta a Inglaterra, se las apañó con una sencilla vivienda en Kingston y a esas alturas ya llevaba veinte años allí instalada. La antes institutriz daba clases de francés a los hijos de los hacendados que disponían de residencias en la ciudad, enseñaba a las niñas a tocar la espineta de forma aceptable y las instruía en los buenos modales. En las familias de nuevos ricos también los padres necesitaban ese tipo de educación, pero, si miss Hollander les echaba una mano, nunca mencionaba nada al respecto. Tenía fama de discreta e inteligente, por lo que

Nora la había contratado no solo para que enseñara un francés perfecto a su hija, sino también para darle los últimos retoques a sus modales. Una tarea que, por una parte, hacía feliz a miss Hollander, pues le permitía permanecer varias semanas en Cascarilla Gardens; pero que, por otra parte, la llevaba con frecuencia al borde del ataque de nervios.

La temperamental Deirdre exigía demasiado de la profesora privada, al igual que los dos hermanos pequeños a los que Nora había pedido que diera clase. Ninguno de los dos tenía ganas de aprender francés y urbanidad. Siempre que era posible se saltaban las clases, y Deirdre solía salir a galope detrás de ellos cuando se escapaban a lomos de sus ponis.

Miss Hollander no quería ni imaginarse qué hacían los hermanos durante sus correrías por la plantación, y en el fondo ya le inspiraba lástima el futuro marido de su reticente alumna. A ello se añadía el comportamiento desenfadado de los negros. Ya que la buena sociedad le prestaba tan poca atención, la profesora daba mucha importancia a que la trataran, al menos los esclavos, con respeto. De ahí que tendiera a comportarse como una tirana con el personal doméstico, lo que los negros de Cascarilla Gardens no toleraban de buen grado. A veces, tanto la profesora como el servicio acudían con sus quejas a Nora, la cual tenía que limar las asperezas. Las clases de su hija eran caras y se indignaba por el hecho de que Deirdre fuera tan desagradecida.

A pesar de estos pequeños contratiempos, los Fortnam disfrutaban de los últimos meses con su hija. Ninguno de los dos lograba imaginar su vida sin Deirdre, pero ambos estaban convencidos de hacer lo correcto por ella. Recientemente Doug había conocido a una joven que había huido de su backra y se había hecho pasar por blanca en Kingston. Se había casado con un tendero y dado a luz dos hijos antes de ser descubierta. Por supuesto, el matrimonio se había invalidado y los hijos habían sido dados como esclavos y declarados propiedad del backra de la mujer. Doug, que representaba al desesperado esposo, había sugerido al propietario de la mujer que al menos le diera al marido un precio decente por ella y los niños. Sin embargo, el indignado hacendado se había negado: no quería vender a su esclava. Tras un mes de trabajar duramente en los campos de cultivo del patrón, la mujer había estrangulado a sus hijos y se había colgado de un árbol cercano a su cabaña.

Doug se tomó tres vasos de ron mientras se lo contaba a Nora.

—¡Echaré las campanas al vuelo cuando Deirdre se haya casado en Saint-Domingue! —afirmó—. Lo que me trae a la memoria... ¿Hemos encontrado a alguien que le dé un bautismo papista?

Nora tuvo que admitir que no. En los alrededores de Kinsgston no había ningún sacerdote católico. Sin embargo, seguro que había habido algunos en la época de la colonia española. Nora sabía que los cimarrones de origen español todavía eran partidarios de un cristianismo de marcado carácter papista. Por su parte, Deirdre no tenía nada que objetar en materia religiosa. Miss Hollander, indignada ante la planeada conversión, le había expuesto drásticamente las diferencias entre las dos tendencias, dejando a los papistas bastante mal parados. Repetía que como papista uno acababa en el infierno, pero Deirdre no le hacía caso. El papa de Roma le interesaba poco, ni siquiera sabía dónde quedaba Italia. Y le resultaba indiferente cuántos sacramentos había.

—Pero ¡rezan a María como madre de Dios! —se escandalizó miss Hollander, como si estuviera presentando una prueba determinante—. La llaman «santa». Tienen un montón de santos. ¡Hombres y mujeres! ¡Es casi como... como el politeísmo!

Deirdre se encogió de hombros.

—También es bonito rezar alguna vez a una mujer —observó con calma—. Me lo imagino un poco como la religión obeah. También ahí hay diosas...

A miss Hollander se le cortó la respiración, pero Deirdre había crecido con las ceremonias obeah de los negros. Por supuesto, Doug y Nora no le habían permitido que asistiera a las celebraciones, pero ella siempre salía con sus amigas negras y observaba atentamente cómo el viejo Kwadwo invocaba a los espíritus. De ahí que un cielo poblado de dioses le pareciera normal.

En primer lugar, la fe católica era la religión de Victor y eso por sí mismo ya bastaba para que Deirdre se entusiasmara con quien fuera que fuese ese dios. Desde que el joven médico se había marchado no vivía más que para el recuerdo de sus caricias. Ardía en deseos de abrazarlo otra vez y poder darle pronto algo más que solo un par de besos. Deirdre se impacientaba por recibir sus cartas, que él escribía, como era debido, cada dos días a más tardar, mientras participaba activamente en los planos de su nueva casa. Victor la quería sencilla, elegante y grande para una familia y un par de sirvientes, pero nada arrogante.

«La esposa de un médico no debe intimidar a la gente —escribía. Respecto a este tema, siempre chocaba con el arquitecto que su padre había contratado para proyectar la "mansión" del joven Dufresne en la ciudad—. Como es natural, él quiere seguir la tendencia de algunos célebres edificios de piedra —le contaba Victor a Deirdre, quien hasta creía oírlo gemir—. En Cap-Français hay mucha gente rica, comerciantes en especial y todo el entorno diplomático del gobernador. Tampoco han racaneado con la iglesia, se habla incluso de construir una catedral. Esto, sin embargo, no debe hacer olvidar que también aquí hay gente menos pudiente. Sobre todo mulatos que realizan trabajos manuales y regentan pequeñas tiendas. También me gustaría ocuparme de ellos, pero seguro que no se acercarían a ninguna casa que compita en lujo con la villa del gobernador. La gente del barrio del puerto desde luego que no. Bueno, tampoco a ti te gustaría que se pasearan por tu casa, cariño. Para recibirlos, tendría que alquilar una consulta en el centro de la ciudad, pero bueno, esto todavía está por verse. Lo primero es nuestra casa, y yo me la imagino como una especie de combinación de las casas sencillas de ciudad y las villas lujosas de la clase alta. Ya he encontrado una parcela donde construirla. Podrás pasear entre majestuosas palmeras, cariño, y el mar tampoco queda lejos...»

Pasado un tiempo, el arquitecto acabó cediendo, y Victor describió entusiasmado sus planes. «Nuestra casa será de madera, de dos pisos, con una galería que la rodee y un balcón casi perimetral. Siguiendo la costumbre local, haré recubrir los techos de esterilla de rafia, espero que sea de tu agrado.»

Victor acompañó la descripción con un esbozo que cautivó a Nora.

—¡Justo una casa así había imaginado yo de joven cuando soñaba con las colonias! —recordó con una sonrisa—. No pongas esa cara, Doug, naturalmente habría sido demasiado pequeña y poco adecuada como casa principal de una plantación. Cascarilla Gardens, con todas sus torrecillas y balcones, es maravillosa. Y ese jardín de ensueño... lo amo. Pero si hubiésemos tenido que vivir de forma más modesta, una casa así también habría bastado.

Deirdre no le dio muchas vueltas al tema de si esa casa era suficiente para ella o no, igual se habría ido a vivir con Victor a una cabaña. Pero Doug se percató de que su mimada hija tendría que reducir un poco sus pretensiones.

—¿Qué va a hacer Victor con el servicio? —preguntó cuando, poco después de llegar a un acuerdo sobre el proyecto, los trabajos de construcción avanzaban velozmente. Jacques Dufresne, el padre de Victor, había enviado esclavos de su plantación para ayudar—. No hay previstos alojamientos en la casa para los criados. ¿O es que los negros van a construir sus cabañas al lado del establo?

La parcela de Victor no era grande. En realidad solo había sitio para un establo y una pequeña cochera.

Nora se encogió de hombros.

—Por lo que he entendido, no quiere tener servicio. Le ha contado a Deirdre que su padre enviará una cocinera. Y nuestra hija quiere llevarse a Amali.

Doug arqueó las cejas.

—Bueno, ¿le gustará hacer a un mismo tiempo de ama de llaves, cocinera y doncella? Por no hablar de las tareas de una sirvienta. ¿Y una cocinera de una plantación tan grande? Debe de estar acostumbrada a tener muchos asistentes en la cocina a los que dar órdenes a su antojo, mientras que Amali nunca ha hecho mucho más que ocuparse del pelo de Deirdre y sus vestidos. ¡Ya te digo yo que no tardarán en tener problemas!

—También necesitarán a alguien para los caballos —reflexionó Nora—. Podría hacer las veces también de sirviente. Y Amali... bueno, tendrá que acostumbrarse, como Deirdre...

Pronto quedó demostrado que Amali no tenía ninguna intención de acostumbrarse a nada. Deirdre había creído que su amiga estaría contenta de acompañarla a su nuevo hogar, pero la invitación provocó un torrente de lágrimas. Amali no quería marcharse de Cascarilla Gardens y a Nora le costó medio día averiguar la razón.

—Está enamorada —les contó durante la cena a su esposo y a su estupefacta hija—. Sí, Dede, y ahora no pongas esa cara de ofendida. En realidad ya hacía tiempo que quería contártelo. Pero tenía miedo de que surgieran problemas si su madre se enteraba. El chico se llama Lennie y trabaja en el campo. ¿Te acuerdas de Hildy, Doug, la mujer que compramos a Keensley porque Tom se había enamorado de ella? —Tom era un mozo de cuadra y el presunto sucesor de Kwadwo como caballerizo.

Doug hizo un gesto afirmativo.

—Claro. Fue una operación cara, tuve que comprar también al hijo o se habría quedado totalmente desconsolada, y ya conoces al viejo Keensley. Volvió a reírse de nosotros, «los amigos de los negros», y duplicó el precio...

Nora levantó resignada las manos.

—Lennie es el hijo. Alto y bonachón, tampoco es que sea una lumbrera, si quieres saber mi opinión. Amali lo ve totalmente distinto. No quiere dejarlo, da igual lo que Carrie diga al respecto...

Carrie, la madre de Amali, era el ama de llaves. Junto con la cocinera Adwea estaba al frente de la casa de los Fortnam. Carrie era sumamente enérgica, y arrogante como todos los esclavos domésticos. Nora imaginaba muy bien cómo reaccionaría cuando su hija le confesara que estaba enamorada de un negro que trabajaba en el campo. Como tal, Lennie se hallaba a un nivel inferior en la jerarquía de los esclavos de una plantación. Doug rio.

—Bueno, entonces resolvamos el problema enviando a Lennie como sirviente doméstico a casa del doctor Dufresne —sugirió—. Deirdre, si tú y Victor no tenéis nada en contra, ni por parte de Lennie y Amali hay objeciones, puede marcharse con vosotros. Quizás ahí en Saint-Domingue se case con Amali como Dios manda, por la Iglesia. Eso también debería alegrar a Carrie.

El ama de llaves era una devota creyente.

Deirdre asintió, algo malhumorada porque su amiga no le había contado nada en secreto. Por ella, no había motivo para que Lennie no las acompañara.

—Pero antes envíalo un par de semanas con Kwadwo para que aprenda —señaló Nora, no tan partidaria de esa sencilla solución—. Ya he dicho que no es una lumbrera. Todavía acabará provocándole un cólico a *Alegría*.

Por último, la comitiva de Deirdre todavía se amplió algo más cuando la hermana pequeña de Amali, Nafia, puso el grito en el cielo al enterarse de que Amali viajaría con Deirdre pero ella no.

—¡Usted siempre me había dicho que un día yo sería su doncella, missis! —se lamentó—. Y ahora se va a otra isla y me deja aquí. ¿Quién me enseñará a peinar y vestir a una missis elegante?

Deirdre podría haberle contestado que Nora se lo enseñaría igual de bien que ella, pero en Cascarilla Gardens había sirvientas y doncellas más que suficientes, mientras que la futura casa de los Dufresne no disponía de las necesarias. La cocinera seguramente se alegraría de tener una ayudante. Y a Deirdre también le habría costado separarse de su querida Nafia.

—Y ahora solo te queda comunicarle a tu esposo que viajas con la mitad del personal de la plantación —se burló Doug de su hija adoptiva—. Y eso que él quería tener poco servicio...

Ese día, Doug se sentía optimista. Había encontrado por fin a un sacerdote católico, un irlandés, que en realidad quería ir a Indochina para abrir allí una misión. A cambio de un generoso donativo para su iglesia se había mostrado dispuesto a permanecer un par de semanas en Jamaica, bautizar a Deirdre y los esclavos y luego celebrar el casamiento de Deirdre y Victor en Cascarilla Gardens. Insistió, no obstante, en iniciar a los recién bautizados en su nueva fe mediante clases periódicas durante ese tiempo. Y puesto que a Deirdre le resultaba pesado y para Lennie, Amali y Nafia totalmente imposible desplazarse casi a diario a Kingston, Doug y Nora acogieron al sacerdote en la plantación como huésped durante unas noches. El religioso aprovechó el tiempo para echar barriga y abastecerse para la fatigosa etapa como misionero, pues la comida de Adwea le volvía loco. Pese a todo, discutía en cada comida con miss Hollander, que defendía el protestantismo y se peleaba con él por decir la oración en la mesa.

Deirdre y los negros encontraban las instrucciones del padre Theodor todavía más aburridas que la conversación con miss Hollander. Deirdre no tardó en confirmar que el catecismo católico poco tenía que ver con el colorido mundo del culto obeah. Nora debía ocuparse continuamente de que los futuros conversos asistieran a las clases del sacerdote y al final lo único que deseaba era mandarlos a todos al infierno: desde la institutriz, pasando por el clérigo, hasta el realmente duro de mollera Lennie, del que Kwadwo no hacía más que quejarse. No estaba nada claro a qué iba a dedicarse en la nueva casa; en Cap-Français Deirdre y Victor no podrían quitarle el ojo de encima.

Sin embargo, todo eso cayó en el olvido cuando se acercó

la fecha de la boda y Victor volvió a Cascarilla Gardens. De su familia solo lo acompañaba un hermano mayor. Al parecer, los padres y el heredero eran indispensables en la plantación Dufresne.

—Naturalmente, nos prepararán un gran recibimiento y celebraremos la fiesta a posteriori, por así decirlo, en cuanto lleguemos a Saint-Domingue —se apresuró a asegurar Victor. Quería evitar que naciera la sospecha de que los Dufresne no estaban de acuerdo con la elección de su hijo.

Sin embargo, Deirdre no se preocupaba por ello y a Nora y Doug ya les iba bien que los Dufresne no acudiesen a Jamaica. Los Fortnam no estaban seguros de que Victor les hubiese contado toda la verdad sobre los orígenes de Deirdre. Cuando conocieron un poco más a Gérôme, su hermano, abrigaron serias dudas al respecto.

Gérôme era el polo opuesto de su hermano. Se vestía de forma más llamativa y con extrema elegancia, nunca renunciaba a empolvarse el cabello y el rostro, y para las ocasiones especiales llevaba por supuesto una aparatosa peluca. El criado negro como el azabache que lo seguía siempre callado parecía encogerse delante de él y Gérôme Dufresne se comportaba con los negros de forma autoritaria y con impaciencia. Además, apenas hablaba inglés y su esclavo ni una palabra, por lo que este último no podía comunicar las órdenes de su patrón al servicio doméstico del señor Fortnam. De ahí que, pese a poner todos su mejor voluntad, los deseos de Gérôme no se cumplieran con tanta prisa y naturalidad como era habitual. Y el recién llegado no era nada comprensivo.

Muy pronto empezó a haber tensiones y Benoît, el criado de Gérôme, se encontró desvalido en medio de ellas. Nora tenía que hablar y traducir sin cesar, lo que no resultaba fácil. Benoît tampoco hablaba un francés fluido, sino un *patois* especial. A veces la comunicación solo era gestual. Gérôme se volvía más intolerante y Nora, que tanto había temido el día de la partida de Deirdre, empezó a esperarlo con impaciencia.

Aun así, el escaso dominio del inglés por parte de Gérôme también tenía algo de positivo, como Doug le recordaba sosegador.

—No obstante, durante la boda no debemos dejarlo solo con ninguna de esas damas de lengua afilada, pese a que no creo que se atrevan a contarle la historia de Deirdre —opinaba—. Porque estarás de acuerdo conmigo en que es mejor que no lo sepa, ¿verdad?

Nora le dio la razón. El arrogante Gérôme se habría escandalizado de tener como cuñada a una mulata. Y con los padres habría sucedido otro tanto. Según Gérôme, la plantación de café y caña de azúcar de los Dufresne disponía de más de trescientos trabajadores agrícolas, a los que se añadía una multitud de criados y asistentes de cocina en la casa. Gérôme los consideraba a todos unos holgazanes y rebeldes. Ante la autonomía para organizarse de que disfrutaban los esclavos de Cascarilla Gardens se quedaba tan atónito como los vecinos y clientes de Doug.

Nora se preocupaba un poco por el comportamiento de Deirdre con su futuro cuñado. La joven tenía poca paciencia con lechuguinos como él y su madre temía que fuera a violentar de un momento a otro al primer miembro que conocía de su nueva familia. Pero tales temores eran infundados. Deirdre no prestaba atención a Gérôme ni a su infeliz criado. Desde que Victor había regresado, solo tenía ojos para él. La separación no había dañado en absoluto la atracción entre los novios, se miraban radiantes y no podían apartar los ojos el uno del otro. Victor describió vívidamente la nueva casa a Deirdre y reaccionó con calma ante la noticia de que su futura esposa se llevaría consigo tres sirvientes.

—Tendré que esforzarme para alimentar a tanta gente —bromeó—. Pero no pinta mal, acabo de abrir la consulta y los pacientes no querían dejarme venir a recogerte. Claro que tendré que dejarte sola con frecuencia. Me llaman de plantaciones apartadas.

—Pues entonces te acompañaré —replicó complacida

Deirdre, evitando la mirada escéptica del joven—. A lo mejor puedo ayudarte. Cuando mejore mi francés...

La fiesta de bodas ensombreció todos los bailes celebrados hasta la fecha en Cascarilla Gardens. La casa resplandecía engalanada con un sinnúmero de flores rojas y blancas. Nora había permitido que le saquearan el jardín, que seguía siendo un prodigio gracias a sus orquídeas en flor. Habían vuelto a decorarlo con guirnaldas y farolillos y los sirvientes encendieron además cientos de velas cuando empezó a anochecer. Se sirvió champán y Adwea elaboró un ponche de bodas con rosas de Jamaica, especias y ron que fue muy bien acogido entre los invitados masculinos. Victor y Deirdre se pusieron las alianzas el uno al otro bajo el mahoe azul que los farolillos de colores envolvían en una luz irreal.

De hecho, incluso el gobernador acudió en esa ocasión a la fiesta de la plantación, contento sin duda de ver partir hacia La Española a la hermosa piedra de escándalo de la familia Fortnam. El almirante Knowles se dedicó en exclusiva al hermano del novio, y Gérôme se sintió halagado. Podría comunicar a sus padres que los Fortnam se hallaban vinculados a los mejores círculos de Jamaica. El padre Theodor celebró el enlace con toda solemnidad; el día anterior ya había oficiado el bautizo de Deirdre y los criados en el estrecho círculo familiar.

Adwea se superó a sí misma en el banquete que siguió. El punto culminante llegó con el espléndido pastel de boda de tres pisos con frutas maceradas en ron y generosamente decorado con nata: una obra maestra de la repostería. Deirdre y Victor cortaron sonrientes la tarta y la sirvieron personalmente a los invitados. Lo único que lamentó Deirdre fue no llegar a probarla ella misma: el vestido de novia, blanco como la nata, era precioso, pero exigía llevar el corsé muy apretado. A las elaboradas danzas de exhibición siguió el baile, que el maestro dirigió en francés como homenaje al novio. No obs-

tante, los hacendados se sintieron algo ofendid
se de que también del barrio de los esclavos s
realidad más viva y alegre que la del cuartetc
tocaba para los blancos. Nadie podría hal
Fortnam que organizaran también una
pleados. Los criados que estaban de se
fiesta de los blancos podrían celebrar e
siguiente. Sorprendentemente, eso a
prensible. En Saint-Domingue era
participasen al margen de las fies
Navidad, contó Gérôme a una a
Deirdre, los Dufresne solían c
quete y abundante cerveza y p

Pero la joven no tenía ba
bailase y comiese en el barrio de los
celebrar la fiesta con ellos, así que a meu
Victor se escaparon un momento del baile par
negros y charlar un rato. Ambos llegaron al poblado de cabañas justo a tiempo de ver cómo Kwadwo sacrificaba un pollo
a los dioses.

—En su honor, missis —anunció el hombre obeah, señalando a Deirdre con un gesto de la cabeza.

Eso superó un poco el nivel de tolerancia de Victor, que
censuró a los esclavos por sus costumbres paganas. Deirdre,
por el contrario, oscilaba entre la curiosidad y la inquietud.
Cuando muy avanzada la noche Amali apareció en su habitación para ayudarla a desvestirse hizo un aparte con la doncella.

—¿Qué ha dicho, Amali? Me refiero a Kwadwo. ¿Los dioses... los dioses nos serán... propicios? —Deirdre sabía que en
los nacimientos y bodas Kwadwo consultaba con una especie
de oráculo.

Amali puso una mueca compungida.

—No lo sé... —murmuró—. Bueno, a Lennie y a mí nos
ha dicho...

Lennie y Amali también habían celebrado su enlace en el
barrio de los esclavos saltando por encima de una escoba.

Doug había introducido esa costumbre de las plantaciones americanas entre sus empleados. En Saint-Domingue ambos se casarían también por el rito católico.

Deirdre sacudió la cabeza impaciente.

—No quiero saber lo que os ha dicho a Lennie y a ti —interrumpió a su doncella—. Además ya puedo imaginármelo...

—Todo el mundo sabía lo que Kwadwo opinaba de Lennie. Probablemente no habría augurado una larga felicidad en el amor al lerdo Lennie y la espabilada novia—. ¡Quiero saber lo que ha dicho de Victor y de mí!

Amali se encogió de hombros.

—No mucho —respondió—. Solo algo así como «Otra vez son dos...» No sé a qué se refería...

Deirdre sonrió.

—¡Se referiría a dos hijos! —interpretó Deirdre las palabras del anciano hombre obeah—. ¡Puede que hasta sean mellizos! ¡Qué bonito sería, Amali!

La doncella asintió, contenta de que no siguiera interrogándola, ya que no creía en la interpretación de su amiga y señora. Si Kwadwo hubiera augurado una descendencia numerosa, habría sonreído. Pero de hecho su rostro mostró preocupación al ver el futuro de Deirdre y Victor.

3

Deirdre estaba hermosísima con su camisón de seda. La tela, de una blancura nívea y de corte refinado, envolvía su cuerpo con suaves pliegues. Parecía como si la seda y la melena suelta compitieran por juguetear alrededor del cuerpo de la joven, acentuando aún más sus formas que el estrecho vestido de boda. Amali, al menos, parecía muy satisfecha cuando se marchó, no sin antes desearle que fuese feliz y, con un pequeño guiño, que sobre todo se lo pasase bien en la noche de bodas. Poco antes Victor se había disculpado para retirarse a la habitación que había ocupado hasta ese día y desprenderse del traje de novio. Con su elegante, rígida y demasiado calurosa chaqueta de brocado de seda y con los zapatos altos que estaban de moda había sufrido casi tanto como las mujeres con el corsé. Con lo considerado que era, seguramente se estaría lavando el sudor antes de meterse en la cama con Deirdre.

Con el corazón palpitando, la joven esperó a su marido. Había oído tantas cosas sobre lo que le aguardaba a una chica en la noche de bodas que todo le parecía posible. Sin embargo, no sentía miedo, tenía una confianza ciega en Victor y le abrió contenta cuando llamó a la puerta.

Deirdre sonrió al ver su aspecto. Victor se había limpiado el maquillaje del rostro y cepillado el cabello oscuro para quitarse el polvo. No se había vuelto a hacer ni trenza ni coleta, y la melena suavemente ondulada enmarcaba su rostro. Deirdre sintió el deseo de acariciar y juguetear con aquel cabello. Pero también los ojos color avellana de Victor se iluminaron cuando vio por primera vez a su joven esposa tan ligeramente vestida y con el cabello suelto. Los bucles y el camisón parecían bailar alrededor de su cuerpo. Él pensó en un hada cuando la tomó de la mano y la condujo a la cama.

—¿Tenemos que dejar la luz encendida? —preguntó ansiosa—. Bueno, ¿un par de velas al menos?

Victor sonrió.

—Siempre estaré agradecido, aunque sea a una minúscula llama, por poder contemplarte —dijo galantemente.

Y acto seguido la cogió en brazos, la depositó sobre la cama y la miró a la luz de las velas. Inspiró el aroma del agua de rosas con que las lavanderas habían aclarado el camisón y las sábanas. Además, Amali había diseminado pétalos de rosa sobre la cama.

—¿Y yo qué? —preguntó Deirdre coqueta agarrando el cinturón del batín—. ¿Tengo que contentarme con la vista del batín?

Victor se desprendió sonriente de la prenda. Era delgado y fibroso y a Deirdre no le pesaría mucho si se le ponía encima, algo que la preocupaba desde el día en que Amali y ella habían sorprendido a una de las sirvientas con su amante en el granero. Aquel hombre le había parecido enorme y había tenido miedo de que aplastara a la chica. Pero Victor no se abalanzó sobre su amada sin más, sino que la desvistió lentamente, mientras le susurraba palabras cariñosas, para besarla y acariciarla a continuación hasta que ella estuvo tan excitada que se apretó impaciente contra él. Deirdre sintió un breve dolor y luego nada más que placer y una dicha que lo abarcaba todo. Victor se movió con suavidad dentro de ella, como si la meciera y emprendiese con ella un dulce viaje. Deirdre se sentía como una barca en una tormenta, se imaginaba aguas turbulentas que tiraban de ella, pero que no podían hacerle daño mientras Victor permaneciese a su lado. Le habría gustado prolongarlo más, conocer más a fondo ese ahogarse entre las olas antes de encontrar salvación en un maravilloso éxtasis. Pero ya tendría tiempo para ello... tendría toda una vida para explorar el río del amor.

Al final ambos yacieron abrazados y exhaustos, los rostros relajados, el cabello rizado de Deirdre entrelazado sobre la almohada con el ondulado de Victor. La joven pensaba que iba a estallar de felicidad, hasta que se percató de lo cansada que estaba. Había sido un largo día y quedaban muchos más por delante...

—No tengo ganas de ver a gente ahora —suspiró Deirdre cuando Amali le ciñó el corsé por la mañana.

Al despertar, descubrió a Victor apoyado en las almohadas y junto a ella, observándola dormir. Luego habían hecho dos veces el amor antes de conseguir separarse el uno de la otra e iniciar el día. Discretamente, Amali había esperado junto a la puerta a que Victor saliera para cambiarse en sus aposentos. Entonces había entrado para ayudar a vestirse a Deirdre.

—Todos los invitados siguen aquí, ¿no?

La doncella rio.

—Todos los que tienen que hacer un largo viaje. Claro, missis. Pues, ¿qué esperaba? ¿Que missis Nora les enviara a casa sin desayunar?

—Ay, ya no sé dónde tengo la cabeza —suspiró complacida Deirdre—. Todavía estoy flotando. ¿También a ti te ha parecido tan maravilloso, Amali? ¿Con Lennie? ¿Es también tan... tan dulce... tan cariñoso, tan...?

Amali se encogió de hombros y la ayudó a ponerse un ligero vestido de andar por casa.

—Lennie es más como un ciclón —reconoció—. No te deja tiempo para tomar aire. Pero sí, ¡es bonito, missis! Y yo estoy muy contenta de haber tenido la suerte de que pase a trabajar de criado doméstico para usted y el backra Victor. Aquí mi madre solo nos habría causado molestias. Casarse con un negro del campo... ¡Nunca lo habría permitido! Y

Lennie también está muy agradecido. ¡Dice que lo hará todo bien y que será muy leal!

Deirdre le dio las gracias sonriendo, aunque también veía la promoción de Lennie con cierto escepticismo. Kwadwo se quejaba porque no podía dejar de vigilar al chico. Malograba todo lo que tocaba. Tal vez no había que dudar de su lealtad: Lennie era demasiado tontorrón para urdir un plan de fuga. Deirdre sonrió al pensar en ello, pero se abstuvo de comentárselo a Amali. Ella seguía considerando perfecto a su Lennie.

La joven descendió las escaleras flotando en su nube de felicidad. En el comedor se estaba sirviendo a los invitados un energético desayuno: junto al tradicional bacalao con ocra, había huevos y salchichas, también pan ácimo y unas lentejas guisadas y picantes que los invitados elogiaron con entusiasmo. Nora no les desveló que la receta era africana. Había aprendido a cocinar con los esclavos libertos de Nanny Town y a su vuelta había animado a Adwea a que preparase platos de su país de origen.

En esos momentos observaba cómo el distinguido Gérôme paladeaba los manjares como un *gourmet* francés y reconocía que nunca había comido tan bien, al menos en una casa inglesa.

Los invitados saludaron a la joven pareja con comentarios divertidos y a Victor con alguna que otra broma picante. Nora miró escrutadora a su hija, pero se quedó tranquila cuando vio el brillo que emanaba de su rostro. Por lo visto, el amor físico también funcionaba entre aquellos jóvenes. No tenía que preocuparse de enviar a un lugar desconocido a su hija con Victor.

La partida ya era inminente: el segundo día después de la boda zarpaba el barco rumbo a Saint-Domingue. No se trataba de un largo viaje, si soplaba viento favorable se podía llegar a La Española en dos días.

—¡Seguro que vendréis a vernos en cuanto nos hayamos instalado! —consoló Deirdre a su madre cuando esta se secaba las lágrimas al despedirse—. Y quién sabe, a lo mejor este año ya sois abuelos...

Como era la primera vez que navegaba, Deirdre observó emocionada cómo el barco zarpaba y la costa de Jamaica iba haciéndose más y más pequeña hasta desaparecer en el horizonte. Victor la había rodeado con el brazo para consolarla, pero para Deirdre era más fuerte el ansia de aventura que la pena por la partida. Pasó el día en cubierta y admiró la presencia de los delfines que acompañaban la embarcación.

—Delante de La Española también verás ballenas —anunció Victor—. Van para celebrar la boda. Por fortuna son pacíficas. En caso contrario habría que tenerles miedo, son casi tan grandes como nuestro barco.

—¡Qué bonito que todos celebremos bodas! —exclamó Deirdre riendo—. Ay, Victor, desde que estoy contigo me parece que toda mi vida es una gran fiesta.

Conservaron su buen humor durante todo el viaje. Por supuesto, los Dufresne viajaban en primera clase. Victor y Deirdre disponían de un camarote lujosamente amueblado en cuya amplia cama se amaron la noche entera. Los enamorados se acoplaban al ritmo de los movimientos del barco y sentían que formaban una unidad con el mar y las mareas. Por la mañana contemplaron por el ojo de buey la salida del sol.

Amali, Lennie y Nafia no viajaban tan cómodos en la entrecubierta. Los esclavos de los pasajeros iban apretujados en unos alojamientos sin ventanas. Lennie lo pasó especialmente mal porque tenía claustrofobia. Cuando era niño llegó desde África con su madre, lo que sucedía en raras ocasiones pues los negreros nunca se llevaban a niños menores de doce años: casi ninguno sobrevivía a la travesía. La madre del esclavo debió de lograr tocar la fibra sensible de algún tripulante y consiguió de algún modo que su hijo llegara vivo a Jamaica. Fuera como fuese, el joven temía desde entonces los espacios estrechos y la oscuridad. En el cobertizo de entrecubiertas no consiguió pegar ojo. A Nafia, quien cada dos minutos tenía que levantarse para ir tambaleando al sucio retrete porque se mareaba, tampoco le iba mejor que al chico. Amali estaba molida cuando fue a peinar y vestir a su señora por la mañana.

—¡Y nosotros aún tenemos suerte! —contó a Deirdre—. Porque el backra ha respondido por Lennie. Casi todos los demás hombres negros van encadenados. Es una norma en el mar, dijo un marinero. Para que no se amotinen y tomen el barco.

A Deirdre eso le pareció absurdo. ¿Qué se suponía que iban a hacer los esclavos negros con un barco? ¿Y no eran demasiado pocos para amotinarse? Sin embargo, cuando observó con mayor atención, comprobó que los negros superaban en número a los señores blancos. Los viajeros que se desplazaban entre las islas eran hacendados o comerciantes y todos iban acompañados de criados. Si esos hombres, en su mayoría fuertes, endurecidos por el arduo trabajo en los campos de cultivo, se unieran para organizar un motín, podrían reducir a la tripulación y apropiarse del barco. Naturalmente, eso era poco probable, sobre todo porque era un viaje muy corto, pero a pesar de ello los capitanes y viajeros blancos tenían miedo. Proporcionalmente, había pocos alzamientos de esclavos en las islas, pero los que se producían solían ser sangrientos. Cuando los negros se rebelaban, ya no tenían nada que perder y atacaban de forma despiadada.

Deirdre y Victor disfrutaron, y Amali y su familia sufrieron otro día y otra noche hasta que el pequeño barco arribó al puerto de Cap-Français. La hija de Nora observó con curiosidad su nuevo hogar y no se sintió decepcionada. A la luz de la mañana, la ciudad mostraba su mejor faceta. Tras una lluvia tropical nocturna, el sol volvía a brillar y las coloridas casas del puerto parecían recién lavadas. En la bahía, unas suaves olas rizadas reflejaban el sol, y Deirdre distinguió palmeras y colinas verdes que asomaban al fondo de la ciudad.

—¡Qué precioso! —exclamó dichosa cuando desembarcaron.

Enseguida se encontraron en medio de un animado mercado semanal en el que se exponían verduras y frutas, así como pescado fresco y prendas de colores. De una iglesia cercana —para sorpresa de Deirdre no era de madera, sino de piedra y revestida con un mármol claro y brillante— llegaba el sonido de las campanas. Allí la gente parecía relajada y contenta. No obstante, Gérôme se tapó la nariz y la boca con un pañuelo de seda mientras atravesaban el bullicioso mercado. Apenas se veían blancos y los que dominaban eran los mulatos, quienes, con su colorida ropa daban unas pinceladas más alegres al panorama. A Deirdre le habría encantado quedarse allí y ponerse a comprar cosas para su nueva casa, pero, por supuesto, era imposible. Se contentó al saber que al día siguiente darían un paseo de reconocimiento.

Mientras tanto descargaron el barco, el cabo abrió la entrecubierta y la comitiva negra de la joven volvió a reunirse con la pareja. En el barco, solo las doncellas y criados de cámara de los caballeros habían podido salir de sus alojamientos para cumplir sus tareas. Nafia estaba muy pálida y los ojos redondos de Lennie seguían abiertos de pavor, pero ambos no tardaron en recuperarse. En teoría, Lennie también habría podido iniciar sus tareas de mozo de cuadra enseguida, pero en la práctica mostró su ineptitud para sacar a la inquieta *Alegría* de la bodega del barco. Deirdre quería coger ella misma las riendas, pero al final fue Victor quien se encargó de tranquilizar al animal, cosa que no sucedió sin que su hermano le lanzara una mirada de censura.

—¿No habéis traído a ese granuja para que haga de mozo de cuadra?

Gérôme señaló a Lennie. Hablaba con un sarcasmo tan mordaz y tan rápido en francés que a Deirdre le costó entenderlo todo. Hasta el momento, el hermano de Victor la había tratado con consideración y hablaba muy despacio, al igual que el resto de los pasajeros que se expresaban en esa lengua. Pero en ese momento se olvidó y Deirdre comprendió de golpe lo mucho que le quedaba por aprender.

—Nuestro Lennie todavía no está acostumbrado a navegar —respondió Victor sonriendo, no dispuesto a que le amargaran la alegría de haber regresado a casa—. Y el caballo de mi esposa estaba impaciente por salir. Hasta ahí, ambos tienen mucho en común, pero uno lo expresa en un estado de agonía y el otro con impaciencia extrema. Ambos son comprensibles desde el punto de vista médico y como terapia recomiendo: ¡no dejar que se enfrenten el uno al otro durante todo un día! Pero bromas aparte, Gérôme, ¿ves por alguna parte un vehículo de alquiler? Podríamos ir a pie, pero la casa está algo alejada...

También sobre la ubicación de la casa habían surgido diferencias de opiniones entre Victor y su padre. Al joven le habría gustado instalarse cerca del puerto, en el corazón de la ciudad, pero su familia lo consideraba algo plebeyo. Jacques Dufresne negoció para obtener en su lugar una parcela cerca de la residencia del gobernador, lo que Victor rechazó de forma categórica. Él ni se planteaba establecerse en el barrio de los ricos. Al final se habían puesto de acuerdo en un solar al norte del centro de la ciudad, una zona todavía poco construida que se estaba empezando a urbanizar. La parcela se hallaba cerca de la costa, así que se podía llegar a ella fácilmente desde el puerto, tal como Victor había descrito en su carta. A la larga, Cap-Français sin duda se extendería hacia ese nuevo barrio. Victor suponía que en pocos años su casa estaría en el centro de la ciudad. Ya estaban instalándose allí comerciantes y algún que otro trabajador manual que habían alcanzado un nivel modesto de bienestar.

Gérôme sacudió la cabeza malhumorado e impregnó el pañuelito de nuevo con perfume para llevárselo a la cara y sofocar así los olores del puerto.

—¡Un coche de alquiler! —dijo con desdén—. Has vivido demasiado tiempo en Europa, Victor. Deberías recordar que aquí eres un Dufresne. —Gérôme echó un vistazo alrededor y señaló con un lacónico gesto de la barbilla un carruaje abierto, muy elegante, que esperaba en una calle lateral—. Naturalmente, he ordenado que nos vinieran a buscar en coche...

Deirdre distinguió una especie de blasón en las puertas lacadas en granate del carruaje, dos letras entrelazadas: la D y la F de Dufresne.

—¿Cómo sabías cuándo llegaríamos? —preguntó maravillada.

Victor, que había apretado los labios al oír las palabras de su hermano, respondió:

—Pues no lo sabía. Ha hecho esperar a esclavos y caballos durante horas al sol... Si el viento no hubiera sido propicio durante la travesía habrían tenido que esperar dos días más.

Hablaba en tono de reproche, pero Gérôme no le hacía caso. Dirigió un gesto al esclavo que estaba sentado en el pescante con librea y camisa de chorreras, un uniforme que los criados de los Fortnam solo se ponían para los grandes eventos. El hombre debía de esta agonizando de calor así vestido, pero no se habría permitido ni una queja. Acercó el coche, saltó del pescante y saludó sumiso, luego abrió las puertas a su señor. Benoît y Lennie apilaron el equipaje en el maletero del carruaje. Las cajas más grandes, con el ajuar de Deirdre, se trasladarían después a la casa.

—¿Es nuestro este coche? —susurró la joven a su marido cuando el cochero azuzó los caballos.

Era un vehículo sumamente distinguido, resplandecía en tonos negros y granates, con asientos acolchados y tapizados de terciopelo. También los caballos eran elegantes: de sangre caliente, adiestrados especialmente para tirar de las suntuosas carrozas de los ricos.

Victor sacudió la cabeza.

—No... y espero que eso no te decepcione demasiado. Pero es el carruaje de mis padres... Necesitan... necesitan algo simbólico de su posición, y Gérôme parece que también. —Pronunció las últimas palabras lo suficientemente alto para que su hermano le oyese—. Del puerto a nuestra casa habría bastado con un coche de alquiler y se puede hacer el camino desde la plantación hasta Cap-Français a caballo. Son veinticinco kilómetros.

—¿Y habrías atado el equipaje a la silla? —preguntó Gérôme con un breve resoplido—. ¿Como un... un pastor? No, Victor, no, como miembro de la familia Dufresne hay que exhibir cierto estilo. Espero que no nos desacredites cuando empieces a trabajar de médico. —De nuevo se llevó el pañuelo a la cara cuando el cochero condujo el carro entre los puestos de pescado y carne.

Victor no pudo objetar gran cosa. Gérôme había llevado de hecho mucho equipaje a Cascarilla Gardens. Nora había señalado de broma que había cargado con su ajuar y quería mudarse a casa de los Fortnam.

En ese corto viaje a través de Cap-Français, Deirdre decidió que el hermano de Victor no le gustaba demasiado. En Cascarilla Gardens le había parecido más simpático, aunque algo raro, pero a esas alturas encontraba estúpida su conducta. En cualquier caso, los hacendados de Saint-Domingue parecían más pomposos que la mayoría de los propietarios de origen inglés de las plantaciones de Jamaica. Aunque se compraban títulos nobiliarios, permanecían fieles a su estilo de vida rural, mientras que por Cap-Français circulaba más de una carroza lujosa. Estos carruajes pasaban por delante de edificios de piedra inspirados en los castillos franceses, flanqueando las anchas avenidas por las que circulaban. Mientras, Gérôme iba señalando quién vivía aquí y allá: nombres que Deirdre jamás había oído pero que, por lo visto, eran altisonantes. Se cruzaban con vehículos igual de nobles que el suyo, y los hermanos Dufresne saludaban a los pasajeros del interior.

—De todos modos, tendrás que conformarte con un sencillo coche de doctor —explicó Victor a su joven esposa. Casi todos los médicos hacían las visitas a domicilio en esos vehículos de cuatro ruedas, con dos asientos cubiertos y una pequeña superficie de carga—. Pero tienes también tu yegua.

Alegría había superado la travesía en barco, pero Deirdre estaba algo preocupada por ella. No había encontrado a nadie más a quien confiársela para llevarla a casa que a Lennie. Si hubiesen dispuesto del coche de alquiler, probablemente la habría atado al pescante e indicado al conductor que condujera con precaución. Con el noble carruaje de Gérôme no se había atrevido a sugerirlo. No se atrevía ni a pensar en que la yegua rascase la laca del coche con una coz o el bocado de hierro... En cualquier caso, Deirdre solo podía esperar que Benoît, el criado de Gérôme que conducía la carreta de esclavos, tuviese alguna idea de cómo tratar a los caballos. Tal vez podría echar una mano a Lennie.

El coche avanzó al principio a través de calles pobladas, luego por zonas residenciales más tranquilas, y acabó deteniéndose ante una casa algo apartada de la calle. Resultaba muy acogedora.

Era una casa de dos pisos en un espacioso terreno, y destacaba por una galería en sombras que podía utilizarse en parte como sala de espera para pacientes, y, en el primer piso, por un balcón corrido en el que Deirdre tendría la posibilidad de tomar el aire sin que la molestara el movimiento de la consulta. Era como Victor la había descrito, muy sobria, solo las barandillas mostraban tallas de madera. Pero tenía un aire acogedor gracias también a las altas palmeras que Victor había conservado al desbrozar el terreno. Quitaban a la casa el aire impersonal de construcción nueva, y casi parecía amoldarse desde siempre a las sombras de los árboles. El establo, algo alejado de la residencia, era un edificio de troncos macizos. Detrás se hallaban las casas de los negros, nada de cabañas separadas como en las plantaciones, sino largos barracones compartimentados que no ocupaban tanto espacio.

—¡Es precioso! —exclamó Deirdre tras observar el lugar—. ¡Y está realmente rodeado de vegetación! ¡La playa tampoco debe de estar muy lejos!

Victor asintió.

—Cerca de aquí hay una cala. Es casi virgen como vuestra playa de Cascarilla Gardens. Pensé que te gustaría.

Deirdre lo besó.

—Podemos bañarnos a escondidas por las noches... —susurró al oído de su marido, que soltó una risa.

—¿Podemos entrar ya? —preguntó Gérôme impaciente—. Aquí hay muchos mosquitos...

Era una exageración, por la mañana había pocos insectos en las islas. Pero Gérôme estaba de mal humor. También él se había mareado en el barco y eso le había impedido disfrutar de la travesía. Por añadidura, era evidente que le resultaba imposible compartir el entusiasmo de Deirdre por la nueva casa. A la joven eso no la sorprendía: seguramente Gérôme formaba parte de la familia que habría preferido una mansión más grande y ostentosa.

—Y los negros, ese atajo de vagos, todavía no han llegado... —Y buscó con la mirada a Benoît, pero no era factible que los negros hubiesen recorrido ya todo el camino en su destartalada carreta.

»¡Sabine! —llamó Gérôme fuerte y despóticamente cuando subió los pocos escalones que llevaban al poche.

Enseguida se abrió la puerta y una negra rechoncha se precipitó al exterior. Llevaba la indumentaria característica de la isla —falda roja, blusa blanca y turbante de colores— y corrió a saludar con una reverencia a Gérôme.

—Mèz Gérôme... y ¡mèz Victor! —Volvió a hacer una reverencia—. ¡Yo todavía no esperarlos! ¿Viaje bueno? ¿Todo bien? —La mujer estaba tan inquieta que al principio no se percató de la presencia de Deirdre.

Victor le sonrió.

—¡Sabine! ¡Qué alegría verte! Había esperado que mi padre te enviara con nosotros, pero no podía imaginar que en la casa grande pudieran renunciar a ti —la lisonjeó, y luego se volvió hacia Deirdre—. ¿Me permites que te presente a nuestra cocinera, Deirdre? Sabine.

La mujer resplandeció ante las palabras de Victor y la expresión de miedo que Deirdre creía haber visto en su redondo rostro ya no estaba. Pero regresó de inmediato cuando descubrió a Deirdre.

—¡Oh, Jesús! ¡Si es la *madame*! Discúlpeme, *madame*, yo no verla. Yo a usted... —Dobló la rodilla para hacer una reverencia tan profunda que casi se cayó.

A Deirdre se le escapó la risa.

—No pasa nada, Sabine. Es la luz del sol que deslumbra al salir de la casa. Eres...

—Es la cocinera —repitió Gérôme burlón—. Por cierto, observa que es la única en todo Nouveau Brissac que ha querido venir a trabajar aquí... Pero bueno, ahora llegan Amali, la niña y el criado que no sirve para nada. Un buen equipo. Aunque si esto te hace feliz, Victor...

—¿Nouveau Brissac? —preguntó Deirdre vacilante a su marido.

No estaba segura de haberlo entendido todo, pero seguro que desconocía esas palabras.

—Es la plantación de nuestra familia —explicó Gérôme mordaz—. Una de las más importantes de Saint-Domingue. No puedo creer que Victor no te haya mencionado su nombre en todo este tiempo...

—Bien. Ya es hora de *madame* entrar... —Sabine intentó relajar el ambiente, abriendo la puerta solícitamente a los señores—. Yo enseñar casa. O no, primero refrescarse... —La cocinera parecía hallarse algo superada por las numerosas tareas domésticas.

Victor hizo un amistoso gesto de rechazo.

—Prepara tú un tentempié, Sabine, mientras yo enseño la casa a mi esposa —señaló, haciendo caso omiso de Gérôme—. Tomaremos un ligero desayuno en la galería anterior. Algo de fruta y café, nada pesado, ya vuelve a hacer mucho calor...

La negra asintió aliviada y corrió a la cocina. Gérôme daba muestras de no saber qué hacer, y tampoco parecía dispuesto a seguir a Victor mientras enseñaba la casa, ni nadie le ofreció una habitación donde retirarse a descansar. Pero ni Victor ni Deirdre cayeron en la cuenta.

La joven recorrió su nueva casa tan emocionada como una niña y se quedó tan cautivada por el interior como por el exterior. La distribución era la misma que en Cascarilla Gardens, aunque sus proporciones mucho más reducidas. No obstante, había un gran salón comedor y sala de estar, adecuado para celebrar reuniones sociales, y que se abría al pequeño jardín, pero la residencia carecía de salón de baile. En lugar de un recibidor, había una sala de espera y la consulta de Victor. Naturalmente, también la cocina y las dependencias de servicio se hallaban en la planta baja; no había sótano. En el primer piso se encontraban los aposentos de los señores. Deirdre entró en la amplia alcoba con vestidor.

—¿Te... te parece bien que compartamos alcoba? —preguntó Victor con cautela.

Deirdre respondió con un beso. De ninguna manera admitiría que vivieran separados y que él fuera a «visitarla» ocasionalmente.

—¿Cuántos hijos has pensado tener? —preguntó risueña cuando contó que había cuatro habitaciones de niños e invitados y un pequeño cuarto para el servicio en el extremo más alejado de la casa que, en caso de necesidad, también podía utilizarse como dormitorio adicional.

Victor se encogió de hombros.

—Me quedo con los que me des —respondió afectuoso—. Pero primero he pensado más en habitaciones de invitados. Al menos en un principio se había pensado que nuestra casa sirviera a toda la familia Dufresne de residencia en la ciudad. De ahí que el proyecto incluyera habitaciones para mis padres y hermanos, aunque no parece que vayan a hacernos el honor de visitarnos con mucha frecuencia. Al menos Gérôme está horrorizado de nuestro «primitivo» domicilio, y mis padres ni siquiera lo han visto. Supongo, en cualquier caso, que preferirán aceptar la hospitalidad del gobernador y otros notables antes que instalarse aquí. Sea como sea, siempre habrá divergencia de opiniones. Si he entendido bien lo que Gérôme me ha contado, la familia quería la residencia en la capital para poder organizar bailes y recepciones. Y este no es un lugar apropiado para eso...

Deirdre sacudió la cabeza.

—Tampoco tendríamos suficiente personal —señaló.

Victor sonrió con dulzura.

—Si mis padres viajan con toda su corte habrá personal de sobra —señaló—. Mi padre envió docenas de negros para que construyeran esta casa. Por fortuna, en lo que al proyecto se refiere, el arquitecto se puso al final de mi parte. Su esposa tuvo un parto difícil y la ayudé a dar a luz gemelos. A partir de entonces comprendió que las dependencias de la consulta podían ser más importantes que los salones de baile.

—¿Cuándo conoceré a tus padres? —preguntó Deirdre casi intimidada—. ¿Y qué podemos hacer para que se sientan a gusto con nosotros? Seguro que no está bien que nos peleemos con ellos en cuanto vengan.

Victor le apartó un rizo del rostro que se había desprendido del flojo moño.

—Nuestros queridos *madame* y *monsieur* Dufresne no van a tomarse la molestia de emprender un viaje solo para conocer a su nuera. Ellos no piden audiencia, Deirdre, como mucho la conceden. Creo que el próximo fin de semana iremos a visitarlos. Como ya te he dicho, la plantación se encuentra en el interior, a veinticinco kilómetros al sureste de aquí. En el coche, unas cuatro horas.

—También podemos ir a caballo —sugirió Deirdre. A caballo podía avanzarse más deprisa y, además, ella consideraba aburridos los viajes en carruaje.

—¿Y el equipaje? —replicó Victor con afectación y fingiendo sacar un pañuelo del bolsillo para taparse la nariz y la boca—. ¡Como Dufresne debes estar equipada conforme a tu posición! No querrás meter tus vestidos en una alforja como... como una pastora, ¿no?

Deirdre todavía reía mientras bajaban de nuevo por la escalera de madera.

4

Gérôme Dufresne se despidió al día siguiente para ponerse en camino de la plantación. Se llevó consigo la suntuosa carroza, al cochero con librea y a su agobiado criado personal Benoît.

Deirdre apenas si se dio cuenta, estaba demasiado ocupada desempaquetando los baúles que le habían llevado del puerto. Como comprobó sorprendida, se ocupaban de la entrega unos mulatos libertos. En Saint-Domingue había más gente de color libre que en Jamaica y podía ganarse el pan de forma honrada.

—Pero solo en posiciones inferiores —puntualizó Victor cuando Deirdre se lo comentó—. Ser libre no significa ser igual. Por ejemplo, si yo atendiera a esa gente en mi consulta, los pacientes blancos pondrían el grito en el cielo. Y la mayoría de los mulatos no puede permitirse visitas domiciliarias. No disponen de escuelas para sus hijos y tampoco de asistencia jurídica si alguien comete una injusticia contra ellos. Y la gendarmería... Esta ciudad no es un paraíso para los negros libertos, Deirdre. Al contrario, en lo que se refiere a ropa y alimentos, los esclavos lo tienen mejor.

Al menos eso parecía ser así para el personal de la joven familia Dufresne. Amali, Lennie y Nafia se habían instalado en sus alojamientos y estaban muy contentos. El edificio junto al establo ofrecía más espacio que las cabañas de los esclavos en las plantaciones. La cocinera Sabine ya había instalado un huerto y no cabía en sí de alegría cuando Victor le dio permiso para vender los excedentes. Jacques Dufresne adoptaba al respecto una actitud muy severa.

—A mi padre no le gusta que ronden por la plantación *pacotilleurs* —explicó Victor—. Son vendedores ambulantes, negros libertos que van de un lugar a otro y venden a los esclavos tonterías como bisutería barata u otras bagatelas. Para que no caigan en la tentación, a los negros de Nouveau Brissac no se les permite tener dinero.

—No lo entiendo —dijo asombrada Deirdre—. Pero otros hacendados lo consienten...

En Jamaica no ocurría nada comparable, pero ahí los esclavos tampoco disponían de tiempo suficiente para comerciar. La mayoría de los hacendados exigían que se trabajara todos los días desde la salida hasta la puesta del sol. Únicamente el día de Navidad era fiesta. Pese a ello, Amali y Lennie pudieron disfrutar de un día libre ya la primera semana. La católica ciudad de Saint-Domingue festejaba a un santo del que ni los dos negros ni Deirdre habían oído hablar. Sin embargo, era un día de fiesta oficial que tanto señores como sirvientes tenían que celebrar por ley.

—Mi padre opina que los *pacotilleurs* siembran discordia —respondió Victor—. No solo reparten baratijas entre los empleados, sino también información. A los esclavos de Saint-Domingue les está prohibido reunirse si pertenecen a señores diferentes, de este modo se intenta prevenir alzamientos. Así pues, los *pacotilleurs* son los que divulgan las novedades y los rumores y, para mi padre, son unos agitadores y rebeldes. —Victor sonrió, era evidente que él opinaba distinto—. Bueno, ya lo conocerás. Detrás de cada arbusto ve a un cimarrón con un afilado machete y empeñado en llevar a sus obedientes esclavos de campo a la revolución.

—¿Hay cimarrones?

Deirdre sabía que el número de negros libres que vivían escondidos en las montañas de Jamaica había disminuido rápidamente cuando el gobernador había permitido repartir salvoconductos. En tiempos anteriores, cualquier esclavo que se atrevía a bajar a las poblaciones corría el riesgo de volver a ser capturado. A fin de cuentas, oficialmente no había personas de color libres. La gente había tenido que vivir en la clandestinidad a la fuerza, mientras que luego, ya fuera con salvoconductos auténticos o falsificados, había podido integrarse en la sociedad. En Saint-Domingue, sin embargo, hacía mucho tiempo que había negros libertos. ¿Por qué iba a haber cimarrones?

Victor rio.

—Cariño, los esclavos también se escapan en La Española y se esconden de sus backras, que, dicho sea de paso, aquí reciben el nombre de «mèz». Además, están también los descendientes de los indígenas, una parte de los cuales se ha mezclado con los negros fugados. Se calcula que en las montañas viven unos tres mil cimarrones. Pero no representan una gran amenaza. La mayoría vive en grupos reducidos y enfrentados entre sí. Los problemas que vosotros teníais en Jamaica, los asaltos a las plantaciones, los saqueos y los incendios, no los sufrimos aquí. A lo sumo, roban ganado. Los hacendados los odian, por supuesto, porque acogen a los esclavos que escapan. Y los *pacotilleurs* los visitan con frecuencia, por lo que, teóricamente, pueden establecer contactos.

Deirdre estaba impaciente por conocer Nouveau Brissac y a la familia de Victor. Estaba lista para realizar la visita tras haber vaciado los baúles, lo que, con ayuda de Amali, fue muy rápido. Después de que Deirdre hubiera colocado sus muebles, colchas y cortinas, la casa adquirió un aire todavía más acogedor y lucía más bonita, pero la joven pronto empezó a aburrirse. Ardía en deseos de introducirse en la alta sociedad de Cap-Français y, con el tiempo, de todo Saint-Domingue, pero Victor no tenía tiempo para hacer algo con ella. La consulta prosperaba, acudían a ella pacientes y por las tardes él realizaba visitas domiciliarias. Deirdre solo lo veía por la noche y por la mañana temprano, lo que bastaba para abandonarse al amor con continuado entusiasmo, pero no la llenaba. Victor la consoló la primera vez que fueron juntos a misa.

—Te presentaré a algunas de mis pacientes, así podrás ir a tomar el té con ellas o lo que sea que hagan las señoras para entretenerse.

A Deirdre no le sonó muy atractivo. Sin embargo, la primera misa dominical a la que asistieron tras su llegada a Saint-Domingue se celebró en Nouveau Brissac. Gérôme había entregado la invitación antes de su regreso, y Jacques y Louise Dufresne habían insistido. Deirdre se alegraba de ello, pero Victor se limitó a suspirar. Habría preferido reponerse en casa del enorme número de pacientes que había acudido a la consulta al saber que había vuelto de Jamaica, y familiarizar a Deirdre con Cap-Français antes de emprender una salida de varios días. Pero no le quedó otro remedio que tomarse la tarde del viernes libre para visitar a sus padres.

Era evidente que al joven médico le resultaba difícil separarse de sus enfermos: pasó los primeros kilómetros camino de Nouveau Brissac aburriendo a Deirdre con el relato de inquietantes historias clínicas. A la muchacha le habría gustado cambiar de tema, pero no se le ocurría nada apropiado. La flora de La Española, a través de la cual avanzaba en ese momento el carruaje que el mismo Victor conducía, no se diferenciaba mucho de la jamaicana, salvo, según observó Deirdre, en que había más palmeras y ningún mahoe azul. Tampoco se veían animales de interés, y cuando preguntó, Victor únicamente le habló de un tipo de solenodontes.

—Animales pequeños que no dan miedo —explicó—. Se parecen un poco a las musarañas. Pero no debes cogerlos, la saliva es venenosa. Una vez, cuando era niño, quise domesticar a uno, pero me mordió y pasé dos días sin poder mover la mano.

Nada más alejado del pensamiento de Deirdre que domesticar un bicho de esos, aunque le habría gustado ver uno.

Finalmente, abandonaron los bosques vírgenes y atravesaron los primeros campos de cultivos de tabaco. Deirdre observó con interés las plantas de hojas anchas y de hasta más de dos metros de altura. Hasta entonces nunca las había visto, en Jamaica se plantaba el tabaco solo para consumo particular y los hacendados vivían exclusivamente de la caña de azúcar.

—Ah, nosotros también plantamos caña de azúcar —señaló Victor—. Pero en Saint-Domingue se cultiva en general más café y tabaco. Nouveau Brissac es una plantación centrada en estos dos productos, al igual que la mayoría en el entorno de Cap-Français. Pero Gisbert, mi otro hermano, el que un día heredará la propiedad, estaría dispuesto a cultivar caña de azúcar como tercer puntal. Creo que mi padre le ha dado autorización para que empiece ahora.

—¿Y Gérôme? ¿Él qué hace? ¿Tiene profesión?

Victor rio.

—¿Te imaginas alguna que le vaya bien? —repuso con sarcasmo—. No, oficialmente Gérôme colabora en la dirección de la plantación. Para lo cual basta en realidad con un solo hombre, el auténtico trabajo lo hacen sin más los vigilantes y los esclavos. Gérôme se ocupa más de las relaciones sociales. Si quieres saber mi opinión, está buscando a una rica heredera que aporte al matrimonio una plantación propia.

A Deirdre le habría gustado saber más sobre las muchachas casaderas de la región de Nouveau Brissac. Al fin y al cabo, habían sido sus rivales a la hora de ganarse el corazón de Victor. Pero a este poco le interesaban los cotilleos y, como había estudiado en el extranjero, no estaba muy al corriente de esas cosas. En ese momento le contaba a su esposa algunos aspectos sobre el cultivo del tabaco. A diferencia de la caña de azúcar, el tabaco era una planta de solo un año. Tras la siembra se esperaba hasta que los brotes pudiesen ser trasplantados, luego se requerían unas labores esmeradas: arrancar las malas hierbas, separar los brotes laterales y cortar las flores para que las hojas se beneficiaran de toda la energía de la planta. A continuación se cosechaba en varios pasos.

Primero se recogían las hojas inferiores, luego las superiores.

—No es tan agotador como cortar caña de azúcar —señaló Victor—, por eso también se recurre a mujeres y niños. Al igual que para secar y fermentar las hojas. Por lo demás, se hace exactamente lo mismo con el café y también ahí participan las mujeres durante la cosecha. Es probable que por eso Gisbert quiera cultivar también caña de azúcar. Opina que los esclavos varones están desaprovechados.

—Pues, ¿cuántos esclavos de campo tenéis? —se interesó Deirdre. Se sorprendió un poco del tono cortante con que Victor respondió.

—Mi padre tiene más de cuatrocientos. —Era obvio que hacía hincapié en que él no tenía nada que ver con la propiedad de esos hombres.

Deirdre no tardó en ver a la gente trabajando, la recolección estaba en pleno auge. El carruaje pasó junto a las cuadrillas de trabajadores, junto a mujeres y muchachas negras con faldas amplias y blusas gastadas por el uso, el pelo cubierto por un turbante. Las trabajadoras se afanaban inclinadas en recoger las hojas que estaban en la parte inferior de las plantas que cosechaban. Los hombres y los chicos, con pantalones raídos de algodón y sin camisa, se dirigían con unos cestos llenos de hojas a los puntos convenidos y, como en Jamaica, en algunas espaldas también se distinguían cicatrices de latigazos. Hacía un calor infernal y los esclavos chorreaban sudor, mientras los vigilantes estaban tranquilamente aposentados sobre la grupa de un caballo o un mulo a la sombra de las grandes plantas de tabaco. No era necesario que agitaran continuamente el látigo, bastaba con su sola presencia para amedrentar a los trabajadores. Como siempre, Deirdre encontró deprimente tal panorama. Los negros casi no levantaron la vista cuando pasaron por su lado en el coche, los vigilantes solían saludar al principio como de paso y luego con sumo respeto.

—Las tierras de los Dufresne —señaló Victor lacónico cuando le dirigieron el primero de esos saludos—. Aquí empieza Nouveau Brissac. Recuerda que el nombre se refiere a un castillo junto al Loira. No quiero que vuelvan a reprocharme que no te introduzco en los detalles familiares.

Deirdre rio.

—¿Falta poco para llegar? —preguntó esperanzada. Hacía calor y, para ella, el caballo iba demasiado despacio. Pero Victor sacudió la cabeza.

—Casi una hora, cariño. Es una plantación grande. Mira, aquí hay más matas de café...

También la casa señorial, situada en medio de un extenso jardín, resultó ser grande. Deirdre contempló asombrada el edificio, que, en efecto, había tomado como modelo un castillo. Enseguida acudió a su mente Versalles y sus jardines. El palacio francés no era más imponente que esa casa en La Española. Unos jardineros estaban ocupados en plantar flores y recortar setos. Contener la frondosa vegetación del Caribe en las rígidas formas simétricas de unos jardines franceses era una tarea ardua. Todos los esclavos llevaban una especie de uniforme y los criados que se apresuraron a salir cuando Victor detuvo el coche delante de la escalinata de entrada vestían con librea, igual que el cochero de Gérôme. Deirdre tuvo la sensación de que todo un regimiento de criados salía a recibirla, saludarla, ayudarla a bajar del coche, recoger el equipaje...

—¿No traer criado de cámara? ¿Y doncella? —preguntó, casi indignado, un imponente mayordomo negro que, además de librea, llevaba una desconcertante y ondulada peluca blanca.

Victor hizo un gesto negativo.

—Yo mismo puedo vestirme, Jean. Y mi esposa...

A Deirdre no le habría importado llevarse a Amali, pero el coche de Victor era demasiado pequeño para que se instalasen con comodidad más de dos personas. La muchacha negra habría tenido que apretujarse en el maletero, que prácticamente ya estaba lleno con el baúl de la ropa y el maletín de médico. O habría tenido que ir de pie sujetándose a la capota.

Victor consideró que no había que exigirle algo así, y aún menos cuando en Nouveau Brissac había un montón de personal a disposición.

—Creo que *madame* Dufresne me destinará una doncella —respondió Deirdre sonriendo al peripuesto mayordomo. El hombre había realizado tal inclinación delante de ella que hasta las reverencias de Kwadwo, tanto tiempo estudiadas, quedaban ensombrecidas.

—Naturalmente, *madame*. Yo hacer, yo enviar chica —señaló. Por lo visto era el encargado del personal—. Philippe, usted lleve a *madame* a sus aposentos. *Madame*, usted refrescarse para la cena... —Hizo unas señas a un niño que llevaba un uniforme de paje que le daba un aspecto monísimo pero totalmente postizo. El pequeño, que parecía tomarse su trabajo muy en serio, cargó con una de las bolsas de viaje para transportarla arriba. Deirdre se la cogió riendo y la dejó a un lado—. Esta la subirán los mayores después —aclaró, lanzando una expresiva mirada al mayordomo.

El pequeño asintió casi decepcionado.

—Bien, ¿nosotros marchar ahora? —preguntó diligente—. ¿Yo enseñar habitación?

Deirdre se sorprendió un poco de que Victor no pusiera objeciones y siguiera al pequeño. La rodeó con el brazo por la cintura cuando entraron en el ostentoso recibidor.

—¿No vamos a saludar primero a tus padres? —preguntó Deirdre mientras miraba asombrada alrededor. Conocía el estilo mobiliario francés de Jamaica, muchos de los hacendados ricos tenían en sus casas trabajados muebles de Europa. Pero la joven nunca había visto algo tan lujoso como ese recibidor. Dominaba el estuco dorado y candelabros de plata y oro brillantes, y de las paredes colgaban retratos casi de tamaño natural, supuestamente de los miembros de la familia. La joven casi se sintió intimidada.

—Los veremos en la comida —respondió Victor—. Es mejor así, hazme caso. Considerarían ofensivo el modo en que vamos vestidos ahora. Y además está el polvo del viaje...

—Sonrió—. Mi madre no osaría pronunciar la palabra, pero es innegable que los dos estamos sudados.

Deirdre arrugó la frente. Claro que tenían las axilas algo húmedas, habían viajado durante más de tres horas con temperaturas tropicales. Pero su ligero vestido de tarde con zarcillos de flores bordados todavía estaba presentable y Victor tampoco había corrido como un desaforado, por lo que no llevaba más de un par de mechones fuera de sitio. ¡Doug y Nora Fortnam no se habrían escandalizado por una cosa así cuando se trataba de conocer a un nuevo miembro de la familia! Pero, en fin, ya sabía por Gérôme que los Dufresne daban mucha importancia a las formalidades.

Una vez que hubieron subido la escalinata ondulante, amplia y cubierta de alfombras, y pasado por delante de tapices colgados de las paredes, delicadas mesitas adicionales y aparadores con arreglos de flores recién cortadas, Deirdre ya no se sorprendió de sus dependencias en Nouveau Brissac. Los Dufresne habían puesto a disposición de la pareja más espacio donde alojarse que el que tenía toda su casa en Cap-Français. Deirdre fue entendiendo cuán diferentes eran las concepciones que tenían Victor y sus padres de un alojamiento adecuado para invitados. Por añadidura, los estaban esperando cinco sirvientes negros. Dos criados se ocuparon de Victor y tres muchachas recibieron a Deirdre sin escatimar alabanzas sobre la belleza de la nueva *madame*. Pese a eso, tampoco ellas encontraron conveniente la ropa que vestía.

—¡Melena espléndida, pero peinado no bonito! —señaló la primera, y la segunda asintió con la cabeza mientras abría el baúl de Deirdre—. ¿Un corsé solo? ¿Para todo fin de semana? ¿Solo dos vestidos? Y qué arrugados... Belle, tú deprisa planchar...

La tercera muchacha instaló una mesa en un santiamén, mientras las dos primeras desvestían a Deirdre, la lavaban con paños empapados en agua de rosas y luego la perfumaban generosamente. Emplearon para ello los perfumes de la mansión; el agua de colonia ligera que Deirdre prefería no estaba a la altura de sus exigencias. Deirdre comprobó malhumorada que en un periquete las muchachas la habían convertido en una mujer totalmente distinta. Claro que antes ya la habían maquillado y empolvado, pero ¡esto superaba con creces las concesiones que se hacían en casa de los Fortnam en asuntos relativos a la moda! Solo cuando una de las tres chicas hizo gesto de cubrir con polvo blanco el complicado peinado que había elaborado con el pelo de Deirdre, esta se opuso firmemente.

—¡No queda bien, muchacha, tengo el pelo demasiado negro! —dijo severa—. Se queda de color gris y parece sucio. Por mucho que lo lamente, *madame* y *monsieur* Dufresne tendrán que contentarse con el color natural de mi pelo. ¡Lo que me fuerza a plantearme para qué he tenido que venir aquí! Parezco una de esas muñecas que abundan en todos los bailes...

Las jóvenes se asustaron, pero Victor se limitó a reír. Daba la razón a su esposa. La moda imperante transformaba a todas las mujeres en figurines de rostro y cabello blancos, cuyas formas también se intentaba homogeneizar con el corsé. Solo seguían diferenciándose en los rasgos faciales, aunque a veces iban tan empolvadas que hasta la mímica producía la impresión de ser artificial.

—¡Necesitar peluca, *madame*! —exclamó una chica—. ¿Yo ir a buscar? ¿Pedir prestada a *madame* Dufresne?

Deirdre se negó horrorizada: ¡de ninguna manera iba a presentarse ante su suegra con una de sus propias pelucas! Las doncellas se quejaron un poco más, pero ella no dio el brazo a torcer.

Victor, por el contrario, se dejó llevar por los criados y permitió que le pusieran una peluca, que, al menos, era suya. Había ocasiones en que los hombres no podían eludir la obligación de engalanarse, incluso Doug Fortnam guardaba un monstruo blanco en el rincón más apartado del armario, pero para una cena familiar...

—Seguro que habrá más invitados —señaló Victor cuando Deirdre se lo planteó—. Mis padres dirigen una casa muy hospitalaria y seguro que querrán presentarte al menos a sus vecinos más cercanos...

A esas alturas, Deirdre se sentía bastante angustiada. Por primera vez dio las gracias a su madre para sus adentros por haber insistido en que miss Hollander le diera clases de comportamiento. Fuera como fuese, en ese momento había conseguido contonearse afectadamente y sin contratiempos sobre los zapatos altos por la habitación, del tamaño de un salón de baile, en que los Dufresne recibían a los invitados, y también saludar sin haber cometido ningún error. De hecho, todo había sido más sencillo de lo que se temía. *Madame* y *monsieur* Dufresne esperaban a su hijo y a su flamante nuera en la entrada del comedor, como si fuesen a saludar a unos invitados cualesquiera. Deirdre se sentía más como si estuviera en una recepción en el palacio del gobernador que conociendo a sus suegros.

Jacques Dufresne era un hombre alto e imponente, características que su impresionante peluca blanca todavía subrayaba más. Su rostro era de facciones marcadas y ya algo arrugado, lo que se percibía pese al maquillaje; tenía los ojos castaños como su hijo, pero penetrantes y escrutadores, no bondadosos o divertidos como los de Victor. En general, este se parecía más a su madre, cuyos rasgos eran más suaves, aunque los ojos azules también daban impresión de frialdad y severidad. Debajo de la peluca, el cabello de Louise Dufresne debía de ser rubio. Ambos iban ostentosamente vestidos según la última moda francesa, en opinión de Deirdre, demasiado abrigados para el clima de La Española. No obstante, para sofocar el eventual olor a sudor, se habían perfumado en abundancia. La muchacha se mareó con esos dos olores contrapuestos.

Jacques Dufresne declaró a su nuera, que hizo una ceremoniosa reverencia ante él, que estaba encantado de conocerla, y Deirdre leyó en sus ojos que no mentía. No obstante, estaba acostumbrada a la mirada admirativa de los hombres, fuera cual fuese su edad, así que aceptó el cumplido con una sonrisa. *Madame* Dufresne se expresó de forma más contenida.

—Deberías ponerte peluca —señaló tras haber contemplado benévolamente su hermoso rostro y su silueta impecable—. Tienes un cabello... hum... encantador, pero algo fuera de lo normal.

Deirdre no supo exactamente qué contestar, pero por suerte Victor acudió en su ayuda.

—Madre, en mi preciosa esposa todo es fuera de lo normal —intervino con una sonrisa encantadora—. Por eso la escogí a ella en lugar de pedir la mano, por ejemplo, de Yvette Courbain.

Por el rostro de *madame* Dufresne cruzó una sombra de enojo.

—¡Chiss, Victor! Los Courbain están aquí...

Señaló el comedor, donde Gérôme hacía la corte en ese momento a una joven que parecía una copia de *madame* Pompadour. Otro hombre joven —probablemente Gisbert, el hermano mayor— conversaba con una pareja de edad más avanzada.

Victor sonrió con cortesía, pero Deirdre advirtió que estaba reprimiendo un suspiro. Sin embargo, le ofreció galantemente el brazo y la condujo, seguido por sus padres, a la habitación decorada para el banquete y la presentó a Gisbert y los invitados.

—Deirdre, estos son nuestros vecinos, *madame* y *monsieur* Courbain y su encantadora hija Yvette. A mi hermano Gérôme ya lo conoces, y este es Gisbert...

Deirdre hacía reverencias, intercambiaba inclinaciones corteses y dejaba que los caballeros le besaran la mano. Los Courbain eran personas de edad mediana, ambos algo gruesos. Parecían disfrutar comiendo y también echaban vistazos a las copas de cristal y la porcelana de Meissen que reposaban sobre la mesa vestida de ceremonia. *Madame* Courbain realizó una profunda inspección de Deirdre; tal vez sí había acariciado la idea de tener a Victor como yerno. No obstante, su hija Yvette prefería a ojos vistas a Gérôme y no mostraba interés por el hermano de este. La joven observó a Deirdre con la envidiosa distancia con que solían mirarla casi todas las mujeres de su edad. Ellas mismas veían que era más bonita que las demás y que todos los hombres se la quedaban mirando. Y ahí en Saint-Domingue Yvette ni siquiera podía consolarse con la mancha social con que Deirdre cargaba en Jamaica, sobre la cual solían chismorrear satisfechas las chicas. Sin embargo, Deirdre estaba casada y por tanto no constituía una amenaza. Yvette le sonrió y le dijo que tenía que contárselo todo sobre Jamaica y las novedades de Cap-Français.

De hecho, los hombres dominaron la conversación de la mesa. Courbain, Gisbert y Jacques cambiaban impresiones sobre la cosecha de tabaco, la calidad de las hojas y lo holgazanes y depravados que eran los esclavos. Unos días antes, a Courbain se le habían escapado dos hombres, y Gisbert, un hombre alto y delgado, una auténtica copia de su padre, se interesó por cómo iba la caza. Por lo visto un grupo de vigilantes con perros había salido en persecución de los fugitivos.

—Pero se trata simplemente de dar un ejemplo —señaló el gordo Courbain, y tomó un sorbo de champán para empujar el pastel de hígado de ganso que iba llevándose a la boca en trozos pequeños pero, por ello, en intervalos más breves—. ¡Excelente, *madame* Dufresne! —Alzó la copa en honor de la anfitriona antes de volverse hacia los caballeros de nuevo—. Uno es la tercera vez que se escapa, el otro es la segunda que lo intenta. Así que uno morirá y el otro acabará tullido...

—No debería aplicar las reglas más severas —intervino Victor por vez primera—. Me refiero a que... cogerán a los hombres antes de que lleven un mes fuera. Entonces el reglamento puede interpretarse.

—¿Qué tipo de reglamento? —preguntó Deirdre con curiosidad.

En Jamaica eran los mismos hacendados los que decidían cómo castigar a los esclavos huidos. En general los azotaban, pero cuando el individuo había huido repetidas veces, solían cortarle un pie.

—Aquí hay leyes para castigar a esclavos huidos —respondió Victor malhumorado—. Pero no es un tema apropiado para la mesa y en presencia de damas, padre, *monsieur*...

—La primera vez les cortan las orejas, a la segunda los tendones de Aquiles y a la tercera se los ahorca —señaló tranquilamente Yvette Courbain. No parecía andarse con remilgos.

Louise Dufresne la reprendió con una mirada disgustada. Dirigió un gesto de aprobación a su hijo: no tenía ganas de tratar un tema tan desagradable durante el banquete.

Sin embargo, Deirdre no se percató del descontento de su suegra.

—¿Y... y siempre los atrapan? —preguntó con voz ahogada y los ojos desencajados de espanto.

—No siempre.

Victor y *monsieur* Courbain habían respondido casi al mismo tiempo, pero las palabras del primero tenían un deje de consuelo, mientras que las del segundo de cólera.

—Esos malditos cimarrones...

El vecino de los Dufresne ya se disponía a soltar una letanía de improperios, pero su mujer consideró que ya era suficiente.

—Por favor, Yves —intervino alzando la mano—. Nos gustaría tratar un tema... hum... más edificante. ¿Le gusta Cap-Français, *madame* Dufresne? ¿Ha tenido ya tiempo de visitar la nueva iglesia? ¿Y su casa? Tenemos tantas ganas de visitar la residencia de los Dufresne en la ciudad... ¿Procede usted también de una gran plantación?

Deirdre se refirió aliviada a Cascarilla Gardens, alabó las bellezas de La Española y recalcó que la casa respondía en todo a sus expectativas y deseos.

—Naturalmente, no es tan lujosa como esta, pero... así no necesitamos tanto personal y estamos más en familia, y...

Yvette soltó unas risitas.

—La parejita feliz... —observó Gérôme.

Deirdre se mordió el labio, pero decidió no dejarse intimidar.

—¡Sí, somos felices! —aseguró con una ancha sonrisa—. Y nuestros negros también están a gusto. Creo que no tenemos que temer que intenten dejarnos...

—Y lo que es mejor, yo no tengo la intención de cortarle las orejas a nadie —declaró Victor cuando los dos estuvieron por fin a solas en sus aposentos.

Habían tenido que convencer a los sirvientes de que no solo Victor sino también Deirdre podían desvestirse solos. En esos momentos bebían una copa del exquisito vino que los esclavos les habían servido diligentemente y pasaban revista a lo sucedido durante la velada.

—Supongo que ya sabes que mi padre, Gisbert y los Courbain estaban indignados cuando dijiste que encontrabas demasiado severas nuestras leyes. —El joven sonrió.

Deirdre hizo un gesto de resignación.

—Yo no puedo cambiar nada —replicó—. Pero ¿existe realmente tal reglamento? Siempre había pensado que... que eran ciertos hacendados los que actuaban con tanta crueldad.

Victor negó con la cabeza.

—Nosotros tenemos el Code Noir —explicó—. Regula casi todas las relaciones entre señores y esclavos. En algunos aspectos es más justo que el de otras colonias. Por ejemplo, está prohibido torturar a los esclavos...

—¿Antes de ahorcarlos? —inquirió enfadada Deirdre.

Victor asintió y la estrechó entre sus brazos.

—La mayoría de estas reglas tiene diversas interpretaciones —explicó—. Para bien o para mal. Por ejemplo, en cuanto a los esclavos huidos. La ley se aplica realmente cuando han desaparecido durante un mes. A la mayoría se los captura antes. También pueden aplicarse castigos más suaves. Gente como los Courbain... o como mis padres, por el contrario...

—Es mejor que no sepan nada de mí, ¿verdad? —preguntó Deirdre angustiada y tomó un sorbo de vino—. Bueno, me refiero a que soy... soy...

Sabía que Victor conocía su historia, pero nunca había hablado al respecto con él. Hasta ese día nunca le había parecido realmente importante, siempre se había visto a sí misma como la hija de Doug Fortnam. Pero ahora... Era paradójico, se hallaba en un lugar donde nadie sabía nada sobre su origen. Su seguridad era máxima y, sin embargo, era la primera vez en su vida que se sentía negra.

Se arrebujó entre los protectores brazos de Victor.

—¿Podemos escribir mañana mismo los salvoconductos? —murmuró—. ¿Para Amali, Nafia y Lennie? Me... me gustaría que estuvieran seguros.

Victor asintió y dijo:

—Si crees que como negros libertos se quedarán con nosotros...

Deirdre replicó airada:

—¡Amali es amiga mía! —Pero luego sonrió quitando hierro al asunto—. ¿El propósito del salvoconducto no es que ellos mismos decidan?

Victor la besó.

—Se quedarán —dijo dulcemente—. ¿Quién iba a abandonarte a ti?

5

Al día siguiente, Victor salió a pasear a caballo con Deirdre para mostrarle la plantación. En el establo encontraron caballos y una silla de amazona. La muchacha habría preferido una silla para hombre, pero sin duda eso no le habría gustado a su suegra. Así pues, la joven tuvo que aceptar que Victor la ayudara a subir a una pequeña y elegante yegua de cabeza noble y una extraña forma de avanzar. Deirdre enseguida se percató de que apenas se notaban sacudidas en la silla, incluso cuando el caballito trotaba.

—Se conoce como ambladura —indicó Victor—, o paso llano. El caballo peruano de paso procede, como su nombre indica, de Perú. Colón los trajo a La Española y se siguieron criando aquí. Son buenas monturas y de trato agradable; aunque *Alegría* dejaría atrás al más rápido de ellos.

Deirdre disfrutó del paseo, incluso a falta de veloces galopadas. Le gustaban las extensas plantaciones ubicadas en terrenos con colinas. Por lo visto, los Dufresne poseían un territorio inmenso. No todo estaba cultivado, pero se habían trazado caminos a través de muchos bosques vírgenes. Así pues, no solo se podía cabalgar entre cultivos de tabaco y café, sino también por caminos umbríos y entre árboles enormes. El bosque de Nouveau Brissac todavía producía más la impresión de jungla y selva que los bosques claros cercanos a la costa. El clima húmedo propiciaba que crecieran en abundancia líquenes, helechos, arbustos de hoja crasa y plantas trepadoras.

—A mi madre le encantaría. —Deirdre rio al descubrir una orquídea con raíces aéreas—. Seguro que se la llevaba y la plantaba en su jardín. Lástima que no podamos enviársela por correo.

Las zonas cultivadas estaban en pleno proceso de recolección. Gérôme y Gisbert Dufresne habían salido temprano para supervisar los trabajos. Deirdre y Victor se los encontraron en los secaderos y en las dependencias para la fermentación. La joven se sorprendió de que fueran tan elegantes a trabajar. En ningún momento prescindían de los calzones, los zapatos con tacones altos y la levita.

—Bueno, tampoco es que se ensucien —reconoció más tarde, preguntándose qué era lo que hacían en realidad.

Deirdre estaba un poco triste cuando volvió con Victor a la casa principal y él quiso ayudarla a bajar del caballo delante del establo. Después de la gran cena de la noche anterior y el desayuno de la mañana todavía no tenía hambre y no sentía ningunas ganas de reunirse para una comida de varios platos con esa atmósfera formal que rodeaba a Louise Dufresne. Pero en realidad no se habían percatado del paso del tiempo durante la cabalgada, como le comunicó Victor, horrorizado tras consultar su reloj de bolsillo. De hecho, tendrían que haberse reunido con los Dufresne una hora antes. Era posible que los reprendieran.

Antes de que la joven desmontase, un pajecillo negro y aparentemente alterado salió del establo y se dirigió en un veloz *patois* a Victor. Deirdre no entendió ni una palabra, pero se quedó atónita cuando tras el niño apareció Louise Dufresne. Naturalmente no llevaba traje de montar, y se recogía la falda con aspecto desdichado. Dos muchachas negras intentaban llevar la cola del vestido y otra corría tras ella con una sombrilla. No parecía tratarse de un simple paseo. Debían de haber razones importantes para que la dama hubiera abandonado sus aposentos.

—¡Ay, Victor, menos mal que ya has llegado! Si no habríamos enviado a alguien en tu busca. Imagina, acabamos de recibir un mensaje de los Courbain. Se han puesto enfermos los tres. Sobre todo *monsieur* y *madame*, que se retuercen a causa de los espasmos, ha dicho el mensajero. Deben de haber comido algo... es posible que... ¡que en mi propia mesa...!

La dama parecía fuera de sí, aunque más preocupada por la buena reputación de su cocina que por la salud de sus vecinos.

—Sea como fuere, necesitan un médico —concluyó excitada.

Victor asintió e indicó al paje que bajase el maletín de sus aposentos.

—Salgo ahora mismo —anunció—. Pero no creo que se hayan intoxicado aquí. Todos hemos comido y bebido lo mismo, y nadie está enfermo. No te preocupes, madre, yo me ocuparé de eso... —Dicho lo cual, se dispuso a volver a montar.

Deirdre, que seguía sentada en la silla, aprovechó la oportunidad.

—¿Puedo acompañarte? —preguntó—. Tal vez te sea de ayuda o...

—... o entretengas a las damas charlando —concluyó Victor sonriendo. No consideraba que la situación fuese especialmente grave—. Seguro que un poco de consuelo será bien recibido.

Madame Dufresne asintió.

—Os daré algo de vino —indicó—. Puede que también ayude. En cualquier caso es un detalle...

Poco después ya estaban de camino, Victor con su maletín negro de médico y Deirdre con dos botellas de vino tinto francés en una alforja.

—Yo diría que el vino ha sido la causa —comentó Victor con una severa mirada hacia la alforja—. *Monsieur* Courbain bebió ayer demasiado, y tampoco hay que excluir que se trate de una indigestión.

Pese a no conceder demasiada importancia al asunto, el joven espoleó el caballo para llegar cuanto antes. Deirdre disfrutó entonces de una cabalgada rápida, aunque el galope de aquel caballo de paso no alcanzaba el ritmo de su yegua purasangre. Victor no eligió un camino agradable, sino el directo a través de las plantaciones de tabaco y café, sin detenerse ante las cuadrillas de trabajadores y los vigilantes.

Aun así, necesitaron una hora larga para llegar a la plantación vecina. Las distancias eran mucho más grandes que aquellas a que estaba acostumbrada Deirdre en Jamaica. Y lo que se encontraron en la casa señorial, que casi podía competir en lujo con la de los Dufresne, no respondía en absoluto al inofensivo panorama que Victor había imaginado.

—¡Darse prisa, doctor! —lo apremió un negro alto en cuanto se acercaron a la entrada—. Muy malo, dice cocinera. Muy maligno...

Y se ocupó del caballo para que Victor pudiera correr directo a la casa. Deirdre lo siguió. Ya en la entrada una negra gorda detuvo al médico, se hincó de rodillas ante él y le soltó un torrente de palabras. Cuando Victor por fortuna pudo sacársela de encima, la mujer se volvió hacia Deirdre.

—¡Usted creerme, *madame*! ¡Por favor, creerme! Yo no hacer. ¡Yo no envenenar mèz! Yo buena cocinera, leal, no hacer nada con comida de mèz...

Deirdre entendió. La cocinera ya se veía siendo blanco de todos los reproches, temiendo que la hicieran responsable de la enfermedad de los señores.

—¡Seguro que todo se aclara! —la tranquilizó—. Si no has hecho nada no tienes que preocuparte. Y seguro que enseguida se ponen bien, el doctor dará una medicina a tus señores...

La cocinera sacudió la cabeza. Tenía el rostro empapado de sudor y demacrado por el horror, y sus cabellos crespos se habían escapado del bonito turbante.

—No bien otra vez. No creer Charlene. Creer que morir. Es muy malo, *madame*, muy malo...

Deirdre decidió no esperar a que alguien acudiera a recibirla. Se limitó a seguir a su marido escaleras arriba y muy pronto ella misma descubrió cuán gravemente enfermos se encontraban los Courbain. De una habitación salían unos gemidos lastimeros y de la otra unos gritos penetrantes. Victor había entrado primero en la alcoba de *monsieur* Courbain y dejado la puerta entreabierta. Varios esclavos se ocupaban del vigoroso hombre, que se retorcía de dolor y gritaba. El médico rebuscó en su maletín. Se lo veía sereno como siempre, pero algo superado por la situación. A fin de cuentas, era imposible que se encargara de tres pacientes a la vez.

—¿Puedo ayudarte de alguna forma? —se ofreció Deirdre.

Victor reflexionó un instante.

—Es una intoxicación grave —dijo mientras extraía un botellín con un líquido oscuro del maletín—. Primero... primero tenemos que conseguir que vomiten y luego averiguar qué ha provocado esto. Hay que sacar el veneno del cuerpo... si todavía no es demasiado tarde.

Intentó administrar al enfermo el contenido del botellín. Deirdre observaba sin saber qué hacer. Tal vez tendría que ofrecerse a su marido para intentar dar el mismo tratamiento a *madame* Courbain, pero no se atrevía.

—Puedes ir a ver a Yvette —le indicó Victor—. Los negros dicen que no está tan mal. Háblale. Intenta averiguar cómo se han puesto así...

Deirdre corrió aliviada, mientras *monsieur* Courbain se erguía en la cama de repente y vomitaba abruptamente. Los esclavos empezaron a limpiarlo y Victor buscó más remedios. De la habitación contigua seguían saliendo los gemidos de *madame* Courbain. Una criada entró apresurada con un cuenco de agua. La cocinera sollozaba acuclillada en el pasillo.

—Yo no hacer nada, *madame*, usted creerme, nada, negra buena...

—¿Dónde está la habitación de *mademoiselle*? —preguntó Deirdre—. Ella no se encuentra tan mal, ¿verdad?

—También mal, todos mal, muy mal, pero yo no hacer nada...

Charlene siguió lamentándose, era imposible sonsacarle más información. Deirdre se contentó con seguir a una doncella que se dirigía con sales de olor y sábanas limpias a otra habitación. Y, en efecto, ahí estaba tendida en la cama Yvette Courbain. Pálida como una muerta. Tenía grandes y oscuras ojeras y sin duda estaba debilitada, pero no se retorcía de dolor como sus padres.

—¿Cómo se encuentra? —preguntó Deirdre a la doncella, que se disponía a cambiar la ropa de cama manchada.

—Ella enferma. Vomitar dos, tres veces. Pero ahora mejor. Yo creer —opinó la chica.

—Me encuentro fatal. —La voz de Yvette sonó débil, pero algo ofendida porque la esclava hubiese quitado importancia a su malestar—. Y tenía retortijones. Todavía los tengo. Es horrible...

No era nada comparable con lo que estaban padeciendo sus padres, pero Deirdre no dijo nada. A la joven no le ayudaría enterarse de que Francine e Yves Courbain quizás estuvieran a punto de morir. Así pues, le planteó lo que le interesaba saber.

—Yvette, ¿qué ha desayunado? Sus padres deben de haber comido algo que usted no ha tomado en exceso. Y tiene que haber sido en el desayuno... ¿o en la comida? ¿Han comido ya al mediodía?

La joven asintió.

—Todo ha empezado tras la comida del mediodía —explicó—. Justo después. Papá se ha puesto mal ya en el postre y mamá un momento después. Yo he tardado un poco más.

—¿Y qué había? —insistió Deirdre—. ¿Recuerda qué han comido sus padres que usted no haya probado o solo un poco?

La joven esclava se acercó con un cuenco de agua y un paño y empezó a refrescar la frente de la enferma. Yvette gimió.

—La sopa —respondió entonces—. No me gusta la sopa. Mi padre insiste en que la tome. Y esta vez era precisamente caldo de pollo, que me horroriza. En realidad fingí comerlo, pero solo tomé un sorbo.

Deirdre hizo una mueca afligida. No tenía ni idea de medicina, pero su sentido común le decía que los Courbain no lo iban a tener fácil. Si un solo sorbo de sopa había provocado unos síntomas tan graves, todo un plato...

—¿Y tenía un sabor distinto del usual? —preguntó.

—Asqueroso —se quejó Yvette—. Ya le he dicho que no me gusta la sopa de pollo... No tan fuerte, Sandrine, ¡estás mojándome todo el pelo! —Yvette ya empezaba a reñir a su doncella y Deirdre decidió que ya había pasado lo peor. El veneno estaba en el caldo de pollo...

Se sobresaltó. ¿Veneno? ¿Había realmente pensado en veneno? Hasta el momento se imaginaba alimentos en mal estado, tal vez una intoxicación a través del pescado. Pero el pollo en la sopa...

—Patrick matar pollo. Poco antes de cocinar. ¡Lo juro! ¡Y yo probar sopa! Todo bueno. A Charlene la sopa no hacer nada. ¡*Madame* creer a Charlene! —La cocinera, a quien Deirdre había preguntado a continuación, empezó de nuevo con la letanía de pruebas de inocencia.

Deirdre examinó a la gruesa mujer negra. No parecía que fuera capaz de envenenar a sus señores. Y por lo oronda que estaba debía de probar previa y sobradamente las comidas. Tenía que haber catado la sopa y tomar al menos tanta cantidad como Yvette. Pero Charlene no estaba enferma...

—¿Quién ha servido la sopa, Charlene?

La cocinera pensó unos instantes.

—Nueva chica de cocina —respondió—. Es con nombre raro. Africana...

—Assam —intervino la doncella de Yvette, que pasaba por ahí con un nuevo encargo de su señora—. Lleva aquí tres o cuatro meses.

Deirdre escuchó con atención. Era una pista... Descendió la escalera y se topó con el esclavo que antes les había recogido los caballos. Estaba dando instrucciones a los sirvientes. Tal vez era el mayordomo que ese día, en medio del caos, había prescindido de la librea.

—¿Dónde puedo encontrar a Assam? —preguntó Deirdre.
El hombre no supo qué responder. Y tampoco los demás
esclavos recordaban haber visto a la «africana» recientemente.

Dos horas después, *monsieur* Courbain había muerto. Su
esposa todavía sufría espasmos, ya demasiado débil para gemir o gritar. Y esa misma tarde siguió a su marido y también
murió. Yvette reaccionó llorando como una histérica. Solo se
tranquilizó cuando Victor le administró láudano. Eso la debi-
litaría un poco más, pero el pulso se había normalizado y parecía haber superado el envenenamiento. Y ni Victor ni Deirdre conservaban entonces energía para ofrecerle las palabras
de consuelo necesarias.

Victor, sobre todo, estaba rendido y no sabía qué decir.
Durante esas horas había hecho todo lo posible para sacar el
veneno del cuerpo de los enfermos. Sin embargo, había llegado demasiado tarde para concluir la tarea con éxito.

—Quién sabe si realmente habría servido de algo que el
tratamiento se hubiera realizado enseguida —dijo—. Era un
veneno muy virulento... En fin, mi madre se sentirá aliviada.
El asunto no tenía nada que ver con nuestra comida.

Agotado, bebió un sorbo de vino. Deirdre le había pedido
a un criado que abriera una botella del tinto que llevaba en las
alforjas y lo decantara. Prefería no probar ninguna bebida de
los Courbain.

—No —repuso entonces—. Estaba relacionado con la sopa de pollo y al parecer con una esclava llamada Assam. Me
habría gustado interrogarla, pero desde la comida del mediodía se desconoce su paradero.

La joven pareja pasó el domingo con los Dufresne, mientras los gendarmes interrogaban a los esclavos de la familia
Courbain. Emplearon métodos drásticos: para sonsacarles
información azotaron con el látigo a casi todos los sirvientes

de la casa. Al final los criados y la cocinera en especial quedaron exculpados, como comunicó el oficial a Jacques Dufresne por la tarde. Era comprensible que, como vecinos de la familia afectada, los Dufresne se sintieran inquietos, algo que las autoridades tuvieron en cuenta. El oficial les prometió mantenerlos informados de todos los detalles de la investigación.

—La misma cocinera y dos ayudantes de cocina probaron la sopa después de llenar la sopera para los señores y de dársela a la esclava Assam —dijo el gendarme—. Esta la devolvió vacía antes de desaparecer. La cocinera se asombró, pues sus señores no solían acabarse todo el entrante. Lamentablemente lavaron los platos y la sopera. De ahí que no se hayan obtenido rastros del veneno.

—No hay ninguna duda acerca del proceso —señaló Victor, cuando a primeras horas de la tarde regresaba a casa con Deirdre—. Al parecer, esa tal Assam vertió en la sopa un veneno de acción rápida, por lo visto inodoro e insípido, y luego limpió la sopera. Después huyó y ahora la están buscando.

—¿Por qué habrá hecho algo tan horrible? —preguntó con tristeza Deirdre.

El asesinato de los Courbain no la había dejado disfrutar de la esperada excursión al campo. El domingo, después de la misa, había podido hablar con su suegra. Esta había abandonado su reserva y su trato había sido amable. Con Louise Dufresne se podía charlar muy bien acerca de moda, música y sociedad en Cap-Français, si bien no dejaba de ser una conversación superficial. Deirdre tenía la sensación de que había causado una buena impresión, pero que en realidad no conocía a su madre política. Pese a todo, estimó que la primera visita a los Dufresne había sido en su conjunto un éxito, aparte del luctuoso suceso.

Victor soltó una risa cínica.

—Sus razones debe de tener —meditó—. Muchos esclavos guardan odio hacia sus señores. La cuestión que a mí me preocupa es otra bien distinta. ¿De dónde habrá sacado el veneno?

Unos días después, Victor había concluido antes en la consulta y estaba cómodamente instalado con su batín en casa y en compañía de Deirdre, cuando Amali, muy inquieta, anunció la visita de un gendarme. Tras hablar con él, Victor se preparó para vestirse.

—¿Hay alguien enfermo en la gendarmería? —preguntó Deirdre.

Victor apretó los labios. Parecía muy serio y nada satisfecho con esa tardía visita.

—Han atrapado a esa chica Assam —respondió—. Aquí en Cap-Français, en el mercado del puerto. Llevan horas... interrogándola.

—¿Y para eso te necesitan? —se asombró Deirdre—. ¿Está enferma? De todos modos la ejecutarán, ¿no?

Victor asintió ceñudo.

—Al parecer tengo que ocuparme de que todavía quede algo que ejecutar... —masculló antes de coger el maletín—. No me esperes, seguro que llego tarde. O... o sí, espérame... Yo...

No acabó la frase, solo dio un beso fugaz a su esposa antes de ir hacia la puerta para seguir al gendarme.

Deirdre se quedó inquieta. El resto de la tarde estuvo impaciente y fue incapaz de concentrarse ni en una lectura ni en un trabajo manual, hasta que oyó por fin cerrarse la puerta tras Victor. La joven ya había abierto una botella de vino para ofrecerle una copa antes de irse a dormir, pero cuando este apareció pálido como un muerto y a punto de desmoronarse, la joven abrió el armario de los licores fuertes.

—¿Qué ha pasado? —preguntó alarmada.

Se había arreglado para él y llevaba el pelo suelto y un *negligé*, pero Victor ni siquiera la miró. Tampoco respondió hasta que se hubo bebido una copa de aguardiente de caña de azúcar.

—Ha sido espantoso —dijo en voz baja, sentándose en el sillón con la copa de nuevo llena—. La han torturado. Al principio no ha querido decir nada, pero luego... Cualquiera habría hablado, prefiero no contarte los destalles.

—¿Ha dicho la verdad?

Deirdre era hija de un abogado y Doug opinaba que las confesiones obtenidas mediante tortura no siempre tenían demasiado valor.

Victor asintió.

—Creo que sí. En esas circunstancias no hay nadie que mienta. Antes tampoco había negado su crimen. Al contrario, se diría que estaba orgullosa. Pero los gendarmes no tenían suficiente con eso. Querían saber si tenía cómplices...

—Pero ¿los había?

Deirdre se asombró. En las colonias solía suceder que algún esclavo desesperado decidiera matar a su patrón o a un vigilante, pero nunca había oído que tras esos actos hubiesen cómplices o rebeliones.

—Los gendarmes han pensado lo mismo que yo —señaló Victor. Estaba más tranquilo y cogió la copa de vino que Deirdre le tendía—. Es imposible que una esclava africana (llegó con uno de los últimos barcos) haya adquirido en tan poco tiempo tanto conocimiento sobre plantas venenosas autóctonas. Por ejemplo, yo, siendo médico, no podría, sigo sin tener ni idea de qué veneno utilizó. Así que tiene que haberle dado la pócima otra persona.

—¿Uno de los *pacotilleurs*? —preguntó Deirdre. Empezaba a recordar por qué Jacques Dufresne no quería en su plantación a esos vendedores ambulantes.

—Por ejemplo. Y otra cosa: no es la primera muerte por envenenamiento de este tipo. Una familia de Port-au-Prince ya fue víctima y también otra de Mirebalais. Según dicen, padecieron los mismos síntomas y el proceso fue el mismo. Algún esclavo doméstico administró el veneno mezclado con la comida. Hasta aquí resulta comprensible que los gendarmes hayan utilizado métodos tan... tan drásticos para sonsacar a la chica. Incluso si yo... —Se interrumpió y vació la copa de vino tan deprisa como la de licor. Deirdre se la volvió a llenar.

—¿Y al final qué ha dicho? —preguntó.

Su marido se frotó la frente.

—Que se trata de un asunto importante. Al final lo ha soltado sin ambages. Nos ha dicho que ha llegado el final del dominio blanco. Que ella solo era una de las primeras de los muchos que iban a actuar. Que François Macandal estaba formando un ejército y que todos los esclavos de La Española se unirían a él. Y ha dicho que vencerían...

Victor ocultó el rostro entre las manos.

—Mañana será ejecutada en la plaza del mercado —concluyó—. Se solicitará a la población que lleve a sus esclavos para que presencien el castigo ejemplar. Pero nosotros dejaremos a los nuestros en casa, en cualquier caso a Nafia. Si he de hacerlo, certificaré que ella y los demás sufren una enfermedad contagiosa. No tienen por qué ver algo así...

Deirdre asintió y le acarició el pelo. En sentido estricto, Nafia, Amali y Lennie no eran esclavos. Los salvoconductos para sus empleados ya se encontraban en manos del notario para su legalización.

—¿Quién es François Macandal? —preguntó.

6

—Un cabrón que huyó de la casa de los De Macy.

Jacques Dufresne había pedido información sobre la persona que había detrás de Assam en cuanto se habían averiguado los antecedentes del envenenamiento. En esos momentos hablaba de los resultados. Deirdre había insistido en que abandonaran la ciudad, por lo que Victor y ella volvían a pasar el fin de semana en el campo. El joven médico todavía se encontraba trastornado y en la plaza del mercado aún humeaba la pira en que habían quemado a la esclava Assam. Victor había acompañado a la mujer en sus últimos momentos e intentado que ya no sintiera nada, pues después de la tortura estaba más muerta que viva.

Todo lo sucedido lo había afectado mucho, y en la casa Dufresne reinaba una atmósfera sofocante. Amali, Nafia y la cocinera se habían quedado en casa conforme a las instrucciones cuando se llevó a cabo la ejecución, pero Lennie no había querido perderse el espectáculo. Ahora parecía no solo asustado, sino lleno de odio. Amali intentaba tranquilizarlo. No todos los blancos quemaban a sus esclavos en La Española y además, él y su familia estaban exentos de peligro. La joven negra se percató de que Lennie todavía no había entendido del todo el significado de los salvoconductos.

En cualquier caso, Deirdre juzgaba oportuno dejar que la casa y la ciudad recuperasen la calma. Convenció a Victor de que volviera a cerrar la consulta el viernes por la tarde y el sábado para ir a Nouveau Brissac. Se llevó a la excitada pequeña Nafia. La niña no cabía en sí de orgullo, y Amali y Lennie dispondrían de su casa dos días y noches para ellos solos. Eso desviaría los pensamientos de Lennie hacia otros temas.

Victor, sin embargo, no hallaba sosiego. François Macandal y sus planes constituían el único tema de conversación también en la casa de su familia.

—Lenormand de Macy compró a ese sujeto —prosiguió Jacques Dufresne después de la cena. De Macy era el propietario de una de las plantaciones más grandes de La Española, a algo más de treinta kilómetros de Cap-Français—. En el mercado, prácticamente recién desembarcado. Entonces era todavía casi un niño, debía de tener unos doce años. Lo pusieron a trabajar en la prensa de la caña de azúcar y no se sabe qué pasó que perdió un brazo ahí....

—¿A un niño de doce años? —se indignó Deirdre—. Pero ¡si no podría ni manejar la prensa!

—A lo mejor ya era mayor —la interrumpió Jacques, enfadado por la réplica—. Esto no viene al caso. Luego lo pusieron de pastor, un...

—Padre, tal vez deberías mencionar también que el chico no era tonto —intervino Gérôme mientras se secaba la boca con su habitual afectación—. Aprendió muy rápido el francés; al parecer no habla solo *patois*, sino francés con fluidez. Quizá por eso mismo el viejo Lenormand quería tenerlo controlado. En la prensa podían vigilarlo mejor que en los campos...

—He oído decir que habla árabe —terció Gisbert—. Al menos eso se rumorea en Port-au-Prince. —Había estado en la ciudad para visitar tabacaleras—. A mí todo esto me suena raro.

—No es tan raro —objetó Deirdre, y esta vez todos los comensales le dedicaron su atención. Cuando los Dufresne y sus invitados (dos matrimonios de plantaciones vecinas) volvieron de golpe la cabeza hacia ella, enrojeció bajo el maquillaje que dócilmente se había aplicado—. Es probable que sea musulmán. Nosotros también tenemos a algunos en la plantación... Ellos...

—En Saint-Domingue todos los esclavos están cristianamente bautizados —puntualizó indignada *madame* Dufresne.

Deirdre se encogió de hombros.

—Bueno, en Jamaica no —replicó y recuperó la calma. No debería haber empezado, pero ahora tenía que reconocer para bien o para mal que en Cascarilla Gardens reinaba la libertad de credo—. Sea como fuere... muchos negros de África son musulmanes. Y rezan en árabe a su dios. Al menos todos saben un poco el idioma, incluso los niños. Si ese Macandal aprende idiomas con facilidad y en África tuvo un buen profesor ya debía de saber árabe con doce años.

—Esto al menos explica la situación —señaló Victor—. Pero prosigue, padre. El joven perdió un brazo, tal vez por negligencia. Eso debió de ponerle en contra de los patrones blancos. Y luego...

—Y luego ya no servía para nada —prosiguió el anfitrión—. Lenormand lo hizo trabajar de pastor, casi no lo vigilaba y de golpe ¡se escapó! Y por lo visto ahora ejerce de insurgente.

—Debe de estar en las montañas —dijo Victor, repitiendo las declaraciones de la esclava Assam—. Con los cimarrones. Y por lo que parece, consigue fomentar cierto espíritu de unidad entre ellos. Eso los hace peligrosos, como es sabido por lo ocurrido en otras colonias...

No necesitó abundar en el tema. Todos los presentes conocían, cuanto menos a grandes rasgos, las historias de Nanny Town y otros asentamientos cimarrones en Jamaica.

Jacques Dufresne le hizo callar con un gesto de la mano.

—¡Qué va a ser peligroso! Vamos a sacar a toda esa gentuza de sus escondites, ya se están formando cuadrillas de exploración, ¡os advierto que vamos a reclutar a medio ejército! Este tipo ya ha sembrado suficiente cizaña. Ahora lo vamos a pillar.

Deirdre casi se hubiera echado a reír. En Jamaica se hablaba con frecuencia de las expediciones de castigo que se habían emprendido contra la Abuela Nanny y sus hermanos Cudjoe, Quao y Accompong. La mayoría de los hacendados implicados recordaban muy bien lo que ocurría cuando salían en pos de los rebeldes hacia las montañas. Nunca le había pasado nada a nadie, y eso que habían circulado ríos de ron y aguardiente mientras los jinetes atravesaban de buen humor las Blue Mountains. En ningún momento se habían cruzado con un negro y habían estado muy lejos de acabar con los poblados de cimarrones. Doug Fortnam, al menos, estaba convencido de que los negros vigilaban todos sus movimientos. Habían observado a los jinetes, pero los habían dejado marchar para que no estallase la guerra. La Abuela Nanny era una líder muy prudente.

Macandal estaba hecho de otra madera. Deirdre se alegró de que nadie pidiese a Victor que se uniera a una expedición de castigo.

En el período que siguió, gendarmes, soldados y voluntarios se desplazaron una y otra vez a las montañas, pero, tal como Deirdre había esperado, sin obtener ningún resultado. Algunas patrullas regresaron sin haber visto ni a un solo cimarrón, otras no volvieron. Llamaba la atención el que nunca hubiera supervivientes. Al enfrentarse con el enemigo, las patrullas eran exterminadas. Y volvieron a producirse más atentados con veneno. Macandal parecía cumplir su amenaza. De algún modo conseguía avivar a tal punto el odio de los esclavos domésticos hacia sus patrones que aquellos estaban dispuestos a envenenar a familias enteras. El modelo siempre era el mismo: los asesinos desaparecían tras el crimen y ninguno de los demás esclavos sabía adónde habían huido. Cuando había más cómplices no solían revelar nada, y, naturalmente era impensable torturar hasta la muerte a todo el servicio doméstico. Al asesino casi nunca se le atrapaba, y cuando eso ocurría, él mismo acababa poniendo fin a su vida con veneno. Deprisa y relativamente sin dolor, lo que todavía enfurecía más a los hacendados. Los blancos morían despacio y víctimas de un intenso sufrimiento.

Los médicos de la colonia —incluso si se les avisaba a tiempo, antes de que las víctimas dieran su último suspiro— eran incapaces de evitar la muerte. Volvieron a llamar a Victor en dos ocasiones para que acudiera a unas plantaciones a cuyos propietarios habían atacado, pero le fue imposible salvar a nadie. Pocas veces había supervivientes como Yvette Courbain. Los autores solían ser esclavos que hacía muchos años que trabajaban en el servicio doméstico y conocían qué les agradaba o desagradaba a sus señores. No cometían errores como el de Assam, que podría haber mezclado el veneno en la salsa y haber acabado así con todos los miembros de la familia.

En el campo cada vez se extendía más el miedo y crecía la atmósfera de desconfianza entre señores y esclavos, pero la vida en Cap-Français transcurría sin verse perturbada por la guerra de Macandal contra los blancos. Exceptuando el palacio del gobernador y las residencias de los hacendados ricos, que tenían incontables sirvientes, los habitantes de la ciudad disponían de pocos esclavos. Además, puesto que estos tenían prohibido reunirse, Macandal no encontraba ninguna audiencia suficientemente grande para pronunciar arengas revolucionarias. Según los rumores, por las noches escogía plantaciones y predicaba a sus trabajadores, quienes pronto veían en él a una especie de mesías. Entre los negros de Cap-Français era una leyenda, si bien las opiniones diferían acerca de los actos del rebelde. Sirvientes domésticos como Amali y Sabine, que llevaban una buena vida y eran leales a sus señores, se mostraban igual de disgustadas que los blancos.

—¡No es justo envenenar gente, da igual lo que hayan hecho! —sostenía Amali ante Lennie, quien parecía algo vacilante. Acababa de llegar a sus oídos noticias sobre otro envenenamiento. En esta ocasión habían muerto cuatro niños pequeños con sus padres—. Algunos backras son malos y tratan mal a sus negros. Pero envenenarlos...

Deirdre, que había escuchado la conversación, se sentía intranquila porque era evidente que Lennie aprobaba el asesinato o había defendido a sus autores. Sin embargo, todos sus esclavos tenían salvoconductos. Seguro que no había de temer un ataque por parte del joven negro.

Ella misma no creía correr ningún peligro, al menos en Cap-Français. Y Jacques Dufresne había establecido en Nouveau Brissac un sistema de seguridad infalible: todos los criados tenían que probar un poco de la comida antes de servirla a los señores.

—Esto funcionará mientras ellos mismos no se ofrezcan en sacrificio —señaló Victor—. Si ese Macandal es tan carismático como para convencer a criados fieles de que maten a traición, también conseguirá manipularlos para que mueran con sus señores. Llegado el caso, los hacendados serían víctimas de una muerte menos dolorosa, padre. Por lo que hemos visto, hay distintos venenos, y de forma voluntaria nadie querrá acabar de una manera tan horrorosa como los Sartremont últimamente.

Las últimas víctimas en los alrededores de Nouveau Brissac habían ingerido menos veneno que los Courbain. Durante dos días, Victor había luchado desesperadamente por salvarles la vida. En la plantación de la familia de Victor, Deirdre siempre tenía un poco de miedo antes de las comidas; habría preferido llevarse su propia comida. Por lo demás, disfrutaba de las excursiones al campo. Por muy bonita y hospitalaria que fuera su casa y por mucho que amase a su marido, tras su llegada a Cap-Français Deirdre pronto había empezado a aburrirse. Su esposo la había introducido en la sociedad de la ciudad y ya el primer día que asistieron a la iglesia la presentó a las familias más importantes, pero no había parejas de su edad en las clases altas. Por joven y bulliciosa que pareciese la ciudad a primera vista, cuando uno visitaba los mercados y el barrio portuario, la mayoría de los individuos que poblaban las calles, que abrían negocios de servicios y talleres eran mulatos o se componían de miembros negros y blancos. Por ejemplo, un carpintero se había casado con su esclava negra y con ello la había hecho libre. Deirdre estuvo hablando con la mujer y enseguida comprobó que con ella habría tenido más temas de conversación que con las señoras de la iglesia que la invitaban a tomar el té. Pero naturalmente no era apropiado para un miembro de la familia Dufresne tratar con gente tan sencilla. ¡Y la buena sociedad de la ciudad estaba muy pendiente de lo que era o no apropiado!

De modo que también Victor le llamó la atención un día por salir a pasear a caballo sin compañía.

—La hermana del párroco me ha dicho... —le comentó algo turbado.

Fabienne Roches administraba la casa del clérigo y en muchos aspectos controlaba mejor a la comunidad que su religioso hermano. Si hubiese tenido una amiga con la que cotillear, Deirdre habría hablado más de «sofocar» que de «controlar».

—Que vayas a pasear sola a caballo es impropio, y más aún lejos de las calles de la ciudad.

Deirdre se quedó mirándolo.

—No. He ido a la bahía siguiente y... —Se interrumpió en el último momento. Seguro que era mejor no comentar que también había nadado—. He galopado por la playa —dijo obstinada—. ¿Qué hay de impropio en eso?

—En realidad nada —susurró Victor—. Pero ya sabes cómo es la gente. Hablan. Y yo como médico y tú como esposa del médico... bueno, esperan de nosotros una conducta modélica. Y que tú te vayas a cabalgar sola no encaja con la imagen que ellos se han formado.

—Si tengo que llevar a Lennie trotando detrás de mí no llego a ningún lado —objetó Deirdre—. Y tú sueles llevarte los caballos, así que él se queda sin montura...

Victor apretó los labios.

—Aquí tampoco se encontraría conveniente que salieras a montar sola con un negro —indicó—. Se podría pensar que tú...

Deirdre lo miró incrédula.

—¿Los ancianos Roche podrían pensar que yo... y Lennie? —Se echó a reír.

En Jamaica eso habría sido absurdo, las relaciones entre mujeres blancas y esclavos eran inconcebibles y se aceptaba que un negro acompañase a una mujer cuando salía a montar sola. Aquí sin embargo... El Code Noir incluía normas para hijos de mujeres blancas con esclavos. Parecía que solían darse tales relaciones.

—Así pues, ¿qué crees que debo hacer? —replicó a su marido—. ¿Dejar que *Alegría* se muera de aburrimiento en el establo?

Victor sacudió apesadumbrado la cabeza.

—No, claro que no, pero... si al menos no salieras a cabalgar fuera de la ciudad... Yo estaré encantado de acompañarte... y si no... A lo mejor se podría enganchar a *Alegría* una pequeña carroza; sería tal vez más aceptable...

Deirdre arqueó una única ceja y castigó a su esposo poniéndole morros los dos días siguientes. En Nouveau Brissac Victor consiguió salir a montar con ella, pero incluso allí abundaban los pacientes que requerían su atención. ¿Y el purasangre *Alegría* en medio del tráfico de la ciudad de Cap-Français tirando de un carro? Deirdre se preguntaba cómo alguien podía siquiera plantearse tal idea. Si el caballo se desbocaba tirando del ligero carro podía matarse y también matarla a ella.

Así que siguió saliendo a pasear a caballo a escondidas. Se esforzaba en que ni Victor ni las damas de la congregación se enterasen de sus excursiones. Y lo consiguió, pues las señoras prácticamente no salían de sus casas y la propiedad de los Dufresne quedaba muy lejos de la ciudad. Un manglar separaba la ciudad de la bahía preferida de Deirdre. Pero los secretos suponían una carga para ella y era consciente de que se construirían más viviendas en los alrededores. Entonces tendrían vecinos y, con un poco de mala suerte, desaprobarían sus salidas y la criticarían.

Tampoco las veladas que pronto se celebraron en casa de los Dufresne absorbían lo suficiente a Deirdre. Claro que se lo pasaba bien arreglándose para esas ocasiones, pero, una vez más, sus invitados solían ser gente mayor y muy distinguida, como sus suegros. En contadas ocasiones se celebraban bailes y entonces Deirdre tenía que conformarse con que Victor la sacara a bailar un minué, normalmente lento y anticuado. El médico, a su vez, tenía pocas ganas de bailar. No le importaba para nada la vida social y después de pasarse el día trabajando solía estar demasiado cansado para divertirse realmente. Muchas veces lo llamaban para una urgencia, justo cuando iban a salir. Entonces Deirdre tenía que quedarse en casa, pues, cómo no, no estaba bien visto que la esposa de un médico fuera sin su marido a reuniones sociales, conciertos o funciones de teatro.

Así pues, Deirdre pasaba días y noches en soledad, y por mucho que Victor se esforzaba por animarla con sus muestras de cariño nocturnas, solo revivía cuando pasaban el final de semana en Nouveau Brissac. Allí Victor recuperaba fuerzas y podía dedicarle más tiempo, y los Dufresne y sus vecinos también invitaban a gente más joven: a fin de cuentas, Gisbert y Gérôme todavía estaban buscando novia.

«Las cosas mejorarán cuando tengáis un hijo —la consolaba Nora en sus cartas. Ella era la única a quien Deirdre confiaba su insatisfacción—. ¿Cómo va todo? ¿Todavía no hay ninguna señal?»

Deirdre tenía que responder que no. También eso le amargaba un poco la vida en Saint-Domingue. Había esperado quedarse pronto embarazada, pero cada mes que pasaba era una decepción. Eso dificultaba un poco también la relación con Louise Dufresne. La suegra había contado con que los nietos llegaran pronto y no se inhibió a la hora de preguntar a Deirdre y Victor si se esforzaban lo suficiente a ese respecto.

—La gente está empezando a murmurar —señaló de mal humor cuando Deirdre negó de nuevo a su pregunta acerca de su «estado de buena esperanza» tras seis meses de matrimonio—. No estarás haciendo algo para evitar el embarazo, ¿verdad?

Y miró con severidad a su nuera, que volvió la cabeza. Entre los colonos ingleses de Jamaica no era normal hablar de forma tan directa sobre «asuntos sexuales».

—Belle-mère, lo que más deseamos Victor y yo es un hijo —respondió solemnemente—. Y no sé cómo... cómo... —Se ruborizó.

La dama arqueó las cejas.

—Victor es médico —dijo—. Pero claro, en una casa tan pequeña como la vuestra...

Deirdre casi se habría echado a reír. Era demasiado absurdo pensar que en su casa no iba a caber una cuna. Sus suegros todavía no la habían visto, pero una semana antes Gisbert se había hospedado allí y se había mostrado aún más disconforme que Gérôme con las dimensiones del edificio.

—Puedes estar segura, belle-mère —aclaró Deirdre, para entonces ya molesta—, que un hijo siempre será bien recibido. Tendríamos sitio para dos o tres, una cuna no necesita un salón de baile. Sucede que simplemente aún no hemos recibido la bendición divina —añadió astutamente. Por fin podía sacar partido de su relación con la hermana del párroco, que había comentado lo sorprendida que estaba de que Deirdre conservara el vientre plano—. No podemos hacer más que seguir rezando por ello.

Louise Dufresne soltó una especie de gañido no muy propio de una dama.

—Si queréis limitaros a eso, lo veo difícil para tener un nieto.

Deirdre volvió a esforzarse por contener la risa o una carcajada histérica. Sabía que los franceses consideraban a los protestantes ingleses unos beatos aburridos. Recurrió entonces a una dulce sonrisa.

—Belle-mère, hacemos lo que podemos...

Amali, por el contrario, quedó encinta pocas semanas después de casarse. Deirdre sintió una pizca de envidia cuando su criada se lo comunicó llena de orgullo.

—No será esclavo, ¿verdad? —preguntó—. Ya que ahora soy liberta...

Deirdre asintió.

—Tu hijo nacerá libre —tranquilizó a la feliz joven negra.

—Eso significa una gran responsabilidad para ti, Amali —comentó Victor—. Tiene que aprender qué hacer con su libertad.

Amali rio.

—Ande, mèz Victor, ¿qué va a tener que hacer? Se quedará con ustedes, igual que Lennie y yo. ¿O es que no quiere usted a mi hijo, missis Deirdre?

Deirdre le aseguró que el niño sería bien recibido en la familia Dufresne. También expresó su satisfacción por la lealtad de Amali y Lennie. Sin embargo, no tardó en demostrarse que el apego de Amali hacia la familia blanca no era compartido por su marido. Una mañana, un par de semanas antes del alumbramiento, Lennie desapareció de repente. Amali lo buscó en la casa y en el establo, donde se encontró con tres caballos inquietos y hambrientos. Lennie se había olvidado de darles de comer, lo que alarmó a la muchacha. Fuera de sí, despertó a Deirdre y Victor. No podía imaginarse qué le habría sucedido a su marido y fantaseaba con horribles accidentes y delitos.

—A lo mejor salió por la noche para echar un vistazo a los caballos y alguien... ¡Tiene que informar a la gendarmería, mèz Victor!

Victor sacudió la cabeza y se echó el batín por encima.

—¡Me lo temía! —suspiró—. Ya hacía tiempo que le veía esa... hum... expresión en los ojos. Y en su trabajo no se aplicaba demasiado últimamente...

Amali quiso protestar, pero Victor continuó:

—Voy a ver si me entero de algo en la ciudad antes de ir a la gendarmería, se lo podrían tomar a mal.

—Pero si... si lo han secuestrado o... —Amali miraba a su señor sin entender.

Victor se rascó la frente.

—¡Un poco de sensatez, Amali! ¿Quién iba a estar acechando a Lennie en nuestro jardín? No, no, tiene que haberse ido por voluntad propia.

Los ojos de Amali se abrieron de par en par.

—¿Que se ha ido? ¿Hui... huido? ¿Solo, sin mí?

Deirdre la rodeó con un brazo.

—Tranquila, tiene un salvoconducto. Pero sí, sin ti. Y me temo que no podemos obligarlo a que regrese...

Victor estaba convencido de esta explicación, mientras que Deirdre se la creía tan poco como Amali. A esta no le había llamado la atención el modo de trabajar de Lennie. Ya de por sí, no tenía muy buena opinión de él al respecto y estaba acostumbrada a controlarlo y también a ir arreglando las cosas detrás de él. Pero Victor lo encontró muy pronto en un cuchitril del puerto. No fue difícil, el médico tenía muchos contactos entre los mulatos gracias a su profesión y Lennie no se había molestado en borrar sus huellas. Habló con toda tranquilidad cuando el doctor fue a verlo.

—Yo ahora trabajo aquí —declaró. Acababa de limpiar la mesa, así que el patrón lo había contratado como ayudante—. Me gusta más que el trabajo del establo. Y nadie me lo puede impedir. Soy libre, ¿no?

Y sonrió triunfal. Había tardado en comprender lo que era un salvoconducto, pero estaba decidido a aprovecharlo.

Victor alzó las manos.

—No eres ningún esclavo, Lennie, tienes razón, pero sí eres el marido de Amali. Puedes irte de nuestra casa, pero tu esposa y tu hijo...

Lennie emitió una especie de gemido.

—¿A quién le gusta esa gorda? —soltó groseramente—.

Ahora con hijo no me lo paso bien. Tengo mujer nueva en el puerto.

Victor ya iba a reprenderlo por su desvergüenza, pero se remitió al contrato sobre el sacramento del matrimonio. Como era de esperar, Lennie no había entendido ni una pizca. Doug Fortnam siempre había respetado los casamientos de sus esclavos, pero si querían disolver su unión tampoco objetaba nada. Lennie estaba bautizado, pero no tenía miedo de los perjuicios que pudiera sufrir su alma inmortal solo porque diera la espalda a su esposa y su hijo nonato.

Mientras Victor se lo explicaba, esforzándose en describir de forma espantosa su posible condena al infierno, el negro se limitó a sacudir la cabeza y se retiró a la cocina de la taberna.

—Le llevará un pollo a algún hombre obeah —vaticinó Deirdre por la noche, después de que Victor le contara su encuentro con Lennie—. Eso calma los espíritus y todo va bien. Entretanto Amali está sufriendo. Así no se había imaginado ella la libertad —añadió—. Habría preferido que ambos permanecieran juntos como esclavos.

Victor hizo un gesto de impotencia.

—No por ello él la habría querido más. Claro que tendría que haberse quedado y ninguna mujer del puerto lo habría mirado siquiera. No siempre es sencillo...

Un par de semanas después, Amali trajo al mundo una niña negra como el carbón a la que bautizó como Liberty. Para Deirdre fue una prueba de que estaba olvidándose de Lennie y volvía a recuperar la confianza en su libertad, si bien Amali aprovechó la primera oportunidad que se le brindó para correr al puerto a presentarle la niña a Lennie. Horrorizada, se lo encontró cerca de la taberna, en un cobertizo que compartía con una mulata ordinaria y maquillada de blanco brillante. Casi no le dedicó ni una mirada a la niña, ni a Amali. En lugar de ello, hizo gala de su «mujer blanca», como si Amali tuviera que admirarlo por eso. Y además fanfarroneó con que le gustaba su nuevo trabajo.

—Yo nunca querer ser criado de la casa ni mozo de cuadra. Es cansado. ¡Esto es mejor! —señaló—. ¡Yo no sirvo a backras blancos!

Amali hizo un gesto de resignación. El nuevo jefe de Lennie era un mulato grasiento en cuyo establecimiento pocas veces entraría un blanco, pero Lennie tendría que rebajarse a servir una cerveza a los pocos que sí lo hicieran. Sin embargo, él consideraba que su actitud era una pequeña victoria en la liberación de los esclavos y se veía a sí mismo como un héroe. Amali conservó la calma hasta llegar a casa. Allí se desmoronó y no dejó de llorar. Cuando el tercer día no acudió a trabajar, Deirdre fue a verla a su alojamiento.

—Vuelvo mañana, missis —gimió Amali, sintiéndose culpable. Creía que Deirdre iba a exigirle sus servicios—. Ahora no puedo... estoy enferma... —En efecto, estaba en cama y con el cestito de Liberty al lado.

Deirdre asintió comprensiva y acercó una silla a la cama. Había llevado una cesta pequeña que depositó junto a Amali.

—No vengo como missis —dijo con dulzura—, sino como amiga. Para charlar. Y he creído que con esto charlaríamos mejor... —Con un gesto teatral levantó la tapadera del cesto y un exquisito aroma llenó la habitación. Amali olisqueó.

—¿Pastel de miel? —preguntó, y al instante interrumpió la llantina.

—Según la receta inglesa de mi madre —confirmó Deirdre—. A Sabine le ha salido casi tan bien como a Mama Adwe... ¿Te acuerdas de los trozos que le birlábamos en la cocina?

En el rostro de Amali, todavía humedecido por las lágrimas, apareció una sonrisa y Deirdre observó satisfecha cómo hurgaba hambrienta en el cesto. Sabine se había quejado de que Amali llevaba días sin comer nada.

—Lo siento mucho —se disculpó una vez más la muchacha—. No debería dejarla en la estacada, missis. Ayer se celebró esa reunión de la iglesia, ¿verdad? ¿Y quién le ciñó el corsé? ¿Sabine? Y ese pelo...

Deirdre la interrumpió con un gesto de la mano.

—Nafia ya lo hace muy bien. Y en cuanto al peinado, solo había de pasar la prueba delante de la horrible Fabienne Roches y no del gobernador. Y ella considera una frivolidad todo lo que se aparte de la toca de una monja. Así que no fue tan mal. Cuéntame lo que dijo Lennie. No va a volver...

Fue una afirmación más que una pregunta, pero a Amali le soltó la lengua. Otra vez entre sollozos, le contó su visita al barrio portuario.

—¡No es un buen hombre! —resumió—. ¡Y además es tonto!

Deirdre tuvo que contener la risa, aunque se le escapó un «¿Y eso te extraña?».

Amali la miró sorprendida.

—¿A usted no? Bueno, yo siempre había pensado... Sí, Lennie es algo lento, pero en realidad muy inteligente y...

Deirdre inspiró hondo.

—Amali, todos aquellos que lo conocen lo consideran tonto y holgazán. Solo lo trajimos aquí por ti, aunque Kwadwo ya se temía lo peor para los caballos. ¿No has visto que Victor comprueba cada noche el horno de la cocina para que Lennie no nos incendie la casa por descuido?

Amali se la quedó mirando.

—Pero... pero ¡tendrías que habérmelo dicho! —protestó, olvidándose por un momento del tratamiento formal que hacía de su amiga su missis.

Deirdre sonrió.

—No me habrías creído. Estabas enamorada...

—Pero ¡aun así tendrías que habérmelo dicho! —insistió Amali—. A ver: fue muy amable por parte de mi missis que aceptara en casa a un negro tonto y vago solo por mí. Pero ¡mi amiga Deirdre tendría que habérmelo dicho!

Deirdre levantó las manos en gesto de disculpa.

—No quería ofenderte, Amali. Nadie quería hacerlo, tampoco Sabine y Nafia...

—Sabine no es mi amiga y Nafia todavía es pequeña. Ellas no cuentan. Pero tú... tú... Las amigas se dicen estas cosas. O al menos lo intentan.

La mirada de Amali todavía era reprobatoria, pero cogió otro pedazo de pastel de miel. Parecía, pues, dispuesta a perdonar a su amiga.

Deirdre suspiró.

—De acuerdo, la próxima vez te lo digo. Si es que hay próxima vez. Y ahora olvidémonos de esta historia, ¿de acuerdo? Y deja de llorar. Ese tipo no vale la pena. ¡Que sea feliz con su puta del puerto!

Tal como había prometido, Amali acudió al trabajo al día siguiente. Y pocos días después empezó a coquetear con el lechero Jolie, un joven jovial, con la piel color café con leche y una mirada resplandeciente.

—Pronto te quedarás sin doncella —profetizó Victor a su esposa, cuando advirtió lo que sucedía—. Si Jolie se casa con ella, se marchará. Me temo que se ve tan poco atada por el sacramento del matrimonio como Lennie. ¿No deberías hablar con ella sobre este tema?

Deirdre se demoró en responder.

—Yo no soy su madre espiritual, no considero tan importante el sacramento —dijo—. Como señora lamentaría que se marchara, pero Amali es libre. Y como amiga digo: Jolie es un tipo amable y, gracias a Dios, no es estúpido.

7

—¿Tampoco quieres venir esta vez a ver a las chicas? Sánchez golpeó a Bonnie con el puño en broma. Preguntaba pese a saber ya la respuesta. Bobbie tampoco se sumaría en ese puerto al grupo que acompañaba al intendente del *Mermaid* a los burdeles.

El pequeño y nervudo artillero tampoco se había cambiado para salir. Bonnie llevaba la ropa de a bordo, pantalones de lino cortos y anchos y camisa de cuadros, mientras que Sánchez, Jefe y los demás se habían engalanado para el desembarco. Sánchez combinaba los calzones y la chaqueta de brocado con el tricornio, Jefe llevaba chaleco y chaqueta de seda, así como una camisa con chorreras de un blanco inmaculado además de calzones, medias y zapatos de hebillas plateadas.

Bonnie sonrió tímidamente y sacudió la cabeza.

—No, Sánchez, no me hace falta. Voy a ver si lanzo el sedal y pesco una buena presa.

Mientras que en los dos años que llevaban a bordo del *Mermaid* Jefe se había convertido en un hombre hecho y derecho y con una buena musculatura, Bonnie conservaba el mismo aspecto de jovencito huido de casa. Desde hacía un tiempo aprovechaba los paseos por tierra para pasarse por las tabernas portuarias y preguntar por puestos de grumete. Al mismo tiempo obtenía información sobre lo que habían cargado los barcos y qué ruta iban a tomar.

—Bueno, que tengas suerte entonces —dijo Sánchez resignado—. Aunque no apruebo tu obstinación. ¡Deberías darte una alegría, pequeño! No es sano... ¡dos años sin una mujer!

Pitch, el cocinero cojo, soltó una risita.

—Bueno, su último revolcón lo escarmentó para años...

Bonnie se sonrojó y los hombres lo jalearon cuando se dieron cuenta. Comprendían que a un hombre se le hubiese contagiado el «mal francés».

A Bonnie, sin embargo, le daba rabia que ese asunto siempre le resultase lamentable, y todavía más cuando no tenía nada de que avergonzarse. A fin de cuentas, no padecía ninguna enfermedad venérea. Si no lo desmentía era solo porque le servía de camuflaje. El que los hombres supusieran que padecía la enfermedad que los españoles e ingleses denominaban «mal francés» y los franceses «español» la ayudaba a sobrevivir en el *Mermaid*. Una tarea, por lo demás, menos difícil de lo que ella se había temido. Los piratas casi nunca se desvestían, y los anchos ropajes que llevaban a bordo también habrían ocultado formas más femeninas que las del flaco cuerpo de Bonnie. Los hombres se explicaban su falta de barba por su juventud y, para orinar, la chica se había agenciado un tubo que siempre llevaba consigo. Con un poco de práctica, había llegado a desviar el chorro de orina que, gracias a los anchos pantalones, lanzaba hacia delante como si fuese un chico.

El único problema era la menstruación. Aprovechaba cualquier oportunidad para sisar retales o esponjas para detener discretamente la hemorragia, pero a veces los hombres descubrían manchas en la ropa o la orina con sangre cuando «Bobbie» orinaba a su lado por la borda. Bonnie habría sido incapaz de dar una explicación, pero para su sorpresa ningún pirata se sorprendía por ello; antes al contrario, lamentaban solo que su joven artillero sufriera tan perniciosa enfermedad. Todos sabían que se contagiaba por relacionarse con mujeres sucias, y la sangre en la orina era uno de sus síntomas. Para alivio de Bonnie, los piratas se explicaban así su abstinencia. Tomaban el pelo al «pequeño» porque no les acompañaba al burdel, pero no sospechaban nada.

—¡Yo me haría ver por un matasanos! —propuso Sánchez—. Tiene que haber curas que mejoren tu estado. Y en todos los puertos hay algún medicucho de fiar. Pero nuestro Bobbie prefiere ahorrar...

—¡Un día nos despertaremos y le habrá comprado el barco al capitán! —advirtió Pitch con cara de bonachón.

Bonnie sonreía y callaba. Era cierto que ahorraba todo lo que recibía por su parte en el botín y, de hecho, no había nada que le produjera mayor placer que dejar que todas esas monedas de plata y ducados de oro que guardaba en su hamaca resbalaran entre sus dedos. Nunca gastaba dinero en chucherías o en ropa elegante como Jefe y los demás, tan solo se había hecho hacer en una ocasión una funda apropiada para su cuchillo de carnicero. Así que miraba complacida cómo aumentaba su fortuna. Al principio, como aprendiz de artillero, su parte en el reparto había sido irrisoria. Pero desde que se había convertido en artillero y luego lo habían nombrado primer cañonero, la suma que recibía era muy jugosa.

Bobbie estaba considerado el artillero con más puntería que el capitán Seegall y sus hombres habían conocido. El joven parecía poseer un sexto sentido para ajustar los cañones y con su vista de águila distinguía los posibles blancos antes que nadie. El orondo maestre artillero Twinkle lo había propuesto como su sucesor antes de dejar el barco un par de meses antes.

—¡Vivo! ¡Y por su propio pie! —como no se cansaba de recordar Sánchez.

Sucedía en contadísimas ocasiones que un pirata se retirara por su propio pie (¡y menos con los dos pies!). La mayoría de los hombres acababan en el mar, arrastrados por la tormenta o caídos en una batalla. Sin embargo, Twinkle había hecho como Bonnie: había ahorrado su dinero y cuando se enamoró de una puta del puerto en Barbados, se la compró al macarra y se instaló junto a Bridgetown con la agradecida joven. Ambos se ocupaban de una tienda similar a la de Máanu en Gran Caimán y abastecían al *Mermaid* cuando el capitán Seegall navegaba por allí y fondeaba en una retirada bahía. Twinkle ayudaba también a su anterior capitán en la venta del botín obtenido en alta mar. Para los piratas, esa tienda constituía un sólido baluarte en tierra firme.

Y el maestro de Bonnie se había convertido para ella en un modelo también en ese aspecto: la muchacha quería navegar un par de años más y luego coger el dinero, asentarse en un lugar y ¡hacerse honrada! Soñaba con una primorosa casita en alguna isla y una tienda en la que las mujeres de los trabajadores y comerciantes intercambiaran cotilleos. Y de algún modo, Jefe, a quien en sus fantasías nunca llamaba César, aún formaba parte de sus sueños. En su imaginación lo veía con un mulo enjaezado o un caballo tirando de un carro y repartiendo artículos, lo oía bromear con los clientes y disfrutaba de la sonrisa que el muchacho le dirigía a ella y solo a ella en esas fantasías. Bonnie podía abandonarse a esas ensoñaciones durante horas cuando se sentaba en la cofa y oteaba el mar azul e infinito. Se consolaba con ellas cada noche antes de ir a dormir, cuando los hombres que la rodeaban roncaban y gruñían y el aire del camarote de la tripulación apestaba a cuerpos mugrientos.

Pero la joven nunca se habría quejado. Tampoco contaba los días que le quedaban para poner fin a esa clase de vida e iniciar una nueva. En realidad, su existencia en el *Mermaid* era la mejor que nunca había tenido. Nadie la pegaba, la humillaba ni abusaba de ella. Tenía su propia hamaca y un poco de espacio bajo cubierta que nadie le disputaba y en el que también podía guardar su dinero sin temer que fueran a robárselo. Era seguro que tres veces al día comían. La comida era bastante monótona: la mayoría de las veces el desayuno estaba compuesto de pan marino hecho con una papilla de harina, ron y azúcar, y la comida de *salmagundi*, una especie de ensalada de trozos de pescado marinados, tortuga y carne combinados con verduras, palmitos, vino aromático y aceite; pero Bonnie siempre acababa saciada. Comía mucho, pues el trabajo a bordo era duro.

Entre los agitados días en que perseguían y abordaban barcos, los hombres se ocupaban del mantenimiento y cuidado del *Mermaid*. Se calafateaban las fugas con estopa y se sellaban con brea caliente, y se cosían y reparaban las velas. De vez en cuando la tripulación también buscaba bahías resguardadas para combatir la carcoma o librar de balánidos el casco. Los cangrejos solían instalarse cómodamente allí y entorpecían el avance del barco.

Bonnie siempre tenía que arrimar el hombro, incluso aunque el «pequeño cañonero» no fuera tan fuerte como Jefe y los demás. A veces acababa hecha polvo, pero como era joven y sana casi siempre se reponía enseguida. La muchacha era respetada y querida. En conjunto se sentía bien en el barco. Los piratas formaban una comunidad, casi como la familia que la joven nunca había tenido.

—¡Un barco propio sería mi mayor ilusión! —aseguraba Jefe—. ¡Uau, un velero con un patrón negro! Todos los capitanes de puerto tendrían que decir «sí, señor».

Los ojos de Jefe brillaban solo de pensarlo, y Bonnie sentía una punzada de dolor. ¿Soñaría su amigo realmente con tener un barco? No podía negarlo: mientras que las incursiones del *Mermaid* para ella no eran más que un medio para alcanzar un objetivo, Jefe parecía disfrutar intensamente de los abordajes, los combates, el humo de la pólvora y el peligro. También había ascendido con celeridad en la jerarquía del *Mermaid*, aunque no todavía hasta uno de los puestos elegibles por la tripulación. El puesto que antes podría plantearse ocupar era el de intendente, pero, como tal, Sánchez tenía experiencia y era apreciado por todos. Seguro que los hombres no lo destituirían.

No obstante, Sánchez no era intransigente e incluía de buen grado a Jefe en las discusiones sobre asuntos que le resultaban difíciles, recompensándole después como correspondía. El joven pirata se encontró de nuevo y de forma imprevista desempeñando las funciones de escribano y contable del barco, un trabajo que no le gustaba pero con el que se ganaba el respeto de los demás. Nadie en el *Mermaid*, ni siquiera el capitán Seegall, dominaba tan bien como Jefe la lectura y la escritura. Al principio, incluso se habían burlado de él llamándole maestro, sobre todo porque al principio todavía daba clases a Bonnie. Para que la broma cesara, Jefe tuvo que romper algunas narices, y después dejó de enseñar a leer y escribir a su amiga.

A Bonnie le dolió, no solo porque apreciaba adquirir nuevos conocimientos, sino también porque disfrutaba de poder estar a solas con el muchacho. Sin embargo, Jefe parecía vivir como una carga sus propios conocimientos. Estaba decidido a adaptarse en todo a los piratas y convertirse en el vivo retrato del César Negro.

—¿Qué hay de malo? —preguntó con terquedad cuando Bonnie le habló un día sobre este tema.

La muchacha parecía compungida.

—Al César Negro lo ahorcaron —respondió, sin atreverse a mirarlo.

—Aquí me separo de vosotros —señaló Bonnie cuando atisbaron las primeras casas de Le Marin.

El *Mermaid* había fondeado en una bahía escondida de Martinica y los hombres se dirigían a pie a la capital para dedicarse a sus placeres o tareas. El capitán y la mitad de la tripulación habían salido el día anterior y ese día les tocaba al intendente y a la otra mitad. Jefe había refunfuñado por formar parte del segundo grupo, pero Bonnie estaba contenta de desembarcar la última. Así los resultados de las pesquisas que obtenía haciéndose pasar como posible futuro grumete todavía eran más recientes. Antes de llegar a la ciudad se separó de los demás, nadie tenía que verla con el variopinto grupo de corsarios que esa noche haría estragos en burdeles y tabernas.

Bonnie a veces se preguntaba qué pensarían en los bares y cuchitriles de prostitutas portuarios sobre la tripulación del capitán Seegall. Deberían saber que esos hombres eran piratas, pero imperaba la ley del silencio. La joven no sabía de ningún barco pirata que hubiese sido delatado en los bajos fondos.

Paseó por el puerto y observó un barco anclado. Se trataba de una embarcación francesa de tres mástiles que atrajo su atención.

—Saint-Domingue —informó un marinero que haraganeaba por ahí cuando Bonnie le preguntó por el destino del sólido carguero. Por fortuna entendía el inglés, pues el francés de la chica dejaba que desear.

—¿Traéis de ahí caña de azúcar? —preguntó Bonnie—. ¿No la cultivan aquí mismo? —El azúcar era lo único que podía exportarse de Martinica. Por tanto, era absurdo que lo importaran de La Española.

El marinero sonrió irónico.

—¿Quién te lo ha dicho? —preguntó—. Ah, vale, por el calado del barco... ¡Tienes buen ojo, pequeño! Pues no. Venimos cargados hasta los topes de Francia. Un montón de trastos caros para los hacendados de las colonias. Algo hemos descargado aquí, pero la mayor parte va para los ricachos de Saint-Domingue. Alfombras, muebles... Allí todos los palacios se construyen como Versalles.

Bonnie se emocionó. ¿Un barco cargado de objetos de lujo? Tenía pinta de ser una de esas presas que el *Mermaid* solo pillaba cada dos meses. Ahora únicamente tenía que averiguar cuándo zarpaba. Pero primero disfrutaría de un buen plato en un restaurante de pescado del puerto. Se dirigió a uno de los locales que prometían un buen servicio y se imaginó que Jefe la acompañaba. Sería bonito sentarse junto a él a una mesa con mantel y conversar relajadamente. No le importaría volver a convertirse en una muchacha al lado de él en lugar de estar ocupándose de intercalar maldiciones y obscenidades cada vez que hablaba para confundirse así con los demás hombres.

Eligió una mesa junto a la ventana y se quedó ensimismada contemplando el mar. No se sentía desdichada con su vida de pirata, pero también era capaz de imaginarse siendo mucho más feliz todavía.

El capitán Seegall se puso tan contento con la perspectiva de apropiarse de la carga del carguero francés como su primer cañonero. Enseguida reunió a su tripulación cuando Bonnie, ya de noche, le contó sobre la apetecible presa. El barco zarpaba hacia La Española por la mañana y Seegall decidió seguirlo de inmediato para que no se le escapara. Para Jefe y los demás esto acortaba la estancia en tierra, pero el capitán no hizo concesiones.

—Ya lo celebraréis cuando tengamos la presa —dijo—. ¡Por mí, os podéis emborrachar tres días seguidos en Barbados! Twinkle tendrá trabajo suficiente para malvender todo el botín y hasta que lo haga tendréis tiempo libre. Así que cerrad el pico y poneos manos a la obra.

Lo último no ocurrió tan rápido, y al principio pareció que el timonel, todavía bajo las brumas del alcohol, cometía un error que dificultaría el abordaje del *Bonne Marie*. Los hombres dedujeron después que el capitán francés tal vez ya había caído en la cuenta de que los piratas irían tras él. O quizás había dado la casualidad de que los franceses tenían a bordo un grumete con el mismo ojo de águila que Bonnie. El hecho fue que en esta ocasión el camuflaje que solían utilizar los bucaneros no engañó a nadie.

El capitán Seegall había ordenado a sus hombres que siguieran al *Bonne Marie* intentando pasar inadvertidos y durante días los hombres creyeron que no se habían percatado de su presencia, hasta que pasaron por delante de Puerto Rico. Seegall quería atracar entre esta isla y La Española, más o menos a la altura de la isla Mona, y se sirvió de la estrategia habitual. Antes de que el *Mermaid* quedase expuesto a la vista, los hombres izaron la bandera francesa y saludaron amablemente a sus víctimas.

Al principio todo parecía ir sobre ruedas, los marineros que se dejaron ver en el *Bonne Marie* no daban señales de inquietud. Pero justo en el momento en que los corsarios izaron la bandera pirata, los cañoneros del barco francés hicieron un nutrido fuego a discreción.

—¡Responded! —gritó Bonnie, quien ya tenía los cañones cargados.

Los artilleros obedecieron de inmediato, pero no consiguieron evitar que pasara lo que los piratas intentaban evitar a toda costa: que el *Mermaid* se viera envuelto en un auténtico combate naval.

Podrían haber huido, por supuesto, su barco era mucho más rápido y maniobrable que el pesado carguero, pero eso habría significado abandonar la presa. Y ni el capitán ni sus hombres estaban dispuestos a ello.

Pese a todo, la batalla constituyó una experiencia ultrajante para los más jóvenes del barco. Jefe, quien esperaba en la borda para lanzarse al abordaje, vio desconsolado cómo el fuego enemigo también desgarraba las jarcias del *Mermaid*, y que no solo resultaban destruidas las velas y la cubierta del rival. Por fortuna, el armamento del *Bonne Marie* no era tan efectivo. Sus cañones se cargaban con balas normales y no con la munición especial de balas de plomo, clavos y esquirlas que utilizaban los piratas. Para los franceses, su opción era la inteligente: las balas producían daños más graves. Si se acertaba con el tiro, se lograba hundir el barco enemigo.

Bonnie y el resto de certeros cañoneros del *Mermaid* intentaron eliminar los cañones del *Bonne Marie*, mientras los diestros tiradores de la cubierta disparaban y preparaban de ese modo el abordaje. El timonel del *Mermaid* acercaba el barco cada vez más al *Bonne Marie* pese a los disparos, y los piratas que estaban en la cubierta lanzaron vítores cuando Bonnie acertó de pleno en una de las troneras francesas.

Pero de repente la cubierta del *Mermaid* explotó. El estrépito de la arboladura al desmoronarse y los mástiles al romperse fue ensordecedor. Los piratas comprendieron la gravedad del impacto, aunque en ese momento los combatientes ya no podían detenerse. Ya habían abordado al carguero y en la cubierta del *Bonne Marie* se libraba una lucha encarnizada. Era más dura que de costumbre, porque la tripulación del carguero había tenido tiempo para armarse y los hombres se defendían con rabia y determinación.

Pasaron horas y corrieron ríos de sangre hasta que el barco francés cayó en poder de los piratas. En ambos bandos, pues hasta la tripulación del capitán Seegall tuvo que aceptarlo, se produjeron pérdidas elevadas. Pero Jefe no reparaba en ello. Tras el abordaje había participado en el infierno de gritos, disparos a mansalva, chorros de sangre, intestinos desparramados, cuchillos y machetes. Clavaba su arma a ciegas en los cuerpos que salían a su encuentro y atizaba golpes por doquier como un guerrero furibundo. También contraatacaba con destreza cuando un buen espadachín se enfrentaba a él. En esos dos años, Jefe se había ejercitado para ser un pirata imbatible. Ya hacía tiempo que llevaba con orgullo una espada y apenas les iba a la zaga al capitán y a Sánchez en el arte de la esgrima. En ese abordaje también combatió con dos oficiales franceses y aulló de orgullo y alegría cuando los derrotó a ambos.

Finalmente también cayó el último hombre del *Bonne Marie* no dispuesto a rendirse. Jefe y los demás celebraron gozosos su triunfo. Los supervivientes estaban agotados, empapados en sangre y sudor, pero reían y se daban palmadas en los hombros, eufóricos tras el combate.

Esta vez, sin embargo, no los esperaban con entusiasmo en el *Mermaid*. Sobre el velero pirata flotaban nubes de pólvora, como en el *Bonne Marie*. En la cubierta superior reinaba el caos. Si bien los franceses no habían alcanzado la santabárbara, dos balas habían caído cerca de las cañoneras. Habían roto los tablones, desgarrado una parte de las jarcias y destrozado dos cañoneras. El encargado de la primera yacía con las extremidades destrozadas bajo el cañón. De los hombres que le habían ayudado a ajustar la pieza solo quedaban horrorosos trozos de los cuerpos. Y al lado...

—¡Bobbie! —gritó Jefe al ver el agujero abierto en la cubierta allí donde estaba el cañón de la chica—. ¡Oh, Dios mío, Bobbie! —Tuvo que reprimirse para no llamar a su amiga por su auténtico nombre. Desesperado, miró en el interior del cráter negro que la bala había horadado hasta la entrecubierta. Jefe temía adentrase ahí abajo.

—¡Aquí! —gritó de repente una débil voz—. Estoy aquí...

Sánchez, que había subido al *Mermaid* detrás de Jefe, se volvió hacia el sitio de donde provenía la voz. Y entonces vieron una pierna negra que sobresalía bajo un montón de restos de madera y jirones de velas.

—¡Ya vamos, Bobbie! ¡Aguanta! —gritó Jefe.

Corrió hacia el montón de escombros e intentó tirar de la pierna de Bonnie. Pero la muchacha gritó.

—Al menos no ha perdido la pierna —observó Sánchez—. Pero esta no es forma, César, primero hay que retirar lo que tiene encima. ¡Vamos, deprisa!

Entretanto, otros piratas se habían acercado a ayudarlos. Jefe se esforzó febrilmente por retirar los escombros; después del grito, Bonnie no había dicho ni una palabra. El joven negro era incapaz de imaginar que la muchacha fuera a morir sin que él pudiese ayudarla.

Pero entonces se oyó una exclamación animosa de Sánchez, el primero en llegar hasta el joven cañonero.

—¡Vive! Pero...

La camisa de Bonnie estaba empapada de sangre.

—Espera, voy a quitarte esto, chico...

Sánchez ya iba a desgarrar con el cuchillo el jubón de Bonnie, cuando el chico, que hasta el momento había guardado silencio, empezó a quejarse alterado.

—¡No! No, por favor... ¡Maldita sea, déjame en paz! Nadie... que nadie me toque... Solo... ¡solo puede acercarse César! César, tú... tú, maldito putero, ¡ven aquí! —Bonnie soltó esas palabras con tal rabia y desesperación que Sánchez retrocedió sobrecogido.

—Está bien, chico, si insistes... Ven, César, el pobre está

fuera de sí... A saber qué mosca le ha picado. Pero da igual quién le salve, así que ocúpate tú y ten cuidado...

Jefe se inclinó junto a Bonnie.

—¿Dónde te han herido? —le susurró.

—En el costado —gimió—. Tienes... tienes que llevarme abajo... solo tú... Si los otros me ven... entonces estaré perdida...

Jefe vio por dónde sangraba. Un trozo de tablón de la cubierta o de la borda astillada se le había clavado en el cuerpo cuando el impacto la había lanzado junto con los escombros por la cubierta, pero el resto eran contusiones y lesiones superficiales. La herida a la altura de la cadera era lo único grave. Seguro que todavía tenía clavadas astillas, había que lavarla. Pero entonces habría que quitarle los pantalones y todos verían que era una chica...

—¡Sácame de aquí! —suplicaba. Y luego bramó con su voz más profunda—: ¡Llévame el culo al catre, César! Que nadie me lo vea aquí. ¡Y vosotros largaos! Enseguida estaré bien. Solo necesito un poco... de tranquilidad.

Bonnie necesitó todas sus fuerzas y su coraje para dejar que Jefe la ayudase. El joven, fuerte como un toro, podría haberla llevado sin esfuerzo, pero si ella conseguía ir hasta su hamaca por su propio pie los demás se tranquilizarían y dejarían de fijarse en ella. Y así fue en efecto: cuando Bonnie logró ponerse en pie, los piratas continuaron la búsqueda por la cubierta de otros heridos y empezaron a hacer un balance general. Ese día habían logrado un gran botín, pero habían tenido que pagar un elevado tributo de sangre.

—Jorge está muerto y Perry también —informó Jefe a Bonnie mientras la ayudaba a bajar por la escalera de la entrecubierta—. Silver está herido y...

—¿Podrías llevarme en brazos ahora?

Bonnie desfalleció en cuanto desaparecieron de la vista de los demás. En la entrecubierta no había nadie, los otros heridos se atendían arriba, lo que era más sensato, como pronto comprobaría Jefe: resultaba casi imposible estimar la gravedad de la herida de Bonnie en la penumbra del camarote de la tripulación.

—¿Crees que es serio? —preguntó el joven mientras la depositaba en la hamaca. Bonnie gimió. La oscilante e inestable hamaca era un lugar inadecuado para acostar a un herido.

—No sé —susurró ella—. Solo sé que nadie tiene que verlo. Diremos que no es grave, ¿de acuerdo? Me dejas aquí y ya se curará. Ya no sangra más y...

—Pero no está limpia —objetó Jefe. Había descubierto la herida y a Bonnie no le quedaban fuerzas para protestar—. Solo es un corte profundo, pero muy sucio. Voy a buscar agua y lo limpio.

Bonnie soportó los dolores apretando los dientes cuando Jefe se ocupó de ella con una esponja y empleando un agua no especialmente limpia. Retiró un par de astillas más de la herida y consultó ansioso un libro que había cogido de la cabina del capitán Seegall.

The Surgeons Mate, de John Woodall, era un manual para el cuidado de enfermos y heridos que no faltaba en ningún barco pirata. Jefe se concentró en leer. También había cogido un par de ungüentos y vendas del botiquín del barco. La caja, que contenía cuchillos, tenazas para arrancar dientes, ventosas y muchas cosas más, se hallaba bajo la custodia del capitán. En Barbados, Seegall había pagado una buena suma por ese conjunto de utensilios y remedios, pero nadie en el *Mermaid* sabía cómo utilizarlos correctamente. A lo sumo el carpintero, que en esos momentos atendía a los heridos en la cubierta, era el que mejor se las arreglaba. Por lo demás, el botiquín le resultaba útil porque también contenía una sierra de huesos. Antes realizaba amputaciones con la misma herramienta con que cortaba las tablas.

—Aquí pone que una herida así hay que coserla —señaló algo vacilante Jefe—, con hilo lavado. Pero no me atrevo...

Bonnie tampoco pareció especialmente entusiasmada ante la idea de que él realizara una sutura.

—¡Echa un poco de sangre de drago y véndamela! —gimió y se preparó contra el dolor.

La sangre de drago se componía de la resina de agave y ratán, así como de granada y ron. Se suponía que contribuía a cicatrizar las heridas. Jefe repartió la esencia generosamente sobre la herida y también sobre los pequeños cortes y heridas en el tórax. Luego colocó torpemente la venda de tiras de lino.

—Ojalá no se infecte —masculló abatido.

Jefe era consciente de que se habría requerido de la habilidad de un médico para examinar la herida, lavarla y luego, tal vez, coserla. Pero en el *Mermaid* no había médicos.

—¡Dame corteza de quina! —pidió Bonnie—. Combate la fiebre y a lo mejor la previene.

El botiquín contenía corteza de quina en abundancia, pero Jefe no creía que fuera a detener la gangrena. Woodall no decía nada al respecto. No obstante, administró a Bonnie un poco y dejó que se la tomara con unos tragos de ron. La ley seca a bordo no se aplicaba en el caso de los heridos.

—Esto bastará —susurró Bonnie extenuada—. Pero... pero no me dejes sola.

A Jefe le habría gustado subir a cubierta a celebrar la victoria con los demás, pero nadie se habría ocupado de Bonnie, el carpintero ya tenía suficientes pacientes. Así que cogió la botella y bebió a solas por la victoria tan duramente obtenida. Su amiga ya se había dormido. Permaneció de guardia a su lado hasta que todos los hombres se hubieron acostado y dormido en sus hamacas.

Pero los optimistas pronósticos de la muchacha no se cumplieron. Al día siguiente despertó con unos fuertes dolores, los bordes de la herida estaban rojos e hinchados, y pese a que Jefe volvió a limpiarla y a aplicarle sangre de drago, se notaba la piel caliente y seca ya por la tarde. Por la noche empezó a subirle la fiebre.

—Esto no pinta bien —advirtió el carpintero, a quien Jefe consultó a la mañana siguiente—. Seguro que es gangrena;

como mucho podemos quemarle la carne podrida. Quítale la venda y echemos un vistazo...

Jefe sacudió la cabeza con determinación. No tenía fe en cauterizar las heridas: los bordes de la llaga todavía no estaban gangrenados, únicamente hinchados e infectados. Y no estaba dispuesto a traicionar a Bonnie por un tratamiento cuestionable. Ya el día anterior ella le había suplicado que no la descubriera. Prefería morir a quedar expuesta como mujer. Ahora ya no era capaz de tomar decisiones. Decía solo incoherencias y había perdido la conciencia.

Aun así, Jefe se negaba a arrojar la toalla. Lo intentaría con otro ungüento del botiquín, uno a base de trementina, que también cauterizaba; ¿tendría el mismo efecto que el hierro de marcar y destruiría la carne putrefacta?

Jefe se dirigió al capitán para volver a trastear en el botiquín del barco, pero le costó encontrarlo. Tuvo que subir a cubierta para salir en busca de Seegall y lo halló enzarzado en una discusión con Sánchez. Inclinados sobre la borda, ambos miraban preocupados el agujero que un obús había abierto en la proa del *Mermaid*.

—Claro que sé que hay que repararla pronto. Con mar gruesa seguro que entra agua... —El capitán se mesaba la espesa barba.

—El próximo puerto es Cap-Français —observó Sánchez—. Llegaríamos en un par de horas...

—¿Tenemos alguna cala apropiada allí? —preguntó el capitán—. Yo no conozco ninguna. Y tiene que estar muy retirada, esto no se repara en un par de horas. Habrá que talar árboles, cortar tablas... Y no olvides que llevamos a los franceses de remolque. Si llamamos la atención... Saint-Domingue es una colonia francesa. ¡Imagínate lo que nos harán si nos descubren!

—Pues Santo Domingo —suspiró Sánchez. Seegall tenía buenos contactos en la colonia española—. Y hasta que lleguemos ya podemos rezar para tener buena mar... Hay que tapar el agujero de forma provisional. Pondré a dos para que...

—¿Capitán? ¿Intendente?

Jefe los interrumpió a su pesar, pero acababa de ocurrírsele una idea para salvar a Bonnie. Era la única posibilidad que le quedaba si no quería dar a conocer que era mujer. En Cap-Français debía de haber algún médico. Y en el barco no había nadie con vínculos allí. Si el doctor estaba de acuerdo en curar a Bonnie en secreto, podría luego volver a la embarcación como si nada hubiese ocurrido.

—Si estamos tan cerca de tierra, ¿no podrían dejarnos desembarcar a Bobbie y a mí en un bote? Podría llegar remando. El barco no necesita acercarnos demasiado a la costa... el riesgo sería mínimo.

Tres horas más tarde, el capitán Seegall insistió en fondear en una cala de Cap-Français para satisfacer la demanda de Jefe. Uno de los piratas de origen francés la conocía de tiempos anteriores.

—También podríamos hacer allí los trabajos de reparación —indicó el hombre—, hay muchos bosques alrededor, manglares... y cuando uno se interna no es tan fácil ser visto desde el mar. Pero desde que la ciudad está creciendo es peligroso... Una pareja de amantes podría perderse por ahí...

Los demás piratas rieron. Jefe suspiró aliviado porque su travesía a solas con Bonnie, ya muy enferma, no resultaría en exceso larga. Informó a la muchacha de sus intenciones mientras la sacaba de la hamaca, aunque no creía que ella se enterase de gran cosa. Llevaba horas en un estado febril y semiinconsciente. Pero Bonnie era más fuerte de lo que él había creído.

—Dinero —gimió, cuando Jefe la envolvió en la colcha—. Cosido en... colchón... Cógelo...

Jefe dijo que no tenían tiempo para eso, pero Bonnie se obstinó en llevarse consigo los ahorros. Al final, el chico cedió y cogió también su propia bolsa, aunque contenía mucho menos dinero que la de la joven. Él planeaba regresar al *Mer-*

maid, pero Bonnie tenía razón, mejor ser prudentes. Además habría que pagar al médico, que no solo les cobraría la consulta sino también su silencio.

Jefe depositó con cuidado a Bonnie en un pequeño bote que los piratas arriaron. No tendría que remar demasiado hasta la playa.

—De acuerdo —dijo Seegall cuando Jefe se dispuso a subir al bote con Bonnie—. Vamos a Santo Domingo y reparamos el barco. Podemos tardar un par de semanas. Si entretanto Bobbie muere... —el capitán lo consideraba bastante probable, pero no quería resignarse a abandonar a su hábil cañonero—, entonces te vuelves con nosotros, César. Si se recupera pronto, os venís los dos. Y si no: anclamos aquí en esta cala antes de dejar La Española y os esperamos dos o tres días... Una vez que nos hayamos librado de los franceses no será tan arriesgado. No pierdas de vista esta zona de la costa, no podremos tocar la campana del barco para que nos oigáis.

Jefe asintió agradecido. No había esperado tanta comprensión por parte del capitán. Daba la impresión de que Seegall se separaba a disgusto de los miembros más jóvenes de su tripulación, y también los demás hombres saludaron a Jefe, y hasta hubo alguno que se restregó los ojos.

—¡Que la suerte os acompañe! —gritó Sánchez cuando Jefe empezó a remar—. La necesitaréis.

8

Deirdre despertó sobresaltada entre los brazos de Victor cuando llamaron con fuerza a la puerta de su casa en Cap-Français. No era inusual que también por la noche alguien requiriese los cuidados del médico. Sin embargo, el mensajero o el familiar solía pasar primero por la casa de los esclavos, Amali abría la consulta y los hacía esperar allí. A continuación despertaba a Victor. Como él tenía un sueño ligero, bastaba con unos golpecitos discretos. Por regla general, Deirdre se despertaba cuando Victor se levantaba y se despedía de ella con un beso. Luego se daba media vuelta satisfecha y seguía durmiendo. Esa noche, por el contrario... Quien buscaba ayuda aporreaba la puerta como si quisiera despertar a un muerto. Debía de haber llegado a la casa principal sin pasar por la de los criados.

Victor se levantó raudo, se cubrió con el batín de seda y corrió escaleras abajo para abrir él mismo la puerta. También su mujer salió de la cama, se cubrió con una bata ligera y siguió a su marido, con curiosidad por ver quién llamaba con tanto ímpetu. Debía de ser un caso urgente, posiblemente uno de vida o muerte.

El doctor abrió y Deirdre vio ante su marido a un negro corpulento que llevaba en sus brazos, envuelta en una manta, a una figura mucho más menuda. El recién llegado producía una extraña impresión. La muchacha observó sus elegantes calzones, los pies descalzos —pies fuertes y nervudos— y las musculosas piernas. Llevaba una camisa de encaje arrugada y una casaca de seda abierta. Deirdre nunca había visto a un esclavo vestido así, y tampoco a un negro libre. Para un liberto esa ropa era demasiado cara, y los uniformes de los criados de las casas ricas, aunque confeccionados con esmero, no estaban cortados con la misma elegancia y a la moda como la casaca. Las prendas se tensaban sobre su pectoral y dejaban intuir una firme musculatura.

Victor levantó la lámpara de gas que había encendido apresuradamente en el pasillo y alumbró el rostro del hombre. Este tosió. Parecía querer decir algo, pero estaba demasiado cansado tras una veloz carrera o quizá demasiado sorprendido de que le hubiesen abierto enseguida. En cualquier caso, al principio no pronunció palabra. Deirdre distinguió un rostro rodeado de cabello crespo, de un negro puro y más noble que el de otros africanos. Los pómulos y la frente eran más altos de lo normal, pero la nariz chata, al igual que los huesos de las sienes. Llevaba el cabello mucho más largo de cómo solía lucirlo la mayoría de los esclavos, y descuidadamente atado a la nuca. Con toda certeza, ese hombre no había llegado allí en un coche, sino a pie. ¿O acaso no procedía de Cap-Français sino de la playa? Eso explicaría por qué no había pasado por la casa de los esclavos, que se hallaba entre la casa principal y la carretera. No se pasaba por su lado si uno llegaba desde la selva que separaba la población de la playa.

Tales reflexiones parecían resultarle ajenas a Victor. Tan solo miraba preocupado el bulto envuelto que el hombre llevaba en brazos.

—¿Cómo puedo ayudarte? —se limitó a preguntar—. ¿O... a él?

El hombre por fin habló.

—A mí no me sucede nada... señor... doctor... —informó en inglés, para sorpresa de Victor y Deirdre—. Pero... él... ella... está muy mal... —Daba muestras de querer dejar a la paciente en manos del médico.

Victor no vaciló. Abrió la puerta del todo y señaló el pasillo que separaba los aposentos familiares del ambulatorio.

—Entonces llévalo... o llévala ahí dentro. Allí, detrás de esa puerta, está el consultorio. —También Victor cambió al inglés.

El negro no pareció sorprenderse. ¿Estaría acostumbrado a alternar ambas lenguas? Deirdre supuso que se trataba de un marinero que había visto mucho mundo.

La esposa del médico podría haberse retirado, pero siguió como hipnotizada a su marido y al gigantesco negro, que pareció aliviado cuando depositó su carga sobre la camilla. Si bien la había llevado sin esfuerzo, se alegraba de traspasar la responsabilidad al médico. Este no se tomó la molestia de encender otra lámpara. Miró a su esposa y le tendió la lámpara de gas.

—Deirdre, ¿podrías sujetar esto, por favor? Tengo que echar un vistazo...

Ella tomó la lámpara y creyó sentir casi físicamente la mirada del negro posada en ella. El visitante no parecía haberse percatado antes de su presencia, pero ahora la contemplaba como si ella fuese una aparición. Se ciñó la bata apresurada, casi se sintió desnuda cuando el desconocido le acarició con la mirada el cabello suelto, el rostro delicado y el esbelto cuello. Pese a la preocupación que reflejaba por su compañera, Deirdre enseguida distinguió que en los grandes ojos del hombre asomaba por unos segundos la admiración. ¿O era lascivia? No, su mirada no tenía nada de taimado ni grosero. La había mirado simplemente como... como si ella fuera la respuesta a sus oraciones.

Deirdre se llevó la mano a la frente. ¿Qué pasaba por su cabeza? Debía de estar loca... Desvió la atención del extraño visitante y alumbró a su marido, quien liberaba con delicadeza al paciente de la manta que lo envolvía. Apareció un joven adolescente flaco, tan negro como el hombre que lo había llevado, pero más modestamente vestido. Debía de ser un grumete o un recadero del puerto. También ellos vestían camisas de cuadros y pantalones de lino anchos y a media pierna. Pero la ropa del muchacho estaba empapada de sangre en la zona derecha del abdomen. ¿Del muchacho?

Deirdre se quedó perpleja cuando Victor cortó con unas tijeras la camisa y dejó al descubierto unos pechos muy pequeños pero que no daban pie a ambigüedades. Otro corte abrió los pantalones y disipó las últimas dudas. Victor cubrió con un paño la desnudez de la joven antes de quitar el vendaje ensangrentado. Se oyó un gemido.

—No... no decir nada...

Victor acarició la frente de la paciente.

—Está bien, pequeña, nadie te delatará —dijo—. ¿Cómo te llamas?

—Bob... —susurró la joven.

—Bonnie —respondió el hombre—. Se llama Bonnie, y también responde al nombre de Bobbie. Ella...

—¿Es tu... su hermana?

Todo en Deirdre se oponía a tutear a ese hombre imponente, aunque fuese un negro. Desde luego no era ningún esclavo... «Africano» era la palabra correcta, sí, ella lo habría llamado «africano». Se reprendió por su extraña ocurrencia. El hombre hablaba con fluidez el inglés, mejor que la mayoría de los negros. Seguro que no había nacido en África, y tampoco en Saint-Domingue...

—Algo parecido... —respondió Jefe.

—¿Y tu nombre? —preguntó Victor.

Era evidente que el encanto del negro no impresionaba al médico, lo trataba como a cualquier otro familiar de una paciente negra o mestiza, tal vez con mayor recelo. Entretanto, también él debía de haber caído en la cuenta de lo extraña que era esa visita tardía.

—César. —En la voz del hombre resonó un tono de orgullo—. ¿Puede ayudarla?

Victor había estudiado brevemente la herida y seguía examinando a Bonnie.

—Las demás heridas no son graves —señaló Jefe con impaciencia—. Es solo este corte...

—Se diría que le ha caído encima toda una casa —observó Victor—. ¿Qué ocurrió, César?

El negro no respondió.

—¿Puede ayudarla? —se limitó a repetir.

Victor suspiró.

—Lo intentaré. La herida en sí no es mortal, pero tendría que haber sido atendida desde un principio. Todavía tiene astillas en el interior y no sería extraño que se haya infectado. Ahora tiene fiebre y su estado general deja que desear. Está demasiado delgada, casi consumida. Y es menuda para su edad. ¿Cuántos años tiene? ¿Quince, dieciséis?

—Dieciocho. Al menos es lo que suponemos.

Deirdre arrugó la frente. Si fuera su hermana debería saber su edad. Pero la joven tampoco se parecía para nada a él. El muchacho era muy apuesto y se veía audaz, atractivo, mientras que la muchacha era bastante insignificante. Tenía un rostro huesudo y rasgos bastos.

Victor encendió todas las lámparas de la consulta.

—Vamos a iluminar esto para que pueda limpiar la herida a fondo y como Dios manda. Os daré también un medicamento contra la fiebre. Tenemos que procurar que no pase nada de frío y que esté bien alimentada, si es que come algo... y rezar para que la herida se cure antes de que la fiebre la consuma. ¿Tenéis alojamiento en el barrio del puerto? —Victor estudió a Jefe con la mirada—. Nunca os he visto a Bonnie y a ti por aquí.

—A Bobbie —intervino Deirdre—. La chica se hacía pasar por un muchacho, ¿no es así?

Jefe bajó un momento la cabeza, como si lo hubieran pillado in fraganti. Eso le dio un aire más juvenil. Pese a su aspecto imponente no era mayor que su amiga.

—Nosotros... no somos de por aquí —respondió—. Pero tal vez podamos... Escuche, ya encontraré algo. Si la puedo dejar aquí, iré al puerto y alquilaré algo. Nosotros... tenemos dinero. —Mostró brevemente la bolsa—. También podemos pagarle, doctor. Lo... lo que usted quiera... —Y se llevó el dedo a los labios.

Deirdre comprendió. Estaba dispuesto a pagar también por su silencio. Victor también debió de entenderlo y sacudió la cabeza.

—Descuida, muchacho, mi profesión me obliga a mantener discreción sobre mis pacientes. ¿Dónde vas a alquilar una habitación en plena noche?

Al rostro del negro asomó una especie de sonrisa irónica.

—No debería ser problema. —Sonó como si se dedicara a alquilar habitaciones solo a la luz de la luna.

Victor resopló.

—Yo lo veo de otro modo —apuntó con severidad—. Claro que encontrarás algún que otro picadero cuando agites tu bolsa de dinero o pongas el cuchillo en las costillas de alguien...

El negro volvió a sonreír. A Deirdre le pareció que ufanándose. Sin duda no había nada a lo que él temiera en un barrio portuario.

Victor siguió hablando imperturbable.

—Pero esta chica necesita una cama limpia, cuidados... Mira, vamos a hacerlo de otro modo. En primer lugar cuidaré de Bonnie ahora y luego...

—Podemos alojarla aquí —se le escapó a Deirdre, que se quedó sorprendida de su espontánea salida. Antes nunca se había preocupado del cuidado de los enfermos. Y Amali y los otros esclavos no necesitaban que les dieran todavía más trabajo—. Yo... yo cuidaré de ella...

Victor le lanzó una mirada asombrada. Era evidente que se alegraba de la sugerencia.

—Ya has oído a mi esposa —dijo a Jefe—. Y tú podrías dormir en el establo, pero por... por lo que nos has contado sobre tu procedencia y lo que hayáis estado haciendo recientemente, he de pensármelo. En mi casa no quiero a ningún fuera de la ley.

El joven pareció dispuesto a replicar, pero Deirdre intervino impulsivamente:

—Victor, ocupémonos ahora de la chica y luego... —dijo apaciguadora.

—¿Que nos ocupemos? —preguntó Victor divertido—. ¿Quieres... quieres colaborar?

Deirdre asintió decidida.

—Necesitarás a alguien que...

No sabía qué más decir, pero seguro que algo habría. Algo que ella pudiera hacer, en presencia de ese fascinante forastero y su pequeña y enferma amiga. ¿O esposa? Deirdre sintió una punzada, algo parecido a los celos. Qué locura, debía de haberse vuelto loca...

Poco después se encontraba sosteniendo un cuenco esmaltado que Victor había llenado de agua caliente y lejía de jabón. Mojaba la herida de Bonnie cada vez que sacaba una nueva astilla. Al principio, Deirdre se había sentido mal. Parecía terriblemente doloroso. Por fortuna, la joven no estaba despierta, así que Deirdre se rehízo y mantuvo la mirada apartada. Victor le sonrió. Estaba orgulloso de ella.

El negro observaba fríamente el proceso, tal vez preocupado por su amiga pero inalterable. Parecía habituado a no inmutarse ante la sangre.

Victor tardó más de una hora en limpiar la herida. Luego le lavó el sudor y la sangre del cuerpo antes de ponerle una venda limpia.

—¿Tienes un camisón para ella? —preguntó a Deirdre—. ¿O se lo preguntamos a Amali?

Los camisones de Deirdre eran prendas de fina seda que mostraban más de lo que cubrían, y además eran carísimos. Deirdre, sin embargo, no dudó ni un segundo.

—No, no hace falta que despertemos a Amali para eso. Voy a buscar uno. Yo...

Cuando Deirdre pasó junto a Jefe, se estremeció. Se preguntó de nuevo qué le pasaba, pero luego subió corriendo a la alcoba y cogió la mejor prenda de su armario. Era de un amarillo dorado, de seda y encaje.

Jefe contuvo el aliento mientras Deirdre ayudaba a Victor a poner el elegante camisón a Bonnie. La delgada muchacha casi parecía bonita así vestida, el delicado encaje realzaba su modesta figura. Deirdre creyó notar que el negro solo le lanzaba un breve vistazo a la chica antes de concentrarse de nuevo en ella. La anfitriona creyó leerle el pensamiento y le pareció que él la imaginaba a ella misma con ese camisón de seda. Se ciñó más la bata y volvió a sentir la sonrisa de Jefe sobre su piel.

—Ya está —anunció Victor—. Llevémosla a una de las habitaciones de invitados. No sé qué diría mi padre si lo supiera. —Y guiñó el ojo a su esposa.

Las habitaciones de invitados habían sido concebidas para alojar a los Dufresne. De ahí que a sus extraños huéspedes deberían parecerles lujosas. Deirdre ignoraba qué esperaba del enorme negro, pero este no mostró ninguna reacción ante los tapices de seda, la cama con dosel y las sillas y mesillas Luis XIV. En cualquier caso, su mirada parecía expresar desprecio. También Victor lo notó. Una vez que hubo acomodado a Bonnie sobre los cojines y la hubo tapado, se volvió hacia Jefe con cierto recelo.

—Bien, la pequeña ya está atendida, ahora le daré algo para la fiebre. Y ahora tú, César. Tu patrón tenía debilidad por la antigua Roma...

Jefe lo interrumpió.

—No tengo patrón, doctor. Soy un hombre libre. Y ella... —señaló a Bonnie— ella también es libre, ella...

—Se ha enrolado de chico por diversión —ironizó Victor—. Y no porque huyera de algo... ¡Habla! ¿Dónde está vuestro barco? ¿Y cómo has dado conmigo?

—Por la placa de la casa.

Se había aproximado al edificio desde el linde de la selva y pretendido dejarlo atrás para dirigirse a Cap-Français por la carretera, cuando descubrió la placa en la entrada. Un golpe de suerte.

—¿Y vuestro barco? —repitió Victor, cuando el visitante calló.

Jefe meditó unos segundos. Pestañeó, no tenía experiencia ni habilidad para mentir.

—En el puerto, doctor, señor. Nosotros... venimos de Martinica, nos hemos enrolado ahí porque...

Victor sacudió la cabeza.

—No venís de Martinica ni de ninguna otra colonia francesa —replicó severo—. O no me habrías hablado en inglés. Deberías pensártelo antes de mentir.

Jefe se frotó la frente.

—De Barbados... Disculpe, señor. Pensé, nosotros... nosotros hemos pasado por Martinica, el barco se ha detenido allí porque...

—Y eres marinero, ¿no es así? —repuso Victor con una sonrisa irónica—. Por tu indumentaria se diría que eres el propietario del barco. ¿No tripularás también un globo aerostático por casualidad? Eso explicaría cómo has podido pasar por delante de los alojamientos de mis esclavos sin despertar a nadie. Maldita sea, chico, no cuentas más que patrañas. ¿Dónde se encuentra el barco pirata del que procedes? ¿Al lado de la cala? ¿Tengo que pensar que mañana los gendarmes llamarán a mi puerta si continúo atendiendo a la chica?

Su tono era cortante y Deirdre pasó la mirada sorprendida de uno a otro. Jefe había bajado los ojos al principio, pero ahora miraba echando chispas a su interlocutor.

—No tenga miedo, señor... Ya hace mucho que el barco ha partido y en el bote de remos que hay en la cala no ondea ninguna bandera negra. Nosotros...

—¿Son piratas, Victor? —preguntó Deirdre—. ¿Todavía hay? ¿No era que todos...?

—¿Se refiere usted a que todos habían sido colgados, señora? —Ella se sobresaltó cuando Jefe le dirigió la palabra directamente. Los ojos del hombre eran más claros que los de la mayoría de los negros. Su mirada penetrante y firme—. Pues no, lamento decepcionarla. Los años dorados de la piratería se remontan a medio siglo atrás, pero no por eso ha desaparecido.

Ella se maravilló ante su elaborada forma de expresarse.

«Los años dorados de la piratería...» Se diría que lo había leído en un libro.

—Tal vez hayan pasado los tiempos de las grandes naves, de los nombres famosos como Barbanegra o Morgan, pero piratas, señora mía, ¡siempre los habrá! ¡Mientras haya barcos que naveguen por los siete mares!

La voz de Jefe tenía un deje triunfal, y Deirdre sintió una vez más que era parte de los pensamientos y sentimientos del hombre y que compartía su orgullo.

—¿Así que primero habéis desembarcado la chica y tú? —terció Victor—. Pero ¿no os buscan?

Jefe negó con la cabeza.

—Bien, eso me tranquiliza. Te mostraré el establo, ahí podrás dormir. La noche es cálida. Mañana por la mañana ya veremos en qué puedes ayudarnos...

Jefe lo miró.

—No soy ningún mozo de los recados, doctor. Puedo pagarle mi comida y sus servicios, y también un sitio donde dormir.

—Pero esto no es un hotel —objetó Victor—. La gente se extrañaría de ver rondando por aquí a un lechuguino negro sin hacer nada. Necesitas también otra ropa, se nota de lejos que eres un bucanero...

Jefe se encolerizó.

—Señor, ¡no se lo consiento! Soy uno de los mejores espadachines del... —Se mordió la lengua antes de pronunciar el nombre de su barco.

El médico se echó a reír.

—¿Quieres retarme a duelo? —preguntó—. No te molestes, sé manejar la espada, pero ni me gusta ni lo hago especialmente bien. En el mundo hay cosas mejores en que ocuparse, César. Tal vez tú mismo lo averigües algún día, todavía eres joven. Y ahora instálate en el establo. Mañana preguntaremos a Amali si conserva unos pantalones de su díscolo marido. No puedes ir pavoneándote por aquí con esta pinta.

Deirdre creyó que volvía a percibir al sentimiento de cólera y frustración del negro. ¿Cómo podía su marido sermonear como si fuera un niño tonto a ese pirata orgulloso e imponente? Le habría gustado decirle algo para consolarlo, pero se calló y se sentó en la cama de Bonnie cuando Victor acompañó a Jefe al establo.

Pero dio un respingo cuando el negro se dirigió a ella desde la puerta.

—Buenas noches y muchas gracias, señora —se despidió sonriendo.

Deirdre parpadeó. Desde luego era un pirata educado...

9

—¿Un salvaje noble?

Victor rio cuando poco después Deirdre le comentó sobre la forma elaborada en que Jefe se expresaba y la amabilidad de sus modales. Victor lo había conducido al establo y luego cerrado con doble vuelta de llave todas las puertas antes de preparar los remedios para Bonnie. La muchacha dormía agotada y tranquila, aunque ardía a causa de la fiebre. No se despertó cuando Victor le administró un jarabe.

—No seas ridícula, Deirdre. Estoy de acuerdo en que parece tener algo de educación, pero no creo que haya asistido a una especie de academia de piratas. Más bien creo que procede de una buena casa, tal vez era un esclavo doméstico. Y luego huyó porque toda su inteligencia no le servía ahí para nada. Con la pequeña, quizás, aunque... no parece que haya nada entre ambos, no la miraba como si fuese su amante.

Deirdre no supo por qué, pero de inmediato juzgó a la enferma con más benevolencia. Parecía más joven durmiendo, más niña, y sus rasgos se habían suavizado, pero carecía de la madurez que cabía esperar de una amante de César... Victor tenía razón.

—A lo mejor tenían buenas razones para huir —observó.

Victor se encogió de hombros.

—Quizá, pero eso no justifica abordar a inofensivos mercantes, matar o apresar a la tripulación y apropiarse de las mercancías. Los bucaneros tienen una aureola de romanticismo, Deirdre, pero en el fondo no hay más que robo y asesinato. Así que no te hagas ilusiones respecto a ese joven. Es un lechuguino y un bribón, nada más...

Deirdre hizo un mohín.

—¿Y la chica? —preguntó.

—De la chica ya sabremos más cuando despierte. Si es que lo hace. Ahora deberías volver a la cama y dormir un poco más, Deirdre. Yo me quedaré aquí. La pequeña tiene que tomar cada hora algo de jarabe, no vale la pena volver a acostarse entre toma y toma. Y pronto amanecerá... —Suspiró mientras acercaba un sillón a la cama de Bonnie y se acomodaba en él.

Deirdre se obligó a besar a su marido antes de dejar la habitación, y apretó los labios cuando fue consciente de que al hacerlo pensaba en el fornido negro que dormía en el establo, no muy lejos de ella... La esposa del médico se prohibió tales pensamientos cuando volvió a tenderse en la cama. ¿Qué le importaba a ella ese hombre? ¿Cómo podía ensimismarse de ese modo pensando en un negro, seguramente un esclavo fugitivo? Pero tal vez estuviera cansada. A la mañana siguiente, ese César no sería para ella más que otro negro grandullón. Como Lennie o Jolie.

Como todos los demás.

Jefe, que se había alejado de mala gana unos metros de la casa y se envolvía en una apestosa manta de caballo, no se sentía menos agitado. ¿Cómo iba a dejar de pensar tan rápido en los encuentros de esa noche? ¡Ese doctor impertinente, que sin embargo conocía bien su trabajo, y esa preciosa mujer que lo ayudaba! Algo en esa... en esa blanca le había conmovido como nunca antes otra mujer. Su rostro, sus extraños ojos verdes, su cabello que no era liso ni crespo, sino que caía en ricitos diminutos sobre su espalda. Y sus hombros, tan redondos y a la vez tan esbeltos... la forma en que se ceñía la bata, sorprendentemente siempre que él se la imaginaba desnuda debajo de la prenda. Y cómo al hacerlo traicionaba justamente las suaves redondeces de sus pechos y sus caderas... La bata de seda apenas si dejaba intuir su silueta. ¿Cómo la había llamado el hombre? ¿Deirdre? Un nombre inusual. ¿Africano? Absurdo, ¿cómo se le ocurría semejante idea? Deirdre era... irlandés, sí, irlandés. Una vez había leído un cuento. La niña de un cuento se llamaba así... Qué suerte haber llevado a Bonnie allí.

Jefe se avergonzó un poco, porque ese era el único pensamiento que había dedicado a su compañera en las últimas horas. Pero ahora ella estaba en buenas manos. Y él tenía que dormir... Quizá mañana pudiera volver a pensar con claridad y ver a esa Deirdre como lo que era: una blanca, y por tanto carente de todo interés. Las mujeres blancas nunca habían atraído a Jefe, entre otras cosas porque siempre había el peligro de que hiriesen su orgullo. A fin de cuentas, pocas veces dejaban de tratarlo como si fuese basura o, en el mejor de los casos, un animal doméstico. Aunque Deirdre parecía distinta. Ella le había hablado con amabilidad y... No, Jefe se prohibió ese pensamiento. Estaba loco... O puede que solo cansado. Al día siguiente, vista a la luz del día, Deirdre volvería a ser una de esas repugnantes mujeres blancas en las que un negro ni siquiera reparaba.

Una missis. Como todas las demás.

A la mañana siguiente, la primera persona con quien Jefe se topó fue Amali, que se dio un susto de muerte al ver a aquel negrazo en su establo. Como cada mañana, había entrado ahí a pesar suyo para dar de comer a los animales, lo que en realidad era tarea de Lennie, pero que ella realizaba «transitoriamente» desde hacía unos meses. Victor hablaba de comprar un joven para el establo o de traerlo de la plantación de su padre, pero siempre se olvidaba. Por lo visto, en Nouveau Brissac había otras cosas en las que pensar y de las que hablar.

En la última visita, habían vuelto a llamar al médico porque habían envenenado otra vez a alguien, pero por fortuna había sido una falsa alarma. Las familias de los hacendados reaccionaban histéricamente al menor problema digestivo.

Victor lo comprendía: Macandal y sus secuaces seguían asesinando en toda la colonia y nunca podía saberse quién sería su próxima víctima. Para el doctor, no obstante, era algo enervante. El último fin de semana había estado cabalgando a galope tendido durante dos horas para llegar a la casa de un niño cuyo estado había mejorado notablemente después de tomar tres tazas de manzanilla. Poco a poco, Victor fue abrigando la sospecha de que las indisposiciones estomacales aumentaban cuando la gente sabía que tenían un médico cerca. No lo hacían conscientemente, pero al sentirse algo más seguros somatizaban sus temores. Fuera como fuese, Victor no tenía ganas de ver a sus padres y solo iban dos veces al mes a Nouveau Brissac, y eso por deseo expreso de Deirdre. Durante las estancias allí, nunca se acordaba de que necesitaba un mozo de cuadra y Amali era demasiado tímida para recordárselo. La cocinera no dejaba de reprocharle a la joven esclava que se encargaba mucho de la niña y poco del trabajo.

Al principio, Sabine estaba intimidada, como todos los esclavos de la plantación Dufresne, pero el trato amable de Deirdre y Victor con sus sirvientes acabó por soltarle la lengua. Repetía a Amali que necesitaba al menos una ayudante de cocina y una doncella si quería administrar la casa como Dios manda, y también se lo decía a Victor y Deirdre, aunque el primero le explicaba que la consulta no daba dinero suficiente para permitirse más personal. Deirdre, por su parte, encontraba que la casa ya estaba suficientemente bien llevada. Era mucho más pequeña que Cascarilla Gardens, y junto a sus otras tareas, Amali y Nafia la mantenían limpia mientras Deirdre jugaba con Liberty.

—Cuando tengamos hijos propios —le comentó a la cocinera—, seguro que necesitaremos una muchacha más. Pero ahora mismo...

Amali, en cualquier caso, no quería enervar a sus señores y ayudaba de buen grado en la cocina. En cambio, detestaba el trabajo en el establo. Tras el sobresalto inicial, cuando vio a Jefe en la paja, enseguida alimentó la esperanza de traspasarle sus tareas. El joven ya se había levantado, y se veía dónde había estado durmiendo por el nido construido con paja amontonada. Se lavaba en una cuba con agua, para lo que se había desprendido de la noble camisa y del jubón. Amali, pues, no le dirigió ninguna mirada de asombro. Le sonrió.

—Vaya, por lo que veo el señor por fin ha conseguido un nuevo mozo de cuadra —se alegró—. Y no nos ha dicho nada. Puede que te encontrara ayer mismo por la noche, ¿o qué? Claro, no quería molestarnos enseñándote el alojamiento —siguió suponiendo Amali—. Siempre tan respetuoso, nuestro doctor. Pero ya lo verás tú mismo: es el mejor backra, quiero decir mèz, que hayas podido imaginar, has tenido mucha suerte. Ahora voy a enseñarte qué forraje les damos a los caballos y luego limpias esto y te vienes a desayunar, ¿de acuerdo? —Miró resplandeciente al nuevo, que cada vez le gustaba más, aunque él contraía el rostro enfurruñado—. Te prepararemos algo bueno. ¡A un hombretón como tú hay que alimentarlo como es debido! —Amali le apretó con suavidad los duros músculos del brazo—. ¿Cómo te llamas?

Jefe la miró con desdén.

—No seré yo quien limpie la porquería del establo —le espetó con arrogancia—. Yo no soy un esclavo...

Amali se quedó un momento desconcertada y luego rio.

—¡Imagínate, yo tampoco! Tengo un salvoconducto del doctor. ¿Tú también? Sí que has sido rápido. —Pareció un poco decepcionada, hasta entonces se había sentido especial—. Pero eso no significa que no tengas trabajo aquí. Tú...

—¿Ya se ha despertado?

Tanto Amali como Jefe se volvieron turbados al oír la voz de Deirdre en la entrada del establo. Amali sabía que los señores blancos dormían más cuando el doctor volvía tarde. De todos modos, no había ninguna razón para que Deirdre se levantara antes de las nueve. Sin embargo, la joven señora se encontraba allí, en el establo, vestida con un ligero y holgado vestido de casa para el que no necesitaba que Amali le ciñera el corsé. Se lo ponía pocas veces porque estaba anticuado, pero le daba un aspecto arrebatador. Tampoco se había arreglado el pelo. Estaba magnífica con una fina cinta que le retiraba el cabello del rostro.

Jefe recordó la noche anterior. Deirdre estaba preciosa. Y ahora ella acababa de verlo.

—Ah, ¡aquí está! —exclamó vivaracha. Una extraña expresión de inseguridad cruzó su rostro, pero luego relució, casi como una señal de reconocimiento.

Jefe advirtió que sus rasgos le jugaban la misma mala pasada. También él adoptó primero una expresión incrédula, luego casi malhumorada porque su evaluación de la joven se ponía en ese momento a prueba, pero al final sonrió. La sonrisa transformó su rostro, que se suavizó, despertando confianza... Entonces recordó que a Bonnie le encantaba su sonrisa. Y eso le trajo el recuerdo de la muchacha.

—¿Le... le ha pasado algo a Bonnie? —preguntó, poniéndose serio.

Amali miraba confusa a uno y otro.

Deirdre pareció reparar por primera vez en la presencia de la doncella.

—No, no... —respondió lacónica, volviéndose hacia la muchacha negra—. Amali, este es... César. Ha llamado esta noche a nuestra puerta con una paciente. Está muy enferma, por eso la hemos albergado aquí y le hemos ofrecido a él dormir en el establo. Encárgate, por favor, de que le den de desayunar. Después podrá pasar a ver a Bonnie...

Al menos eso esperaba Deirdre. En realidad, esa mañana todavía no se había cerciorado de si Bonnie estaba mejor, ni siquiera de si estaba aún viva. Esto último era de suponer, puesto que Victor seguía con ella. Deirdre no había ido a verlo ya arreglada. Sin duda él le hubiese preguntado el motivo y ella no iba a decirle que era debido a César...

Dirigió al soberbio negro otra sonrisa, pero antes de que él pudiera responder, Amali se inclinó delante de su señora.

—¿Missis? —preguntó como si estuviera hablándole a alguien ausente—. ¿He entendido bien? ¿Tenemos que darle de comer incluso si no ha movido un dedo? ¿Tengo que hablarle también como si fuera todo un caballero? Sí, *monsieur* César. No, *monsieur* César. ¿Ha descansado usted bien, *monsieur* César? —La voz de la criada rezumaba rabia y en su boca apareció una sonrisa irónica cuando hizo un asomo de reverencia ante el negro—. Nanay, *monsieur*, quien quiere comer aquí tiene que trabajar, ya sea libre o esclavo. Así que coge una horquilla y ponte a limpiar, luego podrás ir a la cocina...

—Ya lo has oído, César —señaló una voz masculina desde la puerta. Victor fue el siguiente en sorprender a todos—. Amali tiene razón. Si quieres, puedes asumirlo como un gesto de cortesía hacia una dama. Este trabajo es demasiado pesado para una mujer, discúlpanos Amali por exigirte hacerlo. Pero seguro que este joven te ayudará... ¿Qué haces aquí, Deirdre?

Victor parecía asombrado de ver a su mujer en el establo, lo que tranquilizó a Deirdre, que se temía que hubiera estado buscándola.

—Por cierto, Bonnie se ha despertado hace un momento —se dirigió de nuevo a Jefe—. No puedo prometer nada pero creo que mejora. Ha bebido infusión y ha tomado obedientemente la medicina. Después probaremos con un poco de sopa. ¿Deirdre? —Victor no repitió la pregunta a su esposa, pero ella sabía que esperaba su respuesta.

—Yo... solo quería... bueno, pensaba en avisar a Amali antes de que viniera a dar de comer a los caballos. Se asustaría si se encontraba de golpe con un hombre aquí. —Era un buen pretexto, y Deirdre se tranquilizó cuando Victor sonrió.

—Bien, entonces puedes venir a desayunar conmigo —respondió complacido—. Lo primero que necesito es un café bien cargado...

Ambos salieron del establo. Deirdre no volvió la vista hacia Jefe, pero sintió la mirada de él en la espalda. No era desagradable, solo totalmente distinto a cuando Victor la contemplaba. Bajo la dulce mirada de Victor se sentía arropada, pero aquel negro la hacía sentir viva.

Jefe cogió al final la horquilla y se ganó las simpatías de Amali trabajando deprisa y a fondo. Mientras, no apartaba sus pensamientos de Deirdre, que debía de estar desayunando con su marido. Su imagen esa mañana se había grabado todavía más profundamente en él que la impresión de la noche anterior, cuando él estaba cansado y preocupado. Ahora estaba seguro de que la atracción entre ambos no era imaginación suya. Esa mujer lo deseaba. Jefe se avergonzó en el momento mismo de pensarlo, pero había algo en la mirada de ella... No era lascivo ni escabroso, tampoco era lo que había en las chicas del puerto que le pestañeaban. Al igual que su deseo hacia ella era algo más que lujuria. Jefe pensó de golpe en dos imanes que se atraen, una fuerza contra la que no se puede oponer resistencia.

Tras concluir su trabajo, se presentó en la cocina tal como habían quedado y, ante la satisfecha mirada de la cocinera y de la tontuela que pese al salvoconducto trabajaba para el doctor y su esposa, se comió unas raciones impresionantes de bacalao y ocras, huevos, barquillos y pan fresco. Bastante mejor que el pan marino a base de masa con ron que Pitch servía en el *Mermaid*. Mientras, las dos mujeres no cejaban en observarlo, la joven hasta coqueteaba con él. Ésta ya tenía un hijo, al parecer había estado casada. En cualquier caso, y siguiendo las indicaciones del doctor, sacó ropa de su anterior marido que no se diferenciaba demasiado de la indumentaria de los marineros. Jefe fue probándose una prenda tras otra. Sus potentes bíceps forzaba las camisas, que también se tensaban sobre la musculatura pectoral. Los pantalones de lino anudados a la cintura se le ceñían a los muslos. Amali admiró sin la menor turbación aquella musculatura.

—Por hoy bastará —murmuró la cocinera, menos impresionable—. Pero a la larga necesitarás algo nuevo, así no puedes ir a la iglesia. Es... hum... provocador.

Jefe no tenía la menor intención de ir a una iglesia, ni vestido ni desnudo, pero en ese momento no tenía ganas de discutir. El doctor le había autorizado que fuera a visitar a Bonnie y Amali lo acompañó.

—El médico dice que está mucho mejor —explicó Nafia, que había estado junto a la enferma. En esos momentos Victor estaba en la consulta. La pequeña observó al recién llegado con curiosidad. Había oído hablar de un tal César pero todavía no lo había visto.

Jefe apenas miró a Nafia y concentró toda su atención en Bonnie. No advirtió ninguna mejora sustancial en su amiga, que seguía teniendo el rostro sudoroso, se hallaba en estado febril y yacía inmóvil entre los blandos cojines de la suntuosa cama. Pero la herida no había vuelto a abrirse, el vendaje estaba limpio y la muchacha no había muerto durante la noche. Así pues, lo que el carpintero había pronosticado el día anterior no se había cumplido. Jefe decidió compartir el optimismo del doctor. Sin embargo, no sabía en qué podía resultar de utilidad su presencia ahí. Amali parecía tener la intención de permanecer en la habitación de la enferma. Le acercó una butaca a la cama de Bonnie y se dispuso a charlar un rato más con él. Por lo visto, ahora le tocaba a ella ocuparse del cuidado de la enferma. La pequeña se marchó, seguramente su colaboración había sido breve.

Jefe lamentó que no fuera Deirdre quien estuviera de guardia junto a la cama de Bonnie. Con ella habría podido pasar horas allí. Pero, dada la situación, respondía con evasivas a las preguntas de Amali, como había hecho toda la mañana, y se aburrió durante media hora mientras contemplaba dormir a Bonnie, que apenas se movía y emitía de tanto en tanto murmullos incomprensibles.

—Seguro que siente que estás aquí —afirmó Amali.

Jefe lo dudaba. Respiró aliviado cuando la cocinera por

fin asomó la cabeza por la puerta, a todas luces ofendida porque la utilizaran como simple mensajera.

—El joven César debe ir al establo para ensillar el caballo de la señora —anunció.

Y antes de que Jefe pudiese responder, ya se había marchado. El pirata que había en él quiso ignorar esa exigencia formulada como una orden, pero luego se dirigió al establo... donde Deirdre ya lo estaba esperando.

Deirdre había disfrutado de un copioso desayuno con su marido que la había hecho reflexionar sobre levantarse más frecuentemente con él. Por lo general, él desayunaba solo y ella apenas si tomaba algo después de despertarse en su habitación. Seguro que a él le gustaría más que cada día ella le hiciese compañía durante la primera comida del día. Pero cuando él se marchó a la consulta para atender a los pacientes, ella no supo qué hacer. Por la mañana, tan temprano, no podía ir de compras ni ir de visita, y aún menos cuando no le apetecía hacer ninguna de las dos cosas... Una salida a caballo sí le gustaría, y a esa hora seguro que no se cruzaba en el camino con nadie que se escandalizara de verla sin dama de compañía.

Y... espera, ¡si a lo mejor hasta encontraba compañía! ¿Si Victor podía ordenar al negro a trabajar en los establos, por qué no iba a encargarle ella las tareas propias de un mozo de cuadra? Ante tal ocurrencia, Deirdre bailoteó por la habitación y, dando un rodeo, pasó por la cocina.

—¿Le preguntarías a César si puede ensillar mi caballo? —pidió a la cocinera—. ¿Y me ayudarías antes a ponerme el traje de montar? Amali está con Bonnie... Ah, sí, y envíame a Nafia para que me peine...

Como era de esperar, la cocinera no se alegró del encargo, y el aspecto de Deirdre era insatisfactorio cuando se miró en el espejo. Nafia le había sujetado más o menos los rizos en lo alto y seguro que se le soltarían debajo del sombrero cuando galopara. Y el vestido... Sabine no tenía ni idea de cómo ceñirle el corsé a una dama. Deirdre había tenido que decidirse por su vestido más holgado y menos atractivo.

Le habría dado igual, pero esa mañana precisamente le puso un poco de mal humor... hasta que vio que los ojos de Jefe se iluminaban cuando entró en el establo. Deirdre acababa de ponerle el cabestro a *Alegría* y se disponía a sacar al animal del compartimento. Naturalmente, ella misma sabía ensillarlo, al contrario que Amali. La doncella condescendía a regañadientes en dar de comer a los caballos y limpiar el establo. Pero cepillar, ensillar y embridar al brioso purasangre de su señora... a tanto no llegaba.

Jefe, por el contrario, lo había hecho muy bien. No era la primera vez que hacía esa tarea, pero seguro que no era un mozo de cuadra con experiencia. Con un poco de mala suerte, jamás se había sentado a lomos de un caballo...

—¿Sabe montar? —preguntó la joven, resuelta.

Jefe la miró altivo.

—Claro —respondió lacónico.

Deirdre le sonrió.

—Estupendo. Entonces sería muy... amable por su parte que me acompañara a dar un paseo. La gente aquí... rumorea cuando salgo sola.

El negro frunció el ceño.

—¿Y no rumorea cuando sale con un hombre que no es su marido? —preguntó burlón.

Deirdre apretó los labios.

—Bueno, la gente... al menos la gente de por aquí, no desconfía cuando el acompañante es negro.

Jefe sonrió con ironía.

—Lo entiendo. Es inconcebible que una dama tenga relaciones con un esclavo... Para eso igual podría tratarse de su perro.

Deirdre se sonrojó.

—No debería decir algo así —murmuró, pero se repuso—. Puede ensillar a *Roderick* —le indicó, señalándole uno de los dos caballos bayos que estaban junto a *Alegría*—. Se deja llevar mejor que *Cedrick*. Victor también necesita a *Cedrick* para el coche en caso... en caso de que haya una urgencia.

Siguió explicándole las particularidades de los caballos, pero Jefe casi no la escuchaba. En realidad nunca había montado en un caballo, apenas en un burrito prestado por los caminos polvorientos de Gran Caimán... Bastaría con que la blanca no se diera cuenta de que no tenía ni idea.

La joven se percató de inmediato, claro. Ya cuando Jefe se subió trabajosamente a la silla, porque no sabía cómo darse impulso una vez apoyado el pie en el estribo, tuvo claro que no era precisamente un jinete experimentado. Él tampoco hizo nada por ayudarla a encaramarse en la silla de amazona antes de montar él mismo. Era evidente que el mundo de los caballos le resultaba ajeno. Sin embargo, en contra de lo que solía ocurrirle, Deirdre no se enfadó. *Roderick* era un caballo bueno y no derribaría a un principiante. Y ella cabalgaría más despacio para que él la siguiera.

Deirdre le sonrió cuando Jefe se esforzó por poner el bayo a su lado y refrenó a *Alegría* para que le resultara más fácil. Luego se internó por el camino de la selva hacia la playa, era mejor que el vecindario no la viera con su «mozo de cuadra». Por lo general, los mulos de los acompañantes negros iban detrás de sus señores, guardando la distancia de un cuerpo.

—¿De dónde es usted en realidad? —preguntó—. Bueno... ¿dónde ha vivido antes de ser pirata?

—Nací libre —aclaró Jefe disgustado—, no soy un esclavo fugitivo, si se refiere a eso.

—No me refiero a eso.

Deirdre vaciló. Era la verdad, en el fondo le resultaba indiferente de dónde venía y qué hacía. Solo quería tenerlo a su lado, oír su voz. Le gustaba su voz, grave y sonora, se notaba que salía de un tórax poderoso... Deirdre paseó la mirada por la musculatura de Jefe, perceptible bajo la ceñida ropa.

—Yo solo quería...

—De una isla —contestó él.

Aquello era muy impreciso, en el Caribe había un sinnúmero de islas, incluso los inmigrantes ingleses habían nacido en una isla en sentido estricto.

—Mi madre vivía allí... —prosiguió Jefe. Se esforzaba por estimular a *Roderick* hincándole los talones en los flancos, pero el caballo solo movía de mala gana la cabeza.

Deirdre observaba sus intentos con expresión burlona.

—No puede avanzar si lo retiene con las riendas. Déjelas sueltas —le indicó antes de seguir con la conversación—. ¿Y por qué se hizo a la mar? ¿Como... como pirata? ¿No había nada allí... nada más...?

Jefe soltó las riendas y *Roderick* apretó el paso. El joven se agarró sorprendido a las crines cuando el bayo empezó a trotar. Por fortuna el animal volvió a calmarse y el muchacho suspiró aliviado.

—¿Decente? —Le dirigió una mueca irónica—. Señora, por si quiere usted saberlo: me hice a la mar porque me gustaba. Y un trabajo decente... una vida entera en un islote desesperante, en el que no hay más que un par de tortugas y palmeras cocoteras... Trabajar año tras año como escribiente de un capitán del puerto...

—¿Sabe...? —Deirdre se interrumpió compungida. Ya había vuelto a ofenderle, pero estaba atónita. Que un negro supiese leer y escribir era una rareza. Y un trabajo de escribiente para el capitán del puerto tampoco le parecía tan malo. Si no... si no se trataba precisamente de alguien como César, a quien no podía imaginarse anotando cantidades de mercancías y precios.

Jefe resopló.

—Pues sí, señora, sé escribir... y contar. Con lo que hubiese ganado en el puerto jamás habría salido de esa isla en el fin del mundo. Así que cuando se presentó la oportunidad... —Sonrió muy ufano.

—¿Y nunca tiene mala conciencia? —preguntó Deirdre. Esperaba que no sonara a moralina, pero era una cuestión que le interesaba realmente—. Cuando... cuando se roba a gente...

Jefe irguió la cabeza.

—Nosotros no robamos, señora. Abordamos barcos. Apresamos barcos en combate limpio.

—También podríamos llamarlo «saqueo» —lo pinchó ella. Le gustaba provocarle. Era interesante ver cómo se plasmaban en su cara sentimientos como la cólera y el orgullo. En esos momentos sus ojos reflejaron indignación.

—¡Llámelo saqueo si así lo desea, señora! Pero ¡entonces deberá encontrar el nombre adecuado para referirse a lo que los blancos hacen a mi pueblo! Para la captura de esclavos en África, para los barcos en que nos apretujan como si fuésemos reses, para el trabajo al que nos obligan sin sueldo ni esperanza...

Deirdre pensó que todo eso no le concernía al orgulloso hombre nacido libre. Entonces, ¿por qué se lo tomaba así? Quería preguntárselo, pero calló. ¿No era el pueblo de él, a fin de cuentas, su propio pueblo?

Alcanzaron el manglar a través del cual unos senderos conducían a la playa. Victor llamaba mangles rojos a esos árboles que podían alcanzar los treinta metros de altura. La parte interior de la corteza de las raíces era rojiza, lo que les daba el nombre. La raigambre era impresionante, los enormes árboles parecían flotar sobre filigranas, construcciones ramificadas en parte de color hueso. ¿Vivían tal vez los dioses obeah o del vudú al abrigo de las hojas de los mangles? Deirdre sonrió y compartió sus pensamientos con Jefe, que la miró arrugando la frente.

—Yo no creo en el vudú —declaró lacónico.

Deirdre enrojeció.

—Yo... yo tampoco, claro. Solo pensaba... —¿Tenía que explicarle que únicamente había tratado de hacer una broma romántica?

Entonces, mientras todavía estaba buscando las palabras para explayarse, la vegetación se aclaró. En la playa que rodeaba la maleza solo se erguían unas cuantas palmeras. Deirdre se olvidó de los espíritus, retuvo a su montura y respiró hondo. Como siempre, la belleza del mar la cautivó y sintió un poco de añoranza por la bahía de Cascarilla Gardens.

Alegría dio un respingo y Deirdre descubrió un bote de remos. Lo habían arrastrado por la arena lo suficiente para que la marea alta no se lo llevara.

—¿Es el suyo? —preguntó Deirdre.

—Sí. Debería arrastrarlo un poco más arriba y esconderlo entre los árboles. Pero hoy por la noche me tomaré mi tiempo. —Se bajó con torpeza del caballo y se dirigió hacia el bote.

—Nunca he ido en un bote de remos —apuntó Deirdre—. He viajado en un barco, pero no en esta clase de botes.

Jefe rio, adquiriendo un aire más jovial.

—Si eso es lo que desea, señora —dijo, señalando el bote—. Súbase, *milady*. En un momento estará en el agua.

Deirdre resplandeció cuando él arrastró el bote por la arena. Desmontó grácilmente y corrió a atar a *Alegría* y *Roderick* a una palmera.

—¿En serio? Oh, es...

Se dispuso a subir al bote cuando se balanceaba sobre las olas. Pero en el último momento se acordó de los modales que debía mostrar una dama... ¡y un caballero!

—¡Tiene que ayudarme a subir al bote! —pidió—. ¡O no estará bien!

Le tendió la mano con afectación. Jefe la tomó con el ceño fruncido. Deirdre ya estaba en el agua, en realidad podría haber subido sin ayuda. Pero entonces Jefe disfrutó de sostener su mano. Estaba caliente y seca y era pequeña y necesitada de protección. La mano de él era dura y fuerte, presta a agarrar, a veces quizás áspera... Intentó coger la de la muchacha con delicadeza.

Deirdre se deslizó en el pequeño bote, se sentó en uno de los asientos y dejó colgar la mano en el agua con sensualidad.

—Supongo que se hace así, ¿no? —Sonrió, echó la cabeza atrás y expuso el rostro al sol con los ojos cerrados—. Así... fluyendo hacia algún lugar...

—¿Fluyendo hacia un lugar? —Jefe frunció el ceño. Deirdre volvía a desconcertarlo—. ¿Qué es lo que se hace así?

La joven soltó una risa cristalina.

—Ay, claro, por supuesto, usted nunca ha leído novelas inglesas románticas —se burló—. Pero me imagino que se trata de esto. En Inglaterra, quiero decir. Cuando los aristócratas organizan una comida campestre junto a un lago en un parque. Y los jóvenes caballeros invitan a las damas a dar un paseo en bote. Entonces las ayudan a subir, por lo que supongo que debe de haber un embarcadero para que no se mojen. —Contempló sus botas de montar, en las que había conservado los pies secos, pero que seguramente no se correspondían con el calzado que llevaba la nobleza inglesa en una comida campestre—. Y entonces las damas se tienden en el bote y los caballeros reman...

—¿Y eso para qué? —preguntó Jefe—. ¿Adónde van remando?

Deirdre volvió a reír.

—Podría decirse que remando se alejan de la playa, donde están los padres y las damas de compañía que no pierden de vista a las muchachas y su virtud.

Entretanto, Jefe había cogido los remos y avanzaba con impulsos enérgicos y seguros rumbo a mar abierto.

—Se apartan un poco de la vista —siguió explicando Deirdre—. Y los más atrevidos reman quizás hacia una isla o un cañaveral, y entonces...

—¿Entonces qué? —Jefe subió los remos y dejó que el bote se meciese.

—Bueno, se cuentan sus intimidades y... a lo mejor la chica hasta permite que el chico le dé un beso...

Jefe miró desconcertado a aquella joven que tan despreocupadamente yacía en el bote y que jugaba a algo que él no entendía. Pero sabía en qué terminaba, y ella también debía de saberlo. Jefe se inclinó hacia delante y besó a Deirdre. Olió el perfume de sus cabellos, sintió la dulzura de sus labios, se arrodilló frente a ella y la cogió entre sus brazos. Sin plantearse nada besó su rostro, su escote, y le abrió el corpiño. La muchacha no hizo ademán de rechazarlo. Lo apretó contra ella con una pasión que nunca antes había sentido.

—¡Quiero verte! —musitó ella, y sonrió cuando él se liberó de sus vestiduras.

Deirdre contempló maravillada la piel azabache y los músculos turgentes y gimió cuando él le subió la falda del traje de montar y la penetró con ímpetu.

Al final ambos yacieron uno al lado del otro, jadeantes, sobre las incómodas tablas del bote. Aun así, ninguno de los dos parecía encontrarlo desagradable, los dos estaban deseando repetir la experiencia. Deirdre empezó a excitar a Jefe de nuevo en cuanto este hubo recuperado el aliento; esta vez era el cuerpo más delgado y flexible de ella el que jugueteaba con el de él. Dejó que su cabello, que se había soltado, cayera sobre él y lo provocó cogiendo un mechón entre los dedos y dibujando en la piel de Jefe al juego de luces y sombras. Se sentó sobre él, lo acarició con los labios, las manos, se frotó contra su cuerpo firme, rodeó con los cabellos el sexo de él, que se liberó fácilmente de esta atadura.

Fue como si ambos hubiesen sido presa de un delirio que empezó a aplacarse lentamente cuando el sol ya había alcanzado el cenit. Lo que quedaba era sopor, satisfacción y una burbujeante alegría anticipada por su próximo encuentro. No experimentaban ninguna sensación de vacío, ningún sentimiento de culpa. Era como si eso hubiese tenido que ocurrir entre ellos, como si respondieran a un mandato de la naturaleza. Deirdre miró afligida su alianza nupcial.

—Debería habérmela quitado —dijo meditabunda—. La próxima vez me la quitaré.

Jefe se puso la desgarrada ropa, esforzándose por parecer al menos medio vestido. Tendría que comprarse pantalones y camisas de su talla. Deirdre se peleaba con el cabello y el traje de montar. No era fácil vestirse sobre un bote oscilante. Jefe la ayudó a abrocharse el vestido y al hacerlo casi sucumbió al arrebato de quitarse la ropa en lugar de ponérsela.

—Ha sido bonito —dijo ella cuando el bote llegó a la playa de la bahía, que seguía igual de solitaria y abandonada al sol como antes.

A partir de entonces ese lugar siempre sería especial para ella. Era como si un destello dorado cubriera los mangles, las palmeras y la arena.

—Pero ¿por qué tenía que remar antes? —preguntó Jefe.

10

Bonnie mejoraba, pero recuperaba la conciencia solo a ratos, momentos que Victor y Amali aprovechaban para administrarle los remedios o darle agua o sopa. Bonnie lo tomaba todo dócilmente, pero caía después de nuevo en la inconsciencia. A veces creía que Jefe estaba a su lado y le cogía la mano, pero no podía mantenerlo con ella, era un sueño.

Fue al tercer día de convalecencia cuando la muchacha abrió los ojos y logró tomar conciencia de dónde estaba, o al menos lo intentó. La habitación en que se encontraba le pareció demasiado elegante y su cama demasiado mullida para ser reales. Y el camisón que llevaba, los encajes dorados, la agradable sensación de la seda sobre la piel... Todo eso no era del mundo al que ella pertenecía.

—¿Estoy en el cielo? —preguntó obnubilada.

Bonnie no creía estar en el cielo, y la imagen de la joven negra sentada junto a su cama con una labor en las manos confirmaba su escepticismo. Seguro que no existían ángeles negros, y menos aún que tuvieran a su lado un bebé negro dormido. La muchacha empujaba con el pie la cuna para mecer al niño. Llevaba un atildado uniforme de doncella con una cofia almidonada en el cabello crespo. A Bonnie le recordó a Bridget, la sirvienta de los Benton, pero era imposible que estuviera de nuevo en Gran Caimán... Y esa joven no era reservada y altanera como Bridget, sino que le sonreía amablemente.

—No, es solo la habitación de invitados del doctor —respondió, dejando a un lado la labor—. Por fin despierta. ¡Me alegro! Soy Amali.

—¿Habitación de... invitados?

Bonnie nunca había oído algo así. La idea de que alguien tuviera lista una habitación solo para visitantes le resultaba desconocida. En el mundo de Bonnie el espacio donde uno habitaba siempre era reducido.

—Sí. Tú entender: habitación-para-huéspedes... *Chambre, attend de...* —Amali frunció el ceño. Al principio había utilizado el *patois* de los esclavos y ahora cambió a un francés básico—. Yo creer tú hablar inglés. Como el negro grande...

Parecía decepcionada. De hecho Amali no se alegraba de tener que andar chapurreando en francés. Y menos aún por cuanto llevaba días junto a la cama de la enferma sin quejarse porque esperaba que esta diera respuestas a sus preguntas en cuanto estuviera bien. Estaba deseando saber de dónde procedían ella y el grandullón. Deirdre había contado algo sobre piratas, pero ¡no podía ser!, y ese César tan orgulloso y desdeñoso... ¿Qué relación había entre los dos? Su aparición la fascinaba e irritaba por igual. Se había percatado de que el día anterior se había comprado ropa en el pueblo. Había tirado las prendas desgarradas y manchadas de Lennie. Amali las había encontrado en un rincón del establo y se había preguntado qué habría hecho con ellas. Casi parecía que hubiera estado peleándose con ellas puestas. Pero era imposible, había salido con la señora a caballo hasta la playa...

Amali ardía en deseos de saber más sobre el Grande. Si esa chica ya tenía dificultades con palabras tan sencillas como «habitación de invitados»... El francés de Amali seguía siendo muy pobre.

Bonnie sacudía en ese momento la cabeza.

—Solo hablo inglés —reconoció, y para sorpresa de Amali no hablaba el inglés básico de los esclavos, sino uno casi correcto—. Pero no sé qué es una... una habitación de invitados. ¿Es un hotel?

Amali rio.

—No; esta es la casa del doctor Victor Dufresne y su esposa. A veces vienen sus padres o sus hermanos de visita y por eso tenemos esta habitación preparada, limpia y aseada. Mucho trabajo para nada. Se limitan a arrugar la nariz y mirar la casa con desprecio...

Bonnie se preguntó cómo era posible arrugar la nariz desdeñosamente ante una habitación tan elegante, con tapices de seda, butacas, sofás recamados y mesitas con marquetería. Esa clase de valiosos muebles eran los que transportaba el *Bonne Marie* desde Francia hasta las colonias por un dineral. Ahora pertenecían a la gente del *Mermaid*, adquiridos por un sangriento precio.

—¿Cómo... cómo he llegado hasta aquí? —preguntó al tiempo que trataba de incorporarse.

Tenía la boca seca pero ignoraba si reuniría las fuerzas suficientes para servirse agua de la jarra que había en la mesilla de noche. La joven negra pareció leerle el pensamiento. Llenó un vaso de agua y lo sostuvo junto a los labios de la chica, que bebió ansiosa.

—Te trajo el Grande —contestó Amali—. Un joven que se llama César...

Amali se quedó estupefacta ante el resplandor que emanó de repente del rostro vulgar de Bonnie. Casi embellecía a esa negra flacucha.

—Así que al final lo hizo... Oh, sí, me acuerdo de que me llevó al bote... y lo consiguió.

Pareció recordar también sus heridas, se palpó el cuerpo y enrojeció. Fuera quien fuese el que le había cuidado las heridas y ayudado debía de haber visto que no era «Bobbie».

Amali, quien no sabía nada de ese enredo, vio aparecer su primera oportunidad para enterarse de algo.

—¿Estáis... juntos? —preguntó—. ¿Tú y César?

Por el rostro de Bonnie pasó una sombra.

—No —respondió con abatimiento—. Solo... solo somos buenos amigos.

Amali percibió su frustración.

—Es extraño entre hombre y mujer —observó—. Pero si quieres le aviso que estás despierta, ¿o quieres tranquilizarte un poco antes?

—¿Está aquí? ¿No... no ha vuelto a bordo?

Amali aguzó el oído. Sonaba a barco. Pero hacía más de tres días que no llegaba ninguno a Cap-Français. ¿Sería cierta la historia de los piratas?

—Está aquí y nos ayuda en el establo —respondió—. Y una o dos veces al día viene a verte.

El rostro de Bonnie volvió a iluminarse.

—Oh, está conmigo... —musitó la muchacha, cerró los ojos y volvió a quedarse dormida.

—Ahora vamos a informar al doctor —anunció Amali al bebé, mientras levantaba la cesta—. Se alegrará de que haya despertado.

—¿Y qué ha contado?

Amali ayudaba a Deirdre a desvestirse. Ya le había comunicado que la pequeña paciente del señor por fin había despertado. Para su sorpresa, la señora mostraba la misma curiosidad por obtener informaciones sobre la chica que la propia Amali. Y eso que ella suponía que el Grande ya le habría contado más cosas a los señores. Ese negrazo no podía presentarse por las buenas con una muchacha casi moribunda sin dar ninguna explicación, e instalarse en la casa de los esclavos sin informarles de nada. Y además se había convertido en una especie de guardia personal de la señora, un trabajo que parecía agradarle más que el de la cuadra. En cuanto la missis salía de casa, él ya estaba rondándola. Ella parecía confiar en él, y eso no solía pasar cuando casi no se conocía a una persona. Encima, los Dufresne podían ser demandados por acoger a un esclavo fugitivo. ¿O a un bucanero?

—No me ha contado mucho —respondió Amali—. Y yo tampoco he preguntado. Todavía está muy débil, vuelve a dormirse enseguida. Pero está enamorada del Grande.

Las sirvientas se habían acostumbrado a llamar a Jefe «el Grande»... Así imitaban a Victor, quien no conseguía pronunciar el nombre del muchacho negro sin mostrar una sonrisa entre indulgente y sarcástica.

Deirdre se estremeció.

—¿Que está qué? —preguntó.

—Ama al hombre que la ha traído aquí —contestó Amali sin inmutarse, y empezó a cepillarle el pelo—. Pero si quiere saber qué pienso yo, missis...

—¿Cómo lo sabes? —La voz de Deirdre sonó casi estridente—. ¿Lo... lo ha dicho ella?

Amali rio.

—Se le nota —contestó—. En cuanto hablas de él, reluce como un candelabro, y cuando lo ve...

—¿Ha ido a verla?

Amali creyó ver en el espejo que los ojos de Deirdre destellaban. Parecía iracunda. ¿O estaba preocupada?

—Claro que va a verla —respondió—. Pero para mí, missis, que no se preocupa mucho por ella. En cualquier caso no... no como si ellos...

Hizo un gesto breve y obsceno que solo podía permitirse en presencia de Deirdre porque las dos se acordaban muy bien de quién era el joven negro que se lo había enseñado por primera vez en un rincón del poblado de esclavos en Cascarilla Gardens.

Amali percibió que Deirdre parecía tranquilizarse. Y se preguntó cuál sería la razón.

—Ella dice que son amigos —prosiguió, y escuchó luego pasmada cómo Deirdre contaba lo que sabía de la historia de Bonnie.

—Pueden haberse hecho amigos en el barco pirata y ella debe de haberle revelado su secreto —concluyó Deirdre—. O ya se conocían de la isla de donde proceden. Aunque no sé de dónde viene ella. A lo mejor era esclava...

Amali asintió.

—Seguro que lo era, missis —señaló—. ¿No ha visto las

cicatrices que tiene? Le pegaban, missis, y seguro que el backra habrá hecho con ella cosas aún peores. Pobrecita. Y ahora se enamora del primer granuja que...

Deirdre tuvo que contenerse para no defender al granuja. Pero ya hacía tiempo que se había dado cuenta de que a Amali no le caía bien. Tendría que ser prudente cuando se encontrara con él. Suspiró. Habría sido más fácil si hubiese podido compartir el secreto con la doncella, pero era imposible guardar secretos íntimos ante los criados personales. Deirdre pensó unos instantes que, de todos modos, lo que hacían ella y el misterioso negro era espantoso. Se habían vuelto a ver ese día y habían hecho el amor en la playa de la bahía. Era muy arriesgado pero los dos habían gozado. Y seguro que ella no pondría el punto final a la relación. Era demasiado emocionante sentirse plenamente viva.

Las semanas que siguieron, Deirdre y Jefe se amaron allí donde se les presentaba la posibilidad: en la bahía y en el bosque, incluso en el establo. Muy pocas veces y solo cuando ella estaba segura de que Amali y Victor no estaban en casa, conducía a su amante a su propia cama, lo que ambos disfrutaban especialmente. A los dos les gustaban los juegos arriesgados. No obstante, en cada uno de sus encuentros, antes de empezar el juego del amor, Deirdre se sacaba religiosamente la alianza de casada, gesto que le permitía olvidarse del pudor y sus obligaciones. Actuaba con la mayor naturalidad y sin mala conciencia. Fuera lo que fuese lo que hiciese con su pirata negro, le parecía que eso no afectaba su relación con Victor. Y el amor con Jefe era distinto a todo lo que había experimentado con su marido hasta entonces. Ambos probaban gustosos lo que el negro había aprendido de las rameras que ejercían en los puertos del Caribe y lo que se le ocurría a Deirdre, y así excitaban y exploraban sus cuerpos. Era un sentimiento extraño ir conociéndose de esa manera, pero, por otra parte, también lo era sentir tal confianza que desde el principio no experimentaban vergüenza ni culpabilidad. Para Deirdre era tan natural amar al pirata como respirar, no pensaba en Victor ni en lo que le estaba haciendo. Y tampoco lo dejó de lado. Seguía permitiendo que él le prodigase sus dulces caricias cuando la deseaba e incluso se complacía con ello. Seguía sintiendo amor y ternura por Victor, pero comparado con lo que sentía por el pirata era cosa de niños. Con este último explotaba, ardía en llamas, mientras que con su marido solo se mecía suavemente. La seguridad que Victor le ofrecía palidecía ante la naturaleza indómita de Jefe, su valor y su arrojo ante el riesgo. El corazón de Deirdre se aceleraba cuando oía a sus espaldas el crujido de una rama mientras hacían el amor en el bosque, y también cuando creía oír la puerta de la casa o del establo mientras lo estaban haciendo sobre la paja o en la cama.

Jefe, por el contrario, solo se reía de esas cosas y nada parecía atemorizarlo. No habría vacilado a la hora de enfrentarse a Quentin Keensley en aquella fiesta, habría peleado con la espada, no con la palabra, fueran cuales fuesen las consecuencias de ello.

Esto daba alas a Deirdre, que también se arriesgaba cada vez más y jugaba con el peligro de ser descubierta. Y nunca se imaginaba las consecuencias de ello. Con César se sentía invencible. La vida era una aventura y Deirdre solo sentía el calor del volcán sobre el que bailaba, no el fuego que estaba listo para devorarla.

Victor facilitaba en grado sumo que su esposa le engañara. Confiaba ciegamente en ella, jamás se le habría ocurrido dudar de una de las disculpas o pretextos con que justificaba las horas que pasaba cabalgando con su «mozo de cuadra». Pese a ello, Victor ya había percibido que el negro apenas se sostenía sobre un caballo, al menos al principio. Debería haberse preguntado cómo aguantaba Jefe medio día en la silla de montar, pero era un cándido. El joven médico nunca comprobaba si era cierto lo que Deirdre le contaba acerca de sus visitas o encuentros con conocidas para tomar el té. Y tampoco se quejaba del creciente desinterés de su esposa por los placeres de alcoba. Hasta entonces, cuando llegaba tarde a casa tras visitar a los enfermos, solía ser Deirdre quien tomaba la iniciativa para que se amaran. Ya no proponía juegos amorosos, sino que seguía las indicaciones de su marido cuando él no estaba demasiado cansado.

El joven doctor nunca hubiese relacionado el buen humor y el aspecto espléndido de Deirdre con la presencia de Jefe. Tras los primeros meses en Cap-Français la joven solía estar mohína y aburrida, pero era evidente que se había reanimado. Victor se alegraba sin más. Tampoco comentaba que ella ya no insistía tanto en pasar al menos dos fines de semana al mes en Nouveau Brissac. A fin de cuentas, él se alegraba de permanecer más tiempo en casa y no tener que atender a hacendados desquiciados. Creía que la actitud de Deirdre se debía a que salir a montar acompañada le permitía pasear por Cap-Français y sus alrededores. Y quizá ya no le ponían de los nervios las indirectas de su madre: Deirdre seguía sin quedarse embarazada y Louise Dufresne se lo tomaba como un asunto personal...

Victor solo se preguntaba por qué los cotillas de la comunidad no se molestaban en chismorrear sobre las salidas de Deirdre con Jefe. Tal vez allí fuese normal que las mujeres jóvenes saliesen a cabalgar en compañía de chicos negros, siempre que lo hicieran, pues pocas eran las mujeres de las colonias que montasen por placer. También en Inglaterra había mozos de cuadra que iban tras audaces amazonas en las cacerías como «vigilantes» sin que nadie se escandalizara por ello. Pero Victor habría esperado que ahí, en Saint-Domingue, al menos las damas de la congregación de la iglesia hablaran de ese asunto y quisieran comprobar que el marido estaba al corriente. Le sorprendía que no hubiese ocurrido. Deirdre podría haberlo explicado fácilmente: ponía mucho cuidado en que nadie la viera con su acompañante. Una observadora perspicaz habría descubierto en los rostros radiantes y acalorados de la amazona y el negro que algo turbio había entre ellos.

Últimamente Amali lanzaba unas extrañas miradas a su señora cuando salía con el apuesto negro. Como Deirdre intuía, era más fácil mantener la relación alejada del conocimiento de su marido que del personal de servicio.

Al principio, Deirdre también se había preocupado por Bonnie. Si era cierto que estaba enamorada de Jefe —y cuando Deirdre presenció una visita de su amante a la enferma se le disiparon todas las dudas—, tendría que sentir que su hombre se le escapaba. Pero Bonnie no notaba nada. Parecía simplemente dichosa cuando podía estar un rato con él y contemplaba con sincera admiración a la esposa del médico. Nunca había visto a una dama de la alta sociedad, seguro que no procedía de una gran plantación. En cualquier caso, agradeció a Deirdre, tímida al principio y luego entusiasta en exceso, que le hubiera prestado el camisón. Nunca había visto algo tan bonito.

—A que es bonito, Je... César, ¿verdad? —se reafirmaba con su amigo.

Casi parecía un conmovedor intento de coquetear. Pero Jefe solo la miró ceñudo y Bonnie lamentó su desliz. Desde que estaba ahí, había vuelto a pensar en él por su auténtico nombre. El pirata César Negro era digno de admiración y ella lo respetaba, pero el hombre con quien soñaba era Jefe, si bien nunca debía dirigirse a él con ese apelativo. El día anterior el joven había despotricado porque a ella se le había escapado el nombre cuando estaban solos. Bonnie no entendía por qué reaccionaba tan alterado. A Jefe no lo buscaba nadie por su auténtico nombre y podría haber seguido utilizándolo sin más fuera del *Mermaid*. Pero el muchacho estaba decidido a olvidar todo lo que tuviera que ver con su pasado como Jefe. Bonnie lo lamentaba y esperaba, con su inquebrantable optimismo, que eso cambiara en algún momento.

La muchacha no se percataba de las miradas de amor y

veneración que intercambiaban Jefe y Deirdre. Únicamente las notó Amali cuando presenció una visita de los dos a la enferma, pero solo podía compartir sus observaciones con el bebé y la pequeña Nafia: «El Grande mira a la missis igual que la flacucha lo mira a él...»

Pero Bonnie pronto encontró un amigo en quien confiar y a quien contar sus preocupaciones. Se trataba del propio doctor, que seguía atendiendo con creciente satisfacción a esa paciente que se reponía con lentitud. Aun así, su interés por la muchacha no era en absoluto de naturaleza sexual. Victor no tardó en descubrir que poseía una mente despierta y que tras la fachada esquiva que presentaba, siendo él un hombre extraño, había una criatura abierta y cordial.

La trataba con prudencia. También él había visto las cicatrices de su cuerpo y las había interpretado correctamente. Por consiguiente, evitaba tocarla, incluso encargaba a Amali que le cambiase las vendas. Pero le gustaba sentarse junto a su lecho para hablar con Bonnie. Y la joven no tardó en contarle su historia. Naturalmente, se guardó algunas cosas, sobre todo la muerte de su backra. Sin embargo, le habló con todo detalle de su vida en el barco, de su ascenso a artillero y de los trucos que la ayudaban a pasar por chico. Y últimamente también le hablaba de sus sueños. En algún momento haría como Twinkle y se asentaría en un lugar.

Victor compuso una mueca cuando la muchacha expresó su intención de volver al *Mermaid* con su amigo.

—Bonnie, no sé qué planea César —repuso con cautela—. Tal vez quiera volver a la piratería. Pero si... si significas algo para él, Bonnie, entonces os aconsejaría que permanecierais en tierra. Un hombre fuerte como él podría seguir con esa clase de vida unos diez años más. Pero para ti es imposible. Veo cómo te ha ido a ti...

—Cualquiera puede resultar herido en un combate —objetó Bonnie.

Victor se frotó las sienes.

—Las mujeres no suelen intervenir en combates —señaló—. Admito que también un grumete o un cañonero adulto habría podido resultar herido. Y con los tratamientos que aplican en el barco también el hombre más fuerte habría tenido muchas probabilidades de morir. Visto así, tuviste suerte de no caer en manos de vuestro carpintero... Pero, aparte de eso, estás demasiado delgada, Bonnie, tu organismo está agotado. Mira cuánto te cuesta recuperarte de la fiebre.

En las tres semanas que Bonnie llevaba en casa de los Dufresne su herida había sanado, pero seguía demasiado débil para ponerse en pie. Para ir al lavabo tenía que apoyarse en Amali y luego se alegraba de regresar a la cama.

—No habrías aguantado mucho más —siguió advirtiéndole Victor—. Y si un día te caes y César no anda por ahí para ayudarte, descubrirán tu engaño. Y, ¿qué pasará entonces, Bonnie? ¿Lo has pensado?

La muchacha se mordió el labio. No lo tenía claro, pero no creía que los hombres del *Mermaid* fueran a hacerle algo, querían demasiado a su Bobbie. Aunque seguro que tampoco le permitirían seguir a bordo. Probablemente el capitán Seegall pediría a la tripulación que votase, y todos optarían por dejarla en el siguiente puerto. Y entonces...

Ella esperaba que Jefe no la abandonara, pero no era seguro. Tal vez quería que ella siguiera su camino, tenía su propio dinero. ¿O se lo quitarían?

Bonnie se frotó la frente, pensar en esas cosas le producía dolor de cabeza.

—Las perspectivas no son nada halagüeñas —resumió Victor los mudos pensamientos de la joven—. Así que te aconsejo no correr el riesgo. Lo más inteligente sería hacer ahora lo que has planeado hacer a la larga. Juntad vuestro dinero y emprended algo razonable. César y tú.

Bonnie lo miró vacilante. ¿Creía realmente el doctor que Jefe aceptaría algo así? ¿Había visto algo en la mirada o la actitud del joven negro que a ella se le escapaba?

—César... César no querrá quedarse —señaló, devolviendo a la realidad al médico y también a sí misma—. Él... creo que no se interesa por mí. Y... y el dinero tampoco sería suficiente, yo...

Victor la interrumpió.

—¡Algo se interesará por ti ese chico si ha dejado su querido barco pirata para traerte aquí! Te ha salvado la vida corriendo cierto riesgo. Así que algo significas para él. Y en cuanto al dinero, habría que ver qué tipo de negocio os podríais plantear. Seguro que algo se podrá hacer. Mi esposa, por ejemplo, está muy satisfecha con César como mozo de cuadra. Podría seguir viniendo por aquí y trabajar por horas que nosotros le pagaríamos. Y si no... os podríamos dar un crédito, o ser fiadores. Me siento un poco responsable de ti, Bonnie. No me gustaría enviarte de vuelta a un futuro incierto.

La negrita sonrió y luchó por contener las lágrimas. Nunca nadie había sido tan bueno con ella. Nunca nadie le había ofrecido algo sin pedir nada a cambio, y nadie, salvo tal vez Twinkle, había creído tanto en ella. Aunque Twinkle había creído en el pequeño Bobbie, no en Bonnie.

—¿Quieres que hable con César? Si le hago ver lo que la vida en el barco pirata significaría para ti...

La muchacha apretó los labios y sintió el tímido despertar de una esperanza. ¡A lo mejor Jefe se interesaba y podían aceptar el ofrecimiento del doctor! Quizás ella tenía un futuro con su auténtico cuerpo y su auténtico nombre. Quizás alguien la protegería por una vez.

Bonnie asintió.

11

—El cabeza de chorlito de tu marido me ha preguntado si no querría casarme con Bonnie y montar un tenderete en este pueblucho.

Victor acababa de irse en el coche a visitar a sus pacientes cuando Jefe se dirigió ceñudo a Deirdre. Esta había ido para montar en *Alegría*, y mostraba cierta preocupación. Durante el desayuno su esposo le había dicho que pensaba hablar con su amante.

—¡No hables así de Victor! —reprendió a Jefe, enfadada de verdad—. No es un cabeza de chorlito, solo es... un poco ingenuo. Tanto que a veces hasta me avergüenza engañarlo. Y la idea de que te quedes aquí con Bonnie tampoco me parece tan mala. —Encabestró a la yegua y se dispuso a sacarla del establo.

—¡¿Quéee?! —Jefe replicó con tal vehemencia que *Alegría* dio un respingo—. ¿Quieres que me case con Bonnie?

—Me gustaría que te quedases —resumió Deirdre—. Y Victor tiene razón en que Bonnie necesita un protector. A lo mejor no tienes que casarte con ella de inmediato. Podrías administrar el negocio como... bueno, como si fuerais hermanos, por ejemplo.

Jefe gimió.

—Deirdre, ¡para abrir una tienducha con Bonnie, ya podría haberme quedado en Gran Caimán! —se le escapó.

Deirdre lo miró con interés.

—Conque venís de ahí, ¿eh? Y no me mires así, no se lo diré a nadie. También puedo entender que no te apetezca abrir un negocio aquí y matarte trabajando... Aunque trabajar de mozo de cuadra para mí te gusta, ¿no?

Se arrimó a él para rozar su cuerpo con discreción. No se atrevía a un beso en el poste para atar los caballos que había delante del establo. Si Amali o la cocinera pasaban por el patio podían pillarlos.

Jefe la miró.

—¿Lo ves así? ¿Soy... soy para ti un mozo?

—Mi esclavo... —se burló de él, mientras ataba a *Alegría* para cepillarla. Esa era tarea para un mozo de cuadra, pero su amante no se metía tan a fondo en su papel. De todos modos, el joven puso sobre el caballo la pesada silla de amazona—. Un hombre que me pertenece. En cuerpo y alma...

Él no pareció encontrarlo divertido.

—Entonces puedes comprarte otro en el mercado cuando yo me haya ido —señaló, poniéndole con brusquedad la silla a *Roderick*, que soltó un resoplido de sorpresa.

—Ten cuidado con el caballo, es posible que sea más caro que un esclavo —prosiguió Deirdre, pero cuando se percató de que Jefe estaba enfadado se acercó—. Anda, grandullón, solo es broma. Tú me perteneces y yo te pertenezco... tú eres mi amo y yo tu ama. Es lo que pasa con el hombre y la mujer...

Jefe la estrechó entre sus brazos y la sorprendió besándola. Le daba igual que alguien los viese.

—¡Eso sí quiero ser! —afirmó a continuación—. Tu hombre. No tu esclavo, no tu amante. Simplemente tu... tu esposo... —Sonrió, casi algo desconcertado.

Deirdre miró inquieta alrededor. Dio gracias a Dios de que nadie de la casa anduviese cerca de allí. Se preguntó si debía reprender a Jefe, pero optó por sacudir la cabeza y sonreír.

—Ay, César... ¿cómo va a suceder algo así? Yo ya estoy

casada, ¿te acuerdas? Y tú tienes a Bonnie, de quien has de ocuparte...

Jefe protestó iracundo.

—¡Bah, olvídate de Bonnie! —exclamó con frialdad—. Ella ya se las apañará. Con todo el dinero que ha ahorrado... Y todavía tendrá más si vuelve al barco conmigo. En algún momento aparecerá algún tipo que finja quererla.

Deirdre frunció el ceño. Este aspecto de su amado no le gustaba. Lo mostraba pocas veces, pero cuando hablaba tan grosera y despectivamente de Bonnie o de Victor, ella dudaba de su amor. ¿Era ese hombre capaz de amar? ¿O tan solo le gustaba jugar con fuego?

—¿No crees que Bonnie sea digna de amor incluso sin dinero? —preguntó con severidad—. ¿Y conmigo qué sucede? Si abandonara a Victor yo tampoco tendría dinero. Es muy generoso, pero no seguiría manteniéndome si me fuera contigo. ¿Cómo te imaginas la historia? ¿Tú te haces a la mar y yo me siento y te espero?

Jefe sacudió la cabeza.

—Mientras yo tenga que navegar, deberás aguantar aquí —contestó—. Pero no será por largo tiempo. Ahorraré todo el dinero, no gastaré nada. Y es más, voy a involucrarme en serio en el abordaje de los barcos más jugosos. A lo mejor me presento para que me elijan intendente o teniente... —El puesto de teniente, el sustituto del capitán en la batalla, no estaba en esos momentos ocupado en el *Mermaid*—. En cualquier caso, ganaré dinero, Deirdre, te lo prometo. Y más que tu doctor. Cuando luego me instale en algún sitio contigo, entonces quizá... quizá pueda trabajar como comerciante... como armador...

Deirdre rio.

—¡Esto sí que es planear por todo lo alto! —se mofó—. Pero yo no necesito ni una casa grande ni a un hombre rico. Me bastaría con tenerte cerca de mí. Por no decir que la situación, tal como está, me satisface plenamente. Así que deberías reflexionar si no quieres simplemente quedarte aquí y de paso hacer feliz a Bonnie.

La joven no mencionó que con esa solución se ahorraba hacer desdichado a Victor. Aunque soñaba con vivir con César, no veía ninguna posibilidad objetiva de conseguirlo. Tampoco estaba del todo segura de que de verdad quisiera eso. En el fondo, lo único que la unía a su pirata era la pasión. Él era poco dado al romanticismo, a conversar y bromear. Tomaba posesión de su amada, la satisfacía y se satisfacía, pero a partir de ahí no tenían gran cosa en común. El fornido negro no se preocupaba por picnics románticos, devoraba la comida en un abrir y cerrar de ojos y luego le faltaba tiempo para desnudar a Deirdre. Tampoco disfrutaba con los paseos a caballo, aunque a esas alturas ya montaba mejor.

Deirdre había insistido en darle una especie de clases de equitación, pero él solía reaccionar mal frente a sus indicaciones. No le gustaba que ella lo corrigiese. Incluso ahora, cuando se sentaba bastante bien en la silla de montar, lo que le interesaba al salir con el caballo era llegar a un sitio concreto donde hacer el amor sin que nadie los molestase. Una carrera a galope tendido o pasear con los caballos una al lado del otro, en silenciosa dicha, dejándose impregnar por la belleza del entorno... todo eso no le producía el menor estímulo. Cuando Deirdre se imaginaba viviendo con él, eso se reducía a un dormir y despertar juntos, unido a hacer el amor muchas veces. ¿Valía la pena tanto sacrificio por eso? Bonnie, Victor... Y en su propio caso, además, la decepción de sus padres, el rechazo de la sociedad... ¿Qué pensarían de una pretendida blanca que se escapa con un mozo de cuadra?

No, para Deirdre todo podía quedarse tal como estaba, y el planteamiento de Victor le parecía más que apropiado. En las siguientes horas convenció a Jefe para que, por lo menos al principio, no se negara categóricamente.

Sin embargo, pasaron dos cosas que anticiparon los sucesos y que obligaron a Jefe a tomar una decisión rápida.

—¿Así que la pequeña se queda de verdad con su grandullón? —preguntó la cocinera.

Estaba sentada con Amali y Nafia en la cocina, donde por una vez reinaba un ambiente muy relajado entre los sirvientes. Amali lo atribuía al hecho de que Victor y Deirdre habían puesto a Sabine por los cielos. Los señores habían invitado a unas pocas personas: el reverendo y su hermana, un profesor y su esposa, el tipo de gente con quien el médico de una pequeña ciudad suele tener más trato. Nadie había esperado para la ocasión ninguna preparación culinaria especial, pero Sabine se había superado en la elaboración del menú y por una vez no se había quejado de tener demasiado trabajo. Ya contaba con ayuda suficiente. Amali servía con gran maestría la mesa y se la veía la mar de atildada con su uniforme de criada. Nafia había estado ayudando en la cocina, demostrando ser muy hábil, y también Bonnie había puesto de su parte. Desde hacía pocos días, tras seis semanas de convalecencia, podía mantenerse en pie. Después de que los invitados se hubiesen ido, se había ido a la cama exhausta. Amali y Sabine bebían del vino sobrante. Nafia, que se atiborraba con los restos de la comida, comentaba los cotilleos de las mujeres o traducía a su hermana. A ella la nueva lengua no le resultaba tan difícil como a Amali.

Pese a ello, Amali comprendió la alusión que Sabine había hecho a Bonnie y Jefe y dio su opinión.

—Bonnie así lo espera —puntualizó—. Y el doctor. Ha encontrado una tienda para ella, muy cerca de la taberna donde ahora trabaja Lennie, al principio del barrio del puerto. Un lugar honrado si no estafan a los clientes. O clientas. Bonnie quiere vender joyas y vestidos como los *pacotilleurs*. Los ofrecerá en la tienda y también irá por las plantaciones. El doctor dice que no le importa acompañarla fuera de la ciudad. Con él seguro que puede acceder a propiedades donde no dejan entrar a *pacotilleurs*.

Sabine asintió. Eso último en especial podía convertirse en un negocio lucrativo. Tanto la cocinera como Amali eran buenas clientas de tiendas que ofrecían todo tipo de naderías para embellecerse, y precisamente a las esclavas de las plantaciones les encantaban las baratijas que daban cierto color a su vida de por sí bastante gris. No obstante, desde que la gente de Macandal causaba estragos entre los hacendados, cada vez eran más los propietarios de esclavos que seguían el ejemplo de Jacques Dufresne, quien había prohibido la entrada a sus terrenos de los comerciantes. Si el doctor lograba introducirla, seguro que se ganaría bien la vida. Y ese negocio tampoco exigía grandes inversiones. Bonnie y su amigo saldrían adelante con el dinero «ganado» en el *Mermaid*.

—Pero si queréis saber qué pienso... todavía no puedo creérmelo —añadió Amali tras sus anteriores comentarios—. El Grande....

En ese momento la interrumpió Nafia.

—*Mais est-ce que le Grand peut se marier avec Bonnie s'il embrasse la missis?* —preguntó la niña sin malicia.

—¿Qué? —preguntó Amali. Creyó no entender bien—. ¿Quieres saber si el Grande puede casarse con Bonnie aunque bese a la missis? —Miró a Sabine con una expresión inquisitiva.

—¿Él besar a la *madame*? —preguntó la cocinera, no menos desconcertada—. ¿Cómo lo sabes?

—Los he visto —contestó Nafia en inglés a su hermana—. En el establo, muchas veces. Él la besa y la acaricia y creo que hacen...

Con el pulgar y el índice de la mano izquierda hizo un círculo y metió el dedo de la mano derecha dentro, sonriendo con timidez.

La cocinera lo entendió.

—Nafia, no poder ser esto —dijo seria—. No tener que decir una cosa así o el Grande tener problemas. El mèz buen hombre, pero cuando yo imaginar qué hace mèz Jacques en la plantación con uno que dice que hombre negro y mujer blanca... Con los dos, con el hombre y con el que haya dicho...

Amali se había quedado petrificada.

—Pero ¿y si tiene razón? —preguntó obstinada, volviendo al inglés—. Por el amor del cielo, Nafia, no lo vayas diciendo por ahí, pero puedo creer que no es una mentira. Maldita sea, hacía tiempo que yo misma lo sospechaba, pero no pensaba que pudiera ser verdad. Que la missis... que Deirdre engañe al doctor... Mañana hablaré con ella. ¡Esto no puede ser! Nos llevará a todos a la ruina. —Se levantó resuelta—. Ven, Nafia, vamos a dormir. Mañana será un día duro.

Amali no se contuvo cuando acudió a la llamada de Deirdre para ayudarla a peinarse y vestirse. Deirdre había desayunado con su esposo en bata y tenía intención de salir a dar un paseo a caballo. Naturalmente con el Grande. Pero a ese le pondría freno.

Con expresión avinagrada, llamó a la puerta de su señora, que abrió.

—Rápido, Amali, que llego tarde. César ya habrá ensillado los caballos. Cogeré el traje verde, y por favor no me ciñas tanto el corsé...

Deirdre sonrió. Era obvio que estaba de un humor excelente.

—¿Para que a César no le cueste tanto soltarlo, missis? —preguntó, y confirmó sus sospechas en la expresión desconcertada de Deirdre.

—¿Có... cómo lo sabes? —preguntó con voz ahogada, para reaccionar enseguida—: ¿Qué dices? —espetó, intentando que su voz sonara firme y decidida—. ¿Qué te has creído? —Levantó la barbilla afectando indignación.

Amali puso los ojos en blanco y de doncella se convirtió en amiga.

—Deirdre, nunca has sabido mentir —señaló sin perder la calma—. Mama Adwe siempre sabía cuándo habías cogido un trozo de pastel de miel, le bastaba con mirarte a la cara. Y yo ahora también lo veo. Al igual que veo que estás enamorada. Se te nota porque hace semanas que los ojos te brillan cuando hablas de tu negro. Pero ¿es que no podéis ser un poco más prudentes? No, no intentes negarlo, Nafia os ha visto en el establo. ¡Y no solo una vez!

—Tú... tú...

Deirdre no sabía qué responder. Algo en ella la empujaba a gritar a Amali y amenazarla. César lo habría hecho, de eso estaba segura, sin duda lo mejor era negarlo todo obstinadamente. Pero las mentiras no acudían a sus labios.

—Y ahora no busques un castigo para mí —prosiguió Amali—. Me has dado un salvoconducto, ¿ya te has olvidado? Soy tu amiga...

—Entonces... ¿no le contarás nada a Victor? —susurró Deirdre.

Amali negó con la cabeza.

—No, claro que no. Sería horrible. Él confía en ti. Te ama. Eso le rompería el corazón.

—Pero ¡amo a César! No es algo que haya buscado, simplemente sucedió... Yo no quería hacer daño a Victor, pero... —En su rostro se perfiló una sonrisa—. Si me ayudas, Amali, no pasará nada. Nunca lo descubrirá. Ay, Amali, ya hace tiempo que quería contártelo, pero pensaba que César no te caía bien y... —Hizo ademán de abrazar a la doncella, pero esta la rechazó.

—No me gusta —dijo lacónica—. Pero incluso si me gustara, tampoco te ayudaría.

Deirdre la miró desconcertada.

—Pero has dicho que eres mi amiga...

—¡Y por eso mismo no te ayudaré! Porque sé que no te conviene. Ese tipo no le conviene a nadie, y a ti menos que a nadie. Si Victor te repudia... ¡Ante la ley eres tan negra como yo!

Deirdre sonrió vacilante.

—Yo también tengo un salvoconducto —murmuró.

Amali se llevó las manos a la frente.

—Sí, lo tienes. Pero lamentablemente no bajo el colchón, como yo. El tuyo lo tiene tu marido.

—Victor... ¡Victor no llegaría a romper mi salvoconducto! —replicó Deirdre—. Por mucho que yo lo decepcione, él... él es una buena persona.

—Te lo daría —coincidió Amali, apaciguadora—. Es realmente una buena persona. Pero ¿qué haríamos entonces, Deirdre? ¿Crees que el mèz necesita a una doncella? ¿Y a su hermanita? ¿Y a su hijo? Nos pondría a todos contigo de patitas en la calle. Y probablemente no querrías volver a Jamaica, ¿verdad? No creerás que a ese negro le darían la bienvenida en Cascarilla Gardens, ¿verdad? O la gente bien de Kingston.

Deirdre puso una expresión compungida. Amali vio cómo reflexionaba. Era posible que por primera vez se estuviera planteando qué futuro le esperaba si se descubría lo de su amante.

La joven se rascó la frente.

—Pero César es... un tesoro. No puedes imaginarte lo que es estar con él. —Juntó las manos suplicante—. No puedo romper con él, Amali, simplemente no puedo. Nuestro amor... —Parecía desamparada.

—Yo también quería a Lennie —dijo Amali con dureza—. Y sufrí cuando él se fue, aunque no me convenía. Se sobrevive, Deirdre, tú misma me lo dijiste. Así que líbrate de este tipo. Envíalo a su barco de piratas o con su Bonnie, aunque ella es demasiado buena para él. Él solo la haría infeliz. Sigue viviendo tu vida. Deja que Nafia y yo sigamos viviendo la nuestra. La de Libby acaba de empezar. Te lo advierto, Deirdre... —Amali alzó la voz—. Antes de que César destroce lo que tienes, ¡yo misma cogeré un cuchillo y se lo clavaré en la espalda! O lo delataré en la gendarmería. Me extrañaría que no estuvieran buscando ya a tu «Cesar *le Grand*!». —Encolerizada, sacó el traje de montar del armario y se lo lanzó a Deirdre—. Aquí lo tienes, ¡póntelo tú misma! Así empezarás a comprender lo que sería vivir con César en una choza. A lo mejor así te resultará más fácil olvidarte de él.

La joven señora se quedó atónita cuando su doncella se marchó. Algo en ella empezó a agonizar. Amali hablaba en serio. Temía por ella y por su familia, y si Deirdre no cortaba esa relación haría algo para que su amado cayera en desgracia. Así que debía poner punto final a aquella historia. Si es que su pirata negro no encontraba otra solución...

—¿Solo hay una mujer que lo sepa? —preguntó Jefe. Su rostro adoptó una expresión acechante, tras la cual Deirdre percibió una gélida determinación: el rostro de un pirata que no retrocede ante la adversidad.

—Es posible que lo sepan todas —gimió ella. Estaba descompuesta después de la discusión con Amali. Llevaba el pelo suelto, ni siquiera se lo había recogido y estaba pálida como la cera—. Nafia seguro, y la cocinera...

—Son pocas —señaló Jefe. Jugueteaba con las riendas del bayo—. Quizá... humm... un incendio...

Los caballos avanzaban por el manglar hacia la playa. Jefe había estado esperando a Deirdre con los caballos ensillados y la había ayudado a montar, pero ella no había aprovechado para, como solía, acariciarlo como por azar. Parecía rehuir el contacto físico. Nunca le parecía alejarse de la casa lo bastante rápido para, tras la primera curva del camino, abrir su corazón a su amante.

—¡César, no pensarás en serio en matar a todo nuestro personal doméstico! —Deirdre rio nerviosa—. Es una locura. Solo podemos hacer creer a Amali que está segura. Por ejemplo, casándote realmente con Bonnie. Y ocupándote de la tienda. Y no viéndonos durante un par de semanas...

—Deirdre, es imposible... —empezó Jefe, pero de pronto señaló la playa—. ¿Qué es eso?

Jefe creyó retroceder seis semanas. En la playa había un bote de remos varado y abandonado, como tiempo atrás el suyo. Hasta los colores coincidían, y eso era justamente lo que le causaba tanta excitación.

—¡Es uno de nuestros botes! —se respondió el negro a sí mismo—. ¡Por Barbarroja, es el *Mermaid*! Es el capitán, han venido...

—¿Ese es el *Mermaid*? —dijo Deirdre burlona, pese a no estar de humor para bromas. El barco pirata debía de estar anclado fuera de la bahía.

Jefe, que se había acercado al bote, advirtió también los indicios de una hoguera bajo un mangle, y Deirdre se dio un susto de muerte cuando dos hombres salieron de la selva vestidos de forma tan extravagante como su amante al llegar. Un hombre alto y delgado, y de pelo oscuro llevaba un tricornio y una chaqueta de brocado seguramente confeccionados para asistir a un baile. El segundo, más alto y grueso, con una pata de palo, llevaba chaleco de terciopelo y pantalones hasta la rodilla.

—¡Sánchez! ¡Pitch! —Jefe espoleó a *Roderick* para reunirse con sus amigos. Se le veía muy intrépido, aunque el salto para desmontar no fue demasiado elegante.

Los hombres dejaron la tortuga que habían cazado como alimento fresco para el *Mermaid* y se dirigieron hacia Jefe.

—¡Vaya, vaya! ¡El Gran César Negro a lomos de un corcel!

Una ancha sonrisa surgió en el rostro gordo y ya sudoroso del pirata cojo, que abrazó afectuosamente a Jefe.

El mulato alto había descubierto a Deirdre, quien sobre la elegante yegua blanca y con el cabello suelto al viento parecía una princesa de cuento.

—¿Y eso? —El hombre se quedó boquiabierto—. Diablos, César, has convertido a Bobbie en mujer o qué... —Sánchez soltó una risotada.

Pitch sonrió burlón.

—¡Ojalá, aunque hubieran tenido que cortarle su mejor parte! Pero esta es una dama... —Se inclinó con torpeza delante de Deirdre—. ¡Menuda presa, César! ¿Dónde la has encontrado? ¿Y dónde está Bobbie? El pequeño sigue vivo, ¿no? Si no te habrías ido a Santo Domingo.

Jefe asintió. A continuación ayudó a Deirdre a desmontar.

—Deirdre Dufresne —presentó ceremoniosamente—. ¡Mi futura esposa!

Ella se ruborizó mientras los hombres lanzaban alegres vítores.

—¡Y estos son Sánchez, el intendente, y Pitch, el cocinero! —añadió Jefe.

Deirdre se puso triste al ver el orgullo con que presentaba a sus amigos. El negrazo no lo percibió, como tampoco que la joven había saludado gélida y concisamente.

—¿Desde cuándo estáis aquí, Sánchez? —preguntó ávido de noticias mientras ayudaba a transportar la tortuga al bote—. ¿Ya está reparado el barco?

Sánchez asintió.

—Está como nuevo. Aunque ha sido largo, pues había un montón de desperfectos. Pero las ganancias del barco apresado son diez veces más que el coste de las reparaciones. Os espera una bonita recompensa a ti y a Bobbie. Y para él hay un extra por la herida. ¿Se ha curado del todo? ¿Dónde está?

Jefe sonrió burlón.

—Sánchez, si tuvieras una cita con un bombón como Deirdre, ¿cargarías con ese bribón de Bobbie? —Hizo un gesto breve y significativo con la mano.

Deirdre se sonrojó.

—Ya... César, una chica y una playa solitaria.... ¡Viejo putero! Pero ¿Bobbie está bien? ¿Podrá seguir navegando con nosotros?

Jefe asintió.

—¡Como nuevo!

Pitch abrió entonces una botella de ron.

—Bebed, chicos... ¡por el reencuentro! Estamos en tierra, podemos celebrarlo. Nos habría gustado ofrecerle un jerez a la dama, pero lamentablemente... —El cocinero volvió a hacer una reverencia.

Deirdre estuvo a punto de pedirle un trago de ron. Primero el estallido de Amali y ahora ese encuentro en la playa: habría necesitado un estimulante. Pero se limitó a lanzarle una mirada de reproche a su acompañante cuando este agarró la botella.

Sánchez volvió a cogérsela sin demora.

—Para, Pitch. No vamos a inducir ahora a que el muchacho se emborrache, tiene algo más importante que hacer.

—Repitió el gesto obsceno de Jefe—. Tiene que despedirse de su chica... —Entonces fue el mulato el que se inclinó delante de Deirdre—. No se tome usted a mal, *mademoiselle*, que hayamos entretenido a su futuro marido. Pero el día es largo... ¡Que te diviertas, César, nos vemos luego!

Saludó jovialmente a Jefe y Deirdre, empujó el bote al agua e hizo subir a Pitch, que no parecía tan entusiasmado. Con unos potentes golpes de remos, los hombres se alejaron.

Deirdre tenía que hablar con César. Sobre las amenazas de Amali, los piratas, Bonnie... pero al principio no pudo hacer otra cosa que caer sin más en sus brazos. En cuanto el bote de remos se perdió de vista, hicieron el amor como nunca antes. Jefe condujo la lujuria de Deirdre hasta niveles inimaginables. La poseyó con el ímpetu y el ansia de un pirata tras seis semanas de abstención en el mar. Al final estaban cubiertos de arena y corrieron al agua para sacudírsela. Se besaron de nuevo y se amaron otra vez después de saborear el salitre en la piel del otro. Para Deirdre, el mar y el cielo se confundían en un único azul. Por unos instantes se olvidó de todo, pensó en que se disolvía y fundía con su amado, quien, a su vez, formaba parte del viento y el agua, el verdor de la exuberante vegetación y el dorado de la arena.

—No estarás pensando en marcharte, ¿verdad? No irás a abandonarme, ¿eh? —preguntó Deirdre con el corazón palpitante.

Jefe estaba tendido a su lado, apoyado en un codo, y devoraba el cuerpo desnudo de la joven con la mirada como si quisiera grabarlo para siempre en su memoria.

—No se trata de lo que queremos —le aseguró—. Pero mira, primero nos pilla tu doncella y luego regresa el *Mermaid*. Claro que me gustaría quedarme contigo, y todavía me gustaría más que me acompañaras. Pero me temo que como grumete no darías el pego. Y yo sufriría por ti, Deirdre... yo nunca podría...

Ella recordó vagamente a Bonnie. Por la muchacha no parecía haber sufrido cuando se la llevó al buque pirata.

—¡No será por mucho tiempo, te lo aseguro! —prosiguió Jefe con vehemencia—. ¡Dame un año, dos como mucho...! ¡Volveré con dinero suficiente para llevarte! No te olvidaré, Deirdre, ¿cómo iba a olvidarte?

La joven no sonrió. Por supuesto que no iba a olvidarla, como tampoco ella a él. A ese respecto sabía que la atracción era recíproca. Algo especial los unía, un vínculo que podría estirarse pero nunca romperse. Ninguno de los dos podría negarlo. Pero en alta mar podían pasar muchas cosas, él podía morir, perder una extremidad como ese tal Pitch... Deirdre se estremecía solo de pensar en ver el cuerpo perfecto de Jefe destrozado o desfigurado.

—¿Y Bonnie? —volvió a intentarlo—. Victor dice que no aguantará mucho tiempo esa clase de vida. ¿Te la llevarás igualmente? ¿No prefieres quedarte aquí con ella? La tienda...

Jefe hizo un gesto de rechazo.

—Bonnie tiene su vida y nosotros la nuestra —farfulló—. Ella tiene que decidir si se viene o se queda. El amable y buen doctor seguro que le ofrece un puesto de esclava en su casa. —Hizo un mohín.

Deirdre desistió de replicar que en su casa no había esclavos.

—¿Cómo puedes hablar de «nuestra vida» y marcharte? —preguntó en cambio, ahora con súbita ansiedad. Cuanto más pensaba en el *Mermaid*, más miedo tenía. ¿O era algo más que miedo? ¿Tal vez era una sospecha? Tenía la sensación de que necesitaba protegerlo, incluso al precio de renunciar a su cómoda vida. Le ocurría como siempre después de hacer el amor con el imponente negro, como siempre que no llevaba puesta la alianza de Victor en el dedo, sino en un bolsillo del vestido que se había quitado. Durante esas horas lo único que Deirdre deseaba era estar con su amante, sin considerar las consecuencias—. Escucha, yo... ¿qué pasa si nos escapamos juntos? Ahora mismo... o esta noche. No al *Mermaid*, sino a algún sitio donde podamos vivir juntos. No necesito lujos, yo... contigo viviría en una cabaña...

Jefe no hizo caso de esas palabras. Acercó lentamente su

boca a la de ella y empezó a besarla. De sus labios pasó al cuello y los pechos. Deslizó la lengua alrededor del ombligo de la joven...

—¡César! —gimió Deirdre—. ¡Prométeme que al menos lo pensarás!

Él le sonrió entre un par de besos.

—Que sí, querida, claro que pienso en ello. Pero ahora dejemos de pensar. Ahora es momento para sentir. Tiempo de sentir...

Deirdre estaba muerta de cansancio cuando regresaron a casa ya entrada la tarde, y pensó que su amante se sentiría igual. Victor estaba fuera con un paciente y Bonnie ayudaba en la cocina. Amali lanzó una mirada enfadada a su señora cuando le pidió que preparase un baño.

—Espero que haya sido la despedida —le dijo Amali, cuando poco después Deirdre se deslizó suspirando en el agua de rosas.

La doncella miró indignada a su missis. Tenía el cuerpo lleno de pequeños arañazos y rojeces. Nunca había visto nada similar en Deirdre desde que esta vivía con Victor. Y entendió por qué últimamente su señora evitaba mostrarse desnuda.

—A lo mejor —murmuró Deirdre, somnolienta.

No tenía ganas de volver a reñir con Amali, y a su amante tampoco le apetecería pelearse con Bonnie. Pero no podrían evitar la discusión si Jefe le contaba lo del *Mermaid*. Deirdre esperaba, por otra parte, que la cocinera enviara a la cama a la pequeña en cuanto la cocina estuviese despejada y listo el tentempié frío para Victor, a quien le gustaba tomar un bocado cuando llegaba de hacer las visitas domiciliarias. De ese modo, Bonnie ya no vería a su negro ese día y todas las decisiones quedarían postergadas para la mañana. Y mañana Deirdre volvería a dar a César en qué ocuparse... No querría salir a navegar si podía volar...

Al día siguiente, Deirdre se despertó sola en la alcoba. Victor había llegado tarde a casa y, gracias a Dios, no había tenido ganas de hacerle el amor. Deirdre no lo habría rechazado, pero se había puesto un camisón holgado para esconder las huellas de la abrasadora pasión con su amante. Evocó el éxtasis al que él la había conducido y se sintió revitalizada. Tenía que reunirse con él cuanto antes, unirlo a ella antes de que se le ocurriera cualquier tontería. Esta era la única posibilidad: Jefe no atendería a razones. Mientras se amaban, sin embargo, él le había prometido reflexionar sobre el *Mermaid*. Deirdre rebosaba optimismo. Si conseguía que él no subiese a ese barco, tal vez volviera a pensar en lo de casarse con Bonnie y abrir una tienda. Y en último caso... tal vez tendría que fugarse con él. ¿Acaso un día como el anterior no compensaba cualquier sacrificio?

Deirdre se acercó a la ventana y deslizó la mirada por los alojamientos de los esclavos, el establo y el jardín. Esperaba ver a su amante, pero en el patio no había nadie. Se puso la bata, se cepilló el pelo por encima y se dirigió al piso inferior. Era temprano, seguro que su marido todavía estaría desayunando y se alegraría de que ella le hiciese compañía.

De hecho, Victor estaba comiendo con mucho apetito un plato de ocras y bacalao. Y, naturalmente, sus ojos brillaron cuando vio aparecer a su bella esposa. Ella le sonrió y él se puso en pie para besarla. Ella le devolvió el beso con sinceridad. Era un hombre maravilloso y era bonito sentirse envuelta de amor. Pero ¿toda la vida? ¿Toda una vida de aburrimiento bajo la pantalla protectora de dulzura, ternura y compañerismo de Victor? ¿Cuándo podría emprender una aventura al lado de su César Negro?

—¿Dónde está Bonnie, Nafia? —preguntó Victor cuando la pequeña llevó la panera con expresión seria.

Nafia seguía aprendiendo a desempeñar las tareas de la casa, pero últimamente era Bonnie quien servía el desayuno tras ayudar a la cocinera a prepararlo.

—Se ha ido —contestó la pequeña.

La respuesta se le clavó a Deirdre como un puñal.

—¿A qué te refieres?

Nafia se encogió de hombros.

—Esta mañana nos despertamos porque los caballos relinchaban y daban coces en la pared. ¡Tenían hambre, mèz Victor! ¡Lo decían así!

Victor sonrió.

—¿Y dónde está César? ¿No les ha dado de comer?

Nafia negó con la cabeza.

—No. Porque él también se ha ido. Amali dio de comer a los caballos y yo quería despertar a Bonnie para que ayudase a Sabine. Llamé a su puerta bien fuerte. —Después de pasar la convalecencia en la habitación de invitados, Bonnie se había mudado a la casa de los sirvientes—. Pero no me abría. Y entonces Amali me dijo que seguramente también se habría ido. Como si ya lo supiera. Y bueno, luego lo comprobamos, no fuera a ser que estuviese enferma de nuevo. Pero se había ido. Aunque dejó toda su ropa. Qué raro, ¿verdad, mèz Victor?

Victor suspiró. Para él era la confirmación de todos sus temores.

—Pobre chica tonta —dijo en voz baja.

Luego miró asombrado a Deirdre, que no podía dejar de sollozar. Claro que todos se habían acostumbrado a sus extraños huéspedes y se sentían tristes por su partida, pero que su esposa se lo tomara así...

—¿Qué pasa, cariño? —preguntó dulcemente.

La mujer se levantó de un brinco.

—¡Nada! —exclamó—. Nada de nada... yo... no me pasa nada, de verdad, envíame a Amali cuando haya acabado con los caballos.

Corrió escaleras arriba, se arrojó sobre la cama y lloró, lloró y lloró. Fuera, en la bahía, el *Mermaid* desplegaba velas. El objetivo era un mercante del que los informantes de Seegall en el puerto de Cap-Français habían alertado. Iba cargado de tabaco, sin duda rumbo a París. El *Mermaid* lo seguiría hacia el norte...

ROCA BRUMOSA

Mar Caribe
Saint-Domingue - Cap-Français,
Nouveau Brissac,
Roche aux Brumes

Primavera - Otoño de 1756

1

Jefe y Bonnie habían cambiado desde su estancia en Cap-Français. No era un cambio que llamase la atención, pero alguien perspicaz como Sánchez se percató de que el joven negro se había vuelto más ambicioso. Antes de su estancia en Saint-Domingue nunca se había preocupado en exceso de a qué barcos perseguía y abordaba el *Mermaid*. Por supuesto, siempre se alegraba de los botines abundantes, pero parecía resultarle indiferente si había mucho o poco: el dinero se le escurría enseguida entre los dedos como a la mayoría de los piratas. Lo gastaban en mujeres y en elegantes ropajes con los cuales paseaban por los puertos orgullosos y henchidos como pavos reales.

Ahora, sin embargo, el César Negro ahorraba su dinero y se interesaba por intervenir en la conversación cuando se discutía si había que «ocuparse» de un barco cargado de caña de azúcar hacia Inglaterra, o si era mejor centrarse en un barco que transportaba artículos de lujo y por tanto iba mejor artillado. El corpulento negro abogaba siempre por las presas más lucrativas y más arriesgadas, y además influía en la tripulación para que lo designaran teniente. Los hombres tenían que elegirlo a él o a Sánchez. Si la elección recaía en el mulato, Jefe se presentaría para el cargo de intendente. Los dos puestos comportaban partes mayores en el reparto del botín y aproximaban más al joven a su futuro soñado con la mujer de su vida.

Bonnie también se percataba de que Jefe ahorraba, y se alegraba de ello. A su pesar, había regresado con él al *Mermaid*. Habría preferido abrir una tienda en Cap-Français. Pero sin su amigo todo eso carecía de sentido, pues ella no se sentía segura para llevar sola un negocio. Ella no era Máanu. Y cuando el joven le señaló que el dinero apenas alcanzaría para abrir la tienda y que conseguiría una vida mejor si ahorraba un poco más, a ella no le quedó otra opción. Naturalmente, Jefe soñaba con algo más grande... incluso en algún momento había mencionado las palabras «comerciante» y «armador». Bonnie lo consideraba absurdo. Nadie se hacía tan rico para eso, ni siquiera con la piratería.

No obstante, cuando esas semanas observó la determinación con que Jefe ahorraba, casi empezó a tener fe en los sueños del joven. Naturalmente, no hablaba con nadie al respecto, solo sonreía para sus adentros cuando Pitch le tomaba el pelo con la «mujer de sus sueños», para quien era evidente que reunía esa fortuna.

La transformación que había sufrido Bonnie se mostraba de forma más sutil. La percibieron el capitán y los demás cañoneros. El primer cañonero Bobbie se había vuelto más vacilante. Seguía, claro está, disparando y también dando en el blanco, pero pocas veces apuntaba en medio de la masa de marineros, no parecía tan decidido a aniquilar tantos enemigos como fuera posible. El capitán lo atribuía a la herida: tal vez al pequeño le faltara un poco de estímulo después de haber experimentado lo que significaba ser alcanzado por una bala de cañón. Pero a la larga tendría que superarlo. Era inconcebible que un pirata sintiera compasión. Seegall lo trató al principio con cautela, confiado en que su Bobbie se olvidaría en algún momento de la herida y dejaría a un lado todos sus miedos. A fin de cuentas, ¡era un hombre!

Bonnie, por el contrario, se sentía más mujer desde que había vuelto a serlo en Cap-Français. Allí había vivido por vez primera como una mujer normal. Había aprendido a sentir indulgencia e intuición respecto a los sentimientos de los demás, a interpretar los rostros y a hablar con otras mujeres que no la despreciaban. Con Máanu también había podido hacerlo, pero entonces era una niña y Máanu más una madre que una amiga. Con Amali, por el contrario, se contaban chismes, hablaban de pequeñas cosas y se probaban entre risas las baratijas de colores con que Bonnie de buen grado habría hecho negocios. Había aprendido que las protestas y quejas de la cocinera no iban en serio. Si bien al principio se encogía cuando Sabine empezaba a chillar, no tardó en ignorarla con una sonrisa. Había aprendido a reír con franqueza y sinceridad, y había logrado olvidarse por un tiempo de las estrepitosas carcajadas de los marineros ante bromas que ella con frecuencia no comprendía.

Bonnie había admirado de forma incondicional a la preciosa señora y casi venerado al doctor. Sabía que él no aprobaba lo que los hombres del *Mermaid* hacían, pese a toda la comprensión que había mostrado por Bonnie en manos de un backra violento. Victor Dufresne y su casa habían despertado en ella nociones del bien y el mal, nociones que durante años había reprimido o sofocado con rabia. En el fondo, eran las mismas nociones que Máanu le había inculcado.

«¡Tú tampoco querrías que te robasen!»

Bonnie no podía remediarlo, pero siempre que la tripulación de un barco abordado se obstinaba en defenderse y ella daba la orden de hacer fuego, retumbaban en su cabeza las palabras de Máanu. La madre de Jefe la había reprendido con estas palabras después de que ella hurtara un poco de azúcar en la tienda. A partir de entonces, Bonnie nunca había vuelto a robar... hasta ahora. Y por mucho que se alegrara de la cariñosa acogida que habían dispensado los hombres del *Mermaid* a Bobbie, Bonnie empezó a sentirse mal. Ese mismo día habría puesto punto final a su vida de corsaria.

—¡Tienes que votar que sí, Bonnie! ¡Es lo justo! Ganaríamos mucho dinero...

Bonnie estaba limpiando los cañones y Jefe llevaba media hora intentando convencerla.

—¡Ese único abordaje nos haría ricos!

—O cadáveres. Hombre, si están dudando el capitán y Sánchez... ellos siempre quieren atacar buenas presas. Pero esto... tal vez nos quede demasiado grande... —Dio lustre al tubo del cañón.

—¡Qué va! —Jefe sacudió la cabeza—. Ya hemos capturado barcos más grandes y con más tripulación. ¡No entiendo qué os pasa! ¡Es solo un barco, nada más!

—Es una fragata cargada hasta los topes con oro de las colonias españolas. Y estará muy bien protegida y artillada. Sería peligroso atacarla, Jefe. ¡Sé razonable!

El día anterior se habían enterado en el puerto de Kingston de la existencia de ese barco, supuestamente anclado en Santo Domingo y listo para emprender la travesía rumbo a España. Había arribado a puerto debido a unos trabajos de reparación y media isla hablaba de los fabulosos tesoros que se suponía que transportaba el *Santa Isabel*. Jefe había propuesto salir al encuentro del barco en La Española y abordarlo. La bahía en la que estaba atracado el *Mermaid* era un buen escondite, pues desde allí podrían salir al paso de la fragata. Tendría que ser una maniobra rápida, pues si la tripulación era avispada descubriría el camuflaje de los piratas. Pero la bahía sería ideal, delante de ella había una pequeña isla en la que el barco pirata podía estar al acecho protegido por los acantilados para, llegado el momento, atacar a la velocidad del rayo. El capitán Seegall dominaba ese tipo de acciones, había participado tiempo atrás en ataques similares con Barbanegra, así que también conocía el riesgo que corrían. Sánchez, el intendente, fue tajante a la hora de desaconsejar la acción.

—Una fragata es ágil y de fácil manejo —explicó—. Y llevará a bordo una nutrida compañía de soldados bien adiestrados, así como artillería pesada (de veinticuatro libras o quizá treinta y dos) y hombres capacitados para servirse de ella. Basta con que nos descubran y disparen primero, entonces nos iremos a pique en un santiamén. ¡Dejémoslo correr! Tú no eres Barbanegra, capitán, y nuestro viejo *Mermaid* tampoco es el *Queen Anne's Revenga.*

Todo ello había sido discutido por las cabezas pensantes del *Mermaid* y Jefe había insistido en convocar a la tripulación para que votara. Así pues, estaba pidiendo votos. Y tenía las esperanzas puestas, claro está, en Bonnie y los demás cañoneros. De su habilidad dependería mucho, cuando no todo.

—¡Piénsatelo! —aconsejó a la indecisa Bonnie—. Pero ¡piénsatelo bien! Si ahora dudamos, es posible que tengamos que pasar otros diez años navegando. En cambio, con un tesoro de oro nos podríamos asentar...

Bonnie se mordió el labio.

Un botín inimaginable de un solo golpe: así lo presentó ante la asamblea de la tarde Seegall como justificación para abordar el *Santa Isabel.* El capitán se sentía indeciso, pero el oro le atraía, a él seguramente más que a la mayoría de la tripulación. Jeffrey Seegall tenía más de cincuenta años, una edad bíblica para un bucanero que ninguno de sus camaradas había alcanzado jamás. También se había conservado bien y seguía siendo audaz y valiente. Sin embargo, los años empezaban a pesarle. Como a la mayoría de los marinos, le dolían las articulaciones, sus reflejos eran más lentos y con frecuencia Sánchez o Jefe tenían que ayudarlo cuando se enfrentaba a un espadachín realmente diestro durante un abordaje. Tenía claro que su situación no podría prolongarse mucho. Más le valía seguir el ejemplo de Twinkle y retirarse a tiempo.

Seegall, sin embargo, no había ahorrado mucho. Hacía años que mantenía a una mujer de Martinica: una belleza con unas exigencias en consonancia. Si Celestine tenía que existir exclusivamente para el capitán y pasar la mayor parte del año esperándolo, entonces quería estar rodeada de lujos. Así pues,

Seegall financiaba una casa con cocinera, servicio y doncella para la señora. El personal doméstico estaba compuesto de esclavos, así que no se pagaba la mano de obra, pero también ellos comían, y si tenían que vigilar un poco los pasos de la señora para confirmar que cumplía su parte en el trato, exigían cierta recompensa.

Seegall soñaba con pasar su vejez en esa casa entregado a los cuidados de Celestine, pero para ello todavía no tenía dinero suficiente. Tal vez podría mantener la casa dos o tres años si vendía el *Mermaid*, o a lo mejor se lo quedaba un miembro de la tripulación y el capitán podía seguir participando en las ganancias, pero nunca daría tanto de sí como para cubrir las necesidades de Celestine por el resto de su vida. Así que el cargamento del *Santa Isabel* se le antojaba como una respuesta a sus súplicas. Si el riesgo no fuera tan grande...

—Podríamos dispararles para que no puedan maniobrar —señaló Bonnie vacilante. No le gustaba contradecir al prudente Sánchez, pero en ese caso... Jefe tenía razón: la presa era demasiado atractiva. Por ello había pasado toda la tarde pensando en una estrategia que minimizara los riesgos—. Es decir, si encontramos cobertura detrás de la isla. Deberíamos abrir fuego en el momento que nos expongamos a la vista. Y acertar desde una gran distancia.

Los cañones del *Mermaid* tenían un alcance de más de novecientos metros, pero en el mar era casi imposible apuntar con precisión. Incluso a cien metros era difícil. Por suerte, el *Mermaid* contaba con un excelente cañonero: Bonnie.

—Si nos acercamos a menos de doscientos metros, me atrevo —declaró confiada—. Y Rivers también puede... —Señaló al segundo cañonero—. Si disparamos al costado y luego yo apunto a las jarcias y Rivers al nivel de flotación, el barco hará aguas pero no se hundirá enseguida. No lograrán huir y, además, la tripulación estará ocupada achicando agua.

Jefe sonrió.

—Veis, ¿qué os había dicho? Los acechamos, los sorprendemos, les disparamos y nos lanzamos al abordaje. ¡Pan comido! Y luego somos ricos. Venga chicos, ¡no podéis decir que no!

Sánchez sacudió la cabeza.

—Ni siquiera habéis visto la bahía y la isla, César y Bobbie —objetó sin demasiada solidez.

El capitán Seegall había dicho antes que el escondite era óptimo, al menos si el *Santa Isabel* no navegaba demasiado alejado de la costa. Pero no había que contar con que lo hiciera. Mientras era posible, todos los barcos solían mantenerse a la vista de la costa.

Seegall se frotó la frente.

—Bien, ¿votamos, chicos? —propuso—. ¿Quién está a favor del abordaje?

Los marineros alzaron las manos. Bonnie fue de los últimos en hacerlo.

—¿En contra?

Sánchez levantó el brazo, pero solo lo apoyaron el cocinero, el carpintero y otros dos tripulantes de edad más avanzada.

Jefe no cabía en sí de contento.

—¡Ya lo ve, capitán! ¡El último combate y luego el merecido retiro!

Seegall lo miró con seriedad.

—De todos modos será mi último combate —señaló—. Sea cual sea el desenlace.

En cuanto a la bahía y la isla situada delante de Santo Domingo, el capitán y los demás partidarios de la operación no se habían excedido en sus conjeturas. La isla estaba inhabitada y cubierta por una espesa vegetación. En el centro se alzaba un peñón como hecho a propósito para esconder al *Mermaid*. También soplaba viento suficiente para poner el barco rápidamente en movimiento, los piratas podrían aproximarse muy deprisa a su presa; solo cabía esperar que el tiempo no variase. Cada día, cada hora que pasaba aumentaba la tensión a bordo. El *Santa Isabel* todavía no se había hecho a la mar.

Una fuerte tormenta se había enconado con la fragata cuando se encontraba entre Jamaica y La Española y las reparaciones, que se llevaban a término en Santo Domingo, se prolongaban más de lo que Seegall había supuesto al zarpar con el *Mermaid*.

Bonnie y sus ayudantes practicaban por enésima vez el ajuste relámpago de los cañones, cuando Sánchez se reunió con ellos.

—¿Miedo? —preguntó.

La muchacha iba a decir que sí, pero recordó a tiempo que era Bobbie, un hombre.

—Qué va, Sánchez. Mis cañones lo conseguirán. Ya... ya estoy impaciente... —No sonaba demasiado convencida.

Sánchez sonrió con ironía.

—¿Por qué votaste a favor, Bobbie? —preguntó—. En general eres un joven sensato. Y esto, incluso si sale bien, nos costará muchas bajas, más que con el *Bonne Marie* hace pocos meses. ¿Vale la pena?

Bonnie asintió seria.

—¡Sí, intendente! —afirmó con mayor decisión en la voz—. Si después somos ricos. Si César...

Sánchez suspiró.

—César te ha prometido algo, ¿eh? ¿De qué se trata, pequeño? ¿Quiere hacerse cargo del *Mermaid*? ¿Comprárselo al capitán? Ya se habló de esto en una ocasión. ¿Y tú serás el intendente?

Bonnie rio.

—¡Qué va! —respondió, y carraspeó porque había contestado casi con su propia voz. Tenía que andarse con cuidado, Bobbie no podía estar siempre cambiando de voz... Pero todo esto pronto daría igual—. No, César y yo nos instalaremos en tierra. Preferiblemente en Saint-Domingue. Es muy bonito. Y nos independizaremos de algún modo. César cree que con tanto dinero tendremos suficiente para... para un comercio de verdad. ¿Qué dijo que quería...? Ah, sí, comerciante de importación-exportación.

Sánchez esbozó una sonrisa triste. ¡Con qué seriedad se explicaba el joven! ¡Y cuánta imaginación le ponía! ¿El pequeño Bobbie comerciante? ¿Negociando duramente con capitanes, hacendados y armadores? César sí sería capaz de hacerlo. Pese a todo, se trataba de un proyecto absurdo. ¿Sabía alguien de una firma internacional gestionada por dos negros?

—¿Y cómo pensáis manejar el asunto de la trata de esclavos? —preguntó con dureza—. Por lo que sé es una rama importante del comercio internacional... ¡Bobbie, despierta! No importa cuánto dinero tengáis, un negro solo puede pensar en una tienda pequeña en un puerto...

—¡En las colonias francesas hay negros libres! —insistió Bonnie con la firmeza de la convicción.

Sánchez puso los ojos en blanco.

—Claro. Pero ellos no son los propietarios de las grandes plantaciones de tabaco, ¿no? Bobbie, ¡piensa! ¿Por qué Barbanegra era capitán y César Negro teniente? ¿Por qué no existe ningún corsario negro que haya poseído un barco propio? Eso también es aplicable a los piratas mestizos... —El mulato se señaló a sí mismo.

—Pero César cree... —Bonnie se sentía como pillada por sorpresa.

—¡César cree que porque anda paseándose con una bonita mujer blanca ya es el dueño del mundo! —se burló Sánchez—. Por cierto, ¿de dónde la ha sacado? Siempre te lo he querido preguntar, él no cuenta nada al respecto...

—Con una... ¿qué? —Bonnie se sintió palidecer.

Sánchez rio.

—Vaya, ¿no me digas que tampoco a ti te ha contado nada? ¡No me lo puedo creer! ¡Escondérselo a su mejor amigo! Debe de ir en serio, el muy bribón. Alguna vez tienes que haberla visto. Una mujer preciosa, rizos negros, ojos verdes. Hay pocas así. Y montaba en un caballo blanco como una princesa... César la seguía dando botes en un bayo.

Bonnie boqueó y se obligó a sonreír...

—Ah, es la mujer del médico que me trató. El doctor permitió que César durmiese en el establo y a cambio él le ayudó con los caballos. Como... como mozo de cuadra.

Bonnie era consciente de que esa revelación no le gustaría a Jefe, pero es que inventarse una historia tan descabellada... ¡Jefe y la señora Dufresne! ¡Qué caradura!

Sánchez se dio un golpecito en la frente.

—Pues se lo montó con ella. Pero, Bobbie, ¿es que no tienes ojos en la cara? Lo llevaban escrito en la frente. Todavía no nos habíamos marchado con el bote y ya estaban revolcándose en la arena. Pregúntaselo a Pitch si quieres. ¿Qué te pasa, Bobbie? ¿No te encuentras bien?

La chica tuvo que agarrarse al cañón para no caerse redonda. Y Sánchez siguió poniendo el dedo en la llaga ingenuamente.

—Pues sí, desde entonces nuestro César ha cambiado... ¡es ahorrativo, hogareño, con delirios de grandeza! Ahora lo entiendo, claro. ¡La esposa del doctor! ¡Caramba, para que deje a su marido hay que ofrecerle algo jugoso!

Bonnie gimió en voz baja y se dominó. ¿Por qué tenía que molestarle a Bobbie que César lo engañara con la señora Dufresne? Pero a Bonnie sí, ¡a Bonnie sí le molestaba! Jefe no solo le había roto el corazón, sino que también la había alejado del lugar más seguro en que ella jamás había estado.

—¿Qué pasa, Bobbie, no quieres echar un vistazo? —Rivers, el segundo cañonero, salió involuntariamente en ayuda de la muchacha. Esta había encomendado a los hombres dirigir los cañones a cierto peñasco de la isla para corregir a continuación la puntería—. ¡Ya podríamos haber hundido tres veces la isla!

—¡Ni se os ocurra! —bromeó Sánchez—. La isla es nuestro único parapeto aquí. Bien, sigue con tu trabajo, Bonnie...

La muchacha se obligó a sonreír.

—No estás enfadado, ¿eh? —preguntó. Sabía que era extraño y no encajaba con su papel. Bobbie tenía que ir creciendo lentamente—. Porque no he votado lo mismo que tú.

Sánchez sacudió la cabeza.

—Qué dices, pequeño. Cuando mañana hayamos abordado ese barco y estemos nadando en oro solo podré felicitarte. Y si no es así... entonces nos iremos todos al infierno. ¿Y allí por qué voy a sentirme ofendido contigo?

Bonnie pasó una noche intranquila en su hamaca junto a Jefe, que se había envuelto en la suya como en un capullo. Dormía como un bebé. Nunca le había preocupado una batalla inminente. Pero ella sabía que el capitán y el intendente planificaban el ataque en sus camarotes. Un par de piratas rezaba —fuera quien fuese su dios—, y muchos deambulaban inquietos por la cubierta y hacían guardia, por si el barco aparecía durante la noche.

La muchacha, por el contrario, no pensó en ningún momento en el *Santa Isabel*. El día anterior todavía le interesaba, pero tras la conversación con Sánchez casi le daba lo mismo hacerse rica o no, salir viva de la batalla o morir. Por la tarde había pasado horas mirando tierra firme. Eso era La Española, la parte española de la isla. En unas pocas horas en barco se alcanzaba Cap-Français. E incluso yendo a pie podía cruzarse la frontera hasta Saint-Domingue.

Bonnie pensó vagamente en llegar a tierra a nado. Pero luego se dijo que no debía traicionar a sus camaradas. Ningún otro cañonero había hecho puntería con el peñasco de la isla. Si alguien podía dejar fuera de combate al *Santa Isabel* con unos disparos era solo ella. Después ya hablaría con Jefe. A lo mejor Sánchez lo había entendido mal, o tal vez conseguiría convencer a Jefe de que abandonara ese desatino de irse a vivir con Deirdre Dufresne. A lo mejor había una alternativa que le gustara al negro. Desdichada, Bonnie pensó en comprar el *Mermaid* si el capitán se retiraba. Si les pertenecía a ellos dos... ¿O es que no había mujeres piratas? Una de ellas hasta tenía casi su mismo nombre: Anne Bonny. A lo mejor era posible surcar los mares como mujer al lado de Jefe.

¿Pero de qué servía todo eso si él no sentía interés por ella? Desesperada, se aferró a las palabras del doctor Dufresne: «Te ha salvado la vida. Así que algo significas para él.»

Pasó horas dándole vueltas a la cabeza, pero no quiso sacar conclusiones. Le resultaba imposible admitir que aquel doctor, un hombre en cuyo criterio confiaba, había sido tan engañado como ella misma...

2

El *Santa Isabel* pasó por la islita que había delante de la bahía al día siguiente alrededor de las diez. Debía de haber zarpado del puerto al despuntar la mañana. El *Mermaid* ya llevaba tiempo listo para emprender la arriesgada maniobra. Con el viento a su favor, el barco pirata salió a toda vela de su escondite, se situó junto a la fraga y disparó de inmediato casi todos sus cañones. Bonnie, que alcanzó con precisión el palo mayor con su munición especial, corrió al siguiente cañón cargado y lo dirigió a la proa del barco. Pero en el último momento se lo pensó mejor y apuntó hacia uno de los grandes cañones que distinguió en la cubierta española. También Rivers y los demás cañoneros realizaron un buen trabajo. Todos recargaron con rapidez para lanzar una segunda andanada cuando el *Mermaid* estuviera más cerca del *Santa Isabel*.

Los españoles, no obstante, habían corrido enseguida a los cañones, que ya debían de estar cargados, y lanzaron a sus atacantes una descarga cerrada de plomo, hierro y clavos, pero les faltó la sangre fría para esperar a que el *Mermaid* estuviera realmente cerca. Por consiguiente, casi toda su lluvia mortífera cayó en el agua, y recargar los pesados cañones requería tiempo. Así pues, no había que registrar ningún impacto en la cubierta del *Mermaid* cuando Sánchez gritó «¡Al abordaje!»; el barco pirata solo se estremecía bajo los impactos en la parte inferior, aunque no escoraba ni había entradas de agua importantes; el *Santa Isabel*, por el contrario, estaba paralizado.

Bonnie nunca había creído que su plan saliera bien a la primera. Siguió disparando a las troneras de las que surgían los cañones enemigos, mientras Sánchez y sus hombres se lanzaban al combate en la cubierta del *Santa Isabel*. Como era de esperar, se enfrentaban a hombres experimentados, pero la fragata no llevaba una dotación tan competente como Sánchez había previsto. Bonnie supuso que una parte de los hombres ya habían muerto a causa de los disparos previos. Ella misma y sus ayudantes habían alcanzado las cañoneras directamente o en los alrededores. Bonnie distinguió el resplandor de un incendio en el interior del barco, y oyó explosiones. Era evidente que la pólvora de los cañones se había encendido, así que habría pocos supervivientes. Y si se tenía en cuenta que para recargar unos cañones tan pesados eran necesarios hasta media docena de hombres...

En cualquier caso, para los bravos piratas del *Mermaid* no fue demasiado trabajoso abordar el *Santa Isabel*. Jefe peleaba sañudo como siempre, Sánchez esgrimía la espada con elegancia y el capitán Seegall abatía un rival tras otro con un brío casi juvenil.

—¡Los estamos derrotando! —gritó Bonnie incrédula a los otros cañoneros y sus ayudantes—. ¡Al menos eso parece!

No solo lo parecía. El fragor de la batalla todavía no se había apagado del todo en la cubierta cuando los primeros piratas sacaron a rastras unos arcones llenos de oro de la bodega del *Santa Isabel*. El capitán los había enviado abajo para que apagasen el fuego y no habían podido esperar para examinar la carga. Tenían que cerciorarse...

—¡Oro!

Jefe revolvió con las manos ensangrentadas las relucientes monedas de un saco, Sánchez agitó con gritos jubilosos dos lingotes en dirección al *Mermaid*.

De repente se quedó quieto. Gritó algo a Jefe y entonces, bajo los pies de Bonnie y los demás, el *Mermaid* se estremeció y se levantó como un caballo encabritado. Una vez, dos veces y una tercera más. Bonnie se agarró aterrorizada a la borda y se apartó de su cañón, que amenazaba con rodar hacia ella. ¿Disparos? Pero el *Santa Isabel* llevaba tiempo sin hacer fuego y se diría que los disparos procedían de babor, mientras que ellos estaban con el estribor hacia la fragata...

Bonnie miró alarmada a Jefe y vio el horror reflejado en su rostro. Los hombres del *Santa Isabel* miraban embelesados algo detrás del *Mermaid*. Un par de piratas gritaron con caras de perplejidad, mientras los supervivientes del navío español empezaban a soltar gritos de júbilo.

En ese momento, el *Mermaid* se inclinó peligrosamente hacia un lado y Bonnie se dio media vuelta. Lo que vio la dejó sin respiración: tras el *Mermaid* se alzaba un buque de tres mástiles, ligero como una pluma. ¡Un barco de guerra francés! En el ardor de la batalla nadie se había percatado del velero que se aproximaba. Y estaba lo suficiente cerca del *Mermaid* para hacerlo añicos. El barco pirata gemía bajo los impactos...

—¡Se hunde! —gritó Rivers, y sacó a Bonnie de su inmovilismo—. ¡Todos al agua, se hunde...!

Bonnie pensó que si no saltaba enseguida, la succión del barco al hundirse la arrastraría a las profundidades. Mientras se lanzaba al mar, recordó por un momento sus ahorros, que se iban a pique con el *Mermaid*. Y entonces se produjo una tremenda explosión a sus espaldas. Un mar de llamas devoró el buque del capitán Seegall. Los franceses lanzaban vítores. Habían alcanzado la santabárbara y hundido el barco pirata.

Bonnie nadó con brío para alejarse mientras alrededor llovían con estrépito los restos del naufragio. Miró de reojo al *Santa Isabel*. ¿Los piratas se defenderían de los franceses con los cañones? Pero los soldados del *Jeanne d'Arc*, ya apuntaban con sus mosquetes a los bucaneros en la cubierta de la fragata española.

—¡Soltad las armas! ¿O queréis que os hundamos también?

El capitán gritó la orden en francés y la repitió en español al ver que los corsarios no reaccionaban en el acto. Cuando uno de los hombres intentó huir saltando del *Santa Isabel* al mar se oyó un disparo: el tiro le alcanzó antes de que superara la borda. Sánchez fue el primero que soltó las armas y los demás lo imitaron.

Bonnie se sujetó desesperada a una tabla de madera junto a Rivers y luchó por vencer la succión de la embarcación al hundirse. Vio que un par de náufragos nadaba hacia la pequeña isla, pero no tenía fuerzas para seguirlos y dudaba de que huir sirviera de algo. Sí, era posible intentar esconderse o defenderse allí, pero al final no sería más que un aplazamiento. La isla era demasiado pequeña para ocultarse durante mucho tiempo.

Bonnie no supo cuánto tiempo pasó en el agua. Los franceses no necesitaron ni media hora para apresar a los piratas que había en el *Santa Isabel* y después se ocuparon de recoger a los supervivientes del *Mermaid* que estaban en el agua. Pero para ella los segundos parecían horas. Antes de recoger a los náufragos, los franceses subieron a sus botes los restos flotantes del *Mermaid*, un par de cajas y alguna otra cosa de aparente valor. Y luego tuvieron que luchar con los piratas que habían escapado a la pequeña isla. Bonnie vio cómo caían más camaradas: los hombres combatían con bravura, pero sin posibilidad de salir airosos. Casi se le habían atrofiado ya las extremidades, cuando alguien le lanzó un cabo.

—¡Sube! —le ordenó una voz desde un bote, mientras ella se esforzaba por agarrar la cuerda—. ¡Y nada de trucos o serás hombre muerto!

En efecto, los franceses recibían con los mosquetes cargados a los piratas que rescataban tanto en los botes como después a bordo del *Jeanne d'Arc*. No dejaron nada al azar, tal vez ya habían tenido encuentros anteriores con corsarios y eran conscientes de que hombres como Sánchez o Jefe siempre estaban listos para sorprenderlos. Bonnie se dejó llevar sin oponer resistencia. De su cinturón todavía colgaba el cuchillo de carnicero, pero tras haber estado luchando por sobrevivir en el agua no le quedaban fuerzas para intentar nada. Además, ¿qué iba a hacer ella sola contra un barco de guerra?

—¡Diablos, si son franceses! —gruñó Sánchez. Parecía haber superado su primer estupor y volvía a quejarse cuando empujaron a Bonnie al rincón de la cubierta del *Jeanne d'Arc* donde habían agrupado a los piratas—. ¿Por qué diablos se han entrometido?

El capitán Seegall le lanzó una mirada triste. La barba húmeda y oscura contrastaba con la palidez de su rostro, de tal modo que habría podido creerse que Barbanegra había resucitado.

—Esto es el fin —afirmó con voz apagada—. Se acabaron los buenos tiempos. Desde que españoles y franceses hicieron causa común, nos han perseguido con saña, como a conejos...

Bonnie apretó los labios. Había oído hablar de las épocas doradas de la piratería, cuando Barbanegra y los suyos campaban a sus anchas y para los mercantes del Caribe constituían una pesadilla. Por aquel entonces, Inglaterra, Francia, España y otros países habían luchado siempre entre sí. Sus monarcas habían llegado a otorgar patentes de corso a los corsarios que legalizaban su actividad; comerciantes y gobernadores habían financiado y comisionado barcos piratas. En cuanto se sabía quién estaba en guerra con quién siempre se encontraba un puerto en el que hacer escala sin trabas. Fueron piratas quienes fundaron grandes ciudades como Port Royal en Jamaica y otras en La Española. Aparecían con frecuencia y se vanagloriaban de sus acciones, hasta que su conducta desaforada entorpeció demasiado la navegación internacional.

Los armadores empezaron a artillar también los buques mercantes y finalmente se proscribió la piratería. A la larga esto condujo a destituir a los gobernadores corruptos que la apoyaban. El número de puertos en que los piratas encontraban asilo se redujo drásticamente. Y cuando se producía un ataque, un barco francés acudía al rescate de uno español o viceversa, con independencia de lo tensas que fueran las relaciones entre ambas naciones. En ese momento al menos no parecían estar en guerra; pero tal vez solo fuera la victoria la que movía a marineros y oficiales del *Jeanne d'Arc* y del *Santa Isabel* a celebrar juntos el éxito.

El capitán francés brindó cordialmente con el primer oficial español, esperanzado también en que el patrón le diera algo de oro en agradecimiento. La única discrepancia entre españoles y franceses residía en qué hacer con los corsarios apresados. Veintidós hombres del *Mermaid* habían sobrevivido al hundimiento del barco y al combate. Los franceses querían llevarlos a Port-au-Prince o Cap-Français; los españoles, a Santo Domingo.

—¿Qué sería mejor? —preguntó Bonnie inquieta.

Estaba de pie al lado de Jefe, quien callaba estoicamente, atado de pies y manos desde que lo habían reducido.

Sánchez rio con amargura.

—Depende de si te gustan más la ancas de rana o la paella —bromeó—. Siempre que sirvan especialidades nacionales en la última comida de los condenados. No te hagas ilusiones, pequeño. Ya sea en Santo Domingo, Cap-Français o Port-au-Prince, te colgarán seguro.

Al final se optó por la propuesta francesa, porque podían vigilar mejor a los corsarios en su buque. Además, el *Jeanne d'Arc* navegaba rumbo a Cap-Français y no tendría que desviarse. Los españoles, por el contrario, habrían tenido que dar marcha atrás y ya llevaban mucho retraso. Desde luego, se alegrarían de liberarse de su peligroso cargamento en cuanto llegaran a la metrópoli.

—¿Crees que el doctor Dufresne asistirá a nuestra ejecución? —preguntó Bonnie angustiada a Jefe. Habían comunicado a los piratas la decisión y luego los habían encerrado en una pringosa y húmeda bodega bajo cubierta—. ¿Y... y la missis? —Recordó lo que Sánchez le había contado sobre Jefe y Deirdre. De repente eso ya no parecía importante. Ya podía soñar Jefe con una vida junto a la preciosa blanca, pero ahora moriría con Bonnie.

El negro no contestó, tan solo emitió un gemido ahogado de desesperación. Desde que los piratas se habían rendido permanecía callado y con la mirada fija al frente, como si estuviera petrificado. En sus ojos se reflejaba su infierno interior.

—¿Esas ejecuciones serán... serán públicas?

El capitán Seegall asintió.

—Sí, toda una fiesta popular —observó irónico—. Y espero de todos vosotros que conservéis la dignidad. Quieren un espectáculo y se lo daremos.

Dirigió la mirada a la escotilla a través de la cual los habían arrojado allí. Delante estaban apiladas las mercancías recuperadas del *Mermaid*, entre otras el botiquín y las cajas del capitán y el intendente. Si los jueces eran clementes les permitirían subir al patíbulo en sus «uniformes de gala» como a Barbanegra y sus hombres.

Los miembros de la tripulación asintieron. A Bonnie le llamó la atención que todos estuvieran tranquilos y ninguno le reprochara nada a Jefe. Habían arriesgado y habían perdido, ahora compartirían el destino de sus célebres antecesores.

Tardaron un día en llegar a Cap-Français. Bonnie se puso a buscar caras conocidas en cuanto los desembarcaron encadenados y por la zona portuaria hasta la gendarmería. Casi se sintió reconfortada al ver el barrio del puerto y las conocidas callejuelas flanqueadas de coloridas casas de madera, y se esforzó por contener las lágrimas que pugnaban por salir cuando pasaron por el local que podría haber alquilado para abrir su tienda. No había perdido del todo las esperanzas. Si Victor

Dufresne se enteraba de que ella estaba allí —ella y Jefe—, ¿haría algo por ayudarlos? Seguro que al menos lo intentaría. El joven negro, que iba a su lado, no daba la impresión de conservar ni una pizca de optimismo. Avanzaba arrastrando los pies y con la cabeza gacha. Puede que ni siquiera hubiese avisado a los Dufresne si hubiera estado en su mano. A lo mejor se avergonzaría ante Deirdre de su derrota...

Pero Bonnie no distinguió ninguna cara conocida entre la muchedumbre que se apiñaba a lo largo de la calle para mirar boquiabierta a los cautivos. Bonnie oyó pronunciar con excitación las palabras «piratas», «ejecución» y «horca», aunque más adelante llegaron a la casa de piedra en que tenían su comandancia los gendarmes. Los infantes de marina les cedieron sus presos, que fueron conducidos a un sencillo calabozo subterráneo. El capitán del *Jeanne d'Arc*, haciendo alarde de su generosidad, puso a disposición a algunos de sus hombres para reforzar la guardia.

—¡Al menos hay un ventanuco! —informó el imperturbable Sánchez, señalando un orificio estrecho y alargado con rejas que dejaba a la vista la plaza del mercado—. ¡Si las ejecuciones se realizan aquí, tenemos un palco!

Bonnie pensó en cuánto tiempo tardarían en pronunciar la sentencia. Ya al día siguiente se enteró de que nadie quería retener encerrados a los piratas, a los gendarmes les preocupaba la seguridad. Querían juzgar a los corsarios mientras el *Jeanne d'Arc* estuviera en el puerto. Así pues, el día siguiente por la tarde llevaron a los cautivos maniatados a una sala de audiencias abarrotada de espectadores. Al principio, Bonnie se quedó mirando al suelo con timidez, pero luego se obligó a levantar la vista y mirar si algún miembro de la familia Dufresne estaba presente. Paseó en vano la mirada por los rostros curiosos e impíos de los habitantes de la ciudad y de los marineros.

—El doctor no ha venido... —susurró a Jefe, que seguía ensimismado en su mutismo.

La vista no duró ni una hora, la mayor parte del tiempo se

perdió preguntando y anotando los nombres de los piratas. A continuación, el capitán del *Jeanne d'Arc* testimonió lo que había visto delante de la bahía con la pequeña isla, añadió que el *Santa Isabel* había resultado gravemente dañado por los disparos de los piratas y que habían muerto más de treinta miembros de la tripulación, incluyendo al capitán.

—Se trata de corsarios, esos tipos ya se estaban repartiendo el botín cuando llegamos —concluyó.

El juez, un hombre flaco y con una imponente peluca empolvada de blanco, asintió y cogió la lista con los nombres de los piratas. Llamó a cada uno y le preguntó si reconocía su culpabilidad. Todos, excepto Jefe, respondieron a su pregunta. El juez tomó notas y luego pronunció una sentencia para cada uno de los presos.

—Bobbie, cañonero del barco pirata *Mermaid*. Se le declara culpable de piratería y robo.

La muchacha se tambaleó cuando creyó oír algo así como «muerte en la horca». Luego le tocó al siguiente de la lista, y así sucesivamente.

—Las sentencias se ejecutarán mañana al amanecer —concluyó el juez, dirigiendo una mirada inclemente a los delincuentes.

Luego miró a los espectadores y testigos, dio por concluida la sesión y se puso en pie. Menos de una hora después empezaron a construir el cadalso delante del calabozo de los piratas.

—Lo digo en serio —advirtió Sánchez—, deberíamos alquilar este palco. Ahí fuera nadie tiene tan buena vista...

Los hombres siguieron con un silencio estoico la construcción, una sencilla estructura de madera. No había trampilla inferior, el verdugo tendría que tirar hacia arriba de los hombres. Una muerte desagradable. Si la soga se tensaba de golpe, con suerte uno podía morir al rompérsele la nuca, pero la mayoría de las veces el reo se iba ahogando penosa y lentamente.

Pese a todo, se concedió al capitán y el intendente el deseo de ponerse sus mejores vestimentas para la ejecución. Tanto Seegall como Sánchez abrieron sus arcones para todos. Para algunos hombres, la elección de chaqueta y calzón parecía ser más importante que una última oración.

Jefe y Bonnie no se interesaron por el macabro desfile de moda. Nadie se sorprendió en el caso del «muchacho», puesto que nunca había llevado otra cosa que pantalones de lino y camisetas de rayas. Pero a Jefe siempre le había gustado la ostentación... Sánchez y el resto intentaron convencerlo de que se pusiera una chaqueta de seda y un chaleco de brocado. Al final cogió este último para que lo dejasen en paz. Seguía sin decir palabra y se mantenía a cierta distancia de los demás. Bonnie habría preferido estrecharse junto a él para consolarlo y consolarse, pero no podía comportarse de esa manera. Jefe la rechazaría y tampoco era una conducta que encajase con su papel. La chica se resignó a morir como Bobbie.

La plaza del mercado se llenó de espectadores risueños y charlatanes cuando el sol empezó a ascender sobre la ciudad. El prometedor aroma que salía del horno flotaba sobre la plaza, un pastelero hábil en los negocios vendía tartas y magdalenas que los presentes le arrebataban de las manos. Tal como había anunciado el capitán Seegall, reinaba un ambiente de fiesta popular.

En el calabozo, los hombres estaban preparados para enfrentarse con el patíbulo. Algunos murmuraban oraciones o maldiciones, los otros se limitaban a esperar el final. Cuando el primer rayo de sol cayó a través de los barrotes, el capitán se levantó.

—Hombres —dijo con calma—. Ha llegado la hora de despedirnos. Y tal vez de pronunciar un breve agradecimiento. Habéis formado un buen equipo, habéis sido valientes a la hora de luchar y estuvimos muy cerca del triunfo definitivo, pero no pudo ser. Así que hoy nos presentamos ante el Creador o ante el diablo. ¿Qué sé yo? Son muchos los hombres que nos han precedido y sabe Dios que no son pocos los que hemos enviado al infierno. Nos toca ahora hacerles los honores. Presentaos ante el verdugo con la cabeza bien alta y regalad una sonrisa a la vida antes de encaminaros a la muerte. Hemos vivido bien. No sé lo que pensáis vosotros, pero yo no me arrepiento de nada.

Los piratas expresaron su acuerdo con aplausos. En ese momento la puerta del calabozo se abrió.

—¡Que salgan los tres primeros! —ordenó un carcelero.

El capitán se adelantó.

—Yo salgo primero —dijo con dignidad.

Pero Sánchez sacudió la cabeza.

—¡Eso no, capitán! —declaró—. El intendente siempre tuvo el privilegio de ser el primero en pisar las tablas del barco abordado. No voy a renunciar a eso ahora. ¿Quién me acompaña?

Bonnie esperaba que Jefe se levantase, pero su amigo no parecía haber escuchado las palabras del capitán, seguía sumido en la apatía. En su lugar se adelantó Rivers y el carcelero señaló al carpintero.

—¡Tú! —dijo—. No lo tome usted a mal, capitán, pero tendrá que disfrutar un poco del panorama. Será el último, es orden del gobernador...

Seegall calló resignado cuando Sánchez se encaminó al patíbulo y dirigió a todos una mueca irónica desde lo alto.

—¡Hasta la vista! —saludó altivo.

Por la cara del capitán cruzó una sonrisa.

La siguiente hora fue la peor en la vida de Bonnie. Uno tras otro, sus amigos, que casi se habían convertido en una familia para ella, fueron saliendo al sol y subiendo a la tarima con sus brillantes y coloridos trajes, zapatos de hebillas, botas de piel, o con los pies descalzos, para ser ahorcados. La mayoría consiguió esbozar una especie de sonrisa burlona, mientras el verdugo les pasaba el lazo por el cuello para perder luego su dignidad cuando la soga se tensaba. Todos se convulsionaban y agitaban al luchar contra la muerte, se revolvían y acababan orinando y defecando.

Cuando el décimo hombre murió, Bonnie rompió a llorar atormentada, solo el recuerdo de las palabras del capitán y la idea de no descubrir cuál era su verdadera identidad en el último momento y perder el respeto de los hombres impidió que no llorase contra el pecho de Jefe. En algún momento empezó a esperar a que llegara su turno, pero la mirada del carcelero no se había posado ni en ella ni en Jefe.

Al final quedaban solo tres hombres en el calabozo: el capitán, que había presenciado la muerte de toda su tripulación, y que había dirigido un último gesto de ánimo a quien buscaba su mirada antes de llegar a la horca, y los dos negros.

Bonnie, que había acabado acurrucada en un rincón para no tener que ver nada más, se puso en pie. Temía tener que ayudar a levantarse a Jefe, quien no hacía ademán de ir a enderezarse solo.

—¡Bien, capitán, su turno! —anunció el carcelero—. Suba ahí, que enseguida bajará al infierno. —Y soltó una risotada.

—¿Y... nosotros? —preguntó Bonnie con voz ahogada.

—Ah, vosotros... ¿No os lo han dicho? —El hombre parecía sorprendido—. La sentencia no vale para vosotros. A los piratas negros no se los ahorca, van al mercado de esclavos.

Bonnie no tuvo tiempo de entender sus palabras porque Jefe soltó un aullido asesino. Se puso en pie de un brinco, corrió al cadalso y habría subido en dos zancadas si un guardia no lo hubiera encañonado con un mosquete.

—¿Por qué no queréis colgarme? —gritó—. Yo soy el culpable de todo, ¿y vosotros no queréis colgarme?

El guardia rio.

—Ahora no te vuelvas loco de agradecimiento —se mofó.

—Pero... pero colgaron al César Negro... —Jefe se volvió hacia Seegall buscando apoyo—. En Virginia...

El carcelero se encogió de hombros.

—Debía de ser una colonia inglesa —murmuró Seegall—.

Los ingleses los cuelgan, tienen demasiados esclavos. Aquí falta mano de obra. Así que os deseo lo mejor —dijo sonriendo a Bonnie.

—¿Capitán?

Seegall subió solemnemente los peldaños. No volvió la vista atrás, tampoco Bonnie encontró palabras de despedida. Estaba demasiado conmocionada por que se hubieran salvado de forma tan inesperada y por la reacción de su amigo. Jefe gritaba y se debatía, y luego golpeó los barrotes del calabozo mientras Seegall se acercaba a la horca. La camisa de seda del capitán brillaba al sol, le tendió con orgullo su tricornio al verdugo y él mismo se colocó la soga al cuello. Bonnie apartó la vista, pero Jefe se quedó mirando hasta que la muchedumbre que rodeaba el patíbulo se dispersó.

Y entonces dio rienda suelta al llanto.

En la plaza del mercado, Amali luchaba por evitar las náuseas que sentía desde el comienzo de las ejecuciones. A esas alturas ya hacía calor en el lugar, que olía a sudor, orina y excrementos. Sin embargo, Amali y Sabine habían perseverado allí hasta la ejecución del capitán. Tal vez Victor se lo habría prohibido, pero estaba con Deirdre en Nouveau Brissac y regresaría al día siguiente. El ahorcamiento de los piratas aún estaría en boca de todos. Deirdre se enteraría y pasaría noches insomne hasta que el médico averiguase si Bonnie y el negrazo se encontraban entre los ajusticiados. Decidida a evitar esa pena a su amiga, Amali había convencido a la cocinera de que la acompañara a ver las ejecuciones.

—Bien, ya puedes respirar tranquila —señaló relajada Sabine cuando emprendieron el camino de vuelta—. Y calmar a *madame*: no era el barco del chico.

3

Deirdre experimentaba sentimientos contradictorios desde que Jefe la había abandonado. Empezó con el intenso dolor de la pérdida, que enseguida se transformó en cólera porque él ni se había despedido. De la cólera surgió la tristeza y últimamente un profundo temor. Creía que César la amaba y que solo había vuelto al *Mermaid* para hacerse rico y estar luego en situación de ofrecerle una vida acorde a su nivel. Así pues, tal como lo veía ella, el joven correría grandes peligros. Temblaba de miedo solo de pensarlo.

Durante el día conseguía distraerse, pero por las noches permanecía despierta durante horas imaginándose lo que podía pasarle a su amado durante tormentas, combates navales, abordajes y reyertas tabernarias. Estaba inquieta e intranquila, y lo transmitía a su entorno. Amali, e incluso Nafia, eran incapaces de complacerla: a veces, a lo largo de la mañana cambiaba tres veces el menú de la cena con invitados de la noche. Y su matrimonio con Victor se precipitó a una grave crisis.

Paradójicamente, la separación con su amante condujo a que perdiera el gusto por las caricias de su marido e incluso la gentileza de soportarlas. Mientras engañaba a Victor, había estado equilibrada y contenta, tan rebosante de pasión y deseo que estos alcanzaban también para el médico. Ahora, sin embargo, la exasperaba que este la abrazase, la elogiase o la animase a disfrutar de ingenuas diversiones. Alguna veces tenía que reprimirse para no echarle en cara que fuera él y no César quien estaba allí, que él estuviera en un lugar seguro mientras la vida de César corría peligro. Sabía que era injusto y que hería a Victor con su actitud. Así que intentaba reprimirse en la medida de lo posible. Pero Deirdre no sabía mentir. Su marido no la creía cuando ella se disculpaba diciendo que le dolía la cabeza o que tenía la regla, y también se daba cuenta de que ella se retiraba antes a su habitación en lugar de pasar las tardes con él. El joven percibía que estaba deprimida, pero lo atribuía a que seguía sin quedarse encinta. Era lógico, pues, que pusiera todo su empeño en solventar cuanto antes la situación.

Victor hacía todo lo que estaba en su mano para que su esposa fuera dichosa. Una y otra vez abandonaba su trabajo y pasaba fines de semana con ella en Nouveau Brissac. La acompañaba en sus paseos a caballo y acudían juntos a los bailes de los hacendados. La buena sociedad de la región por fin se había recuperado de la violenta muerte de los Courbain y sus miembros, desde la boda de Gérôme Dufresne con Yvette Courbain, celebraban de nuevo fastuosas fiestas. El hermano de Victor había alcanzado su objetivo. A través de la unión con la heredera, se convertía en señor de una extensa plantación de café, con más de doscientos esclavos y lindante con la de su padre. La familia Dufresne pertenecía, por fin, al grupo de hacendados más ricos de Saint-Domingue.

Victor dejó que Deirdre encargara un vestido de ensueño para la boda y todos encontraron que la esposa del médico aventajaba a la novia en todos los aspectos. Deirdre sonreía como era debido y conversaba cordialmente con la gente; sin embargo, su humor no cambió y ya al día siguiente le montó una escena terrible a su marido cuando este tuvo que dejarla sola por el aviso de que una nueva familia había sido envenenada.

—¡Seguro que anoche se dieron un atracón! —espetó enfadada—. ¡Y ahora tienes que pasarte medio día fuera otra vez para tratarles una indigestión! Ojalá atrapen de una vez a ese Macandal...

Victor no creía que eso fuera a mejorar su actual crisis matrimonial, pero daba la razón a Deirdre, aunque sentía cierta simpatía por los revolucionarios negros. Entendía que los esclavos lucharan por su libertad y que muchos odiasen a sus señores. A fin de cuentas, los hacendados solían darles sobradas razones para ello. Aun así no disculpaba los métodos de Macandal: Victor consideraba que el asesinato por envenenamiento era un acto imperdonable, además de inútil.

Por el momento no parecía que la captura del envenenador fuera algo inminente, aunque a esas alturas los blancos ya sabían más sobre Macandal. Por lo visto, al principio no había llamado la atención por los envenenamientos, sino por estar involucrado en los brutales ataques que los cimarrones habían realizado en las plantaciones de Port-au-Prince. No diferían demasiado de saqueos similares en otras islas: negros libertos y clandestinos y esclavos fugitivos que se atrincheraban en las montañas y asaltaban plantaciones para robar oro, joyas, herramientas y ganado. Los saqueos eran tan inesperados para los esclavos de las plantaciones como para los hacendados, el personal doméstico moría al igual que sus señores, y las casas eran incendiadas. Los asaltantes casi siempre se habían marchado antes de que los esclavos del campo, en sus retirados barrios, se percataran de nada. Estos no intentaban escapar, pero si querían unirse a los cimarrones eran bienvenidos. De todos modos, no eran muchos. Incluso la Abuela Nanny en Jamaica, a quien se consideraba la gran libertadora de esclavos, había abierto las puertas a la libertad a más de doscientos hombres y mujeres durante sus numerosos saqueos.

Pero en algún momento había cambiado la forma de proceder de Macandal. El cabecilla cimarrón había pasado de ser un ladrón a ser un agitador: visitaba a escondidas los barrios de los esclavos y exhortaba a la revolución. Convencía a la gente para que se pusiese de su parte y así preparaba los ataques a los hacendados. Los negros sentían que alguien se preocupaba por ellos y lo ayudaban gustosos, pero Macandal no aspiraba a conseguir pequeños éxitos como la liberación de unos cientos de esclavos; su objetivo era sembrar el terror entre los blancos. Por lo visto, esperaba el día en que el temor les empujara a abolir la esclavitud. Los hacendados, en efecto, ya temblaban de miedo, pero de momento no se hablaba de cambios legislativos. En lugar de ello, cada vez se castigaba con mayor dureza la rebeldía y se prohibían más diversiones a los esclavos. Para entonces, se permitían las visitas de los *pacotilleurs* solo si estaba presente un vigilante. El ambiente entre señores y esclavos era cada vez más tenso, pero cuando Victor lo señaló y recomendó una estrategia distinta, sus padres, hermanos y vecinos se lo recriminaron como si hubiese defendido a Macandal.

—Hay indicios de que los crímenes van dirigidos a los hacendados que imponen normas severas —sostenía el médico ante la comunidad—. Tiene que haber un notable odio para que las cocineras negras envenenen a los niños pequeños.

—Históricamente, los cimarrones matan a negros del servicio doméstico para que no vayan en busca de ayuda —intervenía Deirdre cuando tenía energía suficiente para pelearse—. La mayor parte de los grandes alzamientos de esclavos fue frustrada por sirvientes domésticos leales.

Esto era un hecho, pero los Dufresne y sus vecinos no querían saber nada al respecto. Y Macandal cada vez actuaba de manera más efectiva. Debía de saber mucho sobre la elaboración de venenos, pues sus métodos eran muy eficaces. Ahora, el veneno tardaba más en obrar efecto y, por lo general, los afectados comenzaban a sentir los cólicos estomacales durante la noche. Cuando por la mañana se emprendía la búsqueda de los culpables que pertenecían al servicio doméstico, estos ya hacía mucho que habían huido a las montañas. Y era probable que la organización de Macandal les facilitara ayuda para fugarse. Sin embargo, no volvió a repetirse ningún caso como el de la esclava Assam. Los culpables —o los presuntos culpables— desaparecían sin dejar huella.

—Y lo peor es que no podemos estar seguros de que los demás negros de la casa sean realmente inocentes —despotricaba Gérôme Dufresne. Su primer acto como señor de la plantación de su mujer había consistido en degradar a todo el personal doméstico de los Courbain, poniéndolos a trabajar en los campos de cultivo—. Es posible que estén al corriente de todo, pero que culpen al que ha huido y luego planeen el siguiente ataque.

—Y con ello alcanza un nivel más alto la manía persecutoria general —suspiró Victor, mirando a los invitados de su familia para la cena—. En lugar de entregar salvoconductos a vuestros criados más leales y darles a los demás esperanzas fundadas. Entonces quizás alguno se os escapara para probar suerte en la ciudad, pero seguro que no os envenenaría.

Esas discusiones infructuosas le quitaban a Victor las ganas de visitar la plantación de su familia, al igual que las fastidiosas consultas de los pusilánimes hacendados. En realidad solo iba a Nouveau Brissac porque Deirdre así lo quería, y por fin se acordó de pedirle a su padre que le cediera un mozo de cuadra que dispensara a Amali del duro trabajo en el establo y acompañara a su esposa en sus paseos a caballo por Cap-Français. Dufresne le cedió gustoso a Leon, un hombretón dulce y negro como el carbón, de voz profunda y sonora y un carácter siempre alegre. El joven fue a la ciudad de buen grado, era sociable y un músico dotado que entretenía por las noches a Sabine, Amali y a la fascinada Nafia con canciones y batiendo el tambor. Dio pruebas de ser digno de confianza y de adaptarse a cualquier trabajo, y también se encargaba de las labores domésticas, aunque era un cochero y mozo de cuadra instruido. Victor estaba contentísimo con Leon, quien se iba integrando fácil y alegremente en casa del doctor. Sin embargo, la esperanza de que también Deirdre simpatizara con el joven no se cumplió. A ella no parecía gustarle el recién llegado, siempre le encontraba algún defecto; aunque sabía mucho más de caballos, le gustaban los animales y montaba mucho mejor que el desaparecido César.

Jefe y Bonnie no permanecieron solos por mucho tiempo en la celda de la gendarmería. Poco después de las ejecuciones pasó a recogerlos un tratante de esclavos. El hombre, un blanco grosero que a Bonnie le recordó al backra Dayton, miró a Jefe con satisfacción y a Bonnie con desinterés.

—¡Uno es un buen mozo! —dijo al gendarme que lo había acompañado—. Pero para el pequeño no hay mucho, seguro que en los campos no hace gran cosa. Bueno, qué le vamos a hacer. Y ahora, desnudaos, vosotros dos.

El tratante se volvió hacia los dos negros y les lanzó la ropa con que se ponía a la venta a los hombres esclavos: pantalones de lino blancos y anchos. El torso solía quedar al desnudo, pues los compradores querían comprobar la musculatura. También les interesaba ver si en la espalda tenían cicatrices de los latigazos. La rebeldía bajaba el precio.

—¿Vais a tardar mucho? —preguntó el tratante, amenazándoles con el látigo.

Jefe miraba como paralizado a Bonnie, que mantenía la vista clavada en el suelo. Al final se decidió, se quitó la camisa por la cabeza y se desprendió de los pantalones. Bonnie aflojó vacilante la cinta de su pantalón, bajo el cual llevaba un calzón corto.

—¡Desnudaos del todo! —bramó el comerciante—. ¡Todo, desgraciados, quiero ver carne negra al desnudo! No vaya a ser que escondáis algún cuchillo.

Jefe se quedó sin pantalones y en pie frente a los hombres tal como había llegado al mundo. El tratante soltó un silbido de reconocimiento entre los dientes. Bonnie cruzó vacilante los brazos delante del pecho y al final se sacó la camisa por la cabeza también.

Fue el gendarme el primero que cayó en la cuenta de sus pechos.

—Corrière, ¡no me lo puedo creer! ¡Mira!

El tratante pasó la mirada de Jefe a Bonnie y se quedó helado.

—¡Es... es increíble! ¡Sácate los pantalones, pequeña! ¡Queremos ver si eres una chica o un hermafrodita!

Con un rápido golpe de cuchillo cortó la cinta que sujetaba los calzones de Bonnie. La muchacha gimió cuando la última prenda que le quedaba resbaló al suelo.

Los hombres se la quedaron mirando sin dar crédito.

—¿Estaba en el barco pirata? —preguntó Corrière—. ¿No hay duda posible? Siempre me había imaginado distinta a la novia de un pirata. —Sus miradas se deslizaron por la reseca figura de Bonnie, sus pequeños pechos y su escaso vello.

—¡Novia de quién! —Rio el gendarme—. ¡Esta se encargaba de un cañón! Mira, lee: «Bobbie: primer cañonero.» —Tendió al tratante la lista con los nombres y las ocupaciones de los piratas—. ¿Todos creían que eras un chico, pequeña? ¿Engañaste a toda la tripulación?

Bonnie asintió con la cabeza baja. Al gendarme casi le daba pena.

—¿Cómo te llamas en realidad? —preguntó con amabilidad.

—Bonnie —dijo ella en voz baja. Intentaba taparse con las manos los pechos y el sexo—. Por favor...

Corrière entendió.

—Está bien, niña, te busco un vestidito —dijo condescendiente, guiñándole un ojo al gendarme—. No vaya a ser que a alguien se le ocurra hacer una tontería. Qué cosas... —Sacudiendo la cabeza, se marchó de la celda, no sin antes darse media vuelta—. Y los encierras en celdas separadas —indicó al gendarme—. ¡A ver si al final nos quedamos con tres!

Bonnie había vuelto a vestirse provisionalmente antes de que el gendarme la condujera por el pasillo. De buena mañana, el calabozo de mujeres estaba vacío. Por la tarde se llenaría de rameras del puerto que alborotaban o robaban a algún cliente, pero ahora la jovencita lo tenía para ella sola. Se ovilló en un rincón llorando en silencio. No es que tuviera frío, incluso en una mazmorra hacía calor en La Española, pero estaba muerta de vergüenza. Y ahora todo volvería a empezar. La venderían a alguien que no podría permitirse una esclava mejor. Bonnie no se hacía ilusiones sobre su valor de mercado. No poseía ninguna habilidad especial y tampoco era fuerte ni bonita. De nada le servía saber leer y escribir, estaba prohibido a los esclavos. Su único mérito era ser joven: eso atraía sobre todo a viejos viciosos como Dayton.

Bonnie se preguntaba si no habría sido mejor morir en el cadalso.

Corrière apareció poco después con un vestido azul y desgastado por el uso que le iba demasiado grande. La observó vestirse y suspiró cuando descubrió que ese cuerpo delgado y poco maduro estaba, encima, lleno de cicatrices.

—¿Cuándo... cuándo... nos venderá? —balbuceó Bonnie.

Su francés no era muy bueno. Sin embargo, entendía gran parte del *patois* que los esclavos y mulatos de la isla hablaban, en el barco del capitán Seegall habían coincidido distintas nacionalidades y todos habían aprendido algo del idioma del otro. Aun así sus conocimientos eran muy limitados.

Corrière se frotó la frente.

—Esta mocosa es flaca, fea y encima ni siquiera sabe hablar como Dios manda —musitó para sí—. Si alguien te compra, podré dar gracias al cielo... En cualquier caso, hasta mañana no hay mercado. Ahora ven conmigo, tengo una casa aquí donde podrás dormir. A lo mejor Marie te puede arreglar un poco... al menos para que no se te vea tan poca cosa.

Bonnie lo siguió intimidada. No tenía ni idea de cómo conseguiría esa Marie ponerla guapa para el día siguiente, pero esperaba poder hablar con Jefe en casa de Corrière.

Sin embargo, eso no sucedió. Un gendarme condujo a Jefe encadenado y a Bonnie se le permitió acompañar a Corrière sin ataduras. Resultó imposible intercambiar palabra alguna. Llegados a la sórdida casa de madera del puerto, el tratante destinó a la chica a una especie de celda donde había otras mujeres negras. Bonnie vio que a Jefe solo le quitaron las cadenas para ponerle grilletes en los tobillos. Pasó la noche encadenado a otros esclavos, todos de una constitución física similar. Tal vez Corrière planeaba venderlos como grupo a un hacendado. Dos de los hombres mostraban profundas cicatrices producidas por el látigo, pero no parecían resignados, sino más bien iracundos ante el destino que les esperaba. Por separado seguro que no se venderían, pero junto a esclavos supuestamente dóciles podrían alcanzar precios razonables.

Bonnie anduvo a tientas por el recinto en que se apretujaban ella y otras veinte desconocidas. El hedor que surgía del rincón con el cubo para evacuar era horroroso, aunque, salvo por eso, el lugar estaba limpio. Había también unos jergones para dormir, insuficientes para todas. Bonnie se buscó un rincón más o menos desocupado y se acurrucó en el suelo. Al entrar había musitado un saludo, pero nadie le había contestado y ninguna mujer parecía interesada en entablar una conversación. La mayoría se limitaba a mirar al frente, como Jefe en los días previos; solo una mujer y una chica joven se abrazaban y lloraban en silencio: madre e hija que seguramente venderían por separado al día siguiente. Otra joven negra sostenía un bebé en brazos; era extraordinariamente hermosa y Bonnie le encontró cierta semejanza con Máanu, aunque era más exótica. Bonnie nunca había visto a una mujer tan esbelta y nervuda. La joven tenía un cuello largo y la nariz no era ancha como la de la mayoría de negros, sino fina, y la frente alta. Sin embargo, no parecía mestiza, sino más bien miembro de una raza que debía proceder de otra parte de África que los antepasados de Bonnie. Le llamó la atención que tuviera los lóbulos de las orejas perforados. Ese aspecto inusual se acentuaba todavía más por el hecho de que llevaba el cabello sumamente corto, más incluso que Bonnie.

Sonrió a la exótica negra con timidez y ella contestó con mirada amable, pero sin conseguir sonreír. El bebé, sin embargo, ladeó la boca, lo que le dio un aire tan gracioso que Bonnie se sorprendió sintiendo ganas de cogerlo en brazos.

—¿Niño? —preguntó en francés—. ¿Niña?

—*Fille* —respondió la mujer—. Namelok.

—Namelok, ¿nombre?

La mujer asintió y guardó de nuevo silencio. Bonnie reflexionó si debía decirle algo que la reconfortase. Había oído en casa del doctor que no podían separar a los hijos de la madre antes de que llegasen a la pubertad. A este respecto, las leyes en las colonias francesas eran más benignas que las inglesas. Pero ¿Corrière sería capaz de hacer desaparecer a la pequeña Namelok si alguien le ofrecía una buena suma por la madre sola?

Bonnie no las tenía todas consigo y se sumió en un lóbrego silencio. Hasta que el bebé empezó a lloriquear y la madre se puso a tararear para adormecerlo. La muchacha escuchó su voz profunda y sonora, entonando una triste melodía en una lengua extranjera. La mujer debía de provenir de África y la niña seguramente había nacido en la isla. Ningún niño de pecho sobrevivía al transporte de esclavos transatlántico.

La suave canción adormeció también a Bonnie, ahuyentando las terribles imágenes del día anterior que aparecían ante sus ojos cada vez que bajaba los párpados. Las alegres palabras de despedida de Sánchez, el debatirse contra la muerte de los hombres en la horca, el calabozo vaciándose y la desesperación de Jefe ante la sorprendente salvación de ellos dos: una sinfonía del horror, matizada por la canción de la joven, que en la horrible duermevela desembocaba en un nuevo horror: Bonnie vio a Dayton con la garganta rajada. Corría sangrando por el mercado de esclavos y la buscaba. Cuando por fin la encontraba, la compraba con el dinero que ella había ahorrado para su futura tienda. Después se la llevaba a rastras. Ella reconocía la casa de la playa, los animales de la carnicería... y la cama del backra, todavía empapada de sangre.

Bonnie despertó con un grito cuando sobre el mar se alzó un sol dorado, y se estremeció cuando una sombra se cernió sobre ella. Pero por supuesto no se trataba de un espíritu, sino de una negra grande y de expresión amable.

—Eh, ¿has tenido un mal sueño? —preguntó con una sonrisa. Sobre su brillante rostro redondo resplandecía un turbante rojo—. Es una pena que los dioses no nos regalen al menos sueños felices... ¿Eres tú la chica del barco pirata?

Bonnie asintió y se frotó los ojos.

—Bien, entonces tengo que llevarte. Soy Marie. Cocino para el mèz Corrière y le ayudo con las chicas. Durante años yo misma fui una puta...

—¿Puta? —preguntó Bonnie. Todavía no se había despertado del todo, pero había entendido bien a la mujer y experimentó de nuevo la sensación de que alguien le clavaba un cuchillo en el corazón.

—Sí, cielito... ¿Para qué negarlo? —suspiró Marie—. Tuve suerte de que el señor necesitase una cocinera cuando el burdel de mi amo tuvo que cerrar...

Tiró de Bonnie para que se levantase y la sacó junto con otras tres chicas entre las que se encontraban la niña que sollozaba agarrada a su madre y la africana con el bebé. Bonnie cayó en la cuenta de que las tres eran de una belleza notable. Corrière pretendía ofrecerlas a casas públicas. Por qué también la había elegido a ella era un misterio.

Pero pronto lo averiguaría.

4

Victor Dufresne se sumió en lóbregos pensamientos cuando llegó al mercado de esclavos del puerto. Odiaba ese lugar. Ya los olores que flotaban —sudor, suciedad, miedo y descomposición— le provocaban malestar. Por lo general evitaba esos mercados, pero ese día lo había llamado la policía encargada de mantener el orden ahí. A los tratantes les era indiferente el estado en que ponían a la venta su mercancía humana, pero los médicos sospechaban que muchas enfermedades se contagiaban de un individuo enfermo a los demás. El cólera, por ejemplo, aumentaba cuando los enfermos entraban en contacto con los sanos, al igual que se extendían otras epidemias por contagio, las enfermedades incluso pasaban de negros a blancos y viceversa, lo que siempre sorprendía a los blancos.

Por esta razón el capitán del puerto vigilaba a los esclavos que eran puestos a la venta bajo su tutela, y despachaba a aquellos que soltaban «mocos por todos los orificios del cuerpo», como había descrito ese día el estado de dos jovencitos negros. Los tratantes protestaron enérgicamente, por supuesto, y él llamó al médico para que examinara a los enfermos y decidiera qué hacer. Victor no quería desatender la petición e incluso llevaba medicamentos que tal vez ayudaran a los esclavos. No se hacía ilusiones respecto a que fueran a pagarle por la visita, los pequeños no valían nada y los comerciantes no pagarían ni un sol por ellos.

Se abrió camino entre la muchedumbre de compradores y mirones, vio a los vigilantes e interesados de las plantaciones evaluando a los nuevos esclavos y apartó la vista asqueado cuando palpaban los músculos de los hombres y les estudiaban la dentadura. Otros comerciantes ponderaban que su mercancía estaba compuesta por sirvientes domésticos con instrucción, algo sobre lo que Victor tenía sus dudas. Cuando alguien se desprendía de criados instruidos y de confianza, solían contratarlos conocidos. Pero tal vez eso había cambiado. Hacendados desconfiados como Gérôme canjeaban a sus esclavos por los motivos más baladíes.

El espectáculo más deprimente era el de los puestos que ofrecían esclavos recién importados. Los hombres y mujeres estaban consumidos y muertos de miedo. Tal vez fuera cierto que en África había esclavos, los grandes defensores del esclavismo siempre aducían que había tribus que vivían de la trata de esclavos y que también abastecían a tratantes blancos. Pero para ese mercado no había negros educados. Todo, desde el idioma hasta la ropa, desde la comida hasta la forma en que estaban construidas las casas, les resultaba ajeno.

Se esforzó por pasar lo más rápidamente posible junto a los puestos y no tardó en llegar al despacho del capitán del puerto. Se hallaba ubicado en una modesta casa de madera y habían encadenado a los dos chicos en el patio interior. Victor siguió al paciente capitán y al quejumbroso tratante para ver a los esclavos y se quedó horrorizado. Ambos estaban desnutridos y enfermos. El mayor tosía y el más joven yacía en el suelo apático y sin siquiera espantar las moscas que se posaban en su rostro sudoroso. Una mucosidad verde amarillenta le salía de la nariz, el capitán del puerto no había exagerado.

Victor suspiró.

—Tiene usted razón, no se pueden vender en este estado —decidió por el capitán, y se dirigió al tratante—. Y tampoco le conviene a usted, *monsieur*. ¿Quién va a pagarle algo por estos dos? ¿No tiene ninguna casa por aquí donde aloje a los esclavos entre los días de mercado? Seguro que habrá mujeres que cuidarían de ellos.

El hombre resopló.

—Ni hablar. Las mujeres no se ocupan de ellos. Pertenecen a una tribu que en África no goza de gran simpatía. En cualquier caso, mi criada se niega a mover un dedo por ellos. Claro que puedo obligarla, pero que eso dé buen resultado...
—El hombre se encogió de hombros.

Victor comprendió. La sirvienta era sin duda testaruda y, si llevaba bien la casa, era lógico que el hombre no quisiera enfadarla. La mujer antes envenenaría a los jóvenes que cuidaría de ellos. En las plantaciones, los conflictos entre miembros de tribus rivales solían acabar con sangre.

—En cualquier caso, sería aconsejable que hubiera alguien que se ocupara de ellos —advirtió. No tenía grandes esperanzas en el futuro de esos jóvenes, pero él tampoco iba a resolver el problema. De todos modos, abrió el maletín y tendió al tratante el medicamento que había llevado, así como algunas hierbas—. Debería tenerlos en algún lugar abrigado y darles tres veces al día una cucharada de esta cocción. Si quieren comer algo, que sea comida ligera, papilla de avena o bizcocho empapado en leche. Hay que cebarles para que repongan fuerzas. Y si quema estas hierbas en su cabaña, respirarán mejor.

Victor dudaba de que fuera a seguir sus consejos. Pero no podía hacer nada, si no quería comprar a los chicos y llevárselos a su propia casa. Y si se empeñaba en esas acciones de socorro se arruinaría, por no hablar del riesgo de que se extendiera en su consulta una enfermedad contagiosa.

Resignado, emprendió el camino de regreso por el mercado, intentando no mirar a los lados. Tan solo echó un breve y asqueado vistazo a un tenderete que estaba rodeado de mirones, taberneros y propietarios de burdeles. Ahí había mujeres a la venta. Iban vestidas de forma provocativa y llevaban un grotesco maquillaje blanco. Victor no quiso mirarlas a los ojos. Pero entonces oyó una voz temerosa y angustiada.

—Doctor... Mèz Victor...

Victor miró alrededor y vio a una muchacha delgada sobre la tarima. Bonnie llevaba un vestido extrañamente agujereado y una chaqueta de brocado similar a aquella con que el fornido negro se había presentado ante él. El uniforme de paseo de los piratas. Sobre el cabello corto lucía un tricornio inclinado para dar al rostro un aire osado, aunque ahora solo mostraba vergüenza y desesperación. Y más aún cuando bajo el maquillaje blanco como la nieve y el llamativo rojo de labios no se reconocía la menor emoción. Victor consideraba que la moda de que las mujeres blancas se maquillasen para parecer todavía más blancas era horrible. Y en el caso de las mujeres negras era humillante y grotesca. Y una chica como Bonnie...

Victor se la quedó mirando horrorizado. El tratante enseguida se percató desde el estrado de su interés.

—¡Vaya, uno que se ha fijado en nuestra pirata! Aquí tiene algo distinto para sus clientes, *monsieur*, o para su propio uso. Con esta pequeña tiene, por decirlo de algún modo, ¡dos en uno! Navegó con los piratas haciéndose pasar por un chico. ¿Me explico? Le servirá tanto por delante como por detrás. —Empujó a Bonnie—. ¡Señores, hagan sus ofertas! Aprovechen la oportunidad de adquirir algo especial...

Bonnie mantenía la cabeza baja, lloraba en silencio y las lágrimas trazaban surcos en el maquillaje blanco.

—¿Qué pide por esa chica? —preguntó Victor con voz ronca—. Sin subasta.

El tratante frunció las cejas como si calculara. A continuación dijo un precio demasiado alto. Victor se lo pensó un segundo. Si pujaba por Bonnie, la conseguiría a mitad de precio. No parecía que hubiera muchos interesados en ella. Pero la chica estaba completamente humillada y atemorizada. No podía perder tiempo en regatear.

—De acuerdo —contestó Victor, sacando la bolsa del dinero—. Ahora no llevo tanto encima. Aquí tiene un anticipo y mi tarjeta. Pase a recoger el dinero por mi casa esta tarde. Si necesito alguien que responda por mí, el capitán del puerto me conoce...

El tratante rio.

—Aquí lo conoce todo el mundo, doctor. Pero no tema, Corrière es discreto. No saldrá de aquí que el doctor se ha comprado una pequeña bucanera, ¿verdad?

El público rio de buena gana. Era probable que al día siguiente corriera por todo Cap-Français una habladuría jugosa: la sorprendente compra del doctor Victor Dufresne.

El médico no se dignó a contestar al tratante. Tendió a Bonnie la mano y la ayudó a bajar de la tarima, al tiempo que se percató de que una mujer joven, muy delgada y bellísima con un bebé en brazos, lo miraba. Victor esperaba que no se hiciera ilusiones de que fuera a comprarla también a ella.

Cuando Bonnie sintió el adoquinado de la calle bajo los pies descalzos, descargó toda su tensión en unos sollozos ahogados. Se arrojó al suelo ante Victor y le abrazó las piernas.

—Gracias, *monsieur*, gracias, gracias, mèz Victor...

El médico la levantó sintiéndose incómodo.

—¡Por todos los cielos, Bonnie, no llames más la atención! —le susurró—. No tienes que darme las gracias. Basta con que no te vuelvas a ir, o nos costará caro. Además, no suelo pasar por este mercado cada semana. Y ahora vamos a quitarte esto... —Sacó un pañuelo del bolsillo de su chaqueta y le limpió la mayor parte del grotesco maquillaje—. Necesitamos algo que te cubra. Esta chaqueta...

—Yo nunca me he puesto algo así —titubeó Bonnie—. Quiero decir Bobbie...

Victor entendió.

Bobbie no había sido ningún lechuguino como los demás piratas, y la chica se sentía mortificada por que la hubiesen obligado a interpretar esa mala parodia de las costumbres piratas.

Victor miró alrededor y vio en la siguiente esquina un tenderete con ropa barata de segunda mano. Compró una capa oscura y discreta. Bonnie se despojó de la detestable chaqueta y se sonrojó: el vestido agujereado dejaba sus pechos y caderas a la vista. Seguramente, durante la subasta le habrían quitado la chaqueta y expuesto con ese atuendo a la vista de todos. Victor se felicitó por haberla salvado.

Mientras la muchacha se cubría el vestido con la capa, el médico notó que los ojos de la hermosa negra del entarimado seguían posados en él y Bonnie.

—Vamos, Bonnie —dijo a continuación—. Vámonos a casa. Ahí podrás cambiarte de ropa. Amali seguro que aún conserva tus vestidos. —Durante la estancia de la chica en casa de los Dufresne, las mujeres habían arreglado dos vestidos de la doncella para ella.

Bonnie, que entretanto se había repuesto, negó con la cabeza.

—No, lo siento... mèz Victor. Primero... primero tenemos que buscar a César.

Victor la miró asombrado.

—¿César también está aquí? Pero ¿qué ha sucedido, Bonnie?

Ella se lo contó brevemente con voz casi quebrada.

—Y entonces lo encadenaron... con otros negros, unos hombres corpulentos, dos de ellos parecían matones —concluyó, describiendo la llegada de Jefe y ella a la casa del tratante Corrière—. Con esos seguro que tendrá problemas y...

Mientras hablaba, Bonnie avanzó por el mercado buscando inquieta a su amigo. El médico la siguió con menos entusiasmo. No se preocupaba especialmente por aquel negro, ya se las apañaría con los demás esclavos. Además, tenía la sospecha de que el joven no era del todo inocente de lo que les había ocurrido a Bonnie y a él. Y comprar un segundo esclavo le representaría demasiado gasto. Por trabajadores del campo tan fuertes los hacendados pagaban cantidades elevadas. Esto haría tambalear el presupuesto doméstico del doctor Dufresne.

Pese a ello, Victor no se negó a acompañar a Bonnie solamente por Deirdre. Su mujer se alegraría de volver a tener a su mozo de cuadra, pues no acababa de entenderse con su sustituto. Victor no lo comprendía. Él mismo encontraba a

Leon más simpático y agradable que el engreído joven pirata. Pero por su esposa estaba dispuesto a recuperar a César. Lo habría hecho casi todo para animarla, si bien temía que el amigo de Bonnie no se quedaría mucho tiempo con ellos.

El médico se rascó la frente. Era probable que César planeara su fuga en cuanto le quitaran las cadenas y que todo se repitiera. Pero, en fin, lo dejaba en manos del destino. Si encontraban al corpulento negro, ya vería qué podía hacer por él.

Bonnie, por el contrario, no tenía la menor duda. Casi se había olvidado ya de su propio destino y se preocupaba solo por su amigo. Exploró el mercado, examinó minuciosamente cada puesto no fuera a ser que no viera a Jefe, y volvía la vista atrás para cerciorarse una y otra vez de que Victor la seguía. El médico no parecía entusiasmado ante la idea de comprar la libertad de Jefe, y la chica pensó con un asomo de mala conciencia si sería algo positivo para el doctor que Jefe volviera a su casa. Si era cierto que había habido algo entre Jefe y la missis... Pero ya se ocuparía más tarde de eso. Ahora lo más importante era salvarlo. Bonnie no se daba cuenta de que ya había recorrido dos veces el mercado sin encontrar al joven.

—Es en vano, Bonnie —señaló Victor, entre apenado y decidido—. Es evidente que ya no está aquí. Y no es extraño, los vigilantes de las plantaciones llegan pronto al mercado en busca de los mejores esclavos. La mayoría debe recorrer un largo camino con los negros y no quieren hacerlo cuando oscurece.

Al menos eso era lo que Victor suponía. Él mismo no habría querido pasar una noche en la carretera con un grupo de negros como César.

Nerviosa, Bonnie se pasó la mano por el corto cabello.

—Pero no puede ser... ¿Y si... y si no lo hemos visto? —No estaba dispuesta a arrojar la toalla.

—Podríamos preguntarle al tratante. A ese Corrière.

Victor suspiró. No tenía ninguna gana de volver al infame tenderete de Corrière. Pero estaban cerca y si la felicidad de Bonnie dependía de ello...

En el puesto empezaba en ese momento una subasta, una

de las últimas. El tratante vendía la «pieza más valiosa de mi *stock*», como dijo con una sonrisa babosa. Y el público se animaba. La africana alta, que estaba en la tarima estrechando a su hijo, ya estaba casi desnuda. Corrière le iba arrancando jirones de ropa. Aun así, ella no parecía sentir vergüenza. Semejaba una estatua de piedra negra. Esto enloquecía a los hombres. Sin embargo, solo había dos postores serios. Victor conocía a uno de ellos. El gordo y pringoso Petit era dueño de algunos burdeles del puerto. De vez en cuando una de sus chicas acudía furtivamente a la consulta para pobres que había abierto Victor. El otro hombre no daba una impresión más agradable, no dejaba de pasarse la lengua por los labios y parecía taimado y perverso. Victor casi deseaba que adjudicaran la pobre mujer a Petit.

En ese momento Corrière se percató de la presencia del médico y le hizo un gesto desde lo alto.

—¡Vaya, doctor! ¿Ya lo tenemos aquí de nuevo? ¿No lo ha satisfecho la negrita pirata? Pero aquí no se hacen cambios, tendrá que volver a rascarse el bolsillo.

A Bonnie se le agolpó la sangre en la cara, pero Victor miró al hombre con frío desdén. Y de nuevo sintió posarse en él la mirada de la esbelta negra. Parecía haber despertado de su inmovilismo cuando Corrière dirigió la palabra al médico. Los ojos de la joven empezaron a brillar y un temblor recorrió su cuerpo.

Victor preguntó por Jefe y Corrière asintió.

—Enseguida, doctor. Primero tenemos que acabar con esto. Si no quiere usted pujar... ¿Qué te pasa, Petit?

La última puja procedía del taimado desconocido. Y era mucho más elevada que la anterior de Petit. El gordo hizo un gesto de rechazo con la mano. Se retiraba.

—Entonces... a la de una, a la de dos y ¡a la de tres! Adjudicada esta maravillosa joven a *monsieur* Carbot de Port-au-Prince. Un largo viaje, pero ha valido la pena por la pequeña, ¿a que sí? Y el bebé va de regalo... Una niña también. Seguro que será guapa. Si le da de comer, en un par de años...

Corrière estrechó la mano del hombre, quien esbozó una sonrisa torcida antes de volverse hacia la mujer de la tarima. Al bebé no le dirigió ni una mirada. Bonnie sintió un frío glacial. Nadie en Port-au-Prince sabría que había existido Namelok si ese tipo llegaba ahí solo con su esclava.

—Y ahora usted, doctor. —Corrière se apartó del rostro un mechón húmedo de sudor. Parecía satisfecho. Había hecho unas buenas ventas ese día—. Lamento que no pueda completar hoy su colección de piratas, pero al grandullón lo he vendido de buena mañana. A una plantación importante, al sureste de aquí...

Bonnie abrió los ojos de par en par.

—¿Se ha ido? —preguntó con voz sofocada—. ¿Dónde... quién...?

—¿Sabe quién lo ha comprado? —preguntó Victor.

Corrière sacudió la cabeza.

—Qué va. No lo he vendido yo mismo, se lo he dado a un conocido en comisión. Se lo puedo preguntar a él, pero ese vende cincuenta negros cada día de mercado.

Victor puso la mano en el hombro de Bonnie para consolarla y marcharse. Sin embargo, en ese momento la joven negra de la tarima, que se había dejado manosear casi imperturbable por su futuro dueño, cobró vida.

—¡Tú! ¡Espera! Pi... ¡mujer pirata!

Bonnie alzó la vista sorprendida, al igual que Victor. La mujer pareció aliviada por haber llamado la atención de los dos. Se movió deprisa y con una rapidez casi felina por el borde de la tarima. El vendedor intentó sujetarla, pero ella fue más veloz.

—¡Toma! —Antes de que nadie pudiera retenerla, dejó al bebé en los brazos de Bonnie—. Ella Namelok. Niña. ¡Ahora tuya!

Bonnie sostuvo a la niña apretada contra su pecho, mientras alrededor se producía un alboroto. El comprador agarró a su esclava y la abofeteó de forma brutal. Luego la empujó de nuevo a la tarima. Ella no se defendió, tan solo dirigió la vista desesperada hacia el bebé. Sus ojos se posaron un breve momento en Bonnie y Victor. Dibujó una súplica con los labios: «¡Por favor!»

El médico ignoraba qué hacer. El hombre a quien pertenecía la joven ahora no parecía interesarse por el bebé, pero Corrière intervino.

—Un momento, un momento, así no se hacen las cosas, ella no puede regalar la criatura. *Monsieur* Carbot, ya sabe que el Code Noir nos obliga a dejar a los niños con sus madres... Me van a multar...

Carbot rio.

—Ya no es suya. —Bonnie sintió un escalofrío al oír la voz del hombre—. Ahora es mía, ¿verdad, bonita mía...? Sí, Belle. Belle es un nombre que te sienta bien. Entonces, Belle... —prosiguió, haciendo una mueca—. ¿Dices que la niña no es tuya?

Por el rostro de la joven pasó una expresión de aflicción y repugnancia hacia ese hombre. Había decidido separarse de Namelok y ahora tenía que renegar de su condición de madre.

Bonnie hizo un esfuerzo.

—No —dijo—. Es... es mía... Ella... ella solo ha cuidado de mi bebé. Y ahora... ahora nosotros hemos venido a recogerla.

Tenía la voz ahogada y temblaba de miedo. ¿Qué sucedería si el doctor no quería a la niña?

Corrière volvió a sonreír sarcástico.

—¿Es así, *monsieur*? ¿Ha estado mi esclava cuidando de su cría sin cobrar? —Frotó los dedos pulgar e índice pidiendo dinero.

Bonnie nunca había visto a Victor Dufresne tan furioso. En los ojos del dulce médico había odio. Pero se dominó fríamente. Volvió a abrir la bolsa, sacó un par de billetes y los tiró a los pies de Corrière.

—Esto será suficiente por una hora de su esclava. Y ahora coge tu bebé y vámonos, Bonnie. Antes de que yo...

Victor no concluyó la frase. Él mismo se horrorizaba de la

imagen que se había formado en su mente: Corrière, gritando y retorciéndose de dolor después de que un esclavo le hubiera echado veneno en la comida. El médico no había podido remediarlo. De repente entendió a François Macandal y las personas que mataban en su nombre.

Mientras pugnaba por sofocar tales pensamientos, miró hacia la tarima. La madre de Namelok miraba a su hija como si quisiera grabar para siempre su imagen en su memoria.

—*Au revoir, madame!* —susurró Victor—. La niña estará bien. ¡Que tenga usted mucha suerte!

La africana no respondió. Siguió con una mirada de tristeza infinita a Victor, Bonnie y Namelok, hasta que los tres hubieron desaparecido entre el gentío del mercado.

Habían llevado al mercado a Jefe y los hombres a los que estaba encadenado cuando despuntaba el día, mientras Marie todavía preparaba a Bonnie y las otras mujeres para su venta. A esas horas todavía no había muchos curiosos, pero sí compradores serios. Las grandes plantaciones enviaban a sus ojeadores, en su mayoría vigilantes que por regla general poseían una larga experiencia. De vez en cuando asistían los propios hacendados. Ninguno de esos hombres hablaba demasiado mientras escogía, y cuando lo hacía, solo con el tratante. Los compradores trataban a los esclavos como si fueran ganado, palpaban sus músculos, examinaban sus espaldas y con un lacónico gesto del látigo les indicaban que abrieran la boca para estudiarles la dentadura. Si alguno no obedecía, le golpeaban, no fuerte —pues no tenían intención de dañar la propiedad ajena—, pero sí lo suficiente para que el esclavo apretase los labios.

Jefe se ganó unos cuantos golpes de este tipo antes de que el comerciante, un conocido de Corrière al que este había llamado Pastis, mirase al esclavo y le azotara con el látigo en la espalda. Después, Jefe se sometió, ardiendo de ira, un sentimiento que también se reflejaba en tres de su grupo; en los cuatro restantes solo había mera resignación. El fornido negro no entendió toda la conversación entre el tratante y su cliente, pero sí que había otros compradores que intentaban negociar. Esos solo se llevarían esclavos sumisos, pues sabían que trabajadores como el antes pirata acababan dando problemas.

—¡Y siempre a punto de escaparse! —le dijo uno al otro—. A estos les quitas un minuto el ojo de encima y ya están camino de las montañas.

Pastis, no obstante, opinaba lo contrario:

—Estos no se largan, se lo aseguro. No tienen ganas de morir. Mírelos... —Levantó el cabello largo de un esclavo y Jefe contuvo el aliento al ver que el hombre no tenía orejas. Y la cicatriz de una quemadura le brillaba en un hombro—. La próxima vez le cortarán los tendones, y a eso no se arriesgará.

—Pero entonces no me serviría ni para cuidar las vacas —se burló otro—. O sea, ya no valdrá para nada pero seguirá comiendo...

—Descuide, ¡no se arriesgará! —aseguró el tratante—. Y los otros tampoco. Por eso los mezclamos. Los otros ven la suerte corrida por su compañero y tienen miedo.

—¿Intentaste fugarte? —preguntó en voz baja Jefe al hombre sin orejas, que enseguida se había cubierto las cicatrices con el cabello.

El esclavo asintió.

—Hace un mes, pensar que yo haber conseguido. Pero descubierto. Yo buscar campamento de Macandal, pero preguntar a gente equivocada... —Hizo un gesto de resignación. Al parecer se había topado con un soplón—. Segunda vez solo dos semanas. Por eso no cortar tendones. Mèz muy compasivo... —ironizó—. No mutilar Pierrot, solo venderlo...

Jefe arqueó las cejas. La «compasión» del amo era perversa: un hombre con los tendones de Aquiles cortados no servía para nada, mientras que un trabajador apto aportaba algo aunque fuera conocido por su rebeldía.

Pero no hubo que esperar mucho para que apareciese una

persona interesada en el grupo de fornidos esclavos. El hombre era alto y flaco, de fríos ojos azules como el acero. Llevaba una espada y un mosquete en el cinturón y, cómo no, empuñaba un látigo.

—Buenos cuerpos, tocados de la cabeza —dijo lacónicamente y matizando su oferta al tratante—. Espero una sensible rebaja.

El tratante repitió sus argumentos, pero el hombre se mantuvo en sus trece.

—De que no se escapen ya me encargaré yo —respondió tranquilamente—. Pero exigirán esfuerzo y eso hay que deducirlo del precio. Mi señor no tiene nada que regalar. En fin, ¿qué le parece esto? —Escribió una suma en una hoja de papel y se la tendió a Pastis.

Este empezó a lamentarse, cosa que el interesado esperaba.

—Bien, volveré después —señaló, sin hacer otra oferta.

Pastis corrió tras él y las negociaciones prosiguieron a una distancia que los esclavos no alcanzaban a oír. Al final, el hombre se fue.

—Esto bien. Este dar miedo a mí —murmuró el esclavo más joven. Parecía dócil, pero un poco lerdo.

—No uno mejor y otro peor. Todos peor —resumió Pierrot, según su propia experiencia con los hacendados.

Que Jefe le hubiese preguntado acerca de la fuga había roto el hielo, los hombres parecían dispuestos a hablar. Pero solo hasta que volvió el tratante.

—¡A callar! Aquí estáis para que os vean, no para que os oigan.

Un breve restallido del látigo hizo enmudecer de nuevo a los esclavos. Jefe y Pierrot solo callaban cuando el tratante vigilaba, y luego reanudaban en voz baja la conversación. Los demás no osaron volver a abrir la boca, mientras Pastis ofrecía elocuentemente su mercancía a dos hacendados. Pero ninguno se mostró interesado en especial.

—No me interesan, teniendo en cuenta que ya han intentado escapar —explicó uno de ellos—. Si bien quedan escarmentados y ya no tratan de huir otra vez, Macandal anda por aquí y les incita a la violencia...

—¿Quién es Macandal?—preguntó Jefe a su camarada de pesares. Ya habían citado el nombre anteriormente.

Pero antes de que Pierrot pudiera contestar volvió a aparecer el tipo flaco que antes había hecho una oferta. Para entonces, seis esclavos encadenados lo seguían sumisamente, y también a uno de ellos le faltaban las orejas.

—¿Y bien? ¿Se lo ha pensado? —preguntó al tratante.

Pastis resopló con resignación.

—Si paga cincuenta...

El interesado sacudió la cabeza.

—Pagaré treinta —anunció—. Y es mi última oferta. Si escucho la palabra cuarenta, me voy.

Pastis calló y se dispuso a soltar las cadenas cogidas a una argolla empotrada en el suelo del tenderete. Aun así, el grupo se mantuvo unido por los grilletes.

—Aquí los tiene —señaló malhumorado—. Que sea usted feliz.

El hombre sonrió burlón.

—Los hombres tendrán una vida larga y feliz. Bien, chicos, ahora decid: «*Bonjour*, mèz Oublier, y gracias por dejarnos trabajar en Roche aux Brumes.»

Jefe miró a su comprador sin dar crédito. Pierrot escupió en el suelo. El látigo de Oublier le fustigó de inmediato. Una raya roja cruzó el rostro del corpulento negro.

—¡Empieza tú!

Golpeó tres veces más hasta que Pierrot hubo repetido la frase.

—¡Ahora tú! —Oublier se volvió hacia Jefe.

—No sé francés —mintió Jefe, pues lo había aprendido a bordo del *Mermaid*. Su maestro de esgrima, un pirata llamado Javert, le había enseñado lo imprescindible para comunicarse.

—¡Pues lo aprendes ahora!

El látigo restalló en el aire y Jefe vaciló presa de un súbito dolor. Nunca le habían azotado con el látigo y siempre había pensado que la humillación sería más dolorosa que la herida. La destreza de Oublier le demostró que estaba equivocado. Levantó la mano para limpiarse la sangre del rostro y dio un paso atrás asustado cuando el siguiente azote le dio en los dedos.

—Estoy esperando...

—Dilo sin más —susurró Pierrot sin mover los labios.

—*Bonjour*, mèz... —Jefe nunca se había avergonzado tanto ni sentido tan furioso como en ese momento. Algún día se vengaría de ese bastardo...

—¡Otra vez, muchacho, no suena muy auténtico!

Oublier levantó el látigo y Jefe repitió las palabras.

—A ver, ¿y tú?

El más joven del grupo estaba tan asustado que se atascó dos veces. También él recibió azotes, pero no tan inmisericorde como sus predecesores. Oublier dominaba su tarea, sabía exactamente con cuánta dureza golpear en cada caso. Los demás repitieron las palabras con el entusiasmo adecuado. Oublier se mostró satisfecho.

—Bien, chicos, vámonos —ordenó a sus nuevos hombres.

Los seis esclavos que se acababan de sentar resignados, mirando tercamente al suelo, se levantaron. Jefe también distinguió en sus rostros las huellas del látigo.

—Nos espera un largo camino. Voy a buscar mi caballo al establo público y nos ponemos en marcha.

Oublier y su séquito ya estaban en la carretera que conducía hacia el este mucho antes de que Bonnie recorriera el mercado.

Victor llevó a Bonnie y al bebé a la cocina, donde estaban Sabine y Amali. Eran las once. De hecho, ya hacía rato que Deirdre debería haber llamado a la doncella para que la ayudara a vestir y la acompañara a visitar conocidos o de compras, pero últimamente la señora se quedaba horas en la cama. No solía dormir, tan solo miraba taciturna la pared.

—*Mon Dieu!* —Sabine fue la primera que reconoció a

Bonnie—. ¡La pequeña! ¿De dónde sales? Y... *ma chère*, ¿qué te han hecho? —Miró el vestido desgarrado de la recién llegada. Con la capa había envuelto a Namelok.

Amali no estaba menos atónita, pero enseguida sacó sus conclusiones por el aspecto de Bonnie y las ejecuciones del día anterior.

—Bonnie... y los piratas. Era tu barco, ¿verdad? Y a ti... a ti te han perdonado porque eres muy joven, ¿verdad? Por todos los cielos, Bonnie... ¿Qué ha pasado con...?

Se interrumpió. Seguro que era mejor no preguntar por César en presencia de Victor. Y ella misma podía imaginarse la respuesta. Sin duda había más de veinte hombres en la tripulación del barco pirata. César tenía que haber muerto combatiendo contra los soldados.

—Me... me perdonaron la vida porque soy negra —susurró Bonnie. La palabra «perdonaron» no quería salir de sus labios.

—La he encontrado en el mercado de los esclavos y la he comprado —explicó brevemente Victor—. Si alguien puede conseguirle algo de ropa decente...

La cocinera se levantó de inmediato. Era evidente que se alegraba del regreso de Bonnie. A Sabine le caía muy bien y además, con la compra de la chica, se cumpliría su deseo de que hubiera otra esclava más en la cocina. Pero en ese momento descubrió al bebé en los brazos de Bonnie.

—¿Y esto qué es? —preguntó desconcertada.

La muchacha, que durante todo el camino había estrechado a Namelok contra sí, pero no la había mirado ni hablado, contempló a la niña como si la viera por vez primera.

—Es... —balbuceó— es mi hija. —Luego se la tendió a Amali y rompió a llorar.

Entretanto, Victor había visto que delante de la sala de consulta esperaban tres pacientes. Leon, que también colaboraba gustoso fuera del establo, les había servido refrescos y bromeaba con ellos. El médico los oyó reír, Leon era un conversador nato. En Nouveau Brissac había formado parte de un grupo de músicos y actores que organizaban funciones, sobre todo en Navidad. Ahora acortaba el tiempo de espera de los pacientes de Victor: su ayuda resultaba muy valiosa cuando el médico no podía empezar puntualmente la hora de visitas debido a alguna urgencia. Antes, las personas que lo esperaban se mostraban disgustadas cuando por fin aparecía. Después de que Leon bromeara con los hombres, halagara a las mujeres y jugase con los niños, la mayoría lucía una sonrisa.

El joven negro saludó con alivio a su señor. Las visitas llevaban más de una hora esperando. El joven doctor suspiró reconfortado. La consulta constituía una buena razón para dejar a Bonnie y los demás negros a su aire, evitando así tener que consolar a la llorosa muchacha y explicar a Sabine y Amali lo del bebé.

Victor se retiró pues con sus pacientes, mientras Amali conducía a Bonnie al alojamiento del servicio, le llevaba agua para lavarse y le buscaba su viejo vestido. Sabine se ocupó del bebé, calentó leche y llenó el antiguo biberón de Libby.

Cuando Amali y Bonnie regresaron a la cocina, Namelok estaba la mar de contenta en brazos del corpulento Leon, que le daba el biberón al tiempo que resplandecía de satisfacción.

—¡Qué bebé tan dulce! ¡Y es igual que Natalie!

—¿Quién es Natalie? —preguntó Bonnie, aunque lo que quería saber en realidad era quién era ese hombre.

En un principio se había llevado un susto al ver la espalda ancha y la estatura del joven. ¿Jefe? No, claro que no. De cerca, Leon no se parecía en nada a Jefe: su rostro era más bien redondo y dulce, su mirada era serena y en sus ojos no había ningún brillo feroz. A menudo, Jefe le recordaba a una pantera, mientras que ese hombre le hacía pensar en un oso.

—Hija de la amiga de Leon en la plantación de mèz Dufresne —contestó el mozo de cuadra tranquilamente—. Y es igual que este bebé. ¿Es tuyo?

El negro parecía sorprendido por la falta de parecido entre Namelok y su supuesta madre, pero enseguida volvió a sonreír. Bonnie oscilaba entre la alegría y el pánico. Era extraño que un hombre la mirase con tanta amabilidad. Tras su experiencia de esa mañana no podía creer en la inocencia de una sonrisa.

—Sí, Bonnie, ¡dilo! —insistió también Sabine—. ¿De dónde sacar tú bebé? No poder ser tuyo, tú no tanto tiempo fuera. Pero ¿qué es? ¿Niña? ¿Niño?

Bonnie cogió casi con gesto posesivo al bebé de los brazos de Leon para seguir dándole el biberón. Era su primer intento, nunca lo había hecho.

—Es niña —contestó, y sonrió cuando Namelok dejó de chupar y la miró—. Llamarse Namelok.

—¿Cómo? —preguntó Sabine.

—¡No poder ser! —exclamó Leon.

Una inesperada emoción le hizo dar un respingo y se acercó a Bonnie para observar a la niña con mayor detenimiento. Sus movimientos eran elásticos, algo más que recordaba a Jefe, pero en Leon evocaban más a un bailarín que a un guerrero.

—¡Grande casualidad! Mi amiga Sankau también querer llamar a su bebé Namelok. Porque bebé bonito y Namelok significa «precioso». Pero mèz no permitir porque no saber pronunciar nombre africano. Él llamar «Natalie».

Amali comprendió de repente.

—Leon, ¿sabes de qué raza es Sankau? Venir de África, ¿no? Leon asintió.

—Ella siempre decir masai. Distintos de aspecto. Negros y muy delgados, ella...

Amali y Sabine escuchaban con interés y Bonnie asentía. Al parecer, Sankau pertenecía a la misma tribu que la madre de Namelok. Con ello se resolvía el enigma de la procedencia de Namelok; más tarde sería viable explicarle dónde se hallaban sus raíces africanas. Incluso aunque nunca supiese el nombre de su madre biológica.

—Ahora ella mi hija —anunció Bonnie con resolución a

Leon—. Aunque todos sorprendidos de que yo tengo niña tan bonita.

Leon volvió a sonreírle.

—¿Por qué sorprendidos? Tú también chica bonita.

Bonnie se lo quedó mirando.

—¡Y tú un mentiroso! —exclamó. El mismo cumplido le había dicho Corrière esa mañana en el mercado de los esclavos. El negro parecía afectado por su dura réplica.

—Yo no mentiroso —advirtió con aire cordial pero decidido—. A Leon gustar las personas. Para mí casi todas personas ser guapas si también amables. —Parecía sincero.

Bonnie se precipitó fuera. No podía ser que estuviera llorando otra vez.

En el patio, entre la casa y los alojamientos de los esclavos tropezó con Victor. El médico había atendido a sus pacientes y parecía contento de ver a la muchacha.

—Bonnie, aquí estás. Ahora iba a buscarte. ¿Qué te parece, subimos y le deseamos un buen día a la señora? Y llevas a Namelok. Muy bien, así podrás enseñársela ahora mismo.

Esperaba que el bebé ejerciera una influencia positiva en Deirdre. Al menos al principio había adorado a Libby. No obstante, tal vez agravaría la depresión el hecho de que también ahora Bonnie tuviese un bebé... un niño adoptado. A Victor le rondaba la idea de adoptar. En caso de que él no engendrara un hijo y Deirdre no pudiera tenerlos, quizá podrían dedicar su tiempo y su amor a un niño ajeno.

Deirdre estaba sentada delante del espejo del vestidor, pasándose indecisa el cepillo por el cabello. Debería haber llamado a Amali, pero con ella habría tenido que charlar y eso le resultaba muy molesto. Prefería estar sola e inmersa en sus pensamientos. Pensamientos en torno a una salida en bote en la playa, a un paseo a caballo bajo la lluvia, a la sinuosa musculatura de César bajo la camisa mojada... De vez en cuando pensaba también en lo culpable que se sentía respecto a Victor. Tenía que esforzarse por ser amable con él y a veces rebuscaba en su interior ese amor profundo que tan solo unos meses antes le profesaba. Pero ahora se sentía vacía, se diría que el mundo que la rodeaba estaba cubierto de un velo negro y no tenía fuerzas para percibir nada.

Cuando Victor abrió la puerta, Deirdre se volvió sorprendida. No había contado con verlo a esa hora. Si alguien solía aparecer era Amali para convencerla de que emprendiese esta o aquella actividad. Pero ella solía llamar a la puerta.

Se esforzó por dedicarle una sonrisa a su marido, pero esta se apagó de golpe al ver a Bonnie.

—¿Tú? —boqueó—. ¿De... de dónde vienes? —Inspiró hondo. ¿Habrían vuelto los dos? Deirdre miró a Bonnie con ojos esperanzados—. ¿Dónde... dónde está César?

Bonnie hizo una reverencia intimidada.

—Vendido —respondió—. Nosotros... nosotros estuvimos en el mercado de los esclavos. Y... y *monsieur* Victor me encontró y me compró, pero...

Se sobresaltó cuando los ojos llameantes de Deirdre pasaron de la alegría a la incredulidad a través del miedo y luego se volvieron iracundos. La mirada de la joven fue de Bonnie a su marido.

—¿Que tú has... has...? —le preguntó con voz sofocada antes de recobrar el aliento y convirtiendo su titubeo en una exclamación de furiosa incredulidad—. ¡Estaban los dos en el mercado, pero ¿la has comprado a ella y lo has dejado a él?! ¿Has permitido que otro... otro se lo quede? ¡Te odio!

5

Mèz Oublier cabalgó tres horas rumbo al sureste marcando un paso infernal. Jefe y los demás esclavos tuvieron que avanzar casi todo el tiempo trotando para ir a la par del caballo. Había pasado una cuerda por la cadena de la mano del primer hombre de cada grupo y los conducía, unos a la derecha y los otros a la izquierda de su montura, como si llevara de la correa perros o un caballo de relevo. Los hombres debían poner mucha atención para no caerse. Todos eran fuertes y estaban acostumbrados a los esfuerzos físicos, pero no era sencillo ir corriendo todos a un ritmo regular y encadenados. Las argollas de hierro les desollaban además los tobillos. Al mediodía, cuando Oublier se detuvo un momento y repartió algo de pan, queso y agua, todos tenían heridas sangrantes. No obstante, el blanco siguió adelante.

—¿Nunca quitan las cadenas? —preguntó Jefe a Pierrot, que parecía un esclavo con más experiencia—. ¿Tampoco para trabajar?

Pierrot sacudió la cabeza.

—Sí, quitar —respondió—. Si dejar, entonces cortar menos caña, ¿entiendes? También quitar en el barrio de esclavos de la plantación. Pero este mèz te exprime como un limón. Nadie sabe qué idea tener él...

Oublier intentaba fatigar a sus nuevos trabajadores. Precisamente los que eran rebeldes tenían que comprobar lo que les esperaba si no se comportaban bien. Tras ese largo y fatigoso día, Jefe se alegró cuando, después de otra hora de marcha, alcanzaron las cabañas de la plantación Roche aux Brumes.

Ya habían pasado primero por delante del monumental edificio con columnas y escalinata de mármol que era la mansión. Se hallaba en una colina que se elevaba por encima del valle donde se encontraba la mayor parte de la plantación. ¿Así que ahí vivía Oublier? Jefe se sorprendió un poco de que ni siquiera pasara brevemente por la casa para saludar a su familia antes de dejar a los nuevos esclavos en su barrio. Este se encontraba en una especie de bosquecillo: no se habían talado todas las palmeras y helechos que crecían en el lugar para que arrojaran más sombra entre las cabañas, precarias construcciones de madera y adobe ni siquiera encaladas.

Alrededor del asentamiento había unas pocas casas más sólidas en las que debían de alojarse los vigilantes. No parecían mucho más confortables que las de los esclavos, pero, naturalmente, cada uno tenía su vivienda y no tenía que compartir el espacio como los negros. Las casas formaban un círculo alrededor de las cabañas de los esclavos, lo que facilitaba su control. Por supuesto, los hombres no estarían todo el rato vigilando, pero los esclavos sabían que para dejar el barrio tenían que pasar entre las casas de los vigilantes, provistas de un amplio porche bajo cuya sombra podía haber alguien cómodamente sentado y mirando el camino.

Jefe enseguida se percató de ello, y también Pierrot pese a la fatiga. Ambos se alegraron cuando por fin pudieron sentarse en el suelo, delante de la cocina central para los esclavos, un edificio abierto en el que sobre un gran fuego hervía un puchero.

—Esta noche dormiréis aquí —indicó escuetamente Oublier sin hacer ademán de quitarles las cadenas—. Si llueve os podéis refugiar en la cocina. Y mañana, después del trabajo, os hacéis unas cabañas... Una ya está construida, así que mañana por la noche cuatro de vosotros dispondréis de un confortable hogar. Los cuatro que hayan trabajado mejor. Bien, ahora comed algo, dormid y mañana ya veremos quién pone más plantones.

Dicho esto, dejó a los hombres a su aire y, para sorpresa de los nuevos, dirigió el caballo a una de las cabañas de los vigilantes en lugar de a la casa principal. ¿No era Oublier su nuevo backra o mèz, como lo llamaban allí?

Pierrot pensaba en otros asuntos.

—¿Plantones? Probablemente quieren ampliar plantación. Y con caña de azúcar, hermano, no con tabaco. *Merde*. Trabajos duros los dos, pero caña de azúcar más.

Jefe asintió. No sabía nada de tabaco, pero conocía las plantaciones de caña de azúcar de Gran Caimán. Acudieron a su mente vagos recuerdos de su padre. Los campos infinitos, los caminos polvorientos flanqueados por tallos más altos que un ser humano. El verdor ondulante a través del cual Máanu le había llevado antes de alcanzar el desmoronado y sucio barrio de los esclavos donde habitaba su padre. La torpeza con que sus progenitores se habían saludado: tras un año de separación les resultaba difícil ser cariñoso el uno con el otro. Pero Jefe había admirado a Akwasi, había alzado la vista hacia ese negro enorme de musculatura formidable que en los días de Navidad empezaría a contar historias. De Nanny Town, de alzamientos, de libertad... de fuga.

—Así que amplían la plantación —reflexionó Jefe al tiempo que pensaba de qué modo eso podría influir en las posibilidades de huida. ¿Lindarían los terrenos recientemente desbrozados con la selva, donde sería muy fácil desaparecer?—. De ahí los diez nuevos esclavos y cuatro más, para sustituir a los viejos. ¿Qué les habrá pasado a los hombres que dormían en la cabaña ahora desocupada?

—¿Pues qué va a ser? Muertos —informó escuetamente la esclava mayor y regordeta que estaba sirviéndoles unos grandes cuencos de guiso, junto con un ungüento para los tobillos desollados—. Uno de un accidente, árbol caer. Dos de fiebre... aquí mucha fiebre, mucha humedad... —El barrio de los esclavos estaba ubicado en una hondonada por debajo de la casa señorial y el suelo era pantanoso. Jefe espantaba por enésima vez las moscas de la llaga en carne viva del tobillo. Calor y humedad, un clima que amaban esos bichos. El barrio de los esclavos también debía de ser un paraíso para los mosquitos—. Y uno ahorcado. Porque intentar escaparse del vigilante.

—¿Por eso colgado enseguida? —preguntó sorprendido Pierrot—. ¿A un esclavo de campo? ¿Todavía joven? ¡Es muy caro!

La cocinera se encogió de hombros.

—Eso no importante para mèz Oublier y nuevo mèz de casa. Ha dicho palabras raras: importante sentar ejemplo. Para que todos no imitar... —En su boca apareció una sonrisa amarga.

—Entonces, ¿mèz Oublier no propietario? —quiso saber Jefe.

La mujer negó con la cabeza.

—No. Mèz Oublier vigilante jefe. Ahora nuevo mèz que casarse con la hija del viejo. Viejo mèz muerto... —suspiró como si lo lamentara.

—¿Y qué plantación es? —inquirió Pierrot—. Mèz Oublier decir caña de azúcar. Pero esta tierra de café, ¿no?

La mujer le dio la razón.

—Aquí las dos. Viejo mèz solo tener café, pero el joven plantar también caña de azúcar. Por eso despejar terreno nuevo y un árbol caer en la cabeza del pobre Jimi. —Daba la impresión de que apreciaba al esclavo muerto en el accidente. La mujer se persignó mientras hablaba de él. Luego indicó al grupo que se cobijase bajo el techo de la cocina—. Por la noche siempre llover. Mejor venir ahora aquí...

Estaba en lo cierto. Mientras el sol se ponía cayó un chaparrón que casi inundó el barrio de los esclavos. Jefe tomó conciencia de golpe de que instalarse en una cabaña era imprescindible. Al llegar había pensado que no le molestaría dormir al cielo raso. Pero era evidente que el agua se colaba en cualquier edificio que no estuviese cerrado. El suelo de la cocina abierta se inundó enseguida. Para empeorar las cosas, también se desbordaron las letrinas que, por razones desconocidas, estaban en medio del asentamiento y no fuera. Los hombres lucharon toda la noche contra la humedad y un barro hediondo.

Por supuesto, por la mañana todo esto atrajo a miles de moscas que revoloteaban alrededor de la comida. Así y todo, nadie iba a morirse de hambre. Media docena de cocineras, dirigidas por la regordeta esclava que habían conocido la tarde anterior y a la que todos llamaban Charlene, proveían generosamente a los negros de papilla de mijo, arroz y judías con pan ácimo.

Los vigilantes comían en una mesa solo para ellos, disfrutaban de fruta y carne y a esas horas ya vigilaban a los esclavos.

—Ellos no poder oír lo que nosotros decir —susurró Charlene a los nuevos—. Pero hacer como sí. Yo creer mèz Oublier tener soplón. Así que cuidado...

Jefe se preguntó si en todas las plantaciones reinaba tanto miedo o si es que se había topado con un hacendado muy precavido y unos vigilantes muy desalmados. Intentó recordar lo que Deirdre contaba sobre la plantación donde había nacido. No había sido mucho. Él no había querido escuchar nada acerca de la esclavitud que ella además justificaba, y había tenido mejores cosas sobre las que hablar o que hacer simplemente. En las historias de Deirdre nunca se mencionaban soplones. En casa de los Dufresne, los sirvientes no vivían en un estado de terror permanente.

Pese a todo, Oublier permitió que quitasen las cadenas por fin a los nuevos. Jefe se sentía como liberado cuando se encaminó a los campos junto a Pierrot y otros pocos esclavos que tenían que instruir a los nuevos. Ese día, el mismo Oublier supervisó a los recién llegados. En cuanto se acercaba a lomos de su caballo, el látigo azotaba a quien trabajase con lentitud.

El campo de los plantones se hallaba a pleno sol. Tampoco durante la pausa era posible encontrar sombra, pues tras el desbroce no quedaban árboles en el terreno.

—Igual no mucha pausa —señaló Pierrot, cuando Jefe se lo comentó—. Solo a mediodía. Comer deprisa y luego seguir...

El enorme y levantisco negro demostró que había nacido en una plantación de caña de azúcar. De ahí que no le resultaran extraños los métodos de trabajo, incluso si en los últimos años había estado en una plantación de café. Explicó rápidamente a Jefe y los otros novatos lo que se esperaba de ellos.

Abel, el más joven del grupo de Jefe y fuerte como un oso, trabajaba como un berserker. A la velocidad del rayo, cortaba plantones y los introducía con firmeza en el suelo, decidido a caerle bien a Oublier. Sin embargo, no había entendido cómo era el método. Tal como Jefe había supuesto el día anterior, el joven era bastante lerdo y ni siquiera sabía contar. Fuera como fuese y llevado por el celo, cortaba demasiado el tallo y lo colocaba demasiado hondo en la tierra. No había entendido la indicación de que cada plantón debía tener al menos tres «ojos», nudos, a partir de los cuales se desarrollarían luego nuevos brotes.

Pierrot se dio cuenta de ello al mediodía. Jefe y él no habían trabajado tan deprisa pero habían introducido sus plantones en la tierra con un ritmo regular. Seguro que no obtendrían el mejor resultado, pero tampoco estarían muertos de cansancio por la noche.

El esclavo experimentado hizo un aparte con el joven.

—Abel, lo siento, pero tú hacer *merde*. Tener que volver a empezar desde el principio. Cuidado no te vea el mèz, o él castigar...

Abel podría recuperar lo perdido hasta la noche, pero ya no ganaría el reconocimiento del jefe. Eso, al menos, sí lo entendió. El chico se enfadó.

—¡Yo hacer bien! —aseguró—. Hacer como enseñar capataz. Tú tener envidia porque yo más rápido...

Pierrot se llevó las manos a la cabeza.

—No, Abel. Yo tu amigo. No haber visto antes. Pero saber que tú plantar mal.

Se dispuso a darle más indicaciones, pero Abel ya había abandonado la postura acuclillada en que todos trabajaban, se había puesto en pie y corría hacia mèz Oublier.

—Mèz, aquel decir yo hacer mal. Yo plantar mucho azúcar. ¡Ven y ver!

Pierrot dirigió la vista hacia Jefe cuando el vigilante inspeccionaba el trabajo de Abel. Como era de esperar reaccionó iracundo.

—¿Es que no puedes poner cuidado, negro de mierda? Pero ¡qué me han colado aquí! ¡Una mitad rebeldes y la otra mitad tontos!

El látigo cayó sobre la espalda desnuda de Abel, que gimió y empezó a quejarse.

—Pero... pero mèz, yo querer hacer bien. Yo preguntar, yo...

—Y ¿cuál es el negro que toda la mañana ha estado viendo la mierda que has hecho? —Oublier dejó vagar la mirada amenazadora por los hombres.

Abel señaló tembloroso a Pierrot, que suspiró.

—Jefe, recordarme que no hacer más buenas acciones... —farfulló entre dientes cuando Oublier le hubo azotado tres veces con el látigo.

Abel había recibido cinco latigazos y se disponía a corregir llorando la labor de la mañana.

—Podrías haber evitado esa tunda —le susurró Jefe—. Considéralo una lección. ¡Eres negro, chico! ¡Nosotros somos tus amigos, no el mèz!

Uno de los trabajadores más antiguos de la plantación, que había estado enseñando a los hombres antes, oyó esas palabras y miró a Jefe de reojo. El joven le respondió con arrogancia. Tal vez se arriesgaba a que el hombre lo delatase, aunque ignoraba qué había de prohibido en lo que había dicho. Pero incluso si Oublier lo azotaba, ¡no iba a morderse la lengua!

Ya no sucedió nada más, el resto del día transcurrió sin acontecimientos dignos de mención. Para Jefe y los demás hombres transcurrió en una especie de mal sueño, les dolía la espalda, los brazos les pesaban y el número de plantones no parecía acabar. Y eso que el trasplante de la caña de azúcar no debía de ser la labor más fatigosa. Pierrot explicó que sería más cansado cortar después las cañas duras y de varios metros de altura. Pero el sol martirizaba a los hombres, Jefe no recordaba haber sufrido jamás un calor así, pese a que había crecido en el Caribe y trabajado duramente. Pierrot corroboró su opinión.

—Aquí húmedo. Campos y poblado en hondonada. Todas noches lluvias, el suelo nunca seco, por eso más calor...

Jefe comprendió a qué se refería. El aire estaba cargado de humedad y parecía que se respiraba agua y que el sudor no se secaba jamás. Eso tal vez fuera positivo para las plantas, pero a los hombres los mataba. Jefe recordó a los dos hombres que habían muerto víctimas de las fiebres. Tenía que largarse de ese lugar, antes de que fuera demasiado tarde.

Pese a todo, esa noche ninguno de los nuevos pensó en huir. Lo único que Jefe ansiaba era comida y descanso. Al menos, ahora sí había sombra. Oublier había reunido a los hombres al ponerse el sol para que regresaran a sus cabañas. Antes de iniciar la marcha, inspeccionó brevemente el trabajo de cada uno y señaló a los cuatro afortunados que no tendrían que construirse una cabaña esa noche. Jefe, Pierrot y Abel no estaban entre ellos.

—¿Y cómo se construye una cabaña? —preguntó Jefe resignado, mientras se arrastraba junto a Pierrot hacia el barrio de los esclavos.

Su amigo lo miró con el ceño fruncido.

—¿De dónde venir tú? —preguntó sorprendido—. ¡Todo el mundo saber construir una cabaña!

Jefe lo ignoraba, pero de todos modos los hombres habían de formar grupos de cuatro para levantar la cabaña y él se unió a Pierrot. Abel trotó tras él, lo que no agradó a Pierrot.

—No quererlo por aquí. ¡Solo dar problemas! —protestó.

Jefe se encogió de hombros.

—Alguien tiene que ocuparse de él —contestó—. Si nadie lo vigila, el mèz lo matará antes de que haya comprendido lo que tiene que hacer aquí.

Pierrot suspiró, pero tuvo que admitir que con Abel se habían agenciado al mejor de los ocho nuevos esclavos restantes. Abel colocó en un abrir y cerrar de ojos las pilastras angulares, los otros solo tuvieron que ocuparse de que también estuvieran dispuestas en ángulo recto en relación con el resto. A continuación Jefe midió la cabaña y puso cuidado de que el suelo fuera regular y los muros se levantaran verticales. Las cabañas de los esclavos del Caribe no se componían del todo de piedra, sino que las paredes se construían solo hasta la altura de la cadera. A partir de ahí se utilizaba madera y se llenaban con adobe los espacios entre los puntales que sostenían la cubierta. En general este solía secarse deprisa al sol, pero en esa parte de la isla tardaría más debido a la humedad reinante.

Preocupado por ello, Jefe pensó en otros materiales de construcción mientras levantaba las paredes. Que la cabaña estuviera terminada esa noche era una utopía, aunque el grupo trabajaba deprisa. David, como se había presentado, había sido el más lento en el campo. Su espalda presentaba casi tantas estrías como la de Pierrot, pero David no tenía en su pasado ningún acto de rebeldía. Y hablaba francés casi a la perfección.

—Cero —contestó cuando Jefe le preguntó por las posibilidades de fuga—. De aquí no se sale. Pero yo me lo tomo con calma. No hago más de lo que me corresponde. Y me gustan las chicas. Seguro que pronto encuentro alguna.

Jefe sonrió para sus adentros, aunque debía admitir que David era un joven de buena apariencia. Su piel era un poco más clara que la de la mayoría de los esclavos, tenía unos ojos castaños afables y redondos y una boca sensual y de contorno elegante. Además demostró ser un músico dotado. Entretuvo a los hombres mientras construían la casa alternando los aires religiosos con las canciones de taberna, que entonaba con una voz armoniosa. Consiguió que las canciones religiosas parecieran sones populares y que estos sonaran realmente importantes al cantarlos. Cuando le ponían un palo en la mano siempre encontraba algo en lo que percutir.

Al principio, Pierrot y Jefe estaban algo malhumorados porque se temían que la construcción avanzara más lentamente, pero sucedió lo contrario. David marcaba un ritmo ligero y el trabajo se realizaba con más facilidad. Ya en el transcurso de la primera noche se reunieron delante de su cabaña unas chicas. Primero charlaron entre risitas tímidas con David, luego con los demás hombres, y no tardaron en ofrecerse a ayudarlos. Las esclavas que trabajaban en la cocina les llevaron fruta birlada de la mesa de los vigilantes. Tres muchachas se ofrecieron a cortar palmas para la cubierta de la cabaña, dos se sentaron junto a la obra y trenzaron unas esterillas de dormir para los hombres. En la obra de los otros cuatro esclavos no había tanto movimiento, pero tampoco había un David cautivando a las chicas.

La noche siguiente se jactó delante de ellas de tres nuevas cicatrices que debía al látigo de Oublier en su segundo día de trabajo. Todos los nuevos habían trabajado con mayor lentitud que el día anterior, pues habían pasado media noche construyendo sus cabañas, pero David había bajado su rendimiento al mínimo. Las chicas lo vitorearon por su resistencia pasiva.

—Como si fuera el viejo Macandal en persona —observó Pierrot agitando la cabeza. David era un maestro en presentarse como alguien que luchaba por la libertad.

—¡Todavía no me has contado quién es ese Macandal! —insistió Jefe, esperando respuesta esta vez.

—Más tarde, en la cabaña —le susurró Pierrot, y cuando se desplomaron agotados sobre las esterillas, le contó todo lo que sabía sobre el rebelde.

Jefe escuchó con atención. Por primera vez desde que lo habían encarcelado dejó de sentirse abandonado y sin esperanzas cuando se durmió. Estaba en una cabaña todavía sin techo, pero entre cuatro paredes altas. ¡Tenía que encontrar a ese Macandal y unirse a él! ¡Solo de ese modo podría vengarse de todo lo que los blancos le habían hecho a él y su pueblo!

6

Victor se había quedado tan conmocionado ante la reacción de Deirdre que necesitó varios días para superarlo. No podía explicarse lo ocurrido. Su joven esposa había perdido el control, se había abalanzado contra él y le había golpeado el pecho antes de derrumbarse hecha un mar de lágrimas. Bonnie había balbuceado unas explicaciones y Deirdre se había disculpado. Por supuesto, Victor no había abandonado a propósito a César en el mercado de esclavos y ella no se lo habría reprochado si hubiese estado en sus cabales. Pero no lo estaba. Ya hacía tiempo que el doctor se lo temía, pero ahora no podía negarlo más. Por las razones que fuesen, Deirdre parecía estar camino de sucumbir a la melancolía, y Victor no sabía qué hacer para evitarlo.

La medicina era impotente contra tales estados. Los médicos señalaban que los cambios de residencia o de aires a veces obraban milagros. Victor pensó seriamente en marcharse con Deirdre a Inglaterra, pero justo en esa temporada en que estaba tan atareado no podía tomarse varios meses libres. Sin embargo, habría abandonado Saint-Domingue de buen grado. Estaba satisfecho de que la consulta prosperase, pero otras tareas le resultaban una carga. Se habían producido otros casos de envenenamiento. Los secuaces de Macandal se aproximaban a Nouveau Brissac. La última plantación cuyo propietario habían asesinado se encontraba a tres horas a caballo de la plantación de los Dufresne; al parecer, por la mañana los esclavos domésticos habían encontrado a su señor muerto en la cama. Últimamente esto sucedía cada vez con mayor frecuencia: los hacendados se convertían en víctimas de sus propias medidas de precaución. Muchos no dejaban que los sirvientes durmiesen en la casa y morían cuando les llegaba su turno, solos y con grandes dolores. La gendarmería pidió a Victor que la próxima vez que visitase Nouveau Brissac se pusiera en contacto con el anciano médico de Mirebalais para efectuar un intercambio. El doctor Leroux había estado invitado en casa de la última víctima y había tenido que confirmar la muerte de los señores. Y también se habían producido muertes por envenenamiento en las proximidades de su propia consulta. Victor estaba muy afectado y quería hacer un intercambio con sus compañeros de profesión.

—Tenemos que arrancar este mal de raíz —dijo el doctor Leroux cuando Victor lo visitó en la residencia de sus anfitriones— y averiguar con qué veneno mata Macandal. Prestemos atención a los rumores. ¿No debería haber información al respecto en los libros? El caso de La Voisin en la corte del rey francés se investigó a fondo. Tal vez encontremos un punto de referencia. No sé qué sucederá en su ciudad, pero aquí tenemos un buen número de dudosos curanderos a los que la gente acude cuando no puede o no quiere pagar a un médico.

—¿Curanderos? —repitió Victor indignado—. ¡Más bien mujeres que se dedican a practicar abortos!

—En Jamaica las llaman *baarm madda* —señaló Deirdre.

A instancias de Victor lo había acompañado a la cita con el médico, y después de la cabalgada de varias horas con su marido se sentía renacer. Hacía poco que se esforzaba por superar su pena. Amali tenía parte de responsabilidad en ello. Había vuelto a montar en cólera al enterarse del estallido de Deirdre contra Victor. El joven había administrado a su esposa un tranquilizante y le había pedido a Amali que la llevara a la cama. Pero esta había considerado que era el momento de echarle un rapapolvo. En cuanto entró en el dormitorio, increpó a su amiga.

—¿Lo has insultado porque se ha descuidado y no te ha comprado a tu amante? ¡Ya puedes dar gracias a todos los espíritus de que no lo haya hecho! ¡Por Dios, Deirdre, cómo te las habrías apañado con este tipo como esclavo en tu casa?

—Yo solo estoy preocupada —susurró Deirdre. Daba lástima, tenía el cabello revuelto y el rostro hinchado de tanto llorar—. En el mar cuando era pirata... estaba enferma de miedo, Amali, ya lo sabes, y ahora...

—Ahora ya puedes alegrarte, ¡no tienes de qué preocuparte! —espetó Amali, dispuesta a no sentir compasión por su amiga y señora—. César ya no está en peligro, a no ser que intente huir, lo que en su caso nunca se sabe... Y por Dios, Dede, si lo han vendido como esclavo rebelde, los guardianes sabrán que no pueden perderlo de vista. Pero en la plantación tampoco le pasará nada...

—¿Que no le pasará nada? —repuso Deirdre. Había dejado de sollozar, el opio obraba lentamente su efecto, pero las lágrimas seguían resbalando por sus mejillas—. Le pueden pegar, y todo ese trabajo en el campo...

—¡Correrá la misma suerte que todos los esclavos de una plantación! —la interrumpió Amali sin dejarse impresionar—. Aquí en Saint-Domingue todavía estará mejor que en Jamaica. Aquí no trabaja los domingos ni los días de fiesta. Si se porta bien, hasta podrá tener mujer e hijos... y llevar una vida normal. Bien, no es la que él ha elegido. Pero ¿qué negro elige su propia vida? ¡Y además César es culpable! Podría haber puesto una tienda con Bonnie en el puerto y haber vivido en libertad. En cambio, a ella le hizo correr un riesgo enorme y él mismo también lo corrió. Los dos han estado a punto de morir. Bonnie me lo ha contado. El abordaje en que fueron apresados fue idea de él. Lo impuso contra la voluntad del intendente y el capitán. Ahora que cargue con las consecuencias. ¡Así que olvídate, missis! ¡Tu doctor es mil veces mejor! —El respeto de Amali hacia Victor había crecido después de que comprase a Bonnie y Namelok.

Cuando Deirdre reflexionaba y se calmaba un poco, daba la razón a su doncella. Victor era muy superior a César. Era cordial, responsable y nada mal amante (si no se lo comparaba con aquel volcán negro). Así que se esforzó por olvidarse de esa loca relación y sus temores por César fueron disminuyendo. También en eso tenía razón Amali: en el barrio de los esclavos de una plantación no sería feliz, pero tampoco estaría expuesto a ningún peligro.

Deirdre empezó a interesarse de nuevo por el mundo y la excursión a caballo para visitar al doctor Leroux —se hallaba hospedado en una plantación a casi cincuenta kilómetros de la propiedad de los Dufresne— marcó un buen comienzo. En esos momentos contaba animadamente que su madre conocía a varias curanderas negras. Nora había aprendido mucho de las *baarm maddas*, pero nunca se había interesado por los venenos.

—¿Cree que las mujeres hablarían con su madre si supiesen algo? —preguntó el doctor Leroux interesado.

Deirdre asintió.

—Seguro. Confían en ella. Y nunca han oído hablar de Macandal. Tampoco son tan malas y vengativas. La mayoría de ellas se consideran algo así como... bueno, como sacerdotisas. Sobre todo las que proceden de África. Suelen ser también mujeres obeah...

—Practican el vudú —aclaró Victor a su colega, que no había comprendido—. Y lo mismo se dice de Macandal...

Corrían los más diversos rumores acerca del rebelde de Saint-Domingue. Entre otras cosas, se contaba que era un mago y chamán que de forma sobrenatural adquiría poder sobre su gente. Victor no se creía una palabra, nunca había asistido a una ceremonia vudú u obeah. Deirdre sabía que su madre se tomaba esos asuntos mucho más en serio.

El doctor Leroux sonrió.

—Su madre debe de ser una mujer interesante —observó—. Deberíamos consultarla. En caso de que no avancemos con las *baarm maddas* de nuestras ciudades.

En los días siguientes Victor se esforzó por establecer contactos con todas las curanderas y mujeres que practicaban abortos en Cap-Français. Lo hacía de mala gana, en el fondo menospreciaba a ese gente que tampoco sentía simpatía por él. En realidad se avenían mejor con Macandal. Una de ellas, una hermosa mulata más joven que las demás mujeres de su gremio, se burló en las narices de Victor cuando él le pidió información sobre las plantas venenosas autóctonas de La Española.

—Si yo supiera algo de eso y además lo admitiera no tardaría en estar en la gendarmería, ¿verdad, doctor? Y todavía me acuerdo de cómo sacaron de ahí a la pobre Assam para acabar quemándola en la hoguera. No, doctor, averígüelo usted mismo, aunque las víctimas de esos envenenamientos no me dan pena. ¡En las plantaciones no se equivocan de objetivo!

—La última vez perecieron tres niños pequeños... —objetó Victor.

La mujer se encogió de hombros.

—Que en diez años serían tres grandes cabrones. Gordos y malos, alimentados con la sangre de sus esclavos negros. No, doctor, yo no mato a nadie, créame, pero no voy a mover ni un dedo por salvar a ninguno de ellos.

Victor desistió y se dedicó a recabar información en los libros especializados. Leyó todo lo que encontró sobre venenos y experimentó con ratones en el pequeño laboratorio contiguo a la consulta. Hasta el momento solo había podido realizar una pequeña prueba con la comida: había mezclado el veneno y todas las antitoxinas con que intentaba combatirlo, pero se habían demostrado ineficaces.

Mientras tanto, Deirdre pasaba mucho tiempo con Bonnie, a quien pedía que le contase todos los detalles de su vida en el barco pirata. Victor interpretaba con optimismo su interés, se alegraba de todas las animadas conversaciones que su esposa mantenía. Amali, por el contrario, se ponía de los nervios... Para Victor, las mujeres de su casa eran un enigma.

Pero de repente otra familia de la región de Nouveau Brissac sufrió un envenenamiento y Victor tuvo que reconocer que no avanzaba con sus experimentos. Así que decidió consultar a Nora Fortnam. Hasta el momento apenas había mencionado a Macandal en las cartas a sus suegros, no quería que los Fortnam se preocupasen por Deirdre en Saint-Domingue. Ahora, por el contrario, expresó sus inquietudes y, de paso, también escribió acerca de la melancolía de la joven.

«Ignoro lo que hago o he hecho mal, pero Deirdre ya no es tan abierta, vital y feliz como antes. Tal vez se deba a que todavía no tenemos hijos pese a que lo deseamos ardientemente. Con los niños de las sirvientas, no obstante, Deirdre se comporta con la misma naturalidad y afecto de siempre, lo que es inusual en una mujer que esté triste a causa de la falta de hijos. Según mis observaciones, no les suele agradar tener alrededor a los niños de pecho de otras mujeres...» Victor parecía realmente preocupado.

Nora dejó a un lado la carta de su yerno, que acababa de leerle a Doug, y paseó la mirada por el jardín. El mahoe azul arrojaba largas sombras y las orquídeas resplandecían en toda su belleza al oscurecer. Sus flores se habían abierto por la mañana a la luz del sol y parecían querer reflejar sus últimos rayos.

—Debo decir que yo ya sospechaba algo...

—¿Sí? —se sorprendió Doug—. Nunca has dicho nada al respecto.

Él mismo encontraba la inquietud de Victor conmovedora, pero consideraba más alarmante que su hija se encontrara al alcance de un envenenador que el hecho de que estuviera alicaída.

—Porque no quería que nos preocupásemos —contestó Nora—. Además, era solo una sensación... En sus cartas Deirdre no se ha quejado de nada, pero su estilo de escritura ha cambiado. Antes lo contaba todo con mucha vivacidad. ¡Cielos, llegabas a comparar al anciano Dufresne, con su pomposa peluca y sus invitaciones, con el Rey Sol! Y los presuntuosos vecinos, las damas de la congregación de la iglesia... ¡Caramba, Doug, la Deirdre de antes habría escrito media novela en torno a esa esclava que acabó en un barco pirata! Ahora, en cambio se limita a meras fórmulas de cortesía. «¿Cómo estáis? Yo, bien.» Y apuntes insípidos y breves. Como si escribir cartas no fuera más que una pesada carga.

Doug volvió a echar un vistazo a la carta de su yerno.

—Por lo que cuenta Victor, parece como si todo le resultase una pesada carga —observó pensativo.

Nora asintió.

—Exacto. Le pasa algo. Y ese asunto del veneno...

—¿Puedes echarle una mano en esta cuestión? —preguntó Doug.

Nora hizo un gesto de ignorancia.

—No lo sé. Claro que conozco algunas plantas que en pequeñas cantidades tienen un efecto curativo, pero administradas en grandes cantidades matan. Hay que dosificarlas con prudencia. Y tal vez... tal vez pudiera acercarme a las mambos...

—¿Mambos? —Doug jugueteaba con una flor de cascarilla.

—Así llaman en La Española a las mujeres obeah. Las sacerdotisas vudú. Muchas de ellas también son curanderas, si se las puede llamar así. A las mujeres negras de las plantaciones les preocupa sobre todo evitar las proles numerosas.

Eso constituía un serio problema en Jamaica. Las mujeres ashanti corrían grandes riesgos con tal de no dar a luz en la esclavitud. Los abortos estaban a la orden del día y tenían que realizarse en secreto, y, como la *baarm madda* no siempre tenía suficiente instrucción y a las mujeres no se les dispensaba ningún tipo de cuidado después, eran causa de muerte de muchas negras jóvenes. Aun así, Deirdre había escrito a Nora que en La Española había más niños. Lo atribuía a la educación católica de los esclavos, que proscribía los abortos, y al hecho de que los negros pudiesen casarse por la Iglesia.

—En cualquier caso, las mujeres se sincerarían más contigo que con Victor. —Doug esbozó una sonrisa maliciosa—. Si estuvieras allí... como simpática propina podríamos ver a Deirdre.

Nora miró a su marido preocupada, pero con los ojos brillantes.

—¿Te refieres a ir a verla? ¿Y dejarlo todo aquí....?

Doug asintió.

—Ya habíamos pensado en hacerlo. ¿Y cuándo, si no es ahora? La plantación también seguirá funcionando sin nosotros; Kwadwo y Adwea se ocupan de todo y los chicos están en la escuela... —El reverendo de Kingston había abierto un colegio para jóvenes, y Thomas y Robert acudían a él durante la semana—. Naturalmente, siempre lo podemos posponer, pero si crees que Victor te necesita... —Doug le guiñó el ojo.

—Deirdre nos necesita —señaló ella con gravedad—. Si puedo echar una mano a Victor, eso será solo... bueno, pues una «simpática propina».

Pese a todo, Nora no solo preparó regalos para su hija y el servicio a la hora de hacer el viaje, sino también toda una maleta de muestras de plantas, cortezas de árboles, flores y esencias de distintas especies autóctonas. Volvió a hablar con las *baarm maddas*, pero no quiso mencionar directamente el asunto relativo a Macandal. Sus alusiones, sin embargo, provocaban a veces preguntas delicadas como «¿Por qué querer saber, missis blanca? ¿Tú querer matar a tu marido?». La mayoría de las altivas curanderas negras hablaban sin rodeos. Una de ellas incluso ofreció a Nora una pócima de amor para reavivar la pasión entre ella y Doug. Nora rio, pero se llevó la poción. Doug y ella no la necesitaban, pero tal vez hiciera milagros con Victor y Deirdre.

Nora sonrió satisfecha. Al menos la anécdota podía animar a Victor, algo que parecía urgente.

Nora y Doug zarparon en julio con la idea de no volver hasta Navidad. Esas largas ausencias no eran inusuales entre los propietarios de las plantaciones. En Cascarilla Gardens había sitio suficiente para las visitas y Nora esperaba que también en casa de Deirdre no hubiera problemas con el alojamiento. Por supuesto, habían planeado también unos días en la propiedad de los Dufresne, los padres de Victor ya habían comunicado por escrito la satisfacción que les producía la visita y los habían invitado. La fiesta de Navidad en Nouveau Brissac era un acto de sociedad obligado para quien en Saint-Domingue tuviera nivel y renombre social. Visto las fiestas que se anunciaban, Nora se había hecho hacer dos vestidos de baile y había obligado a Doug a que encargase una peluca nueva.

—Es una familia muy convencional, lo sabes por las cartas de Deirdre —señaló—. No necesitan a un rebelde blanco, bastante tienen con Macandal...

La travesía transcurrió en calma y Nora disfrutó de su primer viaje por mar desde su llegada a Jamaica. Pasó de nuevo horas en cubierta, primero admirando las playas de la isla que habitaba y tanto amaba, luego contemplando el juego de los delfines que acompañaban el barco y al final hasta llegó a divisar una ballena. Miraba asombrada el modo en que el sol se reflejaba en el agua y disfrutó de la belleza del crepúsculo, cuando sobre las diminutas y rizadas olas parecían clavarse miríadas de flechas doradas.

—Creo que si hubiera sido chico me habría hecho a la mar —dijo soñadora a Doug, que se rio de ella.

—No se siente tanta fascinación cuando uno lleva tres semanas viviendo de pan marino y subiendo a las jarcias —objetó.

Doug seguro que sabía de qué hablaba. Se había pagado la travesía de Inglaterra a Jamaica trabajando de marinero. Después de interrumpir sus estudios en Europa, se había negado a pedir dinero a su padre.

Finalmente navegaron alrededor de La Española y Nora se regocijó con las playas y las colinas boscosas de la gran isla. Los islotes diseminados frente a ella se le antojaron paradisíacos.

—Estar en una de esas islitas solitarias contigo debe de ser un sueño —fantaseó, para sobresaltarse al punto—: Pero sin caníbales, ¿eh? Ya tuvimos suficientes aventuras en Jamaica.

Doug esperaba que no se vieran involucrados en ninguna otra hazaña en Saint-Domingue. El asunto de Macandal le parecía escabroso, le recordaba lo peligrosos que eran los cimarrones bien organizados en los tiempos de la Abuela Nanny en Jamaica. Ahí había sido posible pacificar a los rebeldes, pero en Saint-Domingue los frentes parecían intransigentes, y, por lo visto, no solo por parte de los blancos. La frialdad con que se habían planificado los asesinatos daba testimonio de un odio puro y, además, se diría que Macandal era inteligente y cultivado. Un rival peligroso. Doug pensó en acortar su estancia en la plantación dominicana lo máximo posible En la ciudad se sentiría más seguro.

Hacía mucho tiempo que Victor no veía a su esposa tan radiante, feliz y despreocupada como el día en que por fin pudo dar la bienvenida a sus padres en el puerto de Cap-Français. Pero Nora, por el contrario, se asustó al ver a su hija. La joven le pareció más delgada y pálida que en su boda. Nora estrechó a Deirdre y su yerno entre sus brazos, y luego también a Amali, que esperaba detrás de su ama sosteniendo una sombrilla.

—Estoy impaciente por volver a ver a Nafia y por conocer a tu hija, Amali... Se llama Liberty, ¿verdad? ¡Qué nombre tan bonito! ¡Qué hermoso volver a veros a todos!

Leon los condujo a la casa en el pequeño carruaje, a rebosar con cuatro pasajeros. Amali tuvo que ir a pie y más tarde pasarían a recoger el equipaje.

—Es un coche pequeño —se disculpó Deirdre, pero Doug quitó importancia al asunto con un gesto.

—También tenéis una casa en la ciudad y no en una gran plantación —observó—. ¿Qué te había dicho, princesa? Tendrás que reducir gastos, la mujer de un médico no puede esperar una carroza de oro.

—A lo mejor no es del todo feliz porque aquí vive con menos lujo —comentó Doug a su esposa mientras se instalaban en la habitación de invitados—. Esto es muy bonito, pero comparado con Cascarilla Gardens...

Nora sacudió la cabeza. Era una buena observadora.

—No lo creo. No habría escrito unas cartas tan entusiastas al principio. Y entonces todavía tenía menos personal. Solo la cocinera, Amali y Nafia. Ahora también está Bonnie. Pensándolo bien, todo empezó ahí. Deirdre ha cambiado desde... desde que ese pirata se trajo a Bonnie... A saber qué pasará con ella. Victor no... —Se interrumpió.

Ni Doug ni ella podían imaginarse que el médico hubiese entablado alguna relación con la joven negra que había llegado como paciente a su casa. Aun así, Nora estaba decidida a no perder de vista a esa criada. Ya a la mañana siguiente pidió que la enviaran para ayudarla a vestirse, aunque Nafia también quería hacerlo. La pequeña había aprendido mucho en esos dos años y quería demostrarlo. Nora le dio esperanzas para el día siguiente.

Bonnie era tímida pero diligente y amable. La joven intentaba ayudar en todo lo que podía. A Nora le resultó imposible percibir algo que se saliera de lo normal en ella. Hablaba con mucho cariño de Deirdre y su propia historia despertó en Nora más compasión que desconfianza.

—Es una chiquilla muy mona —le dijo a Doug una vez hubo despedido a Bonnie—. ¿Qué le habrán hecho para que se lanzara a los brazos de ese corsario negro?

Volvió a arreglarse el cabello. Pese a los esfuerzos de Bonnie, se le había vuelto a soltar enseguida. La joven no tenía talento como doncella.

Doug arqueó las cejas.

—Nora, según sus propias declaraciones, esa «chiquilla tan mona» era primer cañonero de un barco pirata. Es decir, que ha dado de comer a los peces docenas de valientes marineros. Disparan una especie de granalla que lo desgarra todo, Nora. Cuando se lanzan al abordaje provocan baños de sangre. ¡Así que no subestimes a la pequeña Bonnie!

Nora frunció el ceño.

—¿Crees que ella es responsable de algo? ¿Que le ha hecho alguna cosa a Deirdre?

Doug sacudió la cabeza.

—No. No lo creo, al menos no hay ningún indicio para creerlo. Además, ambas se comportan con total normalidad entre sí.

De hecho, el trato entre Deirdre y Bonnie era correcto. Ni se evitaban, lo que hubiese sido fácil pues Bonnie estaba muy ocupada en la cocina y se dedicaba a tareas domésticas, ni intercambiaban indirectas o frases maliciosas cuando conversaban. Deirdre jugaba con Namelok tanto como con Liberty, lo que para Doug y Nora contradecía la teoría de que sufriese a causa del deseo insatisfecho y vehemente de tener descendencia.

—Si es que hay cambios entre Deirdre y un sirviente —prosiguió Doug—, es con Amali. ¿No te has dado cuenta? Antes todo eran risitas y ahora solo oigo: «Sí, missis; no, missis.» Y: «Amali, harías el favor de...» Se tratan educadamente, pero con frialdad. Yo empezaría por ahí si lo que pretendes es indagar sin llamar la atención. También podemos presionar un poco a Amali, si ella misma no nos cuenta qué ha cambiado tanto su relación con Deirdre, ¿no?

Se estaban arreglando para cenar con algunos invitados de Victor y Deirdre, miembros de la congregación. Durante la cena Nora entendió un poco mejor por qué su hija estaba deprimida. La buena sociedad de la opulenta ciudad era aburrida y había muy poca gente de la misma edad que la joven pareja con la cual relacionarse.

Esa noche habían invitado a un joven profesor que se presentó con su convencional esposa, una mujer sin color que seguramente ya había nacido adocenada. Apareció además, como era habitual entre papistas, el párroco célibe con su hermana que, aunque no tenía más de treinta años, ya estaba amargada y era arisca. Nora todavía recordaba bien sus primeros años en Jamaica, cuando se veía obligada a pasar todos los domingos en compañía del reverendo Stevens y la beata de su joven esposa. Se aburría tanto como su hija y su marido hasta que surgió el tema de Macandal y sus incursiones. El párroco fue el primero en sacarlo a colación y Victor y Nora aprovecharon la oportunidad para seguir conversando sobre el rebelde.

—¡Dicen que se hace adorar como si fuera un dios! —observó indignado el religioso al tiempo que miraba furioso su plato como si el pollo que allí se encontraba fuera un partidario de Macandal—. Se dice que sus simpatizantes le rezan. Y él lleva una vida disoluta... Se supone que las muchachas jóvenes están con él para... para...

—¡Fornicar! —completó la hermana, ruborizándose.

Doug Fortnam se encogió de hombros.

—¿Qué esperaban? Él es un rey en su reino: todos se comportan igual, piensen en Luis XIV. Es probable que sus partidarios lo llamen «rey». Los cimarrones de Jamaica llamaban a su líder Reina Nanny y los hermanos de esta recibían el título de rey. Y en cuanto a adorarlo...

—En eso influyen varias religiones —prosiguió Nora—. Entre los cimarrones de Jamaica el cristianismo ejerció una fuerte influencia, en su origen eran descendientes de los esclavos españoles. Se añadieron los jefes ashanti con sus cultos, los espíritus obeah...

—Aquí las comunidades de cimarrones están compuestas en parte por descendientes indios —explicó Victor—. Ellos también tienen sus chamanes.

—¡Pecadores paganos! —intervino la hermana del párroco persignándose.

—Pero gente que sin duda conoce las plantas curativas y venenosas locales —indicó Nora—. ¿Has avanzado mucho en tus investigaciones, Victor? Los ratones me dan algo de pena, pero si los síntomas coinciden... para una parte de las sustancias que he traído hay antídotos.

Los dos sanadores moderaban en ese momento la conversación y al profesor y al párroco les tocaba el turno de aburrirse. Doug observaba mientras tanto a su hija adoptiva.

Deirdre llevaba un vestido muy bonito, ceñido y de seda brillante. El cabello le caía sobre los hombros, sujeto por unas peinetas de concha adornadas con flores. Unos ojos enormes y la boca sensual destacaban en su rostro pálido y sin empolvar. Se diferenciaba de sus dos invitadas femeninas como un colibrí se distingue de dos gorriones o dos palomas gordas. No tenía nada en común ni con la hermana del párroco ni con la esposa del profesor. Por primera vez, Doug se dio cuenta de que era la sangre negra la que marcaba su aspecto. Era sorprendente que hasta el momento nadie se hubiese fijado.

Deirdre no notaba que su padre la estaba observando. Se concentraba en su marido y hacía sinceros esfuerzos por poner interés en lo que decía. Pero su mirada se desviaba sin cesar, se perdía en el cielo de la noche sobre el mirador donde comían y parecía vagar con las nubes hacia oriente. Era evidente que Deirdre luchaba por conservar la relación con su marido, y Doug no tenía la impresión de que ya no amara a Victor, pero le faltaba la pasión. Algo tiraba de ella, en sus ojos anidaba el deseo de estar en otro lugar, de hacer algo más emocionante que estar sentada a una mesa languideciendo. Algo debía de haber despertado en ella un ansia de vivir más intensamente.

A Nora no le costó encontrar el momento para hablar francamente con Amali y sin que nadie las molestase. Victor estaba en la consulta, Deirdre había salido a montar con su padre y los demás sirvientes realizaban sus tareas por la casa. La doncella obedeció diligente cuando Nora le pidió que la acompañara al mercado de la plaza de la iglesia. Dejó a Libby con la cocinera y con Bonnie, y cogió hacendosa una cesta de la compra y la sombrilla.

—Esto lo puedes dejar aquí. —Nora rio y señaló la sombrilla de seda—. Yo soy un caso perdido. Ya sabes que tampoco la llevo en casa.

Cuando Nora recorría su propia plantación, prefería proteger del sol el cabello y la tez con el turbante tradicional de las mujeres negras, atuendo con el que no debían verla los otros hacendados, claro, pero sobre el que chismorreaba todo Kingston. Ese día eligió un sombrero de sol de ala ancha que le quedaba muy bien, además de un vestido de verano estampado de flores. Percibió con agrado que muchos hombres todavía la seguían con la vista cuando, conducida por Amali, se internaba por las callejuelas que rodeaban el mercado de Cap-Français.

También Amali se ganaba piropos y silbidos de los comerciantes y transportistas negros y mulatos. Tenía buen aspecto con la falda roja, la blusa blanca y el turbante rojo carmesí con que adornaba su cabello. Debajo asomaban unos aros enormes y de colores, pues la doncella se había hecho orificios en las orejas. Era una joven hermosa y de ojos vivaces, no parecía sentirse triste por su fracasado matrimonio.

Nora decidió plantear el asunto.

—¿Y dónde se ha instalado Lennie? —preguntó a Amali.

Las dos mujeres llenaron el capazo en un puesto de verdura con papayas y una fruta ácida que Nora no conocía y la joven negra llamó guanábana. Su jugo era la base de una bebida muy refrescante. Nora pensó en llevar a Adwea unas cuantas piezas de esa fruta armada de púas o un par de plantones para el huerto.

Amali se encogió de hombros e hizo un mohín.

—Está por el puerto, missis, se ocupa de una taberna. Tiene una mujer nueva, una fresca si quiere saber mi opinión. No pasa gente decente por donde trabajan. Solo gentuza... César también andaba por ahí. No me extrañaría que los piratas hubiesen estado entrando y saliendo de ese cuchitril cuando estuvieron por aquí.

—¿César? —preguntó Nora.

La doncella lamentó el desliz.

—El tipo que trajo a Bonnie. Uno de esos hombres que solo sirven para provocar jaleo.

Amali no parecía proclive a hablar de César. ¿Habría estado enamorada de él? Nora siguió preguntando con cautela acerca de la vida sentimental de la muchacha, que le contó sobre su relación, a veces más y a veces menos intensa, con el guapo lechero mulato.

—Jolie se casaría conmigo, creo. Pero yo no quiero. A mí me gusta estar con el doctor. Y a saber cómo será de verdad si nos juntamos.

La muchacha caminaba relajada junto a la missis. No parecía guardar rencor, sino solo ser prudente.

—¿Y en casa? —dijo Nora—. ¿No te gustaría Leon?

Nora encontraba al alto mozo de cuadra muy simpático, aunque fuera solo porque compartía su amor por los caballos. Cuando Leon hablaba a los animales con su aterciopelada y oscura voz, hasta la asustadiza *Alegría* se tranquilizaba.

Amali se encogió de hombros.

—Bah, Leon... Quién sabe cuánto tiempo se quedará. A mèz Victor le gusta y es buena persona. Pero a la missis no le gusta. Y además... Leon solo tiene ojos para Bonnie. Pero ella no se da cuenta. A ella tampoco se le va César de la cabeza.

¿Tampoco? Nora se alarmó, aunque Amali más parecía apesadumbrada que celosa. Nora decidió abordar el tema más importante.

—¿Y qué sucede con Deirdre, Amali? ¿Os habéis enfadado? «A la señora le disgusta esto o aquello...», ¡así nunca habías hablado de Deirdre! ¡Erais amigas!

Amali se volvió impetuosa hacia su antigua missis.

—Yo todavía soy su amiga, missis. Aunque a ella no siempre le vaya bien, yo... —Se tapó la boca con la mano.

—¿No le va bien que seas su amiga? —insistió Nora afablemente—. No lo entiendo. Pero tú... Amali, ¡tú sabes algo! ¿Qué pasó entre vosotras? Y por qué está... ¿por qué está tan cambiada?

Amali hizo un gesto de ignorancia.

—Va mejorando —respondió elusiva.

Pero Nora no permitió que escurriera el bulto.

—¿Qué es lo que mejora, Amali? —Y de nuevo—: ¿Qué ha pasado entre vosotras?

Amali calló porfiada y las ideas se agolparon en la mente de Nora. ¿Por qué discutían dos amigas? ¿Por qué solían enfadarse dos mujeres? ¿No sería por un hombre? «A mí me gusta estar con el doctor», había dicho Amali. Pero no, Nora no podía creer que existiera una relación entre Victor y una sirvienta negra.

—No pasó nada entre nosotras —dijo al final Amali disgustada—. Yo solo... bueno, yo solo le he dado mi opinión una o dos veces. Porque... porque lo que ella hace nos afecta a todos. *Monsieur* Victor es una persona muy buena y no sospecha nada.

A Nora la recorrió un escalofrío.

—Amali —musitó—. Amali, así que es eso, ¿verdad? Deirdre... tiene o ha tenido una relación, ¿no? Con otro hombre.

—¿Y no ha dicho nada más? —preguntó Doug.

Nora había hecho un aparte, en cuanto él había regresado del paseo a caballo. El ambiente había sido muy bueno, Deirdre se había comportado con total normalidad cuando galoparon por los bosques detrás de Cap-Français. Doug tan solo se había sorprendido de que el paseo no concluyera en la playa, pues Victor le había hablado de una bahía preciosa que estaba muy cerca.

Doug se estaba cambiando de ropa en la habitación. Les aguardaba una recepción en casa del gobernador que posiblemente sería tan aburrida como el resto de acontecimientos sociales en Saint-Domingue a los que habían sido invitados. Nora ya se había arreglado con ayuda de Amali y tenía tiempo para contarle con todo detalle su conversación con la doncella.

Naturalmente, Doug se quedó totalmente perplejo.

—¿Amali no ha dicho quién era? ¿O si el asunto ya ha terminado? Por Dios, Nora, ¡tienes que sonsacárselo!

Ella hizo un gesto de impotencia y jugó con el lunar en forma de libélula que Amali había insistido en ponerle pese a sus protestas. Odiaba esas tonterías, pero en La Española eran indispensables para hacer vida social.

—¿Cómo? ¿He de azotar a Amali con un látigo? —replicó—. Me ha dado la impresión de que no convenía forzarla a que contara algo más. Y también lo entiendo. Es la amiga de Deirdre, es leal. Pero ha dicho claramente que ya ha pasado. El hombre se ha ido.

—¿Y eso qué significa? ¿La ha abandonado? ¿Ha muerto? ¿Qué tenemos que entender por eso?

Doug se puso con demasiado brío la peluca y el polvo que levantó hizo toser a su mujer.

—No sé —respondió ella al tiempo que cogía un peine para alisarle el peinado—. ¡Siéntate, pareces un erizo! En cualquier caso, se diría que lo echa de menos, aunque por lo visto lucha contra ese sentimiento. Según Amali, lo está superando. Solo necesita tiempo.

—¿Quién crees que ha sido? ¿Consigues imaginarte que alguno de esos viejos empolvados que pululan por aquí pueda resultar lejanamente interesante para Deirdre? —Arrugó la nariz cuando Nora volvió a empolvarle la peluca.

—No. Hoy la observaré con más atención. Por otra parte... mañana vamos a Nouveau Brissac. Deirdre se siente a gusto allí, aunque los Dufresne la ponen de los nervios con sus ceremoniosas comidas y el modo en que tratan a los esclavos. Puede que encontremos alguna pista del misterioso desconocido...

8

Jefe se acostumbró pronto al trabajo en la plantación. Las labores del campo se limitaban al principio a la colocación de los plantones, pues en Roche aux Brumes no había nada que recoger, el nuevo propietario acababa de iniciar el cultivo de la caña de azúcar. Mientras las plantas crecían —no empezarían a cortar hasta pasados dos años aproximadamente—, los esclavos se ocuparían sobre todo de la construcción de instalaciones que más tarde servirían para prensar la caña y hervir y refinar el jugo. Utilizaban la madera obtenida en el desmonte para los campos de cultivo.

A Jefe no le resultaba duro el trabajo. Se desenvolvía bien convirtiendo los troncos en tablas, había ayudado en suficientes ocasiones al carpintero del *Mermaid* a clavar de forma conveniente los tablones de los blocaos. Oublier estaba satisfecho de él y el joven esclavo pocas veces sentía el látigo.

La mayoría de las veces trabajaba con Pierrot y Abel, y, cuando era posible, David también se les unía. Este se ocupaba más por crear buen ambiente que por doblar el espinazo, pero Abel lo adoraba y le solucionaba de buen grado la mitad de las tareas. Pierrot y César, como seguía haciéndose llamar Jefe, les echaban un ojo. Ni David con su holgazanería, ni Abel con su escasa inteligencia, debían llamar la atención del vigilante. El resultado fue bastante bueno, aunque el cuarteto acabó por llamar la atención de gente que en la plantación desempeñaba una función tan importante como la de Oublier.

—Damon quiere hablar con vosotros —cuchicheó Charlene, la cocinera, a Jefe y Pierrot una noche.

Los trabajadores estaban de cuclillas delante de la cocina abierta y se abalanzaban muertos de hambre sobre un gran plato de *bouillie*, una papilla de bananas verdes y harina de maíz. Estaba sabrosa, nadie podía quejarse de la comida en el barrio de los esclavos. Como Jefe y Pierrot sabían a esas alturas, Charlene y algunas de sus ayudantes habían cocinado anteriormente para la casa principal. La mujer gozaba de buena reputación como cocinera, pero tras la muerte de los anteriores señores se había prescindido del personal doméstico. El nuevo mèz no se fiaba de los antiguos sirvientes y los había desterrado, para gran pesar de los negros, al campo, y Charlene y sus ayudantes se habían hecho cargo de la cocina de los esclavos. Había sido un golpe de suerte para los trabajadores. La rolliza y afable negra los subyugaba elaborando con sencillos ingredientes unos platos riquísimos.

Jefe tenía que admitir que la cocina de Pitch en el *Mermaid* no llegaba ni al tobillo a la de Charlene, aunque a menudo había tenido a su disposición ingredientes frescos como pescado, tortuga y carne. Ahí en Roche aux Brumes se ahorraba en todo lo que se podía. *Griot* o *tasso*, es decir platos con cerdo o cabra se servían solo los domingos, pero excelentemente elaborados con salsas muy pimentadas, que, por lo visto, eran especialidad de la región.

—Os espera en vuestra cabaña —susurró Charlene—. Pero solo a vosotros, no al pequeño ni al gracioso...

Jefe y Pierrot se miraron sorprendidos. Llevaban ya unos meses en la plantación y se habían dado cuenta de que Damon ocupaba un lugar especial entre los esclavos. Oficialmente no existía ahí el cargo de busha, pero los negros lo trataban como si fuera una especie de capataz o portavoz. Siempre que se atrevían a dirigirse a Oublier con algún deseo, Damon tenía que exponerlo y eso casi siempre incluía una bronca.

Jefe se preguntaba por qué siempre se ocupaba él de eso. Era previsible que el vigilante rechazara las peticiones de los esclavos. Oublier lo hacía por principio, hasta cuando las sugerencias eran útiles hacía oídos sordos. A veces se acordaba de ellas semanas después y las presentaba como ideas propias y trasladaba a su autor a otros puestos de trabajo, a ser posible inferiores, para que no corriera la voz de que se apropiaba de las ideas ajenas.

Pero Damon soportaba los golpes estoicamente y ponía la espalda por los otros. Nunca traicionaba a su gente, prefería recibir el castigo por cualquier falta que señalar a los culpables. De ahí que los esclavos le profesaran un gran respeto.

—Damon es aquí el *bokor* —señaló solícito Pierrot y aclaró la palabra al perplejo Jefe—. El hombre que realiza la ceremonia vudú. ¿No hay en tu país? ¿No conjurar espíritus en Gran Caimán?

Jefe asintió. Claro que había comunidades obeah en las islas, pero él mismo no había pertenecido a ninguna. Máanu en cualquier caso no acudía a ceremonias de ese tipo y Jefe había asistido solo una vez y a escondidas. Había sido una experiencia extraña para él, no creía en los espíritus que intentaban invocar sacrificando animales y bebiendo aguardiente de caña. Y la gente que a continuación se revolcaba en el suelo poseída le causaba más rechazo que fascinación. Después de aquello, cuando estaba en el *Mermaid*, nunca había sentido ninguna necesidad del obeah y el vudú en los distintos puertos donde recalaban los piratas. En los barcos de los corsarios no se conjuraban espíritus. Algunos hombres solían rezar, pero se dirigían más bien al dios cristiano, al diablo o al espíritu del agua conocido como Klabautermann.

—Siempre se celebran en las plantaciones —explicó Pierrot—. Aunque yo no puedo imaginar aquí. Con el control de Oublier no posible que todos salir del barrio. Pero si hay reunión vudú, seguro que con Damon.

Y ahora ese hombre misterioso estaba esperando a Jefe y Pierrot. Ambos se apresuraron en responder a una «invitación» que sin duda no estaba exenta de riesgo. El hombre, alto y delgado y cuyo cabello empezaba a encanecer, se hallaba sentado con las piernas cruzadas en el suelo de la cabaña, modestamente equipada con las cuatro esterillas para dormir y algunos cestos donde guardar los escasos bienes de sus ocupantes.

—¡Os saludo! —dijo ceremoniosamente—. César, Pierrot, habéis sido electos.

—¿Que hemos sido qué? —preguntó Jefe.

No siempre entendía todo lo que decían en *patois* pues su maestro de esgrima hablaba con fluidez en francés. Para sorpresa de Jefe, Damon hablaba la lengua de los propietarios de las plantaciones correctamente y no el francés elemental de los esclavos. No obstante, tendía a expresarse de forma algo complicada.

—Os hemos elegido —repitió Damon, expresándose con mayor claridad—. Hemos decidido invitaros a una reunión.

—¿Quiénes habéis decidido? —inquirió Pierrot.

—Nosotros, los iniciados de esta plantación. No somos muchos, vienen también algunos de las propiedades vecinas. El Espíritu no hablaría solo para nosotros doce.

—¿Te refieres que para los doce apóstoles sí hablará el espíritu? —señaló burlón Jefe.

Damon puso una mueca. Jefe no supo distinguir si era divertida u ofendida.

—La cifra es azar. Pero sí... sí, puedes decirlo así. Puede ser un buen presagio. Hasta ahora éramos diez...

—A ver, resumamos —pidió Jefe ahora en serio—. Nos invitas a que asistamos por la noche a una reunión clandestina, hemos sido elegidos por una especie de sociedad secreta... ¿A qué debemos tal honor?

—Es bueno que lo entiendas como un honor —respondió Damon, obviando la ironía de Jefe—. Pero no somos una sociedad secreta. Se trata únicamente de los más fuertes y más valientes de entre nosotros. No todos aquellos a quienes invitamos obedecen a nuestra llamada, pero solo nos han traicionado en una ocasión. Lo que demuestra que escogemos a las personas adecuadas, incluso si a algunos les falta el coraje. Os hemos elegidos a vosotros porque... bueno, a ti, Pierrot, te precede tu buena reputación. Odias a los hacendados y ya has intentado llegar a las montañas. Y si ya lo has ido a buscar, no debes tener trabas para emplear la violencia con objeto de lograr tus objetivos.

Jefe quería preguntar a quién se refería, pero entonces vio que Pierrot se ponía tieso como una vela. Su amigo parecía saber acerca de quién estaban hablando y su rostro se iluminó.

—Y tú, César —prosiguió el anciano—, tú eres una hoja en blanco. Todavía no te conocemos pero sabemos que tienes experiencia en combate. Bien, tal vez solo viertas sangre para enriquecerte. Sin embargo, hemos observado lo que ambos, tú y Pierrot, habéis hecho en los últimos meses por el pobre cretino con quien compartís cabaña. Oublier todavía no le ha azotado gracias a vosotros. Esto también vale para el otro, el que toca el tambor y vuelve locas a las chicas. Hemos llegado a la conclusión que os importa vuestro pueblo. Y si es así, querréis venir con nosotros esta noche.

—¿A... adónde? —preguntó Pierrot en voz baja y con una actitud respetuosa.

—A un almacén entre las plantaciones. No necesitáis saber más. Basta con que os reunáis con nosotros después de que cada uno haya salido sin llamar la atención del barrio de los esclavos. Nos encontraremos en una bifurcación del camino entre el barrio y la casa. Cuando la luna esté en lo alto... —Damon se puso en pie.

—¿Y qué habrá en ese almacén?

Después de ver lo emocionado que estaba Pierrot, Jefe sentía curiosidad. Pero antes de unirse a los otros quería saber más. No iba a correr el riesgo por una sesión de magia. No tenía ningunas ganas de alejarse de la plantación sin permiso durante una noche. Él quería marcharse para siempre y unirse a los rebeldes de la montaña.

—Hablará él —contestó Damon.

Pierrot hizo el gesto de persignarse.

—¿Quién hablará? —preguntó Jefe con dureza.

Damon lo miró a los ojos y siseó:

—Macandal.

Jefe y Pierrot decidieron pasar al lado de las fauces del león: eligieron el pasaje entre la casa de Oublier y la del segundo vigilante Lebois. Había maleza. Lebois vivía más o menos en secreto con una de las esclavas, que había hecho un jardín en su casa y la había cercado con un seto espinoso. Los matorrales brindaban poca cobertura, pero algo más que la superficie talada que había entre las casas de los demás vigilantes. Por otra parte, esa noche corrían un riesgo limitado. Damon había dicho que los vigilantes celebraban una fiesta y, en efecto, habían encendido una hoguera para asar carne, alrededor de la cual bebían... hasta que el siguiente chaparrón nocturno les obligó a refugiarse en un porche cubierto. Era poco probable que con ese tiempo alguien patrullase alrededor de las cabañas, aunque Oublier era capaz de adoptar cualquier medida preventiva por principio.

De hecho, todo fue bien y los doce conspiradores de Roche aux Brumes se encontraron calados hasta los huesos en el punto de encuentro acordado. La luna no se veía, el cielo estaba cubierto, pero todos habían calculado correctamente la hora. Jefe confirmó con sorpresa que entre los elegidos no solo había hombres. También estaba presente una de las trabajadoras del campo, así como otra joven a quien solo conocía de vista. Clarisse trabajaba en casa y, como Jefe y Pierrot, era la primera vez que participaba en una de esas reuniones.

—Antes estaba en la plantación de al lado —explicó Pierrot, al parecer encantado de haberla encontrado allí. Hacía poco que había puesto los ojos en ella—. La ha traído el nuevo mèz...

Quería explayarse más, pero Damon se llevó el dedo a los

labios. Todavía estaban cerca del barrio de los esclavos y se aventuraban a tropezar con una patrulla.

Damon condujo a su gente al abrigo de las plantas del café. Un rato después llegaron a un cobertizo que había servido para el secado y almacenamiento de los granos de café o que todavía servía para ello, aunque en ese momento estaba vacío. Se internaron en los campos, lejos de los barrios de esclavos de ambas plantaciones. Las posibilidades de que los descubrieran eran escasas. También era factible celebrar allí ceremonias obeah, pero el cobertizo era demasiado pequeño para alojar a toda la comunidad. Sin embargo, flotaba en el aire un olor a hierbas y aguardiente que despertó las sospechas de Pierrot.

—¿Vudú? —preguntó Damon.

El bokor asintió sonriendo.

—Pocas veces ofrecemos sacrificios y nunca en grupos grandes —explicó—, eso llamaría la atención. Pero si alguien tiene un deseo...

—Y trae un pollo...

Hasta Jefe se acordaba de las costumbres en las ceremonias obeah. Recordaba vagamente que su madre se había llevado una gallina cuando había acompañado a su padre a Gran Caimán. El animal había vivido en el patio interior durante años, bien alimentado, por si lo necesitaban para un sacrificio. Pero un día, Máanu había dejado de creer en los espíritus.

Damon volvió a asentir.

—Entonces nos reunimos un pequeño grupo aquí —informó—. ¡Ah, mirad, ya llegan los demás! —Señaló otra camarilla de esclavos que se acercaba desde el sur, sin antorchas y guarecidos por las plantas de café.

—¿Y dónde está Macandal? —preguntó Jefe.

Con un gesto horrorizado, Damon le pidió que callase. Por lo visto, no se pronunciaba en voz alta el nombre del caudillo rebelde.

Sin embargo, en ese momento apareció un hombre menudo y musculoso armado con un machete. No era negro, al menos no de pura cepa. Los rasgos de su rostro, por lo que se alcanzaba a distinguir, eran angulares y exóticos.

—¿Contraseña? —susurró.

—El Espíritu de La Española —respondió Damon—. Somos doce.

El hombre asintió.

—Entrad entonces. Que el Espíritu os ilumine.

Al otro lado de la cabaña un segundo centinela dirigía a los recién llegados de la plantación vecina. Uno tras otro fueron entrando en el cobertizo. El grupo de la otra plantación estaba formado por catorce personas, once hombres y tres mujeres. En el interior ya había cinco personas: dos muchachas arrodilladas delante de un hombre sentado en el suelo con las piernas cruzadas al fondo de la cabaña y, detrás de él, dos hombres con mosquetes apoyados en la pared. Llevaban la indumentaria típica de los negros y mulatos de las islas: pantalones de lino anchos y claros, con el torso descubierto. A la luz de los dos faroles situados a derecha e izquierda del hombre sentado, su piel tenía un brillo marrón rojizo. También ellos eran mulatos o individuos de origen similar al de los centinelas del exterior, que Jefe no sabía identificar.

—Indígenas —susurró Damon como si le hubiese leído el pensamiento—. Cimarrones...

Sin embargo, Jefe estaba concentrado en el hombre sentado, de estatura mediana y delgado, que llevaba un traje bordado de aire africano, una especie de caftán. Parecía ensimismado, como si no se percatara de las personas que iban entrando en la cabaña y que buscaban un lugar donde colocarse. Si en alguien se fijaba, era en las dos mujeres jóvenes, que por lo visto le adoraban. De vez en cuando les sonreía distraídamente antes de volver a fijar la vista en el suelo.

—¿Es él? —musitó asombrado Jefe a Pierrot.

Su amigo se encogió de hombros. Era posible que también se hubiese imaginado que François Macandal le impresionaría más. Jefe se percató de que escondía el muñón del brazo en la manga larga del caftán. Si ese era el cabecilla de la revolución, el espíritu y la esperanza de La Española... ¿Cómo iba un manco a dirigir a su ejército en el combate?

El silencio por fin se adueñó de la cabaña y el hombre de repente se movió. Alzó la cabeza y clavó la vista en los presentes, bastó su mirada para hechizarlos a todos. François Macandal tenía unos ojos muy oscuros que destellaban. Sus ojos llameaban de vida... y de odio.

—¿Queréis la libertad? —preguntó serenamente.

Los esclavos se quedaron demasiado perplejos para responder.

Macandal se irguió.

—Sí, de acuerdo, está bien que os lo penséis —dijo—, pues la lucha por la libertad puede costaros la vida. Así como la comodidad de vuestro seguro barrio y el reconocimiento de los señores que algunos de vosotros buscáis. ¿O acaso me equivoco?

Miró alrededor y sonrió cuando unos pocos negros bajaron la vista al suelo.

—Los esclavos domésticos que hay entre nosotros —señaló—, los sirvientes leales... «Nuestra cocinera es como un miembro de la familia...» —murmuró, imitando a la esposa de un hacendado y sus oyentes rieron.

—Pero ¡un miembro de la familia del que uno se libra con una sonrisa fría cuando algo no funciona! —bramó Macandal. Entonces se levantó—. ¡Dejad de permitir que os arrulle vuestro mèz, no son más que sanguijuelas que os están chupando la sangre! No hay nada que puedan hacer mejor que vosotros. No son ni más inteligentes ni más fuertes, solo tienen el poder. ¡Mientras se lo permitamos! Y ellos lo hacen todo para conservarlo. ¡Pensad en los curas que os quieren hacer creer que estáis donde estáis por voluntad divina! Y que como buenos cristianos tenéis que servir en el lugar en que Dios os ha colocado. Todo eso es absurdo, además de una blasfemia horrible. ¡Pues no es Dios quien os ha hecho esclavos! Él ha creado a todos los seres iguales y castigará a aquellos que injurian su obra. Ha tardado un tiempo, amigos míos, pues Dios es paciente. Pero ahora, ahora ha enviado su castigo a los impíos...

—¡El Mesías Negro! —entonaron las mujeres que estaban a los pies del orador y los hombres que había detrás de él—. ¡Macandal!

—¡El Espíritu de La Española! —exclamó Damon.

Macandal le sonrió.

—Oh, yo no soy un espíritu, amigo. Soy un ser humano, como también lo fue Jesucristo. Dios me ha enviado para dirigir vuestra venganza. ¡Juntos lograremos echar a la peste blanca de La Española! Y si con ello damos la impresión de que hay ejércitos de espíritus obrando por aquí, tanto mejor. Atizemos el miedo entre los blancos, ¡hagamos que tiemblen ante nosotros!

Macandal miró expectante a los reunidos, pero no hubo vítores. Paseó su severa mirada de uno a otro oyente.

—¿Veo escrúpulos, veo dudas en vuestros ojos? ¿Os han degradado, os han echado de las casas de los blancos después de que uno de mis chicos haya cometido estragos entre vuestros señores? ¿Habéis tenido la sensación de que la ira de Dios ha recaído sobre vosotros y no sobre vuestro mèz? ¡No penséis eso! Claro que algunos tal vez trabajéis ahora en los campos en lugar de cumplir las tareas más livianas de la casa. Pero a pesar de ello habéis triunfado. Habéis infundido el miedo entre los hacendados. ¿Lo oís? ¿Lo entendéis? ¡Vuestros señores, vuestros vigilantes, os tienen miedo!

Los esclavos se agitaron ante estas últimas palabras. Algunos cuchicheaban, otros daban apagadas muestras de adhesión y en los ojos de casi todos empezó a reflejarse el resplandor que había en los del Mesías Negro.

—No es fácil, por supuesto —siguió Macandal—. Nadie dice que sea fácil alcanzar la libertad, que se consiga sin sacrificios. Emprender el camino hacia la libertad, amigos, significa abrir el camino del infierno a los blancos. Será arduo, será peligroso. Alguno de nosotros se quemará o se cruzará con el diablo, nos veremos obligados a trabajar con él codo con codo. Pero ¿qué es el diablo frente a los hombres y mujeres que se consideran señores vuestros, que se atribuyen el derecho de poseeros? ¿Que trapichean con vosotros en los mercados, explotan vuestros cuerpos e intentan sacrificar vuestras almas en los altares de Mammón? ¡Comparado con ellos, el diablo es un amigo! ¡Podéis salir a su encuentro con una sonrisa! Si tenemos que conducir a los blancos al infierno, si tenemos que precederlos antes de llegar al paraíso, ¡que así sea!

Macandal se paseaba frente a sus oyentes y clavaba sus ojos brillantes en uno u otro como si le estuviera hablando solo a él. Jefe recordó las últimas palabras del capitán Seegall. Tampoco el pirata había temido al diablo.

—¿Tienes miedo de matar, hermana? —Macandal se dirigió a una menuda y delicada negra que estaba en primera fila y que a Jefe le recordó vagamente a Bonnie.

La mujer rio con amargura.

—Mi hija murió de fiebre, el mèz no permitió que la asistiera un médico. Mi hijo murió al desmontar un campo porque el vigilante no podía esperar a que cayeran los árboles y lo acusó de ir demasiado lento. Mi segundo hijo murió en el calabozo después de golpear con rabia y dolor a ese tipo. ¿Cómo voy a tener escrúpulos para matar? ¿Cómo voy a tener miedo del infierno? Mucho peor de lo que ya he vivido no puede ser. Así que si me das veneno, Macandal, lo mezclaré con la comida del mèz. Si me das una pistola lo mataré, y si me das un machete lo despedazaré. ¡Quiero luchar, Macandal! Dime tan solo cuándo puedo empezar. —Se puso en pie y levantó el puño.

Macandal dirigió un gesto de reconocimiento a la mujer, luego volvió a deslizar la vista por los esclavos y se detuvo en Jefe. El Mesías Negro lo miró con ojos centelleantes.

—¿Puedes esperar, hermano?

Jefe respondió a la mirada.

—No me gusta esperar.

Macandal rio.

—A ningún hombre bueno le gusta esperar —observó—, pero la venganza es un plato que se sirve frío, joven.

—¿Alcanzaré a verlo yo también? —terció Damon. Su voz tenía un deje de urgencia, pues ya no era un muchacho joven—. ¿Podré respirar el aire de la libertad?

La mirada de Macandal se perdió en la lejanía.

—Pronto ocurrirá —murmuró—, muy pronto... la semilla ya está sembrada. Los hacendados tiemblan de miedo. En un futuro próximo cubriremos esta tierra de sangre, veneno, muerte, terror y pánico. Hasta que huyan, viejo amigo. Hasta que nos supliquen que los dejemos marchar... —Los oyentes gritaron de júbilo. Pero Macandal todavía no había concluido con Damon. Se aproximó con la mirada brillante al hombre—. ¡Y si no puedes verlo, amigo mío, tendrás que volver!

—La voz de Macandal sonó como un siseo—. Tienes que poner toda tu voluntad, toda tu fuerza y todo tu odio en el deseo de volver. ¡Ven como serpiente que estrangula a su torturador! ¡Ven como lobo que lo despedaza! ¡Ven como elefante que lo aplasta! ¡Ven como Caín, que mata a Abel con alevosía! ¡Sea cual sea la forma en que vuelvas, mata! ¡Lo conseguiremos ahora o lo conseguiremos después! ¡Echaremos a los blancos de La Española!

Damon parecía cautivado, pero los demás asistentes gritaron y aplaudieron. Aclamaron a Macandal como si fuera un sacerdote o un dios. Jefe vio que la mujer menuda y también la muchacha de la casa señorial de Roche aux Brumes, por quien Pierrot suspiraba, besaban la mano del agitador. A la última este la estrechó contra sí y la besó en la boca. Después, Damon no hizo comentario ninguno respecto a que la joven no se había reunido con ellos, sino que había desaparecido. Jefe y Pierrot no la verían hasta el día siguiente por la mañana al sonar la llamada para pasar revista, resplandeciente, como si su piel emitiera un brillo interior.

Pero también Jefe estaba como inflamado cuando concluyó el encuentro.

—¡Y es este, este es el plan! Les amargaremos la vida a los

blancos. Les meteremos tanto miedo que desaparecerán por propia iniciativa. ¡Es genial, Pierrot! Esto no exige ningún gran alzamiento, ninguna guerra. Simplemente los haremos enloquecer, hasta... sí, hasta que esos gordos no se atrevan a salir de sus casas ni a probar su comida... hasta que sus mujercitas les supliquen que las saquen de aquí... —Brincaba de alegría anticipada.

Pierrot, por el contrario, tenía un aire desencantado. Primero se había ido con Jefe callado y a ojos vistas disgustado cuando su adorada se había marchado con Macandal. Ahora miró a Jefe escéptico.

—¿Tú alguna vez ver miedo en ojos de Oublier? ¿Y de sus amigos? —preguntó con un resoplido—. Él quedarse y los otros también. ¡No, César, nosotros necesitar más que un mesías para que blancos nos dejan la tierra! Nosotros necesitar una revolución de verdad con tropas y muchas armas. Y negros que agitar machetes, no mezclar un poco de veneno y esperar que los mèz se vayan solos.

—¡Pero no les quedará otro remedio! —gritó de alegría Jefe—. Cuando las plantaciones ardan, cuando invoquemos a Satanás, cuando...

Pierrot se encogió de hombros.

—Ya veremos quién arde —murmuró resignado.

9

—Apuesto a que *monsieur* Dufresne no lo aprueba —observó Nora cuando Victor y sus invitados realizaron la primera visita a Nouveau Brissac.

A falta de plazas suficientes en el coche, dejaron a todos los sirvientes en la casa. El mismo Victor conducía el carro y Deirdre cabalgaba al lado con *Alegría*. Le gustaba la distribución de las tareas, se la veía animada y se alegraba de dar ese paseo a caballo. De ese modo, Nora, Doug y el equipaje de ambos tenían el espacio necesario en el vehículo.

—Parecemos un grupo de gitanos —dijo Nora—. ¿Es que no habríamos podido alquilar un coche y aprovechar este solo para el equipaje?

Doug se encogió de hombros.

—Habríamos podido, pero ya sabes que Victor ha insistido en correr con los gastos —explicó en voz baja—. Y ya sabes que no gana tanto. El traje nuevo de Deirdre vale una fortuna, por no hablar de su vestuario de Navidad. La fiesta durará más de tres días, si lo he entendido bien, y estoy seguro de que necesita un traje adecuado para cada noche de baile.

Doug ya había visto que con la consulta de Victor en Cap-Français no iban a hacerse ricos. Claro que contaba con pacientes adinerados, pero invertía la mayor parte de su tiempo en el laboratorio y en el tratamiento de personas pobres. Estas pagaban poco y con frecuencia solo en especie. Le llevaban fruta, pescado y a veces un pollo, lo que hacía que los alimentos en casa del joven Dufresne fueran frescos y variados, si bien eso no llenaba su cuenta bancaria. Doug sabía muy bien lo que costaba alternar con casas ricas como la del gobernador. Actividades como las fiestas en Nouveau Brissac exigían además tiempo, no se salía de excursión al campo para pasar una tarde. Y el tiempo era oro para el doctor.

Victor contaba que, naturalmente, también recibía pacientes en la plantación de sus padres, pero ¿les enviaba las minutas a los amigos de la familia? Doug no lo creía. Todavía sospechaba que Deirdre tal vez sufriera por la falta de desahogo material. ¿Le había ofrecido su amante más riqueza? Se preguntaba cómo ayudar económicamente aunque fuera un poco a su joven yerno.

—En cualquier caso estoy impaciente por ver la plantación —afirmó Nora—. Nouveau Brissac. Tiene nombre de castillo.

—Existe de hecho un castillo Brissac —explicó el viajado Doug—, en Francia, junto al Loira. Tal vez sea una antigua residencia familiar. No me extrañaría que los Dufresne ya tuvieran dinero antes de asentarse en Saint-Domingue.

Victor lo confirmó. Su abuelo había llegado a La Española con la comitiva del primer gobernador francés y enseguida se había reservado la más hermosa propiedad.

—Nouveau Brissac es un lugar de ensueño —dijo el médico a los Fortnam—. Aunque también algo irreal... Ya veréis a qué me refiero. Espero que os guste.

Nora nunca había estado en Francia, solo había visto imágenes de sus castillos. Pero cuando apareció Nouveau Brissac ante sus ojos, al sol del mediodía, se sintió realmente en un sueño, como si se hubiese trasladado a Versalles. También su propia casa en Jamaica tenía algo de recargada y Deirdre la había comparado con un castillo cuando era niña. Pero Cascarilla Gardens no dejaba de ser una construcción de madera, que ilustraba la levedad caribeña. La casa de los Dufresne, en cambio, lucía un blanco puro, tenía ripias apizarradas y era de piedra. Estaba limitada en las cuatro esquinas por unas torres, elemento típico del estilo de los suntuosos edificios franceses. Ya el acceso, con los arriates de flores distribuidos de forma simétrica, resultaba sumamente impresionante. La casa estaba rodeada de unos jardines proyectados sin duda por paisajistas franceses. Ni siquiera faltaba el preciado laberinto de setos. En el recinto se había evitado incluir la flora autóctona, Nora solo reconoció algunos tipos de caoba y cedro propios del Caribe, pero que a los arquitectos les habían parecido lo suficientemente europeos como para integrarlos en la obra.

—¡Es irreal! —exclamó Doug, expresando así los pensamientos de Nora. Y en voz baja, para que ni Victor en el pescante ni Deirdre a lomos del caballo oyeran sus palabras, añadió—: ¡Más bien diría que espectral! Dios mío, nuestros colonos se esforzaron por transformar Jamaica en una pequeña Inglaterra, pero Nouveau Brissac... Es como si alguien se hubiese traído en el bolsillo un castillito del Loira para instalarlo aquí.

Su esposa le dio la razón.

—Debe de haber sido increíblemente caro —murmuró.

Doug rio.

—Todavía lo es —opinó—. ¡Deben de emplear legiones de esclavos solo para el cuidado de estos jardines! Todos estos setos perfectamente recortados, ¡con este clima uno ve literalmente crecer las plantas! Y sin embargo, ¿distingues por algún sitio una mala hierba?

Victor se dio media vuelta y sonrió a sus suegros.

—Bienvenidos a Francia —dijo con sarcasmo—. Pero no os preocupéis. Si en algún momento no recordáis dónde estáis, os mostraré de buen grado el barrio de los esclavos. Entonces volveréis a bajar a la tierra.

En efecto, el personal de servicio negro de la casa de los Dufresne obraba un efecto desconcertante. Uno esperaba ver ahí lacayos blancos, si bien incluso el mozo que recogió los caballos de Victor y Deirdre iba vestido con librea y llevaba empolvado el cabello oscuro y crespo. El pórtico de entrada tan pomposo no intimidó tanto a los Fortnam como en un primer momento a Deirdre. Los dos conocían edificios representativos de Inglaterra y Francia más imponentes que ese y Cascarilla Gardens no había sido mucho más discreta antes del incendio.

—*Madame* y *monsieur* les esperan para la comida —anunció el mayordomo negro, y condujo a los Fortnam a su habitación.

Auténticas suites, como habían esperado. Les subieron el equipaje y Nora ya tenía a su disposición una doncella que enseguida empezó a atenderlos.

Doug observaba las molestias que se tomaba con el ceño fruncido.

—Nora, es pleno día —señaló mientras la doncella le recogía y empolvaba el cabello—. ¿Cómo vas a superarte para la noche?

Ella rio.

—Te sorprenderás, cariño. Pero ponte manos a la obra, transfórmate en un noble de provincias. Si no en uno francés, al menos en uno inglés. No sirve de nada incomodar a nuestros anfitriones. Estamos emparentados con ellos y si queremos averiguar si lo que ha pasado con Deirdre tiene su primera causa aquí, es mejor que nos ganemos sus simpatías.

Doug se obligó a ponerse los calzones y los zapatos de hebilla y mantuvo una conversación amable con Jacques y Louise Dufresne. También Deirdre y Victor se habían puesto ropa formal, pero ya estaban haciendo planes para pasar una tarde más relajada. Planes comunes, como comprobó aliviada Nora. Victor quería confirmar si todo estaba en orden en el barrio de los esclavos y examinar a quien lo necesitase, y Deirdre tenía la intención de acompañarlo y ayudarle.

—¡Que te intereses por el cuidado de los enfermos es toda una novedad, Dede! —dijo contenta Nora a su hija—. ¿Sigues mis pasos?

La joven sonrió.

—Si quiero ver alguna vez a Victor no me queda otro remedio —bromeó—. Y aquí, con los negros... no hay nadie más a mano.

Eso sorprendió a Nora. En todos los barrios de esclavos había curanderos que tenían cuanto menos conocimientos básicos de medicina natural y que se alegraban si se les ofrecía la oportunidad de aprender algo más. Y mujeres que se dedicaban al cuidado de enfermos y se ocupaban de sus parientes.

Victor dirigió a su suegra una expresiva mirada antes de que ella lograse comunicar su extrañeza.

—Si lo deseas puedes acompañarnos, *belle-mère* —invitó a Nora—. Tal vez...

Se refería, por supuesto, a la expectativa de que la curandera blanca quizá lograse establecer contacto con una de las *baarm maddas* locales. Nora aceptó encantada. Ardía en deseos de ver el barrio de los esclavos de Nouveau Brissac.

Entretanto, todos se habían sentado y se servía el primer plato de la comida del mediodía. Doug hurgaba inquieto en el cóctel de gambas. ¿Sería cierto que no se percibía el sabor de los venenos de Macandal?

—Ah, sí, es cierto, desempeña usted las tareas de una especie de... médica —dijo Louise Dufresne a Nora—. Para mí es un misterio cómo alguien puede descender a esos bajos fondos, pero bien, algo tendrá que fascina. —Parecía como si Nora hubiese expresado su fascinación hacia la investigación de los avispones.

—Surgió un poco por necesidad —explicó sosegada Nora. Recordaba con dolor los días con Elias, su primer marido. Para justificar su compromiso con el barrio de los esclavos, ella había adoptado el papel de la desapasionada y calculadora hija del comerciante. Algo similar podía aplicarse allí—. El único médico que tenemos en Kingston mantiene... bueno, una relación muy estrecha con las botellas de ron, ya me entiende. De todos modos, tampoco se ocupaba de los negros. Así que les correspondía a los vigilantes distinguir quiénes podían o no podían trabajar cuando un esclavo decía que estaba enfermo. Casi siempre enviaban a los trabajadores a los campos y con frecuencia morían de enfermedades o heridas que con tres o cuatro días de descanso y los cuidados adecuados habrían sanado fácilmente. Representaba una enorme pérdida económica. Un esclavo del campo cuesta una pequeña fortuna. En lo que va de tiempo, casi todo el mundo ha comprendido que es más barato recurrir a un curandero. Algunas grandes plantaciones tienen incluso a un médico entre sus empleados.

Victor asintió.

—¡Es lo que digo, padre! Tus esclavos y los de Gérôme suman unos seiscientos. Valdría la pena buscar a alguien. Incluso yo podría...

Se detuvo. Por supuesto prefería la casa en Cap-Français al castillo de sus padres, pero a Deirdre tal vez la hiciera feliz vivir en la plantación. Las peculiaridades de los Dufresne parecían afectarla mucho menos que a él. Era evidente que se había acostumbrado a arreglarse para cada encuentro con sus suegros como para una recepción oficial y, excluyendo las horas de las comidas, gozaba en Nouveau Brissac de más libertades que en la ciudad. Nadie se preocupaba de si montaba o no a caballo. Victor había escuchado cómo le contaba a su madre que hasta había descubierto un riachuelo donde bañarse.

—Claro que de vez en cuando se ve algún cocodrilo —señaló guiñando un ojo—. Pero durante el día son inofensivos, solo cazan por las noches.

En La Española nunca se oía hablar de ataques de cocodrilos, pero Victor se había preocupado y Nora desde luego era capaz de privarse de un baño en compañía de esos reptiles. De todos modos, prefería el mar, aunque la bahía de los mangles rojos no le resultaba lo bastante retirada como para sentirse de verdad segura de no estar al alcance de miradas curiosas.

Jacques Dufresne solo sacudió la cabeza ante el renovado embate de su hijo.

—Solo faltaría que trabajases aquí de médico de la plantación —se impacientó—. ¿Qué diría la gente? ¿Un Dufresne curándoles los sucios pies a esos negros? Y además quieres ocuparte de las damas de la región, ¿no? ¡Imposible, Victor! Y totalmente innecesario. Los negros son resistentes, y las mujeres incluso más. Y alguna vez se nos muere uno... Aquí no nos va de eso, *madame* Fortnam. Podemos reemplazar nuestras pérdidas.

Doug suspiró. Ya no recordaba cuántas veces había oído estos argumentos. Sin embargo, había esperado que los papistas de La Española estuvieran más dispuestos a admitir que sus esclavos tenían alma. A fin de cuentas, sus sacerdotes no ahorraban esfuerzos para salvarlos con el bautismo, aunque esto no parecía surtir efecto hasta que los bautizados morían. Mientras los esclavos vivían, se los trataba como si fueran artículos de consumo cuyo valor se calculaba según el gasto de su mantenimiento.

Por fortuna, Louise Dufresne levantó la mesa del mediodía antes de que la discusión se recrudeciera. Doug suspiró aliviado para sus adentros. Ya tenía ganas de volver a la ciudad o, mejor aún, a Cascarilla Gardens. Aun así, se esforzó por fomentar una buena atmósfera.

—¿Qué le parece, *monsieur* Dufresne, si me enseña cómo se cultiva el café, mientras nuestros compasivos samaritanos se ocupan de los esclavos? —preguntó afablemente.

Le parecía que un paseo a caballo tras la abundante comida era una buena idea. De todos modos, tras echar un vistazo al elegante traje de Jacques Dufresne dudó de que el hacendado supervisara personalmente su plantación. Se centraba más en la negociación y comercialización de sus productos que en la administración de la plantación. Por lo visto, también el heredero se encargaba sobre todo de eso; ahora mismo Gisbert se hallaba en la lonja del café de Port-au-Prince. Ambos dejaban la dirección de la plantación en manos de los vigilantes.

El padre de Victor hizo un gesto de rechazo.

—Dispondré que un vigilante se lo enseñe —ofreció, poco interesado por el tema—. O el mismo Gérôme saldrá a dar una vuelta con usted mañana. De todos modos, quiere ir a Roche aux Brumes, ¿no es así? —Por la tarde se celebraría una reunión en Nouveau Brissac, pero al día siguiente se esperaba a los Fortnam en la plantación vecina, dirigida por Gérôme Dufresne desde que se había casado con la heredera—. Le enseñará también su nuevo caballo de batalla. Es que la caña de azúcar...

Jacques Dufresne arrugó un poco la nariz. Parecía menospreciar a los cultivadores de caña de azúcar, lo que, de nuevo, molestó a Doug. El cultivo de esas plantas enormes y la producción de azúcar requerían un trabajo duro. De acuerdo, tal vez dependía menos de que se garantizase la calidad como en el café —el refinamiento del azúcar siempre era efectivo—, pero los cultivadores de café tampoco eran tan expertos. La mayoría enviaba los granos sin elaborar a Europa, donde adquirían un aroma especial a través del tostado.

—Yo también puedo enseñarte la plantación cuando hayamos terminado en el barrio de los esclavos, *beau-père* —se ofreció Victor—. Vente con nosotros.

Así pues, Doug se cambió de ropa, al igual que su yerno y las mujeres, y salió a caballo con ellos. Le gustó el paso suave de los pequeños y amables caballos, en Jamaica había sobre todo caballos de patas altas importados de Inglaterra. Nora disfrutó de la salida a lomos de su elegante bayo, aunque no avanzaba tan deprisa como Deirdre en *Alegría*.

—Es innegable que también es una cuestión de adiestramiento —señaló a su hija—. Seguro que galopan bien si los dejas sueltos. Es una raza fogosa. Espera a que me haya acostumbrado a este caballito y haremos una carrera.

Deirdre rio.

—Y después el mozo de cuadra te desuella viva —replicó—. El que los caballitos sean tan lentos es algo buscado. Los hacendados no tienen prisas aquí, les interesa más que el paseo sea cómodo y elegante.

Recorrieron tranquilamente los caminos pavimentados que llevaban a la aldea de los negros. Era un trayecto corto, pero conducía a un mundo totalmente distinto. Victor acercó su caballo al de Nora. Quería prepararla un poco para lo que vería.

—Naturalmente, no es que aquí los esclavos siempre estén sanos —dijo, aludiendo a lo que su padre había afirmado—. Al contrario, el estado de algunos es penoso. Y son muchos los factores que intervienen en ello, incluso ese Macandal tiene algo de culpa. Claro que uno casi llega a entenderlo cuando oye hablar a gente como mi padre, mi hermano y otros hacendados. Pero también hay que ver lo que les hace a los esclavos con esta rebelión. Todas las represalias que no llegan a Macandal acaban repercutiendo en ellos. Siempre había estado prohibido que los esclavos de distintas plantaciones se reuniesen, pero antes, por lo general, se solía permitir que un curandero fuera de una plantación a otra o que un *pacotilleur* recomendase un remedio milagroso u ofreciese unas simples hierbas medicinales. Ahora, sin embargo, el miedo a Macandal y su influencia ha convertido los barrios de los esclavos en fortalezas. Últimamente, hasta se construyen las letrinas en medio de la aldea para que nadie tenga motivos para alejarse por la noche. Eso, por supuesto, atrae legiones de moscas y mosquitos.

Nora asintió alterada.

—¿No has observado que aumenta la tasa de fiebre? —preguntó.

—Por supuesto —contestó Victor—. Y cuando las letrinas rebosan el hedor es insoportable... ¡Y este barrio no es nada comparado con el de Gérôme! Y por si no fuera suficiente, últimamente se persigue de forma sistemática a los negros curanderos porque también pueden elaborar venenos. De ahí la falta de voluntarios para ayudarme cuando hago la consulta en los barrios de esclavos. Nadie quiere levantar sospechas. Si no apresan pronto a ese Macandal, todo el país se convertirá en un polvorín.

En efecto, la atmósfera en el barrio de los esclavos era muy tensa y las condiciones higiénicas, peores de lo que Nora había imaginado. La aldea se hallaba en medio del cafetal, y aunque el terreno era enorme solo se concedía a los negros un pequeño claro. Los caminos que unían las cabañas eran angostos y estaban enfangados, y lo peor era que sobre todo flotaba el hedor asqueroso de las letrinas. Los habitantes tenían un aspecto lamentable, se veían desdichados y extenuados de tanto trabajar.

Nora notó que desconfiaban de los blancos, incluso del doctor que hasta discutía con su propia familia para ayudarlos. Las mujeres eran las que se mostraban más abiertas, sobre todo con Deirdre. La joven esposa del doctor no solo les ofrecía consejos sanitarios, sino las baratijas que compraba en Cap-Français. Un par de pendientes o de pañuelos de colores conseguían que se sincerasen y se soltaran a hablar.

Victor explicó que las mujeres negras lo tenían especialmente difícil en las actuales circunstancias.

—Ha empezado a descerezarse el café —indicó, mientras limpiaba la mano herida e infectada de una trabajadora—. A mi padre le gusta mucho que colaboren las mujeres. Tienen las manos más ágiles y pequeñas. Y espera a que recojan al menos setenta kilos de bayas de café diarias, mejor aún noventa. Es algo casi imposible de conseguir, pero los vigilantes espolean a las mujeres sin piedad. —Extendió un ungüento en la mano herida y la envolvió en una venda—. Y ahora descansarás dos días y mantendrás limpia la herida —dijo a la joven—. Si vuelve a entrarle jugo de bayas o se ensucia nunca se curará. Le diré al vigilante que te dé trabajo en la cocina.

—¿Te hará caso? —preguntó Nora.

Victor se encogió de hombros.

—La mayoría de las veces sí. Hago seguimiento de los casos, y cuando el esclavo muere como consecuencia de un incumplimiento, mi padre se entera. Diga lo que diga, sabe cuánto vale un buen esclavo de campo. Y esta chica es una de las que mejor trabaja. Esperemos, pues, que no suceda nada.

Esa tarde, Nora y Victor no vieron a las sanadoras negras del barrio de los esclavos, pero la primera pudo prestar su ayuda cuando dos esclavas se dirigieron avergonzadas a Deirdre porque tenían dolores menstruales. No se atrevían a contarle al médico sus problemas más íntimos y con ello se complicaba todo el tratamiento.

—Vienen a mí a preguntar y yo le pregunto a Victor y entonces él necesita más información... ¡Es un lío! —se quejó Deirdre mientras ella y su madre iban a reunirse con los hombres.

Nora había examinado a tres mujeres y confirmado que una estaba embarazada y que otra tenía una severa infección. ¡No podría ni pisar los campos de cultivo durante las semanas siguientes! Nora esperaba que Victor consiguiera que la dispensaran del trabajo.

—¿Y a ti cómo te va, Dede? —preguntó a su hija. Por fin se daba una oportunidad para sacar el tema de la maternidad—. ¿Tienes la impresión de que estás bien? En realidad ya llevas bastante tiempo casada pero todavía no te has quedado embarazada.

Deirdre se frotó las sienes. No sabía qué contestar. Había lamentado no quedar encinta durante la primera época de su matrimonio, pero había dado las gracias al cielo por ello mientras mantenía su relación con César. Ahora volvía a desear un hijo de Victor. El recuerdo de la pasión por el negro desaparecía lentamente y a su primer enamoramiento por el doctor, que tan fácilmente había remitido, le seguía un amor cargado de profundo respeto y mutua amistad. Deirdre se alegraría de ser agraciada con un hijo. La maternidad también combatiría el aburrimiento de Cap-Français y el continuo aguijoneo de su suegra, que por suerte había aflojado un poco ahora que Yvette se había quedado embarazada justo después del enlace matrimonial. Aun así, Deirdre no experimentaba un deseo urgente de tener un hijo, y no se sentía en absoluto enferma.

—No me desespero —admitió con tranquilidad—. Tal vez necesitemos algo más de tiempo.

Nora asintió. El anhelo desesperado por tener hijos quedaba excluido como causa de la melancolía de su hija.

—Yo tampoco me quedé embarazada enseguida —explicó con cierto disgusto, a fin de cuentas tampoco había amado especialmente a su primer marido—. Ya sabes que antes de Doug estuve casada varios años, pero no me quedé embarazada. Luego tardé varios meses... con tu padre. Con Thomas y Robert fue muy rápido. No creo que tengas que preocuparte todavía.

Deirdre sonrió.

—No lo hago —aseguró—. Solo espero que Victor no le dé demasiadas vueltas.

Nora percibió satisfecha que su hija pensaba en su marido y durante el resto del día se reafirmó en la idea de que el matrimonio de su hija se había reencauzado.

Los jóvenes cabalgaban juntos cuando Victor enseñó la plantación a los Fortnam: hectáreas y más hectáreas de cafeto de la altura de un hombre cargado de frutos rojos en esa época.

—Todavía crecerían más —señaló Victor—, pero eso dificultaría la recolección. Por eso se van talando para que conserven esta altura.

—Deberías llevarte algunos plantones, mamá —sugirió Deirdre—. Para tu huerto. Las flores son muy bonitas, blancas como la nieve. Me encantan los cafetos floridos...

—Pese a todo, es un placer breve, las flores duran apenas unas horas —explicó Victor—. Como compensación, las plantas siempre florecen de nuevo; la recolección no se ciñe exclusivamente a una estación del año. En el cafetal siempre hay algún lugar donde se está cosechando.

—Y las... ¿cerezas? —preguntó Nora—. ¿Se pueden comer?

Victor rio. Se acordó de Macandal, al igual seguramente que su suegra.

—No son venenosas; sería demasiado sencillo —respondió sonriendo—. Para nosotros lo único interesante son los granos; en cada cereza se encuentran dos. Tras descerezar la planta, también hay que sacar la pulpa del fruto. Lo hacemos aquí. Esperad, os enseñaré las instalaciones de ahí arriba.

El joven condujo a sus invitados a un conjunto de cobertizos más o menos abiertos junto a un arroyo y los Fortnam contemplaron a los esclavos limpiando las cerezas del café y desprendiendo la pulpa bajo el agua corriente. Para lavarla se habían construido unos canales que salían del arroyo. Unas grandes tinas llenas de agua estaban listas para proceder a la fermentación de los granos de café. Para su horror, Nora descubrió a un grupo de niñas pequeñas sentadas bajo un árbol pelando aplicadamente las capas apergaminadas de los granos.

—¿Cuántas horas del día dedican a esto? —preguntó a Victor.

Su yerno hizo un gesto de ignorancia.

—Mejor no saberlo. Al menos están sentadas a la sombra. Las mujeres que recolectan pasan horas a pleno sol y muchas de ellas no son mucho mayores.

Nora apretó los labios. En Cascarilla Gardens las niñas tan pequeñas no realizaban tareas importantes. No era necesario explotarlas desde su más tierna infancia.

La visita a la plantación había disminuido el ya de por sí limitado entusiasmo de Nora por la vida feudal de los Dufresne. De todos modos, tuvo que admitir que pocas veces había estado en una velada más suntuosa que la que Louise Dufresne organizó para presentar a los Fortnam a sus vecinos y amigos. Estos no se diferenciaban demasiado de los hacendados de Jamaica. Todos eran unos vanidosos, exhibían su riqueza y aparecían con legiones de criados personales y doncellas para estar continuamente atendidos. Durante el banquete algunos contaban con catadores negros. «Por supuesto, no es que no confiemos en ti, Louise, querida, pero con esas funestas historias que se cuentan sobre Macandal...»

Victor suspiraba para sus adentros.

—Macandal trabaja desde hace tiempo con venenos de

efecto retardado —señaló—. Si fuéramos sus siguientes víctimas, solo nos llevaríamos a un par de negros con nosotros al otro mundo. Los catadores no nos salvarán la vida.

Los negros escuchaban estas palabras con resignación. Nora se preguntó en qué pensarían y se avergonzó de los patrones blancos, pero entabló una diligente conversación e intentó no tocar ningún tema polémico.

Doug se dedicó a no pensar más en Macandal y a comer en lugar de hablar. Disfrutó de la refinada cocina francesa y se esforzó por no pensar en los peligros vinculados a ella.

Los Fortnam no le quitaron el ojo a su hija, que no les dio motivo de preocupación: Deirdre se lo pasaba bien con su marido. Ambos coqueteaban y bailaban: todo parecía normalizarse entre la joven pareja. En el entorno de los padres Dufresne no parecía haber ningún amante o ex amante fatal. En el ambiente de los hacendados había, sin embargo, gente más joven que en Cap-Français, pero Deirdre solo se interesaba por Victor.

—Se diría que ya ha pasado todo —indicó Nora contenta, mientras abrazaba a Doug por la noche en su lujosa suite y caía una lluvia tropical en el parque de los Dufresne y en el ya de por sí húmedo barrio de los esclavos—. Si por fin se queda embarazada... todo irá bien entonces.

10

A la mañana siguiente la lluvia había amainado pero la presencia del sol era tímida. El joven matrimonio Dufresne y los Fortnam partieron a través de una espesa neblina para visitar a Gérôme e Yvette.

—Nunca hubiese pensado que había sitios más húmedos que Jamaica —señaló Nora.

Hacía mucho calor y el bochorno era tal que la ropa rezumaba con la humedad atmosférica. Era como pasar a través de agua caliente y, al igual que sucediera cuando llegó por vez primera al Caribe, experimentó la sensación de estar respirando agua.

Doug se encogió de hombros.

—Para el cultivo del café esto es lo ideal, ¿verdad, Victor? Y no perjudicará a la caña de azúcar. Pero ¡mirad! Cielos, ¿estoy soñando o esa aparición es... el castillo de Camelot?

Los jinetes acababan de subir a una pequeña colina y bajaron la vista. Doug no fue el único en boquear. De la niebla emergía un peñasco en la cima del cual dominaba una casa señorial similar a un castillo. Era algo más pequeña que la de los Dufresne, pero construida con el mismo estilo y realmente parecía estar flotando en la niebla circundante. El sol hacía brillar sus muros blancos y dibujaba sombras irreales a los pies de las torrecillas.

Deirdre expresó su asombro.

—Ahora ya sé por qué lo llaman Roche aux Brumes —susurró casi conmovida.

Hasta la muerte de los Courbain, la propiedad había sido conocida como Plantación Courbain. Fue Gérôme Dufresne quien, tras casarse con Yvette, le había puesto tan poético nombre: Roche aux Brumes, «Roca Brumosa».

—Sí, lo he visto así dos o tres veces —contó Victor, quien no compartía la euforia de los visitantes—. La vista es espectacular, lo sé, aunque en los valles la niebla se mantiene durante horas. Y ahí se encuentran los alojamientos de los esclavos. No me gustaría servir en este castillo de cuento...

—Solo estamos de visita —dijo Doug, rompiendo el hechizo en que seguían cautivas Deirdre y Nora—. Y no sé vosotros, pero a mí me gustaría refugiarme en algún lugar seco.

Yvette y Gérôme Dufresne dieron la bienvenida a sus invitados con zumo de frutas, café y un copioso desayuno. Habían regresado a Roche aux Brumes la noche anterior. Desde que Yvette estaba encinta no disfrutaba de las largas veladas nocturnas. Tampoco parecía agradarle moverse ni mostraba el menor deseo por ninguna actividad a lo largo del día. Los invitados, sin embargo, tenían planes.

Una vez que hubieron desayunado, Victor propuso visitar los alojamientos de los esclavos. Para sorpresa de todos, Gérôme aceptó gustoso. Al igual que su padre, también él sufría el mismo dilema entre el deseo de tratar lo menos posible con sus esclavos y obtener el máximo rendimiento de ellos.

Deirdre ya iba a levantarse para acompañar a su marido, cuando Yvette la detuvo.

—No pensarás irte, ¿verdad? Ayer no tuvimos tiempo de charlar. Pensaba que me contarías un poco sobre Cap-Français. Qué ocurre en la ciudad, qué hace el gobernador...

Deirdre volvió a sentarse en su sillón de mimbre.

—¿Qué puede hacer el gobernador de interesante? —preguntó, a ojos vistas incómoda—. Gobierna y busca nuevas excusas para justificar por qué todavía no ha atrapado a Macandal. Yvette, tendría que acompañar a Victor. Necesita a alguien que lo ayude.

Nora percibió que su hija buscaba un pretexto para eludir a su aburrida cuñada, pero opinaba que debía mostrarse cortés. Seguro que Yvette Dufresne no veía durante semanas a ninguna mujer blanca de su edad. Y sin duda se alegraba sinceramente de la visita de su cuñada, aunque ambas compartieran tan pocos intereses.

—No te preocupes, Deirdre —terció amablemente—. Yo ayudaré a Victor. Quédate tú con tu cuñada. Seguro que tenéis cosas que contaros que maridos y padres no deberían escuchar, ¿a que sí?

La mirada centellante de Yvette reveló a Nora que estaba deseando hablar sobre su matrimonio y el embarazo, mientras que Deirdre lanzó a su madre una mirada furibunda. Ahora no podría resistirse, estaba condenada a hablar con su cuñada. Nora esperaba que pudiese explicar a Yvette algunos de los consejos que Victor le había dado para las esclavas con problemas durante el embarazo.

Gérôme justificó su interés en acompañarlos a visitar el barrio de los esclavos:

—Debo hacer acto de presencia de vez en cuando, aunque por supuesto Oublier lo tiene todo controlado. Dicho de paso, es el mejor vigilante que nadie haya tenido jamás, *monsieur* Fortnam. Trabaja de modo totalmente autónomo y resuelve incluso los problemas más difíciles. Él es quien selecciona a esos sujetos, es insuperable a la hora de comprar barato y los adiestra a conciencia. Hasta parece que le divierte... En fin, a cada uno lo suyo.

Victor torció el gesto.

—¡El insuperable mèz Oublier, por Dios! —susurró a Nora—. Es un verdugo de la peor calaña. Ya me las he tenido con él varias veces, algo que mi hermano intenta evitar siempre que puede. El tal Oublier suele amenazar con marcharse cuando algo no le conviene. No es de extrañar, ya que todos los hacendados de la región han intentado llevárselo. A sus ojos, el éxito le da la razón. Yo, por el contrario, me preocuparía: un vigilante como Oublier no hace más que servir hombres en bandeja a Macandal.

Nora todavía recordaba que Victor le había contado que el asentamiento de los esclavos en Roche aux Brumes era más penoso que el de Nouveau Brissac y en ese momento confirmó con un estremecimiento que su yerno no había exagerado. Incluso después de haber salido el sol, la aldea yacía en una nebulosa penumbra y la lluvia, que había diluviado por la noche, la había anegado totalmente. Un hombre alto y flaco impelía entre insultos y amenazas a un grupo de esclavos a que achicasen las acequias. Incluso los vigilantes habían considerado que algo tenía que hacerse. Era de suponer que también habría entrado agua en sus casas.

En ese momento el jinete se dirigió hacia los recién llegados.

—¡Ah, *monsieur* Dufresne! ¡Qué bien que pase por aquí! —lo saludó—. Espero que no le moleste que estos bribones todavía no estén en los campos. Pero tenemos que desaguar, a Bernard se le ha inundado el huerto. En las casas de dos vigilantes el agua ha alcanzado el medio metro, y las mujeres de la cocina se quejan de que no pueden encender el fuego porque tienen el agua por las rodillas.

Los temores de Nora se confirmaron: los vigilantes no se preocupaban ni por las cabañas de los esclavos ni por la cocina, pero cuando se mojaban sus propias casas y huertos...

—¡No, no, todo está en orden! —se apresuró a asegurar Gérôme—. Hace usted lo correcto, Oublier. ¿Me permite que le presente? Son los suegros de mi hermano Victor, *madame* y *monsieur* Fortnam. Tienen una plantación de caña de azúcar en Jamaica.

Oublier los saludó cortésmente.

—¡Y el doctor! —Sonrió a Victor—. ¿Otra vez por aquí? Para ayudar a estos holgazanes, ¿no? Hoy será un poco difícil encontrar un rinconcito seco.

—Para empeorar un poco más las cosas —señaló Victor—. ¿Cuántos muertos por fiebre ha habido en los últimos meses, Oublier? ¿Cuántos accidentes se han producido en las últimas obras de construcción? Pero dejémoslo, de todos modos no me dará ninguna información exhaustiva. Ven, *belle-mère*, busquemos un lugar más o menos adecuado para las consultas y escuchemos qué nos cuentan.

Sorprendentemente, el saludo que se dispensó al médico en esa plantación fue más entusiasta que en Nouveau Brissac. La rolliza cocinera y su personal se acercaron a él y le contaron sus achaques y problemas.

—Charlene confía mucho en mí —explicó Victor a Nora—. Y también añora un poco una familia blanca. Era la cocinera de la casa. Gisbert, Gérôme y yo la conocemos desde la infancia. Siempre nos ha mimado con sus exquisiteces, es una mujer amable y entregada. Pero, por desgracia, esto no le ha servido de nada. Después de que los padres de Yvette fueran asesinados, Gérôme sustituyó a todo el personal de cocina, aunque es seguro que Charlene no estuvo involucrada en ello. Imaginar que quería envenenar a alguien es absurdo. En su momento abogué en su favor y todavía me está agradecida. Sea como sea, ahora se encarga de la cocina de los esclavos y hace aquí las funciones del «espíritu bueno». Claro, siempre que Oublier tolere los espíritus buenos... No deja de asombrarme que al párroco no se le enturbie el agua bendita cuando celebra misa aquí.

Nora se rio del cinismo de Victor; tampoco a ella le resultaba simpático Oublier. El vigilante dejó que se presentasen los esclavos que habían estado ocupados con el vaciado de las zanjas. Los hombres, jóvenes fuertes, tenían que formar delante de Gérôme y saludarlo formalmente. Hasta ahí podía comprenderlo, pero que después todos tuvieran que decir en coro: «¡Gracias por darnos trabajo en Roche aux Brumes!», lo encontró humillante. Las únicas que podían estar agradecidas por las condiciones de vida de ese lugar eran las larvas de mosquito.

Nora decidió eludir ese lamentable modo de proceder y preguntó a Charlene por las letrinas. La cocinera bajó la vista abochornada antes de contestar.

—No muy limpias, *madame*. No para señora blanca. Lo siento, vergüenza, pero imposible limpiar. Siempre desbordar el agua.

Pese a ello, Nora lo intentó. Siguiendo las indicaciones de Charlene, encontró los retretes, pero fue tanto el asco que no pudo utilizarlos. No era de extrañar que muchos enfermos que acudían a Victor sufrieran diarrea. Dijeron que muchos de los trabajadores, pese a tener una fuerte indisposición, se veían obligados a trabajar en los campos. Era un caldo de cultivo para el cólera.

De regreso hacia al árbol bajo cuya fronda Victor había instalado su consulta provisional, Nora pasó junto a las hileras de hombres que empezaban a dispersarse. Oublier les había ordenado que siguieran trabajando en los campos. Nora mantuvo la cabeza baja, no quería observar a los esclavos que ya habían sido humillados al pasarles revista. No obstante, sintió la mirada de alguien y levantó la vista. Sus ojos se encontraron con los de un joven y creyó regresar de golpe al pasado. Era un hombre alto y musculoso. Su rostro era tal vez más delgado y anguloso de lo que recordaba. La nariz ancha, la frente alta, los labios hinchados pero hermosamente delineados, los ojos claros... pero le faltaba la cicatriz.

Nora se rascó la frente. ¿Qué se había apoderado de ella? Claro que ese joven no tenía cicatriz. Y claro que no era Akwasi. Él...

El muchacho apartó la mirada. Si en ella había habido sorpresa, desconcierto o incluso reconocimiento, en ese momento se mostró indiferente. Un encuentro extraño, el centelleo de unos recuerdos que era imposible que compartiesen.

Nora sacudió la cabeza y se concentró en Victor y su trabajo. Pero al ver a Doug, antes de que se marchara a examinar la plantación de caña de azúcar con Gérôme y Oublier, se le escapó.

—Doug, yo... Cuando han reunido a los esclavos... Es una locura, pero creo haber visto a un espíritu.

Su marido rio.

—¿El espíritu de quién, cariño? Este parece un terreno rico en espíritus. Tú...

—¿*Monsieur* Fortnam?

La voz de Oublier estaba acostumbrada a impartir órdenes, y tampoco se contuvo delante de los invitados de su patrón. Era evidente que quería marcharse y no perder más tiempo.

Doug alzó la vista al cielo.

—Hasta luego, entonces, querida. Y espero que estéis agradecidos de que os libremos al menos por un par de horas del espíritu malo del barrio. Gérôme quiere que Oublier nos enseñe la plantación. Podréis examinar con calma a vuestros enfermos. —Hizo de nuevo un gesto de despedida en dirección a Nora y Victor, y luego montó en el caballo.

Una hora más tarde, él mismo tropezaría con su espíritu.

Gérôme cabalgó con Doug a través de los campos de caña recién plantados, mientras Oublier dirigía a sus hombres hacia las nuevas instalaciones todavía en construcción. Doug examinó los plantones con atención y dio algunas indicaciones de experto acerca de la distancia que debía mantenerse entre las plantas para conseguir buenos resultados y sobre los canales de desagüe.

—Hay que desviar el agua de aquí. Aunque las plantas necesitan mucha humedad, no deben permanecer inundadas como el arroz. Sin embargo, la plantación se encuentra en un llano. ¿No tienen ustedes problemas con la malaria? He oído decir que en condiciones así hasta los negros caen como moscas.

Gérôme hizo un gesto de indiferencia. Si en el barrio de los esclavos la gente padecía o no accesos de fiebre, le interesaba poco. En lugar de abordar la cuestión que Doug había planteado, señaló los edificios recién construidos que tenían delante. Para la producción de la caña de azúcar se requerían edificios de explotación, las plantas no se exportaban tal cual. Al menos había que exprimirlas para obtener el jugo, hervirlo y secarlo. El resultado de ello se denominaba «mascabado», y podía seguir elaborándose en el país de destino. De todos modos, la mayoría de los hacendados todavía los enterraban en terreno arcilloso y vendían a continuación los cristales blancos de azúcar. Además, casi todas las plantaciones disponían de una destilería de ron. El sirope de la caña precisaba, a su vez, de preparación. Para transportar de un edificio a otro la materia prima se necesitaban coches de tiro, y por tanto también establos y cocheras. Gérôme había calculado que para los edificios se necesitaría una hectárea de terreno. Varios grupos de esclavos se ocupaban de las obras, mientras las mujeres recogían el café.

Doug oyó la voz de mando de Oublier resonar por todo el campo, mientras otros vigilantes agitaban sus látigos. Los trabajadores arrastraban tablas en silencio y construían con ellas cobertizos. Ya era mediodía pero el vapor todavía flotaba sobre la plantación y no soplaba ni una pizca de aire, pero un arroyo discurría por esa zona, sin duda alimentado a diario por las lluvias. Gérôme explicó que por eso se había decidido por un molino de agua para activar las presas en lugar de por uno de viento. Doug tenía claras las razones y solo prestaba atención a medias a su anfitrión. Concentraba su atención en el cobertizo de la destilería que había junto al molino de agua y de repente descubrió el rostro de un esclavo que convertía con destreza unos gruesos troncos en una sólida estructura. Al igual que su esposa una hora antes, se sintió perturbado por la visión. Esa frente alta, los ojos claros, la mandíbula fuerte y la nariz chata; un rostro algo más fino de como lo recordaba, pero de no ser por eso... los músculos, los movimientos flexibles...

—¿Akwasi? —susurró Doug.

El negro no estaba lo suficientemente cerca para oírlo y además ya había apartado la vista sin dar muestras de reconocerlo. Doug se sintió mareado. ¿Era el efecto de esa intensa humedad? ¿Deliraba?

—¿Cómo dice? —preguntó Gérôme. Tampoco él había entendido.

Doug se repuso.

—Nada, disculpe, *monsieur* Dufresne. Yo... me he distraído. Me refiero a que... Dígame, ese negro... me suena su rostro. ¿Ha nacido aquí o lo ha comprado?

Gérôme echó un vistazo al esclavo.

—¿Ese? No es de aquí, pero tampoco de Jamaica, o de dónde iba usted si no a conocerlo. Su historia es muy interesante. Es una de esas compras inteligentes de Oublier. Venía en un grupo de esclavos encadenados. —Rio—. ¡Y llegó al mercado directamente de un barco pirata! Sí, ¡no ponga esa cara, hombre, todavía quedan! A los blancos los ahorcan, pero a los negros los venden. Curioso, ¿no?

Doug pensó en Bonnie. También ella procedía de uno de esos navíos. ¿Sería una simple coincidencia?

—¿Cómo se llama? —inquirió.

Gérôme apretó los labios.

—Hum... espere... era una especie de nombre romano... Augusto... Aquiles...

Doug se abstuvo de señalar que Aquiles era griego. Pero en cualquier caso, no se trataba de Jefe. No estaba seguro de si eso lo tranquilizaba...

Ya antes de que los Fortnam pudiesen contarse las sorprendentes experiencias que habían tenido, la tarde de ese mismo día se produjo un encuentro más.

Después de una sosa mañana con Yvette Dufresne, Deirdre estaba decidida a pasar al menos la tarde con su caballo. El sol por fin había vencido a la niebla y bañaba Roche aux Brumes.

—¿Qué tal, mamá, hacemos la carrera? —retó Deirdre—. Aquí los caminos son más anchos y los terrenos también son planos. Tampoco creo que llueva. Se dan las condiciones ideales para una competición entre un caballo de paso y otro árabe.

Nora rio. Acababa de tomar un té con Yvette y su hija y entendía que esta estuviese ansiosa por salir de ahí. Por la noche les esperaba una cena y Gérôme había invitado a los vecinos que tenían cultivos de caña de azúcar. Nora sospechaba que la velada volvería a resultarles monótona. Al menos Doug podría pasar horas hablando sobre los cultivos, para quejarse luego de que los otros habían intentado que les facilitara información jurídica gratuita sobre el comercio con la metrópoli.

—De acuerdo, Deirdre —respondió Nora—. Que ensillen los caballos. ¿Usted no monta, *madame* Dufresne?

Yvette se explayó sobre los peligros de montar a caballo durante el embarazo y el bochornoso clima del este de Saint-Domingue. Deirdre y Nora la escucharon educadamente mientras ensillaban sus caballos.

—¿Dónde se han metido papá y Victor? —preguntó Deirdre cuando por fin salieron del patio.

Nora se encogió de hombros.

—Creo que Victor vuelve a luchar en vano contra ese Oublier, ya esta mañana tuvo un desencuentro con los vigilantes del barrio de los esclavos. No querían aceptar certificados de enfermedad. Ahora lo están discutiendo Victor, Gérôme y Oublier, y Doug se ha reunido con ellos en funciones de árbitro.

Deirdre no pudo evitar reír.

—¿Papá como árbitro en asuntos de esclavitud? Bueno, con tal que no incendien la plantación después... Vamos, ponte al trote, así los caballos habrán hecho el calentamiento cuando lleguemos a los caminos buenos.

Nora no se lo hizo repetir. Era una experta amazona, y de joven había participado en cacerías. Su purasangre *Aurora* había llegado a Jamaica con ella y había legado a sus hijos y nietos su naturaleza fogosa. Entre tales descendientes se encontraba *Alegría*, que respondía más al tipo árabe. No era más alta que la yegua *Cava* que Nora montaba en ese momento y que parecía más rápida de lo que aparentaba. Visto así, las posibilidades de victoria eran similares.

Madre e hija pasaron junto al barrio de los esclavos por los senderos entrelazados alrededor de las plantaciones de café. Ya ahí los caminos eran más anchos y estaban más cuidados, pero no era aconsejable ponerse al galope. Detrás de cualquier curva podían tropezar con un carro de la cosecha o con un grupo de mujeres recolectoras. En la plantación de café había mucha actividad. Así pues, las dos se limitaron a ir a un paso vivaz y saludaron a derecha e izquierda cuando pasaron junto a las trabajadoras y sus vigilantes. Nora observaba con atención, pero, para su tranquilidad, no vio en los campos a ninguna de las mujeres que Victor y ella habían separado por no estar en condiciones de trabajar. De momento, el médico había impuesto su criterio.

Y entonces las poco familiares hileras de plantas del cafetal dejaron paso a unos campos cuya visión Nora conocía muy bien: los cultivos de caña de azúcar.

—¡Aquí sí podemos ponernos a galope! —anunció Deirdre—. Si no recuerdo mal, este camino pasa recto entre las cañas hasta donde están construyendo los nuevos edificios auxiliares. Todavía no habían avanzado mucho la última vez que estuve. Debemos tener un poco de cuidado al final. Bien, ¡las obras son nuestra meta!

Nora sonrió.

—¿Y esta es la salida? —quiso confirmar, pero Deirdre ya había aflojado las riendas del caballo.

—¡Eso no vale! —gritó Nora riendo y puso a *Cava* al galope.

Para su decepción, la pequeña yegua no estuvo a la altura de sus expectativas. *Cava* no había sido adiestrada para correr. Si bien los caballos de paso eran fogosos, cuando se esforzaban, su galope dejaba que desear. Nora disfrutó de la galopada más cómoda de su vida, sin tener la menor probabilidad de ganar la carrera.

Deirdre, por el contrario, volaba a lomos de *Alegría*. Como utilizaba la silla de amazona, se apoyaba en los estribos para no pesar tanto y descargar al caballo todo lo posible. Los cascos de *Alegría* retumbaban en el suelo firme y Deirdre sentía que se fundía con el resplandeciente sol y el azul opalino del cielo. Solo los juegos amorosos con César la habían hecho igual de feliz, pero estaba decidida a no volver a pensar en ello.

El ancho camino tenía algo menos de un kilómetro, y el galope largo de *Alegría* enseguida cubrió la distancia. Deirdre llegó a las obras mucho antes de lo que esperaba y ya había pasado los primeros tres edificios cuando consiguió refrenar la yegua.

Detuvo por fin al animal delante de una casa de madera, jadeante, el rostro radiante y acalorado por el esfuerzo. ¡Había dejado a su madre muy atrás! ¡Había ganado!

Pero entonces salió un trabajador atraído por el ruido de los cascos y Deirdre tuvo que sujetarse a las crines de *Alegría* para no caerse de la silla. ¿Era un espejismo? ¿Un sueño? Inmóvil a causa del sobresalto, la incertidumbre y la confusión, Deirdre miró a Jefe. El joven dejó caer el martillo y los clavos que todavía sostenía al salir del cobertizo.

—Deirdre... —Una voz ronca, aquella voz que siempre la había conmovido, que hacía vibrar en ella todas las cuerdas de la excitación...

Tampoco a Jefe le costó dar crédito a que era Deirdre quien estaba ante él y a lomos de la misma yegua de entonces, en Cap-Français, con el cabello suelto, los ojos brillantes y las mejillas sonrosadas como después de hacer el amor. Pronunció su nombre como si estuviera en trance, quería acercarse a ella, ayudarla a bajar del caballo como ella le había enseñado entonces para hacer más creíble su papel de mozo de cuadra. Quería estrecharla entre sus brazos, besarla y amarla...

—¿César? —El requerimiento impaciente de Pierrot lo arrancó de sus sueños.

Oublier no estaba en la obra, pero los demás vigilantes también eran severos. Si alguno caía en la cuenta de que Jefe había abandonado su lugar de trabajo...

El joven negro no respondió. Se abismó en los ojos de

Deirdre, se olvidó de los vigilantes y del trabajo... Pierrot asomó curioso por una esquina y Jefe casi sintió celos cuando su amigo se quedó mirando desconcertado a la mujer.

—Oh... oh, *madame*... —balbuceó, sin saber qué era más adecuado, la socarronería o un piropo descarado; en cualquier caso, se inclinó sumiso y de forma refleja agarró a Jefe de un brazo—. Disculpe, *madame*, nosotros enseguida dejar camino libre. Disculpe, negros tontos en medio del camino... Quería arrastrar consigo a su compañero. Por lo visto, la escena no podía explicarse de otro modo que deduciendo que el esclavo se había cruzado en el camino de la montura e interrumpido el paseo de la señora.

Deirdre seguía paralizada, mirando todavía al amante que daba por perdido, mientras *Alegría* se impacientaba y empezaba a piafar descortésmente.

—Ven, César, el vigilante... —Pierrot tiró de su amigo.

—Deirdre —repitió Jefe.

¿Qué le importaban a él los vigilantes? En ese momento habría estado dispuesto a pelearse con cualquiera antes de que lo separasen de su amada.

Pero la muchacha pareció volver en sí. Apartó con esfuerzo la mirada y tiró de las riendas.

—No... no ha sido nada —dijo a Pierrot—. El... el joven no ha hecho nada malo. Es solo que me... me he asustado. Volved al trabajo. Luego... —«Más tarde» articularon sus labios al despedirse con la mirada de Jefe.

Pierrot arrastró a su amigo al cobertizo de madera, sin entender pero aliviado.

Deirdre intentó serenarse. Tenía que tranquilizarse, su madre llegaría de un momento a otro a la meta. Y si Nora los veía a ella y César juntos... Deirdre no se engañaba: el otro esclavo no se había percatado del vínculo que enseguida había vuelto a restablecerse entre ella y el negro; Victor tampoco había sospechado nunca nada. Pero ¡a su madre no se le escaparía!

11

—¡César, se llamaba César!

Doug y Nora Fortnam por fin intercambiaban informaciones mientras se preparaban en sus aposentos —que en Roche aux Brumes no iban a la zaga en nobleza de las de Nouveau Brissac— para la velada nocturna. Nora acababa de recordar el nombre del pirata al que Bonnie había aludido tiempo atrás.

—Deirdre lo mencionó en una ocasión como de paso, trabajó de mozo de cuadra mientras estuvo en Cap-Français.

Doug arqueó las cejas.

—No puedo imaginarme a Jefe haciendo de mozo de cuadra —murmuró.

Nora soltó una risa abatida.

—Yo tampoco me lo podía imaginar de esclavo en una plantación de caña de azúcar. Pero tú también crees que es él, ¿verdad?

Doug se ciñó los calzones sobre las medias de seda. Tener que ponerse cada noche esa vestimenta era un fastidio, pero había rechazado un criado personal que lo ayudase a vestirse.

—El parecido es sorprendente —admitió—. Akwasi y él son como dos gotas de agua, y si uno conoce a Máanu también distingue las semejanzas con ella. No puede ser mera coincidencia. También a ti te ha parecido que te reconocía.

Nora se empolvó el rostro.

—Al menos parecía acordarse de mí. ¿Contigo no fue igual?

Doug se encogió de hombros.

—Tenía cuatro años —señaló—. Es normal que no se acuerde de mí, tuvo poca relación conmigo. Y tú... tú tenías otro aspecto en Nanny Town. Y tras todos estos años... Además, no creo que Máanu se haya tomado la molestia de mantener vivo nuestro recuerdo. Pero es fácil de aclarar: basta con preguntárselo.

Doug sacudió el polvo de su peluca y Nora estornudó. Esta vez no se rio de la torpeza de su marido, sino que se limitó a manotear en el aire.

—¿Y entonces? —inquirió con gravedad—. ¿Qué hacemos si se trata de Jefe? ¿Le compramos la libertad?

Doug frunció el ceño.

—Buena pregunta. Precisamente por eso todavía no le he dicho nada. No quiero que se haga falsas ilusiones.

Nora veía por el espejo lo inseguro que se sentía su marido y también él estudiaba las expresiones de ella. Le temblaban tanto las manos que no conseguía ponerse carmín en los labios.

—Tenemos... tenemos que hacerlo. Se lo prometimos a Máanu y a Nanny... —se interrumpió.

Doug se acercó y atrajo la cabeza de su esposa hacia su cintura.

—Nora, entonces era un niño. Prometimos cuidar de él y lo hemos hecho. De él y de Máanu. Era libre y tuvo todas las oportunidades. Lo que después haya hecho con su vida...

—¿Te refieres a que es culpa suya? ¡No es cierto! ¡Es un esclavo porque es negro!

Doug resopló.

—Si fuera blanco lo habrían colgado —objetó con dureza—. En este caso puede sentirse afortunado por el color de su piel. Y la esclavitud como castigo. Si lo hubiesen perdonado siendo blanco habría acabado en un campo de prisioneros. Los franceses tienen islas no precisamente acogedoras. Y piensa en lo que Victor ha dicho sobre la pequeña Bonnie. Quería abrir una tienda con él en Cap-Français. Eso lo habría regularizado todo. En cambio, César... o Jefe se escapa y vuelve con los piratas. Ahí perdió su segunda oportunidad. ¿Qué hará cuando le brindemos una tercera? ¿La aprovechará o correrá directo a Cap-Français, cogerá a su Bonnie y se meterá en la próxima aventura peligrosa que encuentre?

Nora suspiró. Era un asunto delicado. Pero ella no podía ver a Jefe de forma tan objetiva como Doug y Victor, quien seguramente habría estado de acuerdo con el primero. El doctor había confiado a los Fortnam que se había alegrado de no encontrar al corpulento negro en el mercado de esclavos. Lo que planteaba la siguiente pregunta: ¿había que contarle toda la historia? Y a Deirdre... ¿debían contarle que tenía un hermanastro del que tal vez ni se acordaba?

Deirdre estaba en ascuas y revolvía inapetente la comida en el plato mientras su compañero de mesa hablaba con vehemencia sobre cómo aumentar el consumo del azúcar en Europa. Estaba entusiasmado con las chocolaterías, se veía que era un goloso. El vientre de *monsieur* Gachet casi desgarraba el chaleco de seda. La conversación aburría a Deirdre, pero probablemente tampoco se habría sosegado si hubiera tocado uno de sus temas favoritos. Desde el reciente reencuentro, todos sus pensamientos giraban en torno a César.

¡Su negro estaba en ese barrio de esclavos! Lo había recuperado. Y ahora tenía que hallar una oportunidad para reunirse con él, tenía que... Miró a Victor de reojo y sintió un asomo de duda. ¿Quería de verdad reiniciar esa historia? ¡Sabía con exactitud hacia dónde la conduciría un nuevo encuentro con César! E imaginaba vívidamente lo que Amali diría si volvía a engañar a su marido: eso era una insensatez, estaba mal, corría un riesgo incalculable. Pero la mágica atracción que el negro ejercía sobre ella era mayor.

En cuanto se levantó la mesa, las damas y caballeros se retiraron a salas separadas, ellas para beber café, ellos para fumar. Deirdre musitó un pretexto y salió al jardín. No era tan suntuoso como el de Nouveau Brissac, se notaba que a Yvette Dufresne no le gustaba salir al exterior, pero su distribución le resultaba sumamente favorable. Podía confundirse con la oscuridad entre los magnolios y helechos. Había escogido para esa cena un vestido azul noche. Suspiró aliviada al abandonar la casa.

De repente cayó en la cuenta de que no tenía un plan. Era imposible llegar a pie al barrio de los esclavos. No con esos zapatos de seda de tacón, no con un vestido largo hasta el suelo, que, en cuanto diera tras pasos, ya mostraría señales de haber transitado caminos cenagosos. Y ni pensar en si llovía, y casi cada noche llovía durante esa estación. No se veían ni la luna ni las estrellas, así que se estaba nublando. Deirdre se volvió insegura hacia la casa. Su madre enseguida la echaría de menos.

—¿Deirdre?

La joven miró alrededor. Había alguien junto a un palmeral... un hombre... César. La joven se olvidó de Victor, de sus padres y del vestido. Se arrojó a los brazos de su amado como una náufraga, bebió sus besos y se estrechó contra su cuerpo ansiosa por fundirse con él en un único ser.

Jefe había escapado del barrio de los esclavos en cuanto sus compañeros se habían quedado dormidos. Se había deslizado entre las cabañas de los vigilantes y luego escondido en el jardín de la casa principal, también sin un plan previo. Si Deirdre no hubiese salido... Pero él sabía que saldría. Al igual que ella sabía que él haría todo lo posible por verla. En ese momento tenía que dominarse para no arrancarle el vestido. La deseaba, y Deirdre también a él.

—César, tengo... tengo que volver, me echarán en falta, es una cena... Por todos los cielos, César, el vestido... si se rompe...

—¡Pues que se rompa! Deirdre, si me cogen aquí me azotarán, y si nos descubren a los dos soy hombre muerto. ¿Y tú piensas en tu vestido?

Jefe intentaba levantarle la voluminosa falda, lo que a Deirdre no le parecía bien. Hacerlo allí, de pie, apoyados en una palmera... Era como indigno, y además no quería volver a engañar a Victor. Pero al final su deseo fue más fuerte que cualquier otra cosa. Se recogió la falda ella misma y dejó que César la penetrara. Ambos llegaron al éxtasis casi al mismo tiempo, cuando él comenzó a moverse en su interior como si ejecutase una danza. Jefe tuvo que sostenerla cuando ambos se separaron.

—Con este maldito corsé no puedo respirar —jadeó ella—. Pero... pero eso casi lo hace aún más excitante... ¡Oh, Dios, César, podría gritar de felicidad! ¡Vuelvo a estar viva, vivo a través de ti!

Él sonrió.

—También yo te añoraba —dijo, y luego los dos rieron—. ¿Y ahora qué hacemos? ¿Puedes... —detestó pedírselo— puedes comprar mi libertad?

Deirdre se frotó las sienes. Tenía que arreglarse deprisa la ropa y volver con las mujeres. Y empolvarse... Ardía y seguro que se notaría...

—Escucha, César, todavía no —contestó con un deje de pena—. Yo... Mis padres están aquí. Y mi madre se daría cuenta...

Jefe hizo un gesto de rechazo.

—Si ni siquiera tu marido se ha percatado de nada.

—Mi madre sí lo notaría —insistió—. Y por eso tenemos que esperar. No... no le diré a nadie que he vuelto a encontrarte. No te cruces en el camino de Victor cuando haga la consulta en el barrio de los esclavos, aunque tampoco acude ahí con frecuencia. Y después de Navidad, cuando mis padres se hayan ido, le digo que acabo de verte y le pido que te rescate. De otro modo es imposible. Hasta entonces...

Hasta entonces Deirdre y Jefe corrieron riesgos ante los cuales Pierrot, quien muy pronto estuvo al corriente del secreto de su amigo, no podía más que mover la cabeza angustiado. Deirdre dejó pasmados a su esposo y a sus padres cuando expresó la intención de quedarse un par de días más con su «querida» cuñada Yvette mientras Victor y los Fortnam volvían a Cap-Français.

—Es que la pobre se aburre sin compañía femenina —se justificó—. Justo ahora, que pronto tendrá el niño...

Faltaban dos meses para que el niño llegara y a Deirdre le habría encantado instalarse hasta entonces en Roche aux Brumes. Pero eso era imposible. Nora sintió cierto recelo cuando los jóvenes esposos decidieron separarse una semana.

—¿Qué has descubierto de repente en esa tonta? —preguntó directamente Nora al despedirse—. Dentro de pocas semanas regresamos a casa y no nos volveremos a ver en años.

Deirdre se mordió el labio.

—Bueno... es que últimamente no me he portado demasiado bien con Yvette, así que quiero... Sabes, es tan agradecida y, además, es parte de mi familia.

Nora suspiró.

—Está bien, haz un poco más de compañía a esa señoritinga. A lo mejor la visita de tus padres se te está haciendo larga.

Deirdre disfrutó con los cinco sentidos de la semana con César. Naturalmente, no era tan fácil como en su casa quedar con él. Los amantes ya no arriesgaban el matrimonio de Deirdre y el honor de Victor, sino la vida del esclavo César. Pierrot se lo dejó claro cuando la primera noche la muchacha se deslizó en el barrio de los esclavos para dar una sorpresa a su amante.

—*Madame*, si la descubrir, azotarnos a todos y a César matar. Yo no sé qué decir leyes sobre negro que deshonra mujer blanca.

—Yo no la deshonro, yo... —Jefe intentó protestar, pero Pierrot le pidió que se callara.

—¡Oublier verlo muy distinto! ¡Y el mèz y el doctor! Oublier darte setenta o cien latigazos! Y luego tú muerto, negro tonto. Gran lástima para todos... Y usted, *madame*, saberlo todo. ¡Así que no venir aquí y no hacer nada en la cabaña de Pierrot, Abel y David!

Jefe y Deirdre se unieron sin más entre la cocina y las letrinas: una insensatez, porque cualquiera que fuese al retrete podría haberlos visto. De todos modos, tuvieron suerte, volvía a llover a cántaros. Ellos ni se daban cuenta, se balanceaban con la misma pasión sobre el barro como antes sobre la arena caliente.

En las noches siguientes, Jefe se escurrió entre las casas de los vigilantes y se reunió con Deirdre en el jardín de la casa señorial, donde siempre había una glorieta para cobijarlos de la lluvia. Y un día ella lo arrastró dentro de la casa y se amaron entre las sábanas de seda de sus anfitriones. Una locura... ¡jugaban con fuego!

Pierrot cada día estaba más preocupado por Jefe, quien huía noche tras noche y se quedaba dormido durante el trabajo. Lo cubría hasta donde podía, pero veía que la pasión interna consumía tanto al amigo como a su distinguida amada. No se cansaban el uno del otro. Incluso durante el día, Deirdre aparecía con su caballo para ver a Jefe en la obra. Tarde o temprano los vigilantes se darían cuenta.

El amigo de Jefe respiró aliviado cuando el imponente negro regresó el sábado, antes de que saliera el sol, y le comunicó abatido que ese había sido su último encuentro con Deirdre. La joven se marcharía ese día a Nouveau Brissac y el lunes volvería a Cap-Français con su marido y sus padres. Todavía faltaban varias semanas hasta la fiesta de Navidad.

—Pero el domingo me voy a Nouveau Brissac —anunció Jefe—. De algún modo conseguiré verla allí...

Pierrot se llevó las manos a la cabeza.

—Esto prohibido, tú saber. Y vigilantes patrullar.

Seguía estando rotundamente prohibido que se reunieran

esclavos de distintas plantaciones, incluso Gérôme y Jacques Dufresne mantenían estrictamente separados a sus negros. Por supuesto, Jefe restaba importancia a los riesgos que corría y se marchó justo después de la misa.

Por primera vez en su vida, Pierrot dirigió una auténtica oración al dios de los papistas: tenía que permitir que César y Deirdre salieran sanos y salvos también ese último día.

Deirdre no se sorprendió nada de que sus padres se llevaran a Amali ese fin de semana, cuando de nuevo acudieron a Nouveau Brissac. Por supuesto, la doncella había empezado a sospechar, tenía un sexto sentido cuando se trataba de la sensibilidad de su amiga.

—Amali sabe algo —dijo Nora a Doug tras la misa del domingo.

Nora había aprovechado la celebración de la misa para observar con detenimiento a su hija y la doncella. Como en Jamaica, el servicio religioso se oficiaba al aire libre y en el barrio de los esclavos, pues era más sencillo que llevarlos a todos a la mansión de los señores. Además, para los vigilantes resultaba más fácil controlar allí a los hombres y mujeres. Era obligatorio que los negros asistieran a misa, al igual que en las colonias inglesas. Los esclavos solían situarse en un lado a pleno sol, pero los esclavos de Dufresne lo tenían más fácil, pues había árboles en todo el poblado. Los blancos disponían de un asiento a la sombra, donde los niños negros o los sirvientes domésticos los abanicaban.

También Amali estaba situada detrás de Deirdre, sosteniéndole una sombrilla; pero entre las dos jóvenes parecía haber una pared de hielo. Si Nora no se equivocaba, ambas habían tenido una fuerte discusión la noche anterior. A causa de una urgencia, Victor había tenido que permanecer en Cap-Français, así que Amali y Deirdre tenían todas las dependencias del matrimonio para ellas solas y Deirdre no había podido sustraerse a los reproches de su doncella.

—¿Qué se supone que sabe? —preguntó Doug sin interés. Se había aburrido durante la misa y esperaba ansioso la comida—. Y no me vengas otra vez con ese amante fantasma. Deirdre se quedó en Roche aux Brumes para hacer compañía a su amiga embarazada. ¿A quién puede haber encontrado allí? ¿O tenías la sensación de que había algo entre ella y alguno de esos horribles hacendados locales?

—Pues a partir del día en que comimos con el propietario de los cultivos de caña de azúcar empezó a comportarse de forma muy extraña —susurró Nora—. Y mírala ahora. Ha cambiado. Está...

—Ha adelgazado —observó Doug.

Nora suspiró.

—También eso es indicio de no dormir suficiente —señaló—. Pero sobre todo... ¡Dios mío, yo me doy cuenta de cuándo mi hija está enamorada! Esa luz que emite, y además casi no toca el suelo cuando anda. Y la inquietud, ese desasosiego...

—¿Todo eso forma parte del enamoramiento? —inquirió burlón Doug.

—¡Así se manifiesta la mala conciencia! Y estoy casi segura de que Deirdre también quería marcharse ayer por la noche para reunirse con el hombre en cuanto supo que Victor no había venido. Seguro que Amali no se lo permitió. Eso explicaría que se hayan enfadado.

Doug rio.

—Está bien, sagaz espía. Es de esperar, pues, que no le quites el ojo a tu hija en todo el día. ¿Qué hacemos? ¿Salimos a montar? ¿Tal vez a esa misteriosa plantación donde su amante la aguarda? ¡Mira que si es Gérôme...!

Nora sacudió disgustada la cabeza.

—No digas tonterías. Dejaré que Deirdre vaya a su aire, o al menos eso creerá ella. Averiguaré lo que sucede, ¡puedes estar seguro!

En efecto, Nora no se había alejado mucho de la verdad con sus conjeturas. Amali había plantado cara a Deirdre en cuanto la había visto. Y su hija habría estado encantada de ir a caballo hasta Roche aux Brumes para ver también esa noche a Jefe. Sin embargo, tenía en su contra no solo la vehemente protesta de Amali, sino también su propio miedo a que los descubrieran en el barrio de los esclavos. Dado que su amante negro ignoraba que iba a ir a visitarlo, tendría que introducirse ella en el recinto, en vez de ser él quien saliera de allí, y eso era demasiado arriesgado.

La joven se moría de ganas de que él apareciera en Nouveau Brissac, pero Deirdre no quería llegar tan lejos como para pedirle al esclavo que se metiera en la casa de sus suegros. En lugar de eso, habían quedado en la zona de los edificios de la explotación, en un cobertizo donde los granos del café se secaban después de descerezarlos. Los domingos no había nadie que trabajase allí. Jefe tendría que esquivar a los vigilantes de una y otra plantación.

Deirdre se puso en camino poco después de la comida. A pie, para no llamar la atención. Llevaba un ligero vestido de tarde verde claro y el corsé casi sin ceñir para poder vestirse y desvestirse con facilidad. Como era de esperar, Amali había puesto el grito en el cielo, pero detuvo a Nora cuando esta se disponía a correr tras su hija. Deirdre no se había percatado de que su madre no hacía la siesta como los Dufresne, sino que acechaba en el pasillo. Se había colocado en un sofá situado detrás de un voluminoso aparador lleno de adornos dorados, y se disponía a seguir a su hija. Amali salió a su encuentro.

—No vaya, missis, por favor. Es mejor para usted quedarse.

Nora dio un fuerte suspiro.

—¡Ahora no pretendas encubrirla, Amali! —ordenó con aspereza—. Va a reunirse con su amante, ¿no es así? Ha vuelto a empezar. ¿Quién es, Amali?

La negra bajó la vista al suelo amedrentada.

—Créame, missis, preferirá no saberlo. Sería... sería muy penoso...

—Así que es cierto —replicó Nora secamente—. Mi hija vuelve a encontrarse con el hombre que, según tus palabras, ya se había marchado. ¿O se trata de otro?

Amali sacudió la cabeza.

—Ha sido simple mala suerte —suspiró—. Con todas las plantaciones que hay, ¿por qué tenía que acabar precisamente aquí...? Y Deirdre se lo encontró enseguida. Yo no podía sospecharlo, missis. Ya le he puesto todas las cosas en claro, pero ella... ella no atiende a razones. —La joven parecía resignada.

—Amali, creo que necesita que le ponga las cosas en claro alguien con más experiencia. Y yo voy a encargarme de ello tanto si le resulta doloroso como si no. Yo...

—Para usted es doloroso —murmuró Amali—. Es muy desagradable para todos.

—Mira, he vivido muchas cosas en este mundo y hay pocas que todavía vayan a asustarme —la interrumpió Nora, resuelta—. Y ahora déjame pasar de una vez o le perderé la pista. ¿Sabes adónde iba?

Amali sacudió la cabeza.

—Yo... no lo sé —titubeó—. Pero la dirección... la dirección seguro que es Roche aux Brumes.

Justo lo que Nora había supuesto, y enseguida encontró la pista de su hija. Acababa de llover una vez más, los caminos volvían a estar embarrados y los delicados pies de Deirdre iban dejando huellas inconfundibles. Nora ya había visto en el pasillo que su hija iba descalza. La hizo sonreír, pero también la sorprendió. ¿Acaso su amante, quien sin duda era un rico hacendado o un noble, no encontraría extraño tal comportamiento?

Siguió las huellas de Deirdre por el jardín hasta la plantación de café. Dejó el barrio de los esclavos a la izquierda, lo que Nora tenía claro, pues no creía capaz a su hija de mantener una relación con algún vigilante, esos hombres maleducados y brutales. Nora no concebía que su hija se hubiese enamorado de uno de ellos.

Entretanto, el sol había vuelto a salir tras el chaparrón del mediodía, y la calina flotaba de nuevo en los caminos. Nora sudaba. En Jamaica la temporada de lluvias no era tan extrema, o tal vez se lo parecía porque el aire junto al mar siempre era más fresco. Echaba de menos Cascarilla Gardens —por agradable que fuera Cap-Français y suntuoso Noveau Brissac—, pero de ninguna manera podía regresar sin antes averiguar qué le estaba ocurriendo a Deirdre.

Prestó atención en cuanto descubrió los edificios de la explotación. Era muy posible que se hubiesen citado allí, en esa época del año era preferible buscarse un lugar cubierto para una hora de amor. Y, en efecto, las pisadas de Deirdre conducían a un cobertizo y se unían poco antes con las huellas de un hombre a todas luces grande y... ¡que también iba descalzo!

En Nora nació una sospecha y luego oyó risas que salían del cobertizo, expresiones de afecto, carantoñas, susurros en inglés. En un inglés fluido. ¿No era pues un esclavo?

No se lo pensó más y abrió la puerta de par en par.

12

Lo primero que vio al entrar fue la alianza de Deirdre. Estaba en una de las repisas de la pared, justo al lado de la puerta para no olvidar ponérsela al salir. El anillo descansaba primorosamente sobre un pañuelo. Casi daba la impresión de que su hija había interrumpido allí la relación con Victor por unas horas; no que la hubiese roto, sino tan solo interrumpido como quien detiene una tarea o la lectura de un libro con toda naturalidad, sin sentirse por ello culpable o preocupado.

Contempló la alianza un segundo antes de escudriñar el interior del cobertizo. De inmediato descubrió a Deirdre y su amante, pero la posición con que ambos se habían unido le resultó totalmente novedosa. Ellos no se habían percatado de su presencia. Solo cuando cerró la puerta a su espalda, dando un golpe, la cabeza de Deirdre surgió entre dos piernas negras como el ébano y enrojeció al reconocer a su madre. Podría haber esperado que apareciese Amali, pero nunca Nora.

Nora observó en silencio cómo su hija intentaba salir con un resto de dignidad de esa comprometedora posición. Del amante solo vio el pelo crespo y abundante, pero reconoció el rostro cuando Deirdre se hubo levantado. Y entonces se le heló la sangre.

Jefe. César.

Nora boqueó. Debía mantener la calma, no perder el control. Reunió sus escasas fuerzas y contempló a los dos jóvenes, que intentaban avergonzados esconder su desnudez.

—Lo mejor es que os vistáis primero —dijo Nora imperturbable.

Jefe se puso un pantalón de lino y una camisa holgada. Deirdre miró desvalida el corsé. Nora la ayudó a ceñírselo.

—Puedes marcharte —dijo a Jefe, quien se la quedó mirando como si estuviera delante de un espíritu. ¿Se acordaba de ella? En cualquier caso, no replicó y se dispuso a irse como un perro apaleado.

»O no. Mejor espera...

Nora recordó en el último momento lo peligroso que resultaría el camino de vuelta para el joven. Cogió un trozo de papel y un lápiz que había en una repisa de la entrada. Los vigilantes anotaban ahí las cantidades de granos de café que habían llevado.

—Te redactaré un salvoconducto. No quiero ni pensar qué te harán si te descubren... aunque ambos os habéis ganado una buena azotaina.

Nora garabateó el papel mientras Deirdre se ponía el vestido.

—¡Ahora desaparece! —dijo lacónica, tendiéndole el papel a Jefe.

—¿No... no nos va a delatar?

El joven lo preguntó tan asombrado que Nora casi creyó ver al niño que ya entonces actuaba de forma irreflexiva, llamando la atención muchas veces y, sin embargo, con un encanto que también sus padres habían tenido en sus mejores tiempos.

—¡Desaparece! —repitió Nora. Jefe lo hizo—. Bien, ahora te toca a ti. —Se volvió hacia su hija, que seguía con la mirada desconcertada a su amante. ¿Había esperado que se quedara y la protegiese?—. Has engañado a Victor...

—¿Se lo dirás?

Debería haber tenido un matiz arrogante, pero Nora percibió en la joven la voz de la niña pillada en una travesura gorda.

—No —respondió, agarró la alianza y se la tendió—. No tendría ningún sentido hacerle daño. Esta historia ha concluido hoy.

—¿Ah, sí? —Y en la bonita cara de Deirdre reapareció su espíritu rebelde—. ¿Y qué ocurre si yo lo veo de forma distinta? Si yo... bueno, si yo me divorcio de Victor y me caso con César.

Nora sacudió la cabeza.

—Eres católica, no puedes divorciarte —le recordó a su hija—. Pero aunque pudieses, con Jefe no funcionaría.

—¿Y por qué no? —protestó Deirdre, sin darse cuenta del modo en que su madre había llamado a su amante—. ¿Porque es negro? ¿Olvidas que yo también lo soy? En la documentación sin duda...

Nora le pidió que no siguiera con un gesto.

—En la documentación eres blanca —dijo—. Pero no tiene nada que ver con esto. No puedes casarte con Jefe, el joven a quien tú llamas César. En ningún lugar del mundo. Sois parientes...

Deirdre rio nerviosa.

—¿Parientes? Pero... pero nosotros...

—Es tu hermanastro, Deirdre —reveló Nora en voz baja—. Tenéis el mismo padre.

—Akwasi era esclavo en la plantación de mi primer marido. —Nora contaba por primera vez a su aturdida y desconcertada hija todos los detalles de su historia. La lluvia tropical golpeaba la cubierta del cobertizo y lavaba las huellas que Jefe y ellas habían dejado tras de sí—. Y me amaba. Mientras que Máanu, mi doncella, lo amaba a él. Sin duda era un asunto complicado y una situación desesperada. Entonces ambos huyeron con los cimarrones y después se produjo el asalto a Cascarilla Gardens durante el cual mi marido murió. También yo habría muerto a manos de los cimarrones si Akwasi no hubiese insistido en llevarme con él. Así llegamos todos a

Nanny Town, la legendaria aldea que se consideraba inexpugnable. Akwasi me retuvo como esclava, pero luego, cuando me quedé embarazada de ti, la Abuela Nanny insistió en que me tomara por esposa. De acuerdo con el rito africano, se casó al mismo tiempo con Máanu: entre los ashanti, los hombres pueden tener varias esposas. También ella quedó encinta, y tres meses después de tu nacimiento dio a luz a Jefe. Máanu y yo os criamos a los dos más o menos juntos. A ella no le gustaba demasiado, pero erais inseparables. Jefe dependía más de mí que de su madre, así que no es extraño que todavía hoy os sintáis atraídos mutuamente.

—Y luego papá nos recogió a ti y a mí —creyó recordar Deirdre.

Nora apretó los labios. Así era como se lo habían contado de niña, pero había sucedido de forma diferente.

—Doug tuvo que luchar para abrirse paso hasta Nanny Town y quería recogernos, sí. Pero lo apresaron y encarcelaron, fue una historia muy dramática. Estuvo a punto de morir. Y Akwasi perdió los favores de la Reina Nanny y fue expulsado del poblado. Máanu, que lo amaba sobre todas las cosas, marchó en pos de él y dejó a Jefe. Doug y yo regresamos con vosotros dos a Cascarilla Gardens. Prometimos a la Abuela Nanny que os cuidaríamos como si fuerais nuestros propios hijos.

Deirdre arrugó la frente.

—Eso habría sido algo difícil con César. Es cierto que el nombre de Jefe me suena... con lo negro que es.

Nora asintió.

—No hubo tiempo. De hecho, Akwasi planeaba cometer un atentado contra el gobernador de Jamaica. Máanu lo evitó en el último minuto. Y puesto que Doug abogó por Akwasi, no lo colgaron, sino que lo desterraron a Gran Caimán. Máanu insistió en seguirlo hasta allí con Jefe. El gobernador entregó un salvoconducto a madre e hijo.

—Ahora lo entiendo —murmuró Deirdre—. De ahí viene César. Su madre tenía un colmado en Gran Caimán... Así que no hay equivocación posible... —Se frotó las sienes.

Nora sacudió la cabeza.

—No, no la hay. Doug y yo reconocimos a Jefe de inmediato. Es idéntico a su padre. Hazte a la idea, Deirdre: no puedes amar a Jefe, César o como quiera que se llame, como una mujer ama a un hombre. Esta desafortunada relación con él debe concluir aquí y ahora. —Y rodeó con el brazo a su hija cuando los ojos de esta se anegaron en lágrimas.

—Pero ¿qué debo decirle? —susurró Deirdre.

—Lo que quieras. Cuéntale tranquilamente la verdad, aunque eso tal vez genere complicaciones. Si se entera de tu origen, podrá chantajearos a Victor y a ti. Porque supongo que no me equivoco si creo que no habéis contado la verdad sobre tu origen ni a los Dufresne de Nouveau Brissac ni a los de Roche aux Brumes, ¿es así?

Deirdre asintió.

—Pero podríamos comprar su libertad —señaló—. Al menos eso.

—¿Por qué? —repuso Nora con dureza—. ¿Y qué tendría eso de positivo? Doug y yo ya hemos hablado al respecto, Deirdre, antes de que yo averiguase vuestra relación. Jefe está purgando aquí por un crimen que, si hubiese sido blanco, le habría costado la cabeza. Si ahora lo dejásemos libre, ¿dónde se instalaría? ¿Haraganearía por Cap-Français? ¿Incitaría a Bonnie a cometer nuevas tonterías? No, lo mejor es que Jefe se quede donde está. Y tú vuelve con tu marido a Cap-Français y a partir de ahora te conviertes en una buena esposa. ¿O es que ya no lo quieres?

Deirdre bajó la vista.

—Sí lo quiero —musitó mientras volvía a colocarse lentamente la alianza en el dedo—. Victor es un hombre maravilloso, pero con César siento algo tan especial...

Nora suspiró.

—Ya. Pero ahora se ha terminado. Mañana regresas a la ciudad con nosotros y empiezas a olvidarte de Jefe.

Jefe, sin embargo, no se había planteado olvidarse de Deirdre. Más tarde tampoco podría dar crédito a que su madre la hubiese desmoralizado de tal modo. ¡Esa mujer tenía una forma de ser...! Jefe se sentía como un niño cuando ella lo miraba. Pero no tendría que haber dejado a Deirdre sola con ella. Debería haberla defendido, haber luchado por su amor... Como fuera, ahora debía una disculpa a su amada.

Pierrot se desesperó cuando Jefe volvió a prepararse el domingo por la noche para abandonar el barrio de los esclavos.

—¡Dos veces en un día! ¡Qué suicida! —reprendió a su amigo—. ¡Tú más suerte que cerebro! Que la mujer no delatar...

Jefe rio con amargura.

—No iba a denunciar a su hija —respondió.

El esclavo se llevó las manos a la cabeza.

—Si hija decir tú cogerla sin ella querer... ¡colgarte, César! Yo decirlo mil veces. ¡Ser razonable ahora! ¡Quedarte aquí!

Jefe no le hizo caso. Se despidió con un gesto escueto de la mano y se fundió con las sombras camino de Nouveau Brissac.

Como era de esperar, los salones de los Dufresne estaban iluminados. Pero ¿estaría cenando allí Deirdre con sus padres y sus suegros? Su intuición le decía que no. Esa noche estaría en su habitación. Reflexionando, tal vez llorando... quizá pensando que él había sido un cobarde. Y al día siguiente regresaban todos a Cap-Français, donde la decepción y la ofensa que él le había causado se reforzarían.

No le dio muchas vueltas. Tenía que averiguar en qué habitación dormía y luego... Se deslizó en el jardín, que daba la impresión de estar desierto, y por un momento deseó que Deirdre apareciese; pero incluso si ella percibía su presencia, no creía que fuera a correr otro riesgo ese día. Si él no la forzaba... Jefe observó el piso superior del edificio. Tras las ventanas todo estaba oscuro... o no: por una salía un débil rayo de luz, como si alguien tuviese una vela encendida. Jefe decidió intentarlo con esa habitación. Cogió unos guijarros y los arrojó contra el vidrio. Esperó y distinguió la silueta de la doncella de Deirdre en la ventana. Amali no era precisamente una amiga para él. Pero si su amada estaba ahí arriba, debería haber oído los guijarros. Y tal vez bajaría... ¡Tenía que bajar!

Jefe pasó media hora enervante detrás de una buganvilla. El aroma de la planta lo trastornaba y enturbiaba sus sentidos. El joven empezó a soñar con Deirdre, en las tantas veces que la había estrechado entre sus brazos... Recordó la pasión, la risa, el denso perfume a flores de ella. Arrancó una flor de buganvilla e inspiró el aroma con fuerza. Pero la relación entre ellos no podía seguir como hasta el momento. No ahora que Nora Fortnam conocía la situación. De repente se le ocurrió una solución: tenía que huir con ella. Lo antes posible, esa misma noche. ¡Y lo que necesitaban para hacerlo eran caballos! Si Deirdre colaboraba, si conseguía hacerse con dos caballos del establo de los Dufresne, al día siguiente, cuando se dieran cuenta de que habían desaparecido, ya llevarían una considerable ventaja camino de las montañas. Buscarían el campamento de Macandal y este seguro que les ofrecería asilo... En cuanto a la joven, siendo una mujer blanca, no estaba demasiado seguro. Pero tenía el pelo negro y también su tez era tirando a oscura. Se podía decir que era mulata. Sí, funcionaría. Pronto estarían lejos, serían libres, si ella colaboraba.

—César —susurró una voz.

Jefe miró alrededor. No había oído llegar a Deirdre y tampoco la veía, la joven se había cubierto el vestido blanco con un abrigo oscuro. Solo su perfume... Se preguntó cuánto tiempo llevaría ella allí, mirándole.

Pero Deirdre acababa de llegar, pues se disculpó por el retraso.

—No he podido venir más deprisa. Tuve que vestirme sola. —No había contado con la ayuda de Amali.

Jefe la atrajo hacia sí.

—Por mí no necesitabas ponerte nada —susurró.

Lo decía en serio. Podría haberse limitado a echarse el abrigo por encima del camisón. Cuanto más cerca estuviesen uno del otro más fácil sería seguir el impulso de unirse antes de la huida.

Pero Deirdre rechazó que la abrazara y Jefe se quedó desconcertado.

—Espera, César, ahora... ahora no quiero.

Él soltó una tenue risa.

—Vamos, Deirdre, no te enfades. No debería haberme ido. Cuando vi a la mujer pensé que todo había acabado. Tu madre...

La joven se desprendió de su abrazo e hizo un gesto de rechazo con la mano.

—Ah, eso... olvídate, no estoy enfadada. Pero tenemos que poner punto final a nuestra relación. Ya no puede seguir, César, por favor, entiéndelo. No quiero seguir.

Él resopló.

—¿Así de repente? —preguntó—. ¿La mamaíta blanca le ha dado una lección a su hijita blanca? ¿O tienes miedo? —Su tono volvió a ablandarse—. No temas, Deirdre, se me ha ocurrido una idea. Escucha: nos vamos. Escapamos juntos, ¡ahora mismo! Iremos a buscar a los cimarrones... Seguro que tú pasas fácilmente por mulata, con ese cabello oscuro...

Se interrumpió perplejo cuando la oyó reír.

—¿Qué tiene esto de divertido? —preguntó malhumorado.

Deirdre apretó los labios.

—Nada... nada, claro. Solo que... ¿yo, mulata? —Y volvió a reír, casi histérica.

Para Jefe era como una burla.

—¿Sería impensable? —preguntó iracundo—. ¿Te resultaría impensable, indigno para ti, una broma de mal gusto, ser negra?

Deirdre sacudió la cabeza e intentó tranquilizarse.

—No, claro que no. Pero no puedo. No quiero. No quiero huir a las montañas.

—¿Y por qué no? ¿Porque tendrías que abandonar tu cómoda vida? ¿Vivir en una cabaña en lugar de en un palacio? —Señaló la mansión.

Deirdre cerró los ojos. Por un segundo se quedó absorta en el sueño de una cabaña en las montañas, en una vida junto a César... En su mente surgió el atisbo de un recuerdo de Nanny Town. Cabañas redondas, niños negros felices jugando a su sombra... Pero de nuevo tomó conciencia de que el hombre con quien soñaba era su hermanastro.

—En... en cierto modo —musitó. Algún motivo tenía que darle o él no cejaría—. Quiero quedarme con Victor.

—¡No me quieres lo bastante! —la acusó Jefe—. Para jugar conmigo sí era suficiente, pero no para vivir conmigo y formar una familia.

Deirdre intentó penosamente contener las lágrimas que pugnaban por asomar a sus ojos.

—César, te quiero mucho... —susurró, y era verdad.

Y podía amarlo. Nadie iba a prohibirle que quisiera a su hermanastro. Y podía amar a Victor. Desde que su madre había hablado con ella al mediodía, luchaba por no hacerse reproches. Había sido injusta con Victor y eso pese a que él seguía significándolo todo para ella.

—¡No es cierto! —exclamó Jefe—. ¡Me menosprecias! Solo me has utilizado, tú... ¡Yo te amo, Deirdre!

Las súplicas partieron el corazón a la joven.

—Te amo, lo haría todo por ti. Te seguiré amando, no dejaré que te vayas, estaré aquí, siempre estaré aquí, y un día volverás... —Él le cogió las manos.

Deirdre quería ceder, estrecharse contra su pecho. Pero se rehízo. Tenía que protegerse con una armadura, incluso por el propio bien de él. Si Jefe la acechaba, si cada vez que iban a Nouveau Brissac o Roche aux Brumes se escapaba y la esperaba en el jardín, no tardarían en descubrirlo. ¿Y si volvían a caer en la tentación? ¿Y si los vigilantes de Jacques o Gérôme

Dufresne se topaban con ellos? Lo que esa tarde había ocurrido con Nora, podía repetirse en otro momento con Victor. Y, en cualquier caso, César era Jefe, su amante era su hermanastro. No, no podía continuar...

Deirdre se forzó a mirarlo a los ojos. Los suyos arrojaban chispas.

—¡Oh, no, no lo harás, César! No me perseguirás y yo no volveré a ceder nunca más...

El negro rio.

—¿Y qué harás para evitarlo? —se burló—. ¿Delatarme? ¿Contar todo lo que ha sucedido entre nosotros?

Ella le sostuvo la mirada.

—No necesito contar nada. Tampoco te enviaría a la horca. Pero un pequeño indicio de que me miras con deseo bastaría, César, para que te dieran la paliza con que te ha amenazado mi madre. ¡Déjame en paz, César! No quiero saber nada más de ti, no te quiero... Sí, en cierto modo te he utilizado... —Le hacía un daño horrible pronunciar esas palabras y le causaba un dolor insoportable ver apagarse el brillo en los ojos de él.

—¿Solo... solo he sido un juguete para ti?

Deirdre respiró hondo.

—Sí —respondió—. Sí, has sido un juguete muy amable. ¿Satisfecho? Y ahora déjame ir y vete tú también. Mañana tienes que trabajar... —añadió sin pensar, pero esas palabras avivaron el odio en Jefe.

—¡Sí, mañana volveré a ser un esclavo! —espetó—. Mañana seré de nuevo un negro, una mierda, un...

—Hoy ya eres un esclavo —señaló Deirdre con fatiga.

Lo único que quería era poner punto final a esa discusión. Y Jefe tenía que dejar de gritar. Amali, que seguramente estaba escuchando detrás de la ventana, debería estar oyéndole, y algún sirviente o uno de los señores podía salir de la casa. Era propio de sus padres dar un breve paseo nocturno por el jardín.

—Vuelve al lugar al que perteneces. —Deirdre se dio media vuelta para irse.

—¡Eres un mal bicho blanco!

Deirdre intentó no escuchar su despecho. No podía amarlo y tampoco podía perder un amor que no existía. Pese a ello, estaba desconsolada cuando volvió a encerrarse en su habitación.

EL MESÍAS NEGRO

*Saint-Domingue - Roche aux Brumes,
Cap-Français, campamento de Macandal*

Otoño de 1756 - Principios de 1757

1

Jefé se sentía como en trance cuando dejó de vilipendiar a Deirdre. De todos modos, ella ya no le oía, hacía tiempo que había regresado a la casa. Y él correría más riesgos si seguía increpándola, aunque en ese momento era incapaz de pensar en los peligros que lo acechaban. Era todo demasiado doloroso, demasiado decepcionante. Deirdre... habría querido hacerlo todo por ella, al final había entregado a la muerte el *Mermaid* y su tripulación por ella, y ahora descubría que él nunca había significado nada para esa mujer. La verdad, ya se intuía algo en Cap-Français, cuando le había aconsejado que se quedase en el puerto con Bonnie. Eso es lo que le habría gustado: tener su juguete a mano, atado a Bonnie y con una tienda donde matase el tiempo...

El joven se concentró en su rabia para aplacar el dolor. Y se dijo que las lágrimas que corrían por sus mejillas mientras regresaba al barrio de los esclavos eran gotas de la lluvia que volvía a caer. Oh, no, no lloraba por ese mal bicho blanco. Y si tal vez lo hacía, eran lágrimas de rabia, de odio... ¡Siempre había odiado a los blancos! Ya en Gran Caimán. Igual que los había odiado su padre. ¿Cómo había permitido que la belleza de una Deirdre Dufresne le cegase? ¿Cómo había podido olvidarse de Macandal y su determinación de escapar a las montañas?

—¡Alto! ¿Quién anda por ahí?

Jefe no se había percatado de que había dejado Nouveau Brissac y se había internado en tierras de Roche aux Brumes. Tendría que haber sido más prudente y deslizarse de la sombra de un árbol a la del siguiente. Pero ahora...

—¡No te muevas! —Era la voz de mèz Oublier.

Jefe echó a correr. Si conseguía llegar al barrio de los esclavos sin que lo reconociera... Pero ya oía el resonar de los cascos tras de sí. Jefe reflexionó presa de la desesperación mientras seguía corriendo jadeante. ¿Qué debía decir? ¿Cómo justificarse?

Pero de repente se acordó. ¡El salvoconducto de Nora Fortnam! Todavía lo llevaba en el bolsillo. Y aunque Oublier nunca se creería que la señora lo había enviado a algún lugar en medio de la noche, al menos eso le daría un respiro.

Jefe se detuvo.

—¡No disparar, mèz Oublier! Por favor, por favor, yo asustar, por eso... Yo César, mèz, de la plántación. ¡Yo no ladrón! —Respirando con dificultad pero con una fingida expresión de inocencia, levantó la vista hacia el vigilante.

Oublier resopló.

—Ah, ¿sí? ¿Y por qué has echado a correr en cuanto me has visto si no tienes nada que esconder? ¿Qué haces aquí, César? ¡Habla!

Jefe le tendió con un temblor forzado el papel.

—Aquí, mèz, salvoconducto. De *madame* de... de casa grande. Yo ayudar a ella.

El esclavo se acordó de repente que ni se había puesto de acuerdo con Nora respecto a qué contar y que ni siquiera había leído el pase. De todos modos, a esa hora era improbable que una situación así fuera creíble. Sin embargo, la primera parte de la operación funcionó. El vigilante cogió el papel. Jefe mantenía la vista gacha. Necesitaba un arma... y vio su oportunidad cuando Oublier se acercó el papel a los ojos para distinguir algo a la tenue luz de la luna.

Jefe agarró una rama gruesa. Por allí habían talado árboles para las cabañas nuevas del barrio de los esclavos y había quedado la madera restante. En ese momento le estaba salvando el pellejo. Antes de que Oublier pudiese reaccionar, descargó con todas sus fuerzas el garrote contra el tórax del vigilante, que se tambaleó en la silla. Jefe se dispuso a darle otro mazazo, pero el caballo se asustó, se encabritó y los pies de Oublier resbalaron en los estribos.

El esclavo vio caer al vigilante y lo golpeó de inmediato. Resonó un crujido cuando el garrote alcanzó de lleno la sien de Oublier. Jefe supo que no tenía que seguir, pero la rabia acumulada contra ese hombre y también contra Deirdre había encontrado una vía de escape. Golpeó una y otra vez. Solo cuando la cabeza de Oublier era una masa sanguinolenta recuperó el control de sí mismo y se asustó de verdad.

El ataque a un vigilante se pagaba con la muerte. Jefe recordó al pobre diablo que habían ahorcado poco antes de su llegada a la plantación. Y eso que solo le había dado un puñetazo a un guardia. No había posibilidades de salir indemne de un acto así. Por supuesto, los demás esclavos mentirían por él. Pero cuando los azotaran con el látigo... Nadie callaba bajo tortura. Y Abel empezaría a contradecirse incluso sin que lo azotaran. No, no podía correr ese riesgo y tampoco involucrar a los demás esclavos. Había otra solución...

Hizo un breve balance del «botín» a su disposición: un sable con el que podía desenvolverse mejor que la mayoría de hombres con que tuviera que enfrentarse durante la huida, un látigo, un mosquete y un caballo. Jefe quería odiar a Deirdre, pero en ese momento le dio las gracias por las molestias que se había tomado para enseñarle las nociones básicas de montar. Era capaz de sostenerse en la silla, incluso al galope. Y ese caballo tenía una silla cómoda y bonita...

Desprendió el cinturón del cadáver y también le quitó las botas. No le iban bien del todo. Si tenía que andar mucho con ellas, le apretarían demasiado. Pero para cabalgar era mejor llevar botas en lugar de colocar los pies descalzos en los estribos. Suspiró aliviado. Entonces espoleó al caballo con prudencia. El animal se puso en movimiento y Jefe arrojó una última y triunfal mirada a su enemigo y al barrio de los esclavos de Roche aux Brumes.

De nuevo libre. ¡Si alguna vez volvía allí, sería solo para vengarse!

Jefe cabalgó tan deprisa como pudo por las colinas boscosas del interior de La Española. La isla había sido colonizada desde el mar y los cultivos de café, tabaco y caña de azúcar se iban extendiendo poco a poco. Pero todavía quedaban tierras vírgenes que ofrecían refugio a los cimarrones. Debía de haber campamentos bajo la supervisión de Macandal. Se suponía que ahí recibían también instrucción militar los esclavos huidos, los negros libertos y los descendientes de los indios.

Jefe no tenía ni idea del lugar exacto dónde debía buscar los poblados, pero recordaba las palabras de su madre cuando le contaba sobre cómo había tenido que vagar por las Blue Mountains para llegar hasta Nanny Town. «Sabía que nunca encontraría a los cimarrones —le había dicho—, pero estaba segura de que ellos me encontrarían a mí.»

Jefe también confiaría en ello, pero primero tenía que cruzar el lindero entre las plantaciones. Avanzaba con tanta prudencia como le era posible a un jinete. Había oído decir que los vigilantes estaban especialmente alerta en esa zona. Sin embargo, no se cruzó con ningún blanco; era evidente que todavía no lo buscaban. Aunque ya debían de haberse dado cuenta de que el caballo de Oublier no estaba y tal vez habían encontrado el cadáver, seguro que nadie se imaginaba que un esclavo supiera montar aquel caballo negro de raza y pudiese mantenerse sobre su grupa a un ritmo tan rápido como para recorrer en un breve tiempo más de treinta kilómetros.

El pequeño grupo de *pacotilleurs* que había adelantado por la mañana, cuando iba rumbo al este, no sabía nada y tampoco hicieron preguntas. Los comerciantes sin duda se sorprendieron de ver a un negro a lomos de un valioso caballo provisto de unos preciosos arreos, pero no preguntaron, tan solo compartieron la comida con Jefe e intercambiaron novedades con él. Así supo que Macandal había introducido veneno en algunas plantaciones de Artibonite, al oeste de la isla, y que había contaminado varios manantiales. Gracias a eso uno de los hacendados solo había perdido ganado: le habían informado de que sus caballos, vacas y cerdos se estaban muriendo con tiempo suficiente para salvarse. En otras dos plantaciones, por el contrario, toda la familia blanca había caído y los esclavos habían escapado a las montañas.

—Ahora reina el miedo —contó uno de los *pacotilleurs*—. Mal asunto para nosotros porque el comercio entre las plantaciones está paralizado, pero bien para Macandal.

Jefe creyó percibir en su tono que era alguien entendido. Tal vez bastaría con preguntar a esos hombres si sabían el camino para llegar al campamento de Macandal. Era conocido —lamentablemente también entre los blancos— que los rebeldes solían utilizar a los vendedores ambulantes como mensajeros. Sin embargo, no se atrevió a interrogarles, sino que siguió adelante por la carretera, hasta que la abandonó para internarse en el bosque. El caballo luchaba para abrirse camino entre ramas, helechos y arbustos, y Jefe escuchaba intranquilo los ruidos de los animales, del bosque bajo y del río. Cuando él o el caballo bebían tenía el mosquete listo para disparar. Se decía que los cocodrilos se movían a la velocidad del rayo cuando atacaban.

Sin embargo, a los dos días de su fuga, dos hombres salieron a su encuentro como de la nada, sorprendiéndolo esta vez sí con la guardia baja. Tampoco ellos iban armados hasta los dientes. Y no se entretuvieron en preámbulos.

—¿Qué hacer aquí? —ladró uno de ellos antes de que Jefe se hubiese repuesto del susto.

El joven intentó mantener la calma.

—Busco... busco al Espíritu de La Española. —Esa era la contraseña.

Ambos hombres se miraron.

—¿Tú venir de plantación?

Jefe asintió.

—Sí. Y le he oído hablar. Yo era uno... uno de los doce. Y tengo el corazón, el valor y la fuerza para luchar. La paciencia es lo único que he perdido.

Los hombres sonrieron irónicos. Conocían bien las palabras de su caudillo.

—¿De dónde sacar caballo? —preguntó el segundo hombre. Jefe se encogió de hombros.

—Ya no tenía dueño... y yo no quería que fuera galopando por ahí. Podría pisarse las riendas...

Ambos hombres se echaron a reír.

—¿Y tú no tener que ver con desaparición del dueño? —observó el primero con un deje burlón—. Nosotros oír historia. De esclavo que matar vigilante. En Roche aux Brumes.

—Entonces ya no hará falta que la cuente el caballo. Mi nombre es César. Gran César Negro. ¡Llevadme ante Macandal!

—Nosotros llevar a campamento. Ahí tú ver Espíritu. Pero no decir César Negro. César basta. En campamento de Macandal todos negros.

Jefe desmontó y siguió a los dos hombres, el caballo detrás, obediente. Aquellos senderos eran de difícil acceso para un jinete con su montura, el fugitivo no habría dado con ellos sin un guía. Había que inclinarse bajo el abundante ramaje cargado de hojas carnosas y a veces de flores o racimos de flores de aromas fascinantes, a veces de un olor extrañamente terroso o cercano a la putrefacción. El camino era largo y el joven se preguntaba si Macandal realmente había dispuesto un círculo de vigilancia tan alejado del campamento o si simplemente se había cruzado en el recorrido de una patrulla.

—¿Cuántos sois en vuestro campamento? —quiso saber.

—En el mismo campamento no muchos, doscientos o trescientos... Pero en total, somos un *lakou*. Varios miles de hombres y mujeres. Hay poblados, también, y otros lugares...

—no parecía encontrar la palabra adecuada— donde aprender a disparar, luchar, preparar veneno...

Campamentos de instrucción militar. Así que lo que contaban sobre Macandal y su organización era cierto. Y el propio grupo se llamaba *lakou*, la palabra vudú para «comunidad». Así pues, Macandal no solo era su caudillo militar, sino también espiritual.

Jefe no cabía en sí de emoción cuando apareció ante sus ojos el campamento del Mesías Negro. Estaba escondido entre las sombras de una colina cubierta de peñas rojizas en medio de una selva virgen que permanecía intacta. En los alrededores de los campos cultivados los bosques al menos se aclaraban para que parecieran más despejados; ahí no. Conscientes, seguramente, de que nadie esperaría encontrar un asentamiento humano en medio de esa jungla verde.

El campamento lo decepcionó un poco. A partir de lo que su madre contaba sobre Nanny Town él había esperado una especie de aldea africana con cabañas redondas, cercados y campos. El campamento de Macandal apenas se distinguía de un barrio de esclavos. También ahí las casas eran pequeñas y elementales, construidas deprisa con madera y adobe. Había pocos cultivos. Alrededor de algunas había huertos; alrededor de otras, tierra apisonada. Un par de cerdos buscaban comida entre las cabañas, y en un corral se veían unos bueyes mal alimentados. Lo único sorprendente era la plaza de las asambleas, delante de una especie de gruta o agujero en la colina.

—Templo —explicó uno de los acompañantes de Jefe, señalando. Era probable que esa catedral de la naturaleza se utilizara para celebrar oficios.

—Aquí hablar Espíritu —añadió el otro hombre—. Tú sentarte y escuchar. Luego conversar.

En la plaza ya se habían sentado algunos negros, sobre todo hombres. Jefe supuso que ese campamento albergaba sobre todo a guerreros y unas pocas familias. Los centinelas le señalaron una plaza libre y luego ellos mismos tomaron asiento. Jefe vacilaba. Le habría gustado descansar, pero necesitaba encontrar primero un lugar donde dejar el caballo. ¿Habría establos en ese campamento? Vacilante, se dirigió hacia el corral de los bueyes. Quizá pudiese dejar allí el caballo o al menos atarlo, y luego tendría que buscar algo que darle de comer.

Decidió dejar el caballo en el corral y luego pedir ayuda. Sin embargo, cuando fue a abrir el cercado, una mujer alta y delgada se precipitó fuera de una cabaña humilde y oval, como las que se suponía que se construían en África. La modesta construcción no le había llamado antes la atención, y ahora, en cambio, le habría gustado contemplarla con mayor detenimiento. No tuvo oportunidad de hacerlo. La mujer se interpuso en su camino, enfadada a ojos vistas.

—¡Mis bueyes! —protestó.

Jefe cayó en ese momento en la cuenta, con la mujer ante él con los ojos echando chispas y expresión colérica, de lo hermosa que era. El cabello corto acentuaba sus pómulos altos, dando realce a los labios silueteados con un color oscuro similar al de las moras y a un aristocrático rostro. Los ojos eran grandes y ligeramente rasgados y en los lóbulos perforados llevaba aros de colores. También su ropa era llamativa. Llevaba una especie de caftán rojo vivo parecido al que Macandal había vestido el día de su sermón.

Jefe hizo un gesto apaciguador con las manos.

—No me interesan tus bueyes —afirmó—. Solo quiero dejar aquí mi caballo.

—¡No con mis bueyes! —replicó la mujer.

Ni las armas ni la corpulencia de Jefe parecían impresionarla lo más mínimo. Se diría que no habría retrocedido ante nada con tal de proteger a sus animales.

Jefe suspiró.

—Entonces, ¿dónde? ¿Me sugieres algo? ¿Tenéis más caballos? ¿O mulos?

La mujer no parecía entenderlo del todo. En ese momento, otra, vestida igual, se aproximó desde la plaza de las asambleas. También ella era joven y muy guapa, pero más baja, más redondita, con pechos abundantes y un pelo crespo y largo. Su caftán era blanco.

—Nadie va a robarte los bueyes, Sima —calmó a la primera—. No te preocupes tanto. Él te los ha dado, así que son tuyos.

—Hombre caballo —dijo la delgada.

—Acabo de llegar y quiero escuchar las palabras del Espíritu —explicó Jefe a la recién llegada, quien por fortuna hablaba un francés fluido—. Pero antes tengo que guardar el caballo en algún lugar. Y debería comer algo. Ha caminado mucho.

La mujer asintió comprensiva.

—Yo no sé dónde está la comida —respondió—. Pero ahí detrás hay un cobertizo para los mulos, puedes dejar tu caballo allí. Alguien les dará luego de comer. Y ahora ven conmigo, Simaloi. Él está esperando.

La mujer vestida de rojo asintió y vigiló malhumorada si Jefe realmente se alejaba con el caballo antes de seguir a la otra.

Al recién llegado todo eso le resultó algo extraño, pero corrió al precario establo, donde también encontró forraje. Ató el caballo negro, le quitó la silla y se la llevó junto con las armas. No creía que se produjeran robos en el campamento de Macandal, pero la mujer de los bueyes había sembrado la duda en él. Si existía el peligro de que alguien robara bueyes flacos...

Jefe llegó en el momento oportuno a la plaza de las asambleas, cuando la puerta de madera de la gruta de la montaña se abrió. Dos jóvenes mujeres la empujaron, seguidas por un numeroso grupo de mujeres que se distribuyeron a derecha e izquierda de la entrada. Jefe se fijó en que todas eran jóvenes y bellas, todas de tribus distintas, también había algunas mestizas o que presentaban los rasgos de los aborígenes. Eran mujeres extraordinariamente atractivas e iban todas vestidas como las dos que había conocido en el corral de los bueyes. El muchacho lanzó una mirada furtiva a la gruta. Exceptuando las luces rojas y espectrales —las paredes rojizas de piedra reflejaban las luces de varias antorchas—, el santuario semejaba un templo vudú u obeah. En el centro ardía una hoguera y de las paredes colgaban figuras de dioses africanos, así como cruces e imágenes de las divinidades cristianas y de la madre de Dios. Se habían instalado dos sencillas cabañas donde los espíritus podían establecer su morada. La gente obeah de las islas Caimán solía agruparlas junto a sus casas. Eso hacía pensar que Macandal vivía en esa gruta. Más al fondo, en su interior, debía de haber estancias.

Fuera como fuese, en ese momento salía el hombre nervudo y manco al aire libre, una salida bien planificada, pues justo entonces se ponía el sol y envolvía al caudillo y sacerdote vudú en una luz roja fantasmagórica. Dos hombres más altos lo seguían, seguramente Mayombé y Teysselo, los amigos más íntimos del Espíritu, según se contaba en las plantaciones. Se suponía que procedían de la misma provincia africana que Macandal y sus funciones eran de guardias de corps. Jefe observaba fascinado cómo Macandal avanzaba entre las filas de mujeres, que se arrojaban al suelo ante él y besaban el dobladillo de sus ropas y sus pies. A un pirata nunca se le habría ocurrido rendir culto de forma tan sumisa a alguien por muy respetado que fuese, pero aquellas mujeres parecían hacerlo de buen grado. La mujer alta y hermosa —¿cómo la había llamado su compañera? ¿Sima?— entonó una canción cautivadora. Su voz oscura ya había fascinado antes a Jefe, pero ahora, mientras cantaba, le atraía tanto que debía esforzarse para dirigir su atención a Macandal.

En ese momento, el resto de la comunidad se arrojó al polvo y los hombres de la plaza esperaron a Macandal de rodillas.

«¡El salvador, el redentor, el mesías!», gritaban. El Mesías Negro sonrió y les pidió con un gesto discreto que se volvieran a sentar cómodamente. Siguieron su indicación y los gritos de alabanza fueron apagándose.

Entonces se elevó la voz de Macandal. Igual de conmovedora y persuasiva que entonces, en el cobertizo donde Jefe lo había visto por vez primera. Ahí delante de su pueblo reunido, todavía habló con mayor fuerza y seguridad.

—¡Amigos míos! —saludó—. ¡No me veneréis! ¡Venerad a los dioses y espíritus que me han enviado! —Y cogió una antorcha y encendió una hoguera que ya estaba preparada.

La llama prendió y una de las mujeres, la que iba vestida de blanco y que antes le había señalado a Jefe el camino del establo, preparó una marmita que colgó encima. Otra llevó un pollo, otra calabazas con aguardiente de caña de azúcar y ron, y empezó la ceremonia vudú. Macandal no invocó solo a los dioses, y la ceremonia de sacrificio y el conjuro transcurrieron con comedimiento. Jefe se fijó en que no circulaban botellas de aguardiente y que nadie caía en trance, gritaba ni sufría convulsiones como había visto en las ceremonias obeah, cuando los espíritus se introducían en los cuerpos de los creyentes. ¿Habría una relación entre una cosa y otra? Jefe había considerado que el delirio era consecuencia del consumo de alcohol durante las ceremonias. Ahí la intención era que los creyentes mantuvieran la cabeza clara, incluso si los vapores que salían de la marmita, después de que se hubiera vertido en el interior la sangre del animal sacrificado mezclada con aguardiente y los aromas de distintas hierbas, producían cierta obnubilación. ¿O más bien eran estimulantes?

Jefe no sabía si su voluntad flaqueaba o si, al contrario, su valor y su confianza crecían. En cualquier caso, los cánticos de la comunidad eran más sonoros y penetrantes que todo lo que había oído en reuniones similares. Recordaban más a gritos de guerra que a himnos.

—¡Los dioses os aman! —clamó Macandal, mientras salpicaba a la comunidad con el brebaje de la marmita para santificar y bendecir a todos—. ¡Y os han hecho regalos! Uno de ellos soy yo, ¡me enviaron para guiaros hacia la libertad! ¡Y el segundo regalo es la tierra! Todos los que estamos aquí, o nuestros padres al menos, ya hemos poseído tierras en algún momento. Allá en África, en nuestro hogar. Entonces los blancos, llevados por la maldad y la codicia, nos arrancaron de allí para traernos a un país que se arrogan en propiedad. ¡Pero no es así! La tierra pertenece a quienes la trabajan. ¡Y nosotros tenemos por ello derecho a esta tierra! Los dioses me lo han desvelado, os respaldan, os regalan, nos regalan La Española, esta tierra. ¡Miradla, hermanos míos! —Macandal expuso a una de las jóvenes que estaban arrodilladas en torno a la hoguera al claro resplandor del fuego y le untó en la frente algo de la sangre sacrificial. Luego le desató el vestido, que resbaló hasta el suelo. La delicada negra se arrodilló desnuda delante de la asamblea, sonriendo, animada por el honor de haber sido elegida para ese ritual.

»Si ella, si ella es La Española —como si fuera un mago, Macandal cogió una tela de un cuenco que tenía a sus espaldas—, primero llevó este color. —Ceremoniosamente rodeó los hombros de la mujer con un chal amarillo que apenas cubría su desnudez—. El color de los aborígenes, de los arahuacos que vivían aquí originalmente. —Algunos lanzaron gritos de júbilo, seguramente descendientes de los arahuacos que había entre los cimarrones—. Entonces aparecieron los blancos —la voz de Macandal adquirió un tono amenazador y Jefe creyó oír un tambor que acentuaba las palabras del orador— y mataron a los hombres de las tribus. ¡A los hombres a quienes realmente pertenecía esta tierra! Los subyugaron, les contagiaron sus enfermedades, sus aguardientes, sus vicios. —Macandal cogió un gran paño blanco y envolvió el cuerpo de la joven de modo que el amarillo casi quedó del todo cubierto—. Primero llegaron los españoles, luego los franceses —prosiguió—, todos corruptos y depravados. Pero los dioses los dejaron caer en la perdición cuando llevados por la codicia y la vanidad se dirigieron al Continente Negro en busca de esclavos para sus plantaciones. Así llegamos nosotros a La Española, amigos. Así llegué yo a La Española, ¡y yo clamo venganza! —Como por arte de magia, un lienzo negro apareció en la mano de Macandal, con el que cubrió a la mujer hasta que no quedó a la vista nada del chal blanco—. Mirad, ¿a quién pertenecerá La Española si emprendemos por fin la lucha? —preguntó Macandal en voz alta, enfervorizando a la muchedumbre.

La gente lanzaba vítores y aplaudía, algunas mujeres emitían una especie de gorgoritos. La joven negra del escenario se ciñó el lienzo y alzó la vista hacia Macandal.

—¡Te pertenezco a ti, solo a ti! —susurró.

Jefe leyó las palabras en sus labios más que oírlas, pero Macandal las escuchó y asintió.

—¡Os pertenezco a todos vosotros! —dijo benévolo—. Pertenezco a la tierra, soy la tierra...

—¡Nunca morirás! —gritó una de las mujeres.

—¡Nunca moriré! —confirmó Macandal.

Sus partidarios volvieron a chillar y silbar.

—¡Y pronto, pronto llegará el día de nuestra victoria! —exclamó Macandal—. Así que realizad las tareas que se os han encomendado: los hombres que se preparen para la lucha; las mujeres que me ayuden con las plantas y las pócimas. Vamos a preparar miles de raciones de veneno para enviar al infierno a los hacendados. ¡Ese gran día, ese día bendito, está muy cercano!

Macandal se irguió y tendió la mano a la joven que estaba a su lado para llevarla al templo. La muchacha relucía y miró con expresión triunfal a las otras mujeres que la rodeaban. Probablemente compartiría esa noche el lecho con el Espíritu. Como una pareja de dioses, ambos se alejaron del resplandor de la hoguera y luego de las antorchas de la entrada de la gruta para desaparecer en la cavidad rojiza. La puerta se cerró a sus espaldas y delante se colocaron Mayombé y Teyssenlo.

—Pensaba que iba a poder hablar con él —dijo Jefe, algo desconcertado, a los dos hombres que le habían acompañado hasta allí.

Uno de ellos asintió.

—Sí. Nosotros informar. Él llamarte. Tú esperar en la puerta. Él llamarte. Seguro.

Jefe se preguntaba si el Espíritu no tendría cosas más urgentes que hacer. La forma en que había mirado a la joven no daba lugar a equívocos. Pero bien, podía esperar. Delante de la puerta se sentaron algunas de las mujeres que antes se habían arrodillado en torno a la hoguera. También ellas parecían esperar. ¿Tendrían asimismo que presentar alguna petición? ¿O vivirían en la gruta? La mujer de blanco, también sentada a la entrada de la cueva, tenía una expresión indiferente. Cuando vio la silla de montar y las armas de Jefe, lo reconoció y le sonrió.

—¿Nadie te lo ha guardado, hombre nuevo? —preguntó.

Él sacudió la cabeza.

—En el establo no había nadie. Y no quería dejarlo allí. Me refiero a que... si ya roban bueyes aquí, en medio del pueblo...

La mujer hizo una mueca.

—Aquí nadie roba —afirmó—. Y menos bueyes. ¡Es solo una idea absurda de Simaloi!

—¿De quién? —preguntó Jefe.

La mujer señaló el corral.

—De la mujer de los bueyes. Viene de África, de una extraña tribu. Para la gente de allí, el valor de una mujer depende de la cantidad de bueyes que tenga, y, claro, Sima no tenía ninguno aquí. Llegó desquiciada tras haber escapado de un burdel en Port-au-Prince. Tuvo que dejar un hijo allí, o lo perdió. No habla casi francés y aquí no tenemos a nadie que comprenda su lengua. Pocas veces atrapan a alguien de su tribu. Dice que porque son grandes guerreros. Pero los otros también lo son. Creo más bien que su tribu anda por el interior. Eso se lo pone difícil a los negreros, que no quieren perseguir a sus presas durante días... En fin, Sima era muy desdichada, y mi marido... bueno, cuando quiere algo... —Suspiró y alzó los brazos con resignación.

—¿Tu marido? —Jefe ya no entendía nada.

—Mi esposo —aclaró la mujer, señalando la puerta de la gruta ante la cual estaban esperando—. Soy Mireille Macandal. Y no es que «él» no me aprecie. Pero Simaloi y Kiri, con las que está ahora dentro, y Colette y Camille... Bueno, tiene un gran corazón, ya me entiendes. Y el camino hacia la cabaña de Sima pasaba por la adquisición de un par de bueyes. Como sea, ahora tiene sus bueyes y se siente importante. Si eso la hace feliz...

Jefe tragó saliva. Era obvio que Macandal exigía no poco a su mujer, pero Mireille parecía soportarlo con resignación. Y con ella, las otras dos que esperaban delante de la gruta a que Macandal hubiese concluido con sus amantes circunstanciales. Tenían un aire tan indiferente como Mireille.

—¿Vivís... ahí? —preguntó Jefe, señalando la gruta.

Mireille asintió.

—Sí. François y yo, y Mayombé y Teysselo con sus esposas. —Señaló a las otras dos.

Así que no pertenecían a Macandal, que al parecer no era un polígamo declarado como Jefe había sospechado. En África eso era normal, incluso su propio padre había tenido una segunda esposa junto con Máanu en Nanny Town. O varias. Jefe no recordaba con exactitud lo que Akwasi contaba. Máanu nunca había mencionado a otras mujeres.

Pero en ese momento algo parecía ocurrir tras el acceso al templo de Macandal. Los guardianes se apartaron a un lado y alguien abrió las puertas desde el interior. La primera en salir fue Kiri. Con la cabeza bien erguida y visiblemente orgullosa se dirigió hacia las cabañas, era probable que viviera en una, al igual que Simaloi. Simaloi... Conservaba el rostro de la joven claramente en su mente. Y su desdichada historia.

Pero Jefe tenía ahora otra cosa que hacer en lugar de dedicarse a pensar en Simaloi. François Macandal apareció por fin a la puerta de su refugio y le dirigió una sonrisa irresistible.

—¿Eres tú el hombre que ha llegado a lomos de un caballo tras acabar con el temido mèz Oublier?

Jefe miró perplejo sus ojos brillantes de satisfacción. Macandal disfrutó de su asombro.

—Nos han llegado noticias de ti —explicó—. ¿Qué nos traes? —Señaló inquisitivo la silla y las armas.

—El botín. Las armas que he cogido de ese canalla.

Macandal asintió y estudió el mosquete con aire de experto cuando Jefe lo sacó de la alforja.

—Llévalo dentro —dijo, antecediendo a Jefe.

También las mujeres se deslizaron tras él en la gruta, pero se retiraron al fondo de la montaña. Al parecer la colina roja tenía varias dependencias. De la sala central que formaba el templo partían varios pasillos. Macandal cogió una antorcha y por un corredor lateral no tardaron en llegar a otra estancia: un arsenal. Para sorpresa de Jefe, había mosquetes, pistolas, sables, cuchillos... más de los que jamás hubiese tenido el *Mermaid*.

—Cuando llegue el momento, ¡estaremos armados! —declaró con orgullo Macandal.

El joven negro dejó allí sus armas junto al resto.

—¿Las han traído todas los esclavos huidos? —preguntó sorprendido.

Macandal sacudió la cabeza. A la luz de la antorcha su largo pelo daba la impresión de ser una aureola rojiza.

—No. La mayoría no trae más que su vida. Compramos las armas donde podemos. Y también nos ayudan de buen grado los hacendados que ya no las necesitan... —Con una sonrisa sarcástica hizo el gesto de cortar el cuello—. No te imaginas la cantidad de armas de fuego que se encuentran en una plantación media.

Además de realizar los temidos envenenamientos, los hombres de Macandal a menudo asaltaban plantaciones. También allí recibían la ayuda de los esclavos. Macandal se ganaba las simpatías de los negros que trabajaban en la casa y en el campo antes del ataque, confiaba en su lealtad y se convertía en su liberador. Apenas había traidores, los esclavos abrían las puertas a la gente de Macandal cuando sus señores dormían y estos solían ser apuñalados en sus camas, antes incluso de que se dieran cuenta de nada.

—¿Qué quieres hacer ahora, César? —preguntó Macandal. Jefe sospechaba lo que se esperaba de él y se hincó de rodillas frente al Espíritu de La Española. El gesto le repugnaba, pero no quería molestar al Mesías Negro.

—Quiero unirme a ti —dijo—. Y luchar por nuestra libertad. Sé manejar mosquetes y cuchillos, también el sable. Podría enseñar a los hombres a batirse a sable.

Macandal asintió.

—He oído hablar sobre... tu pasado. Puedes quedarte aquí. Pero debes demostrar tus habilidades antes de que te dé un puesto como instructor. Te darán un alojamiento y entrenarás con los hombres. Dentro de un par de días asaltaremos una plantación al este de aquí. Entonces ya veremos.

Jefe se irguió tranquilo. Había oído decir que el ejército de Macandal estaba organizado militarmente, había sargentos, alféreces y otros mandos. Ahí, pues, uno no era elegido como en el *Mermaid*. Solo un individuo determinaba quién ocupaba cada puesto: Macandal. El Mesías Negro lo miró inquisitivo.

—¿Y cómo llevas tu libertad? ¿Hay alguien en las plantaciones? ¿Una amante? ¿Una esposa?

Abrumado por el dolor, Jefe pensó en Deirdre. Sabía que Macandal no se lo preguntaba por razones personales o para intervenir en su destino. Más bien se trataba de posibles aliados.

—Nada que me detenga, nada que me robe energía —respondió con decisión.

—¿Nada que no matarías? —siseó Macandal. La luz que lo rodeaba palpitaba y sus rasgos producían un efecto fantasmagórico: Jefe comprendió de golpe por qué lo llamaban el Espíritu.

El hermoso rostro de Deirdre apareció de nuevo en el recuerdo de Jefe, pero lo apartó a un lado.

—¡Nada que no sea capaz de matar! —declaró—. Bueno,

hay una chica en Cap-Français. Una esclava en la casa de un médico.

—¿Victor Dufresne? —inquirió Macandal. Estaba bien informado.

Jefe asintió.

—Podemos confiar en ella —señaló—. Ella... ella hará lo que yo diga.

Macandal rio.

—Así que eres el dueño de su corazón. ¿Te preguntas alguna vez si eso le hace algún bien?

Jefe arrugó la frente. No entendía la pregunta. Pero Macandal no insistió.

—Volveremos al tema cuando llegue el día —dijo y reemprendió el camino de vuelta hacia la sala principal del templo.

Jefe lo siguió. Percibió el olor a comida flotando en los pasillos. Mireille y las otras mujeres cocinaban. Pese a que Jefe esperaba que Macandal lo invitara a sentarse a su mesa, tal deseo no se cumplió. El Espíritu lo acompañó fuera y le dio una breve indicación sobre cómo llegar a los alojamientos de los «soldados».

—¡Nos alegramos de que estés aquí! —añadió—. Los dioses te han enviado.

Fuera había oscurecido y empezaba a llover. Simaloi, la joven africana, estaba de cuclillas en la entrada de su sencilla cabaña, mantenía un fuego y vigilaba a los bueyes. Jefe le sonrió al pasar por su lado.

—¡Hermosos animales! —observó. La mujer todavía tenía un aire desconfiado—. ¿Te llamas Simaloi? —preguntó intentando un nuevo acercamiento.

Ella asintió tímidamente.

—Yo llamar Sima —respondió—. Simaloi difícil. Simaloi masai.

—¿Masai es tu tribu?

La joven asintió.

Jefe se atrevió a sentarse a su lado, pero enseguida notó que ella se retiraba.

—A mí —se señaló a sí mismo—, a mí me llaman César. Mi nombre africano es Jefe. Ashanti. —Se golpeó el pecho.

Simaloi insinuó una sonrisa.

—¿Ashanti tu tribu?

Él asintió.

—Pero nosotros no tener bueyes —dijo.

Al menos eso suponía. De hecho ignoraba si los ashanti criaban ganado en África.

—Entonces no ladrones —declaró Simaloi con seriedad y muy satisfecha—. Porque... todos los bueyes del mundo pertenecer masai. Regalo de dioses.

Jefe pensó que acerca de eso habría opiniones divididas, pero siempre sucedía lo mismo cuando se trataba de regalos divinos. Si por él fuera, Simaloi podía quedarse con todos los bueyes de este mundo. Estaba contento de estar sentado a su lado y protegido de la fina llovizna que caía en el campamento, como casi cada noche. No podría permanecer sentado junto a Deirdre sin que lo dominase su pasión, pero junto a Simaloi... Se alegraba de su belleza y tenía la sensación de que ella hacía que en él creciese algo. Algo así como el deseo de protegerla que siempre había sentido hacia Bonnie. Pero más.

Esperó en silencio a que la lluvia amainase y luego dejó a Simaloi con un breve saludo. Pero volvería a hablar con ella. Quizá podría enseñarle francés. A lo mejor necesitaba a alguien que se ocupase de ella. Olvidaba que ya había ese alguien. Lo recordó dolorosamente a la tarde siguiente, cuando escuchó la prédica del Espíritu. Pues esa noche Él escogió a Simaloi.

—¿Cada noche se lleva a una distinta? —se informó Jefe malhumorado entre sus vecinos, cuando Macandal desapareció en la gruta con la hermosa masai.

Simaloi fue con él tan complaciente como la joven del día

anterior, pero no miró de forma tan triunfal alrededor. El favor de Macandal tal vez fuera un honor, pero era evidente que no era una alegría.

El joven que estaba junto a Jefe rio. Era un mulato nervudo y más bien corto de estatura, que llamaba la atención por sus brillantes ojos negros y sus rizos ondeantes. Se llamaba Michel y ambos compartían una cabaña con dos soldados más. El alojamiento en el campamento de Macandal no se diferenciaba mucho del barrio de esclavos de la plantación, la comida era peor incluso que en Roche aux Brumes. A fin de cuentas, faltaba ahí la mano de la aventajada cocinera Charlene. Aun así, el trabajo diario se ajustaba más a los gustos de Jefe que andar forcejeando con las cañas de azúcar. Los jóvenes se dedicaban desde la salida hasta la puesta de sol al arte de la guerra. Aprendían a disparar con armas de fuego y técnicas de lucha africanas con palos y lanzas. En esgrima no se destacaba nadie en especial, incluso en lo que se refería a cargar rápido y disparar los mosquetes, Jefe habría podido superar fácilmente al instructor. Pero se contuvo, orgulloso de su prudencia. Cuando llegara el momento de atacar la plantación mostraría a todos lo que era capaz de hacer, y así se distinguiría ante quien importaba: Macandal.

Sin embargo, su actitud hacia el cabecilla de los rebeldes podía verse enturbiada ya antes de emprender la primera batalla: a Jefe no le parecía bien que Macandal echara mano con tanta naturalidad de una mujer que a él le gustaba.

—¡Las mujeres acuden como moscas! —respondió Michel a su pregunta—. Porque su jugo es bendición. —Sonrió con ironía—. En el pueblo siempre hay enfado cuando Espíritu habla. Las mujeres hacer cola ante su cueva. Aquí no muchos casados, pero en pueblos cimarrones sí. Espíritu tiene que ser entonces bueno y regalar mulo al hombre. O severo y quitar mujer a la fuerza...

—¿Les quita las mujeres a sus maridos? —se sorprendió Jefe—. ¿Con violencia?

Michel puso los ojos en blanco.

—Para mujer no necesitar violencia. Todas las mujeres querer yacer con Macandal, adorarlo, engendrar sus hijos... Pero Espíritu siempre dice ellas se quedan con sus hombres. Salvo si son muy, muy bonitas. Y hombres también quieren que ellas quedarse, pero cuando reciben burro entonces contentos de mujer con Espíritu... —Hizo un gesto obsceno.

Por lo que Jefe alcanzaba a entender, las mujeres parecían el punto débil del jefe de los rebeldes. También él había disfrutado pudiendo escoger entre las putas de los puertos. Si Simaloi no estuviera allí... Pasó un rato más en las proximidades del templo hasta que Macandal dejó salir a la masai y Jefe la siguió hasta la cabaña. Dio de comer a los bueyes cereales y verdura que había recogido al mediodía y no rechazó la ayuda de Jefe.

—¿Te gusta... el Espíritu? —le preguntó él cuando Sima encendió la hoguera nocturna, para su sorpresa con boñigas de vaca como combustible.

Ella lo miró con ojos brillantes.

—¡Sí! ¡Oh, sí! Él liberar nosotros. ¡Él dar tierra y bueyes! ¡Él ir a matar todos los blancos! ¡Todos! ¡Yo odiar blancos! —Su hermoso rostro se contrajo. Lo decía en serio.

Jefe la habría cogido de la mano, pero se contuvo. El día anterior la había asustado cuando se había acercado solo un poco más para protegerse de la lluvia.

—¡También ese es mi objetivo! —declaró—. Todos nosotros queremos aniquilar a los blancos. ¡Macandal no es el único!

—Pero ¡espíritus hablar Macandal! —afirmó Simaloi.

Jefe sonrió.

—¡Y a mí me hablan los mosquetes! ¡A mí me habla el acero de mi espada, me habla la hoja de mi cuchillo!

Simaloi lo miró maravillada.

—¿Ashanti grandes guerreros? —preguntó.

El joven asintió.

—¡Muy grandes guerreros! —confirmó—. Y yo te lo demostraré.

La plantación que constituía el nuevo objeto de los ataques de Macandal se hallaba a treinta kilómetros al oeste de Cap-Français, administrada por una familia llamada Delantier. Al igual que en Nouveau Brissac, solo cultivaba café y caña de azúcar, pero la casa señorial recordaba más a una fortificación que a un castillo. Al menos eso le pareció a Jefe cuando exploró con una tropa de cimarrones armados alrededor del edificio de piedra. No, mèz Delantier no tenía interés por la arquitectura recargada y decían que tampoco estaba para bromas. Fuera como fuese, a Macandal le había resultado sencillo ganarse la confianza de los esclavos domésticos y del campo. Odiaban a sus señores. Por lo visto, los Delantier eran unos perfectos tiranos.

Jefe no experimentó ni un atisbo de mala conciencia al penetrar violentamente en su casa. Sin embargo, un incidente puso en peligro toda la operación.

Los hombres de Macandal entraron en el edificio por la puerta de la cocina guiados por un esclavo doméstico. El plan preveía sorprender a los dueños mientras dormían y matarlos en la misma cama. Los atacantes se deslizaron por las habitaciones de servicio, llegaron al comedor y recorrieron un pasillo que daba a salas a derecha e izquierda. Un salón en el que recibía las visitas la señora de la casa, la sala de caballeros, de donde salían unos sonidos ahogados cuando los hombres pasaron por allí.

Jefe y los demás se detuvieron de golpe cuando oyeron los gemidos tras la puerta cerrada. Empezaron a distinguir también palabras. Una chica lloraba y suplicaba.

—No, mèz, por favor no... Por favor no, *monsieur*... yo... *Maman! Papa!* —La muchacha pedía ayuda desesperada. Debía de tratarse de una esclava.

Jefe y los otros se miraron alarmados y se aprestaron para irrumpir en la habitación. Ninguno de ellos titubeó. Daba igual cuáles fueran los planes originales, lo primero era liberar a esa muchacha. Y el propietario de la plantación, a quien ya tenían visto, al parecer también estaba allí...

Sin embargo, antes de que pudiesen atacar por sorpresa, el esclavo que los conducía perdió el dominio de sí mismo.

—¡Janine! —gritó, precipitándose a la puerta—. ¡Ese cerdo! Ese cerdo tiene a mi hija... Janine, ¡aquí está *papa*! —Desesperado, abrió la puerta de par en par.

El hombre fornido que estaba despojando de su ropa a una niña negra de unos catorce años se dio media vuelta. En un abrir y cerrar de ojos, cogió una de las espadas que colgaban en la pared de la sala de caballeros y la hundió sin más en el criado que se abalanzaba sobre él. Un instante después, derribaba a uno de los seis negros corpulentos que irrumpieron en la habitación. Los hombres de Macandal iban armados con machetes y los utilizaban con suma destreza. Sin embargo, poco podían hacer contra un diestro espadachín.

Jefe empujó a un lado al sargento que dirigía la tropa. Con permiso de Macandal había conservado el sable de Oublier y ahora estaba listo para pelear.

—¡Yo me ocupo! —declaró lacónico, plantándose frente al hacendado, que retrocedía hacia un rincón al tiempo que esgrimía amenazadoramente el arma contra los negros. La muchacha se inclinó gimiendo sobre su padre agonizante—. Vosotros subid y acabad con la esposa de este canalla. Delantier, supongo. —Hizo burlón una reverencia ante el hacendado, pero su rostro conservó la expresión dura.

Los otros negros se dirigieron a las restantes estancias de la casa. Jefe se había mostrado muy decidido y la mayoría de ellos conocían su historia: era un pirata y lo consideraban capaz de ocuparse del hacendado.

Delantier atacó primero, pero Jefe contraatacó hábilmente. De hecho, jugaba con el hacendado como el gato con el ratón. Si bien el hombre poseía una buena formación en esgrima, no tenía tanta práctica como Jefe en situaciones comprometidas.

El negro lo entretuvo, quería que sudase antes de ir al encuentro de su Creador. En lugar de abatirlo de un solo mandoble, fue produciéndole pequeñas heridas. Una cruel venganza por el criado, por Janine y, seguramente, por muchas otras chicas. Que el hacendado oyese ahora también los gritos de su esposa y de sus hijos, a quienes en ese momento los cimarrones liquidaban a machetazos en la planta de arriba. Solían matar rápido y sin ruido, pero cuando los criados domésticos odiaban especialmente a sus señores, a veces el asalto se convertía en un baño de sangre. Esta vez llegó a su apogeo cuando los mozos y sirvientas arrastraron a la señora de la casa dándole latigazos hasta lo alto de la escalera que daba al vestíbulo, donde Jefe había sacado al mèz. El negro le hundió el sable en el corazón en el mismo instante en que los esclavos domésticos le cortaban la garganta a la esposa y bajaban la escalera gritando alborozados. Los guerreros cimarrones habían dejado a los blancos en manos de los sirvientes y estaban ocupados recogiendo el botín. Poco después descendieron la escalera cargando unos sacos llenos. Los saqueadores no perdieron mucho tiempo registrando, pues el personal doméstico sabía muy bien dónde se guardaban las joyas y el dinero.

Jefe limpió su sable en una cara alfombra y volvió a envainarlo.

El jefe de la tropa le dirigió una sonrisa.

—¿Nos vamos? —propuso. Estaba claro que sentía respeto por aquel negrazo después de haberlo visto acabar con el señor de la casa—. Tú ya estás listo, ¿no? —Lanzó una mirada al despanzurrado Delantier.

Jefe asintió.

—Aquí sí —respondió—. Pero me gustaría pasarme por los establos. Necesito un... un caballo.

—Los hombres del teniente Jean ya se encargan de los caballos —respondió el sargento.

Cuando los hombres de Macandal asaltaban una plantación se distribuían en dos grupos. Mientras uno aniquilaba a los propietarios de la plantación y registraba la casa, los mozos de cuadra conducían al otro a los establos para que cogiesen los caballos y las sillas. Convenía que ambas operaciones fueran simultáneas y el saqueo se efectuase con rapidez.

Jefe sonrió al hombre.

—De acuerdo. Pero yo... yo en realidad necesito un par de bueyes.

No resultó fácil encontrar los bueyes de la plantación De-lantier, pues muy pocos hacendados tenían animales de trabajo. Sin embargo, los esclavos les informaron de que había dos yuntas de bueyes en la prensa de caña de azúcar. El superior de Jefe refunfuñó un poco porque todo eso demoraba la operación. Jefe, Michel y un liberto familiarizado con bueyes se ofrecieron a dar un rodeo y llegar después con los animales. Era un riesgo, pero, a fin de cuentas, el propio Espíritu lo había corrido cuando había hurtado los bueyes para Simaloi...

De hecho, el robo de los animales transcurrió sin contratiempos, solo la huida con ellos puso su paciencia a prueba. Eran lentos y cabezotas. No obstante, al alba Jefe por fin se presentó orgulloso en la cabaña de Simaloi.

La joven se restregó los ojos somnolientos sin dar crédito.

—¿Tú... bueyes?

Jefe le dedicó una sonrisa ufana.

—No, yo no tengo bueyes —dijo con gravedad—. Pero tú sabes que soy ashanti. Los bueyes son de los masai, yo solo te los devuelvo.

El rostro de Simaloi se iluminó.

—¡Tú gran guerrero! —exclamó, y llevó a los animales con los otros.

Macandal debía de haberse enterado del asunto de los bueyes, pero no lo mencionó cuando más tarde convocó a Jefe y lo ascendió a teniente. De este modo se saltaba algunos grados, pero a nadie le importaba. Jefe se ocuparía de la instrucción de los hombres en el manejo de la espada y en el futuro él mismo dirigiría los asaltos.

—¿Realizaremos muchos? —preguntó—. ¿No crees que los hacendados pedirán ayuda al ejército?

Macandal rio.

—Ya hace tiempo que lo han hecho. Hazme caso, César, ya hemos librado nuestras batallas. Ahí abajo —señaló los bosques de la colina— se pudren cientos de casacas azules y rojas... ¡y quienes las vestían!

—Pero si ahora atacamos más plantaciones... No me entiendas mal, no quiero escaquearme, pero quisiera saber más... —Jefe sentía curiosidad por la estrategia de Macandal, por el día del último combate del que todos hablaban.

—Eres un hombre inteligente, César. Y tienes razón. Sí, reforzarán sus tropas. Pedirán refuerzos a Francia, pues el contingente que les queda aquí es ahora inferior en número a nosotros. Y sí enviarán un nutrido ejército desde la metrópoli. Pero todo eso lleva tiempo. No lo conseguirán antes de su fiesta de Navidad, antes del nacimiento de su Mesías. Y para cuando lleguen esas nuevas tropas, encontrarán un país sumido en el caos, plantaciones desiertas, los últimos hacendados aún vivos presas del pánico. ¡Les daremos la estocada final y veremos cómo los blancos se pelean por las últimas plazas libres en los barcos para abandonar La Española!

Macandal había hablado arrebatado, con el mismo tono que adoptaría cuando expusiera su plan a todos sus seguidores. Jefe se hinchó de orgullo al ser el primero en saberlo.

—¿Así que en Navidad? —preguntó.

Macandal asintió.

2

Deirdre y sus padres se enterarían de la huida de Jefe durante la siguiente visita a Nouveau Brissac. En los días anteriores nadie había insistido en volver a ver demasiado pronto a la familia de Victor. La joven temía cruzarse de nuevo con César, al que ahora consecuentemente llamaba Jefe cuando pensaba en él. Con ayuda de sus padres volvía a recuperar los recuerdos de su hermanastro. Nora le contó todo lo sucedido en Nanny Town y Doug el corto período de tiempo que Jefe había pasado con los Fortnam en Cascarilla Gardens.

—Lo queríamos, pero a veces nos sacaba de quicio —sonrió—. Era un terremoto y estaba siempre contra todo.

—Máanu y Nanny lo mimaron mucho —añadió Nora—. No quería adaptarse, aprender nada... Me pregunto cómo se las apañó luego en Gran Caimán.

—En cualquier caso habría necesitado un padre —señaló Doug—, pero Máanu y Akwasi al final no pudieron vivir juntos.

—¿Habéis sabido algo de Máanu y Akwasi? —preguntó Deirdre—. ¿Y de... de Jefe?

Nora se encogió de hombros.

—Máanu nunca dio señales de vida, aunque sabía escribir. Estaba muy decepcionada por que no le permitieran vivir con Akwasi.

—La condición para permitírselo era que volviese a convertirse en esclava —intervino Doug—. Cuando me enteré, me temí lo peor, pero su amor no bastaba para tanto sacrificio. ¡Por suerte!

Nora sacudió la cabeza.

—El amor de Máanu seguramente habría bastado —lo contradijo—. Ella... Yo creo que lo hizo por Jefe. De lo contrario el niño también habría crecido como esclavo y ella no quería algo así.

Doug suspiró.

—Y ahora resulta que ha acabado siéndolo. Jefe se parece demasiado a Akwasi. Como su padre, él mismo se pone trabas en el camino.

Deirdre apretó los labios. Esta segunda vez encajaba mejor la pérdida de Jefe que la primera. Seguramente porque ahora podía entender la irresistible atracción que él ejercía sobre ella. Debían de haber tenido un vago recuerdo y ambos habían entendido mal la llamada de la sangre...

Ahora que por fin todo estaba aclarado, Nora y Doug encararon más relajados su estancia en Cap-Français. Nada de las plantaciones del interior los atraía. De hecho ya sentían malestar ante las Navidades, pues tendrían que pasarlas entre todos esos hacendados cerriles y negreros en Nouveau Brissac. En Cap-Français se comentaba que las duras medidas que estaban adoptando los hacendados de Saint-Domingue contra sus negros atizaban su espíritu de rebelión. Y era de suponer que los Dufresne tampoco estarían muy emocionados de recibir más visitas de sus parientes políticos de Jamaica. En los últimos días con ellos a Doug se le habían escapado observaciones que no hacían de él una persona bien recibida. Los cultivadores franceses no querían ni oír hablar de cómo habría podido resolverse pacíficamente el problema de los cimarrones. Estaban furiosos por los crímenes de Macandal y querían ver sangre. ¡Incluso la de sus propios trabajadores!

—Mi hermano ha vuelto a endurecer sus medidas —señaló con un suspiro Victor cuando, durante una velada a la que había sido invitado por el gobernador, oyó que un esclavo de Roche aux Brumes había matado al temido mèz Oublier y había escapado—. Los otros esclavos de la plantación al parecer no saben nada. Al menos ninguno confesó, pese a que Gérôme los hizo azotar a todos. No me extrañaría que ahora también estuvieran planeando escapar.

Nora y Doug intercambiaron una mirada de preocupación. Enseguida pensaron en Jefe, pero Victor no sabía de quién se trataba.

Deirdre no intervino en las conversaciones de esa noche. Representaba el papel de dócil esposa que acompaña a su marido y bailaba con todo el que la invitaba. Victor estaba jubiloso por el cambio operado en ella. La joven parecía haber vencido por fin su melancolía. Volvía de nuevo a su vida normal en Cap-Français y a participar en el trabajo de su esposo, la vida de los sirvientes y la educación de los niños. Se reconcilió con Amali, observaba el modo en que Leon cortejaba a Bonnie y por fin hizo feliz a la cocinera al prestar la debida atención a la confección de los menús, al tiempo que organizaba cenas y pequeñas reuniones.

En noviembre llegó otra invitación de Nouveau Brissac que Victor, Deirdre y los Fortnam no podían rechazar. Yvette le había dado un hijo varón a Gérôme y el bautizo se celebraba en Roche aux Brumes. Deirdre temía encontrarse a Jefe, pero Nora vio confirmadas sus sospechas cuando la misma mañana de su llegada fue al barrio de los esclavos con Victor y se enteró de que el esclavo huido de Roche aux Brumes era Jefe. Entre los esclavos de las plantaciones se había ganado fama de héroe de la libertad. La relación entre señores y esclavos era tensa en toda la región. Gérôme había perdido las últimas simpatías de sus trabajadores después de que tras la muerte de Oublier hubiese martirizado a sus esclavos. Los temores de Victor se confirmaban: dos hombres habían muerto a causa de los azotes, y poco después habían huido tres hombres que pronto habían sido atrapados y cruelmente castigados. Uno de ellos murió de gangrena después de que le cortaran los tendones. Todo eso atizaba el odio. En adelante, ni Victor ni Nora disfrutaban de las comidas en Nouveau Brissac o Roche aux Brumes. Creían que cualquier esclavo doméstico estaría encantado de matar por Macandal a la primera oportunidad.

—Bah, todo volverá a su cauce después de Navidad —respondió Gisbert Dufresne cuando el doctor les señaló a él y su otro hermano el mal ambiente que reinaba en los barrios de los esclavos—. Una vez que se pongan morados de comida y se emborrachen volverán a estar la mar de contentos con sus mèz.

También en Saint-Domingue la conmemoración de la Navidad era el momento culminante del año para los trabajadores del campo. Los señores eran más tolerantes que los ingleses de Jamaica. En La Española, los esclavos no solo tenían el día libre, sino que los hacendados se gastaban un buen dinero en ofrecerles una fiesta. Comían cuanto querían, se asaban bueyes enteros en el espetón y no se racionaba el alcohol. Los hacendados traían músicos y organizaban un baile, y el día de Navidad se levantaba la prohibición de reunirse. Se permitían las visitas de amigos o familiares de otras plantaciones. Los Dufresne en especial no ahorraban durante el festejo. No solo el baile que celebraban para los blancos era uno de los acontecimientos sociales más importante de la región, sino también la fiesta de sus esclavos.

—Y ahora, puesto que Oublier ya no está... —añadió Gérôme—. No me malentiendas, era estupendo, nunca volveré a encontrar otro vigilante como él, pero los riesgos que asumía en la compra de esclavos... Bueno, no seguiremos haciéndolo así. Mejor pagar un poco más y tener un esclavo dócil. Ese César...

—¿César? —preguntó Victor alarmado—. ¿El César que tuvimos en casa un tiempo? ¿Está aquí?

Deirdre bajó la cabeza y también Nora y Doug evitaron mirar a los ojos a su yerno. No se habían puesto de acuerdo en no contar a Victor ni a Bonnie nada sobre la reaparición de Jefe en Roche aux Brumes, pero al final todos habían callado.

—¿Tuvisteis a ese sujeto en casa? —se sorprendió Gérôme—. ¿Y eso? Pensaba que Oublier lo había comprado recién salido de un barco pirata. Por cierto, un error que pagó con su vida. Esos tipos no se dejan domesticar. Más habría valido que colgaran a ese bribón, como a sus compinches blancos.

—¿César mató a Oublier? —preguntó horrorizada Deirdre.

Nora se reprochó no habérselo contado enseguida a su hija. Pero entre las consultas matutinas de los negros y la comida formal del mediodía, que ahora les ocupaba, no había tenido tiempo.

—¡Y se largó con su caballo! —confirmó Gérôme—. A saber dónde aprendió a montar.

Nora vio que Victor lanzaba a su mujer una expresiva mirada y que ella enrojecía. Esperaba que el médico lo atribuyera solo a las horas de equitación de su mozo de cuadra, no a otros secretos.

—Pero ahora... ahora está libre —murmuró Deirdre absorta.

—¡Seguro que se ha convertido en pupilo de ese Mesías Negro! —señaló irritado Jacques Dufresne—. ¡Otro ladrón y asesino!

—Dejad ya este tema tan desagradable —pidió Louise Dufresne.

Nora se lo agradeció en silencio. Hasta el momento, nadie se había fijado en lo mucho que la noticia había afectado a Deirdre. La joven alternaba el rubor y la palidez y jugueteaba con la comida en el plato.

—No te sienta bien alterarte tanto, Jacques —prosiguió Louise—. Y tú, Gérôme, no deberías intranquilizar a Yvette. Bastante tiene con el niño y el bautizo. ¿Ha confirmado el gobernador su asistencia?

Nora observó a su hija mientras los Dufresne hablaban sobre la lista de invitados de la fiesta del día siguiente. Deirdre se había rehecho enseguida. Parecía aliviada y, en cierto modo, Nora compartía esa sensación. También ella celebraba que Jefe estuviera libre, aunque le preocupaba lo que haría con su libertad.

Pero por quien más preocupado estaba Victor, como contó luego en un paseo a caballo a Deirdre y los Fortnam, era por Bonnie. Por lo visto, lo mismo le sucedía a Amali, quien tampoco había contado nada sobre Jefe a los otros sirvientes de la casa Dufresne.

—Tendremos que decírselo —dijo—. ¡Aunque exista el riesgo de que salga corriendo en su busca!

—¡Él no se interesa por ella! —exclamó Deirdre con un viejo asomo de celos.

Victor suspiró.

—No, pero ella sí. Siempre lo ha amado. Me temo que cuando Bonnie se entere de todo, la atención que Leon le dedica no sirva de nada.

Aunque nadie entendía por qué Leon prefería a la insignificante Bonnie en lugar de a la hermosa Amali u otras jóvenes negras similares, era innegable que a su manera dulce y perseverante la estaba cortejando. Al principio Bonnie no hacía caso de sus halagos y pequeños obsequios, pero Leon no dio su brazo a torcer. Disfrutaba de la gran ventaja de que Namelok lo adoraba tanto como él a la niña. Tal vez fuera cierto que la pequeña le recordaba su amor por la esclava Sankau, como Amali creía, o quizá fuese simplemente que había crecido entre muchos hermanos y hermanas y le gustaban los bebés. Se desenvolvía muy bien en el trato con los niños y enseguida conseguía conformar a Namelok cuando lloraba.

De hecho, Bonnie pronto empezó a pedirle ayuda cuando tenía problemas con la niña. Antes nunca se había interesado por los bebés y no sabía cómo coger a Namelok, cuánto debía dormir la pequeña ni cómo darle de comer. Amali y la cocinera siempre estaban dispuestas a echarle una mano, pero era evidente que con ellas sentía una especie de celos. Namelok tenía que ser hija suya, ¡no de Sabine o de Amali! Pero con Leon podía compartir su afecto. A fin de cuentas, era normal que una niña tuviera una madre y un padre. De todos modos, Bonnie no concebía casarse con alguien que no fuera Jefe. Leon se tomó su tiempo para ir ganándose su afecto. Cogía flores y compraba golosinas que compartía con ella y Namelok en el jardín. Seguía regalándole bisutería barata de las tiendas del barrio portuario cuando tenía que hacer algún recado, y la halagaba cuando ella se ponía los collares, brazaletes o pendientes. Leon parecía dichoso cuando ella se sentaba a su lado y le escuchaba tocar el tambor y cantar. Tenía una voz bonita y melódica y conocía canciones africanas, aunque había nacido en Nouveau Brissac y nunca había pisado aquel continente.

—Me enseñaron negros en la plantación —contaba—. ¡Uy, qué difícil aprender palabras! Pero todos felices cuando yo cantar canciones de casa. ¿Conoces canciones de Gran Caimán?

La primera vez que se lo preguntó, Bonnie negó con la cabeza, pero en algún momento contó un poco de su triste infancia y juventud. Fue abriéndose al paciente Leon, confiando cada vez más en él, y empezó a responder a su afecto.

Victor temía que ahora fuese a olvidarse de esa relación tierna y floreciente para seguir a César a un futuro incierto. El joven médico se amargaba solo de pensarlo. Su protegida había evolucionado bien los últimos meses. Bonnie había engordado e incluso crecido. Estaba más tranquila en todos los aspectos y se la veía más segura. Victor le había encargado hacía poco que recibiera a los pacientes y lo ayudase durante la consulta. A esas alturas, la muchacha ya hablaba bien francés, leía con fluidez y ayudaba donde podía. En la casa de los Dufresne todos la echarían de menos si se iba. Y Victor no quería ni imaginar lo que significaría para la pequeña Namelok crecer en una aldea de rebeldes en lugar de en la seguridad de Cap-Français.

Mandó llamar a la joven cuando la familia regresó a la ciudad un día después del bautizo. Ella lo escuchó tensa, con sus ojos negros abiertos de par en par cuando le contó que

Jefe había estado en la plantación de su hermano y se había fugado.

—Te aseguro que no lo sabía, Bonnie —le dijo el médico—. Y Deirdre tampoco. De lo contrario, ella habría sido la primera que me hubiese pedido que lo recuperase.

Bonnie bajó la cabeza cuando él mencionó a Deirdre. Todavía le hacía daño recordar que Jefe la había amado. Tanto que había sacrificado incluso el *Mermaid* por ella.

—¿Y ahora dónde está? —preguntó cuando Victor acabó de contarle todo—. ¿En... en algún barco?

También pensar en eso le dolía. Había esperado que Jefe la fuera a buscar antes de volver a la mar. Pero, claro, él ignoraba que ella estaba con los Dufresne, al igual que ella desconocía que lo habían vendido a Roche aux Brumes. Deirdre podría habérselo dicho. ¡Bonnie no se creía que Deirdre no supiese nada de Jefe! Al contrario, el que su amor se hubiese reavivado lo explicaría todo: el deseo repentino de Deirdre por quedarse más días en Roche aux Brumes, la inquietud y el enfado de Amali... No, algo había sucedido allí y solo la huida de Jefe había puesto punto final a esa relación. ¿Habría dedicado Jefe entonces algún pensamiento a Bonnie? ¿Había intentado al menos encontrarla?

—Seguro que no está en un barco, Bonnie —contestó Victor—. En el puerto lo habrían apresado. Está muy controlado. Y como mató a ese vigilante, también lo buscan por asesinato. No; es más probable que haya huido a las montañas para unirse a ese tal Macandal.

—Para luchar —murmuró Bonnie, y sintió una pizca de remordimiento. Tal vez debería ayudar a Jefe, tal vez ella también tendría que ir a las montañas. Pero cuando Macandal hubiese ganado esa guerra, Jefe volvería por Deirdre. Y Bonnie no tendría nada más que su libertad. No tendría trabajo, familia, ni... ni a Leon... Se mordió el labio inferior.

Victor se frotó las sienes. No sabía si decirlo o no, pero antes de que la chica hiciera una tontería...

—Bonnie, si piensas en irte con él... Debes saber que no te

conviene, pero antes de que te marches por la noche a hurtadillas, prefiero extenderte un salvoconducto para ti y Namelok.

La chica sacudió la cabeza.

—Es... es muy bondadoso por su parte, mèz. Pero no voy a irme. Namelok y yo nos quedamos aquí.

Ese día, por vez primera, permitió a Leon que la cogiera de la mano. No le reveló por qué lloraba cuando más tarde él le cantó una canción jamaicana.

3

Jefe no sabía cómo los masai cortejaban a sus mujeres, y tampoco las reglas que se seguían entre los ashanti. Así pues, intentó intimar con Simaloi del modo que había observado que lo hacían blancos y mulatos en el Caribe: llevándole regalos. A los dos bueyes siguieron, tras el asalto a otra plantación, dos vacas lecheras y a partir de entonces pasaba con ella todo el tiempo que podía. Pronto empezó a ayudarla a cortar forraje para los bueyes y a apacentar el ganado junto al pueblo.

A la joven le resultaba difícil mantener junto el rebaño y habría preferido dar de comer a los animales en el corral. Pero los otros habitantes del pueblo ponían objeciones: el forraje ya escaseaba para los caballos y mulos y además era difícil de conseguir. Los cimarrones no comprendían que se diera de comer cereales a un rebaño de reses que no redundaba en beneficio de nadie. Simaloi se negaba con vehemencia a que los sacrificaran. En lugar de ello extraía sangre de los animales, la mezclaba con leche, agitaba la mezcla, que llamaba *saroi*, y la vertía en un recipiente especial para evitar que se coagulase la sangre. El brebaje que así se obtenía era uno de los alimentos básicos de su tribu. Por lo visto, a Simaloi le gustaba. Cuando se la ofreció a los demás, la rechazaron con repugnancia, lo que la joven tampoco alcanzó a entender. Jefe fue el único que estuvo dispuesto a probarla.

—¡El amor ciega! —se burló Michel cuando pasó por delante de la cabaña de Simaloi y vio a su amigo tomar heroicamente un sorbo de aquel brebaje rosado.

—¡Esto hacer fuerte! —afirmó Simaloi.

Desde que Jefe se ocupaba de ella, su francés había mejorado notablemente. Lentamente lograba expresarse mejor y contaba al joven sobre su vida anterior. Y así, el negro se enteró de que los masai eran nómadas y que con frecuencia tenían que recorrer largas distancias para encontrar alimento para sus animales. Eran pastores, pero también un pueblo de guerreros. Los tratantes de esclavos los temían, señaló la joven con orgullo, por lo que pocas veces ocurría que los masai cayeran en sus redes. Simaloi y su familia habían tenido simplemente mala suerte. Su padre había ido a vender marfil a un comerciante de la costa, alejándose mucho del territorio de su pueblo. En su ausencia, unos negreros habían asaltado el campamento y se habían apoderado de mujeres y niños. La familia ya se había separado en África, Simaloi había pasado un tiempo con un tratante de esclavos suahili. Ella le gustaba y él la había dejado embarazada. Sin embargo, hasta que estuvo en Cap-Français no se dio cuenta de que estaba encinta: había sido un milagro que su hija sobreviviese a la travesía en el barco de esclavos. Dio a luz en la casa de un comerciante en el barrio residencial de la ciudad, pero poco después pasó a manos de un tratante.

—No sé la razón, pero creo que *madame* enfadada porque *mèz* quería a mí... quería conmigo.

Por las explicaciones de Simaloi, Jefe entendió que la mujer se hubiese alegrado de que la recién nacida no se pareciera a su marido. Y luego, lógicamente, insistió en echar a la joven para prevenir problemas. Por añadidura, la masai no había demostrado ser una esclava doméstica eficiente. Sabía tratar con los bueyes, pero Jefe no podía imaginársela limpiando el polvo de los muebles de una mansión señorial o desempeñándose como doncella. Al final la muchacha había acabado en un burdel, del que había escapado para unirse a Macandal.

—¿Y la niña? —preguntó Jefe.

—Querían matarla. Preferí darla.

No le pudo sonsacar nada más. Jefe no deseaba seguir ahondando en el tema porque a Simaloi la entristecía. Nunca lloraba —por lo visto, en su tribu estaba mal visto mostrar pena y sentimientos—, pero notaba el daño que le hacía haber perdido a su hija. Jefe prefería que hablase sobre su vida con los masai, sus migraciones y sus bueyes, aunque lo que más le interesaba era, por supuesto, su historia reciente. El número de hombres que la había maltratado desde que la habían arrancado de su antigua vida explicaba su reserva en lo que al contacto físico se refería. A Jefe le permitía que se sentara a su lado en la cabaña, o delante de ella, le ofrecía su hospitalidad y parecía que se alegraba de sus visitas. Pero retrocedía siempre que él se aproximaba un poco más o pretendía cogerle la mano. Solo se rendía al deseo de Macandal y atraía sobre ella la cólera de las demás amantes del Espíritu a medida que se convertía en su mujer favorita.

Macandal nunca mencionaba el tema de Simaloi cuando planificaba asaltos o discutía acerca de estrategias con Jefe. Ya incluía al joven en todas las deliberaciones con sus lugartenientes, y el muchacho estaba orgulloso de pertenecer a su círculo más próximo. Los temas se debatían de forma objetiva. Macandal renunciaba a todo fanatismo y esperaba de sus hombres que evitasen las luchas jerárquicas y de personalidad. Las mujeres nunca se mencionaban; el cabecilla de los rebeldes seguramente habría encontrado indigno pelear por una mujer. Y que un César llegara a ser rival de un Macandal... el Mesías Negro ni siquiera admitía que alguien concibiera tal idea. No hacía caso de la incipiente relación entre su amante y su teniente, y esperaba que todos sus hombres actuaran del mismo modo.

No obstante, Macandal dejaba bien claro a quién pertenecía la mujer masai. Desde que el joven teniente le había llevado los primeros bueyes, el jefe de los rebeldes escogía a Simaloi casi cada noche. Por lo general, dirigía una mirada relajada a Jefe cuando ella cogía su mano con docilidad, se ponía en pie y lo seguía al interior de la gruta. El mensaje era claro: el Espíritu no necesitaba cortejarla. Ella estaba allí y era suya.

A Jefe esto lo sacaba de quicio.

—Cuando está conmigo se aparta a la que le rozo un dedo —se quejaba a Michel, cuya amistad iba consolidándose—, y eso que me esfuerzo. Ayer, esas vacas...

Jefe y sus hombres habían asaltado una nueva plantación y pese a que el saqueo había transcurrido sin contratiempos, las tres vacas lecheras de la plantación eran unos animales tozudos que no querían salir de su establo. Durante todo el camino al campamento habían tenido a Jefe en vilo.

Michel se reía.

—Todos los bueyes son de Simaloi; todas las mujeres, de Macandal. Ella no agradece, él no pregunta.

Jefe siguió esforzándose, hasta que la extraña rivalidad entre el cabecilla rebelde y su teniente por la mujer masai perdió de repente importancia. Un mes antes de la Navidad, el Espíritu comunicó su plan al pueblo.

—He decidido atacar durante la festividad más importante de los blancos. Aprovecharemos el día en que nos dan más libertades, el día en que ya una vez un mesías fue enviado del cielo para salvar a los afligidos. Las próximas semanas distribuiremos paquetes de veneno entre los esclavos de cientos de plantaciones. La noche que ellos llaman «de paz», yo mismo estaré en una de las mayores propiedades iniciando el exterminio de los blancos. Y al día siguiente, durante la fiesta del nacimiento de su Señor, ¡habrá nacido la nueva Española! ¡Será la fiesta de la sangre y los gritos de los negreros!

Como para reforzar las palabras, vertieron sangre del animal sacrificial en la marmita de Macandal. Ya era oscuro, invocaron a los espíritus y esa noche se manifestaron a través de unos pocos hombres y mujeres que cayeron en éxtasis a través de las exhortaciones del jefe rebelde. Para celebrar el día, circularon calabazas con aguardiente: los cimarrones acabaron entusiasmados y las mujeres del Espíritu quisieron su parte. Tres siguieron a Macandal y Simaloi al interior de la gruta mientras las otras bailaban en el exterior.

Jefe compartió una botella con Michel.

—Ahora va en serio —comentó el joven cimarrón de largo cabello rizado—. ¿Dónde crees empezar Macandal a matar la noche de paz? Debe de ser plantación grande, plantación importante.

Jefe asintió y lo miró con una mueca irónica, pero también con expresión ufana. Había que agradecerle a él que la elección hubiese recaído en esa propiedad.

—En Nouveau Brissac —respondió—, de la familia Dufresne.

En las semanas anteriores a la Navidad se desplegó en el campamento de los rebeldes una agitada actividad. Las mujeres trabajaban casi todo el día en la preparación del veneno. Se internaban en grupos en la selva para, siguiendo las instrucciones de Macandal, recoger las flores, líquenes y hongos adecuados, a los que secaban cuidadosamente y luego machacaban. Macandal controlaba su trabajo y se reunía con sus lugartenientes para trazar los planes de ataque. Atacarían el 25 de diciembre. Mientras los hacendados morían en las plantaciones, los soldados de Macandal asaltarían las gendarmerías de las ciudades y los cuarteles. El plan consistía en tomar las oficinas, puntos estratégicos y cárceles y controlar de ese modo toda la comunidad de Saint-Domingue. Naturalmente, todo eso había que organizarlo con suma precisión. Jefe, uno de los pocos que sabían leer y escribir, no dejó de escribir en todo el tiempo.

Una noche, Macandal se dirigió a los esclavos llegados de plantaciones muy lejanas para recoger los paquetes, lo que conllevaba grandes riesgos. Muchos lugartenientes de Macandal se habían declarado contrarios a convocarlos. Habría sido menos peligroso distribuir los paquetes a través de mensajeros cimarrones o de los ubicuos *pacotilleurs*. De hecho, solo a través de ellos se alcanzaban algunas áreas de la isla, ya que había varios días de marcha entre las plantaciones próximas a Port-au-Prince y el campamento del Espíritu. Pese a ello, Macandal quería contactar personalmente con el mayor número posible de sus partidarios, quería inflamarlos él mismo con su causa.

—Basta con que detengan a uno de ellos y que confiese todo el plan —objetó Jefe—. Y tú, Macandal... Es peligroso que te traslades a Nouveau Brissac. ¿Por qué no te quedas aquí, dejas que nosotros nos ocupemos de todo y haces acto de presencia cuando tengamos el terreno bajo control?

Habían convenido en dejar los paquetes de veneno para el territorio de Cap-Français en el cobertizo que había entre Nouveau Brissac y Roche aux Brumes, donde Jefe había escuchado por primera vez a Macandal, quien estaba decidido a hablar allí una vez más con los cabecillas locales del movimiento la tarde de la Nochebuena. Después quería introducirse furtivamente con sus partidarios en la plantación de los Dufresne y celebrar la festividad con los negros, mientras los esclavos domésticos administraban el veneno a los señores de la casa y a los invitados al baile. Jefe, al igual que muchos otros oficiales, consideraba que era correr un riesgo innecesario.

Pero Macandal se limitaba a reír.

—¡A mí no me pillan, muchacho! ¡Soy inmortal, no lo olvides! Debo estar allí para dar ánimos a la gente. ¡Deben saber que estoy allí, que los protejo, que mi luz los ilumina! ¡Ya no nos esconderemos más! Haremos ofrendas a nuestros dioses mientras ellos celebran el nacimiento de su Cristo. Bailaremos, cantaremos y...

El discurso de Macandal ante los esclavos iba a pronunciarse mientras se celebraba la misa cristiana en las plantaciones. Por razones prácticas, el servicio religioso solía realizarse por la tarde, de modo que los bailes comenzaban después y los esclavos, excepto los que servían, podían ir a celebrar la fiesta por su cuenta. En Navidad los esclavos del campo lo tenían mejor que los domésticos. Para los primeros el banquete empezaba ya en Nochebuena, mientras que los domésticos tenían que esperar a que concluyera el de los blancos. La ausencia de unos pocos negros en la misa pasaría desapercibida, al cobertizo situado entre Nouveau Brissac y Roche aux Brumes podían acudir representantes de todas las plantaciones del entorno. Y por lo visto, Macandal había planeado celebrar también una ceremonia religiosa para ellos. Habló de ofrendas, danza y de conjurar a los espíritus.

—¿Cuál de nosotros debe entonces acompañarte? —preguntó Jefe resignado.

Había sugerido el lugar del encuentro después de haber oído que la vigilancia de Roche aux Brumes había disminuido mucho desde que había enviado a Oublier al infierno. Los vigilantes habían tenido la obligación de participar en las acciones de castigo y todavía se sentían más odiados que antes por los esclavos. Con el asesinato de Oublier se había traspasado una línea y era frecuente que los negros se rebelasen y atacasen a los blancos aun a riesgo de su vida. Ningún vigilante de Roche aux Brumes osaba realizar las largas patrullas a caballo que eran habituales en vida de Oublier. Naturalmente, vigilaban los barrios de los esclavos, pero solo controlaban las posibles vías de escape entre las casas.

Pero ¿les pasaría inadvertida una ceremonia obeah a plena luz del día a los vigilantes de dos plantaciones? Jefe habría preferido evitar el riesgo.

—Tú me acompañarás —respondió Macandal con tranquilidad—. Y tres tenientes más. Mayombé y Teysselo no.

Jefe asintió. Los dos guardaespaldas de Macandal dirigirían los ataques en otros territorios.

—Y Sima y Mireille...

—¿Mujeres? —preguntó Jefe atónito—. ¿Quieres llevar mujeres?

El Espíritu sonrió.

—¡Son las que dan el toque festivo! —respondió—. ¿Te acuerdas de la primera vez que me escuchaste? ¿No sientes el poder con más fuerza, no te sientes más vivo cuando el aliento del Espíritu roza a una mujer?

Jefe recordaba vagamente la joven negra de la plantación Dufresne a la que Macandal había rozado con algo más que su aliento. Y también en esa ocasión acudirían mujeres de la plantación a su ceremonia. Macandal podía recurrir a ellas si creía necesitarlas para conjurar a los espíritus. No era imprescindible poner en peligro a Simaloi y Mireille.

—No pasará nada —dijo Macandal—. Lo sé. ¡Triunfaremos! He tenido visiones de La Española en llamas. ¡Y nosotros la encenderemos!

4

Fue el talento musical de Leon lo que le valió una invitación para la fiesta de Navidad de Nouveau Brissac. Desde que era niño había pertenecido a un grupo de músicos, quienes pidieron a Victor que permitiera a su mozo de cuadra tocar en la fiesta de los esclavos. Jacques Dufresne apoyó la solicitud, contento de no tener que recurrir a ningún artista externo, y Victor tampoco tenía ninguna objeción.

—Será un placer llevarte con nosotros, así podrás ver a tus padres y hermanos —dijo amablemente.

Leon puso una mueca.

—Ya... sí, mèz, yo alegrarme mucho —titubeó pese a que su expresión lo contradecía—. Mí también gustar hacer música. Pero preferir quedar aquí, cantar para Bonnie, Namelok, Libby, Amali, Nafia, Sabine...

De repente, Victor cayó en la cuenta de que todavía no había pensado en la fiesta de Navidad de sus propios sirvientes. Leon, por el contrario, ya debía de haber hecho planes, aunque a él lo que le interesaba era una persona que, por lo visto, le resultaba más importante que su familia y sus viejos amigos.

—Si yo ir a Nouveau Brissac —acabó pidiendo—, ¿puedo llevar a Bonnie? Así ella conocer a mi madre.

Leon miró a Victor suplicante, pero volvía a sonreír, contento con la idea que se le había ocurrido. El joven señor seguro que no pondría reparos. Así podría cantar en la fiesta y tener a Bonnie y Namelok con él.

—¿Y si los llevamos a todos? —propuso poco después Deirdre, cuando Victor le habló de la fiesta de los negros—. Así Amali no hará ninguna tontería con su lechero y Sabine volverá a ver a sus amigos de Nouveau Brissac... Tiene hijos allí, ¿no? Y cinco negros más no llamarán la atención en una fiesta tan grande.

—Pero este año han prohibido que se reúnan —objetó Victor—. Mi padre y Gérôme dijeron durante el bautizo que esta vez la prohibición se aplicaría de forma severa también en Navidad.

—¡Bah, pero eso no vale para nuestra gente! —exclamó Deirdre—. Es el mismo *beau-père* quien ha pedido a Leon, y Sabine también es de su plantación. Por Dios, Victor, hazle entender que todos pertenecen a su familia.

El médico rio.

—No creo que mi padre lo vea así, pero tienes razón, podemos justificarlo de ese modo. Todos son esclavos Dufresne. Y libertos. Aunque esto no tenemos que recordárselo a la familia.

Deirdre asintió.

—Lo único que necesitamos es otro coche. Piensa cuál de tus agradecidos pacientes puede prestarte uno.

Los empleados de los Dufresne estuvieron encantados cuando Victor les propuso hacer todos juntos la excursión. También ellos habían oído hablar a Leon y Sabine del legendario banquete de Navidad que se celebraba en el barrio de los esclavos de Nouveau Brissac y ansiaban poder asistir a uno.

—¡Dan tiempo libre a los esclavos la tarde misma de Nochebuena! —exclamó admirada Amali. Ya llevaba años en La Española, pero que los días de las festividades católicas también se extendiera a los esclavos seguía fascinándola—. ¡Y la Navidad y el día después! Y todo el día hay comida gratis y cerveza y...

—En Nochebuena asisten todos a misa, no es fiesta —puntualizó Victor, moderando un poco su alegría—. Y en lo que se refiere al segundo día de la Navidad... a los hacendados les cuesta. Claro que si permiten a los negros emborracharse hasta caer inconscientes el día anterior, también han de aceptar sus consecuencias. Nadie puede imaginar que vayan a rendir mucho el día siguiente. Además, los esclavos de campo no se dedican a tareas exentas de riesgo. Supongo que hay tantos que el día posterior a la fiesta se han matado o herido de gravedad que para los hacendados resulta más barato darles el día libre.

—No me dejarás en la estacada los días de fiesta, ¿verdad, Amali? —preguntó Deirdre con leve reproche—. Las mujeres tenemos que cambiarnos tres veces al día, con tantas recepciones y bailes y *matinées*... ¡Me alegra tenerte este año conmigo!

En Nouveau Brissac, Roche aux Brumes y las plantaciones vecinas se hacían fiestas sucesivas durante los días señalados. Nora pensó con nostalgia que en Jamaica solo había un baile de Navidad. Los hacendados ingleses no exageraban tanto con las fiestas como los franceses. Y Nora empezó a añorar su plantación. Por mucho que disfrutase con su hija, ya se alegraba de regresar a Cascarilla Gardens. El viaje de vuelta sería a mediados de enero. Pero primero tenían que ir a casa de los Dufresne y por suerte Victor no se había quejado de que Doug hubiese alquilado coches para toda la comitiva. Victor, Deirdre y los Fortnam iban sentados en un cómodo carruaje, en el que también tenía sitio Amali, pues Victor conducía personalmente. Leon llevaba un carro plataforma con el equipaje, el resto del servicio y los niños. Todos estaban de un humor estupendo. Leon cantaba a los niños y al final no solo Sabine y Amali, sino también Bonnie, corearon el sencillo estribillo.

Nora se reclinó en el respaldo de su blando asiento e intentó relajarse. Al menos el trayecto era bonito, le gustaba viajar a través de la naturaleza virgen que todavía quedaba alrededor de Cap-Français. Aunque después cediese su sitio a las plantaciones de café, tabaco y caña de azúcar, ahí los caminos todavía estaban a la sombra de las palmeras y las plantas selváticas de hojas carnosas y gomosas. Buscó con la vista especímenes de la fauna local, pero ni la jutía, un pequeño roedor que vivía en los árboles, ni el solenodonte se dejaron ver. Solo los había en La Española, pero de momento Nora no había visto ningún ejemplar. Tampoco cocodrilos u otros reptiles mayores que las lagartijas. Una pena para ella, pues le encantaba descubrir animales desconocidos y plantas que podían aclimatarse a su propio huerto. En La Española ya había reunido varias semillas y plantones que solo tendrían que atravesar en buen estado el mar. Ojalá todo fuera bien en los próximos días. Doug había manifestado sus temores de que durante las fiestas se produjeran envenenamientos en las plantaciones.

—Tal vez no precisamente en Nouveau Brissac, pero en general... Para Macandal sería un buen momento para atacar. Y estos días nos han invitado a muchas plantaciones, ¿no es así, Nora? Preferiría fingir una indigestión y que Sabine solo me sirviera papilla de avena.

Pero, naturalmente, eso sería imposible, aunque Nora ya había pensado eludir al menos un par de fiestas pretextando una indisposición. En lugar de ello, a lo mejor podía ir con Victor a visitar los barrios de los esclavos y mejorar así un poco las relaciones entre señores y sirvientes.

Intentó al menos disfrutar del viaje, algo en lo que el tiempo, a su vez, también contribuía. Por supuesto hacía calor, como en todo el Caribe, pero si bien en esa época del año siempre se esperaban lluvias, ese día los viajeros no se mojaron. Los sirvientes se alegraron de ello, pues su carro no iba entoldado; si bien a Victor la falta de lluvia no le dio suerte. Su madre se indignó cuando lo vio conduciendo el coche de su familia y llegar al mismo tiempo que los elegantes coches de otros invitados que asistían al banquete. Como hacía tan buen tiempo, Louise Dufresne recibía a sus visitas delante de la casa.

Los demás invitados, *monsieur* y *madame* Saussure, bajaron de un coche de dos plazas con cochero de librea y un pequeño paje formalmente vestido que les abrió la portezuela. No dijeron nada, pero ambos parecían sumamente extrañados del coche de Victor y de su forma de vestir. El joven médico llevaba ropa cómoda de viaje. Como su suegro, se había puesto pantalones de montar y botas en lugar de calzones y zapatos de hebilla.

—¿Es el estilo inglés? —preguntó *monsieur* Saussure y se llevó la mano a la peluca empolvada para comprobar su estado—. Debe de ser más cómodo, pero ¿se impondrá?

—Mi hijo enseguida se vestirá como es debido —observó Louise Dufresne agriamente, tolerando el beso de saludo de Victor y Deirdre en su mejilla empolvada—. Y mi nuera también.

El ligero vestido de verano de Deirdre, que no precisaba del corsé, recibió la misma mirada de rígida intolerancia que el cabello recogido con sencillez en la nuca.

Deirdre sonrió a Amali, quien, claro está, la siguió a la casa mientras los otros negros esperaban a que Louise Dufresne les señalase un alojamiento.

—¿Lo ves? Cuando no me peinas, estoy perdida...

Puesto que nadie se ocupaba de ellos, Leon se limitó a dirigir el carro al barrio de los esclavos, no sin antes descargar el equipaje de sus señores. Pero cuando intentó entrarlo a la mansión, uno de los criados domésticos se lo impidió.

—Nada de extraños en casa, órdenes del mèz —se disculpó el hombre.

Leon frunció el ceño.

—¿Extraño? ¿Yo? ¡Eh, que soy Leon! Nací aquí, soy el hijo de Matilde... ¿Qué te pasa, hombre?

Se sorprendió de que el criado siguiera en sus trece, pero en las siguientes horas el comportamiento de sus amigos todavía le sorprendería en más ocasiones. Su madre se alegró de verlo, y también Sabine fue bien recibida por sus hijos. Pero la alegre bienvenida que Leon había esperado recibir en el barrio de los esclavos —a fin de cuentas había nacido ahí y le habían invitado como tamborilero— no se produjo. Una atmósfera de tensión parecía reinar allí. Leon y Sabine se sintieron como intrusos cuando a los negros de Victor les fue asignada la cabaña más alejada. En realidad habían esperado que sus familias los acogieran con ellos, pero Patrick, el mayordomo, quien también parecía haber perdido su afabilidad, les concedió el alojamiento en el extremo más alejado del barrio.

—¿Nosotros enfermos, que no querer tener cerca? —preguntó Leon desconcertado, cuando rápidamente volvieron a dejarlo solo con Bonnie y los niños. Todos sus amigos y familiares parecían tener otra cosa que hacer antes que charlar con él o que conocer a Bonnie—. ¿Qué tener raro nosotros?

—Nosotros nada, ellos sí —respondió vagamente Bonnie.

Era una locura, pero ese poblado le recordaba la atmósfera del *Mermaid*. El ambiente previo a un abordaje.

5

Pronto se demostró que la orden de Jacques Dufresne de impedir el paso a todo esclavo ajeno y de prohibir las reuniones de negros de distintas plantaciones no se podía cumplir. Ya el día antes de Navidad llegaron los primeros invitados en compañía, claro está, de sus doncellas, criados personales y cocheros, e incluso los hubo tan prudentes que aparecieron con la cocinera para que vigilase la cocina de los Dufresne y desenmascarase a los envenenadores. A esas alturas, casi todos tenían catadores negros.

Era imposible impedir la entrada a todo ese personal, y también que los grupos se mezclasen. Aunque los criados de los invitados no dormían en el barrio de los esclavos, sino en los establos, sí comían junto con los de la plantación. Tampoco se había organizado ninguna fiesta por separado ni un segundo servicio religioso para ellos. Por consiguiente, la tarde del día de Nochebuena, a más tardar, todos se mezclarían, y Macandal y sus ayudantes sacaban sus conclusiones al respecto. Nadie advertiría que el cabecilla rebelde y sus partidarios se acercaban al cobertizo que se hallaba entre Nouveau Brissac y Roche aux Brumes, ni que los hombres y mujeres de todas las plantaciones de los alrededores acudían allí para oír hablar al Mesías Negro en lugar de asistir a la misa cristiana.

Pese a ello, la reunión en el cobertizo inquietaba a Jefe. Junto con otros lugartenientes de Macandal salía al encuentro de los esclavos y les preguntaba la contraseña, esforzándose en que la gente se alejase lo antes posible de las carreteras y caminos que discurrían entre las plantaciones. Si bien en teoría todos los señores y esclavos deberían hallarse en misa, los hechos mostraban lo contrario, tal como Jefe había supuesto. Algunos esclavos habían tenido que ocultarse entre los cultivos o arrojarse a una zanja de la carretera para que no los vieran desde los carruajes que pasaban. Muchos de los invitados al baile de Navidad de Nouveau Brissac tenían ante sí un largo viaje y, por lo visto, no daban tanta importancia a la misa. Los caminos también eran transitados por jinetes, la mayoría de ellos vigilantes, que por Navidad visitaban a conocidos de otras plantaciones o a alguna amante en Cap-Français.

—Espero que Macandal se contenga al menos con el volumen de su voz —suspiró Jefe, cuando los hombres cerraron por fin el cobertizo tras los últimos rezagados—. Y deberíamos prescindir de los cánticos, se oyen desde lejos. Si alguien descubre desde la carretera que en Nochebuena se está invocando a los espíritus...

Uno de los oficiales asintió, pero los otros lanzaron una severa mirada a Jefe. Sus palabras denotaban cierta falta de respeto. El joven era consciente de que actuando de esa forma corría el riesgo de perder el favor del Espíritu. No obstante, en el transcurso de la operación le resultaba cada vez más difícil dominarse. Por muy convencido que estuviese de los objetivos de Macandal y de su estrategia, la llegada del jefe rebelde aumentaba su intranquilidad. Jefe estaba dispuesto a respetar a Macandal como guía militar, pero no creía ni en dioses ni en espíritus, ni en la eternidad ni en la predestinación. Consideraba a Macandal un hombre inteligente y carismático, pero no un enviado de los dioses, y le parecía lamentable que la gente se arrodillase ante él y le pidiese su bendición. La pomposa presentación de Macandal como segundo mesías era artificial y ridícula y, ¡por todos los diablos, le pertenecían tan pocas mujeres de este mundo como bueyes a los masai!

Jefe se frotó la frente cuando sus pensamientos volvieron a acuciarlo. Era consciente de que su problema con el liderazgo de Macandal obedecía a su trato con las mujeres en general y con Simaloi en especial. Una ceremonia vudú tenía elementos sensuales y, eventualmente, también sexuales, pero que el jefe espiritual se dejara abordar por mujeres y muchachas o incluso adorar no formaba necesariamente parte del culto. Sin embargo, Macandal lo exigía y no disimulaba en absoluto que esa veneración lo excitaba. Después de todos los discursos y ceremonias a los que Jefe había asistido, Macandal siempre «atendía» a una de sus seguidoras, llevándola a su campamento, y a veces incluso a varias. No las obligaba, por supuesto, pero la excusa que repetían los demás hombres de que lo hacían voluntariamente no era aplicable, al menos, a Simaloi.

En las últimas semanas, Jefe había intimado más con la bella masai. La confianza que ella depositaba en él crecía por momentos y el joven cada vez sabía más de la vida de las mujeres de su tribu. Lo que oía le horrorizaba mucho menos que lo que iba descubriendo acerca de los abusos que había sufrido tras convertirse en esclava. Una masai contaba con que la casaran sin su propio consentimiento, y una mujer casada solía compartir a su marido con varias mujeres. Cuando el esposo recibía visita, podía suceder que tuviera que compartir su lecho con el desconocido como presente de hospitalidad. Decir que no a un hombre era impensable para Simaloi, realmente inconcebible tratándose de un hombre tan principal e importante como Macandal.

Pero Jefe veía cómo ella se encogía cuando tras las ceremonias el orador pasaba revista a la hilera de sus mujeres, veía la vacilación con que le tendía la mano y cómo bajaba la mirada avergonzada e infeliz cuando lo seguía. Ahí no podía hablarse de libre voluntad. Incluso ahora, mientras danzaba y cantaba dando la bienvenida a Macandal en el cobertizo, y luego se arrojaba al suelo y le besaba los pies, la joven masai no parecía feliz. En el caso de Mireille, esta conducta tenía un aire más rutinario que entusiasta, aunque muchas esclavas presentes se restregaban sin pudor contra Macandal y buscaban sus favores sin recato. El ambiente en el cobertizo estaba caldeado incluso antes de que circularan las calabazas con aguardiente de caña para recibir a los espíritus. Los esclavos estaban excitados y se sentían honrados de poder participar en esa última reunión antes de proceder al gran golpe contra los opresores. Aclamaron exaltados a Macandal, corearon con fervor las invocaciones a los dioses y vitorearon las declaraciones del Espíritu.

—¡Yo soy la espada de Dios! ¡Soy inmortal y os hago inmortales! ¡Veo fuego y muerte! ¡Veo miedo y huida! ¡Ayudadme a expulsar a los blancos! ¡No tengáis escrúpulos! ¡Cada niño que matéis será un futuro enemigo menos! ¡Cada mujer que matéis dejará de dar a luz a un nuevo opresor! ¡Envenenando a sus hijos, alimentamos a los nuestros! ¡Poseeremos esta isla! ¿Me creéis? ¿Lo veis vosotros también?

Los hombres y mujeres expresaban su aprobación a voces y Jefe miraba preocupado hacia las puertas. Si alguien en esos momentos pasaba a caballo hacia Roche aux Brumes, estaban perdidos. Pero Macandal no veía ninguna necesidad de abreviar. Encendió con toda tranquilidad la hoguera y sacrificó varios pollos en aras del cumplimiento de sus planes. Los esclavos que habían conseguido llevar un pollo o una gallina se dejaban rociar orgullosos con la sangre del animal. Todos rebosaban valor y confianza cuando Macandal fue de uno a otro bailando distribuyendo los paquetes de veneno. Algunos los cogieron para su propia plantación, otros para todo un distrito. Las fiestas navideñas permitían repartir el veneno por la colonia casi de forma exhaustiva en dos días. Las doncellas, criados personales y cocheros llevaban los paquetes de una plantación a otra, incluso los catadores, que sabían que tal vez morirían por esa causa. No siempre conseguían simular placer por la comida envenenada o vomitarla antes de que el veneno obrara efecto.

Por fin el espectáculo llegó a su término y Jefe respiró aliviado. Probablemente sus desvelos carecían de justificación y todo iría bien. Esperaba que nadie se percatase cuando, según Macandal había planeado, se mezclaran entre los esclavos que celebraban la fiesta de Nouveau Brissac. Otra idea que Jefe también encontraba poco prudente. Pero Macandal quería estar presente cuando muriesen los invitados al banquete. Quería presenciar la masacre, el caos que surgiría cuando el baile se convirtiese en una danza de la muerte. Jefe sabía que había calculado el tiempo que tardaría en producir efecto el veneno. Dos o tres horas después del banquete que preludiaba al baile, los hacendados se retorcerían víctimas de los espasmos. Y doscientos o hasta trescientos invitados agonizantes —Jefe sonrió— constituirían una carga excesiva incluso para Victor Dufresne. Y aún más cuando él mismo experimentaría el efecto de la ponzoña. El doctor y su Deirdre... Jefe oscilaba entre la pena por tener que destruir aquel bello cuerpo y la alegría anticipada de la venganza. Al final ganó esta última. Su amante lo había despreciado, había querido pertenecer a los blancos. ¡Ahora él sería testigo de cómo desaparecía con ellos! Jefe pugnaba por olvidarse de cuánto había amado a la joven. Una equivocación, una terrible equivocación si pensaba en el *Mermaid* y sus hombres. Había sacrificado a sus amigos y casi su vida por una mujer que posiblemente no lo hubiera seguido ni aunque hubiese depositado a sus pies todos los tesoros de las minas de oro españolas.

La mirada de Jefe se desplazó hacia Simaloi. Era totalmente distinta, era dócil y dulce, pero lista también para luchar por sus intereses. En algún momento también ella sentiría cariño, de eso estaba seguro. Si al menos llegara a ser ella misma... Le había pedido formalmente la mano cuando le había llevado los últimos bueyes, pero había confirmado que ella no entendía la pregunta de verdad. Ella no tenía que decidir si tenía que ser entregada a un hombre o no, lo decidía su padre.

—Pero ¡está muerto! —le había señalado Jefe asombrado, a lo que ella había respondido bajando la cabeza.

—Entonces lo decidirán los espíritus —había susurrado.

Jefe comprendió: los espíritus hablaban con Macandal.

Dirigió de nuevo su atención hacia la ceremonia. El Espíritu bendecía a sus partidarios con la mezcla de sangre y alcohol de la marmita. El cobertizo estaba lleno hasta los topes. Los primeros hombres bendecidos empezaron a marcharse. Las mujeres, sin embargo, no podían separarse de Macandal, y a él tampoco se lo veía dispuesto a echarlas. Por el contrario, empezaba a hacer su habitual selección...

El líder escogió efectivamente a tres de las jóvenes más hermosas antes de despedirse de las demás.

—¡En estas mujeres están los espíritus de las islas! —declaró—. Las diosas de la tierra que deben unirse al dios de la guerra para darnos la victoria.

Bailaba con las muchachas mientras los esclavos, unos alegres y convencidos y otros extrañados, salían al exterior. Pero antes de que pudiese encerrarse con las mujeres, Mireille tomó la palabra. En los últimos meses, Jefe la había admirado por su paciencia pero ahora se percataba de que su impasibilidad conocía límites.

—¡François, esto no puede seguir así! —La menuda y regordeta mujer se plantó delante de su marido y sacudió la cabeza—. Nos hemos introducido en el centro mismo del territorio enemigo y esta noche quieres dar el golpe decisivo, ¿y ahora no tienes otra cosa en la cabeza que unirte con la próxima «diosa»? ¿Es que no piensas en estas chicas? Tienen que volver a sus plantaciones, la misa ya hace tiempo que habrá terminado y no parecen esclavas de campo. Así que esta tarde trabajan. Sus señores las esperan. Si las retienes más tiempo aquí, pones su vida en peligro.

—¡Da igual! —exclamó una de las muchachas—. ¡Morir con placer por el Mesías! ¡Dar todo con placer! —Se hincó de rodillas ante Macandal. Otra la imitó.

El líder les sonrió y se dispuso a ayudarlas a levantarse, pero Mireille no se amilanó.

—¡Qué tontería! ¿Es que no pensáis que no sois vosotras las únicas que morirían por él? ¿Cuando os cojan e interroguen nos delataréis a la que recibáis el tercer latigazo! —Volvió la espalda a las chicas, que ahora parecían amedrentadas, y se puso entre ellas y su marido—. ¡Deja que estas tontuelas se vayan, François, y reza para que lleguen sin problemas a casa! Si todo va bien, volverás más tarde y las bendecirás a todas. ¡Pero no ahora! Marchaos, chicas, ¡y rogad a todos los dioses y diosas que no os vea nadie!

Las jóvenes miraban a Macandal recatadas. El Espíritu de La Española estaba delante de su esposa como un niño al que acaban de regañar e intentaba recuperar la compostura.

—Tiene razón —admitió—. No tenemos tiempo, pequeñas. Marchaos pues, hijas mías, y cumplid vuestra tarea como yo cumpliré la mía. —Alzó la mano para despedirse de las jóvenes con una especie de bendición.

—Y... ¿y la victoria? —preguntó una de ellas con timidez—. ¿Qué pasar con victoria si no unión con diosa? ¿Entonces no victoria?

Mireille suspiró, pero Macandal había recuperado el temple.

—¡No te preocupes, hija mía! —respondió con firmeza—. La unión tendrá lugar. ¡Simaloi!

La joven se estremeció al oír la llamada. Se había mostrado aliviada al ver que Macandal hacía su elección entre las esclavas y ya se preparaba para irse. Era probable que todo ese tiempo hubiese abrigado las mismas preocupaciones que Jefe y Mireille. Y ahora...

—¡Ven, Simaloi! —Macandal le tendió la mano.

El corazón de Jefe casi dejó de latir cuando Simaloi sacudió la cabeza.

—¡No! —dijo—. Ahora no unión. Yo no diosa y los espíritus no llamarme. Solo me llamas tú. Tú gran mesías, gran guerrero. Pero yo... yo misma preguntar a dioses. Y dioses decirme: ¡tú traer cuatro bueyes, el ashanti traer ocho! —Señaló a Jefe—. Y no querer matar bueyes, comer conmigo *saroi*. Tú siempre carne.

Macandal era un glotón. Simaloi había visto con frecuencia carne de buey en la comida que Mireille le preparaba.

El jefe rebelde se quedó mirando a la joven.

—¿Que no quieres? ¿Prefieres a... a César? —Parecía más perplejo que ofendido.

Simaloi asintió vacilante. Luego se atrevió a levantar la vista y mirar el rostro incrédulo pero radiante de Jefe.

—Sí. Él pregunta si yo casarme. Si amar. Y yo creer que amar César...

Jefe luchaba por contener el impulso de correr hacia ella y estrecharla entre sus brazos. Así que se lo había estado pensando. Y lo prefería a él antes que al Mesías Negro. Quería besarla, llevársela lejos de allí... Pero Macandal no iba a cejar tan fácilmente.

—¿Y a mí? —bramó—. ¿Osas decirme que no me amas? ¿A mí, tu dios? ¡Yo soy el Señor tu Dios! ¡Y tú me perteneces!

Jefe oyó que los otros oficiales que estaban tras él respiraban hondo y en los rostros de las esclavas que todavía no habían dejado el almacén surgió una expresión de incredulidad y repugnancia. Hasta el momento, nadie había protestado cuando Macandal se autodenominaba mesías o se señalaba como la personificación de los dioses paganos de la guerra. Pero lo que decía a Simaloi...

«Yo soy el Señor tu Dios», la cita de la Biblia. Incluso para Jefe, que no había tenido una educación católica, esas palabras en boca de Macandal sonaban a blasfemia. Las esclavas bautizadas y que siempre se habían visto obligadas a acudir a misa parecían esperar que un rayo cayera del cielo para castigarlo.

Simaloi, por el contrario, los dejó a todos atónitos. Cayó de rodillas delante de Macandal y besó el dobladillo de su túnica.

—A Dios rezo —dijo con su voz conmovedora y oscura—. Bueyes pertenecer a mí. Pero César... yo amar. Es la diferencia entre Dios, propiedad y hombre.

Dicho esto, se puso en pie, dirigió una leve sonrisa de disculpa a Macandal y se aproximó a Jefe para tenderle la mano.

Macandal tragó saliva.

—Mireille —susurró.

La esposa se acercó a él y, una vez estuvo a su lado, se volvió hacia los últimos presentes.

—Si él es el dios, yo soy la diosa —anunció serenamente—. Pues soy su esposa, casada con él en nombre del dios que lo ha enviado. Así pues, la unión se realizará del mismo modo que se ha realizado con frecuencia. Venceremos, no hay duda. ¡Muerte a los hacendados! ¡Que el fuego, el veneno y la destrucción asolen sus casas! ¡Esta noche seréis las manos del Espíritu de La Española, su espada, su antorcha! ¡Id en paz y que los espíritus os acompañen!

Los otros oficiales comprendieron y abrieron las puertas a los últimos oyentes.

—¡Ahora, ven! —dijo lacónica a su esposo cuando todos se hubieron marchado—. Tenemos que lavarnos. Apestamos a sangre y aguardiente. La gente lo notará cuando nos unamos a ella.

—¡Vamos a la fiesta de Navidad de esta plantación! —proclamó Macandal. Parecía vencido, pero volvió a erguirse, luchando por recuperar la dignidad. Si esa noche todo iba bien, la tarde quedaría relegada al olvido.

Mireille y los lugartenientes limpiaron el cobertizo y sacaron ropa limpia de los hatillos. Por la noche los rebeldes no llevarían caftanes de colores, sino la ropa de algodón de los esclavos. Por el agua para lavarse no tuvieron que preocuparse: el habitual chaparrón cayó a primera hora de la tarde y barrió todas las huellas de la ceremonia vudú de su cuerpo. Mireille y Macandal, y luego sus lugartenientes, salieron desnudos al aire libre tras el almacén.

La pareja que había delante del cobertizo ni se percataba del aguacero. Jefe y Simaloi se abrazaban bajo la lluvia torrencial.

6

Bonnie se sentía un poco culpable porque no tenía nada que hacer mientras que Amali estaba casi todo el día trabajando, ocupándose de la ropa y los peinados de Deirdre. Solo planchar los trajes de noche y poner a punto todos los lazos y volantes llevaba horas, y también los vestidos de fiesta de las tardes requerían mucho trabajo, pues estaban formados por distintas crinolinas y enaguas, entredós de encajes y mantillas. Bonnie se había ofrecido a ayudar a Amali, pero seguía sin mostrar demasiada destreza en las labores de una doncella.

—¡Ocúpate mejor de los niños! —Amari rio cuando Bonnie colgó en el armario al revés el primer corpiño de puntillas—. ¡O ve a divertirte con Leon!

Leon llevaba todo el día con los músicos ensayando para la noche, cuando tendrían que tocar en el baile del barrio de los esclavos. El encuentro con sus compañeros lo había ayudado a olvidarse de la extraña y tensa atmósfera en el barrio de los esclavos. A esas alturas pensaba que el día anterior solo se lo había imaginado. Ahora, Bonnie era la única que parecía notar la tensión, que a partir del mediodía había aumentado. En toda la casa y el jardín reinaba una gran agitación, demasiada para una casa habituada a recibir visitas y celebrar fiestas.

Incluso Nafia lo había notado. Por la mañana, la pequeña había entrado en la casa en busca de alguna tarea que realizar. Se moría de ganas de poder asistir al baile para admirar los vestidos y los peinados altos y complicados de las invitadas, escuchar qué música se interpretaba y contemplar los bailes. Amali le había prometido hablar bien de ella a los esclavos domésticos y al principio encontraron pequeñas labores para la chiquilla. Pero las sirvientas de la casa y los criados estaban confusos, daban indicaciones contradictorias y se mostraban tan impacientes con la niña que a mediodía Nafia ya había vuelto desalentada con Bonnie. Prefería quedarse a cuidar los niños que involucrarse en la agitación que reinaba en la casa.

De este modo liberó a Bonnie de la última ocupación razonable y la joven acabó colándose en la cocina. Sabine había terminado allí para ocuparse de las tareas más importantes, pues al parecer las cocineras de los Dufresne no conseguían llevar nada a buen término.

—Nadine siempre buena con tortas —decía asombrada la mujer, al tiempo que señalaba a una joven desorientada que se esforzaba por arreglar un triste bizcocho chafado—. Y ahora hacer esto. Y Pierre salar mucho la sopa, uno piensa él enamorado, pero tener cara triste, como si no haber visto salir sol en tres días... No sé qué pasa aquí. Tú ayudarme, Bonnie, así lo conseguiremos.

Servir a casi trescientos invitados no solo precisaba de un ayudante más, sino de una buena planificación de todo el proceso; pero era evidente que en la cocina nadie estaba por la labor. Bonnie cogió un cuchillo de mondar y se enfrentó a una montaña de verduras. Presenció fascinada cómo Sabine tomaba el mando y disfrutaba solucionando todos los entuertos de esa ajetreada tarde navideña. Debía de sentirse desaprovechada en la residencia de Victor, donde solo se celebraban reuniones de pocas personas.

Fuera ya empezaba a anochecer y, por fortuna, dejó de llover cuando el personal de cocina del barrio de los esclavos encendió el gran fuego en que iban a preparar las exquisiteces para los negros. Había codillo de cerdo marinado con salsa de cebolla y chili, y arroz con judías. Se asaron plátanos y carne de cabra, y en unas grandes ollas cocían a fuego lento pollos en salsa picante. Los platos eran más rústicos que las delicias que Sabine y los demás cocineros preparaban para los blancos, pero a pesar de ello a Bonnie se le hacía la boca agua. Cuando el banquete hubiese concluido, los ayudantes de cocina y ella podrían unirse a la fiesta, seguro que Leon y Nafia le guardaban los mejores trozos. Entre los cocineros, sin embargo, no parecía reinar ninguna alegría anticipada especial. Al contrario, cuanto más avanzaban los preparativos —y se acercaba por tanto el final de su trabajo—, más atolondrado, torpe e impaciente se volvía el personal de cocina. Sabine, la única tabla a la que agarrarse en medio del oleaje, se limitaba a mover la cabeza.

—A lo mejor demasiados aquí —dijo después de probar la sopa y darla por buena—. Y enseguida también camareros entrar y salir. Escucha, Bonnie, tú ahora acabar. Muy bueno, muy buen trabajo, pero ahora tu celebrar fiesta con Leon. ¿Oyes? ¡Ya tocan música! —En efecto, los primeros y briosos compases de los músicos llegaban hasta la cocina.

Bonnie se desató el delantal.

—¿De verdad? —preguntó contenta.

Sabine asintió y se percató atónita de que uno de los cocineros le soltaba el nudo de su propio delantal.

—¡Y tú irte con ella! —le ordenó el hombre—. Tú tener razón. Demasiada gente aquí. Gracias por ayudar, pero ahora irte.

Sabine lo miró desconcertada.

—Aquí mucho lío —señaló.

—¡Nosotros salir adelante! —terció otra cocinera, la Nadine a quien antes había reprendido—. ¡Ahora es nuestra cocina!

—Pero... —Sabine quería dar más argumentos, pero el cocinero la empujó hacia la puerta que daba al jardín.

—Tú fuera, Sabine. ¡Mucho tiempo sin ver tus hijos, ahora celebrar fiesta con ellos!

La cocinera sacudió la cabeza. Su hija era doncella de Louise Dufresne y esa noche estaría muy ocupada. Y el hijo era sirviente doméstico y trabajaba de camarero en el banquete. A él solo podía verlo si permanecía en la cocina.

Bonnie, por el contrario, estaba contenta de abandonar el trajín que reinaba en la casa. Estaba hambrienta y deseando reunirse con Leon. Así pues, dejó a la vacilante Sabine donde estaba y se dirigió a la hoguera al lado de la cual se repartía cerveza y aguardiente. Allí mismo estaban tocando música y Leon estaría feliz de verla.

—François...

A Jefe le resultaba difícil dirigirse a Macandal por su nombre de pila; solo lo hacían Mireille y sus amigos más íntimos. Pero ese era un nombre corriente y no delataría con él al cabecilla de los rebeldes.

—¿Qué pasha, chico?

Macandal lo miró por encima del cuenco. Llevaba horas bebiendo ron con un par de esclavos de mayor edad, de los cuales Jefe ignoraba si conocían la auténtica identidad del líder o simplemente lo consideraban un visitante llegado como ellos de África. Los otros lugartenientes y Mireille se mantenían cerca, preocupados. Los hombres de Macandal no solían cuestionar a su superior, pero ninguno podía negar que emborracharse con ese grupo no era aconsejable. Ellos mismos tomaban sorbitos de cerveza o ponche, que era lo que Macandal solía hacer también. Pero esa noche los hombres hablaban sobre mujeres: sobre las dóciles y buenas africanas y sobre las mujeres de La Española, que también trabajaban y no querían que se las considerase inferiores que los hombres. En muchos barrios de esclavos, se quejaba un negro de avanzada edad, las mujeres eran quienes llevaban la voz cantante.

—¡Y ahora quieren ser ellas las que digan con quién... con quién quieren casarse! —se indignaba Macandal—. Esa... esa no es la voluntad de los dioses.

Jefe suspiró. Por lo visto, el Espíritu bebía para olvidar a

Simaloi, lo sucedido le había herido en su orgullo. Jefe tenía un vago sentimiento de culpa, pero ahora necesitaba las indicaciones de Macandal. El líder había dicho que él en persona daría la orden de emprender la acción y ya era hora. En la cocina ya habían concluido. Los invitados, que habían estado paseando con un aperitivo por las salas y el jardín, se iban reuniendo lentamente en el comedor. Jefe tenía que llevar el veneno a la cocina, supervisar cómo se mezclaba con los platos y lograr que los catadores fueran avisados a tiempo.

—François... ¿ahora?

Macandal se movió.

—¡Sh... shí! —balbuceó con una mueca—. ¡Que to... todos she vayan al... inf... infierno!

Jefe frunció el ceño. ¡No debería hablar tan claramente! Si seguía así, se delataría. Pero los hombres que rodeaban al líder se limitaron a reír.

—¡Envía a todas las mujeres al infierno! —exclamó con ironía uno de ellos—. Anda que no hará calor allí...

Jefe se irguió, algo aliviado. Al menos ahora tenía la orden de empezar. Mireille y los otros hombres ya se ocuparían de Macandal.

Simaloi lo esperaba unos pasos más allá. Lo acompañaría a la cocina. Desde que se había decidido por él, lo seguía a todas partes. Jefe no sabía si eso era una expresión de su amor o si se temía una posible venganza del Espíritu, mas en todo caso no era aconsejable. La alta y delgada masai, con el cabello corto, llamaba la atención. Algún blanco podía verla y preguntar por ella a los Dufresne.

Inquieto, le dirigió una sonrisa.

—Sima, amor mío, no quieren tener a esclavos desconocidos en la casa. Ya corro un riesgo metiéndome ahí dentro yo solo. Y tú... tápate al menos la cabeza con un pañuelo.

Simaloi se cubrió obedientemente y Jefe fue hacia la cocina con la seguridad y naturalidad de un esclavo doméstico. Los músicos, que seguían tocando junto a la gran hoguera, no se fijaron en él ni en la delicada joven que en ese momento se acercaba con un plato de arroz y pollo para sentarse a su lado.

Pero Bonnie sí vio a Jefe... y casi se le cayó el plato de comida de las manos.

—Jefe... —susurró—. César...

Iba a salir a su encuentro impulsivamente, pero lo pensó mejor y se contuvo. Jefe ya no era un esclavo. Había huido para unirse a los rebeldes. ¿Qué estaría haciendo entonces allí?

Bonnie reflexionó brevemente. ¿Sería posible que pretendiese ver a Deirdre? ¿Para secuestrarla? Pero ¡esa fiesta de Navidad no era el sitio indicado para eso! Deirdre solía salir muchas veces sola a caballo allí y en Cap-Français. ¿Por qué elegir precisamente un acontecimiento social para encontrarse en secreto con ella?

Y de golpe Bonnie entendió el ambiente tan extraño que reinaba en el barrio de los esclavos y que le recordaba a la tensión previa a un abordaje. La inquietud en la cocina y los esfuerzos del personal por desembarazarse de Sabine poco antes de que se sirviera la comida. Y luego aparecía Jefe, ¡sin duda enviado por Macandal!... ¡Los rebeldes planeaban un envenenamiento!

Bonnie dejó el plato a un lado, temblorosa. El corazón le palpitaba desbocado, pero siguió a Jefe, que se dirigía a la cocina... ¡Justo lo que ella se había temido!

La muchacha meditó angustiada. ¿Debía correr tras él, interpelarlo y evitar que él y el personal de cocina llevaran a término su macabro propósito? Él se asustaría, a lo mejor hasta la escuchaba. Pero ¿tenía ella realmente la posibilidad de cambiar el curso de las cosas? En la cocina trabajaban docenas de conspiradores. Una palabra de Jefe y reducirían y retendrían a Bonnie hasta que hubiesen concluido su letal misión. Pensó en contárselo a Leon, pero explicarle a él y los demás músicos ese asunto le llevaría demasiado tiempo. Ya estaban algo achispados, e incluso sobrios les costaría entender. Los insurgentes de la cocina acabarían sin miramientos con esos pocos hombres y con ella.

Bonnie miró hacia la ventana iluminada de la casa principal. No le gustaban los blancos, Dios sabía que habría enviado a un montón de ellos al infierno, pero esto... casi trescientas personas, entre las que se encontraba Victor Dufresne, quien le había salvado la vida. Y Deirdre, a la que admiraba aunque le hubiese quitado la esperanza de compartir su vida con Jefe. Y los Fortnam, que siempre habían sido amables con ella y que sabían algo sobre Jefe... Bonnie recordó que Amali había aludido a ello.

Y entonces simplemente echó a correr, pasó junto a los criados con librea que señalaban a los invitados el camino hacia la sala y se encontró, jadeante, en la entrada del gran comedor en el que los invitados vestidos de gala buscaban su sitio a la mesa y tomaban asiento. El doctor. Tenía que encontrar al doctor... Pero no veía a Victor ni a Deirdre...

—¿Tú qué hacer aquí? —Bonnie se estremeció cuando oyó a sus espaldas la voz severa de uno de los criados encargados del salón—. ¡Tú fuera de aquí!

—No. Tengo que... tengo que...

Bonnie miraba desesperada a la muchedumbre, pero solo veía preciosos vestidos de seda y brocado, rostros maquillados de blanco, pelucas onduladas y peinados altos. Resultaba imposible reconocer a alguien a primera vista.

—¡Tú desaparecer! ¡Ahora!

Otro criado la cogió del brazo y Bonnie se revolvió.

—Tengo que encontrar a alguien...

—¿Qué pasa Bonnie?

Una mujer con un vestido de seda verde se aproximaba a ellos. Por lo visto, el entredicho había llamado su atención. Y la mujer sabía su nombre... Bonnie la miró y reconoció a Nora Fortnam.

Quería decir algo, inventarse cualquier cosa para explicarse, para que Nora ordenase a los criados que la dejaran. Pero no se le ocurría nada. Sin embargo, cuando la mujer vio la ansiedad de la muchacha negra, se volvió por propia iniciativa hacia los criados, tranquilizándolos.

—No pasa nada... ¿Charles y Louis, verdad? —Sonrió a los hombres apaciguadora—. Es mía. Debe de haber algún problema con mi personal. Ven, Bonnie, cuéntame qué sucede.

La muchacha se habría arrojado al cuello de Nora. Sobre todo ahora que se alejaban de los encargados de la sala, quienes seguramente eran conspiradores. En un rincón, entre un arreglo floral y una vitrina con abundantes trabajos de marquetería, se detuvo.

—¿Qué sucede, pequeña? Se diría que has visto un fantasma.

—¡He visto a César! —soltó Bonnie—. Iba hacia la cocina. Estoy segura de que... de que viene de parte de Macandal.

Nora enseguida comprendió. Y no se quedó quieta. Al mirar al comedor, Bonnie entendió la razón: los invitados acababan de sentarse y el primer camarero salía del pasillo que comunicaba con la cocina, con una sopera en la mano...

Nora se precipitó hacia el hombre. Dio toda la impresión de ser un accidente, de que hubiese tropezado con él y tirado al suelo la sopera. La porcelana se estrelló y la sopa salpicó los calzones blancos del criado...

Oyó unos chillidos agudos tras ella y arrancó de un manotazo la sopera de manos del segundo criado en el pasillo. Luego entró en la cocina. Los sirvientes se quedaron paralizados. Todos miraron a Nora y luego a Jefe, que en ese momento se disponía a verter un polvo gris en una cazuela con guisado.

—¡Jefe! —chilló Nora—. Jefe, por todos los diablos, ¿qué haces aquí?

El joven levantó la vista confuso. Aquella voz le despertó una especie de recuerdo. ¿Acaso no había escuchado eso en otra ocasión? ¿O más de una vez? El recuerdo de un niño que se disponía a agarrar una tapadera caliente se encendió súbitamente en él. Y entonces reconoció a la mujer. A la madre de Deirdre, Nora Fortnam. Pero ¿cómo sabía ella su auténtico nombre? Él no se lo había dicho a Deirdre...

Sin embargo, sus instintos reaccionaron. Jefe tendió el paquetito con el veneno a una mujer alta y delgada que estaba detrás de él. Y a continuación agarró un cuchillo con un ágil movimiento, llegó junto a Nora de un salto y le colocó la hoja en el cuello.

—¿Cómo sabe mi nombre? —masculló—. ¿Y qué hace usted aquí? ¡Hable o la mato! ¡Continúa, Sima! ¡Seguimos según lo planeado!

—Pero...

La joven dudó con el veneno. Y también una de las cocineras reaccionó, apartando el guiso. De un instante a otro alguien aparecería en busca de esa mujer. E incluso si eso no ocurría, César solo conseguiría acallarla matándola, pero los descubrirían mucho antes de que el veneno obrase su efecto... Los conjurados necesitaban un nuevo e inmediato plan.

Nora resopló.

—¡Déjame, Jefe! —ordenó con firmeza—. No me das miedo. ¿Qué haces tú aquí? ¿Esa bolsa contiene veneno? ¿Pensabas matarnos a todos?

Jefe rio.

—Oh, sí, *madame*. Pensaba hacerlo y lo haré. Y usted será la primera...

Nora sacudió la cabeza. El filo del cuchillo arañó la fina piel de su garganta, pero ella no hizo caso.

—Mi esposo vendrá a buscarme —señaló con calma—. No te saldrás con la tuya.

Jefe empuñó el cuchillo con más fuerza.

—Ya veremos, *madame*. Todos aquí están de mi parte, no de la suya. Uno de nosotros saldrá ahí fuera y le dirá a su marido que se ha encontrado repentinamente indispuesta. Que la han llevado a su habitación y que por favor vaya a verla. Alguien lo esperará allí y él será el segundo. Y el bueno del doctor, el tercero. Siempre está dispuesto a ayudar.

La voz de Jefe rezumaba ironía perversa, intentaba expresar su desdén por toda la clase social a que Nora Fortnam pertenecía. Pero en lo más profundo de su ser le atormentaban las preguntas. ¿Cómo sabía ella su nombre? ¿Por qué no tenía miedo? ¿Por qué él creía haber oído antes esa voz? Antes, mucho antes del cobertizo, cuando los había descubierto a él y Deirdre.

—Pero ¡hoy no podrá ayudar! —prosiguió Jefe—. Todos morirán. Y no solo aquí. ¡El Espíritu está aquí, *madame*! Él trae la muerte y la devastación... dolor y miedo...

—¿Y Dede? —preguntó Nora, serena—. ¿También quieres envenenarla a ella?

«Dede», otra palabra que desencadenaba algo en Jefe. Debía de ser un diminutivo cariñoso de Deirdre. Pero ¿por qué acudían esas imágenes a su mente? Imágenes de una niña que llevaba una corona de flores en el cabello que él, Jefe, había trenzado.

El rebelde desechó esas imágenes y miró a Nora con odio.

—¿Deirdre? ¡Ella antes que nadie! —No quería seguir hablando, pero entonces le surgió toda la rabia y la tristeza que había sentido—. Primero me dice que me ama, pero cuando las cosas se ponen un poco difíciles vuelve corriendo con su doctor. ¡Un bicho traidor! Y voy a decirle una cosa, mujer blanca: ¡si yo no puedo tenerla, tampoco la tendrá él! Presenciaré su muerte y me reiré... Me reiré hasta...

Él estaba detrás de Nora, pero ella percibía en su voz que luchaba por no llorar. La mujer alta y delgada, que todavía sostenía el paquetito con el veneno, lo miraba desconcertada. El pañuelo había resbalado de su cabeza dejando a la vista un cabello crespo y corto.

Nora sacudió la cabeza.

—Te equivocas, Jefe —dijo con dulzura, provocando que en su interior él volviese a ser el niño pequeño que jugaba en aquella tienda con los tambores de los ashanti—. Dede... Deirdre... te quiere mucho. Pero no puede amarte como... como a un esposo... No debe hacerlo. Ha sucedido, lo sé, pero fue... hum... una equivocación... un pecado...

—¿Porque yo soy negro y ella blanca? —replicó Jefe con una risa amarga—. ¿Qué dios lo prohíbe?

Nora empujó la mano que empuñaba el cuchillo hacia abajo con determinación y se dio media vuelta.

—Sea cual sea el dios que gobierna en los cielos, a veces nos gasta extrañas bromas —respondió en voz baja—. En este caso, las leyes divinas y las de los hombres coinciden. No puedes unirte a Deirdre, aunque ante la ley de Jamaica ella sea tan negra como tú. Así es ella, la hija que tuve con quien fuera un esclavo. Akwasi, tu padre, también era el suyo. Eres su hermanastro, Jefe. ¿No te acuerdas? Akwasi tenía dos mujeres en Nanny Town, y una de ellas era yo. Me llamabas mamá Nora, y cada día querías ir conmigo al campo. Porque Dede estaba conmigo. Porque ya entonces la querías, como ella te quería a ti. Eso está bien y es correcto. Pero sois hermano y hermana, Jefe, del mismo padre. No podéis ser esposo y esposa.

Nora clavó la mirada en los ojos de Jefe y percibió que algo en él se quebraba. Daba igual lo que dijese, daba igual lo que hubiese entre él y la joven masai que presenciaba desconcertada la escena; el muchacho nunca había superado la pérdida de Deirdre.

A Nora le habría gustado darle tiempo para que asimilara lo que acababa de escuchar. Pero algo había que hacer deprisa. Louise Dufresne acababa de llamar para que sirviesen el siguiente plato. La sopa —al menos la que quedara— tenía que ser servida. Nora se preguntó cómo los Dufresne habían explicado su extraño comportamiento hacia los camareros, y rogó que el primer plato no estuviera envenenado.

Nora retrocedió un paso y arrojó una mirada de desprecio al cuchillo que Jefe todavía sostenía en la mano.

—Y ahora haz lo que tengas que hacer, Jefe. Si crees que es correcto, clávamelo. Ordena que esta gente sirva los platos y envenena a tu hermana. Pero te lo advierto: matarás así todo el amor que llevas dentro.

Jefe bajó el arma.

—Nosotros... nosotros no lo haremos... —susurró—. Si... si usted no nos traiciona. Si no traiciona a esta gente... —Señaló a los esclavos de la cocina que, petrificados por el miedo, lo miraban expectantes—. De lo contrario los...

Nora asintió.

—Los matarían a todos —completó la frase—. O al menos los reemplazarían. Dufresne no mataría a trescientos esclavos. En lo que a mí respecta, puedo callar. Solo si tú...

—¡No!

De repente la joven del cabello corto cobró vida, y Nora descubrió una mujer hermosísima. Esperaba que Jefe la amara, que ella tal vez le diera paz. Pero la mujer parecía verlo de otro modo.

—¡Nosotros plan, César! ¡Espíritu tiene plan! Tú no rendirte porque estar tu amante o hermana... ¡Yo sacrificar hijo, Espíritu sacrificar mano, muchos sacrificar vida! ¿Y tú no sacrificar Dede?

Decidida, arrojó el veneno en el guiso y lo removió. Luego entregó la cazuela a la ayudante de cocina que tenía más cerca.

—¡Toma! ¡Tú llevar fuera! ¡Tú matar todos!

La joven esclava miró desamparada la olla. No podía servir la comida así. El guiso tenía que servirse en cuencos de porcelana y debía llevarlo un camarero con librea... De repente, la ayudante tomó una decisión: vació la cazuela en un cubo de la basura.

—Nosotros no hacer. Ellos matarnos a todos —declaró la joven. Los que la rodeaban asintieron.

Simaloi soltó un grito ahogado.

—¡Entonces... entonces... esfuerzo para nada! ¡Todos traidores! ¡Yo... yo informar a Espíritu! —Y se precipitó fuera de la cocina.

Nora la siguió con la mirada. Intentaba entender a qué se refería la joven.

—¿Macandal... —preguntó con voz ahogada— Macandal está aquí?

Jefe no tuvo que responder. Nora vio la verdad en los rostros de todos los esclavos de la cocina. Respiró hondo, tenía que reponerse. Por primera vez percibió realmente el peligro. Si esos hombres pensaban que ella iba a traicionar a su guía...

—No diré nada —declaró—. No os traicionaré. Estoy en contra de la esclavitud, puedo... puedo entenderos. Ahora tengo que irme. Si me echan de menos...

Con el rabillo del ojo vio que un cocinero cogía un cuchillo, y otro una pesada cazuela. Jefe no le haría nada, pero los demás podían querer desembarazarse de ella. Entonces vio aliviada que Doug se asomaba por la puerta de la cocina.

—¿Alguien ha visto a mi esposa por aquí?

Nora se precipitó hacia él.

—Estoy aquí, Doug... Yo... había un problema con una especia... sobre si realmente es saludable. Pero ahora...

Se fijó con alivio en que a pesar de ir vestido de gala, llevaba la espada. Antes no se había dado cuenta. ¿Le habría puesto Bonnie sobre aviso? El que hubiese subido en busca del arma aclaraba que hubiese tardado en venir por ella. Normalmente, Doug habría ido enseguida a averiguar dónde estaba si ella no ocupaba su silla junto a la de él.

—Y ahora vayamos al comedor, ¿de acuerdo?

Nora sonrió a su marido y también, insegura pero queriendo transmitir complicidad, a la gente de la cocina. Jefe estaba en algún lugar entre ellos. La mujer no creía que Doug lo hubiese visto.

Pero Doug solo tenía ojos para ella y se había tranquilizado al encontrarla. No protestó cuando Nora tiró de él para abandonar la cocina.

—¿Qué demonios sucedía ahí? —preguntó—. Bonnie estaba fuera de sí y decía algo de César, tú habías desaparecido de repente y media sala nadaba en sopa de rabo de buey...

De repente vio las gotas de sangre en el cuello empolvado de blanco de su esposa y su mirada se oscureció. Pero se tragó la pregunta cuando Nora sacudió la cabeza con expresión grave y apretó el paso. La siguió alarmado mientras ella avanzaba por el pasillo de la cocina y por el comedor con la mayor discreción. En la entrada se encontraban los criados domésticos que habían querido echar a Bonnie. Nora metió a Doug en la sala de caballeros y cerró la puerta.

—Tenemos que hablar. Doug, creo que Macandal está celebrando la fiesta ahí fuera con los esclavos.

7

—Claro que lo delataremos. —Doug había escuchado con sorpresa la excitada explicación de Nora y ahora se paseaba de un lado a otro de la habitación, inquieto y con una mano en el puño de la espada—. Has perdido el juicio, Nora, claro que vamos a hacerlo. ¡Ese sujeto quería matarnos a todos! Si no fuera por Bonnie, ahora estaríamos atiborrándonos de comida envenenada.

Nerviosa, Nora se llevó las manos a la cabeza, despeinándose la pomposa peluca.

—Pero... pero lo he prometido... Por Dios, Doug, yo entiendo a ese hombre, ¡no quiere seguir siendo un esclavo! ¡Nosotros mismos lucharíamos también por eso!

—Luchar es una cosa —declaró con firmeza Doug—. Envenenar a la gente es otra. Macandal es un asesino de masas. No es una Abuela Nanny con la que uno pueda negociar. No es un Akwasi que haya sido arrastrado a la lucha por pura desesperación. Es un megalómano peligrosísimo. Así que olvídate de tus promesas, Nora. Ahora mismo voy a la sala, hablo con Dufresne y veo si hay suficientes hombres que sepan manejar la espada y sean capaces de enfrentarse a esos conspiradores negros. —Dicho esto, se precipitó fuera de la habitación.

Nora vacilaba en un mar de dudas. Doug tenía razón, había que detener a Macandal. Pero Jefe... Si al menos se salvara él y la joven que lo acompañaba...

Simaloi corría por el barrio de esclavos, trastornada y con las lágrimas enturbiándole la vista. Desesperada, intentaba entender lo que había visto. Aquella blanca conocía el nombre africano de Jefe. Y había hablado de otra mujer. Una a la que Jefe amaba o había amado. Pero él le había dicho que la amaba a ella, a Simaloi. Y que en La Española los hombres solo tenían una mujer. Que para él esa mujer era ella y que no estaba bien lo que el Espíritu había hecho. Y sin embargo... Tenía que hablar con alguien. Y alertar al Espíritu. ¡Esa mujer blanca no callaría! Traicionaría a Macandal. Si no huía enseguida, estaba perdido.

—¡Despacio! ¡Niños aquí!

Aquella voz grave pertenecía a un gigante negro con el que Simaloi casi había tropezado. Llevaba a una niñita de la mano. Andaba despacio e insegura entre el hombre y una niña mayor. Pero la mirada de Simaloi se vio atraída por una mujer que iba al otro lado del hombre. Una mujer menuda e insignificante que llevaba a un bebé en brazos.

—¡Namelok!

Simaloi gritó al reconocer a su hija. O más bien a la mujer a quien había dado a su hija. Namelok había cambiado tanto en los últimos meses que no la habría identificado, al menos no como su hija. Que la niña era masai resultaba claro, y por tanto no pertenecía a la mujer que la llevaba en brazos.

—¡Mi bebé! ¡Este mi bebé!

Miró a Bonnie, que se quedó desconcertada y sonrió insegura. Y entonces reconoció a la madre de Namelok. Vivía y, por lo visto, estaba sana y salva. Desde su encuentro en el mercado de los esclavos, Bonnie se había temido lo peor. Cuando Simaloi extendió los brazos, le hubiese entregado de buen grado al bebé. Pero Namelok empezó a llorar.

Bonnie la estrechó contra sí.

—Espera, todavía no quiere —le dijo a la masai—, esta noche está un poco excitada.

Simaloi frunció el ceño y miró a la muchacha.

—¡Darme! —exigió—. Ella mi hija. Yo ahora no esclava. ¡Devolver mi hija!

Bonnie retrocedió asustada y Leon se interpuso entre ambas.

—¿Qué pasar? ¿Tú loca? —preguntó severamente a la masai—. ¿Primero casi tropezar con niña y luego quitar?

Bonnie terció por detrás de Leon:

—Ella tiene razón. Ella fue la que me dio Namelok. Pero ¡ya no es su bebé! —Se volvió hacia Simaloi—. ¡Tú me lo regalaste! Ahora me pertenece.

—¡No pertenecer a ti! ¡No es esclava! —insistió la madre natural.

—No, pero ahora es mi niña, mi hija. ¡Es mía!

Simaloi le lanzó una mirada iracunda. Parecía querer abalanzarse sobre ella.

—¡Ella mi hija! —gritó—. ¡Tú devolver para mí!

La muchacha sujetó con más fuerza al bebé, que seguía llorando.

—¡Tú primero tranquilizarte! —Leon cogió por el brazo a la masai. No quería hacerle daño, pero no quería que se peleara con Bonnie por Namelok—. La niña es de las dos, ¿de acuerdo? Tú dejarla con Bonnie, pero visitarla siempre. Está contenta con Bonnie. Bonnie buena, muy buena madre. Victor Dufresne buen mèz, escribir salvoconducto para Namelok. Tú tener razón, ella no ser esclava... Y ella está mejor en ciudad que en plantación. —Leon suponía que Jacques o Gérôme Dufresne habían comprado a la mujer masai y que ahora vivía en Nouveau Brissac o Roche aux Brumes.

Simaloi sacudió la cabeza vehemente.

—Si está conmigo, tampoco esclava. ¡Nunca más! ¡Segura con Espíritu! ¡Y yo tener bueyes! ¡Muchos bueyes, ser rica!

Bonnie y Leon se miraron sin comprender.

—¡Bonnie!

La muchacha se estremeció. Habría reconocido esa voz entre miles. ¡Jefe!

El rostro del joven rebelde resplandeció.

—¡Bonnie! Nunca habría pensado que iba a volver a verte. Tú... —Se dispuso a abrazar a su vieja amiga.

A ella el corazón le dio un vuelco de alegría. Al principio

había pensado que el fornido negro solo sería una amenaza para sus amigos, pero al parecer se alegraba mucho de verla...

—¡Tú ayudarme, César! ¡Ella quiere mi hija!

Simaloi señaló a Bonnie. Su voz era quejumbrosa, pero también reflejaba esperanza. Con la aparición de Jefe todo se solucionaría. Aunque Leon pareciera fuerte como un oso, no lograría rivalizar con el gran guerrero ashanti. La bella masai estaba segura de que Jefe se pondría de su parte.

Sin embargo, Bonnie no parecía temer a Jefe.

—¡Es mi hija! Me la ha dado y ahora quiere que se la devuelva. No puede ser, ella...

El fulgor se apagó en el rostro de Jefe. Desorientado, miró a una y otra mujer. Se alegraba de reencontrar a Bonnie y también de que Sima le hubiese perdonado su actuación en la cocina. Pero ahora se veía superado por el enfrentamiento entre ambas mujeres. Tenía que avisar a Macandal, ¡y desaparecer lo antes posible! Simaloi parecía haber olvidado al cabecilla rebelde.

—Escuchad —Jefe habló con tono apaciguador—, ¿por qué no lo aclaráis más tarde? Ahora que Bonnie está aquí... Vendrás con nosotros, Bonnie, ¿verdad? Lucharás con nosotros, venceremos a los blancos... Tienes que oír hablar al Espíritu, ¡entonces lo entenderás! ¡Y cuando hayamos vuelto al campamento, os ponéis de acuerdo respecto a la niña!

—¡Yo no voy con vosotros! —declaró Bonnie—. Y seguro que no me llevaré a Namelok a un campamento de rebeldes. Estoy muy bien aquí y... —Iba a contarle que tenía un salvoconducto, pero Jefe no parecía prestarle oídos.

—¡Yo no marchar sin Namelok! —advirtió Simaloi igual de decidida—. Tú quitar a mujer, Jefe. Si ser guerrero, si amar a mí...

Bonnie lo taladró con la mirada.

—¡Inténtalo y verás! —lo retó.

Jefe no sabía qué hacer, pero un lugarteniente de Macandal lo ayudó a salir del apuro. El hombre se precipitó hacia él totalmente fuera de sí, procedente de la hoguera.

—César, el Espíritu está loco de remate... y como una cuba. Tenemos que huir antes de que lo atrapen. ¡Si nos atrapan nos colgarán!

Jefe sacudió la cabeza.

—El envenenamiento ha fracasado —dijo—. Pero ¿qué dices? ¿Dónde está Macandal? ¿Sigue junto al fuego con esos tipos?

El hombre asintió.

—Y habla sin parar. ¡Tenemos que sacarlo de aquí, César, rápido, antes de que suceda una desgracia!

Jefe cogió a Simaloi de la mano.

—Sima, ven, esto es ahora más importante. Después nos ocuparemos de todo. Bonnie...

—¡Yo no doy niña! —exclamó Bonnie con voz firme.

—¡Yo venir y coger niña! —gritó Simaloi.

Jefe la arrastró con él hacia la hoguera junto a la cual estaba sentado Macandal. Y entonces se oyeron voces en la casa principal y cascos de caballo. Un grupo de jinetes se aproximaba al lugar donde los esclavos celebraban su fiesta.

—¡Que nadie se mueva! —La voz autoritaria de Jacques Dufresne interrumpió todas las conversaciones de los negros—. Si alguien intenta resistirse...

—¡Conservad todos la calma! —pidió una voz serena y clara, con acento inglés. Bonnie la reconoció y Jefe sospechó que era la de Doug Fortnam—. ¡No tengáis miedo! A nadie va a pasarle nada. Todo el personal de Dufresne está seguro. Solo comprobaremos a los llegados de otras plantaciones. Al parecer se han colado furtivamente algunos rebeldes. Quedaos donde estáis, sentaos y levantad una mano. No tenéis nada que temer.

La agitación se calmó. La mayoría de los esclavos se sentó obedientemente en el suelo y alzó el brazo. Nafia, Bonnie y las pequeñas se escondieron detrás de la ancha espalda de Leon. Jefe escondió a Simaloi entre las sombras de un montón de leña y buscó con la mirada a quienes habían hablado. En ese momento se acercaba una partida de hombres con sables y mosquetes: invitados armados, y con Jacques Dufresne a la cabeza. Jefe distinguió que Doug iba a lomos de un caballo, al igual que otros tres o cuatro hombres, entre ellos el doctor. Montaban sin silla, probablemente habían ido presurosos a los establos y puesto solo las riendas a los animales.

En ese momento patrullaban alrededor del terreno. No obstante, esos pocos jinetes no podían aislar totalmente la zona de las caballerizas y el barrio de los esclavos. Jefe buscó vías de escape y vio al cimarrón que lo había llamado para que fuera con Macandal, detrás del gran tambor de los músicos. Amparados en la sombra del edificio conseguirían escapar. Solo tenían que recoger a Macandal y...

—¡Ven! ¡Aquí! —La voz no era menos potente y segura que la de los blancos, pero se notaba cargada de alcohol. A Jefe se le heló la sangre—. ¿Me eshtáis bushcando?

Macandal, el Espíritu de La Española, se levantó junto al fuego. Se tambaleaba un poco y exhibía la sonrisa de un borracho.

—Pero... ¡a mí no me cogeréish! Shoy... shoy... el meshías... el shegundo mesh... meshías... shoy inmortal.

—Ni siquiera el primero fue inmortal —musitó Jefe.

Se agachó aún más detrás de la pila de leña mientras los blancos se dirigían hacia el borracho cabecilla rebelde. Simaloi lo imitó.

—Y... y la gente de aquí... she levantará y... y... luchará por shu... diosh...

El cimarrón que estaba agachado detrás del tambor lanzó a Jefe una mirada esperanzada. Si los esclavos se proveían de leños y cuchillos de cocina, si avanzaban con determinación, tendrían una oportunidad. Esa noche había allí entre quinientos y seiscientos esclavos, la mayoría hombres fuertes y mujeres acostumbradas a trabajos duros. Sí, podrían acabar con los quizá ciento cincuenta invitados, aunque fueran armados. Algunos rebeldes disponían de mosquetes. En cualquier caso, todos estaban con Macandal...

—Venga... ¡hacedlo ya! Matad a... ¡al demonio blanco!

—Macandal vociferaba ebrio y salpicaba a los compañeros de borrachera con ron como solía hacer con la pócima mágica de las ceremonias vudú—. ¡La Eshpañola para los negrosh! Libertad para... para todosh... ¡Ay! —Su voz se apagó de repente cuando uno de los jinetes se acercó y lo derribó.

Jefe contuvo la respiración. Los negros debían alzarse ahora. Jefe pensó en si levantarse de un salto y dar él el grito de guerra, pero lo detuvo la visión de la gente amedrentada y asustada del lugar. Los esclavos de los Dufresne y sus invitados no pelearían. Se dejaban convencer de mezclar veneno en la comida, pero la idea de enfrentarse contra los mèz armados les daba demasiado miedo. Macandal no tenía ninguna posibilidad...

Jefe vio cómo Macandal intentaba volver a ponerse en pie a la luz trémula de la hoguera y cómo uno de los cimarrones tiraba violentamente de Mireille hacia un establo. La esposa de Macandal intentaba liberarse. Quería ir con su esposo, pero nada podía ayudarlo. Entretanto, los hombres de Dufresne lo habían apresado y lo tenían bien sujeto. Él se quejaba, pero sin oponer resistencia. No podía hacerlo, estaba demasiado borracho para luchar.

—¡Nosotros fuera de aquí! —El cimarrón que estaba agachado detrás del tambor corrió hasta Jefe y se escondió junto a él y Sima tras la pila de leña—. Ellos ahora no vigilan. Nosotros huir... ¿O ayudar a Macandal?

Jefe sacudió la cabeza y se preparó para un esfuerzo final.

—Seguro que no... Si lo encierran en algún lugar, ya veremos. Corre, Sima, detrás del establo. Luego podremos escapar sin que nos descubran. De momento nadie vigila.

Dufresne y sus hombres saborearon el triunfo. Entre los gritos de júbilo de los invitados —también las mujeres se atrevían ahora a asomarse a las ventanas del salón— arrastraron a Macandal, mientras los esclavos contemplaban como hipnotizados el abrupto final de una leyenda. Nadie se preocupó de unos pocos negros que, cobijados por las sombras de los cobertizos, se alejaban por el jardín oscuro. Jefe tiraba de Simaloi y los demás de la reticente Mireille.

Por fin, los partidarios de Macandal se reunieron desmoralizados y vencidos delante del cobertizo entre Nouveau Brissac y Roche aux Brumes. Mireille sollozaba, incluso Simaloi parecía a punto de saltarse las reglas de su tribu y dar rienda suelta a las lágrimas, aunque no habría sabido si lloraba por el Espíritu o por su hija.

Jefe observó al grupo. Los hombres tenían miradas apáticas; al menos estaban todos y no había heridos.

—¡Escuchad! —dijo Jefe. No pretendía hacerse con el mando, pero nadie más podría guiar a los rebeldes. Los otros seguían sin poder creer que no hubiera caído un rayo sobre los blancos cuando le habían puesto la mano encima a Macandal—. No podemos quedarnos aquí lamentándonos. Tenemos que reunirnos con Mayombé y Teysselo. Y ellos tienen que comunicar a los conjurados de las plantaciones que mañana no deben utilizar el veneno. Y tampoco asaltar ninguna gendarmería. Ahora nos retiraremos para replantearnos la estrategia.

—Pero ¡tenemos que salvar a François! —suplicó Mireille—. ¡No podemos dejarlo en manos de los blancos! Sin él...

—Sin él estamos perdidos —declaró uno de los lugartenientes, resignado.

Jefe iba a replicar iracundo que no necesitaban a un mesías para hacer la revolución y que tal vez les fuera mejor sin espíritus borrachos. Sin embargo, eso no les habría levantado la moral.

—Primero hemos de averiguar adónde lo han llevado —la tranquilizó—. ¡Y entonces lo liberaremos! Todavía no está todo perdido. ¡No os desaniméis!

Decidido, miró a unos y otros. Mireille gemía algo reconfortada, y los hombres parecían mostrar de nuevo un poco de energía vital.

Simaloi asintió.

—¡Ashanti gran guerrero! —declaró confiada—. ¡Primero liberar Espíritu, luego recuperar mi hija!

Jefe no la contradijo. Al menos ya no parecía guardarle

rencor por Deirdre y por haber impedido el envenenamiento general. Por el momento, tenían preocupaciones mayores.

El humor de Jefe mejoró cuando encabezó a la gente de Macandal y se pusieron en marcha rumbo a Cap-Français. Claro que no sería fácil liberar al Espíritu, y todavía menos llevar a término sus planes, pero ya no tendría ningún rival que pretendiese a Simaloi.

Y una parte de su corazón también daba las gracias a los dioses porque Deirdre, Dede, su primer amor y su hermana, no hubiese tenido que morir esa noche.

8

Nora Fortnam no había conciliado el sueño desde que se había enterado de la sentencia que un tribunal de excepción había dictado contra Macandal. El 20 de enero el cabecilla rebelde sería quemado vivo en la plaza frente al palacio del gobernador.

—Es repugnante —dijo Doug, dando la razón a su esposa—. Y lo convertirán en un gran acontecimiento. De todos los rincones de la colonia traerán esclavos para que vean que su mesías no es inmortal.

—Podrían conseguir lo mismo ahorcándole simplemente —replicó Nora.

Los Fortnam estaban desayunando con Victor y Deirdre, una de las últimas comidas que compartían antes de la partida. Pero a nadie le estaba sentando bien, la joven incluso había vomitado cuando Victor les comunicó la sentencia. El médico se había marchado pronto de casa para acudir a una urgencia y en el camino de vuelta se había enterado de la noticia.

—Comprendo que tengan que condenarlo, pero así y todo...

—Los papistas nunca han tenido mucha paciencia con los herejes —observó Doug—. Es así como los llaman, ¿verdad?

Victor asintió.

—Sí, parece que les preocupa más lo del Mesías Negro que los asesinatos y los asaltos. Pese a todo, es de bárbaros.

¡Un retroceso a la Edad Media! En cualquier caso, no seré yo quien vaya a presenciarlo.

—A ti nadie te obligará a hacerlo —observó Deirdre. Miró a Bonnie, que estaba sirviendo la mesa y escuchaba la conversación. La joven negra se había puesto tan pálida como Nora. Al servir el café le temblaban las manos—. Pero a los esclavos...

—Sea como sea, deberíamos quedarnos aquí —murmuró Nora.

Había esperado con impaciencia la partida a Jamaica, pero ahora todo había cambiado. Nora quería persuadirse de que no quería dejar sola a Deirdre y su familia, pero la verdad es que se sentía culpable. Si no hubiese pedido cuentas a Jefe, si en su desconcierto él no hubiese delatado a Macandal, si ella no se lo hubiese contado a Doug... Nora se sentía obligada a permanecer allí hasta el amargo final.

—¡Ah, no, Nora! —Doug sacudió la cabeza—. No sufras por sentirte culpable.

Nora bajó la cabeza. Su marido la conocía bien.

—No tenías otra elección, tenías que delatarlo. Y tú no eres responsable de la sentencia de ese infame tribunal.

—Pero yo sí soy responsable —intervino Bonnie con un hilillo de voz. Y se llevó la mano a la boca, pues no tendría que haber intervenido en la conversación de los señores mientras los estaba sirviendo. Pero no había podido contenerse—. Traicioné a Jefe. Y ahora me odia, y la sangre del Espíritu caerá sobre mí y...

—¡Bonnie! —saltó Victor—. ¡Bonnie, tú no eres supersticiosa! ¡La sangre del Espíritu! Seguro que Macandal era un orador notable. ¡He oído que cautivaba a sus esbirros incluso estando borracho! Me imagino muy bien la influencia que esto ejercía sobre los esclavos. Y era un buen estratega. Pero es un ser humano, no un espíritu, no es un mesías, solo un hombre de carne y hueso. Merece la muerte, en esto estoy de acuerdo, Doug, pero no una tan horrible. Algo así no se lo merece nadie. ¡Esa condena es una vergüenza para toda la colonia! Pero ninguno de nosotros es responsable de la sentencia.

—Y míralo de otro modo Bonnie —lo apoyó Doug—. Si no le hubieses hablado a Nora de Jefe, entonces serías corresponsable de la muerte de cientos de personas. Se había planeado una gran ofensiva, muertes por envenenamiento en todas las plantaciones, asaltos a todas las gendarmerías...

Deirdre dejó su comida a un lado. Era incapaz de seguir comiendo.

—Pero los esclavos estarían ahora libres —murmuró—. Si no hubiesen apresado a Macandal, los negros por fin habrían obtenido la victoria.

Jefe y su gente se habían retirado al cuartel general de los rebeldes la misma noche de Navidad y habían enviado mensajeros a los otros puntos de apoyo de los conjurados. Así pues, al día siguiente Mayombé y Teysselo ya habían vuelto, listos para preparar la liberación del cabecilla. Pero ésta no se presentaba nada fácil.

—Lo tienen encerrado en los calabozos de Cap-Français —informó un espía que transitaba por la región como *pacotilleur*—. El primer día todavía estaba en la plantación de los Dufresne, tendríais que haber actuado allí, habría sido más fácil. Nunca lo sacaréis de la ciudad.

—En la plantación todos estaban muertos de miedo —contó Jefe—. Tuvimos suerte de poder escapar. Solo habríamos logrado rescatar a Macandal con ayuda de los esclavos. Y eso era imposible. Es probable que alguno nos hubiese delatado si lo hubiésemos intentado.

—¡Pues al principio todo el mundo estaba encantado con el plan! —exclamó sorprendido Mayombé, un hombre alto y delgado de rasgos fatigados pero ojos penetrantes—. Todos estaban de nuestra parte, querían ver sangre.

—Mientras estuvieron convencidos de que Macandal era un dios —señaló Mireille. La esposa del líder participaba en las discusiones sobre los nuevos planes y no pensaba estarse calladita—. Lo consideraban invulnerable e invencible. Ahora dudan. Y de nosotros depende volver a persuadirlos. Si no lo liberamos, estará todo perdido.

Mayombé y Teysselo se miraron con recelo. Jefe intuía que ambos ya estaban pensando en la sucesión de Macandal y no se ponían de acuerdo al respecto. Probablemente cada uno de ellos aceptaría gustoso ponerse al frente de los rebeldes. Jefe, por el contrario, tendía a compartir la opinión de Mireille tras las experiencias de los últimos días. No importaba que hubiese líderes iguales a Macandal o mejores que él para esa revolución, él mismo se veía capaz de encabezar a los insurgentes, pero los esclavos necesitaban al legendario Macandal. Querían creer que era un enviado de Dios, solo esto les daba valor para sublevarse. Desde que el Espíritu estaba en prisión, muchos conspiradores dimitían, los esclavos domésticos se mostraban más serviles y leales para con sus patrones y los esclavos del campo se sometían a los latigazos de sus vigilantes.

Jefe suspiró.

—Pues bien. La cárcel de la gendarmería... ¿Cómo entramos? ¿Permiten visitas?

El informante, un mulato rollizo de aspecto inofensivo, sacudió la cabeza.

—Solo al sacerdote. ¡Y todo está vigilado como si fuera una fortaleza!

—A mí me dejarían entrar —terció Mireille—. Tienen que hacerlo, soy su esposa.

Los hombres rieron.

—Te encerrarían con él —objetó Teysselo—. Seguro que te consideran su cómplice.

—Pero yo... —Mireille intentó protestar, pero Jefe le pidió que callara con un movimiento de la mano.

—Incluso si te permiten entrar, Mireille, no podrías sacarlo de allí en los pliegues de la falda. Y asaltar la gendarmería no es fácil, está en medio de la ciudad. ¿Cómo escaparíamos de allí?

—Y Macandal está encadenado —recordó el *pacotilleur*.

Jefe resopló.

—Y encima eso. Tendríamos que ir con un herrero. O torturar a un celador para que nos diera la llave. ¡Y todo eso en medio de Cap-Français!

—¡Hagamos algo! —El rostro de Mireille volvía a reflejar desesperación. Puede que su marido la volviese loca a veces, pero no cabía duda de que lo amaba, quizá más que a su propia vida—. ¡No podemos abandonarlo a su suerte! —Y posó su mirada suplicante sobre cada uno de los presentes.

Jefe se frotó la frente.

—¿He dicho yo que vayamos a abandonarlo? —repuso impaciente—. No. Intentaremos liberarlo como sea. Pero solo lo conseguiremos cuando lo saquen de allí. Durante la ejecución...

—No me gusta marcharme y dejaros aquí —suspiró Nora.

Abrazó a su hija, a su yerno y a los negros del servicio doméstico de los Dufresne. Todos habían acompañado a los Fortnam para despedirse de ellos. Incluso Namelok estaba allí, y Libby ya se preparaba para agitar un pañuelo de seda de Deirdre cuando el barco zarpase. El *Queen of the Waves*, un velero bonito y de tamaño medio, se encontraba en el puerto natural de Cap-Français listo para que los pasajeros subiesen a bordo, pero Nora era incapaz de decidirse.

—¡Claro que te gusta marcharte! —afirmó Doug y tiró de ella con decisión hacia la escalerilla de acceso al barco—. Y la próxima vez venís a vernos a Cascarilla Gardens. ¡Por mí, con todo el equipaje! —Sonriente, pellizcó en la mejilla a Namelok, que en brazos de Leon miraba el ajetreo que reinaba en el puerto—. Allí el ambiente es más relajado que aquí. Suspiraré aliviado cuando pueda disfrutar de la buena comida que prepara Mama Adwe sin temer que le hayan echado veneno.

—¡Yo nunca echar veneno en comida del mèz! —protestó Sabine, lo que hizo reír a todos—. En Nouveau Brissac echarme de la cocina. ¡Yo nunca pondría veneno a mèz!

—¡Ya lo sabemos, Sabine! —la tranquilizó Deirdre—. Nadie te lo está reprochando. Pero el ambiente en las plantaciones... Últimamente siempre me sentía inquieta. Tardaremos un poco en volver a casa de tus padres, ¿verdad, Victor?

El médico hizo un gesto afirmativo. Se alegraba de que Deirdre no insistiera en regresar al campo. Esas últimas semanas todo había transcurrido estupendamente. Deirdre por fin se había acostumbrado a Leon y se iba a pasear a caballo contenta en su compañía. Además, recientemente habían llegado un par de parejas jóvenes a la ciudad y los Dufresne solían salir con ellas. Uno de los hombres era armador y el otro trabajaba para el gobernador, y una de las jóvenes compartía con Deirdre el gusto por la equitación. Había traído su caballo de Francia, un purasangre de patas altas, con el que *Alegría* competía periódicamente.

—Por fin nos olvidaremos de Macandal. Voy a intentar mantener a los negros lo más contentos posible —guiñó el ojo a León—, lo que solo conseguiré si también doy al último un salvoconducto, y lo haré esta misma noche. Así podremos vivir en paz.

La pena por la partida fue soslayada por las exclamaciones de alegría de Leon: era el único que de momento no disponía de un salvoconducto. Y cuando Deirdre le susurró a Nora algo en el oído al despedirse, esta de repente se puso eufórica. Estrechó a su hija contra sí y pareció querer decirle algo, pero la joven le hizo un gesto cómplice, pidiéndole que no hablara.

—¡Este año seguro que iremos a Jamaica! ¡Segurísimo! —afirmó a continuación la joven—. ¡Por el momento saludad de mi parte a Mama Adwe, a Kwadwo y a los demás!

—Y a los Warrington y los Keensley —dijo Doug riendo, y besó a su hija de nuevo antes de arrastrar a su esposa por fin al barco—. Nuestros encantadores vecinos estarán complacidos al saber que no los has olvidado. ¿Sabes ahora un poco más sobre plantas venenosas, querida Nora?

Los Dufresne esperaron en el puerto y agitaron las manos hasta que el *Queen of the Waves* hubo desaparecido en el horizonte. Luego emprendieron el camino a casa; Deirdre algo melancólica, pero los esclavos muy contentos.

Leon bromeaba con las mujeres acerca de lo que iba a hacer con su futura libertad y Amali estaba encantada porque Libby había dicho por vez primera «barco» y *«au revoir»* sin cometer ningún error. Nadie prestaba atención a Bonnie, que observaba vigilante el ajetreo del puerto. La muchacha no había olvidado la aparición de Simaloi en Nouveau Brissac y desde entonces siempre temía que intentaran arrebatarle a Namelok. Al igual que ella se había enterado de que la joven masai estaba con Jefe y por consiguiente con Macandal, Jefe seguro que sabía que Bonnie vivía de nuevo en casa del doctor Dufresne. Los insumisos tenían sus propias fuentes de información y podían averiguar fácilmente dónde se encontraban ella y Namelok. Leon y los Dufresne, sin embargo, afirmaban que los rebeldes tenían otras cosas que hacer antes que planear el secuestro de una niña. Pero de vez en cuando Bonnie sentía tal pánico que pensaba seriamente en marcharse de casa de los Dufresne.

Por el momento, esto no era posible si no quería abandonar también a Leon. Algo más, pues, que quedaba pendiente. Permitía que él la cortejara, pero todavía no lo dejaba dormir con ella. Por mucho que le gustase su trato amable y que se sintiese unida a él, después de todo lo que había sufrido con los hombres todavía carecía del valor suficiente para entregarse totalmente a él. A ninguno, exceptuando a Jefe...

Bonnie se frotó las sienes. Tenía que sacarse de una vez esa tontería de la cabeza y pensar seriamente en unirse a Leon. Ahora que pronto sería un hombre libre, no tardaría en hablarle de matrimonio. Y si Bonnie quería, podía ponerle como condición del sí que aceptara también a Namelok... Miró al joven, que llevaba a una sonriente Namelok sobre sus anchos hombros. Sería una buena decisión, no podría desear mejor padre para la pequeña ni un esposo mejor para ella.

El pequeño grupo pasó en ese momento junto a la taberna en que Lennie seguía viviendo y trabajando. Amali miró airada hacia otra dirección. También Leon miraba hacia el mar mientras Libby repetía emocionada su nueva palabra, «barco», y señalaba los veleros atracados en el muelle.

Bonnie era la única que observaba atenta las tabernas y los hombres que andaban por allí, y creyó sufrir una alucinación cuando reconoció al negro alto y de brillantes ojos castaño claro. Jefe llevaba la ropa de un trabajador del puerto. Ahí no llamaba la atención y no pareció reconocer a Bonnie. Pero verla, la había visto, de eso estaba segura. Sus miradas se habían cruzado.

La joven se colgó de forma demostrativa del brazo de Leon e intentó disimular su nerviosismo. Jefe le sonrió irónico. Y pasaron de largo.

La muchacha tragó saliva. ¿Habían sido imaginaciones suyas? Jefe no se habría quedado tan tranquilo si tenía el encargo de robarle la niña.

«Los rebeldes tienen otras cosas que hacer.» Recordó las tranquilizadoras palabras de Victor. ¿Ellos eran el motivo de que Jefe estuviese ahí? ¿Se trataba en realidad de Macandal? Bonnie intentó sosegarse con esta idea y no comentó nada a nadie. Fueran cuales fuesen los propósitos de Jefe, ella no lo delataría mientras nada afectase a Namelok.

Por la noche, encontró la prueba de que estaba equivocada: se quedó helada cuando llegó a su habitación y encontró un papel sobre la mesa.

¡Bobbie!
Ven a la selva de los mangles rojos.
A medianoche. Nos lo debes.

Bonnie estuvo dando vueltas hasta el último momento en si poner al corriente a Leon o acudir simplemente a la cita. Pero la nota de Jefe no tenía un tono amenazador, más bien parecía una llamada de socorro. Y si había sido lo bastante temerario para colarse en los alojamientos de los criados a plena luz del día, también podría haber ido al jardín donde Nafia había estado jugando toda la tarde con Libby y Namelok. Si solo estaba allí para devolver la niña a su esposa masai, había maneras más fáciles que convocar a Bonnie en medio de la noche en la playa, y más aún cuando él debía saber que no llevaría a Namelok, a la que dejaría a buen recaudo con alguien de confianza, probablemente sus señores.

Por fin, a eso de las once, llevó a la niña dormida con Amali, que acababa de concluir sus tareas. Los Dufresne habían celebrado una pequeña reunión y Deirdre había necesitado la ayuda de la doncella hasta entonces. Así pues, estaba despierta cuando llegó Bonnie y notó su inquietud.

—¿Que tengo que encargarme de Namelok? ¿Ahora, a medianoche? —Amali frunció el ceño, pero entonces se le iluminó el rostro—. ¿Vas a hacerlo? ¿Vas a yacer con Leon?

Bonnie no supo qué contestar. Había pensado pretextar una ligera indisposición, una indigestión que la obligaba a ir al lavabo tres veces cada hora y no quería tener despierta ni contagiar a Namelok. Pero lo de Leon era más creíble...

Puso una expresión compungida.

—Bueno... prefiero no hablar de eso... Yo...

Amali soltó una risita.

—¡Qué mojigata eres! ¿No te he contado yo todo lo de Jolie? Y de Lennie, que comparado con Jolie era penoso, dicho sea entre nosotras.

Estaba la mar de alegre y con ganas de parlotear. A Amali le gustaba la compañía de Bonnie, a fin de cuentas era una de las pocas personas con quien podía hablar en inglés en Saint-Domingue.

—Es la primera vez —murmuró Bonnie, lo que confundió una vez más a su amiga. Bonnie no lo había contado todo sobre su anterior backra, y desde luego nada sobre su muerte. Pero Amali podía deducir que no era virgen—. Bueno, me refiero a que como si fuera la primera vez —se corrigió.

Amali sonrió.

—Está bien, te entiendo. ¡Ve y diviértete! Hasta mañana temprano no hace falta que recojas a Namelok. La pondré con Libby, les gusta acurrucarse juntas.

Amali dejó a Namelok en la cunita de su hija, al lado de su cama. La niña no podía estar más segura.

—Bien, me voy —dijo Bonnie, fingiendo no oír la risita de Amali. Por la mañana tendría que inventarse algo, no fuera a ser que Amali bromease con Leon al respecto.

Ahora Bonnie solo pensaba en Jefe y la cita en la bahía. Recorrió a paso ligero los ochocientos metros hasta la playa y, cuando ya casi había llegado a la bahía, se ocultó entre los mangles. Quería saber si Jefe había llevado a su esposa masai u otras personas poco fiables. En todo caso, aun siendo así, no podría escabullirse. Seguro que Jefe ya la había oído acercarse, la vida de pirata había agudizado sus sentidos. Incluso ella percibía por la noche los movimientos más nimios en la oscuridad. No tardó en distinguir a su amigo a la sombra de una roca. Parecía estar solo, o al menos no había ninguna persona a su lado. Detrás de él había, de pie o tendido, algo pequeño... Una oveja, una cabra o un perro grande. No se movía.

Bonnie salió de la espesura del manglar y Jefe se aproximó a ella.

—¡Sabía que vendrías! —exclamó, abrazándola con cierta torpeza.

Antes Bonnie siempre había intentado fundirse en esos escasos abrazos para soñar después con ellos durante horas, pero ese día se acorazó.

—¿Qué quieres y quién te envía? —preguntó con aspereza—. Si se trata de la niña...

Él negó con la cabeza.

—No se trata de eso. En cualquier caso, no ahora, y más tarde puede que no sea necesario ocuparse. Bonnie, se trata de Macandal. Queremos liberarlo.

La muchacha arqueó las cejas.

—Bien —apuntó—. No creo que esté bien lo que ha hecho, y lo que pretendíais hacer era horrible. Pero tampoco encuentro correcto que quieran quemarlo vivo. Así que por mí... Aunque la gendarmería está muy bien vigilada. Patrullan alrededor, y delante de la puerta siempre hay dos guardias armados.

Jefe agitó la mano.

—Ya lo sabemos. Tenemos nuestros propios espías. Es imposible entrar en la gendarmería. Así que actuaremos durante la ejecución, cuando lo saquen.

—¿Camino de la hoguera? —preguntó Bonnie, frunciendo el ceño—. Muy difícil. Traerán a esclavos de toda la colonia para que lo presencien y movilizarán a medio ejército francés para vigilarlos.

Jefe asintió.

—Sí, lo sabemos. Lo llevarán al patíbulo encadenado y escoltado por seis hombres. Las calles estarán flanqueadas por militares. Nuestra única posibilidad será durante la ejecución. Cuando la hoguera ya esté encendida.

—Pero ¡entonces ya se estará quemando! —objetó Bonnie.

Jefe contrajo el rostro.

—Saldrá un poco chamuscado, es cierto, pero confiemos en que sobreviva. Escucha, Bonnie, los ayudantes del verdugo, que lo preparan todo y luego atan al condenado, son mulatos. Simpatizan con nuestras ideas. Les hemos pagado bien y se han puesto de nuestra parte. Utilizaremos madera podrida para el palo. Resultará fácil romperlo. Y para las cuerdas, cáñamo seco, delgado, que queme deprisa. Uno empapará de agua la ropa de Macandal; se vierte aceite sobre la hoguera para que arda más deprisa y fingirán estar echándoselo también por encima al reo. En cuanto prenda fuego la pila de leña, se inflamen las llamas y se desprenda humo suficiente, podrá huir.

Bonnie frunció el ceño.

—¿En medio de la ciudad? ¿Con quemaduras graves? Pero ¿por qué me cuentas todo esto? ¿Qué tengo que ver yo? Si ni siquiera asistiremos a la ejecución. En el servicio doméstico del doctor Dufresne solo trabajan negros libertos. A nosotros nadie nos obliga.

Pronunció la última frase casi con orgullo. El día anterior habían brindado con Leon y los demás por la libertad de todos.

Jefe adoptó una expresión afligida.

—Bueno, no podemos forzarte, Bonnie... Solo pedirte... ¡Mira!

Apartó rápidamente la manta que cubría el bulto que ella había distinguido de lejos. Atónita, Bonnie vio un cañón.

—¡Qué bebé tan mono! —Rio—. ¿Un hijo de mis antiguos cañones del barco? —Y acarició el tubo de la pequeña pieza de artillería.

—Es un falconete —explicó Jefe, complacido por el interés de su amiga—. Un cañón de tres libras, de infantería. De manejo muy fácil, no pesa más que dos hombres.

—Tampoco derriba a muchos más —observó ella, pragmática. Volvía a ser Bobbie, el cañonero del barco pirata—. Salvo si se carga con cartuchos, entonces tiene cierto efecto de dispersión. Puede ser de gran ayuda en una batalla, pero por lo demás es poco más que un juguete. ¿Qué quieres hacer con él?

—Dejar que truene... —respondió Jefe, y sus ojos centellearon—, ya que Dios se olvidó de lanzar rayos cuando apresaron a Macandal, no deberíamos confiar en él durante la ejecución. Cuando Macandal escape habrá confusión en la plaza. Imagínate a un hombre saltando de la hoguera donde está quemándose. ¡El Espíritu que vuelve a despertar! Nadie mantendrá la cabeza fría. Y nosotros haremos el resto: encender fuegos, luchar si es necesario, disparar si los gendarmes intentan detenerlo...

—¿Queréis disparar mosquetes en la plaza, frente al palacio del gobernador? ¿O este falconete? —preguntó Bonnie mientras estudiaba el mecanismo de carga de la pequeña pieza—. ¡Estará llena de esclavos! Incluyendo mujeres y niños.

Podéis provocar un baño de sangre con vuestros «truenos».

Jefe asintió.

—Vamos a intentar llevarlo a término sin que se produzca ningún tiroteo. Se formará un revuelo entre la gente, todos huirán...

—¿De qué huirán?

—¡Pues del trueno! —exclamó Jefe, como si ella fuera corta de entendederas—. Bonnie, al principio provocaremos un buen estrépito, un disparo irá dirigido a la escalinata del palacio del gobernador.

—Puede que haya gente ahí sentada.

—Pues entonces al mismo palacio. Tú decidirás dónde apuntar...

—¿Yo? —La muchacha abrió los ojos de par en par—. ¿Queréis que dispare con este bebé?

Jefe volvió a asentir.

—¿Quién si no? —preguntó—. Tienes mucha experiencia. Eres el mejor cañonero que ha visto gente de la talla de Seegall y Sánchez. Si alguien puede realizar un tiro certero con esta cosa eres tú.

Bonnie inspiró hondo. Quería negarse, pero decidió escuchar a Jefe hasta el final.

—A ver, explícamelo todo otra vez y muy despacio. Habéis planeado instalar este cañón en no se sabe qué lugar de la plaza...

—En el borde de la plaza. Sobre un carro. Una docena de los nuestros estarán escondidos debajo del toldo y arriba. Y tú. No se notará nada, Bonnie, será como si se hubiesen subido al carro para tener mejor visión del acontecimiento. Si el cañón está elevado, tendrás un campo de tiro mejor. En cuanto la hoguera empiece a arder, dispararás. La detonación sobresaltará a todo el mundo y el disparo dará en la fachada del palacio. La piedra se astillará y caerán escombros, la gente gritará y se alejará corriendo... y en ese momento Macandal escapará. Correrá hacia el puerto, nuestros hombres lo recogerán y desaparecerán entre la multitud.

—¿Y el cañón? —preguntó Bonnie.

—Se esfuma con el carro. Pero de eso no tendrás que preocuparte, Bonnie. Puedes marcharte después del disparo si no quieres quedarte con nosotros. Aunque yo sigo pensando que deberías unirte a la causa. Con la hija de Sima. Ella tiene razón, la niña debería crecer en libertad.

Bonnie quería volver a hablarle del salvoconducto de Namelok. Pero ¿cómo iba a escucharla ahora si nunca lo había hecho? Resignada, se calló, estudió de nuevo el cañón y movió el tubo a modo de prueba. Era sencillo. Apuntó a uno de los mangles a la luz de la luna. Lástima que no pudiese probarlo...

—Si cometo un error, mato a los nuestros —dijo en voz baja.

Jefe sacudió la cabeza.

—¡No cometerás errores! —aseguró—. Se lo he dicho también a los demás. «Si hay algo en lo que podamos confiar, es en la puntería de Bobbie.» Incluso si ha de haber víctimas... El futuro de esta tierra depende de Macandal. Si no sobrevive y el día después se comenta que murió achicharrado entre las llamas, aullando como un poseso, entonces será el fin de la revolución. ¡Nunca seremos libres, Bonnie!

La muchacha permaneció en silencio, pensando en Namelok. Era fácil hablar de víctimas cuando uno no tenía nada que perder...

Jefe suspiró.

—Si no lo haces —añadió—, probablemente tenga que hacerlo yo.

—¿Tú? Pero ¡si nunca has sido un buen tirador!

Era cierto. Jefe era un espadachín de primera y en la lucha cuerpo a cuerpo no conocía el miedo. También era rápido para cargar y disparar armas de fuego, pero su puntería era pésima.

Jefe se encogió de hombros.

—Bonnie... tú o yo u otro. Pero alguien disparará este falconete el veinte de enero. Alcanzará el palacio del gobernador, la escalinata, una partida de gendarmes o un grupo de esclavos. Nos gustaría que no se derramara sangre, pero si tiene que ser así... ¡Macandal escapará de la pira ardiente, tan cierto como que me llamo César!

Bonnie esbozó una sonrisa irónica.

—Pues no te llamas así —musitó—. Pero está bien, me has convencido. Bobbie estará en vuestro carro el día señalado.

9

Bonnie tuvo suerte esa noche en lo relativo a su pretexto. Una vez que regresó a su casa, distinguió a Leon tambaleándose en el camino de acceso. Después de la pequeña fiesta por la libertad se había reunido con unos amigos y habían acabado en una taberna del puerto. Había sido su primera salida como hombre libre, la primera vez que no había tenido que pedir permiso para abandonar el barrio de los esclavos. Bonnie sonrió. Seguramente habría puesto el salvoconducto delante de las narices de los gendarmes con que se había cruzado. Y Bonnie, Sabine y Amali no habían percibido nada, pues todas estaban ocupadas con la cena de los Dufresne.

En cualquier caso, al día siguiente lamentaría informar a Amali que no había encontrado a Leon por la noche.

Bonnie se acostó en su lecho. Temblaba al pensar en la peligrosa misión que Jefe le había convencido de realizar. Pero de momento los espíritus parecían estar de su parte.

El 20 de enero los soldados empezaron a distribuir al público de la plaza de ejecuciones delante del edificio del gobierno. Algunos negros incluso habían dormido en el lugar, vigilados por los guardias que los habían llevado allí desde todos los rincones de la colonia. Estaban callados y con aspecto abatido, sin duda no había ninguno tramando planes de fuga. La captura de Macandal los había desanimado. Además, habían tenido que ir a pie y estaban extenuados. Los esclavos de campo estaban más acostumbrados al esfuerzo físico, pero ese día también habían desplazado a los domésticos. A fin de cuentas, estos eran los primeros a quienes se responsabilizaba de las muertes por envenenamiento.

Durante el día fueron llegando más grupos de negros procedentes de plantaciones vecinas. La ejecución estaba programada para última hora de la tarde, lo cual favorecía los planes de los rebeldes. Si los acompañaba la suerte, los rayos y truenos serían auténticos: no había que descartar que se desatara una tormenta, pues el cielo estaba cubierto y el sol no acababa de abrirse paso, lo que producía un efecto casi fantasmagórico.

En casa de los Dufresne reinaba un ambiente apesadumbrado. Habían surgido problemas con las autoridades cuando Victor se había negado a obligar a sus negros libertos a que fueran a la plaza. Al final, el joven médico había cedido a la presión familiar y social y había aceptado presenciar la ejecución al lado del gobernador, su padre y su hermano. Los Dufresne habían viajado el día anterior desde Nouveau Brissac y Roche aux Brumes, Gérôme con la esposa y el bebé, a los que pensaba llevar también a ver el espectáculo. Victor apenas si lograba ocultar la aversión que eso le producía y se alegró de que los Dufresne no pernoctasen en su casa, sino en el palacio del gobernador. La noche anterior a la ejecución, este les había ofrecido una recepción, ya que Saint-Domingue debía el hecho de que Macandal estuviera entre rejas a la actitud resuelta de la familia. Esto al menos fue lo que se comentó en la velada. Victor se sintió aliviado cuando Deirdre fingió encontrarse indispuesta —quizá lo estaba realmente, dado lo pálida que se la veía bajo el maquillaje— y le pidió que se marcharan.

Los jóvenes Dufresne contemplaban desde su balcón la afluencia de los esclavos que pasaban por su calle; todos parecían resignados, agotados y amedrentados. Deirdre volvió a sentirse mal solo de verlos. Victor entendía sus sentimientos. Él se soliviantaba de solo pensar en presenciar la ejecución.

Al menos no tendría que aguantar solo el infame espectáculo. Antoine Montand, el joven armador con cuya familia habían simpatizado los Dufresne, también tenía que asistir por cuestiones sociales, así como Frédéric de Mure, dado su puesto de asistente del gobernador. Ambos estaban horrorizados de tener que hacerlo, al igual que Victor.

—Creo que después iremos a una taberna del puerto —anunció el doctor cuando se despidió de su esposa—. Para ahogar el espanto en alcohol. Así que no te preocupes, querida, si regreso tarde.

Deirdre asintió. Volvía a estar pálida y esa mañana había vomitado dos veces. Además de que le repugnaba la ejecución, la preocupaba su hermanastro. A saber qué habían planeado los rebeldes para liberar a Macandal. El gobernador, el ejército y la gendarmería temían que atentasen contra la escolta del condenado, a quien iban a someter a una rigurosa vigilancia.

Bonnie hizo sus preparativos en secreto y esta vez no le fue fácil encontrar un pretexto para dejar a Namelok al cuidado de Amali. Todos los negros de Sant-Domingue se unían entre sí lo máximo posible para no ser presas del espanto. Sabine y Leon habían planeado una hora de plegarias mientras se realizaba la ejecución. Sin embargo, Deirdre había invitado a Madeleine Montand y Suzanne de Mure, por lo que sus criados tendrían trabajo, aunque las damas probablemente se sintieran más inclinadas a la oración a media voz que a una animada charla alrededor de la mesa del café. Sabine tenía la audaz intención de pedírselo simplemente a las jóvenes damas.

Bonnie no encontró excusa para no participar en la reunión, y decidió ausentarse sin dar razones. Como cada tarde, dejó a Namelok con Nafia. Si no asistía a la oración, alguien se ocuparía de la pequeña.

Se internó en la selva para transformarse en Bobbie. Unos días antes se había procurado ropa de hombre, unos pantalones de algodón y una camisa de cuadros como los que llevaban los mulatos del puerto. Cuando Bonnie se la puso, se sorprendió al reparar en que le habían crecido los pechos, sin duda por su mejor alimentación y la calma de la casa. Los Dufresne no solo se habían preocupado de que engordara, sino también de que desarrollara formas femeninas. Era algo de agradecer, pero en ese momento la molestaba. Se ciñó un paño alrededor de los pechos. Sí, así estaba mejor. Sus caderas redondeadas eran imperceptibles bajo los pantalones anchos. Quedaba el pelo. No quería volver a cortárselo, así que se lo recogió en la nuca y lo escondió bajo una gorra que también ocultaba, o eso esperaba, los orificios de los lóbulos. Últimamente solía ponerse alguna alhaja, sobre todo porque a Leon le gustaba. Bonnie no sabía si ese camuflaje bastaría, pero al final acalló sus temores con determinación. Funcionaría durante un par de horas. Era poco probable que ese día alguien fuese a examinar a un chico negro y los cómplices de Jefe ya estaban al corriente de su identidad.

Finalmente, Bobbie se dirigió como un curioso cualquiera a la plaza donde se realizaría la ejecución. La joven negra recordó que debía moverse como un hombre, ya casi se había olvidado de caminar con paso firme, meter las manos en los bolsillos y hundir los hombros.

La plaza frente al pomposo palacio en que el gobernador no solo vivía, sino también ejecutaba los asuntos oficiales, ya estaba llena de gente. Solo se mantenía despejado un angosto paso desde la gendarmería hasta la pira levantada en el centro. Bonnie no tardó en ver un punto débil en el plan de Jefe: los rebeldes creían que habría varias rutas de escape, que tras huir Macandal podría dirigirse hacia el puerto, donde contaría con varios escondites, casi sin que nadie se interpusiera en su camino. De hecho, la muchedumbre se apiñaba alrededor de la pira y quienes iban a ayudar a Macandal tendrían que abrir primero un pasillo si no querían ir hacia los soldados directamente. Tal vez eso no constituiría un gran problema en el caos que se esperaba. Pero si las llamas alcanzaban realmente al Espíritu, habría que actuar con la velocidad del rayo. Aunque de eso ya se ocuparían otros.

Bonnie acalló sus lóbregos temores y buscó el carro con el cañón. Se tranquilizó al descubrirlo. Estaba exactamente en el punto de encuentro. Todo transcurría según lo acordado. Los hombres que estaban encima del carro la llamaron cuando ella se aproximó. Jefe estaba sentado en el pescante con las riendas de los mulos.

—¡Bobbie!

Los seis corpulentos negros gritaron alborozados, como espectadores que ya habían bebido un par de tragos de ron o aguardiente, al ver a la chica.

—¡Súbete aquí, desde abajo no se ve nada! —Dos le tendieron las manos y tiraron de ella hacia arriba.

Bonnie inspeccionó con disimulo el falconete cubierto por el toldo. Sí, estaba perfectamente colocado. No tenía que moverlo, estaba orientado hacia el palacio. Solo tendría que escoger el objetivo exacto. Eligió la escalinata. Debía realizar un tiro certero sobre la cabeza de la muchedumbre, por lo que únicamente podía plantearse un objeto situado más arriba. La joven rogó que el alcance del falconete se correspondiera con los datos que Jefe le había proporcionado.

Delante de la entrada del edificio del gobierno, que ofrecía la mejor vista de la pira, habían construido una tribuna donde ya estaban tomando asiento los notables de la ciudad y los señores de las plantaciones. Bonnie confirmó que todavía podía confiar en su mirada de águila. Distinguió a Victor, sus familiares y a *monsieur* Montand, en quien se percibía cuán fuera de lugar se sentía. También el doctor mostraba su malestar a través de un manifiesto desinterés por las conversaciones de sus familiares.

—¡Caramba! —Uno de los negros siguió la mirada de Bonnie hasta la tribuna—. Si damos ahí... ¡los abatiremos a todos de un solo disparo!

Bonnie sacudió la cabeza.

—No; sería demasiado peligroso —sostuvo.

Tal idea, sin embargo, ya le había pasado por la cabeza. No costaría nada dirigir el disparo al grupo reunido en torno al gobernador. Pero no quería herir a Victor Dufresne y tampoco volver a matar. Bobbie ya cargaba en su conciencia con muertos suficientes como cañonero del *Mermaid*. Nunca antes había pensado en eso, pero últimamente las almas de los marineros inocentes aparecían en sus sueños.

Bonnie apuntó hacia un saledizo, un relieve por encima del aparatoso portal de entrada. Mostraba unos hombres desnudos a lomos de caballos que abrían desdichados las bocas. Bonnie pensó que esa obra de arte no era digna de lástima. Además, si orientaba el cañón hacia allí, saltarían astillas de mármol que ocasionarían pequeñas heridas a quienes estaban en torno al gobernador. Un poquito de sangre estaría bien para avivar el miedo de la gente.

Los hombres del carro habían observado en silencio la breve evaluación que había realizado Bonnie, lo que a ella le suscitó una extraña sensación. En el *Mermaid* siempre habían hablado y bromeado, incluso cuando estaban a punto de abordar un barco, lo que tal vez fuera consecuencia del nerviosismo. Los rebeldes del carro, sin embargo, no eran los únicos cuya conducta parecía artificialmente contenida. De hecho, en toda la plaza reinaba un silencio cargado de tensión. Los esclavos estaban de pie o sentados en los lugares que les habían indicado y parecían con la vista perdida. Los soldados y guardias encargados de su vigilancia estaban sumidos en la inactividad y se contentaban con mirarlos con expresión furibunda. El grupito, en comparación pequeño y variopinto, de mulatos y negros libertos del barrio del puerto que habían acudido a la ejecución de forma voluntaria se habían dejado contagiar por el ambiente. Los hombres, jóvenes que habían esperado asistir a un espectáculo con jarras de cerveza y botellas de aguardiente en la mano, se veían tan desconcertados como los esclavos.

Solo en la tribuna noble se esforzaban por mostrar un aire alegre. El gobernador bromeaba afectadamente con sus invitados, todos conversaban y repetían sus elogios hacia los Dufresne. Pero se notaba que era forzado, y la macilenta luz crepuscular de ese día acentuaba la extravagancia del decorado.

De repente resonó un redoble de tambor, la muchedumbre despertó de su triste letargo y delante de la gendarmería se formó el pelotón que conduciría a Macandal a la hoguera. Jinetes y soldados armados... El gobernador no había exagerado: Macandal sería tan férreamente escoltado que cualquier intento de fuga o ataque fracasaría. Los soldados con sus uniformes rojos y azules y los jinetes con sus botas altas y los tricornios producían un efecto amedrentador.

—Qué bufonada —farfulló Jefe entre dientes.

Entonces, de repente, la colorida imagen se deformó. Como obedeciendo a una orden, el chaparrón de la tarde cayó sobre Cap-Français y los espectadores, los soldados y también el reo, que iba vestido con una holgada túnica blanca, quedaron en un santiamén empapados hasta los huesos. Los negros que atiborraban la plaza aguantaron la tromba con estoicismo y los vigilantes blasfemaron.

Jefe dirigió una discreta señal a sus hombres. Las cosas no podían salir mejor. La leña de la hoguera y la picota que había en medio estaban mojadas y les costaría arder. Hasta sería innecesario humedecer la ropa de Macandal.

Bonnie observó al Mesías Negro por primera vez. Era un hombre delgado y de estatura mediana, pero debía de crecerse cuando hablaba. Fuera como fuese, no parecía intimidado. Avanzaba con la cabeza bien erguida entre los soldados hacia la hoguera. Las cadenas le obligaban a caminar lenta y fatigosamente, pero su aire era sereno, incluso majestuoso.

Entre los esclavos se elevaron algunos vivas, que pronto fueron sofocados a latigazos. Macandal volvió el rostro hacia los gritos y sonrió.

—¡Es un gran hombre! —dijo con devoción uno de los negros que estaban junto a Bonnie.

La muchacha se planteó si preparar ya el cañón y decidió que aún tenía tiempo. El magistrado jefe todavía tenía que leer en voz alta la sentencia y el gobernador rechazar cualquier recurso de gracia... No había motivo para correr riesgos dejando al descubierto el falconete.

Mantuvieron encadenado a Macandal hasta llegar a la hoguera, donde seis gendarmes armados lo rodearon. Un herrero le quitó las cadenas y a continuación el condenado quedó en manos de los ayudantes del verdugo. Para extrañeza de todos, el Espíritu sonrió cuando avanzó sobre la pira de leña.

—¡Tanto miedo tenéis de mí! —resonó su penetrante voz en la lejanía—. ¡Tanto terror os he infundido que habéis reunido a... ¿cuántos...? dos, tres, cuatro regimientos para llevarme por una miserable plaza de mercado! ¡A mí, un único hombre! ¡Pues eso es lo que siempre decís: es solo un hombre, nada más que un hombre, ningún espíritu, ningún mesías!

Soltó una sonora carcajada y alzó la cabeza, la lluvia resbaló por su cabello pringoso y su rostro, la túnica de algodón colgaba marchita de su delgado cuerpo. Cualquier otro hubiese ofrecido una imagen lamentable, pero alrededor del Espíritu parecía brillar una aureola de poder.

—¡Pues os lo demostraré! ¡Vais a ver a quién os enfrentáis! ¡Vosotros...!

—¡François Macandal! —El magistrado jefe lo interrumpió con tono cortante y empezó a leer la sentencia.

En la plaza ya no reinaba el mutismo de antes. La inquietud se iba extendiendo, se oían gritos y el chasquido de latigazos sobre piel desnuda.

Bonnie destapó el falconete y empezó a ajustarlo con destreza. Nadie se preocuparía en ese momento de unos negros que miraban sentados encima de un carro. Ella nunca había creído en un segundo mesías, pero era como si las palabras de Macandal le hubiesen insuflado fuerza.

—... y por tanto este tribunal lo sentencia a la pena capital... —El juez seguía leyendo, ahora apenas audible a causa de la sonora lluvia. La voz de Macandal, por el contrario, dominaba sin esfuerzo:

—¡No podéis juzgar al enviado de Dios y condenarlo!

—gritaba, mientras los ayudantes del verdugo lo ataban a la picota.

Bonnie esperaba que le hubiesen informado sobre qué tenía que hacer para desligarse. Si pensaban decírselo por lo bajo en ese momento, ya era demasiado tarde. Macandal ya no escuchaba, estaba demasiado exaltado pronunciando su arenga ante los esclavos de Saint-Domingue.

—¿Creíais que conseguiríais enviarme al infierno? ¿Quemarme? Puede que así lo parezca, pero sea donde sea que me enviéis, ¡volveré! ¡Volveré convertido en el lobo que os despedace! ¡Convertido en la serpiente que os estrangule! ¡Convertido en el escorpión que os envenene con su aguijón! ¡Conduciré a mi pueblo a la libertad! ¡Porque yo soy la espada de Dios!

Mientras Macandal hablaba, la lluvia se detuvo de pronto. Había sido un chaparrón muy breve, pero Bonnie esperó que hubiera cumplido su misión con la hoguera. Los ayudantes del verdugo vertieron aceite sobre la madera, pero no en el poste del condenado.

Y entonces las llamas empezaron a levantarse en torno a Macandal. Bonnie no oyó dar la orden ni vio hacer la señal para que prendieran la hoguera, solo oía la voz del Espíritu.

—¡¿Creéis que el fuego va a hacerme algo?! ¡Os enviaré rayos y truenos!

Las nubes de humo y las llamas impedían que el público viera su figura, y Bonnie supo que había llegado el momento antes de que Jefe la mirase. Encendió la mecha y un grito único surgió de la multitud cuando el cañón escupió la bala con gran estruendo. Ya antes de que cayera, huyeron las primeras personas y entonces explotó el voladizo del edificio del gobernador. El disparo fue más contundente de lo que Bonnie había previsto. Las piedras estallaron, el mármol voló y los fragmentos salieron despedidos en todas direcciones.

—¡Un rayo! ¡El Señor los está castigando!

De entre los esclavos se elevaron los primeros gritos de miedo, pero también de victoria. Algunos asustadizos se echaron al suelo. Los soldados impartían órdenes a gritos; los conspiradores, consignas.

Y a través del humo y el fuego de la hoguera salió una figura tambaleándose, las piernas libres, pero el poste ardiendo atado todavía a la espalda. Macandal soltó la mano derecha y el muñón del brazo izquierdo, pero los restos ardientes de las ligaduras encendieron su camisa. A Bonnie le vino a la mente un crucifijo en llamas. El Espíritu tropezó con la multitud que gritaba, rezaba y huía, y de repente desapareció.

Bonnie sabía que ahí abajo lo esperaban hombres con mantas para apagar en un instante las llamas y flanquearlo en su huida. No les resultaría difícil fundirse con la masa humana que había convertido la plaza de la ejecución en un infierno. Sin embargo, a la gente inculta e impresionable debía de parecerle que una fuerza sobrenatural había arrebatado a Macandal. Los chillidos de miedo y horror se mezclaron con los vítores... y Bonnie notó de golpe que el carro se ponía en marcha.

—¡Sujetaos! —gritó Jefe.

En ese momento todos vieron que un pelotón de soldados se dirigía hacia ellos. Claro, ya habían averiguado de dónde procedía el disparo. Bonnie y los hombres se agarraron al vehículo, mientras Jefe guiaba los mulos por las callejas sin ningún miramiento. La gente que huía saltaba horrorizada a los lados de la calle. Bonnie rogó que no atropellaran a nadie. Al poco ya habían dejado atrás las calles transitadas y a los soldados. La joven se temía que los persiguiera la caballería, pero los pocos jinetes que había ya tenían suficiente trabajo que hacer en la plaza para imponer el orden. Seguramente se estaban produciendo altercados, las palabras del Espíritu habían enardecido a muchos esclavos.

—Dejadme bajar —pidió Bonnie cuando el carro traqueteaba por un camino cerca de la casa de los Dufresne.

Jefe había reducido un poco la marcha. Habría llamado la atención que un carro de carga avanzara disparado por los caminos de la periferia.

—¿Con esa pinta? —preguntó burlón Jefe—. ¿Vas a lanzarte a los brazos de tu doctor vestida de Bobbie?

Bonnie se miró. Tenía la ropa de chico mojada a causa de la lluvia y con salpicaduras del barro que había saltado durante la peligrosa huida. Por si fuera poco, apestaba a pólvora.

—Si quieres, te dejo en la selva detrás de la playa —sugirió Jefe.

La muchacha asintió. Allí había escondido su ropa de mujer. Poco después, el carro se detuvo al lado de la bahía de los mangles rojos.

Bonnie descendió con las rodillas todavía temblorosas.

—Espero que Macandal lo consiga —murmuró cuando Jefe también saltó del pescante y la cogió de los brazos.

—¡Ya lo ha conseguido! —dijo él. La miró a los ojos y estuvo a punto de abrazarla—. ¡Bonnie, nunca olvidaremos tu valiosa ayuda! Pero ¿no quieres venir con nosotros? Recogemos a la niña y...

Bonnie pensó en si lo que veía en los ojos del chico era solo orgullo o también algo parecido al amor. ¿Tendría ella una oportunidad frente a mujeres como Deirdre y Simaloi si podía ser útil? ¿Si seguía transformándose en Bobbie cada vez que él se lo pidiese?

Pero entonces sacudió la cabeza. Jefe seguro que sentía algo por ella, si no amor tal vez respeto, quizás una pizca de admiración por su puntería. Bonnie, sin embargo siempre tendría que ganárselo. Y eso no comportaba que el joven sintiese cariño por Namelok. «Esa niña...» Leon había dicho que la pequeña era preciosa. La primera vez que Bonnie lo había visto, tenía al bebé en brazos y le daba de beber. Cantaba para ella y estaba dispuesto a defenderla... Cuando Macandal había sido apresado, Leon se había colocado delante de Bonnie y los niños; en cambio, Jefe y Simaloi solo se habían preocupado de ponerse a salvo.

Al pensar en el corpulento Leon con la pequeña Namelok en brazos, Bonnie sintió un repentino sentimiento de amor, ternura y confianza. Un sentimiento que antes solo Jefe había despertado en ella.

Levantó la vista hacia el negro, que sonreía invitador. Pero la muchacha no consiguió imaginárselo con un niño en los brazos. A Jefe le iban los machetes, las espadas, los cañones.

—No, Jefe —decidió—. Me quedo aquí. Y la niña también. Quiero vivir en paz. Si te debía algo a ti, si os debía algo a vosotros, a nuestro pueblo y a Macandal, lo he saldado hoy. Tú tienes a tu mesías, Jefe. Déjame a mí mi libertad.

No volvió la vista atrás mientras corría desprendiéndose de su ropa de chico para meterse entre las olas. El mar lo lavó todo, el olor a pólvora y al fuego de la hoguera, el sudor del miedo y también su sensación de culpabilidad. Los marineros muertos, los hombres del *Mermaid* y el hombre al que en sus sueños nunca había llamado César. Se sumergió, se internó nadando con vigor mar adentro y luego se dejó llevar por las olas hasta la orilla.

Ya hacía tiempo que la pequeña esclava de Skip Dayton había aprendido a nadar.

10

Victor Dufresne y Antoine Montand acabaron la tarde en una taberna del puerto, pero ni mucho menos tan deprimidos como habían supuesto.

El gobernador y los otros blancos se habían apresurado a abandonar la tribuna después de que, milagrosamente, nadie hubiese salido herido de gravedad a causa del alud de astillas y piedras provocado por el cañonazo. Dado que la plaza había dejado de ser un lugar seguro para los representantes del poder colonial, habían sido conducidos al interior del palacio bajo la protección de los soldados. La tensión, el miedo y la indignación habían desatado un delirio homicida en algunos de los esclavos obligados a asistir a la ejecución. Victor había aprovechado la oportunidad para apartarse de los desquiciados hacendados. En la plaza de la ejecución necesitarían un médico y Antoine Montand lo acompañó por si necesitaba ayuda. Ambos prestaron los primeros auxilios a los heridos, tanto a militares como a negros, pero en el caso de cinco soldados y trece esclavos, Victor solo pudo constatar su fallecimiento. No obstante, nadie había muerto directamente a manos de los conjurados.

—Los cimarrones lo han ejecutado todo con suma habilidad —observó asombrado Antoine Montand cuando por fin se sentaron en la taberna delante de sendos vasos de ponche de ron—. Disparan un cañón o lo que fuera para crear confusión, rescatan a su mesías y se esfuman. ¡Muy bien planeado!

Victor asintió y bebió un trago. El ponche estaba fuerte, el tabernero había sido generoso, consciente de que ese día todos los testigos de la ejecución fallida necesitaban una bebida potente. En primer lugar por el shock sufrido, y luego, según el color de su piel y su modo de pensar, para apaciguar la cólera y el miedo o para celebrar el éxito de los rebeldes. En esa taberna portuaria predominaba esto último. Los negros y mulatos libertos que transitaban por allí brindaban abiertamente por el Espíritu.

—A saber si conseguirá sobrevivir... —apuntó pensativo Victor, mientras depositaba su vaso sobre la mesa—. Iba envuelto en llamas, o al menos eso parecía.

Montand se encogió de hombros.

—Nadie dudará de su éxito —señaló—. Puede que esos individuos no hayan salvado al hombre pero, desde luego, sí han salvado la leyenda. —Alzó el vaso—. Brindemos pues por el Segundo Mesías. A lo mejor es de verdad inmortal.

Victor bebió en silencio. No pensaba en un dios o un espíritu sino en un hombre que, si seguía con vida, estaría retorciéndose de dolor en algún escondrijo.

La noticia de la fuga de Macandal llegó a la residencia del doctor Dufresne a través de un amigo de Amali, el lechero criollo. Había acudido allí en cuanto se había enterado y con esa novedad evitó que Bonnie sufriese un receloso interrogatorio. Leon, Sabine y Amali habían encontrado extraño que dejase sola a Namelok sin dar ninguna razón. Y cuando llegó con el pelo mojado y agotada, aunque también de buen humor, de la bahía de los mangles rojos y afirmó que había ido a nadar un poco, se dispusieron a bombardearla con preguntas.

De todos modos, Bonnie enseguida pasó a segundo plano por el relato del emocionado Jolie.

—¡Se ha librado! ¡Macandal escapar! Primero él hablar, muy alto, libre... ¡y luego subir a la pila de leña como un ángel de luz!

—¡Espera! —Amali estaba tan fascinada como el resto de los negros, pero interrumpió a su amigo—. ¡Vamos a buscar a la missis, ella también tiene que saberlo! —Y, seguida de todo el personal de servicio, irrumpió en la sala donde Deirdre estaba con sus amigas—. ¡Deirdre, tienes que escuchar esto! —Se le escapó en inglés, empujando a su amigo ante la muchacha—. ¡Han liberado a Macandal!

Jolie no era vergonzoso y, para un público de negros y blancos, no se cortó en ofrecer una colorida descripción de los asombrosos sucesos de la plaza.

—¡Había rayos y truenos! Un rayo caer en palacio de gobernador. ¡Casi golpear a gobernador!

—¿Un rayo? —preguntó Deirdre. Alrededor de su casa no había amenazado tormenta.

—Creo... creo que bala de cañón. Creo que haber ayudante. ¡No solo Dios y ángeles del cielo! —matizó Jolie su entusiasta relato.

Deirdre asintió y miró a Amali. Las jamaicanas no estaban tan dispuestas a creer en milagros como los católicos negros de Saint-Domingue, que se persignaban sin cesar e interrumpían a Jolie con eufóricas exclamaciones del tipo: «¡Alabado sea el Señor!» y «¡Gracias, Jesús!». A ellos, una maniobra de los seguidores de Macandal podía parecerles una intervención divina.

—¿Y seguro que mi marido no resultó herido? —preguntó preocupada Deirdre.

Para sus adentros, también pensaba en Jefe. Cabía la posibilidad de que hubiese colaborado en lo ocurrido. ¿Era posible que ninguno de los conspiradores hubiese sufrido daño alguno?

—¿Y Antoine? —Madeleine Montand miró con preocupación a Jolie, mientras que Suzanne de Mure parecía rezar en silencio.

Jolie sacudió la cabeza.

—Yo ver todo —las tranquilizó—. El doctor y *monsieur* Montand ayudar heridos. Y *monsieur* De Mure cuidar gobernador. Todos nerviosos, todos los señores blancos... —Sonrió con malicia—. ¡Cara del gobernador como si él ver fantasma!

—Un espíritu... —lo corrigió Deirdre, conteniendo la risa—. Macandal al final conseguirá que todos creamos en la existencia de los espíritus.

Suzanne de Mure suspiró.

—Y además que les tengamos miedo —añadió—. No me gustaba la idea de la hoguera: es una salvajada. Pero tampoco me gusta que él ande suelto por ahí, planeando más asesinatos.

Entre las mujeres de la casa reinaba un sentimiento ambiguo y volvieron a sumirse en una animada conversación. En el ámbito de los sirvientes prevalecía la alegría por la fuga de Macandal, aunque Sabine repitiese en voz alta que ella no apoyaba para nada los métodos del rebelde y que en ninguna circunstancia iba ella a envenenar a sus señores. Nadie le preguntó a Bonnie su opinión. Mientras los demás especulaban acerca de dónde se habría escondido el Espíritu y si habría escapado ileso de las llamas, ella sostenía a Namelok en brazos. Leon la miró asombrado cuando se apretó vacilante contra él, pero de inmediato la rodeó cariñosamente con el brazo, al tiempo que exponía ante los demás sus teorías acerca del tema «espíritu».

—¡Tener protección del cielo! ¡Si no, imposible pasar entre el fuego! Jolie dice: desaparecer de repente, ángeles llevarlo...

Bonnie se abstuvo de hacer comentarios, pero estaba sorprendida de que sus amigos ya se hubiesen olvidado de cuán fácilmente los blancos habían capturado al Mesías Negro. Para ella, su borrachera en la plantación había sido una muestra incuestionable de su naturaleza humana. Una naturaleza tal vez especial, extremista, pero Dios, si es que existía, sin duda habría enviado a los negros un mesías mejor.

Al final, Sabine ofreció un vaso del ron con el que solía

refinar los platos dulces a cada sirviente, y Deirdre y sus amigas descorcharon una botella de vino bueno. Más tarde, Madeleine Montand y Suzanne de Mure regresaron a sus casas y Sabine preparó para sus señores una cena fría. El doctor no regresó a tiempo y Deirdre comió sola y sin demasiado apetito.

—Me acostaré temprano —anunció a Amali—. Ayúdame a desvestirme y cepillarme el pelo y luego puedes irte. A lo mejor tienes ganas de salir con Jolie.

Amali sonrió y se inclinó en señal de agradecimiento. Tenía ganas de dar un paseo por la ciudad, pues Cap-Français palpitaba de excitación y cuchicheos. Sin embargo, atreverse esa noche a recorrer las calles no estaría exento de peligro. La mayoría de los vigilantes habían reunido a sus esclavos y los llevaban de nuevo a sus plantaciones, pero la gente de los lugares alejados no viajaría de noche. Jolie había dicho que se habían montado corrales provisionales para quienes procedían de plantaciones distantes y que se habían apostado soldados para vigilarlos. Gendarmes y soldados patrullaban por doquier. Durante el tumulto, algunos esclavos habían escapado y se esperaba encontrar a una parte de ellos en las tabernas del puerto. Ya se habían producido algunos incidentes. Los parroquianos borrachos echaban sin más de los garitos a las fuerzas del orden cuando pretendían realizar algún control. De todos modos, Amali se sentiría segura acompañada de Jolie y con el salvoconducto en el bolsillo. Y de los niños podía encargarse Bonnie, para variar.

Leon guiñó el ojo a la joven cuando fue a la cocina para informar a los demás de sus planes. Mientras Sabine y Bonnie acababan de ordenar y Nafia y Libby engullían los restos de la cena de Deirdre, el joven daba de comer a Namelok trocitos de pan con miel.

—Vete tranquila —dijo, y dirigió una mirada de complicidad a Amali—. Bonnie y yo nos quedamos aquí.

La mirada que dedicó a Bonnie no prometía que fuera a prestar demasiada atención a los niños. Ella le contestó con los ojos destellantes y las mejillas ardiendo. Esa noche iba a entregarse a Leon, y tal vez a experimentar, por primera vez en su vida, placer físico en el amor.

Unos golpes en la puerta arrancaron a Deirdre de su duermevela dos horas más tarde. Casi se había dormido encima del libro, presa de una leve intranquilidad por Victor. No es que le molestara que fuera a tomar unas copas con sus amigos, incluso imaginaba qué era lo que lo retenía tanto tiempo. Lo más seguro era que Frédéric de Mure no hubiese podido ausentarse hasta tarde del palacio del gobernador para ir al encuentro de Victor y Antoine, y que estos quisieran enterarse de todo lo sucedido en el palacio. Pero esa noche el puerto de Cap-Français podía ser un lugar peligroso. No obstante, Victor era conocido y respetado: los mulatos y negros libertos valoraban lo que hacía por ellos en su clínica para pobres. Aun así, según Jolie había contado, el ron y el aguardiente corrían a raudales, y bien pudiera ser que los borrachos no hicieran ninguna diferencia entre blancos «buenos» y «malos».

Deirdre se echó una bata sobre los hombros y corrió escaleras abajo. No podía ser Victor, que siempre era silencioso y considerado cuando volvía a casa y, por supuesto, tenía llave. Así que algo tenía que haber pasado. Ni pensó que tal vez fuese peligroso abrir la puerta a esas horas. Solo le preocupaba Victor... ¿o es que les había pasado algo a Amali y Jolie?

Abrió la puerta y retrocedió instintivamente. Desconcertada, se quedó mirando la aparición que había ante ella, de pie en el umbral. ¡César! Trató de ver a su hermanastro Jefe en ese hombre, pero el recuerdo de su primer encuentro, precisamente en esa puerta, la dominó. César había aparecido vestido como un pirata y llevaba a Bonnie en brazos. Ahora se cubría con la ropa colorida propia de un mulato. Pero la premura de su mirada era la misma que la primera vez.

—¡César!

Deirdre no pudo evitar que sus ojos se iluminaran al verlo, al igual que él tampoco conseguía apartar la mirada de la muchacha. La bata no era suficiente para ocultar sus formas.

—César, ¿qué quieres? —Deirdre esperaba que su voz sonara firme, pero se percató de que la ansiedad la ganaba—. Yo... yo ya no te quiero. Ya te lo he dicho. Y ahora apareces en medio de la noche...

Jefe soltó una leve risa.

—Pero yo todavía te quiero, Dede —dijo con ternura—. Como siempre te he querido. ¿Te acuerdas de cuando te hice una corona de flores? Queríamos casarnos...

Ella trató de sonreír.

—Lo recuerdo —susurró—. Y sí... ahora ya sabes, claro, lo que nos une. Mi madre te lo ha contado. Y estoy contenta de que yo... todavía pueda quererte.

—Acabas de decir lo contrario.

Y acto seguido la tomó entre sus brazos y le dio un beso en el pelo. Ella alzó la vista.

—Era algo especial —musitó ella—. Y... Dios se apiade de mí, pero no me arrepiento. ¿Y tú?

—¿Cómo voy a arrepentirme?

Deirdre no se resistió cuando él volvió a besarla, esta vez en la mejilla. Tal vez era algo más que un beso entre hermanos, pero la joven lo disfrutó sin sentimiento de culpa. Era su beso de despedida.

Entonces se desprendió con firmeza del abrazo de Jefe.

—Pero ahora ya forma parte del pasado —dijo con decisión—. Es irrevocablemente parte del pasado, aunque tampoco me arrepiento. Así pues, ¿qué quieres de mí?

Jefe se irguió.

—Nada —respondió—. Quiero... debo... hablar con el doctor.

Ambos seguían de pie en el umbral de la puerta, iluminados por el farol que Sabine había dejado encendido para Victor. Deirdre miró en ese momento por encima del hombro de Jefe y distinguió una silueta en la oscuridad.

—Mi... mi marido no está —empezó, pero en ese momento se aproximó Victor.

—¿En qué puedo ayudarte, César? —preguntó con dureza—. Dado que amablemente no quieres nada de mi esposa, o al menos nada más.

La voz de Victor tenía un timbre que Deirdre nunca le había oído. Y entonces distinguió también su rostro. Reflejaba rabia, repugnancia... y decepción.

—Así que era eso, Deirdre. De ahí tu pena, tu melancolía durante todo este tiempo, después de su marcha. Lo atribuí a todas las causas posibles, pero lo más evidente me pasó desapercibido. Tu pirata se había marchado. Se había cansado de ti, ¡después de que ambos tuvierais relaciones durante semanas delante de mis narices! ¡Qué ingenuo fui! Todos esos paseos a caballo, los pretextos cuando te ausentabas durante horas. Todos los motivos por los que era necesario que César te acompañase de un lugar a otro. ¡Nunca desconfié, Deirdre! Lo que es posible que os divirtiera a los dos. ¿Os habéis reído de mí, César? ¿Os ha excitado todavía más mi necedad? Después de que todo el mundo estuviese al corriente excepto yo... y Bonnie, ¡también a ella la engañasteis!

Lanzó las últimas palabras a Jefe, levantando la mano como si fuera a golpearlo. El negro adoptó una posición de defensa. Victor, sin embargo, se detuvo a tiempo. No era un hombre al que le gustara llegar a las manos.

—No fue así... —Deirdre se acercó a él y le cogió la mano—. Tienes que creerme, yo... yo no lo hice adrede. Simplemente ocurrió. Fue una equivocación, una equivocación que... que no habríamos cometido si...

—¡Yo no me cansé de ti! —protestó Jefe—. Nunca me habría cansado de ti. Pero es igual, no deberíamos habernos amado.

Deirdre no le hizo caso.

—¡Lo siento muchísimo, Victor! —susurró.

El médico resopló.

—Acabo de oír lo contrario —señaló—. Hace apenas tres minutos has dicho que no te arrepientes.

Deirdre se mordió el labio. Victor había oído toda la conversación, o casi toda. Si hubiese entrado en el jardín justo después de Jefe, los aguzados sentidos del rebelde habrían percibido su presencia.

—¡También he dicho que ya forma parte del pasado! —exclamó—. Y yo... bueno, tal vez no siento la relación que tuve con Jefe, pero lo siento por ti. Yo... yo no quería hacerte daño, nunca quise abandonarte. Yo te quiero, Victor.

Jefe apretó los dientes. Ella nunca había querido abandonar a su marido. Ahora al menos lo sabía. Había traicionado al *Mermaid* y a toda su tripulación sin ningún motivo. Pero el recuerdo del capitán Seegall y sus hombres lo devolvió al menos a la realidad y a la misión que debía cumplir. Había cosas más importantes que un amor pasado. ¡Y, por todos los demonios, no iba a pelearse ahí ahora con Victor Dufresne! Si ponía al médico en su contra, todo estaría perdido.

—¿No querías que me enterase? —preguntó Victor a su esposa. A Jefe no le dedicó ni una mirada más.

Deirdre asintió sintiéndose culpable.

—Solo te hubiese hecho daño —repitió—. Te lo quería evitar. Y ahora tampoco... tampoco cambia nada. Ya hace tiempo que pasó, Victor. Por favor, ya hace... hace mucho tiempo de esto... —Quiso estrecharse contra él, pero Victor la rechazó.

—Hablaremos más tarde de lo que cambia —objetó irritado, separándose de ella—. Primero tenemos que ocuparnos de lo que a tu... a tu viejo amigo le ha traído aquí. ¿Qué pasa, César? ¿Se trata de Macandal?

Jefe observó fascinado que la ira había desaparecido del rostro del médico. Victor le lanzó una mirada escrutadora, como si fuera un paciente. Hasta el momento, Jefe siempre había mirado con desprecio a Victor, pero ahora no pudo menos que admirarlo por el autodominio que demostraba.

El negro bajó la vista.

—Sí —respondió en voz queda—. Se encuentra muy mal. Sus quemaduras son graves, las tiene por todo el cuerpo. Sufre unos dolores horrorosos. Si no le ayuda...

Victor suspiró.

—¿Eres consciente de que me pueden castigar por eso? ¿Y que el riesgo es mucho más elevado que cuando di asilo a Bonnie? ¿Por qué iba a hacerlo por vosotros? ¿Por un asesino y agitador? Además, ¿dónde lo tenéis?

Jefe hizo un gesto de impotencia.

—Pensé... pensé que tal vez usted ayudaría sin plantear preguntas. Los demás dijeron que era una idea absurda, que lo más seguro era que usted me delatara. Pero por lo que sé de usted... de lo que ha hecho por Bonnie... y Deirdre... Nunca nos hemos reído de usted, nunca.

Victor lo interrumpió con un gesto de la mano.

—Eso ahora no importa. Y en el fondo tampoco importa que yo pregunte o no pregunte. Podrías secuestrarme y matarme después. Por vuestro cabecilla no retrocedéis ante nada. ¿O me equivoco?

Jefe contrajo los labios en una mueca. Y Deirdre de repente tuvo ante sus ojos la imagen del pequeño Jefe cuando se disponía a confesarle a Nora que había cometido una travesura.

—Yo... yo no lo secuestraré. De todos modos, no resultaría. Podrían atraparme fácilmente, la ciudad está llena de gendarmes...

—¿La ciudad? —preguntó Victor—. ¿Lo tenéis en Cap-Français?

Jefe asintió.

—En el puerto. En... en El Arpón.

Deirdre respiró hondo. Era la taberna del puerto en que trabajaba Lennie. Nunca se hubiese imaginado que fuera un local rebelde.

Victor se rascó la frente.

—Bien —dijo—. Voy a buscar mi maletín. Si todavía tenéis algo más que deciros...

—¡Yo no tengo nada más que decirle! —aseguró Deirdre—. Voy contigo, yo... —Lo siguió a la consulta, donde él recogió a toda prisa vendajes y medicinas, sin hacerle mayor caso—. Ya es cosa del pasado, Victor, en serio. Tengo... tengo que contarte...

Se detuvo. ¿Tenía realmente que contarle cuál era su relación con Jefe? ¿O deduciría él de eso que su relación no había concluido?

—No me interesa —respondió con dureza Victor—. Al menos ahora no, tengo un paciente que me necesita. Debo pensar en él. Si pienso en ti y en ese sujeto de ahí fuera... entonces... entonces le romperé el espinazo. —Sonaba como si se le estuviese rompiendo su propio corazón—. Ya hablaremos después... si es que hay un después. Los cimarrones podrían matarme una vez concluya mi tarea. Lo último que les interesa es que alguien conozca su madriguera. —Dicho esto, se marchó raudamente.

Deirdre reprimió el impulso de volver a salir y despedirse de ambos hombres.

—Mucha suerte, Victor —musitó en voz baja.

Las calles de Cap-Français estaban repletas de gendarmes y, pese a la tardía hora nocturna, también de gente. Se seguía discutiendo, bebiendo y celebrando, y los gendarmes y vigilantes seguían apresando esclavos huidos que, eufóricos por su libertad, se habían dado al alcohol.

Pese a ello, nadie detuvo a Victor y Jefe. A nadie le sorprendió ver al médico acompañado de un esclavo dirigiéndose con premura hacia algún lugar a través de las calles de la ciudad. Al final, Jefe se internó por una callejuela tan angosta y mugrienta que nadie se hubiera aventurado en ella sin saber adónde conducía. Victor tropezaba con la inmundicia, las botellas vacías y los cadáveres de animales. Imperaba el hedor a podredumbre y descomposición. Por fin llegaron a la puerta trasera de El Arpón a través de un patio. Un hombre les abrió. Victor reconoció a Lennie.

—Así que volvemos a vernos. —Lennie sonrió, pero daba la impresión de sentirse incómodo. Victor no le hizo caso.

—¿Dónde está? —preguntó. Había esperado oír gritos. Según había contado Jefe, Macandal sufría unos dolores horrorosos, pero por lo visto los soportaba en silencio.

—César, ¿ha llegado el médico? —Una mujer menuda, muy guapa y algo gordita, apareció por una abertura cubierta con una cortina sucia—. Es muy valiente, pero se encuentra muy mal.

—¿Sigue consciente? —preguntó Jefe, y a continuación hizo brevemente las presentaciones—. Mireille Macandal, su esposa. Y él es el doctor Dufresne.

Por un momento pareció que la mujer iba a arrojarse a sus pies.

—¿Ha venido de verdad? Se lo agradezco, yo... yo... no me lo creía. Pero ahora, rápido, por favor. Está consciente, sí, pero eso lo empeora todo.

Mireille los precedió entrando en una pequeña y asfixiante habitación. Apoyados contra una pared había dos hombres y una mujer alta y muy delgada. Todos dirigían la vista hacia un camastro sobre el que yacía una figura delgada cubierta por unas sábanas sucias. Olía a humo, carne quemada y sangre, a aguardiente y al tufo de la comida de la taberna. Pese a ello, Victor tomó una profunda bocanada de aire. Tenía que acostumbrarse al hedor, si se mareaba no podría trabajar. El hombre yacente se agitó, pero se diría que no podía controlar sus movimientos. A primera vista, Victor percibió que sufría convulsiones. Arqueaba el cuerpo mientras una mano cubierta de ampollas aferraba la sábana.

Victor se acercó y escrutó su rostro sudoroso, ennegrecido por el hollín, pero en buen estado, pese a que se contraía de dolor. Sujetaba entre los dientes un trozo de madera que mordía.

Mireille se acercó y le puso sobre la frente un paño húmedo y refrescante.

—Es un doctor, François. Viene a ayudarte.

Las convulsiones habían cesado, pero ahora era presa de un temblor incontrolado. De repente escupió el trozo de madera y miró a Victor y Mireille.

—No... no quiero... un médico blanco.

Mireille siguió secándole el sudor.

—No hay ninguno negro disponible —señaló mordaz.

Victor se presentó por su nombre y pidió permiso para levantar las sábanas. Macandal gimió cuando lo hizo. Los fluidos que supuraban las quemaduras habían empapado parte de la tela, que se había quedado pegada a la piel.

El líder de los insurgentes estaba desnudo, los restos de la túnica de la ejecución se habían fundido con la carne viva. Al parecer nadie había intentado curarle las heridas, lo que a Victor no le sorprendió. Incluso a él se le había cortado la respiración al ver aquel cuerpo desollado. Los brazos y piernas, el tórax... todo estaba quemado y la poca piel que quedaba estaba llena de ampollas supurantes. Se planteó por dónde empezar a extender el ungüento y poner las vendas y llegó a la conclusión de que no tenía sentido torturar más a ese hombre agonizante.

—Es inútil —dijo con voz ahogada. Entonces se percató de que el enfermo seguía consciente—. Lo siento, *monsieur*... —Victor se forzó a mirar a Macandal a la cara—. Podría intentar limpiar y vendar las heridas, pero sería inútil. Está usted demasiado grave, *monsieur* Macandal. Va a morir de todos modos. Y la cura le resultaría demasiado dolorosa... mucho peor de lo que está soportando ahora mismo... He traído unos calmantes muy fuertes. No le curarán, pero le aliviarán los dolores... —titubeó— y le acortarán esta tortura. —Una dosis alta de opio aceleraría la muerte en un organismo tan debilitado.

Macandal asintió.

—Sé... sé que estoy muriendo —dijo—. Y puedo... puedo soportarlo. —Gimió cuando volvió a sufrir un espasmo.

Victor abrió el maletín, sacó un frasco y lo llevó a los labios de Macandal.

—Beba —indicó—. Todos saben que es usted un hombre fuerte. No tiene que demostrar nada.

Suspiró aliviado cuando Macandal tomó un sorbo. Luego volvió a cubrirlo con la sábana.

—Dentro de un par de minutos se sentirá mejor.

Victor oyó cuchichear a los hombres a su espalda.

—¡Dar veneno! ¡Matar!

—¿Para qué iba a tomarse esa molestia? —terció Jefe—. Todos estamos viendo el estado en que se encuentra. Yo había creído que un médico...

Victor se volvió hacia los hombres, hacia la llorosa Mireille y hacia la joven delgada que bajaba la vista con resignación. Le recordaba a alguien, pero no consiguió relacionarla con la mujer maquillada y ligera de ropa que había dado el bebé a Bonnie.

—Soy médico —les dijo—, pero no puedo hacer milagros...

Pero Macandal no le dejó seguir hablando:

—¡Yo... yo sí puedo... hacer milagros! Yo me sacrifico... por mi pueblo, como... como también hizo el primer mesías...

Victor suspiró. Nunca había entendido del todo el sacrificio de Jesús de Nazaret y tampoco comprendía lo que la muerte de Macandal significaría para los esclavos. César parecía experimentar lo mismo. Las miradas de ambos se cruzaron un instante.

—Pero yo... ¡volveré! —repitió Macandal. Su voz era más firme, el calmante estaba obrando efecto.

Mireille, que se había dejado caer junto a la cama y acariciaba dulcemente el rostro de su marido, asintió.

—Sí, cariño —susurró con suavidad—. Volverás convertido en lobo y despedazarás a nuestros enemigos. Como serpiente y los envenenarás...

Macandal agitó con tal vehemencia la cabeza que Victor creyó que padecía más convulsiones.

—No... no volveré encarnado en un... lobo... Un lobo tal vez mate a diez y... una serpiente a lo mejor a veinte... Yo...

—Su mirada se volvió más nítida, contempló a sus partidarios antes de continuar hablando y encarar el futuro con ojos brillantes—. Yo volveré bajo la forma de un mosquito, un mosquito con aguijón... Seré una legión... mataré a miles y miles... Seremos libres, todos nosotros seremos hombres libres... Soy el Espíritu...

—¡Eres el Espíritu! —repitió uno de los hombres y luego todos a la vez—: ¡Tú eres el Espíritu! ¡Eres la salvación, eres el mesías, eres el enviado de Dios...!

Hombres y mujeres lo repitieron una y otra vez, y una sonrisa se dibujó en el rostro de Macandal cuando al final cerró los ojos.

—¿Ha muerto? —preguntó Jefe en voz baja.

Victor hizo un gesto negativo.

—No; está dormido. A lo mejor vuelve a despertarse. Pero así... así se siente mejor.

Tomó una profunda bocanada de aire. La predicción de Macandal había sido tétrica, al igual que la reacción de sus seguidores. Incluso a él le había afectado su voz y su poder de convicción. Sin embargo, lo que había dicho el moribundo era absurdo. Los mosquitos no mataban a nadie.

Macandal falleció a las cuatro de la madrugada del nuevo día. Mireille había esperado que llegase a ver la salida del sol, pero el final se precipitó. Victor habría deseado al rebelde un final más rápido. El Mesías Negro volvió en dos ocasiones a recuperar el sentido y repitió sus visiones y pidió a sus partidarios que se comprometieran a luchar. En último término se volvió hacia Jefe.

—¿Seguirás luchando, hermano —gimió—, hasta que seamos libres?

Jefe lo miró a los ojos, como la primera vez que el Espíritu le había dirigido la palabra.

—No me gusta esperar.

El rostro de Macandal se contrajo en una mueca.

—A ningún hombre bueno... le gusta esperar —susurró. Y cerró los ojos.

—Pero la venganza es un plato que se sirve frío —sentenció Jefe, repitiendo lo que el Espíritu le había dicho la primera vez—. ¿Está muerto, doctor?

Victor le tomó el pulso.

—Sí —respondió sereno—. Ha fallecido. Lo siento... Mi más profundo pésame, *madame* Macandal.

Se volvió hacia Mireille, que pareció no oírlo. Estrechaba contra sí, llorosa, la cabeza de su marido.

—¿Y ahora qué? —preguntó uno de los cimarrones mirando a Jefe.

El joven negro se irguió. En las últimas horas había tenido tiempo para reflexionar.

—No contaremos a nadie nada de lo ocurrido —contestó con claridad—. A nadie. Cada uno de nosotros ha de comprometerse a guardar silencio. Incluso ante la gente del campamento.

—¿Guardar silencio? —inquirió el segundo cimarrón—. ¿Sobre la muerte del Espíritu? ¿Y cómo guardar secreto? La gente del campamento preguntar dónde está.

Jefe apretó los labios.

—Nosotros lo hemos visto desaparecer —respondió—. Saltó de la hoguera, nosotros quisimos cogerlo, sacarlo de ahí, pero él desapareció. Se... se lo llevaron. Dios o los espíritus... ¿quién sabe? Pero vive. Allá donde esté, cuida de nosotros. Y volverá...

El primer cimarrón entendió y sonrió.

—¡Así dar valor a la gente! —dijo.

Jefe asintió.

—¡Seguiremos luchando! No nos rendiremos. ¡Ahora nosotros somos el Espíritu!

Los hombres vitorearon y en los ojos de la joven delgada apareció una sincera admiración. Victor separó con suavidad al muerto de los brazos de la quejumbrosa Mireille y le cubrió el rostro con una sábana.

—¿Qué hacer con cuerpo? —preguntó el primer cimarrón.

El segundo señaló a Victor.

—¿Qué hacer con doctor? Él seguro no callar. —El hombre sacó un cuchillo.

Jefe se lo arrancó de la mano.

—No seas tonto, Thomas, claro que va a callar. ¿O crees que va a salir corriendo para contar que ha atendido a Macandal? Y si habla... es blanco. Nadie le creerá.

Victor suspiró cuando el hombre se apaciguó.

—¿Él puede irse? —preguntó a Jefe, que asintió con la cabeza.

—Claro. —Se inclinó educadamente ante Victor—. Se lo agradezco mucho, doctor. Ha sido muy bondadoso por su parte. Eso es lo que Bonnie siempre dijo: bondadoso. Que usted era un hombre bondadoso. Y de eso sí que me burlé. No de que usted fuera ingenuo y no sospechase nada de lo otro. Pero que en este mundo hubiese alguien bondadoso, eso no lo lograba comprender. En cualquier caso yo no soy bondadoso. Y por eso es mejor para Deirdre que se quede con usted. Es usted mucho mejor para ella que yo. Y para Bonnie. Por favor, siga siendo bondadoso. Séalo también con... con Dede. No pudo remediarlo. Si alguien tuvo la culpa, ese fui yo. Sea como sea, ya se acabó. Nunca volveré a ver a Deirdre. Le doy mi palabra.

Victor no sabía si podía confiar en la palabra de un rebelde, pero estaba dispuesto a creer en Jefe. Volvió a dirigir la vista hacia la llorosa Mireille, quien seguía agarrada a Macandal. Los cimarrones querían llevarse el cadáver, pero no la podían separar. Sin embargo, seguro que tenía mucho más que perdonar a su esposo que Victor a Deirdre.

—Entonces me voy —anunció, cogiendo el maletín—. Es muy tarde. Mi... mi esposa estará preocupada.

Jefe lo acompañó hasta una de las calles anchas. Por las callejuelas detrás de la taberna era fácil extraviarse. El médico esperaba que le diera saludos para Deirdre, pero no lo hizo.

—Saludaré a Bonnie de su parte —acabó diciendo Victor.
Jefe sonrió.

—¡Salude a Bobbie!

Siguió con la mirada al médico, que se perdió en las calles ya despobladas de Cap-Français.

Pero cuando se dio media vuelta para marcharse, vio que a sus espaldas se encontraba Simaloi. Los había seguido tan sigilosa como un gato.

—Él no necesitar saludar a Bonnie —señaló con voz fría—. Tú ver Bonnie todavía cuando acompañarme, antes de ir a montañas. Los otros entierran Espíritu, tú y yo recoger niña.

11

Victor avanzaba con rapidez por las calles, oscuras como boca de lobo. A esas horas, los últimos noctámbulos también se habían retirado, pero los soldados seguían patrullando. Se alegró de llegar por fin a casa sano y salvo. Todo estaba en penumbras, pero dentro brillaba una luz: Deirdre debía de estar esperándolo.

Acababa de sacar la llave del bolsillo y ya se disponía a abrir la puerta, cuando alguien lo agarró del brazo y se lo impidió. Se llevó un susto de muerte.

—¿*Monsieur*? ¿Puedo preguntarle de dónde viene?

Victor se dio media vuelta sobresaltado y se encontró con dos gendarmes. Nunca los había visto, pero eso no le sorprendió pues habían llevado a Cap-Français a gendarmes de diversos lugares con motivo de la ejecución.

—Soy médico —respondió—. Vengo de visitar a un paciente.

—La ropa le huele a humo, doctor —observó el otro gendarme.

—¿Sí? —Victor intentó esconder su preocupación—. Bueno, llevo desde esta mañana fuera de casa. Me he encargado de los primeros auxilios en la plaza, delante del palacio.

—¿Ah, sí? —inquirió el primer gendarme—. ¿De los heridos negros o de los blancos? —Sonrió con ironía.

—De los dos —respondió Victor con seriedad—. Mi juramento me obliga a no hacer diferencias entre ellos.

Los hombres se echaron a reír.

—Escúchalo, su juramento lo obliga —se mofó el segundo gendarme—. ¿Así que habría ayudado a un individuo como... Macandal?

—No se me ha planteado esta cuestión. Pero les estaría agradecido si me dejaran llegar a mi casa. Necesito dormir un poco. Ha sido un día muy largo.

—No tan deprisa, doctor. Primero nos gustaría saber el nombre del paciente a quien ha atendido. Ya sabe, para comprobarlo...

Victor reflexionó angustiado. ¿Debía mencionar a una persona cualquiera? ¿A los Montand tal vez? Pero ¿lo cubrirían realmente? Sobre todo porque no lograría prevenirlos a tiempo.

—No puedo darles el nombre de mi paciente —respondió—. Es secreto profesional. Y el hombre está gravemente enfermo. Que alguien lo moleste queriendo «comprobar» no sé qué podría matarlo...

Los gendarmes rieron.

—¡Mira por dónde! ¡Un paciente desconocido! —se burló uno.

—¿Invisible tal vez? —bromeó el otro alzando la linterna—. ¿No será un... espíritu?

Victor esperaba que su rostro no lo traicionase. Nunca se le había dado bien mentir y después de la tensión de las últimas horas estaba agotado.

—Nos han encargado que nos ocupemos de gente como usted, doctor —explicó el primer gendarme con un deje amenazador—. Nuestro jefe dice que Macandal estaba gravemente herido cuando huyó. Necesitará a un médico. De hecho nos hemos apostado delante de las casas de los médicos y los curanderos. Y, mira por dónde, tropezamos por casualidad con usted... y huele a humo e inmundicia. —Husmeó la ropa de Victor.

Victor se resignó a que lo arrestaran. Tenía que ocurrírsele una historia convincente, pero ya no era capaz de inventarse nada. Desesperado, cerró los ojos. Anhelaba poder descansar.

—¿A humo e inmundicia? —Tanto Victor como los gendarmes se sobresaltaron cuando oyeron una estridente voz femenina detrás de la puerta—. ¡Debe de ser a aguachirle y perfume barato! Es lo que hay detrás de las cocinas del puerto. Es posible que apeste también a humo de parrilla. ¡Has vuelto a estar con esa fulana! ¡No lo niegues!

Deirdre abrió la puerta de par en par y salió. En el umbral iluminado parecía una furia. Se había cerrado la bata para no dar una impresión impúdica, pero aun así la mirada de los gendarmes cayó de forma instantánea sobre el escote. El cabello rizado y negro pendía enmarañado sobre el rostro, los ojos echaban chispas y los labios dibujaban una mueca. Era la indignación personificada.

—Viene del barrio del puerto, ¿a que sí? Del barrio de los mulatos... No lo excusen, señores... ¡media ciudad lo sabe, yo soy la única que se supone que no me entero de nada! ¡Pero hace tiempo que lo sé, Victor! Se llama Luna. Sigue siendo Luna, ¿no?

Un gendarme la interrumpió.

—¡Tranquilícese, señora! Nada más ajeno a nosotros que excusar a alguien. Pero su esposo, si es que el doctor es su marido... ha llegado procedente del puerto, en efecto.

—¡Ya lo decía yo! —La joven agitó la cabeza con vehemencia—. Mi distinguido esposo va de taberna en taberna, *monsieur le gendarme*. ¡Le van las mujeres negras! Pero te lo advierto, Victor, esto acabará mal... ¡Ya has visto adónde hemos llegado, hoy te han traído a casa los gendarmes, mañana acabarás en la cárcel! —Estaba iracunda—. ¡Debería darte vergüenza!

Y lo miró con tanto odio que hasta él estuvo a punto de creer que su enfado estaba justificado. Luego, Deirdre fingió hacer un esfuerzo por dominarse y se volvió hacia los gendarmes.

—¿Qué ha hecho, *messieurs*? Otra vez... —reflexionó

precipitadamente qué había que hacer para que a uno lo detuviesen en el puerto por ir de fulanas—. ¿Ha vuelto a hacer obscenidades en público? Y, claro, también está borracho. —Deirdre movió la cabeza con desdén—. ¿Está detenido?

El mayor de los dos gendarmes dijo que no y Deirdre le dirigió una leve sonrisa, que simuló esbozar con esfuerzo.

—En ese caso, mi más sincero agradecimiento, *messieurs*, por haber evitado de nuevo lo peor para él... El escándalo... Algo inconcebible. Nos movemos en los círculos más elevados y... —Pareció recuperar la calma, pero de pronto su voz se volvió estridente—. ¡Ya lo ves! —le espetó a Victor—. ¡Te has salido otra vez con la tuya! ¡De rodillas deberías dar las gracias a los señores gendarmes! Pero si esto vuelve a suceder... ¡te arrepentirás!

Los gendarmes se miraron el uno al otro con ironía, mientras Deirdre seguía dando voces. Era como si no pudiese dejar de insultar a su marido. Al final casi sintieron compasión por Victor. Y entonces decidieron marcharse.

—No se lo tome a mal, doctor. Sentimos haberlo puesto... en una situación... hum... un poco comprometida. Pero es nuestro trabajo.

Victor asintió sumisamente mientras el gendarme se volvía hacia Deirdre e interrumpía su perorata.

—Somos nosotros quienes tenemos que estar agradecidos, *madame*, de que el asunto se haya aclarado de forma tan... satisfactoria. Como usted sabe, un rebelde peligroso se ha escapado y está herido, así que podría necesitar a un médico. Y su marido insistía en responder con extrañas evasivas cuando le hemos preguntado... —sonrió mordaz— por su último paciente. El pobre se siente avergonzado. No sea usted tan severa.

El gendarme se tocó la gorra y ambos se alejaron.

—Preciosa, la *madame*, pero una furia —susurró a su compañero.

El otro guiñó un ojo.

—La negra seguro que es dulce y sumisa.

Victor entró en su casa, mientras Deirdre proseguía con su diatriba hasta que hubo cerrado la puerta. Entonces se calló, miró a Victor y estalló en una carcajada histérica. Él no pudo reprimirse y la imitó, y cuando la risa de ella se transformó en lágrimas, él la tomó entre sus brazos.

—Tendrías que echármelo en cara... —gimió la joven— eso de ir de un lado para otro y andar engañando a los demás, y... Yo soy la fulana, yo...

Victor le acarició la espalda.

—Acabas de salvarme el pellejo —dijo dulcemente, conduciéndola hacia el salón—. Si me hubieran culpado por colaborar en la huida de Macandal, por apoyar una revuelta de esclavos... Por cierto, Macandal ha muerto.

Deirdre rompió en sollozos de nuevo, como si se afligiera por los rebeldes.

—¿Y los demás? —«¿Qué ha pasado con César?»

—Van camino de las montañas —contestó Victor y tragó saliva antes de responder a la pregunta que su esposa no había planteado—. César está bien y... se diría que él va a ser el sucesor de Macandal —suspiró.

Deirdre se acercó al armario donde guardaban las bebidas espirituosas.

—Había cierta tradición... —musitó—. Tenemos que hablar, Victor, hay algo más que tienes que saber. Tenías el derecho y... no es bueno que yo me lo guarde. Incluso si te hace daño. Pero no quiero tener más secretos para el hombre... a quien amo.

Mientras la noche cedía lentamente su sitio al crepúsculo matinal, Deirdre habló de Jefe. De su unión cuando eran niños y de la inexplicable y fuerte atracción que habían sentido el uno por el otro de adultos. Al final apoyó la cabeza en el hombro de Victor y volvió a llorar cuando contó el regreso de Jefe con los piratas.

—Tenías razón, estaba destrozada. Sucedió tan de repente... Y sin despedida. Yo no sabía...

—Pero ¿no querías fugarte con él? —preguntó Victor—. Te lo había pedido...

Deirdre hizo un gesto de negación.

—Nunca quise marcharme —dijo, y por fin consiguió de nuevo mirar a los ojos de su esposo—. No lograba imaginarme viviendo realmente con Jefe. Si... si ahora ya no me quieres, si me repudias, volveré a casa de mis padres, a Jamaica.

Victor contempló el rostro enrojecido por el llanto y aun así hermoso de su mujer. Fuera lo que fuese lo que hubiese hecho, seguía amándola.

—¿Por qué iba a repudiarte? —preguntó dulcemente—. ¿Porque has amado a tu... hermano? ¿Porque le has protegido? Porque no ha habido nada más, ¿verdad?

Deirdre frunció el ceño extrañada. Victor no podía creer algo así, ella se lo había contado todo... Pero entonces se dio cuenta de que la miraba y sonreía.

—No —respondió—. No hubo nada más.

Victor la besó.

—En cualquier caso, yo quiero que te quedes —afirmó—, nunca he querido a otra mujer. Solo a ti. Únicamente a ti.

Deirdre se mordisqueó el labio inferior.

—Pues me temo que esto no va a funcionar —lo contradijo con tono travieso—. Me temo que ahora no estoy sola... —Se pasó la mano por el vientre todavía plano—. Quería decírtelo en un momento más adecuado, pero... Es el segundo mes que me falta la menstruación. Vamos a tener un hijo.

Victor la rodeó cálidamente entre sus brazos.

12

Bonnie estaba más contenta que nunca en su vida. Estaba tendida en su limpia y acogedora cama y estrechaba entre sus brazos a las dos personas que más le importaban en el mundo. Namelok y Libby habían dormido profundamente mientras Leon y Bonnie se amaban, pero luego Namelok se había despertado y, para que no molestara a Libby con sus berridos, Bonnie la había colocado entre Leon y ella. Ahora estaba muy a gusto, acurrucada en el cálido lecho y protegida por el brazo de Bonnie. Y Leon, por su parte, las tenía abrazadas a ambas.

—Sabes que vamos las dos en el mismo paquete, ¿verdad? —preguntó Bonnie, siguiendo con el dedo la dulce carita de Namelok y luego las anchas facciones de Leon.

Él se señaló y sonrió satisfecho.

—¡Papá! —dijo, haciendo cosquillas en la barriguita de la niña—. Esta primera palabra que decir. Si no, pensármelo dos veces.

—La primera palabra será «mamá» —protestó Bonnie—. En eso ya nos pusimos de acuerdo. Pero es inteligente y aprende rápido. Seguro que pronto sabrá decir las dos palabras a la vez.

—Mamá y papá... —Leon se inclinó sobre Bonnie y la besó y luego a la niña—. ¡Será muy, muy bonita!

Se sobresaltó cuando Bonnie se enderezó de golpe.

—¡Hay alguien en la puerta! —La habitación no estaba del todo a oscuras. Bonnie había encendido una vela cuando Namelok se había despertado—. ¡Escucha!

—Ahora no podemos ir llamando a todas las puertas. —La voz de Jefe llegaba apagada desde el exterior—. O despertaremos a todos los esclavos.

Bonnie abrió la puerta.

—¡Aquí no hay esclavos! —le espetó al hombre que estaba delante del umbral—. Todos somos libres. ¿Qué quieres ahora, Jefe? —Retrocedió asustada al reconocer a la mujer que lo acompañaba—. ¿Y qué quiere ella? ¿Es que no prometiste dejarme en paz?

Simaloi se adelantó.

—¡A mí prometer recoger niño! —respondió—. Mi hija. Masai. Llevar a campamento.

Pero entonces resonó la voz penetrante de Leon.

—¿Qué es masai? —preguntó—. ¿Desde cuándo masai en La Española? ¿Dónde tus bueyes, mujer? ¿Dónde tu marido matar león para ser hombre?

Simaloi miró al corpulento negro, sorprendida de sus conocimientos sobre las costumbres de su tribu.

—¡Mi marido matar muchos hacendados blancos para ser hombre! —respondió movida por el odio—. Ellos peores que leones. ¡Y yo tener bueyes! Y sitio para bueyes y comida para bueyes. ¡Pronto nadie protestar contra bueyes! César pronto jefe de nuestra tribu en montaña. ¡Entonces para mí y Namelok muchos bueyes! —Lanzó una mirada triunfal a Bonnie, quien seguramente no tenía ni un solo buey en propiedad.

Bonnie respiró hondo.

—Así que lo has conseguido. —Se volvió hacia Jefe con frialdad—. Eso que siempre has soñado. Todavía recuerdo las horas que me hablabas de Akwasi y del gran guerrero que había sido en Nanny Town. Y ahora tú... ¿Qué ha pasado con el Espíritu a quien teníais que salvar?

—¡Espíritu muerto! —respondió Simaloi con un tono más objetivo que apesadumbrado—. Ahora César jefe.

—¡Sima! —la amonestó Jefe—. ¡Es un secreto! Aunque no para Bonnie... —Y esbozó aquella sonrisa seductora a la que su compañera pirata siempre se había rendido—. Para ti no tenemos secretos. Siempre puedes venir a formar parte de nosotros. Serías muy... estimada, como Sima dice. Yo...

Bonnie rio escéptica.

—¿Y yo qué sería? —preguntó—. ¿Tu segunda esposa?

Jefe la miró un instante. Nunca la había considerado atractiva, pero ahora le pareció realmente bonita. Llevaba un viejo camisón de puntillas de Deirdre y unos aros de colores en las orejas que daban a su rostro un aire más suave y femenino. Bonnie ya no estaba flaca, sus pechos se dibujaban bajo el camisón y los bucles del cabello le caían sobre la espalda. Si eso ponía paz entre las dos mujeres y concluía la desagradable lucha por esa niña... No dependía de él. De todos modos, en la tribu de Sima era habitual tener más de una esposa... Olvidó que no demasiado tiempo atrás lo encontraba extraño.

—Si así lo deseas, Bonnie —dijo con suavidad—. Sé que siempre lo has deseado.

—¿Y yo? —Leon se enderezó. Estaba desnudo y no quería ponerse en pie y encararse con los recién llegados para no despertar a Namelok—. Ella prometer nosotros casar.

Por lo visto esos días se habían hecho y roto muchas promesas. Pero Bonnie ya hacía un gesto de rechazo. Ignoró también el brazo que Jefe le tendía.

—Pasará lo mismo que en Nanny Town, ¿verdad? —se mofó—. Igual que con tu padre. Una esposa principal y un par de mujeres adicionales... ¿Sería yo la primera o la segunda esposa, Jefe? ¿O la tercera? ¿A lo mejor hasta te llevas a Deirdre?

Simaloi apretó los labios. No pensaba compartir su cabaña con la mujer que reclamaba sus derechos sobre la niña, y menos aún con esa Deirdre a la que también se había mencionado en la cocina de la plantación. No obstante, se sintió obligada a defender a Jefe.

—¿Y qué? —preguntó mordaz—. ¿Qué hay malo? Masai vivir así desde tiempos muy lejos. A mí no importar si tú segunda esposa o yo segunda esposa. Tú también poder cuidar a la niña. Grandes guerreros siempre tener más de una esposa....

Bonnie dejó escapar una risa amarga.

—Ah, sí, qué bonito. Como en la antigua África. ¿Qué se dice? ¿Idílico? —Orgullosa de recordar esta palabra, miró a Jefe y Simaloi—. Seguro que te han contado muchas cosas al respecto... ¿Cómo te llamas? ¿Sima?

—¡Simaloi! —exclamó dignamente la masai.

Bonnie prosiguió:

—Igual como Jefe también me las ha contado a mí. Horas y horas hablando de celebraciones de Nanny Town, de proezas de Abuela Nanny, de música de los ashanti y de cuerno de guerra que convocaba a los hombres. De que ese lugar era inexpugnable y los cimarrones muy valientes... Todavía me acuerdo, Jefe. Qué cuentos tan bonitos.

—¡No eran cuentos! —protestó él.

Bonnie resopló.

—No —dijo, clavándole la mirada—. Los cuentos tienen un final feliz. ¿Y le has contado a tu Simaloi cómo acabó Akwasi? El gran guerrero, Sima, murió en un campo de cultivo de caña de azúcar, le dispararon como a un perro cuando intentaba huir por tercera vez. Antes ya le habían cubierto de sangre la espalda a latigazos, pero él nunca cedía. Y ni un segundo pensó en su esposa, a la que nunca podía ver, ni en su hijo, al que no tenía nada más que ofrecer que cuentos...

—¡Así es la guerra! —exclamó Jefe—. También Akwasi peleó, a su manera.

—¡Ya sabes lo que te espera! —Bonnie miró a Simaloi—. César se pondrá a la cabeza de los rebeldes y marchará a la batalla. Y en cuanto el gobernador se harte estallará la guerra en vuestro campamento. Volverás a ser una esclava, Sima. Y Namelok contigo.

—¡Yo también luchar! —gritó Simaloi irritada—. Yo también matar a blancos. ¡Yo odiar a blancos! ¡Nosotros ganar! ¡Nosotros dueños de Saint-Domingue!

—¿Y a Namelok la llevaréis con vosotros? —preguntó cortante Bonnie—. ¿A vuestra guerra? ¿De un escondite a otro? ¿De una plantación a otra para ir reclutando seguidores? ¿Corriendo siempre el riesgo de ser descubiertos y abatidos? ¡No lo permitiré! ¡No os la voy a dar!

—¡Pero yo querer ella! —chilló Simaloi—. ¡César, coge niña! ¡Es mía, es masai!

Jefe vacilaba. Una vez más se encontraba impotente entre las dos mujeres. Él lo único que quería era marcharse de allí. Lo estaban esperando bajo los mangles rojos. Y aquí no había avanzado ni un centímetro.

—Bonnie... —dijo Jefe con tono afligido—. Simaloi...

Entretanto, Leon se había levantado y, envuelto en una sábana, había levantado a Namelok sin despertarla. Sostenía a la niña en brazos y se volvió hacia su madre. Bonnie quiso colocarse entre él y Simaloi, no fuera a ser que le diera la niña. Pero tanto Leon como Sima eran una cabeza más altos. Y Leon habló por encima de ella.

—Amiga hablarme del pueblo masai. Amiga de la misma plantación que yo. A lo mejor de tu misma familia, no hay muchos esclavos masai...

—¡No es fácil capturar masai! —dijo con orgullo Sima—. Grandes guerreros.

—No tan grandes —señaló Leon—. Más pacíficos. Sankau hablarme de la vida en aldea. De las danzas de los hombres, que saltan muy alto, como antílopes... —Insinuó un baile y Simaloi sonrió—. De mujeres que construyen casas, de que no matan bueyes, solo coger su sangre. De grandes familias y grandes ceremonias. Cuando circuncidar a los niños se convierten en hombres. O cuando toman mujer, haber gran fiesta, y la mujer muy guapa, con largos aros en las orejas hechos con huesos... Todo muy bonito, ¿verdad, Sima? Tú querer esto para Namelok...

Simaloi asintió. Las lágrimas acudieron a sus ojos ahora que le recordaban su antigua vida.

—¡Pero blancos romperlo todo! —prosiguió Leon. Su voz suave, casi hipnótica, parecía hechizar a Simaloi—. Y ahora tú odiarlos. Ahora tú luchar. Tú querer libertad. Tú querer esto para Namelok.

—¡Y nosotros vencer! —añadió Simaloi—. ¡Nosotros vencer! Ahora darme niña.

Leon suspiró.

—Nosotros seguro vencer. Algún día libres. Pero ¿cuándo? Seguro que no pronto. No ahora que Espíritu muerto. Esperar dos años, cinco... o diez. A lo mejor morir... ¿César? —Suponía que el intruso era el pirata de Bonnie, pero no estaba seguro—. También posible morir, Simaloi. Nada seguro. Solo una cosa segura: todo el tiempo no igual que con masai en África. Todo el tiempo no despertar y estar segura con familia y bueyes y cabras y mucha tierra para viajar con rebaño. Solo escapar, Simaloi. Y miedo, despertar con miedo...

—¡Yo no tengo miedo! —intervino Jefe.

—¡Mujeres masai no miedo! —declaró Simaloi.

Pero su mirada se había ablandado. Bonnie se percató de que ya no contemplaba a Namelok como si fuera un trofeo de guerra, sino como en el mercado de esclavos. Con una mirada colmada de amor.

—Entonces odio —puntualizó Leon—, despertar con odio. ¿Te acuerdas, Simaloi, de despertar sin odio?

La hermosa mujer bajó la cabeza.

—Si dejar Namelok aquí, ella no ser masai —susurró.

—Tampoco en vuestro campamento será masai. —Bonnie alzó la voz, pero Leon le pidió que callara.

—Yo hablarle de masai —le aseguró solemnemente—, cantar canción para ella.

Meció a Namelok mientras cantaba, buscando las palabras con cierta inseguridad, pero era la misma canción que Simaloi había cantado en la casa del negrero. Un leve sollozo interrumpió la melodía. Y un instante después el llanto estremecía a la orgullosa masai. Bonnie miró a Jefe exhortándole y él cogió a Sima entre sus brazos. Ese estallido de lágrimas lo había dejado atónito, era la primera vez que veía a la esbelta negra llorar.

Leon volvió a dirigirse a ella.

—En la plantación yo buscar a Sankau, mi amiga, otra masai. Ella poder explicar más. Estar contenta. También tiene hija...

Bonnie sabía que habían vendido hacía tiempo a la amiga de Leon, Sankau, y su hija, mucho antes de que Leon hubiera llegado a Cap-Français. Pero eso ahora no era importante. La otra mujer masai encajaba en el cuento que Leon desgranaba para Simaloi. Habló de que las niñas crecerían juntas, de canciones, danzas y leyendas.

—¡Deja crecer a Namelok sin odio! —concluyó suplicante.

—Tal vez podamos visitarla de vez en cuando —terció Jefe vacilante.

Bonnie ya iba a replicar, pero Leon le hizo un gesto de comprensión. Y de repente se sintió más segura y protegida que nunca en su vida. Cuando eso hubiese pasado, Leon y Bonnie ya se preocuparían de que Jefe, Simaloi y su guerra no volvieran a inmiscuirse en su vida. Si de una vez se iban.

—Yo cogerla una vez.

Bonnie dudó, pero Leon depositó a la niña en los brazos de la masai. Namelok despertó y abrió los ojos.

«¡Por favor, no berrees!», deseó susurrar Bonnie a la pequeña. Todavía recordaba el desastre que había desatado el berrido de Namelok cuando se habían encontrado con Sima en Nouveau Brissac. Pero la niña solo se quedó mirando a su madre con sus grandes y oscuros ojos, movió un poco los labios, estornudó y se durmió de nuevo.

—¡Vamos, Sima! —dijo Jefe—. Nos están esperando...

Conteniendo la respiración, observó junto con Leon cómo Simaloi depositaba a su hija en brazos de Bonnie. El rostro de la esbelta masai estaba húmedo de lágrimas.

—Ahora hija de tú. Tú cuidar bien. —La voz de Sima se endureció antes de dar media vuelta. Una mujer masai no debía llorar. O al menos no debía mostrar que lo hacía.

Jefe estrechó la mano a Leon.

—Deberías venir con nosotros —pidió emocionado—. Nunca había oído hablar a alguien como tú. Salvo... salvo Macandal. Podrías hablar a la gente... convencerla... —Era consciente de que él nunca sería capaz de cautivar a las personas con la palabra.

Pero Leon sacudió la cabeza con determinación.

—Yo no mesías, yo no guerrero —señaló—. Yo cantante, hablar con canciones. Pero a mí no gustar canciones de guerra. Preferir canciones de amor... nanas... —Rodeó con el brazo a Bonnie y Namelok.

—Tú ahora marcharte. Cumplir tu promesa. Dejar a Bonnie en paz.

Jefe sonrió a los dos al despedirse.

—¿Nos deseas al menos buena suerte, Bonnie?

Bonnie estrechó más a Namelok contra sí.

—¿Qué quieres, Jefe? ¿Qué debo desearte? ¿Una vida feliz con Simaloi? ¿O suerte en vuestra lucha?

Jefe se encogió de hombros.

—Es lo mismo —respondió.

Bonnie suspiró aliviada cuando se marchó. Y dio gracias a los dioses de que para ella su vida ya no fuera una lucha.

—¿Quiénes eran esos que se marcharon a escondidas, como si tuviesen algo que ocultar? —preguntó Amali por la mañana. El sol ya había salido y ella se había acercado a casa de Bonnie para recoger a Libby, que seguía durmiendo, aunque los rostros felices de Bonnie y Leon y la cama revuelta atrajeron más su interés—. El hombre se parecía un poco a... César. Pero es imposible.

Bonnie negó con la cabeza.

—¡Qué va! —exclamó, mientras se disponía a cambiar la

sábana en la que iba envuelta Namelok—. ¡César! ¡Qué ocurrencia! Debes de haber visto espíritus. Por aquí no ha pasado nadie.

Leon sonrió.

—Exacto —dijo—. Espíritus posiblemente, nada más que espíritus.

EPÍLOGO

Los partidarios de Macandal prosiguieron con su lucha. Hubo nuevos asaltos a plantaciones y casos aislados de envenenamiento. Y perduró la leyenda de que el Espíritu de La Española manejaba los hilos desde algún lugar y seguía teniendo bajo su mando a los guerreros. Hasta el presente todavía no se ha aclarado si murió en su intento de escapar de la hoguera o no. Lo que no se realizó fue el último y nefasto golpe que Macandal había planeado contra los hacendados. La revolución con que los esclavos consiguieron por fin la libertad no estalló hasta 1794. Y cuando finalmente los negros se alzaron contra sus opresores, recibieron una ayuda peculiar: hubo una terrible plaga de mosquitos que transmitían la fiebre amarilla. Murieron más de treinta mil soldados británicos y franceses.

NOTA DE LA AUTORA

Junto a los destinos ficticios de los Dufresne, los Fortnam y Deirdre, esta novela cuenta la historia de François Macandal y su terrorífica andadura. El «Mesías Negro», tal como lo denominaban sus partidarios, fue una figura histórica y lo que aquí se relata intenta reflejar fielmente la historia real. Su peripecia vital, así como sus discursos y ceremonias, se basan en fuentes históricas.

Sin embargo, no siempre fue fácil encontrar la verdad. Existen muchas leyendas en torno al carismático rebelde. Las fuentes se contradicen en lo que a detalles se refiere, sobre todo durante el último período de su vida. En relación con la captura de Macandal, por ejemplo, se dan dos versiones muy distintas. Una cuenta que fue apresado durante un banquete en la plantación de los Dufresne; las fuentes mencionan a esta familia que ha dado su nombre a los Dufresne ficticios, con quienes solo tienen en común el apellido. Un joven negro lo traicionó y debido a que estaba borracho lo apresaron poco antes de que pudiese dirigir el golpe decisivo contra los blancos, cuyos detalles ya había planeado. En la segunda versión lo delataba bajo tortura una esclava llamada Assam.

La primera historia era, naturalmente, menos emocionante, pero aun así me pareció más verosímil. Macandal era un estratega y orador dotado, aunque, por lo visto, también un narcisista pagado de sí mismo. Su comportamiento con las mujeres y sus ansias de que lo venerasen e idolatrasen se encuentran documentados en múltiples ocasiones. En los últimos años de su vida, en especial, afirmaba en público que era inmortal y un enviado de Dios. Pese a todo, los acontecimientos referidos en torno a Assam poseen un fondo de autenticidad y hay además declaraciones de jesuitas que parecen muy creíbles. No he querido dejar de mencionar a la joven, pero la incorporo en mi narración unos años antes. En realidad murió el mismo año en que concluyó la marcha triunfal de Macandal.

Se dan también contradicciones muy marcadas respecto a la muerte de Macandal. Diversas versiones señalan que es cierto que se soltó de sus ligaduras en la hoguera. Sin embargo, hasta hoy en día no ha podido confirmarse si realmente logró escapar o si enseguida volvieron a apresarle y murió víctima de las llamas, si se salvó, o si murió como consecuencia de sus heridas como en mi novela. Una leyenda afirma que se convirtió en insecto y voló fuera de allí. Él mismo había profetizado que renacería como mosquito, mejor dicho, enjambre de mosquitos, y es cierto que se produjo una plaga de mosquitos en 1794 y que contribuyó de forma determinante al éxito del alzamiento negro.

Por supuesto he investigado ampliamente todo lo que en este libro se describe sobre la esclavitud en Saint-Domingue y Jamaica. El Code Noir determinaba, en efecto, las relaciones entre negros y blancos en las colonias francesas, y también se hallan documentadas las distintas opiniones entre protestantes y católicos respecto a las almas de los esclavos. Yo lo encontré muy interesante. Nunca hubiese reparado en las diferencias entre las dos grandes confesiones en este aspecto. Todavía me sorprendieron más los resultados de mis pesquisas sobre la vida en los barcos piratas. Jamás habría sospechado que encontraría estructuras de una democracia incipiente en la tripulación de Barbanegra y otros temidos piratas.

Sin embargo, los bucaneros ocupaban sus cargos en los barcos por votación, había una especie de pensiones e indemnizaciones si alguien resultaba herido, y reinaba una gran tolerancia frente a representantes de distintas razas, nacionalidades y religiones. El código de conducta del *Mermaid* corresponde a documentos de embarcaciones que existieron realmente. Tampoco tuve que inventarme cómo vivía Bonnie haciéndose pasar por un chico entre hombres y las estrategias que utilizaba para ello. El modelo histórico de Bobbie ha sido un joven pirata llamado Billy Bridle que pasó dos años en un barco pirata como grumete. Cuando murió al caer de un mástil, se descubrió que era mujer. El auténtico nombre de Billy era Rachel Young.

El escenario de esta novela es la isla caribeña de La Española, actualmente Haití y República Dominicana. Haití tiene su origen esencialmente en la colonia francesa de Saint-Domingue, y República Dominicana en la colonia española de Santo Domingo. Una gran parte del libro se desarrolla, pues, en el actual Haití, lo que complicó mis investigaciones. Haití posee una historia muy agitada y violenta, lo que no favorece que se documentaran adecuadamente los sucesos vinculados a la población civil. Apenas se encuentran hoy en día archivos municipales, lo que no debe atribuirse solo a las circunstancias políticas, sino también al hecho de que muchos registros se perdieron en catástrofes naturales. Debido a esta causa tuve que improvisar en algunas partes, como en la descripción de la ciudad de Cap-Français. No se han conservado planos ni imágenes del siglo XVIII, o al menos yo no los he encontrado. Tampoco quedan edificios de la época en cuestión.

Los terremotos han destruido en varias ocasiones Cap-Français, el actual Cabo Haitiano. De ahí que no pudiese averiguar en qué plaza exactamente quemaron a Macandal, dónde estaba la gendarmería y cómo era arquitectónicamente el palacio del gobernador. El relieve de aspecto griego que hay sobre la entrada y contra el cual dispara Bonnie es obra de mi fantasía. No obstante, en su época de prosperidad, la ciudad estaba considerada el «París del Caribe». En ella se construyeron edificios igual de suntuosos que en la capital francesa y disponía de una vida social muy activa.

La casa de Victor en Cap-Français se inspira en las típicas residencias urbanas de los habitantes acomodados de La Española de entonces. El estilo arquitectónico de la parte española y francesa era, seguramente, equiparable.

La historia sobre la poderosa atracción entre los hermanastros Deirdre y Jefe se basa, asimismo, en documentos sobre parejas de amantes que son hermanos. Por lo visto, esto no es insólito cuando un hermano y una hermana han crecido separados y se conocen siendo adultos e ignorando su parentesco. Al parecer, cuando se conocen sin saber el lazo de sangre que los une, es muy frecuente que se enamoren. Al parecer, se atraen más los rasgos comunes que los opuestos.

Por último, unas breves palabras respecto al uso del lenguaje en esta novela. Como en *La isla de las mil fuentes* he renunciado en favor de la autenticidad a que mis personajes se expresen de forma políticamente correcta. En el siglo XVIII se hablaba con toda naturalidad de *negern* (negro, peyorativo en la actualidad) como sinónimo de *schwarz* (negro, «gente de color» en la actualidad). En el ámbito lingüístico francés se utilizaban los dos términos, sin que se les atribuyese valoraciones distintas, si bien se consideraba en general a los negros seres inferiores. En inglés, la palabra *nigger* tenía un matiz más peyorativo, aunque también los esclavos la utilizaban entre sí, unas veces de forma agresiva, cuando se trataba de los límites entre los sirvientes domésticos y los trabajadores del campo; otras veces de modo frívolo para referirse a la pareja sexual. En la novela tampoco he podido renunciar a la palabra «mulato», aunque con el tiempo ha adquirido también un carácter discriminatorio. Según mi parecer, enmendar este término en pro de su corrección política hubiese sonado forzado. Para mí, la tolerancia y la política de igualdad es cuestión de hechos más que de palabras. Si con mis novelas puedo contribuir a la comprensión mutua de grupos étnicos, me sentiré muy satisfecha.

Es posible que los amantes de los caballos se interesen por el paso peruano y el paso fino de La Española, que también tienen un papel, aunque pequeño, en la novela. Los caballos pertenecientes a estas razas o que provienen de ellas se han extendido hoy también en la República Dominicana, y sin duda hay, asimismo, en Haití ejemplares de pura raza y mezclas. Se supone que los primeros ejemplares ya llegaron con Colón a la isla, pero después siguieron importándolos para criarlos. La peculiaridad de la raza es el paso llano o paso fino, una especie de avance en cuatro tiempos propio de la ambladura, que en francés se llama *amble* y en inglés *saddle gait*. Puesto que siempre queda en contacto con el suelo una pata del animal, el jinete no salta tanto como en el trote, sino que se balancea más suavemente. El galope de los pasos es más alto que rápido. Las dos razas, tanto el paso peruano como el paso fino, se crían en muchos países europeos, sobre todo en Alemania, Suiza e Italia.

En República Dominicana se encuentra al pequeño y amable caballo de paso en todas las caballerizas para turistas, hasta incluirlos en los paquetes de vacaciones. El estado de los animales en cuanto a su alimentación y cuidado, sin embargo, no siempre responde a lo que requiere su buen trato. En tales casos, los amantes de los caballos deben renunciar a salir de paseo con esas monturas, por muy atractivo que sea el paisaje exótico y aunque la excursión esté incluida en el precio. También pueden contribuir a proteger al animal dirigiendo una carta de reclamación a los organizadores del viaje. Estos pueden ejercer su influencia y mejorar las condiciones locales, la mayoría simplemente ignora tales irregularidades.